CB080479

AS AVENTURAS DE
ROBIN HOOD

CLÁSSICOS ZAHAR
em EDIÇÃO COMENTADA E ILUSTRADA

Jane Eyre*
Charlotte Brontë

Tarzan*
Edgar Rice Burroughs

Sherlock Holmes (9 vols.)*
Arthur Conan Doyle

Robinson Crusoé
Daniel Defoe

As aventuras de Robin Hood*
O conde de Monte Cristo*
Georges
Os três mosqueteiros*
Vinte anos depois
O visconde de Bragelonne (2 vols.)
Alexandre Dumas

O corcunda de Notre Dame*
Victor Hugo

O Fantasma da Ópera
Gaston Leroux

Jaqueta Branca
Moby Dick
Herman Melville

Frankenstein*
Mary Shelley

A ilha do tesouro*
Robert Louis Stevenson

Drácula*
Bram Stoker

Aventuras de Huckleberry Finn*
As aventuras de Tom Sawyer
Mark Twain

20 mil léguas submarinas*
A ilha misteriosa*
Viagem ao centro da Terra*
A volta ao mundo em 80 dias*
Jules Verne

* Títulos disponíveis também em edição bolso de luxo
Veja a lista completa da coleção no site zahar.com.br/classicoszahar

Alexandre Dumas

AS AVENTURAS DE ROBIN HOOD

EDIÇÃO COMENTADA

Tradução, apresentação e notas:
Jorge Bastos

5ª reimpressão

ZAHAR

Copyright © 2014 by Editora Zahar
Copyright da tradução e das notas © 2014 by Jorge Bastos

Grafia atualizada segundo o Acordo Ortográfico da Língua Portuguesa de 1990, que entrou em vigor no Brasil em 2009.

Títulos originais
Le prince des voleurs
Robin Hood le proscrit (2 vols.)

Capa
Rafael Nobre/Babilonia Cultura Editoria

Projeto gráfico
Mari Taboada

Preparação
Geísa Pimentel Duque Estrada

Revisão
Eduardo Farias
Carolina Sampaio

CIP-Brasil. Catalogação na publicação
Sindicato Nacional dos Editores de Livros, RJ

Dumas, Alexandre, 1802-1870
D92a As aventuras de Robin Hood: edição comentada / Alexandre Dumas; tradução, notas e apresentação Jorge Bastos. — 1ª ed. — Rio de Janeiro: Zahar, 2014.
(Clássicos Zahar)

Tradução de: Le prince des voleurs e Robin Hood le proscrit (2 vols.).
Cronologia
ISBN 978-85-378-1260-0

1. Histórias de aventuras. 2. Literatura infantojuvenil. I. Bastos, Jorge. II. Título. III. Título.

CDD: 028.5
14-10728 CDU: 087.5

Todos os direitos desta edição reservados à
EDITORA SCHWARCZ S.A.
Praça Floriano, 19, sala 3001 — Cinelândia
20031-050 — Rio de Janeiro — RJ
Telefone: (21) 3993-7510
www.companhiadasletras.com.br
www.blogdacompanhia.com.br
facebook.com/editorazahar
instagram.com/editorazahar
twitter.com/editorazahar

SUMÁRIO

APRESENTAÇÃO

Das vantagens (e desvantagens) de ser saxão

COMO AUTÊNTICO ROMÂNTICO da melhor cepa, Alexandre Dumas, em prefácio à primeira edição de *Robin Hood*, se explica sobre esse personagem histórico, mas "sem a menor prova material de autenticidade". O que importa para o incansável empreendedor/aventureiro/mundano/esteta e rebelde que foi Dumas é o herói e a descrição de uma época: uma época distante que, acima de tudo, se preste bem à valorização oitocentista da sensibilidade e da imaginação, em detrimento da fria razão dos clássicos.

O romance, a princípio, não dá margem a ambiguidade alguma: mocinho é mocinho e bandido é bandido. Mas uma ambiguidade essencial, é claro, confirma a regra: o bandido é o mocinho. Temos os saxões de um lado e os normandos usurpadores de outro, em disputa na grande ilha britânica (pouco importa que os saxões e os anglos, por sua vez, tivessem igualmente invadido e "usurpado" o território, anteriormente ocupado por celtas). Entre eles vigora um ódio recíproco que historiadores rapidamente apontariam como inverossímil na época em que se passa a narrativa, o século XII.

Tão implacáveis quanto esses historiadores foram alguns especialistas da literatura, que identificaram, nos dois volumes de *Robin Hood*, a maciça participação do *ghost-writer* Victor Perceval, com quem Dumas teve uma filha, Alexandrine, que concretizou em carne e osso a duradoura parceria intelectual entre os dois autores. Para não abusar da provocação: trata-se do pseudônimo de uma tradutora do inglês, Marie de Fernand, que colaborou com subsídios a respeito da Grã-Bretanha desde a época de *Os três mosqueteiros* (1844). Colaboração profícua, pois Dumas emprestou seu nome famoso para facilitar a publicação em jornais de algumas traduções e livres adaptações de Victor Perceval, como também introduziu a amiga no mercado editorial parisiense, onde ela seguiu, sempre sob pseudônimo, carreira independente.

A trama de *Robin Hood* abrange um período de mais ou menos sessenta anos, indo, grosso modo, de 1160 a 1220. A Inglaterra, nessas décadas, vive sob os reinos de Henrique II, Ricardo Coração de Leão e João Sem Terra, da dinastia Plantageneta, que Dumas não distingue da normanda, dos três monarcas anteriores (são todos "do continente" e não da ilha). Como no decorrer do romance há pequenos anacronismos e imprecisões de datas que a tradução se viu obrigada a assinalar, deve-se lembrar que, além de o rigor científico não ser a intenção principal do autor, nem ele nem seus leitores contavam com consulta a informações tão rápida e acessível quanto nós.

A ambientação de época, é verdade, mais servia de pano de fundo para um elogio do heroísmo dos bons velhos tempos, em que se podia viver numa confortável e imensa caverna, invisível às autoridades, numa comunidade de mais de trezentos homens de infalível lealdade, sob as sempre verdes árvores da floresta na qual aparentemente nunca havia inverno. O romance é um hino à amizade viril, em que os homens — os saxões, é claro — aceitavam naturalmente a liderança meritocrática de um Robin Hood, é verdade que assentada na genética do sangue azul, pois desde o início do século XVII, em peças elisabetanas, o herói medieval ganhara uma ascendência nobre, de conde injustamente despossuído de seus bens.

Sensatamente, o romancista introduziu mulheres no enredo, pois de início inexistiam na lenda, mas naquele tempo ideal a elas bastava o amor, não faziam exigências e, se não chegavam a achar bonito não ter o que comer, pois era sempre farta a floresta, ali viviam satisfeitas com seus próprios homens. Estes, por sua vez, amavam suas próprias mulheres para sempre, em bons e duradouros casamentos, sempre abençoados por Deus com uma prole de louras crianças que desde cedo trepavam em árvores e atiravam ao arco, mas que não têm muito espaço no mundo romântico de Dumas.

O arquétipo do bom bandido da floresta — que o historiador marxista Rodney Hilton tornou símbolo, nos anos 1960, da revolta camponesa —, tirando dos ricos para dar aos pobres, numa redistribuição primitiva de rendas, era já antigo na tradição camponesa britânica. Como prova disso, a filologia erudita, através de toda uma ginástica que passa pelos dialetos gaulês e bretão, remete a palavra *hood* a "bosque", enquanto salta de forma gritante aos olhos que o próprio nome Robin Hood significaria literalmente Robin Encapuzado e não Robin dos Bosques, como a paronímia entre *hood* e *wood* foi frequentemente traduzida, sobretudo em adaptações infantis da lenda.

Confirmando a antiguidade do patronímico, foram localizadas referências a certo Robinhood, ou Robunhood, preso em 1228 por não pagamento de uma dívida. As menções em registros cartoriais, a partir dessa data, se tornam relativamente frequentes no norte da Inglaterra, mostrando que por essa época o nome já se tornara usual, pelo menos entre os desvalidos. São muitas, também, as canções populares, a partir do início do século XIV, a exaltar as aventuras do herói, vivendo ora na floresta de Barnsdale ora na de Sherwood, distantes cerca de sessenta quilômetros uma da outra. Com a tradição oral bem estabelecida, o bom fora da lei (ou *outlaw*, como gosta de dizer Alexandre Dumas, para diferenciá-lo do simples salteador) passou para a literatura, que eventualmente o descreveu, de maneira mais crua, como um bandido que matava friamente, sem se preocupar em distribuir entre os desfavorecidos o fruto dos roubos.

Resumindo, Robin Encapuzado, ou dos Bosques, seria, à época do primeiro rei Plantageneta, um *yeoman*, como Dumas também gosta de designar os pequenos proprietários rurais plebeus, revoltado contra as autoridades, bom caçador e adepto da caça ilegal nas florestas de Sherwood e Barnsdale. Da tradição oral o herói ganhou a escrita, que pouco a pouco o "politizou" e lhe deu um estofo mais nacional, extrapolando inclusive os limites da ilha inglesa no século XIX, ao fazer uma "ponta" no best-seller *Ivanhoé*, do escocês Walter Scott (o escritor foi agraciado com o título de sir, pela divulgação mundial da boa fama da Inglaterra). Foi como Alexandre Dumas o conheceu, em tradução de Marie de Fernand/Victor Perceval, que ele coassinou para publicação. E logo percebeu o potencial romântico e romanesco do personagem, que ele estabeleceu definitivamente com a leitura e anotações que a amiga lhe passou, a partir do folhetim jornalístico inglês de 1838 *Robin Hood and Little John or The Merry Men of Sherwood Forest*, de Pierce Egan, principal fonte para os dois volumes do nosso *Robin Hood*.

Dos vários personagens do romance, o par romântico Robin e Marian é igualmente antigo e vinha de uma tradição independente, tendo passado por igual evolução enobrecedora, pois de início os dois são da camada menos privilegiada da sociedade, encontrando-se em festas paroquiais, sendo ela às vezes apresentada como dançarina, mas migrando em seguida para uma ascendência senhorial (seu irmão Allan Clare, nas primeiras tradições, era menestrel). Will Escarlate e Much, o filho do moleiro, vêm também do mesmo suporte inicial de fixação da lenda: as antigas baladas populares, que aliás estão muito presentes no romance, por exemplo no orgulho que Robin tem de sua melodiosa voz e no fato de seu pai adotivo, Gilbert, ser o autor das canções.

Aos dezesseis anos (mas parecendo ter vinte), quando realmente começam as aventuras que o tornarão famoso, Robin já é um espantoso arqueiro, mas sabe se defender eficientemente com o cajado e a espada. É nessa idade que se revela para ele não só um rebuliço interior, que afinal se identifica como sendo o do verdadeiro amor, mas, coincidentemente, quase ao mesmo tempo, no calor da ação, descobre seu poder de sedução e charme. Sorte nossa ter sido esta a progressão (primeiro o imortal sentimento e depois a revelação do talento sedutor), ou teríamos um cafajeste e não um herói, já que por um curto espaço de tempo há uma oscilação.

Sublinhando ainda as indeterminações do adolescente, uma característica igualmente guardada, mas dessa vez salva pela decisiva e sempiterna integridade moral do pai Gilbert, é a jovial irresponsabilidade de Robin, que o faz comprar brigas desnecessárias, pelo simples exercício, contra adversários aparentemente mais avantajados. Ressalte-se, porém, ter sido dessa maneira que ele atraiu os melhores elementos dos "alegres homens da floresta", como o bando era conhecido por seus simpatizantes dos condados de Nottingham e de York, e isto exatamente pelo espírito cordial e cavalheiresco com que o jovem chefe (quando se estabelece em Sherwood, tem cerca de vinte anos) impregnou todo o grupo. Diga-se ainda que ninguém, naquela comunidade fora da lei, tinha vocação para a maldade ou para o delito: eram todos bons saxões, cristãos, ali agrupados por vacilações da sorte.

Sem dúvida, na alegre confraria, os dois personagens mais marcantes são, ao menos fisicamente, Tuck e João Pequeno, ambos colossais. O primeiro, monge beneditino que acaba se tornando clérigo "residente" do bando da floresta, é falastrão, mulherengo/misógino, beberrão e briguento, sem nem por isso deixar de ser bom religioso. O segundo, laico, é o seu oposto: ingênuo, meigo, abstêmio (o único no romance). Arraigadamente bom, João Pequeno vem a ser o mais fiel admirador do líder, sua sombra protetora e primeiro lugar-tenente no comando dos alegres homens da floresta.

É grande o elenco, ou ainda arremedando Dumas, o *dramatis personae* da trama, mas assinalamos por último o indefectível vilão da história, o lorde e barão xerife de Nottingham, um "velho" (tem cerca de cinquenta anos) leão que, desde um golpe de cimitarra que lhe rachou o elmo, na Terra Santa, tem crises de raiva (além das de gota) descontrolada, só comparáveis à sua avidez por ouro e poder.

Os dois volumes de *Robin Hood* foram publicados postumamente, em 1872 e 1873. A imensa e brilhante produção dramatúrgica e literária de Dumas fez dele, junto com Victor Hugo — os dois foram grandes amigos, desde o período anterior ao sucesso, com carreiras semelhantes e personalidades opostas —, um dos maiores expoentes do romantismo francês. Ele não nasceu pobre, mas nasceu negro, e o pai, o primeiro general mulato do exército napoleônico, filho de uma escrava alforriada da ilha de São Domingos, morreu quatro anos depois, e o menino foi criado pelos avós maternos, estalajadeiros no interior da França.

Aos treze anos, não muito dado aos estudos, mas com bela caligrafia, ele passa a trabalhar num escritório de advocacia, indo aos vinte tentar a vida, ainda como escriturário, em Paris. Nesse meio-tempo, porém, havia descoberto a literatura, que poderia, achou ele, ser um meio rápido de fazer fortuna e ganhar notoriedade — e com isso escapar das humilhações sofridas com a pobreza e o racismo (mas apenas num romance, *Georges*, de 1843, Dumas abordou a questão racial, pelo viés da colonização na ilha Maurício).

O sucesso e um bom dinheiro não demoram tanto, aparecendo dois anos depois da vinda do interior, com um vaudeville encenado na capital. Seguem-se diversas comédias ligeiras, escritas apressadamente e que o desgastam junto ao público. Era preciso mudar de rumo, pois ganhara forma também, nesses anos, uma característica de Dumas que o acompanharia por toda a vida: gastar mais do que tinha.

Ele passa a frequentar um efervescente círculo de jovens autores, obtendo enorme sucesso com um drama histórico, *Henrique III e sua corte*, que em 1829 abre o palco da prestigiosa Comédie-Française à jovem geração romântica — uma vitória que se consolida, no ano seguinte, com *Hernani*, de Victor Hugo.

A década posterior confirma a dramaturgia de Alexandre Dumas com *Christine* e o triunfal sucesso de *Antony*. E o faz descobrir o prazer das viagens, nas quais certamente gasta menos dinheiro do que em sua vida "normal" parisiense. Casa-se com a atriz Ida Ferrier, o que não o leva a interromper uma sucessão inesgotável de aventuras amorosas, tendo legado à posteridade, além da obra escrita, pelo menos três ou quatro filhos de diferentes mães. Aliás, a esposa também não dispensa suas próprias aventuras extraconjugais, e o casamento dura quatro anos, com uma separação que não chega ao divórcio.

A partir desse período, tornam-se contínuas então as deambulações de Dumas, que dão início a uma série de publicações, *Impressões de viagem*, e vão se estender por toda a sua vida, até o fim, como escapatória para os momentos mais turbulentos da existência. Em viagem, disse ele, vive-se apenas o presente, sem pensar no que passou nem no que vai acontecer. Essas frequentes fugas o tornaram, segundo o poeta Gerard de Nerval (com quem viajou, em 1841, pela Alemanha), "um dos nossos mais célebres escritores turistas". Suas impressões cobrem o sul da França (1834), Itália e Sicília (1835), Bélgica e margens do Reno (1838), Florença (1840-43), Espanha e norte da África (1846), Holanda (1849), Londres (1857), Rússia, Cáucaso e Grécia (1858-59), norte da Itália (1860), novamente a Sicília e Nápoles (1860-64), Áustria e Hungria (1864-65), e de novo Espanha (1870).

O prodigioso sucesso de Eugène Sue, em 1842, com a publicação em folhetim de *Os mistérios de Paris* ("que até analfabetos acompanham", segundo a imprensa da época, pois leituras públicas eram diariamente organizadas), faz o atento escritor olhar com carinho essa alternativa literária. De início ele hesita quanto ao gênero a explorar, até se decidir pelo que, indubitavelmente, é criação sua: uma forma teatral do romance histórico, que vai se desenvolvendo por meio de cenas movimentadas por admiráveis diálogos.

Ao mesmo tempo, Dumas põe em marcha um sistema de produção usual na dramaturgia de então, muito exigida quantitativamente, pois o teatro era o mais popular entretenimento social. Ele se utiliza de outros escritores, não exatamente *ghosts* (que os franceses chamam *nègres*, o que valeu ao autor frequentes sarcasmos racistas), mas auxiliares para as pesquisas históricas e primeiros esboços narrativos, a partir do tema geral escolhido por ele próprio, que em seguida "fechava" e dava dinamismo ao romance, fazendo do "produto" um autêntico Alexandre Dumas. Tais participações — sendo a mais conhecida a de Auguste Maquet — eram declaradas e notórias. Um jornalista, Eugène de Mirecourt, publicou em 1845 um violentíssimo panfleto intitulado *Fábrica de romances Alexandre Dumas e Cia.* e foi processado judicialmente, sendo condenado a seis meses de prisão e pagamento de multa.

A imediata boa recepção de *Os três mosqueteiros* e *O conde de Monte Cristo* demonstrou o quanto tinha sido acertada a escolha de Dumas pelo romance histórico, que o consagrou postumamente, apesar de ele próprio sempre ter se considerado antes de tudo um autor teatral.

Seu talento é inquestionável, mas o dinheiro ganho ainda mais rapidamente é gasto. Ele manda construir, entre Paris e Versalhes, um "castelo de Monte Cristo", monumental residência, num estilo misto renascimento/barroco, por onde perambula à sua custa uma quantidade de "amigos" do mundo artístico. Logo em seguida, em 1847, inaugura a sua própria sala de teatro, no centro da capital.

Dois anos depois vem a falência, com seus bens, inclusive o castelo, vendidos em leilão judicial. Perseguido pelos credores, ele se refugia em Bruxelas, onde também já se encontrava o amigo Victor Hugo, junto com muitos republicanos proscritos em consequência do golpe de Estado que dera início ao Terceiro Império na França.

O INÍCIO DA DÉCADA de 1850 assiste à ascensão de Alexandre Dumas filho, com o sucesso de *A dama das camélias*, enquanto nosso autor é obrigado a aceitar certa discrição, devido aos problemas decorrentes das dívidas. Com indisfarçável nostalgia, ele reconhece que passara a ser conhecido como Dumas pai. A relação entre os dois autores é carinhosamente ambígua, apesar de Dumas filho ter sido registrado ao nascer com "pai e mãe desconhecidos", criado num orfanato e só aos sete anos de idade ganhado uma paternidade (que lhe garantiu boa formação num internato caro). Ele deixaria duas peças emblemáticas nesse sentido: *O filho ilegítimo* e *O pai pródigo*.

Em 1854 Dumas volta a Paris, após negociar as principais pendências financeiras. No recesso desses anos, termina a redação de suas memórias, começadas à época faustuosa do castelo de Monte Cristo. Com uma frase lapidar, que vale ser citada, ele acredita justificar aqueles anos perdulários: "Não tenho vícios, apenas fantasias; e isso custa bem mais caro!" Além das *Mémoires*, ele publica nesse período alguns romances e dedica-se à criação de dois jornais consecutivos, *Le Mousquetaire* e *Le Monte-Cristo*, que não tiveram vida longa.

E eis que sobrevém novo *coup de théâtre*, graças a um contrato assinado com a prestigiosa editora Michel Lévy (em seguida Calmann-Lévy) para a exploração do conjunto da obra, em 1860. Dumas compra então uma escuna, com a qual espera partir Mediterrâneo adentro, indo à Grécia, Palestina e Egito.

Mas o caudilho e guerrilheiro Giuseppe Garibaldi, "o herói dos dois mundos", dera início à grande campanha para a conquista da Sicília e da Calábria, com a chamada Expedição dos Mil, fazendo apelo aos simpatizantes para a compra de armas e embarcações. O recém e autopromovido capitão de escuna dá início à sua última grande aventura "robinhoodesca", juntando-se, com armas, velames e casco, à empreitada da unificação italiana.

Passa três anos em Nápoles, nomeado por Garibaldi diretor das escavações arqueológicas e museus. Funda um jornal, *Il Indipendente*, mais garibaldiano do que o próprio Garibaldi, e volta a Paris. Sexagenário, dedica-se a organizar e dar forma a uma das paixões maiores da sua vida, editada em o *Grande dicionário de culinária*, dividindo seu tempo, como a imprensa o descreve à época, entre os romances e as panelas.

Em 1870, porém, um AVC paralisa Dumas, que morre meses depois, em 5 de dezembro, na casa do filho homônimo e confrade, no litoral norte da França.

Bem mais recentemente, em 2002, por ocasião do bicentenário de nascimento do grande homem, seus restos mortais foram simbolicamente transferidos ao Panteão de Paris, num reconhecimento oficial da República, em espetáculo transmitido ao vivo pela televisão, sendo o caixão transportado por atores vestidos como Aramis, Porthos, Athos e d'Artagnan, os famosos "três mosqueteiros que eram quatro".

O GRANDE ALEXANDRE — Dumas pai — foi em si mesmo formidável personagem, que alimentou a crônica literária com muitas anedotas em torno da sua vida privada.

Casado com Ida Ferrier, numa noite fria ele preferiu ir trabalhar no quarto do casal, onde a lareira estava acesa. Ida aparentemente dormia e ele escreveu por bom tempo, até ouvir um espirro, vindo de dentro do armário — onde descobriu o escritor e amigo Roger de Beauvoir. Viu que o pobre homem estava se resfriando e aconselhou que se pusesse junto ao fogo. Depois, indicando a cama, onde a esposa continuava a fingir que dormia, propôs: "Façamos como os romanos antigos e reconciliemo-nos em praça pública."

Certa vez, indo à casa do pai, Dumas filho o encontrou escrevendo à mesa, com os olhos vermelhos de lágrimas, e perguntou preocupado o que tinha acontecido, ouvindo como explicação: "Acabo de matar Porthos" (estava então escrevendo *O visconde de Bragelonne*).

Théophile Gautier contou que, de outra feita, o autor de *A dama das camélias* andava em crise de criatividade e cheio de "manias de higiene". Escrevia três linhas, ia tomar um banho frio e, ao voltar, achava aquelas linhas completamente idiotas, cortava e sobravam apenas três palavras. O pai, vindo às vezes de Nápoles, pegava o papel e dizia: "Mande preparar uma costeleta que termino isso." Em pouco tempo montava um plano de ação, introduzia algumas prostitutas, tomava algum dinheiro emprestado do filho e ia embora. O jovem Dumas lia o roteiro, achando-o muito bom, mas ia tomar outro banho, voltava, relia e achava aquilo totalmente idiota...

E os irmãos Goncourt registraram em seus famosos diários, em 14 de fevereiro de 1866, a seguinte descrição: "Entrou no salão [da princesa Mathilde], engravatado de branco, colete da mesma cor, enorme, esbaforido, feliz como um negro afortunado, Dumas pai. Chegava da Áustria, da Hungria, da Boêmia. Falou de uma peça sua encenada em húngaro, de uma conferência em Viena [sobre o pintor Delacroix], onde o imperador emprestara um salão do palácio, dos seus romances, das suas peças ..., de um restaurante que pretende abrir na Champs-Elysées .... É um ego enorme, transbordante, mas cheio de espírito e agradavelmente embalado por uma vaidade infantil: 'Mas o que querem? Hoje só se consegue dinheiro no teatro com alças que se rompem... Foi assim o sucesso de Hostein. Ele dizia às dançarinas que usassem trajes com alças que arrebentassem, e sempre no mesmo ponto! O público masculino acompanhava de binóculos... Mas a censura acabou notando e isso abalou muito a venda de binóculos...'"*

A saga de Robin Hood se situa então nesse último período da vida produtiva do escritor, um daqueles romances redigidos entre um refogado e outro, num provável vaivém entre as mesas do escritório, da cozinha e da sala de jantar. Alexandre Dumas não inventou o personagem nem criou o mito, e não há como não reconhecer que se trata de um texto literariamente longe dos títulos imperecíveis do autor. Porém, com seu toque de gênio, ele soube globalizar um personagem que até então era incapaz de atravessar os mares no sentido oposto ao dos invasores, tanto normandos quanto, antes deles, saxões e romanos. Sem Dumas, Robin Hood não estaria tão presente em nosso imaginário: o herói, afinal, tem povoado, de lá para cá, inúmeros filmes, revistas em quadrinhos, séries de televisão e, nos últimos anos, jogos de videogame.

O condado inglês de Nottingham inseriu a silhueta do fora da lei na sua bandeira (em 2010), confirmando-o como o maior atrativo turístico da região: pagam-se cinquenta euros para uma visita à caverna onde moraram os alegres homens da floresta, "localizada", entre outras 450, a partir de uma iniciativa da universidade local, com um levantamento das grutas de Sherwood, escaneadas a laser 3D. Na mesma floresta, reverencia-se o multicentenário

* As anedotas foram extraídas de Claude Schopp, *Dictionnaire Alexandre Dumas* (Paris, CNRS Éditions, 2010) e de Edmond e Jules de Goncourt, *Journal* (Paris, Robert Laffont, col. Bouquins, 1989).

carvalho *major oak*, sob o qual o grupo se reunia, mas que certamente no século XII não devia ser tão impressionante assim. Pululam as referências hoodianas por todo o condado e um festival regional organiza anualmente grandes eventos medievais, num espírito mais próximo da Disneylândia do que do rigor que os críticos cobravam de Alexandre Dumas, acusando-o de "violentar a História". Como prova da definitiva vitória do escritor, toda a população de Nottingham, fixa e flutuante, como se confirma a cada ano no Festival, quer ser saxã, jamais normanda.

Esta edição de *As aventuras de Robin Hood* reúne pela primeira vez em único volume *O príncipe dos ladrões* e *O proscrito*. O primeiro acompanha a gênese do personagem, desde a sua adoção recém-nascido até a proscrição e o estabelecimento na floresta, assumindo-se como fora da lei, e o segundo apresenta a sequência de suas aventuras, até a velhice e a morte.

Apoiando-se na regra dumasiana que *soi-disant* dirigia as intenções literárias do autor — a de "divertir e interessar" —, nossa tradução tomou a liberdade de procurar tornar o texto o mais palatável (o cozinheiro Dumas gostaria) possível para o leitor brasileiro de hoje. É um texto simples, mas montado basicamente sobre diálogos, criando frequentes armadilhas para o tradutor.

O personagem Robin Hood continua mais vivo do que nunca, mas a última edição em português do romance em texto integral datava de 1954 e 1955 (para o primeiro e segundo volume, respectivamente), fazendo com que gerações inteiras de leitores só o conhecessem a partir das suas diversas adaptações. A presente edição corrige então mais essa injustiça — das mais imerecidas — que se juntava à tumultuada carreira do herói.

JORGE BASTOS

JORGE BASTOS é tradutor, responsável por mais de sessenta traduções publicadas, de obras de autores como Voltaire, Victor Hugo, Raymond Aron, Michel Serres, Elie Wiesel, Marguerite Duras e Amin Maalouf. Foi livreiro e editor, e é autor de *Atrás dos cantos* e *O deserto e as tentações de santo Antão*.

AS AVENTURAS DE
ROBIN HOOD

PREFÁCIO

A vida aventureira do *outlaw*, do fora da lei, do proscrito Robin Hood, transmitida de geração em geração, tornou-se na Inglaterra um tema popular. Mesmo assim, muitas vezes o historiador se ressente da falta de documentos para retratar a singular existência do famoso salteador. Um grande número de tradições que mencionam Robin Hood tem raízes em fatos reais e oferece boas bases para a compreensão dos costumes e hábitos daquela época.

Os biógrafos de Robin Hood nem sempre estiveram de acordo quanto à origem do nosso herói. Uns atribuíram-lhe nascimento ilustre, outros contestaram seu título de conde de Huntingdon. O certo é que Robin Hood foi o último saxão a tentar se opor à dominação normanda.

Os acontecimentos ao longo da história que vamos contar, por mais plausíveis e admissíveis que pareçam, talvez não passem, no final das contas, de resultado da imaginação, pois não existe a menor prova material da sua autenticidade. A universal popularidade de Robin Hood chegou até nós com todo o frescor e o brilho dos seus primeiros dias. Não há autor inglês que não lhe tenha consagrado palavras de simpatia. Cordun, escritor eclesiástico do século XIV, chama-o *ille famosissimus sicarius* (o famosíssimo bandido). Major qualifica-o como *humaníssimo príncipe dos ladrões*. O autor de um poema latino muito curioso, datado de 1304, compara-o a William Wallace,[1] o herói da Escócia. O célebre Gamden, referindo-se a ele, diz: "Robin Hood é o mais galante dos bandidos." E o grande Shakespeare, enfim, na comédia *Como lhe aprouver*, querendo contar o modo de vida do duque, seu principal personagem,[2] e descrever sua felicidade, assim se exprime: "Ele vive na floresta de Ardenas, com um bando de alegres companheiros, à maneira do

1. William Wallace (c.1270-1305), herói escocês, liderou seus compatriotas contra a dominação inglesa.

2. Em *As you like it*, comédia de William Shakespeare (1564-1616), o principal personagem (o "duque") tem seu poder usurpado pelo irmão e se refugia na floresta, onde passa a viver.

velho Robin Hood da Inglaterra, deixando o tempo passar, livre de qualquer preocupação, como na época feliz da Idade de Ouro."[3]

Se quiséssemos enumerar os autores que citaram Robin Hood elogiosamente, estaríamos abusando da paciência do leitor. Basta-nos dizer que todas as lendas, canções, baladas e crônicas que falam dele o representam como alguém distinto, de coragem e audácia inigualáveis. Generoso, paciente e bom, Robin Hood era adorado não só por seus companheiros (nunca foi traído nem abandonado por nenhum deles), mas também por todos os habitantes do condado de Nottingham.

Robin Hood oferece o singular exemplo de um personagem que, sem ser canonizado, ganhou uma data festiva. Até fins do século XVI, o povo, os reis, os poderosos e os magistrados da Escócia e da Inglaterra celebravam o herói com jogos esportivos em sua homenagem.[4]

A *Biographie universelle*[5] informa-nos que foi o belo romance *Ivanhoé*, de sir Walter Scott, que tornou Robin Hood conhecido na França.[6] Mas para melhor apreciar a história desse bando de fora da lei é preciso recordarmos que, desde a conquista da Inglaterra por Guilherme, as leis normandas condenavam os caçadores clandestinos à perda dos olhos e à castração.[7] O duplo suplício, pior do que a morte, forçava os infelizes que incorriam nesse crime a se refugiar nos bosques. Passavam a ter como único recurso de sobrevivência a própria atividade que os havia tornado fora da lei. A maioria desses caçadores clandestinos pertencia à raça saxã, despossuída pelos invasores. Pilhar os bens de um rico senhor normando praticamente equivalia a retomar o que havia pertencido aos antepassados. Essa circunstância, perfeitamente explicada no romance épico *Ivanhoé* e nessa narrativa das aventuras de Robin Hood, impede que se confundam os *outlaws* com vulgares ladrões.

---

3. Todos os autores citados nesse parágrafo (à exceção, naturalmente, de Shakespeare) são-nos desconhecidos.

4. A lembrança de Robin Hood até hoje movimenta o turismo local, com a floresta de Sherwood, onde viveu o herói, logo ao norte da cidade. O Festival Robin Hood ocorre anualmente em plena floresta, oferecendo diversões "medievais" e torneios de arco e flecha.

5. *Biographie universelle ancienne et moderne*, de 1811, com edição atualizada em 1843.

6. Publicado em 1819, o romance, aliás, foi traduzido do inglês por Victor Perceval, em edição francesa de 1862 que Alexandre Dumas coassinou. No romance, Robin Hood tem um papel secundário, participando de um grande torneio de tiro ao alvo, mas já com todo um glamour cavalheiresco.

7. Guilherme I, dito o Conquistador (c.1028-87), duque da Normandia, que chegou ao trono inglês em 1066, buscou maior concentração do poder e introduziu a cultura normando-francesa na ilha. As florestas eram consideradas domínios reais, sendo a caça ilegal por isso um crime de lesa-majestade.

PARTE UM

O príncipe dos ladrões

1

Durante o reinado de Henrique II,[8] no ano 1162 da graça do Senhor, dois viajantes, com trajes que denotavam terem percorrido uma longa estrada, e com expressão extenuada por intenso cansaço, atravessavam, certo fim de tarde, as trilhas estreitas da floresta de Sherwood,[9] no condado de Nottingham.

Fazia frio. As árvores, nas quais começavam a brotar os tímidos rebentos do mês de março, balançavam ao sopro das últimas brisas do inverno e uma densa neblina se espalhava por toda aquela área à medida que os raios do sol poente desapareciam nas nuvens avermelhadas do horizonte. O céu não demorou a escurecer, e lufadas de vento atravessando a floresta anunciavam uma noite tempestuosa.

— Ritson — disse o viajante mais velho, agasalhando-se no capote —, a violência do vento está aumentando. Será que a tempestade vai cair antes de chegarmos? E estamos mesmo no caminho certo?

— O caminho é este, milorde — respondeu Ritson. — Se não me falha a memória, em menos de uma hora estaremos batendo à porta do guarda-florestal.

Os dois desconhecidos avançaram em silêncio por mais quarenta e cinco minutos e o viajante tratado de "milorde" pelo companheiro perguntou impaciente:

— Falta muito?

— Mais dez minutos, milorde.

— Ótimo. Mas esse guarda-florestal chamado Head, tem certeza de que é digno de minha confiança?

8. Henrique II (1133-89), neto de Guilherme o Conquistador (ver nota 7), subiu ao trono inglês em 1154, dando início à dinastia Plantageneta.

9. A floresta e, na época, terreno de caça real ocupava uma área de cerca de 40.500 hectares, estendendo-se por quase todo o lado ocidental do condado de Nottingham e parte do de Derby. Hoje ela não passa de 180 hectares, que foram, porém, declarados de interesse científico em meados do séc.XX, e reserva natural em 2002.

— Perfeitamente digno, milorde. Meu cunhado Head é rude, franco e honesto. Vai ouvir com toda atenção a admirável história inventada por Sua Senhoria. E acreditará! É alguém que desconhece a mentira e até mesmo a desconfiança. Veja, milorde! — exclamou satisfeito Ritson, interrompendo o elogio do guarda. — Aquela luz mais adiante, com reflexos iluminando as árvores, vem da casa de Gilbert Head. Quantas vezes, quando era moço, me alegrei vendo essa estrela doméstica, quando à noite voltávamos cansados da caça!

E Ritson quedou-se por um momento, sonhador e de olhos fixos na luz vacilante, comovido com as lembranças do passado.

— A criança está dormindo? — perguntou o fidalgo, pouco interessado nos sentimentos do subalterno.

— Está sim, milorde — respondeu Ritson, cuja expressão voltou a assumir a mais completa indiferença. — Dorme pesado. Pela salvação da minha alma! Não entendo que Sua Senhoria se dê a todo esse trabalho para conservar a vida de uma criaturinha que tanto contraria seus interesses. Já que quer se livrar para sempre da criança, por que não lhe enterrar duas polegadas de aço no coração? Estou às suas ordens, é só mandar. Como recompensa, basta que me coloque no seu testamento, e nosso pequeno dorminhoco não acordará mais.

— Cale-se! — repreendeu rispidamente o fidalgo. — Não quero a morte dessa inocente criatura. Corro o risco de ser descoberto no futuro, mas prefiro tais angústias ao remorso de um crime. Aliás, tenho motivos para esperar e até firmemente acreditar que o mistério que envolve o nascimento dessa criança nunca haverá de se esclarecer. Se acontecer o contrário, Ritson, só poderá ser por culpa sua, mas saiba que estarei sempre vigiando rigorosamente tudo que fizer, por toda minha vida e o tempo todo. Criada entre os camponeses, a criança não sofrerá por sua condição limitada. Será feliz com seus gestos e hábitos, sem nunca lamentar o nome e a fortuna que perdeu sem conhecer.

— Seja feita a sua vontade, milorde! — respondeu friamente Ritson. — Mas a vida de uma criança tão pequena não vale o cansaço de uma viagem de Huntingdonshire a Nottinghamshire.[10]

Os viajantes finalmente apearam à frente de uma pequena e bem-cuidada casa escondida na floresta como um ninho de pássaro na ramagem de uma árvore.

— Ei! Head, meu vizinho! — gritou Ritson com voz alegre e forte. — Olá! Abra rápido que está chovendo e posso ver daqui a sua lareira acesa. Abra, meu amigo, é um parente que pede sua hospitalidade.

10. O sufixo inglês *shire* se traduz em geral como "condado" e designa uma antiga subdivisão geográfico-política criada com fins administrativos e que perdura como base dos governos locais na Inglaterra (são hoje 39 condados).

Os cachorros rosnaram no interior da casa e o prudente guarda perguntou:

— Quem é?

— Um amigo.

— Que amigo?

— Roland Ritson, seu irmão. Abra a porta, meu bom Gilbert.

— Roland Ritson, de Mansfield?[11]

— Sim, sim, eu mesmo, o irmão de Marguerite. E então, vai abrir ou não? — insistiu Ritson já impaciente. — Conversamos à mesa.

A porta finalmente foi aberta e os viajantes entraram.

Gilbert Head apertou, cordial, a mão do cunhado e disse ao fidalgo, cumprimentando-o polidamente:

— Seja bem-vindo, sr. cavaleiro.[12] Não pense que por ter demorado a abrir a porta de entrada eu desrespeite as leis da hospitalidade. O isolamento da casa e a bandidagem na floresta me obrigam à prudência, pois não basta ser corajoso e forte para escapar do perigo. Que o nobre estrangeiro aceite então minhas desculpas e considere sua a minha morada. Sentem-se junto ao fogo e sequem as roupas, nós cuidaremos dos animais. Ei! Lincoln! — gritou Gilbert, entreabrindo a porta de um quarto anexo. — Leve os cavalos desses viajantes para o galpão, pois nossa cocheira é pequena para abrigá-los, e não deixe que lhes falte nada: manjedoura com bastante feno e palha até a barriga.

Um robusto camponês vestido como lenhador logo apareceu, atravessou a sala e saiu, sem sequer ter a curiosidade de olhar para os recém-chegados. Em seguida, uma bonita mulher de no máximo trinta anos veio oferecer as duas mãos e o rosto para um beijo de Ritson.

— Querida Marguerite! Querida irmã! — exclamou ele com redobrado carinho e contemplando-a com ingênua admiração e surpresa. — Você não mudou nada. O rosto continua radiante, os olhos vivos, boca e pele tão rosadas e frescas como quando o nosso bom Gilbert a cortejava.

— É porque sou feliz — respondeu Marguerite, lançando ao marido um olhar de ternura.

— Pode dizer que somos ambos felizes, Maggie — acrescentou o virtuoso guarda-florestal. — Graças a seu bom temperamento, não tivemos rixas nem disputas na vida em comum. Mas não vamos falar de nós e pensemos nos hóspedes… Que surpresa! Tire a capa, cunhado amigo. E o sr. cavaleiro, sacuda essa chuva que escorre da roupa como o orvalho da manhã nas folhas. Depois passamos à mesa. Depressa, Maggie, uma acha ou duas na lareira. Na mesa os melhores pratos e nas camas os lençóis mais alvos, depressa!

11. A cidade de Mansfield fica menos de vinte quilômetros ao norte de Nottingham.

12. Cavaleiro era então um título de nobreza, usado para indicar posição social superior, pressupondo serviços prestados ao rei ou a algum senhor feudal.

Enquanto a diligente esposa se atarefava, Ritson abriu a capa e deixou que se visse uma bonita criança enrolada numa manta de caxemira azul. Gordinha, viçosa e rosada, a criança, de quinze meses no máximo, demonstrava perfeita saúde e forte constituição.

Depois de ajeitar com todo cuidado as dobras do gorro do neném, Ritson colocou a linda cabecinha sob a luz, realçando toda a sua graça, e chamou carinhosamente a irmã, que veio rápido.

— Maggie, tenho um presente para você. Assim não vai poder dizer que vim de mãos vazias, depois de oito anos sumido… — disse ele. — Veja só o que trouxe.

— Santa Maria! — exclamou de mãos juntas a mulher. — Santa Maria, um neném! É seu esse anjinho, Roland? Gilbert, Gilbert, vem ver que amor de neném!

— Uma criança! Uma criança nas mãos de Ritson! — E longe de se entusiasmar como sua mulher, Gilbert olhou severamente o cunhado. — Irmão — disse ele com gravidade —, será que se tornou ama-seca de recém-nascidos, depois de se reformar como soldado? É bem estranho, Ritson, andar aí pelos campos com uma criança por baixo da capa. O que significa isso? Por que veio até aqui? Qual é a história desse bebê? Vamos, fale, seja sincero, quero saber tudo.

— A criança não é minha, bom Gilbert. É órfã e o fidalgo aqui presente é o seu protetor. Sua Senhoria conhece a família desse anjinho e dirá o motivo da nossa visita. Enquanto isso, Maggie, pegue esse precioso volume que carrego e me pesa nos braços há dois dias… Quero dizer, duas horas. Já estou cansado desse papel de ama-seca.

Marguerite rapidamente pegou no colo o pequeno dorminhoco e o levou para o quarto, colocando-o na cama a cobrir-lhe as mãos e o pescoço de beijos. Enrolou-o bem quentinho no seu mantelete de dias de festa e voltou aos hóspedes.

A ceia transcorreu na alegria e, no final, o fidalgo disse ao guarda:

— O carinho com que sua encantadora mulher tratou a criança convenceu-me a apresentar uma proposta quanto ao seu futuro bem-estar. Antes, porém, permita-me esclarecer certas particularidades da sua família, do seu nascimento e da atual situação desse pobre órfão que tem somente a mim como protetor. O pai, antigo companheiro de armas da minha juventude, passada na guerra, foi meu melhor e mais íntimo amigo. No início do reinado de nosso glorioso Henrique II, estivemos juntos na França,[13] ora na Nor-

13. Desde Guilherme o Conquistador (ver nota 7), a Coroa inglesa havia passado a controlar, por direitos de sucessão, extensos domínios senhoriais na França, dando início a uma situação conflituosa que chegaria a seu ápice com a chamada Guerra dos Cem Anos, no séc.XIV.

mandia, ora na Aquitânia, ora no Poitou e, após alguns anos sem nos vermos, voltamos a nos encontrar no País de Gales. Antes de deixar a França, meu amigo apaixonou-se perdidamente por uma jovem, casou-se, trouxe-a para a Inglaterra e apresentou-a à família. Esta, infelizmente, altivo e orgulhoso ramo de uma linhagem principesca, imbuída de tolos preconceitos, não quis aceitar em seu seio a jovem, que era pobre e sem qualquer traço de nobreza que não fosse a dos sentimentos. A desfeita atingiu-a no coração e ela morreu oito dias depois de dar à luz a criança que queremos deixar a seu cuidado, e que também não tem pai, pois meu pobre amigo foi mortalmente ferido em combate na Normandia há quase dez meses. Os derradeiros pensamentos do moribundo foram para o filho. Pediu-me que o procurasse, deu-me às pressas o nome e o endereço da ama de leite que cuidava dele e me fez jurar, em nome da nossa antiga amizade, que daria apoio e proteção ao órfão. Jurei e vou manter a palavra, mas é missão bem árdua, mestre Gilbert, pois continuo soldado e passo a vida em quartéis ou campos de batalha, não podendo cuidar pessoalmente da frágil criatura. Acrescente-se que não tenho parentes nem amigos com que possa sem receio deixar esse precioso bem. Não sabia mais, então, para qual santo rezar, quando tive a ideia de consultar seu cunhado, Roland Ritson. Ele logo me falou do senhor, casado há oito anos com adorável e virtuosa mulher, sem que o casal tenha tido a felicidade de um filho, mas achando que provavelmente gostaria, recebendo um salário, é claro, de ter em casa o pobre órfão, filho de valoroso soldado. Se Deus conceder vida e saúde a essa criança, ela será para mim uma companhia na velhice. Contarei a ela a história triste e gloriosa do autor dos seus dias e a ensinarei como andar com passo firme pelas mesmas trilhas que percorremos, seu valoroso pai e eu. Enquanto isso, criem-na como um filho, e não de graça, têm minha garantia. Diga, mestre Gilbert: aceita minha proposta?

O fidalgo esperou com ansiedade a resposta do guarda-florestal, que antes de dizer qualquer coisa, interrogou sua mulher com os olhos. Mas a bonita Marguerite virara o rosto e, voltada para a porta do quarto, tentava, sorrindo, ouvir o imperceptível murmúrio da respiração da criança.

Ritson, que disfarçadamente analisava a expressão do marido e da mulher, compreendeu que a irmã queria muito ficar com a criança, apesar das hesitações de Gilbert, e disse com voz persuasiva:

— Os risos desse anjinho serão a alegria do seu lar, minha doce Maggie. E, por são Pedro! Juro que você vai poder ouvir outro som com o mesmo prazer, o dos guinéus que Sua Senhoria todo ano deixará na sua mão. Ah! Posso já imaginá-la rica e feliz, indo aos festejos locais e levando pela mão a linda criança a chamá-la "mamãe". Vai estar vestida como um príncipe, brilhando como o sol, e você, radiante de prazer e orgulho.

Marguerite nada respondeu, apenas olhou sorrindo para Gilbert, cujo silêncio foi mal-interpretado pelo fidalgo.

— Está indeciso, mestre Gilbert? — perguntou ele, com ar preocupado. — Minha proposta não lhe agrada?

— Perdão, senhor. É muito tentadora a proposta e ficamos com a criança, se minha querida Maggie não vir nenhum inconveniente nisso. Vamos, mulher, diga o que acha! Sua vontade será a minha.

— Esse bravo militar tem razão — respondeu a esposa. — Será difícil para ele educar a criança.

— E então?

— Ora, serei eu a sua mãe! — E voltando-se para o fidalgo acrescentou: — Se um dia quiser de volta o filho adotivo, nós o devolveremos com dor no coração, mas nos consolaremos da perda dizendo que ele vai estar mais feliz com o senhor do que sob o humilde teto de um pobre guarda-florestal.

— A palavra de minha mulher vale como um compromisso — confirmou Gilbert. — Por minha parte, juro cuidar dessa criança e lhe servir de pai. Tem o penhor da minha palavra, sr. cavaleiro.

E tirando do cinto uma das suas luvas de trabalho, jogou-a sobre a mesa.

— Promessa por promessa e luva por luva — respondeu o fidalgo, jogando também a sua em cima da mesa. — Tratemos agora de combinar o valor da pensão do bebê. Tome, bom homem, fique com isso. Receberá todo ano a mesma quantia.

Sacando do gibão um saquinho de couro cheio de moedas de ouro, fez menção de colocá-las na mão do guarda. Mas este recusou.

— Guarde o seu ouro, senhor. O carinho e o pão de Marguerite não se compram.

Por muito tempo o saquinho de couro passou das mãos de Gilbert às do fidalgo e vice-versa. Entraram num acordo, afinal, e, por sugestão de Marguerite, combinou-se que o dinheiro recebido anualmente para a pensão do menino seria deixado em local seguro, para ser entregue a ele quando chegasse à maioridade.

Regulado o assunto de forma satisfatória, foram todos dormir. No dia seguinte, Gilbert estava de pé ao amanhecer e olhou com inveja os cavalos dos hóspedes, que já recebiam os cuidados de Lincoln.

— São magníficos animais! — disse ele ao empregado. — Nem parece que acabam de trotar dois dias, com tanto vigor ainda. Pela santa missa! Só príncipes montam semelhantes corcéis. Devem valer o peso em prata dos meus garranos. Aliás, até me esqueci dos pobres companheiros! A manjedoura deles deve estar sem alimento — disse Gilbert, entrando na cocheira e descobrindo-a vazia. — Engraçado, não estão aqui. Ei, Lincoln! Levou nossos cavalos para o pasto?

— Ainda não, patrão.

— Que estranho — murmurou Gilbert.

Com um secreto pressentimento, o guarda-florestal foi ao quarto de Ritson, que não estava lá. "Talvez tenha ido acordar o fidalgo", pensou ele, se dirigindo ao outro quarto e encontrando-o também vazio. Marguerite apareceu, com o pequeno órfão nos braços.

— Mulher — exclamou o marido —, nossos animais desapareceram!

— Como é possível?

— Os hóspedes se foram com nossos cavalos e deixaram os deles.

— Por que partiram assim?

— Não faço ideia, Maggie.

— Talvez quisessem esconder a direção que seguiram.

— Só se cometeram alguma má ação.

— Ou não quiseram dizer que trocavam seus cavalos cansados pelos nossos.

— É pouco provável, pois os deles estão como se descansassem há oito dias, fortes e bem-dispostos.

— Bom, não vamos mais pensar nisso! Veja o menino como é bonitinho e como ri. Dê um beijo nele.

— Talvez o desconhecido tenha querido nos recompensar por nossa boa vontade, trocando nossos dois cavalos por outros bem mais caros.

— Pode ser. E, achando que recusaríamos, foram embora enquanto dormíamos.

— Bom, se for o caso, agradeço de coração, mas fico chateado com o cunhado Ritson, que devia ter se despedido.

— Não sabe que desde a morte da sua pobre irmã Anete, que era noiva dele, Ritson evita vir por aqui? Nossa felicidade no casamento pode ter despertado tristes lembranças.

— Tem razão, querida — respondeu Gilbert com um profundo suspiro. — Pobre Anete!

— O pior nisso tudo é que não sabemos o nome nem o endereço do protetor da criança. Como vamos avisar se ficar doente? E, aliás, como vamos chamá-la?

— Escolha você, Marguerite.

— Não, você, Gilbert. É um menino, cabe a você.

— Pois eu gostaria, caso concorde, de dar o nome do meu irmão, de quem eu gostava tanto. Não posso pensar na Anete sem me lembrar também do pobre Robin.

— Está batizado o nosso lindo Robin! — exclamou a esposa, cobrindo de beijos o rosto da criança, que sorria como se Marguerite fosse mesmo a sua mãe.

O órfão chamou-se então Robin Head. Com o tempo, e sem que se saiba por quê, o sobrenome Head mudou-se em Hood, e, com esse nome, o pequeno desconhecido tornou-se o célebre Robin Hood.

2

Quinze anos se passaram desde então. A tranquilidade e a felicidade em momento nenhum deixaram de reinar sob o teto do guarda-florestal e o órfão cresceu acreditando ser o filho querido de Marguerite e Gilbert Head.

Numa bela manhã de junho, um homem de meia-idade, vestido como um camponês pródigo e montando um robusto pônei, seguia pelo caminho que atravessava a floresta de Sherwood na direção do bonito vilarejo de Mansfieldwoohaus.

O céu estava claro; o sol matinal iluminava aquelas grandes solidões, com a brisa cruzando os bosques e carregando pelo ar os odores acres e penetrantes da folhagem dos carvalhos e os mil perfumes das flores silvestres. Sobre musgos e relvados, as gotas de orvalho brilhavam como semeaduras de diamantes; nas forquilhas dos grandes galhos, cantavam e esvoaçavam passarinhos; gamos bramiam nas savanas. Por toda parte, enfim, a natureza despertava, e as últimas brumas da noite se dissipavam ao longe.

A fisionomia do nosso viajante relaxava sob a influência de tão belo dia. O peito se dilatava, ele respirava fundo e, com voz forte e vibrante, pôs-se a lançar aos ecos os refrões de um velho hino saxão, um hino à morte dos tiranos.

De repente, uma flecha passou zumbindo junto à sua orelha e foi se plantar no tronco de um carvalho à beira da estrada.

O camponês, mais surpreso do que assustado, desceu do cavalo, se escondeu atrás de uma árvore, armou o arco e se pôs na defensiva. Porém, por mais que olhasse a estrada, escrutasse a mata em volta e prestasse atenção aos ruídos da floresta, nada viu, nada ouviu e ficou sem saber o que pensar daquele ataque intempestivo.

Quem sabe o inofensivo viajante tivesse sido vítima de uma flecha perdida de algum caçador mais desastrado? Entretanto, fosse este o caso, não teria ouvido os passos do tal caçador e os latidos dos cães? Não veria, atravessando o caminho, gamos em fuga?

Talvez fosse um fora da lei, um proscrito, como havia tantos no condado, gente que vivia de mortes e roubos, passando o dia a atacar viajantes. Mas os vagabundos desse tipo o conheciam e sabiam que não era rico, além de nunca recusar um pedaço de pão e um copo de cerveja a quem batesse à sua porta.

Teria ofendido alguém, que procurava agora se vingar? Não, sabia não ter inimigos num raio de vinte léguas ao redor.

Qual mão invisível quisera então feri-lo mortalmente?

Sim, mortalmente! Pois a flecha havia passado tão perto da sua orelha que lhe fizera esvoaçar os cabelos.

Refletindo sobre a situação, nosso personagem disse a si mesmo:

— O perigo não é iminente, já que o instinto do meu cavalo não o acusa. Pelo contrário, está tão tranquilo quanto na cocheira, esticando o pescoço em direção à folhagem como se fosse sua manjedoura. Ficando por perto, porém, ele revelará a quem me segue onde me escondo. Oooh, pônei, sai daí!

A ordem foi dada com um ligeiro assobio em surdina e o dócil animal, há muito tempo acostumado aos comandos do caçador querendo se isolar em emboscada, esticou as orelhas, virou os grandes olhos vivos para a árvore que protegia o seu dono, respondeu-lhe com um rápido relincho e se afastou a trotar. Mas em vão o camponês, por quinze minutos e com toda atenção, esperou um novo ataque.

— Bom, já que a paciência não está dando bom resultado, vamos tentar a esperteza.

E, a partir da direção das penas da flecha, ele calculou o ponto de onde fora atirada e lançou ele próprio uma, para eventualmente assustar o malfeitor ou provocar um movimento seu. A seta atravessou o espaço e foi cravar-se na casca de uma árvore, mas ninguém reagiu à provocação. Quem sabe uma segunda tentativa surtiria melhor efeito? A segunda flecha partiu, mas teve sua trajetória interrompida: uma outra, lançada por um arco invisível, atingiu-a em ângulo quase reto acima do caminho, fazendo-a cair aos rodopios no chão. O ataque foi tão rápido, tão inesperado, e indicava tanta destreza da mão e do olho que o camponês, entusiasmado, esqueceu-se de qualquer perigo e saltou fora do esconderijo.

— Que tiro! Que tiro formidável! — gritou, adentrando aos saltos nos confins da mata para encontrar o misterioso arqueiro.

Uma risada alegre respondeu a seus chamados, e não longe dali uma voz límpida e suave como uma voz feminina cantou:

Há gamos na floresta e flores na orla dos grandes bosques;
Mas deixa o gamo na sua vida selvagem, deixa a flor na sua haste flexível,
E vem comigo, meu amor, meu querido Robin Hood;
Sei que preferes o gamo nas clareiras e as flores coroando minha cabeça;
Abandona por hoje a caçada e a fresca colheita,
E vem comigo, meu amor, meu querido Robin Hood.

— Ah, é Robin que canta, despudorado. Venha aqui, seu danado. Atreve-se então a atirar no seu pai? Por são Dunstan,[14] achei que os salteadores estavam querendo a minha pele! Filho ingrato, tomando como alvo a minha cabeça grisalha! Aí está você! — acrescentou o bom velho. — Estou te vendo, bandido! E, além de tudo, cantando a canção que fiz para os amores do meu irmão Robin… No tempo em que eu compunha canções e o pobre amigo cortejava a noiva, a bonita May.

— O que está dizendo, pai? Minha flecha fez cócegas na sua orelha? — zombou atrás de uma moita o rapazote, que voltou a cantar:

Não há uma nuvem sob o ouro pálido da lua nem barulho algum no vale,
Voz nenhuma no ar, além do suave sino do convento.
Vem comigo, meu amor, vem comigo, amado Robin Hood,
Vem comigo à alegre floresta de Sherwood,
Vem estar comigo sob a árvore das nossas primeiras juras,
Vem comigo, meu amor, meu amado Robin Hood.

O eco da floresta repetia ainda o suave refrão quando o jovem, que parecia ter uns vinte anos, apesar de na verdade ter apenas dezesseis, postou-se diante do velho camponês que todos certamente reconheceram ser o bom Gilbert Head, do primeiro capítulo da nossa história.

O jovem sorriu para o velho e, em sinal de respeito, levou a mão ao gorro verde e enfeitado com uma pena de garça-real. Os cabelos pretos ligeiramente cacheados coroavam a testa larga e mais alva que o marfim. Das pálpebras bem abertas partiam raios fulgurantes, lançados por pupilas azul-escuras e com brilho que os cílios longos atenuavam, projetando sombra até as maçãs rosadas das faces. O olhar banhava-se em fluidez transparente de esmalte líquido e nele se refletiam, como num espelho, os pensamentos, as crenças e os sentimentos de uma cândida adolescência. A expressão dos traços do rosto de Robin transparecia coragem e energia; sua beleza delicada nada tinha de feminina. Quando a boca bem vermelha — ligada por graciosa curvatura ao nariz reto, fino e de narinas móveis e transparentes — se entreabria, mostrando dentes ebúrneos, o sorriso era o de um homem totalmente seguro de si.

O ar livre havia bronzeado sua nobre fisionomia, mas a brancura acetinada da pele ressurgia à base do pescoço e acima dos pulsos.

14. Dunstan da Cantuária (924-988), arcebispo da Cantuária (Canterbury; ver nota 81) responsável por grandes reformas monásticas, canonizado e festejado no dia 19 de maio, quando morreu. Por cerca de dois ou três séculos foi o santo mais popular da Inglaterra, graças a lendas sobre sua vida, relacionadas sobretudo a suas lutas contra o demônio (numa delas, ele conseguiu ferrar os cascos do Maligno, que foi obrigado a prometer nunca se aproximar do objeto, donde se criou a boa fama da ferradura).

Um gorro com egrete de pena de garça-real, um gibão em brim verde de Lincoln,[15] ajustado na cintura, os calções em pele de gamo, um par de *unhege sceo* (borzeguins saxões) atados por sólidos cadarços acima dos tornozelos, o boldrié tachado de aço polido e sustentando a aljava cheia de flechas, uma pequena trompa e a faca de caça presas à cintura, além do arco na mão, eram as peças do vestuário e do equipamento de Robin Hood. Diga-se que a originalidade de todo esse conjunto em nada abalava a boa imagem do adolescente.

— E se a flecha me atravessasse a cabeça em vez de fazer-me cócegas na orelha? — perguntou o velho, repetindo as últimas palavras do filho e fazendo-se de zangado. — Cuidado com essas cócegas, sr. Robin, podem com mais frequência matar do que causar risadas.

— Peço que me desculpe, pai. Não tinha a menor intenção de feri-lo.

— Disso sei eu! Mas poderia perfeitamente acontecer, querido filho. Qualquer mudança na marcha de meu cavalo, um passo à esquerda ou à direita da linha seguida, um movimento da minha cabeça, uma tremida da sua mão, um erro da sua pontaria, por detalhes mínimos uma brincadeira pode se tornar mortal.

— A mão não tremeu e minha pontaria nunca falha. Não se zangue comigo, pai, e perdoe minha travessura.

— Perdoo de bom grado, mas, como disse Esopo, cujas fábulas o bom cura ensinou,[16] será boa diversão para um homem uma brincadeira que pode matar outro homem?

— Tem razão, pai — caiu em si Robin. — Por favor, esqueça a traquinagem, quero dizer, o erro; pois foi o orgulho que me fez cometê-lo.

— O orgulho?

— Sim, o orgulho. Você não disse ontem à noite, durante o serão, que não sou ainda arqueiro bom o bastante para atingir de raspão o pelo da orelha de um cabritinho para assustá-lo sem ferir? Pois quis provar o contrário.

— Que bela maneira de exercitar seu talento! Mas chega de conversa, garoto. Está perdoado e, é claro, sem mágoa. Mas peço que nunca mais me trate como se eu fosse um gamo.

— Pode deixar, pai — exclamou com carinho o adolescente. — Isso não se repetirá. Por mais traquinas, bobo e brincalhão que eu seja, nunca vou esquecer o respeito e afeição que lhe devo. Nem pela posse da floresta de Sherwood inteira eu o faria perder um só fio de cabelo da cabeça.

15. Fabricado na cidade de Lincoln, no leste da Inglaterra, e que servirá, de certa forma, de base para o "uniforme" do futuro bando de Robin Hood.

16. O lendário fabulista grego Esopo, que teria vivido no séc.VI a.C., teve como os principais propagadores de suas histórias o romano Fedro (séc.I a.C.) e o francês Jean de La Fontaine (séc.XVII). Em nenhuma de suas 115 fábulas encontrou-se alguma que mencione diretamente tal "moral".

O velho tomou comovido a mão que o rapaz lhe estendia e apertando-a disse:

— Que Deus abençoe o seu excelente coração e lhe dê juízo! — acrescentando em seguida, com paternal orgulho, provavelmente até então reprimido para não encorajar a imprudência do arqueiro: — E dizer que foi meu aprendiz! Isso mesmo, fui eu, Gilbert Head, quem primeiro o ensinou a segurar um arco e disparar uma flecha! O aprendiz faz jus ao mestre e, se continuar assim, não haverá melhor atirador em todo o condado, ou até mesmo em toda a Inglaterra.

— Que o meu braço direito perca a força e que nenhuma de minhas flechas atinja o alvo se eu um dia esquecer o seu amor, meu pai!

— Filho, você já sabe que sou seu pai apenas no coração.

— Não venha falar de direitos que não tenha sobre mim, pois o que a natureza não lhe deu, você adquiriu pelo empenho e dedicação, nesses quinze anos.

— Teremos, sim, que falar disso — disse Gilbert, seguindo a pé e conduzindo pela rédea o pônei que um estridente assobio havia trazido de volta. — Uma espécie de pressentimento me diz que desgraças ameaçadoras se aproximam.

— Mas que ideia boba, meu pai!

— Você já é grande, forte e cheio de energia, graças a Deus. Mas o futuro que se abre não é mais aquele que eu imaginava quando, criança pequena e frágil, às vezes emburrada, outras vezes alegre, você crescia no colo de Marguerite.

— Pouco importa! Tudo que espero é que o futuro seja como o passado e o presente.

— Envelheceríamos sem maiores preocupações se o mistério que cobre o seu nascimento se desvendasse.

— Nunca mais, então, soube do bom soldado que me deixou aos seus cuidados?

— Nunca mais voltei a vê-lo e apenas uma vez tive notícias.

— Talvez tenha morrido na guerra.

— É possível. Um ano depois da sua chegada em minha casa, recebi de um mensageiro desconhecido uma bolsa de dinheiro e um pergaminho lacrado a cera, mas cujo sinete não tinha armas. Mostrei-o a meu confessor, que o leu para mim, e posso repetir seu conteúdo, palavra por palavra: "Gilbert Head, deixei há doze meses uma criança sob a sua proteção e assumi o compromisso de pagar esta renda anual. Deixo a Inglaterra e ignoro quando voltarei. Por isso, providenciei para que possa receber, a cada ano, a soma devida. Basta que, na época prevista, apresente-se ao xerife de Nottingham,[17] que lhe pagará. Crie o menino como se fosse seu próprio filho e, quando voltar, o procurarei." Nenhuma assinatura nem data. E de onde vinha a men-

17. O xerife era o administrador, em nome do rei, do condado, *shire* (ver nota 10). O termo *sheriff* vem de *shire-reeve*, literalmente "inspetor do condado".

sagem? Ignoro. O mensageiro partiu sem satisfazer minha curiosidade. Muitas vezes já lhe repeti o que o fidalgo desconhecido contou a respeito do seu nascimento e da morte dos seus pais. Desse modo, nada mais sei sobre sua origem. O xerife que paga a sua pensão invariavelmente responde, quando pergunto, desconhecer o nome e a procedência de quem o encarregou de me entregar tantos guinéus por ano. Se o seu protetor agora o quisesse chamar de volta, minha querida Marguerite e eu nos consolaríamos, pois enfim você recuperaria a riqueza e honrarias que são suas por direito de berço; mas se morrermos antes que o fidalgo desconhecido reapareça, uma grande amargura perturbará nossos últimos momentos.

— Qual amargura, pai?

— A de sabê-lo sozinho e abandonado a si mesmo. Entregue às paixões, exatamente no momento em que se torna homem.

— Minha mãe e você viverão ainda por muito tempo.

— Só Deus sabe!

— Deus há de permitir.

— Que seja feita a sua vontade! Em todo caso, se a morte nos separar proximamente, fique sabendo, meu filho, que é o nosso único herdeiro. A casa simples em que cresceu é sua, a terra lavrada em volta é de sua propriedade, com o dinheiro da pensão, acumulado durante quinze anos, vai estar livre da miséria e poderá ser feliz, se tiver juízo. A desgraça se abateu sobre você quando nasceu e seus pais adotivos se esforçaram para reparar o mal. Lembre-se sempre deles, que não desejam outra recompensa.

O adolescente ficou comovido. Pesadas lágrimas brotaram no canto dos seus olhos, mas ele se controlou para não aumentar a emoção do velho, virou a cabeça, enxugou os olhos com as costas da mão e exclamou de forma quase alegre:

— Nunca mais trate de assunto tão triste, meu pai. Basta pensar na possibilidade de separação que me sinto fraco como uma mulher, e a fraqueza não fica bem num homem (pois já se considerava um homem). Não tenho dúvida de que saberei um dia quem sou, mas se não for este o caso, nunca deixarei de dormir tranquilo e de acordar satisfeito. Ora! Mesmo ignorando meu verdadeiro nome, nobre ou plebeu, não ignoro o que quero ser: o melhor arqueiro que algum dia já atirou uma flecha nos gamos da floresta de Sherwood.

— Isto você já é, sr. Robin — respondeu Gilbert com orgulho. — Não teve a mim como instrutor? Vamos embora, *gip*, meu bom pônei — acrescentou o velho, voltando a montar. — Preciso me apressar para ir a Mansfieldwoohaus e voltar, ou Maggie fará um beiço mais comprido do que a minha mais comprida flecha. Enquanto isso, querido filho, vá treinando; em pouco tempo poderá se igualar a Gilbert Head nos seus melhores dias… Até a volta.

Robin se divertiu ainda por uns momentos a despedaçar a flechadas folhas escolhidas ao acaso no alto das mais altas árvores. Depois, cansado dessa distração, estendeu-se na relva à sombra de uma clareira e recapitulou, uma a uma em seu pensamento, as palavras que acabava de trocar com o pai adotivo. Em sua ignorância do mundo, Robin nada mais desejava além da felicidade que tinha sob o teto do guarda-florestal. Sua suprema satisfação consistia em poder caçar livremente nas fartas solidões da floresta de Sherwood: o que lhe importava, então, um destino de nobre ou de plebeu?

Um farfalhar mais demorado da folhagem e estalidos rápidos em moitas ali por perto perturbaram o devaneio do jovem arqueiro, que ergueu a cabeça e viu um gamo assustado atravessar a mata, passando pela clareira e logo desaparecendo nas profundezas da floresta.

Armar o arco e persegui-lo foi o impulso imediato de Robin, mas tendo, por acaso ou por instinto de caçador, examinado o local por onde saíra o animal, percebeu, a algumas toesas[18] de distância, um homem agachado atrás de um monte de terra, a partir do qual se tinha boa visão da estrada. Escondido daquele modo, o desconhecido podia ver sem ser visto tudo que se passava à frente e, de olho atento e flecha empunhada, esperava.

Pela maneira de se vestir, parecia ser um caçador correto e experiente de tocaia, usufruindo o lazer de uma caçada tranquila. Mas se fosse o caso, e sobretudo se estivesse interessado em gamos, não teria hesitado em imediatamente seguir a pista do animal. Por que, então, a emboscada? Talvez fosse um assassino à espreita de viajantes?

Robin farejou o crime e, esperando impedi-lo, escondeu-se também atrás de algumas faias vigiando atentamente os movimentos do desconhecido. Este, agachado à espreita, estava de costas para ele, ou seja, entre Robin e o alvo.

De repente o homem — bandido ou caçador — atirou uma flecha apontada para a estrada. Levantou-se um pouco, como se fosse saltar na direção da presa visada, mas parou, praguejou com raiva e voltou a se agachar, com nova flecha no arco.

Esta última, como a primeira, foi seguida por violento palavrão.

— Em quem será que está atirando? — perguntou-se Robin. — Pode estar querendo "pentear" algum amigo como fiz essa manhã com o velho Gilbert, mas não é coisa tão fácil. E não vejo ninguém na área visada; mas ele vê, pois já está preparando uma terceira flecha.

Robin já ia deixar seu esconderijo para falar com o desconhecido e desastrado atirador quando, afastando sem querer os ramos de uma faia, percebeu na estrada, no ponto em que o caminho para Mansfieldwoohaus faz uma curva fechada, um cavaleiro e uma jovem dama que pareciam muito assustados e se perguntando se deveriam voltar atrás ou enfrentar o perigo. Os cavalos tinham se agitado e o cavaleiro olhava para todos os lados, tentando

18. Antiga medida francesa de comprimento equivalente a seis pés, ou seja, quase dois metros.

descobrir o inimigo e atacá-lo, mas querendo, ao mesmo tempo, tranquilizar a moça que o acompanhava.

A jovem subitamente deu um grito aflito e quase caiu desmaiada: uma flecha acabava de se cravar no arção da sua sela.

Não havia mais dúvida, o homem emboscado era um vil assassino.

Tomado por franca indignação, Robin escolheu em sua aljava uma flecha bem afiada, retesou o arco e atirou. A mão esquerda do criminoso ficou pregada na madeira do próprio arco, que mais uma vez já ameaçava o cavaleiro e a dama.

Rugindo de raiva e de dor, o bandido se virou, procurando descobrir de onde vinha o ataque imprevisto, mas a elegância esguia do jovem arqueiro o mantinha escondido atrás da faia, além de as cores de seu gibão se camuflarem bem na folhagem.

Robin poderia matar o bandido, mas achou suficiente assustá-lo, já que o punira, e disparou outra flecha, que enviou o gorro do homem a vinte passos dele.

Apavorado e em pânico, o ferido se levantou e, segurando com a mão sadia a mão ensanguentada, berrou, gesticulou, girou por alguns instantes, procurando com olhos esbugalhados uma resposta no matagal em volta, e finalmente fugiu aos gritos:

— É o demônio! O demo! O diabo!

A fuga do bandido foi comemorada com boa gargalhada e o jovem arqueiro brindou-o ainda com uma última flechada que, além de dar mais impulso à sua fuga, o impediria de se sentar por um bom tempo.

Passado o perigo, Robin saiu do esconderijo e se encostou com descaso no tronco de um carvalho à beira da estrada, querendo dar boas-vindas aos viajantes. Avançando a trote, assim que eles perceberam o rapaz, a moça deu um grito e o cavaleiro investiu de espada em punho.

— Calma aí, sr. cavaleiro! — exclamou Robin. — Controle o braço e modere seu arrojo. As flechas lançadas contra vocês não vieram da minha aljava.

— Miserável! Vai pagar por isso! — vinha em fúria o cavaleiro.

— Não sou nenhum assassino, pelo contrário. Acabo inclusive de lhes salvar a vida.

— E o bandido, onde está? Fale ou parto a sua cabeça.

— Se puder se acalmar e ouvir, vai saber — respondeu Robin com tranquilidade. — Mas partir-me a cabeça, nem pense nisso. Note que essa flecha, já apontada, pode atravessar o seu coração antes que a espada me arranhe a pele. Dê-se por avisado e ouça com calma, pois direi o que aconteceu.

— Estou ouvindo — concordou o cavaleiro, impressionado com o sangue-frio do rapaz.

— Eu descansava tranquilamente na relva, por trás daquelas faias, quando um gamo passou. Pensei em persegui-lo, mas, no momento em que me levantei, vi um sujeito atirando flechas contra algo que eu de início não podia ver. Deixei de lado o gamo e pus-me a observar, pois o homem parecia suspeito. Não demorei a descobrir que essa graciosa dama era o seu alvo. Dizem que sou o melhor arqueiro da floresta de Sherwood, e quis aproveitar então a oportunidade para provar a mim mesmo que falam a verdade. No primeiro ataque, a mão e o arco do bandido ficaram pregados juntos por uma das minhas flechas, no segundo, arranquei-lhe o gorro, que não será difícil encontrarmos, no terceiro, enfim, ajudei o sujeito a correr mais rápido. E ele deve estar correndo ainda... Só isso.

O cavaleiro continuava de espada em riste, ainda na dúvida.

— Vamos, meu amigo — continuou Robin. — Olhe para mim, por acaso pareço um bandido?

— É verdade meu jovem, confesso que não — disse finalmente o estranho, depois de observar Robin com atenção.

O rosto limpo, a fisionomia indiscutivelmente franca, olhos em que brilhava o fogo da coragem e lábios sorridentes em que se podia notar um legítimo orgulho, tudo no nobre adolescente inspirava e impunha confiança.

— Diga-me quem é você e leve-nos, por favor, a algum lugar em que nossos cavalos possam descansar e refazer-se — completou o cavaleiro.

— Com prazer; precisam só me acompanhar.

— Mas primeiro aceite esta bolsa, aguardando a recompensa divina.

— Guarde o seu ouro, cavaleiro. Não preciso dele, é inútil para mim. Meu nome é Robin Hood e moro com meus pais, a duas milhas daqui, na orla da floresta. Venham e terão em nossa modesta casa a mais cordial hospitalidade.

A jovem, que até então se mantinha afastada, se aproximou do cavaleiro, e Robin viu reluzir o brilho de dois grandes olhos negros sob o capuz de seda que protegia a sua cabeça do frescor matinal. Pôde notar também a celestial beleza, que ele admirou com insistência, enquanto polida e respeitosamente a cumprimentava, se inclinando.

— Acha que devemos acreditar no que diz esse moço? — ela perguntou ao cavaleiro.

Robin orgulhosamente ergueu a cabeça e tomou a iniciativa da resposta:

— A menos que não haja mais boa-fé neste mundo.

Os dois estrangeiros sorriram: todas as dúvidas estavam dissipadas.

3

A pequena caravana avançou, de início em silêncio. O cavaleiro e a jovem pensavam ainda no perigo a que tinham estado expostos, e na cabeça do nosso jovem arqueiro, por outro lado, um mundo de novas ideias emergia: pela primeira vez ele admirava a beleza feminina.

Orgulhoso por instinto de raça, tanto quanto por personalidade própria, ele não queria parecer inferior a quem lhe devia a vida, e procurava manter, enquanto os guiava, uma aparência de altiva rudeza: sabia perfeitamente que aquelas pessoas pertenciam à nobreza, apesar de modestamente vestidas e viajando sem escolta, mas, na floresta de Sherwood, sentia-se em pé de igualdade, ou até num nível superior, diante, por exemplo, de uma emboscada assassina.

A maior ambição de Robin era que o vissem como hábil arqueiro e audacioso caçador. Fazia por merecer o primeiro título, mas lhe recusavam ainda o segundo, inclusive desmentido por sua aparência juvenil.

A todos os seus atributos naturais acrescentava-se ainda o encanto de uma voz melodiosa. Consciente disso, ele cantava onde quer que lhe desse vontade e resolveu, então, brindar os viajantes com uma demonstração, dispondo-se a entoar uma bem-humorada e alegre balada. Mas, à primeira palavra, uma emoção extraordinária paralisou sua voz e lhe trancou os lábios, que tremiam. Tentou outra vez e o resultado foi o mesmo. Veio apenas um profundo suspiro. Nova tentativa, com o mesmo suspiro e ainda a mesma emoção.

Eram já os primeiros acanhamentos do amor que se revelavam ao inexperiente rapazote. Mesmo sem saber, ele adorava a imagem da bela desconhecida que cavalgava pouco atrás e deixava em segundo plano as canções, sonhando com aqueles belos olhos negros.

Mas acabou descobrindo as causas da estranha perturbação e pensou, recuperando o sangue-frio:

"Paciência, logo mais vou vê-la sem o capuz."

O cavaleiro fez perguntas a Robin sobre seus gostos, hábitos e ocupações, procurando ser cordial, mas recebeu respostas um tanto distantes e que só mudaram de tom no momento em que o amor-próprio do rapaz se sentiu questionado:

— Não teve medo — era o que perguntava o desconhecido — de que o miserável fora da lei se vingasse do fracasso indo contra você?

— Não vejo como! Seria impossível algo assim.

— Impossível?

— Com certeza, estou habituado às situações mais difíceis.

Havia tanta boa-fé e grandeza de sentimentos nas respostas de Robin que o desconhecido não quis ironizar e perguntou:

— Seria habilidoso a ponto de flechar a cinquenta passos o que normalmente se consegue a quinze?

— Sem dúvida. Mas espero — acrescentou o rapaz, ele sim com tom de ironia — que não considere tão grande demonstração de habilidade a lição que dei ao bandido.

— Por que não?

— Foi um lance bobo, que nada prova.

— E qual melhor prova poderia me dar?

— Que a ocasião se apresente e verá.

Fez-se silêncio por alguns minutos e a caravana chegou a uma grande clareira, que o caminho cortava em diagonal. Assustando-se com o barulho dos cavalos, uma grande ave de rapina alçou voo e uma pequena corça saiu do matagal próximo, buscando se esconder do outro lado.

— Escolha! — disse Robin com uma flecha entre os dentes e colocando outra no arco. — O que prefere, caça com penas ou com pelos? Pode escolher.

Antes, porém, que o cavaleiro respondesse, a corça caiu morta e o pássaro despencou das alturas, rodopiando até a clareira.

— Já que não escolheu enquanto estavam vivos, escolherá quando estiverem assados, à noite.

— Formidável! — exclamou o cavaleiro.

— Incrível! — admirou-se a jovem.

— Basta a Suas Senhorias que sigam em linha reta e, logo depois das árvores, verão a casa do meu pai. Até lá! Tomo a dianteira para avisar minha mãe e pedir que nosso velho criado recolha a caça.

E Robin desapareceu correndo.

— Parece um ótimo rapaz, não acha, Marian? — perguntou o cavaleiro a sua acompanhante. — O mais agradável e simpático forasteiro inglês que já encontrei.

— É bem moço ainda — ela respondeu.

— Talvez ainda mais do que parece, pela compleição e pelo vigor que demonstra. Não pode imaginar, Marian, como a vida ao ar livre ajuda a desenvolver a força e faz bem à saúde. Não é como em nossas cidades sufocantes — acrescentou o cavaleiro, com um suspiro.

— Tenho a impressão, sr. Allan Clare — observou a jovem com leve sorriso —, de que seus suspiros se devem menos às verdes árvores da floresta de Sherwood do que à sua bela feudatária, a nobre filha do barão de Nottingham.

— Tem toda razão, querida irmã. Confesso que preferiria, se dependesse de mim, passar os dias a perambular pela floresta, morando numa casa de *yeoman*[19] e tendo Christabel como esposa, do que me sentar num trono.

— A imagem é bonita, meu irmão, mas um tanto romanesca. Aliás, acha mesmo que Christabel vá trocar sua vida de princesa pela mesquinha existência que descreve? Ah! Querido Allan, não alimente tão loucas esperanças, pois não vejo com tanta certeza o barão lhe dar a mão da filha.

A expressão do rapaz ficou sombria, mas rapidamente ele afastou essa nuvem de tristeza e respondeu em tom calmo:

— Mas já a ouvi falar com entusiasmo das vantagens da vida no campo.

— É verdade, Allan, confesso. Meus gostos são às vezes estranhos, mas não acho que Christabel seja assim.

— Se ela realmente me amar, vai gostar da minha casa, onde for. Acha mesmo que o barão vai recusar? No entanto, se eu quiser, uma só palavra minha basta para que o orgulhoso e irascível Fitz-Alwine tenha que aceitar meu pedido, sob pena de ser proscrito e ver o castelo de Nottingham[20] reduzido a pó.

— Psiu! Chegamos — interrompeu Marian. — A mãe do jovem nos aguarda à porta. Tem de fato uma aparência muito simpática.

— O menino saiu à mãe — observou Allan com um sorriso.

— Oh! Não é mais um menino! — reagiu ela com súbito rubor.

Mas quando a jovem apeou, ajudada pelo irmão, e quando o capuz, caindo para trás, deixou que se visse melhor o seu rosto, o rubor já cedera lugar à coloração rosada e Robin, ao lado da mãe, admirou com ardente surpresa a primeira mulher a fazer seu coração bater mais rápido. A emoção era tão intensa e verdadeira que o jovem arqueiro exclamou, sem se dar conta das próprias palavras:

— Ah, tinha certeza de que olhos tão bonitos só podiam iluminar um belo rosto!

Estranhando a ousadia do filho, Marguerite o repreendeu, quase zangada. Allan riu e a bela Marian ficou tão vermelha que Robin, na verdade

19. *Yeoman*, plural *yeomen*, designava, na Inglaterra medieval, um camponês, um pequeno proprietário de terra.

20. Hoje transformado em museu, modernizado e ostentando uma estátua de Robin Hood em sua entrada, o castelo de Nottingham teve sua estrutura fortificada no início do séc.XII sob Henrique I, que frequentemente visitava a propriedade vindo caçar nas florestas reais de Barnsdale e Sherwood.

querendo esconder o próprio embaraço e vergonha, abraçou a mãe. Mas não deixou de dar uma olhada um tanto atrevida para a moça, sem notar qualquer aborrecimento. Pelo contrário, um sorriso cordial, que ela provavelmente achava passar despercebido de quem o causara, iluminava o seu rosto, e o causador de tudo aquilo, acreditando estar desculpado, arriscou timidamente erguer os olhos para a sua nova adoração.

Uma hora depois, Gilbert Head chegou em casa, trazendo na garupa do cavalo um homem ferido que ele havia encontrado na estrada. Desmontou o estranho com infinito cuidado e levou-o para a sala, pedindo ajuda a Marguerite, que acomodava os convidados nos quartos do primeiro andar.

Ouvindo Gilbert chamar, Maggie foi até ele.

— Veja, mulher, esse pobre sujeito precisa dos seus cuidados. Algum brincalhão de mau gosto teve a péssima ideia de pregar com uma flecha a mão dele no arco, no momento em que ele visava um pequeno corço. Vamos, boa Maggie, não podemos perder tempo, o homem perdeu muito sangue. Como está se sentindo, companheiro? — acrescentou o velho, se dirigindo ao ferido. — Coragem, logo estará curado. Vamos, erga um pouco a cabeça, não se deixe abater desse modo; ânimo, homem! Ninguém morre por causa de uma ponta de ferro na mão.

Encurvado e com a cabeça baixa e enterrada nos ombros, o desconhecido parecia querer evitar que os anfitriões vissem o seu rosto.

Robin entrava em casa nesse momento e foi logo até o pai, querendo ajudá-lo com o ferido. Mas assim que o viu se afastou e fez sinal para que o velho Gilbert fosse falar com ele.

— Pai — disse em voz baixa —, é preciso esconder dos hóspedes que se encontram lá em cima a presença desse homem na nossa casa. Logo mais digo por quê. Mas tome cuidado.

— E qual sentimento, além da compaixão, poderia despertar nos hóspedes a presença desse pobre lenhador banhado no próprio sangue?

— À noite, lhe contarei. Por enquanto, siga o meu conselho.

— Logo mais, eu saberei à noite… — repetiu Gilbert irritado. — Pois saiba que quero respostas agora mesmo. É bem estranho que um menino venha me dar conselhos de prudência. Diga, que relação pode haver entre o lenhador e Suas Senhorias?

— Por favor, espere um pouco. Conto assim que estivermos sozinhos.

O velho voltou para junto do ferido, que, pouco depois, deu um longo grito de dor.

— Sr. Robin, mais uma das suas obras-primas! — zangou-se Gilbert, indo atrás do filho e segurando-o pelo braço no momento em que deixava o cômodo. — Hoje mesmo pela manhã proibi que testasse a habilidade à custa dos seus semelhantes. Foi muito obediente e como prova disso temos esse pobre lenhador!

— Como assim? — respondeu o rapaz com respeitosa indignação. — Acha então...

— Perfeitamente, acho que foi você que pregou a mão desse sujeito no próprio arco. É o único na floresta a ter tanta perícia. Além do que, a ponta da flecha não deixa dúvida, é das nossas... Não vai negar que tem culpa, espero.

E Gilbert mostrou a ponta da flecha recém-extraída do ferimento.

— Fui eu mesmo que feri esse homem, pai! — admitiu Robin com frieza.

O velho guarda-florestal ficou sério.

— Fez uma coisa horrível e criminosa, meu rapaz. Não se envergonha de ter ferido com perigo, por pura fanfarrice, alguém que não lhe fez mal algum?

— Não me envergonho nem me arrependo — respondeu Robin com firmeza. — Vergonha e arrependimento deve ter quem atacava de emboscada viajantes inofensivos e indefesos.

— A quem se refere?

— A este que você generosamente trouxe para casa — e Robin contou ao pai todos os detalhes do que havia acontecido.

— O miserável o viu? — perguntou Gilbert preocupado.

— Não, pois fugiu como louco, achando que o diabo o atacava.

— Desculpe minha injustiça — disse o velho, apertando com carinho as mãos do filho. — Admiro a sua perícia. Precisamos então estar atentos aos arredores da casa. O ferimento do patife logo vai estar bom e, agradecendo a hospitalidade, ele é bem capaz de voltar com gente da mesma laia e pôr tudo aqui de cabeça para baixo. Me parece — acrescentou Gilbert, após pensar um momento — que a fisionomia desse sujeito não me é estranha. Mas não consigo me lembrar de onde nem como se chama. Deve ter mudado muito. Quando o conheci, não tinha no rosto essa expressão vil de desregramento e crime.

A conversa foi interrompida pela chegada de Allan e Marian, aos quais o dono da casa cordialmente deu as boas-vindas.

A casa do guarda-florestal esteve bem animada naquela noite: Gilbert, Marguerite, Lincoln e Robin — Robin principalmente — demonstravam nítida agitação com a mudança e perturbação provocadas em sua tranquila existência doméstica pela chegada dos hóspedes. O dono da casa se mantinha atento ao ferido e sua mulher preparava o jantar. Lincoln, depois de se ocupar dos cavalos, tomava conta, do lado de fora. Apenas Robin parecia desocupado, mas seu coração batia rápido. Ver a bela Marian despertava sensações até então desconhecidas, deixando-o meio parvo, imerso em muda admiração. Ruborizava, empalidecia, estremecia sempre que a jovem se movia, falava ou simplesmente olhava em volta.

Nunca, nas festas de Mansfieldwoohaus, tinha visto beleza igual. Ele dançava, ria e conversava com as moças da cidade, tendo chegado inclusive a murmurar, ao ouvido de algumas, banais palavras de amor, que eram, no entanto, esquecidas no dia seguinte, assim que ele voltava a caçar na floresta. Agora, porém, morria de medo diante da possibilidade de ter que dizer alguma coisa à nobre amazona que lhe devia a vida. Sabia que nunca mais a esqueceria.

Deixara de ser menino.

Enquanto Robin, sentado num canto da sala, se mantinha em silenciosa adoração de Marian, Allan cumprimentava Gilbert pela coragem e pontaria do jovem arqueiro, e felicitava o velho pelo filho que tinha. Gilbert, por sua vez, sempre na expectativa de conseguir eventuais informações sobre as origens de Robin, nunca deixava de dizer que ele era seu filho adotivo e contava sempre como e a que época um desconhecido o havia trazido.

Com surpresa, então, Allan soube que Robin não era filho de Gilbert, com este último informando ainda que o protetor desconhecido do órfão provavelmente viera de Huntingdon,[21] pois o xerife dessa localidade pagava anualmente a pensão do menino.[22] Ao que o rapaz respondeu:

— Marian e eu somos de Huntingdon e saímos de lá há poucos dias. Essa história sobre Robin poderia até ser verdadeira, mas não creio. Fidalgo nenhum de Huntingdon morreu na Normandia à época do nascimento desse jovem, e não ouvi falar de membro algum de família nobre que tivesse se ligado a uma francesa pobre e plebeia. Além disso, por que teria trazido a criança para tão longe de Huntingdon? Pelo bem dela, como disse, já que o seu parente Ritson os indicou como pessoas de bom coração? Não seria antes por querer ocultar a existência do recém-nascido, abandonando-o já que não tinha coragem de fazê-lo desaparecer? O fato de, desde então, não terem voltado a ver o seu cunhado só confirma essas suspeitas. Quando voltar a Huntingdon, vou procurar minuciosamente me informar e tentar descobrir a família de Robin. Minha irmã e eu lhe devemos a vida; queira então o céu que possamos ter êxito e de certa maneira pagar a dívida sagrada da nossa eterna gratidão!

Pouco a pouco os elogios de Allan e as meigas e gentis palavras de Marian devolveram o bom humor e a desenvoltura habituais de Robin, fazendo com que logo a mais verdadeira, franca e cordial alegria reinasse na casa do guarda-florestal.

— Ao atravessar a floresta de Sherwood, a caminho de Nottingham, nos perdemos — explicou Allan Clare. — Espero então retomar a estrada amanhã de manhã. Não quer me servir de guia, prezado Robin? Minha irmã po-

21. Localizada às margens do rio Ouse, é a cidade natal de Oliver Cromwell (1599-1658), controvertido chefe militar, político e "lorde protetor da Inglaterra", mas também de John Montagu, conde de Sandwich (1718-92), inventor da iguaria que tornou famoso o seu nome. Não há porém vestígios do castelo do "protetor de Robin".

22. Dumas se contradiz aqui na narrativa, visto que anteriormente era o xerife de Nottingham quem deveria ser procurado para o pagamento da pensão. O xerife de Huntingdon, no entanto, é um pagador mais plausível.

deria ficar aqui, aos cuidados da sua mãe, e voltamos à noite. A qual distância estamos da cidade?

— Cerca de doze milhas — respondeu Gilbert. — Um bom cavalo faz a viagem em menos de duas horas. Devo uma visita ao xerife, a quem não vejo há um ano, e posso acompanhá-lo, sr. Allan.

— Ótimo, seremos três! — exclamou Robin.

— Nada disso! — reagiu Marguerite, acrescentando em voz baixa ao ouvido do marido. — Não se dá conta? Deixar duas mulheres sozinhas na casa, com esse bandido?

— Sozinhas? — respondeu Gilbert rindo. — Não leva minimamente em consideração nosso velho Lincoln e meu fiel cachorro Lance, que arrancaria com os dentes o coração de quem quer que se atrevesse a erguer a mão contra você?

Marguerite lançou um olhar súplice à jovem visitante e Marian categoricamente declarou que acompanharia o irmão, se Gilbert não desistisse da viagem.

Ele acabou cedendo e ficou combinado que ao despontar do dia Allan e Robin partiriam a caminho de Notthingham.

Com a noite chegando e as portas fechadas, nossos personagens se puseram à mesa e louvaram os talentos culinários da boa Marguerite. O prato principal era um assado de corço; Robin estava radiante de alegria, pois ele é que o havia caçado e ela achou a carne deliciosa!

Sentados lado a lado, todos conversavam como conversam velhos conhecidos. Allan, de sua parte, ouvia com prazer histórias sobre a floresta, e Maggie cuidava para que nada faltasse à mesa. A sala do guarda-florestal poderia servir de modelo, naquele momento, a um daqueles quadros de interior, da escola holandesa, em que o artista poetiza o realismo da vida doméstica.

Um longo assobio, porém, vindo do quarto ocupado pelo doente, subitamente chamou a atenção de todos, que ao mesmo tempo olharam para a escada que levava ao andar superior. Mal o assobio se desfez no ar, ouviu-se uma resposta no mesmo tom, a pouca distância na floresta. Um arrepio percorreu nossos cinco personagens à mesa e um dos cães de guarda, do lado de fora, deu alguns latidos inquietos. O mais absoluto silêncio voltou, entretanto, a reinar nos arredores e em frente à casa do guarda-florestal.

— Algo estranho está acontecendo — disse Gilbert. — Não me surpreenderia a presença, entre as árvores, de pessoas que não têm o menor constrangimento de mexer em bolsos que não são seus.

— Teme a visita de ladrões? — perguntou Allan.

— Pode acontecer.

— Achei que respeitassem a propriedade de um honesto homem da floresta, que em geral é modesta. E que tivessem o bom senso de atacar apenas os ricos.

— Não são muitos os ricos e nossos respeitáveis vadios têm que se contentar com pão, quando não encontram carne. Acredite, os fora da lei de forma alguma se incomodam de roubar um pedaço de pão de um pobre. Deviam, no entanto, respeitar a mim, aos meus e à minha casa, pois mais de uma vez deixei que se aquecessem no meu fogo e comessem à minha mesa, nos meses de inverno e de penúria.

— Os bandidos desconhecem a gratidão.

— Tanto é que várias vezes quiseram entrar aqui à força.

Ouvindo isso, Marian estremeceu de medo e instintivamente se aproximou de Robin, que quis tranquilizá-la. Mas, outra vez, a emoção deixou-o mudo e Gilbert, percebendo a insegurança da jovem, retomou sorrindo:

— Esteja sossegada, nobre senhorita, tem a seu dispor homens corajosos e bons arcos. Se os fora da lei ousarem aparecer, serão escorraçados como tantas vezes já foram, levando como trunfo apenas uma flecha espetada abaixo do gibão.

— Obrigada — disse Marian, que, em seguida, com um olhar significativo para o irmão, acrescentou:

— A vida na floresta não deixa então de ter inconvenientes e perigos?

Robin se enganou quanto ao sentido da frase, achando que se dirigia a ele, sem compreender que a moça fazia alusão ao gosto que o irmão dizia ter pela vida no campo. De forma que exclamou com entusiasmo:

— Vejo na vida aqui apenas prazer e felicidade. Passo às vezes dias inteiros nos vilarejos próximos, e retorno à bela floresta com alegria inexprimível, convencido de que preferiria a morte ao suplício de estar encerrado entre os muros de uma cidade.

E já ia continuar no mesmo tom quando uma pancada forte sacudiu a porta de entrada. A casa inteira estremeceu, os cães deitados à frente da lareira deram um pulo latindo. Gilbert, Allan e Robin correram à porta, enquanto Marian se refugiava nos braços de Marguerite.

— Quem é o mal-educado que se atreve a bater dessa maneira à minha porta? — gritou o guarda.

A resposta foi outra pancada, mais violenta ainda. Gilbert repetiu a pergunta, mas os latidos furiosos dos cachorros tornaram impossível qualquer diálogo. Com muita dificuldade ouviu-se afinal uma voz sobrepondo-se ao tumulto e pronunciando essa frase sacramentada:

— Abra, pelo amor de Deus!

— Quem são vocês?

— Dois frades da ordem de são Bento.

— De onde vêm e para onde vão?

— Estamos vindo da nossa abadia de Laiton e nos dirigimos a Mansfieldwoohaus.

— E o que querem?

— Um abrigo para a noite e algo para comer; nos perdemos na floresta e estamos mortos de fome.

— Essa maneira de falar não parece a de um moribundo; como posso ter certeza de que diz a verdade?

— Por Deus! Abrindo a porta e olhando para nós — respondeu a mesma voz, com um tom de impaciência que a tornava menos humilde. — Vamos, lenhador teimoso, abra! Nossas pernas tremem e nossos estômagos gritam.

Gilbert olhou hesitante para os hóspedes, mas outra voz, de um velho, de maneira tímida e suplicante pediu:

— Pelo amor de Deus, abra, bom lenhador! Juro pelas relíquias de nosso santo padroeiro que meu irmão diz a verdade!

— De qualquer forma — comentou Gilbert, forte o bastante para ser ouvido de fora —, somos quatro homens aqui e, com a ajuda também dos cachorros, podemos perfeitamente dar conta dessa gente, seja quem for. Vou abrir. Robin e Lincoln, contenham um pouco os cachorros, e soltem-nos se formos atacados por bandidos.

4

Mal a porta começou a se abrir, um homem se enfiou de través para impedir que fosse fechada e entrou rápido. Ainda jovem, forte e de um tamanho descomunal, usava um hábito comprido, escuro, com capuz e mangas largas. Um cordão lhe servia de cinto, com um imenso rosário pendurado do lado, e a mão dele se apoiava num grosso e nodoso cajado de corniso.

Vestido da mesma maneira, um velho seguia humildemente o bem-disposto frade.

Após as saudações habituais, todos se juntaram à mesa com os recém-chegados, voltando a alegria e a confiança. Os moradores, no entanto, não tinham se esquecido do assobio no andar de cima e da resposta na floresta, mas disfarçavam a apreensão para não assustar os hóspedes.

— Bom e bravo lenhador, aceite minhas congratulações, sua mesa está admiravelmente bem servida! — exclamou o corpulento frade, devorando um enorme pedaço de assado. — Se não esperei que me convidassem para a ceia foi pelo fato de meu apetite, tão agudo quanto a lâmina de um punhal, não permitir delongas.

A maneira de falar e os modos do desinibido personagem estavam mais para os de um soldado no rancho do quartel do que para os de um homem da Igreja. Naquele tempo, contudo, os frades tinham grande liberdade de ação e eram muito numerosos; a sincera religiosidade e as virtudes da maioria deles mantinham o respeito que o povo estendia à classe inteira.

— Bom homem da floresta, que a bênção da santíssima Virgem derrame sobre a sua casa a felicidade e a paz! — disse o monge mais velho, abrindo um primeiro naco de pão, enquanto o seu companheiro devorava o que tinha à frente, regando tudo com sucessivas talagadas de cerveja.

— Os bons irmãos hão de perdoar a demora para abrir a porta — desculpou-se Gilbert. — A prudência…

— É claro… prudência nunca é demais — concordou o frade mais moço, tomando fôlego na mastigação. — Um bando de ferozes vigaristas anda por esta área. Há uma hora, se tanto, fomos abordados por dois miseráveis que, apesar de negarmos, insistiam em acreditar que escondíamos em nossos alforjes algumas amostras desse vil metal chamado dinheiro. Por são Bento! Bateram na porta certa e eu já me preparava para entoar nas costas deles um cântico a porretadas, quando um assobio, ao qual eles responderam, deu-lhes o sinal para a retirada.

Todos os demais à mesa se entreolharam com ansiedade e somente o frade, que filosoficamente continuava seus exercícios gastronômicos, parecia não se preocupar.

— Grande é a Providência de Deus! — prosseguiu ele após um curto silêncio. — Sem os latidos de um de seus cães, que reagiram aos assobios, não teríamos visto a casa e, já que a chuva começava também a cair, só nos restaria o consolo da água cristalina; como rezam, aliás, as regras da nossa ordem.

Assim dizendo, o monge encheu e esvaziou mais um copo de cerveja.

— Bom cachorro — acrescentou o religioso, se inclinando para fazer um afago no velho Lance que, por acaso, se deitara a seus pés. — Nobre animal!

Entretanto, rejeitando a atenção do monge, Lance se pôs de pé, esticou o pescoço, farejou e rosnou forte.

— Aqui, Lance! Aqui! — chamou Gilbert, passando a mão no pelo do animal. — O que houve?

Como se respondesse, o cão deu um salto até a porta e lá, sem latir, novamente farejou, atento, virou a cabeça para o seu dono e pareceu pedir, com os olhos inflamados de raiva, que lhe abrisse a porta.

— Robin, passe o meu bastão e pegue o seu — disse Gilbert em voz baixa.

— Conte comigo — disse o frade mais moço. — Tenho um braço de ferro, punhos de aço e um porrete de corniso. Tudo à disposição dos senhores, em caso de ataque.

— Obrigado — respondeu o guarda-florestal. — Achei que as regras da ordem proibissem o uso da força com tais propósitos.

— Elas antes de tudo ditam que se deve prestar socorro e assistência a meus semelhantes.

— Tenham paciência, meus filhos — disse o monge mais velho. — Não sejam os primeiros a atacar.

— Seguiremos o conselho, meu padre. Vamos antes…

Mas Gilbert foi bruscamente interrompido na explicação do plano de defesa por um grito assustado de Marguerite. A pobre mulher acabava de entrever, no alto da escada, o ferido que se dizia moribundo. Paralisada de medo, ela apontava para o local da sinistra aparição. Todos os olhares buscaram na direção indicada, mas a escada voltara a estar vazia.

— Vamos, Maggie querida — disse Gilbert, antes de continuar com o plano de defesa. — Não trema desse jeito. O pobre coitado lá em cima não saiu da cama. Está fraco demais para isso. Devemos ter mais pena dele do que medo, pois se for atacado nem vai ter como se defender. Foi uma ilusão de óptica, Maggie.

Dizendo isso, o bom homem procurava, na verdade, disfarçar seus receios, pois somente ele e Robin sabiam a verdade a respeito do ferido. Provavelmente o bandido estava combinado com os de fora, mas era preciso, mantendo a vigilância, não demonstrar que se temia a sua presença na casa, pois caso contrário as mulheres perderiam a cabeça. Gilbert deu uma olhada significativa para Robin e este, sem que ninguém percebesse e sem fazer mais barulho do que um gato em sua ronda noturna, subiu até o último degrau da escada.

A porta do quarto estava entreaberta e os reflexos da claridade da sala chegavam até lá. Já num primeiro relance, Robin viu o ferido que, em vez de estar na cama, tinha metade do corpo para fora da janela aberta e falava em voz baixa com alguém lá embaixo.

Rastejando pelo chão, nosso herói chegou até bem perto do bandido e ouviu o seguinte diálogo:

— A moça e o cavaleiro estão aqui — dizia o ferido. — Acabo de vê-los.

— Como é possível? — estranhou quem estava do lado de fora.

— Assim é. Pela manhã eu estava prestes a liquidá-los, quando o diabo resolveu se meter. Uma flecha vinda de não sei onde me estraçalhou a mão e eles escaparam.

— Maldição do inferno!

— Quis o acaso que, perdidos, viessem pedir abrigo na casa do mesmo bom sujeito que me recolheu, banhado em sangue.

— Melhor assim. Não nos escaparão mais.

— Vocês são quantos?

— Sete.

— Eles apenas quatro.

— O mais difícil é entrar. A porta parece bem trancada e ouve-se uma matilha de cães.

— Não vamos nos preocupar com a porta. É até melhor que esteja trancada durante a luta e assim a bela e o irmão não vão poder mais escapar.

— O que está pensando fazer?

— Ora, não vê? Ajudá-los a entrar pela janela. Tenho ainda a mão direita em bom estado e vou amarrar aqui nessa barra de apoio os lençóis da cama e as cobertas. Preparem-se para subir.

— Acha mesmo? — exclamou de repente Robin, pegando o bandido pelas pernas para lançá-lo janela abaixo.

A indignação, a raiva e o forte desejo de afastar os perigos que ameaçavam a vida dos seus pais e a liberdade da bela Marian centuplicaram suas forças. Em vão o bandido resistiu ao impulso repentino, mas perdeu o equilíbrio, desapareceu no espaço. Caiu, não sobre a terra dura, mas numa cisterna cheia d'água, que havia sob a janela.

Surpresos com a queda inesperada do companheiro, os homens do lado de fora fugiram para a floresta, e Robin desceu à sala para contar o ocorrido. O riso foi geral, mas depois sobreveio a apreensão. Gilbert achou que os malfeitores, refeitos do susto, voltariam a atacar a casa. Então todos se prepararam novamente para os repelir e o velho frade, padre Eldred, propôs uma oração coletiva, invocando a proteção do Altíssimo.

O frade mais moço, com o apetite enfim saciado, não se opôs. Pelo contrário, com um vozeirão entoou o salmo *Exaudi nos*,[23] mas Gilbert pediu-lhe silêncio e, com todos de joelhos, o padre Eldred rezou em voz baixa uma fervorosa oração.

A prece ainda durava quando se ouviram gemidos entrecortados por assobios, vindos de onde ficava a cisterna. Era a vítima de Robin que pedia ajuda aos fugitivos. Envergonhados por terem saído correndo, eles se aproximaram sem fazer barulho, ajudaram o ferido a sair do banho, levaram-no quase morto até a estrebaria e se puseram a deliberar sobre um novo plano de ataque.

— Mortos ou vivos, precisamos pegar Allan Clare e sua irmã — disse o chefe do bando de mercenários. — É ordem do barão Fitz-Alwine e prefiro enfrentar o diabo ou ser mordido por um lobo raivoso do que voltar de mãos vazias. Sem as trapalhadas desse imbecil do Taillefer, já estaríamos de volta no castelo.

Os leitores já devem ter adivinhado que Taillefer era o sacripanta tão bem tratado por Robin e não perdem também por esperar, pois o barão Fitz-Alwine em breve lhes será apresentado. Por enquanto, basta que saibam que este vindicativo personagem havia jurado de morte Allan, primeiramente pelo fato de ele amar e ser amado por lady Christabel Fitz-Alwine, sua filha, estando esta prometida a um rico senhor de Londres; em seguida por Allan, além do mais, ter em mãos certos segredos políticos que, se revelados, acarretariam a ruína e morte do barão. Devemos lembrar que, naqueles tempos feudais, o barão Fitz-Alwine, senhor de Nottingham, tinha direito de alta e baixa justiça[24] em todo o condado, sendo fácil para ele empregar seu marechalato[25]

23. Em latim, *Atendei-nos, Ouvi-nos*. Vários dos poemas bíblicos atribuídos ao rei Davi assim começam, em geral suplicando proteção divina.

24. A justiça senhorial da Idade Média, com alta, média e baixa justiça, arbitrava conflitos entre camponeses e entre estes e o senhor, para que nem todos os casos fossem levados ao rei. O direito de alta justiça permitia a condenação a todo tipo de pena, inclusive a capital. O de média justiça administrava rixas, injúrias e roubos, delitos não passíveis de condenação à morte. Pelo de baixa justiça o senhor julgava casos relativos aos direitos que lhe eram devidos, em geral tributos e serviços obrigatórios.

25. O título de marechal, originalmente dado ao encarregado dos cavalos do rei, ganhou no início do séc.XIII distinção militar; além das funções militares, os marechais eram responsáveis pela ordem nas diferentes províncias. Somente no séc.XVII passou a designar os chefes supremos do exército.

na execução de suas vinganças pessoais. E que marechalato, Deus do céu! Taillefer era o mais belo exemplo dos instrumentos utilizados pelo barão.

— Vamos, rapazes, de adaga em punho, sigam-me. Em caso de resistência, não poupem ninguém… Mas, de início, vamos agir com brandura.

Depois dessas explicações aos sete patifes a serviço de lorde Fitz-Alwine, ele vigorosamente bateu com o cabo da espada à porta da casa e gritou:

— Em nome do barão de Nottingham, nosso alto e poderoso senhor, ordeno que abra e nos entregue… — mas os uivos dos cachorros cobriram a sua voz e mal se ouviu o restante da frase. — Ordeno que nos entregue o cavaleiro e a jovem que se escondem nessa casa.

Gilbert automaticamente se virou para Allan e, com um gesto indagativo, pareceu querer confirmar alguma culpa sua.

— Culpado, eu? — respondeu Allan. — Posso jurar, amigo guarda-florestal, não tenho culpa em crime nenhum nem em qualquer ação desonrosa ou censurável. Meus únicos erros, como bem sabe…

— Que seja! Estão sob meu teto e aos hóspedes devemos socorro e proteção, dentro do possível.

— Vai abrir ou não, rebelde dos infernos? — gritou o chefe dos salteadores.

— Não, não abrirei.

— É o que veremos.

E fortes pancadas de clava fizeram estremecer a porta, que teria cedido, não tivesse uma barra de ferro transversal por dentro.

O objetivo de Gilbert era ganhar tempo para terminar os preparativos de defesa. Confiava na provisória resistência da porta, e quando tomasse ele mesmo a iniciativa de abri-la, os bandidos teriam pela frente com quem falar.

Assumiu ares de um comandante de cidadela diante de um assalto: distribuiu as diferentes funções, designou o lugar de cada um, inspecionou as armas e recomendou prudência e sangue-frio, antes de tudo. De coragem nem era preciso falar, pois todos em volta já a haviam demonstrado.

— Agora, boa Maggie — disse Gilbert à esposa —, suba para um quarto com a nobre senhorita. As mulheres serão desnecessárias aqui.

A contragosto elas obedeceram o que foi dito.

— E você, Robin — continuou o guarda-florestal —, vá dizer ao velho Lincoln que precisamos dele. Poste-se em seguida numa das janelas do alto para vigiar os bandidos.

— Não vou me limitar a vigiar — revoltou-se o rapaz, que desapareceu brandindo seu arco. — Mesmo no escuro, posso acertar um alvo.

— Bom, o sr. Allan tem uma espada e o nosso padre um bordão que pode ser usado à vontade, já que as regras da ordem não se opõem.

— Deixe então que eu tire o ferrolho da porta — ofereceu-se o jovem frade. — Quem sabe meu cajado inspire respeito ao primeiro que entrar.

— Que seja! Vamos nos manter afastados uns dos outros — respondeu Gilbert. — Fico nesse canto, de onde posso fazer chover flechas sobre os intrusos. Allan aqui, pronto a ajudar onde for preciso. Você, Lincoln...

Nesse momento, entrou na sala um velho de estatura colossal, armado com um porrete proporcional ao seu tamanho.

— Você, Lincoln, do outro lado da porta, de frente para o nosso frade. Os dois bastões podem agir em alternância. Antes, porém, afaste a mesa e as cadeiras, para que o campo de batalha esteja livre. Vamos apagar a luz, pois a lareira produz claridade suficiente. Quanto a vocês, meus bravos cães — acrescentou o guarda, passando a mão nos seus buldogues —, sobretudo você, Lance, meu amigo, sabe a quem deve morder. Estejam atentos. O padre Eldred, que por enquanto reza por nós, logo vai estar rezando pelos estropiados e mortos.

Frei Eldred, de fato, continuava com todo fervor ajoelhado num canto da sala, de costas para os demais atores daquele drama.

Enquanto se organizava a defesa, os salteadores, cansados de martelar em vão a porta, tinham mudado de tática e a casa corria agora grande perigo. Felizmente Robin, do alto do seu posto de observação, estava de vigia.

— Pai — ele avisou em voz baixa, do alto da escada. — Os bandidos estão juntando lenha junto à porta e vão atear fogo. São ao todo sete, sem contar o ferido, provavelmente em mau estado.

— Pela santa missa! — exclamou Gilbert. — Não vamos deixar que tenham tempo para isso. A madeira está bem seca e num piscar de olhos a casa pode arder como uma fogueira de são João. Abra a porta rápido, pode abrir, irmão beneditino.[26] Cuidado, todo mundo!

O monge, pondo-se na lateral, esticou o braço, suspendeu a barra de ferro, abriu a tranca e uma quantidade de folhas e gravetos invadiu a sala pela porta entreaberta.

— Hurra! — gritou o chefe dos bandidos, já se precipitando sala adentro. — Vamos!

Foi só o tempo de dar esse grito e não conseguiu avançar nem um passo. Lance saltou no seu pescoço, os porretes de Lincoln e do frade se abateram juntos sobre sua nuca e o homem rolou imóvel no chão.

A cena se repetiu com quem vinha logo atrás.

26. A Ordem Beneditina foi a iniciadora do movimento monacal, com regras estabelecidas em 529 para a abadia de Monte Cassino, na Itália, por seu superior são Bento de Núrsia (ver nota 29). Além dos votos de pobreza e castidade, os beneditinos tinham como obrigação hospedar peregrinos e viajantes, assim como dar assistência aos pobres e promover o ensino (ao lado dos mosteiros havia sempre uma escola). A ordem está espalhada pelo mundo inteiro, com núcleos masculinos e femininos.

Idem com o terceiro, mas os quatro restantes conseguiram entrar sem ser atacados como os seus precursores, pois os cães não tinham ainda largado as presas. Uma luta ferrenha teve início, luta essa que Gilbert e Robin, de onde estavam, poderiam terminar pela via rápida despejando as flechas das suas aljavas nos inimigos, que atacavam com lanças. Sem querer, entretanto, derramamento de sangue, Gilbert preferiu deixar ao beneditino e a Lincoln a glória de liquidar os capangas do barão Fitz-Alwine, contentando-se, assim como Allan Clare, em esquivar-se das lanças dos adversários. De modo que o único sangue a escorrer vinha das mordidas dos cachorros. Chateado por nada poder fazer e querendo provar sua destreza, Robin, que foi digno aluno de Lincoln na ciência do porrete, assim como de Gilbert na do arco, empunhou um cabo de alabarda e juntou suas pancadas àquelas, terríveis, dos seus parceiros.

Quando o rapazote entrou na luta, um dos bandidos, um colosso, verdadeiro Hércules, soltou risadas maldosas de desdém, deixou de lado Lincoln e o frade e se voltou para o adolescente. Mas Robin não se deu por achado, desviou-se da estocada de lança que poderia tê-lo atravessado e respondeu com uma pancada reta e horizontal, jogando o bandido contra a parede.

— Bravo, Robin! — aplaudiu Lincoln.

— Com os diabos! — murmurou o patife, que vomitava golfadas de sangue e parecia prestes a expirar.

Porém, aprumando-se, ele fingiu estar ainda sob o efeito da pancada e, enfurecido, atacou o rapazote com a ponta da lança em riste.

Seria o fim de Robin! O infeliz, triunfante, deixara de se pôr em guarda. A lança o transpassaria como um raio, se o velho Lincoln, que a tudo vigiava, não derrubasse o criminoso com uma cacetada perpendicular, bem no topo do crânio.

— Com esse são quatro! — ainda riu o velho empregado.

E é verdade, era o quarto bandido por terra, restando apenas três outros na sala, mas que pareciam mais dispostos a escapar dali do que a continuar na briga.

Diga-se que o enorme pau de corniso, manejado pelo irmão beneditino, não deixava em paz os costados dos agressores.

Que belo espetáculo aquele, do padre de cabeça descoberta e tomado por santa cólera, com as mangas arregaçadas até os cotovelos e a batina comprida erguida até os joelhos!

O arcanjo Gabriel combatendo o demônio não pareceria mais assustador.

Enquanto o heroico monge continuava a peleja de arma em punho, deixando Lincoln boquiaberto, Gilbert, com a ajuda de Robin e Allan, amarrava firmemente os braços e as pernas dos que estavam fora de combate, mas ainda respiravam. Dois deles pediam clemência e o terceiro estava morto. O chefe, ainda preso entre as mandíbulas de Lance, berrava apavorado, conseguindo de vez em quando juntar forças para pedir aos companheiros:

— Matem o cachorro! Matem!

Mas não era ouvido e, mesmo que fosse, defender-se para eles era mais importante do que socorrer.

Um homem, porém, que tinha sido esquecido, se atreveu a vir ajudá-lo: Taillefer, que quase se afogara na cisterna e fora deixado moribundo no piso do galpão. Esse mesmo Taillefer, reanimando-se com o barulho do combate, se arrastara até o campo de batalha e se preparava para esfaquear o bravo Lance. Atento, Robin pegou-o pelos ombros, derrubou-o de costas, arrancou-lhe a faca das mãos e pesou o joelho no peito dele até que Gilbert e Allan o amarrassem.

A tentativa de Taillefer acabou apressando a morte do chefe dos bandidos. Lance havia ficado furioso, como todo cachorro quando se tenta tirar um osso da sua boca, e cravara mais profundamente os dentes afiados na garganta da vítima. A artéria carótida e as veias jugulares foram estraçalhadas, esvaindo-se a vida do malfeitor, junto com o sangue.

Percebendo a morte do líder, os bandidos nem por isso desistiram da refrega. Esta, no entanto, não poderia durar muito tempo mais e até a fuga tornara-se impossível, pois Lincoln fechou e trancou a porta. Estavam presos como numa ratoeira.

— Piedade! — gritou um deles atordoado, machucado e moído pelas cacetadas do monge.

— Nada de piedade! — respondeu o frade. — Não queriam afagos? Pois bem, terão!

— Misericórdia, pelo amor de Deus!

— Para nenhum de vocês!

E o pau de corniso voltava a descer incessante, erguendo-se para descer de novo.

— Piedade, piedade! — gritaram todos ao mesmo tempo.

— Antes de qualquer coisa, armas no chão!

Eles assim fizeram.

— De joelhos!

Os bandidos se ajoelharam.

— Ótimo, tenho só que limpar meu bastão.

O jovial irmão chamava limpar o bastão distribuir ainda uma última e forte saraivada de pancadas nas costas dos derrotados. Feito isso, ele cruzou os braços e, apoiando o cotovelo direito numa ponta da sua arma fatídica, numa posição de Hércules triunfante, disse:

— Cabe agora ao dono da casa decidir a sorte de vocês.

Gilbert Head tinha nas mãos a vida dos patifes. Podia determinar a morte deles, segundo os usos e costumes daquela época em que cada um se encarregava da justiça, mas o bom guarda-florestal tinha horror ao derramamento de sangue que não fosse em caso de legítima defesa. Decidiu-se, então.

Os seis feridos foram postos de pé e procurou-se reanimar um pouco os que estavam em pior estado. De mãos amarradas às costas e presos uns aos outros como os condenados a trabalhos forçados, foram levados por Lincoln, assistido pelo religioso mais jovem, a algumas milhas da casa, numa das partes mais fechadas da floresta, e lá abandonados às próprias reflexões.

Taillefer não foi incluído no comboio.

— Gilbert Head — dissera ele, no momento em que Lincoln ia amarrá-lo aos colegas —, Gilbert Head, deixe-me amarrado numa cama. Preciso lhe dizer algo, antes de morrer.

— Nada disso, cão ingrato! Deveria é enforcá-lo numa árvore aqui por perto.

— Por favor, me ouça.

— Não! Acompanhe os outros.

— Ouça. O que tenho a dizer tem extrema importância.

Gilbert se preparava a negar ainda, mas teve a impressão de ouvir escapar da boca de Taillefer um nome que despertava nele todo um mundo de dolorosas recordações.

— Anete! Acho que ele pronunciou o nome de Anete! — murmurou Gilbert, debruçando-se de imediato junto do ferido.

— Foi o nome que pronunciei — respondeu num sussurro o moribundo.

— Pois então fale! Diga o que sabe de Anete.

— Aqui não. Lá em cima, quando estivermos sozinhos.

— Estamos sozinhos.

Era o que achava Gilbert, pois Robin e Allan estavam ocupados a cavar, a certa distância da casa, uma cova para enterrar o morto, enquanto Marguerite e Marian continuavam fechadas num dos quartos.

— Não, não estamos — disse Taillefer, mostrando o velho monge que rezava junto ao cadáver do bandido.

Apoiando-se no braço de Gilbert, o ferido tentou se levantar do chão, mas foi imediatamente rechaçado.

— Não toque em mim, homem sem fé!

O infeliz voltou a cair de costas e o guarda-florestal, arrependido, ergueu-o um pouco. A lembrança de Anete mitigava a sua cólera.

— Gilbert — falou Taillefer com voz cada vez mais sumida —, causei muito mal a você, mas vou tentar reparar.

— Não é o que lhe peço, apenas ouço o que tem a dizer.

— Ah, Gilbert! Tenha pena de mim! Não me deixe morrer… Estou sem ar… Mantenha-me vivo por mais um momento. Contarei tudo. Lá em cima! Lá em cima!

Gilbert se preparou para sair e pedir que Robin e Allan o ajudassem a transportar o moribundo até uma cama, quando este, achando estar sendo abandonado, fez novo esforço para se erguer um pouco e disse:

— Não sabe mesmo quem sou, Gilbert?

— É um assassino, um maldito, um traidor! — gritou Gilbert já na porta.

— Sou pior do que tudo isso, Gilbert. Sou Ritson, Roland Ritson, o irmão da sua mulher.

— Ritson? Ritson? Santa Virgem, mãe de Deus! Será possível?

E Gilbert foi se ajoelhar ao lado do homem que se debatia nos últimos estertores da agonia.

5

Àquele tumultuado início de noite sucedeu um final calmo e silencioso. O monge mais moço e Lincoln voltaram da expedição à floresta, onde enterraram o bandido morto. Marian e Marguerite só mesmo em sonhos se lembravam do barulho da batalha. Allan, Robin, Lincoln e os dois religiosos recuperavam as forças em profundo sono. Somente Gilbert Head estava ainda acordado.

Junto à cama de Ritson, que perdera os sentidos, ele esperava ansioso que o agonizante abrisse os olhos e não conseguia acreditar... acreditar que aquele indivíduo de faces lívidas e desfeitas, marcado pelo vício e envelhecido pela devassidão mais do que pela idade, fosse o alegre e bonito Ritson de antigamente, irmão querido de Marguerite e noivo da infeliz Anete.

De mãos juntas, Gilbert exclamou:

— Permita Deus que ele não morra logo!

E Deus o permitiu. Quando o sol nascente inundou o quarto de luz, Ritson, como se despertasse do sono da morte, estremeceu, deu um longo gemido de arrependimento e, tomando a mão do cunhado, levou-a aos lábios e balbuciou estas palavras:

— Pode me perdoar?

— Primeiro fale — respondeu Gilbert, que tinha pressa de ouvir esclarecimentos sobre a morte da sua irmã Anete e sobre o nascimento de Robin. — O perdão virá depois.

— Morrerei menos infeliz.

O acamado já ia começar as revelações quando um barulho de vozes alegres se ouviu na sala do andar térreo.

— Pai, está dormindo? — perguntou Robin ao pé da escada.

— Já é hora de partir para Nottingham, se quisermos voltar ainda hoje — acrescentou Allan Clare.

— Se aceitarem, amigos — juntou-se o monge hercúleo —, participo da viagem, pois tenho uma boa obra a realizar no castelo de Nottingham.

— Venha, pai, desça para que a gente se despeça.

Contrariado, Gilbert desceu, temendo que o doente expirasse a qualquer momento. Queria voltar ao quarto assim que pudesse, esperando não ser mais interrompida aquela conversa solene da qual deveriam sair revelações importantes.

Foram rápidos então os adeuses a Robin, Allan e o monge. Marian e Marguerite os acompanhariam até não muito longe de casa, num passeio matinal, para se distraírem, e Lincoln foi enviado a Mansfieldwoohaus por um pretexto qualquer. O padre Eldred, por sua vez, aproveitou a oportunidade para visitar a aldeia. Todos voltariam a se reunir no final do dia.

— Estamos sozinhos agora; você fala e eu escuto — disse Gilbert, voltando a se sentar à cabeceira de Ritson.

— Não vou entrar em detalhes, irmão, sobre todos os crimes, todas as monstruosidades de que sou culpado. Seria demorado demais. E para que, aliás, contar tudo isso? Sei que dois assuntos apenas o interessam: Anete e Robin, não é?

— É verdade. Comece por Robin — respondeu Gilbert, que temia que o moribundo não tivesse tempo para as duas confissões.

— Você sabe que deixei Mansfieldwoohaus, há vinte e três anos, e fui trabalhar para Filipe Fitzooth, barão de Beasant. Esse título lhe fora dado pelo rei Henrique, como recompensa pelos serviços prestados durante a guerra contra a França. Filipe Fitzooth era o filho caçula do velho conde de Huntingdon, morto bem antes da minha chegada à casa, e que deixara todos os seus bens e títulos para o filho mais velho, Robert Fitzooth.

"Algum tempo depois da herança, Robert perdeu a esposa em trabalhos de parto e concentrou todo seu afeto no herdeiro que lhe foi deixado. A frágil e delicada criança só sobreviveu à custa de cuidados constantes e zelosos. O conde, que não se consolava da morte da mulher, tinha pouca esperança com relação ao futuro de seu filho e se deixou dominar pela tristeza. Em pouco tempo ele morreu, confiando ao irmão Filipe a missão de cuidar do único descendente da sua raça.

"Filipe de Fitzooth, que já ostentava o título de barão de Beasant, assumiu o imperioso dever, mas a ambição, o desejo de galgar a hierarquia nobiliárquica e a possibilidade de herdar uma fortuna colossal o fizeram esquecer as recomendações do irmão. Após alguns dias de hesitação, decidiu se livrar da criança. Logo, porém, teve que abrir mão do projeto pois o jovem Robert vivia cercado de numerosa criadagem, lacaios, guardas e os habitantes do condado, os quais lhe eram devotados e não deixariam de protestar ou até se revoltar caso Filipe Fitzooth se atrevesse a abertamente usurpar os seus direitos.

"Ele pensou melhor e levou em consideração a fraca constituição do herdeiro, que, na opinião dos médicos, não demoraria a sucumbir se levasse vida desregrada ou se dedicasse a exercícios violentos.

"Foi com essa intenção que Filipe Fitzooth me chamou para o seu serviço. O conde chegava aos dezesseis anos e, pelos infames cálculos do tio, eu deveria levá-lo à perdição, usando os meios que fossem necessários: quedas, acidentes, doenças. Ou seja, tudo deveria ser tentado para que ele rapidamente morresse. Tudo, exceto o assassinato.

"Envergonhado confesso, bravo Gilbert, que fui um digno e dedicado executor das ordens do barão de Beasant, que não podia controlar de perto meu trabalho corruptor e assassino, uma vez que o rei Henrique o havia colocado no comando de um corpo do exército na França. Que Deus me perdoe! Eu poderia ter aproveitado a sua ausência para desfazer aquela trama odiosa, mas, pelo contrário, esforcei-me para ganhar a recompensa prometida para o dia em que anunciasse a morte de Robert.

"Ele, porém, à medida que cresceu, ficou mais forte. Não se cansava mais: por mais que corrêssemos, dia e noite, sob qualquer tempo, campos e florestas, tabernas e lugares suspeitos, era eu que em geral pedia para descansar. Meu amor-próprio ficava ferido e se o barão me houvesse enviado um bilhete, uma só palavra ambígua que me permitisse abalar aquela maravilhosa e indestrutível saúde, eu não hesitaria a utilizar algum veneno lento para cumprir minha obra.

"A tarefa, então, ficava mais difícil a cada dia. Gastei todos os recursos da imaginação e não encontrei meio natural nenhum para abalar o estranho vigor do meu pupilo. Eu mesmo é que me desgastava e estava a ponto de romper meu trato com o barão de Beasant, quando finalmente percebi algumas mudanças na fisionomia e nos modos do jovem conde. Mudanças de início quase imperceptíveis, mas que foram se tornando visíveis, reais, definidas. Ele perdeu a vivacidade e a alegria; permanecia triste e em devaneios por horas a fio. Nas caçadas, quedava-se imóvel na hora da largada ou passeava solitariamente, enquanto os cães perseguiam a presa. Pouco comia e dormia, parou de beber, afastou-se das mulheres e mal falava comigo uma ou duas vezes por dia.

"Sem esperar que se abrisse em confidências, procurei espioná-lo para descobrir a causa de tão patente mudança. Mas era difícil, pois ele sempre encontrava pretextos para se livrar de mim.

"Um dia em uma caçada, perseguíamos um cervo e chegamos aos limites da floresta de Huntingdon. O conde resolveu que parássemos para descansar e depois me disse, sem dar muita explicação:

"— Roland, espere ao pé desse carvalho. Volto dentro de algumas horas.

"Acatei e o conde se embrenhou pelo mato. Amarrei os cães numa árvore e saí atrás dele, seguindo pela vegetação as marcas da sua passagem. Mas apesar do meu esforço, ele escapou e vaguei por um bom tempo, tanto que acabei me perdendo.

"Bem desapontado pelo desperdício da oportunidade para desvendar o mistério em que Robert se escondia, eu tentava voltar à árvore junto à qual devia esperá-lo, mas ouvi a poucos passos de mim, por trás de umas moitas, uma voz carinhosa, uma voz bem moça... Parei, afastei sem fazer barulho a vegetação e vi, sentados lado a lado, conversando e rindo de mãos dadas, meu amo e uma bela menina de dezesseis ou dezessete anos.

"— Entendi tudo — pensei comigo mesmo. — Essa é uma novidade pela qual o sr. barão de Beasant não esperava! Robert está apaixonado e isso explica a insônia, a tristeza, a falta de apetite e, sobretudo, os passeios solitários.

"Prestei atenção ao que diziam os dois enamorados, esperando descobrir algum segredo, mas nada ouvi além das palavras de praxe em tais circunstâncias.

"O dia declinava. Robert se levantou e, dando o braço à amiga, acompanhou-a até a orla da floresta, onde um criado a esperava, com dois cavalos. Eu os seguia de longe e ali eles se separaram, com meu amo voltando apressado para onde me havia deixado.

"Consegui chegar antes, desamarrei os cães e toquei a trompa o mais forte que pude.

"— Por que esse barulho? — ele perguntou ao chegar.

"— O sol já se pôs, sr. conde. Temia que tivesse se perdido na floresta.

"— Não me perdi — ele respondeu com frieza. — Vamos para o castelo.

"Os encontros de Robert com a bem-amada se repetiram muitas vezes. Para facilitar as coisas, ele acabou me pondo a par do segredo, e só o transmiti ao barão de Beasant depois de me informar perfeitamente sobre a situação da jovem. Miss Laura pertencia a uma família com grau nobiliárquico menos elevado do que a de Robert, mas cuja aliança não constituía nenhum desdouro.

"O barão mandou que eu impedisse a qualquer preço o casamento, chegando inclusive a dizer que, se necessário, eu sacrificasse a moça.

"A ordem me pareceu cruel, perigosa e, acima de tudo, difícil de se executar. Quis dizer não, mas como poderia, vendido que estava, de corpo e alma, ao barão de Beasant?

"Não sabia mais qual partido tomar nem a qual demônio pedir conselho até que, confiante e indiscreto como todo homem enamorado, Robert me contou que havia escondido de miss Laura a sua posição social, para ter certeza de realmente ser amado. A jovem o imaginava filho de um lenhador e, mesmo assim, se dispunha ao casamento.

"Ele alugou uma casinha modesta no vilarejo de Loockeys, em Nottinghamshire, para lá morar por certo tempo com sua jovem mulher. Para que ninguém desconfiasse, ao deixar o castelo de Huntingdon dissemos que ele ia passar uma temporada na Normandia com o tio, o barão de Beasant.

"E o plano funcionou maravilhosamente bem. Um padre casou em segredo os dois enamorados, tendo sido eu a única testemunha, e fomos viver na tal casa de Loockeys.

"Longos dias de alegria se passaram, apesar das ordens explícitas do barão, que eu mantinha ao corrente dos acontecimentos e me ameaçava por não haver impedido a união... Na verdade, não tive como; abençoado seja Deus, posso dizer agora!

"Após um ano de felicidade sem qualquer contratempo, Laura deu à luz um filho, mas isso lhe custou a vida."

— E esse filho — atalhou cheio de ansiedade Gilbert — seria...?

— Isso mesmo, a criança que lhe confiamos há quinze anos.

— Robin, então, é conde de Huntingdon?

— Exatamente, Robin é conde, Robin...

Graças à febre do remorso, Ritson havia conseguido falar até então, mas bastou a interrupção para que voltasse a parecer prestes a expirar.

— Meu filho adotivo é conde — repetiu com orgulho o velho Gilbert Head —, conde de Huntingdon! Mas continue, irmão, continue a história de Robin.

Ritson reuniu o que lhe restava de força e prosseguiu:

— Desconsolado, Robert perdeu todo ânimo e ficou prostrado a ponto de acabar adoecendo gravemente.

"Muito descontente comigo, o barão de Beasant avisou seu regresso e acreditei agir conforme os seus interesses mandando enterrar a condessa Laura num convento das proximidades, sem revelar sua condição de mulher do conde Robert. A criança foi deixada com uma ama de leite, uma camponesa conhecida minha. Como anunciado, o barão voltou à Inglaterra e, achando preferível não desmentir a viagem de Robert à França, mandou que fosse transportado ao castelo, dizendo que havia adoecido durante a viagem.

"O destino favorecia o barão de Beasant, que atingia suas metas e já se imaginava herdando os títulos e a fortuna do conde de Huntingdon, Robert, prestes a morrer...

"Pouco antes de dar seu último suspiro, o infortunado rapaz chamou o tio à sua cabeceira, contou seu casamento com Laura e o fez jurar sobre o Evangelho que cuidaria do pequeno órfão. O barão jurou... mas antes até que o cadáver do infeliz esfriasse, fui chamado à câmara mortuária e foi a minha vez de jurar sobre o Evangelho que jamais revelaria, enquanto vivesse, o casamento de Robert, o nascimento do filho e as circunstâncias da sua morte.

"Minha dor foi imensa, pois chorava pela lembrança do meu amo, ou melhor, pupilo, meu companheiro tão amável e bom, magnífico comigo e com todos; mas era preciso obedecer ao barão de Beasant.

"De forma que jurei e trouxemos até aqui a criança deserdada."

— E o barão de Beasant, depois de se tornar por usurpação conde de Huntingdon, que fim levou? — perguntou Gilbert.

— Morreu num naufrágio, no litoral da França. Eu estava com ele, do mesmo modo que o acompanhei vindo aqui, e trouxe à Inglaterra a notícia da sua morte.

— E quem o sucedeu?

— O rico abade de Ramsey, William Fitzooth.

— Não acredito! Um abade desfruta do que pertence a meu filho?

— Esse mesmo abade me engajou a seu serviço e há poucos dias injustamente me despediu, por ter brigado com um dos seus criados. Com o coração cheio de raiva, jurei me vingar... E mesmo morrendo a vingança se concretizará, pois seria não conhecer Gilbert Head achar que Robin vá passar muito tempo sem pleitear o que é seu.

— É um direito! E do qual ele não será mais privado — garantiu Gilbert. — Ou morrerei tentando. Quem são os parentes por parte de mãe? Para eles também é interessante que Robin seja reconhecido conde da Inglaterra.

— Sir Guy de Gamwell-Hall é o pai da condessa Laura.

— Como assim!? O velho sir Guy de Gamwell-Hall, que mora do outro lado da floresta com seus seis robustos filhos, hercúleos caçadores de Sherwood?

— Ele mesmo, irmão.

— Pois com a sua ajuda vou tirar do castelo de Huntingdon o sr. abade, o rico e poderoso abade de Ramsey e barão de Broughton, como as pessoas chamam.

— Posso contar então como certa minha vingança, irmão? — perguntou Ritson com voz forte.

— Pela minha palavra e por meu braço, juro, se Deus me der vida até lá, que Robin será conde de Huntingdon, apesar de todos os abades da Inglaterra! E olhe que são muitos!

— Obrigado. Terei com isso reparado pelo menos alguns dos meus erros.

A agonia de Ritson durou e ele, de vez em quando, recuperava forças para novas confissões. Não havia ainda contado tudo; seria por vergonha ou a proximidade da morte já lhe obscurecia a memória?

— É verdade — murmurou de repente o moribundo, depois de um demorado estertor. — Já ia me esquecendo de uma coisa importante... muito importante.

— Fale — disse Gilbert dando-lhe apoio à cabeça. — Fale.

— O cavaleiro e a jovem dama a quem você deu hospitalidade...

— Sim?

— Eu devia matá-los. Ontem... o barão Fitz-Alwine me pagou para isso. E temendo que eu não os encontrasse, enviou também aqueles meus cúmplices, que vocês desbarataram na última noite. Não sei por que o barão os quer mortos... avise a eles da minha parte. Para que não se aproximem do castelo de Nottingham.

Uma má sensação invadiu Gilbert, pois era tarde demais para avisar Allan e Robin, que tinham partido exatamente para Nottingham.

— Ritson, temos conosco um frade beneditino; não quer que eu vá buscá-lo para reconciliá-lo com Deus?

— Não, estou condenado! Condenado, condenado. E não chegaria a tempo... estou morrendo.

— Coragem, irmão.

— Estou morrendo, e se me perdoar, Gilbert, prometa me enterrar entre o carvalho e a faia, junto à encruzilhada que leva a Mansfieldwoohaus. Cave minha tumba entre as duas árvores. Pode prometer isso?

— Prometo.

— Obrigado, bom Gilbert...

Mas contorcendo-se de desespero, Ritson acrescentou:

— Não imagina os meus crimes! Preciso confessar tudo!... Vai ainda prometer me enterrar onde pedi?

— Prometo.

— Gilbert Head, a sua irmã, você se lembra?

— Anete! — murmurou o guarda-florestal, pálido e com um gesto convulsivo das mãos. — Como não lembraria? O que sabe da minha pobre irmã desaparecida na floresta, raptada por um fora da lei ou devorada pelos lobos? A doce e bonita Anete.

Com o tremor da morte e a voz quase sumida, Ritson disse:

— Assim como você amava Marguerite, Gilbert, que é minha irmã, amei Anete. Amei-a loucamente, ao delírio, e ninguém sabia que eu a amava tanto. Um dia encontrei-a por acaso na floresta e esqueci que um homem honrado deve respeitar a jovem com quem pretende se casar. Anete altivamente me rejeitou, jurando nunca me perdoar... Implorei de joelhos, disse que me mataria... Ela se sensibilizou e ali mesmo, junto às árvores onde pedi para ser enterrado, trocamos juras de amor... Poucos dias depois, enganei-a de forma indigna, horrível... Um amigo, vestido de padre, casou-nos em segredo.

— Com mil diabos! — rugiu Gilbert, vermelho de raiva e se agarrando à madeira da cama para não estrangular o miserável.

— Sei que mereço a morte e isso não vai tardar... Gilbert, não me mate, não contei tudo ainda... Anete achou então que nos casamos. Era pura, inocente demais para desconfiar da perfídia, aceitando tudo que inventei para adiar a revelação do casamento à sua família. Consegui fazer isso até o momento em que engravidou. Tornou-se impossível então que continuasse sob o teto do seu pai. Na mesma época, você se casou com minha irmã. Anete me pressionou para que tornássemos público o nosso próprio casamento, tinha chegado a hora. Mas eu não a amava mais e sonhava ir embora sem avisar nada. Num fim de tarde, ela marcou de nos encontrarmos no mesmo carvalho em que eu havia jurado amá-la eternamente. Fui até lá com a cabeça cheia de sinistros pensamentos e com frieza ouvi todas as queixas e súplicas, misturadas a lágrimas e soluços. Mas por que não continuei surdo e indiferente quando, lançando-se aos meus pés e abraçando minhas pernas, pediu que a apunhalasse, em vez de abandoná-la? Mal essas palavras: "Mate-me" atravessaram os seus lábios, o demônio, tenho certeza, o demônio me fez sacar o punhal e desferi uma, duas, três punhaladas… Estávamos sozinhos, já noite caída… Fiquei parvo, de pé, sem me mexer, não tinha consciência do crime, não me lembrava mais do que fizera e acho que nem pensava em coisa alguma. De repente, senti nas pernas uma sensação de calor e era o sangue de Anete que escorria em mim! Despertei da letargia, dei-me conta do crime e quis fugir, mas as mãos dela seguraram meu pé e ouvi a sua voz suave dizer: "Obrigada, Roland, obrigada!" Deus quis me punir por toda a vida, pois no momento em que compreendi o que havia feito, não tive forças para me matar por cima do pobre cadáver.

— Maldito miserável! Matou minha irmã! — repetia Gilbert toda vez que Ritson parava para tomar fôlego. — O que fez do corpo, assassino infame?

— Enquanto ela agradecia, os raios da lua, atravessando a folhagem, iluminaram a sua pálida figura e entendi que me perdoava… Estendeu em seguida as mãos e deu seu último suspiro, depois de murmurar ainda: "Obrigada, Roland, obrigada. Prefiro a morte do que a vida sem o seu amor! Que ninguém saiba o que aconteceu… enterre meu corpo junto dessa árvore." Não sei por quanto tempo permaneci ali, fulminado, sem sentidos ao lado do cadáver da infeliz Anete. Só voltei a mim pela impressão de uma forte dor no braço, que parecia estar sendo dilacerado por dentes afiados. Não era só impressão: um lobo, atraído pelo cheiro de sangue, me mordia… A luta que travei com o animal me devolveu o sangue-frio. Percebi que se não enterrasse rapidamente o corpo da minha vítima, o crime seria descoberto. Abri uma cova entre o carvalho e a faia de que falei e, depois de cobrir a pobre Anete, fugi, torturado por remorsos, andando às cegas pela floresta até o amanhecer… Foi quando vocês me encontraram estendido no chão, todo mordido e coberto de sangue… Os lobos estavam atrás de mim, iam me devorar e, sem vocês, eu já receberia logo ali o castigo por meu crime! No dia seguinte, estando todos alarmados com o desaparecimento de Anete, nada contei e até ajudei a procurá-la, levantando a suspeita de que algum fora da lei a houvesse raptado ou que animais ferozes a tivessem devorado…

Gilbert não ouvia mais; apoiado no parapeito da janela, ele chorava. Em vão o miserável moribundo gritou:

— Estou morrendo! Não se esqueça do carvalho!

Imóvel e mergulhado na dor, o irmão de Anete permaneceu ali por muito tempo e, quando voltou a se aproximar da cama, Ritson estava morto.

Durante toda a agonia de Roland Ritson, nossos três viajantes a caminho de Nottingham, Allan, Robin e o frade, aquele mesmo frade de enorme apetite, coração valente e vigorosa corpulência, rapidamente atravessavam a imensa floresta de Sherwood. Conversavam, riam e cantavam. Às vezes era o volumoso frade que contava alguma aventura maliciosa, quando não a voz límpida de Robin que começava uma balada, ou Allan que, com suas reflexões inteligentes, impressionava os companheiros de viagem.

— Mestre Allan — disse Robin a certo momento —, o sol já indica o meio-dia e meu estômago nem se lembra mais do que ingeriu pela manhã. Se aceitar a ideia, podemos descer até a beira do riacho que corre ali perto; tenho provisões na bolsa e podemos comer enquanto descansamos.

— A proposta é de muito bom senso, meu filho — aparteou o monge. — Tem meu apoio do fundo do coração, posso dizer até que dos meus dentes.

— Nada contra, Robin — disse Allan. — Lembro só que é imprescindível que eu chegue ao castelo de Nottingham antes de o sol se pôr, e se esse descanso for nos atrasar, prefiro continuar.

— Como queira — respondeu Robin. — Se continuar, continuamos também.

— Ao riacho! Ao riacho! — implorou o padre. — Faltam apenas três milhas para Nottingham e podemos cobrir dez vezes essa distância antes que escureça. Não vai ser uma horinha de descanso e uma boa comida que vão nos impedir.

Mais tranquilo com a observação do frade, Allan aceitou dar uma parada e foram os três se sentar à sombra de um grande carvalho, no fundo de um agradável vale, por onde serpenteava um riozinho de águas puras e transparentes, sobre um leito de seixos brancos e rosados e margens de relva florida.

— Que lindo lugar! — exclamou Allan, olhando em detalhe as belezas daquele retiro do mundo. — Esse pequeno paraíso terrestre, caro Robin, me parece um tanto afastado da sua casa para que venha descansar aqui com frequência, não?

— Tem razão. É raro virmos aqui. Somente uma vez por ano e não quando tudo está verde, florescente e bonito como hoje, e sim durante o inverno, com tudo devastado e o vento a sacudir lugubremente as árvores despidas de folhagem e carregadas de gelo. O coração se enche de tristeza, como o céu de nuvens, e o luto da natureza se solidariza ao nosso.

— Por que o luto, Robin?

— Está vendo aquela faia que se ergue no meio de um maciço de roseiras-bravas? Há um túmulo ao lado, do irmão do meu pai, Robin Hood, de quem herdei o nome. Eu nem era nascido, meu pai e ele voltavam de uma caçada e foram atacados por salteadores. Defenderam-se com bravura, mas, infelizmente, meu tio Robin recebeu uma flechada em pleno peito e caiu para não se levantar mais. Depois de vingá-lo, Gilbert ergueu esse humilde mausoléu que visitamos todo ano para rezar e chorar, no mesmo dia em que aconteceu a desgraça.

— Não há lugar no universo, por mais bonito, que o homem não tenha profanado — observou sentenciosamente o frade.

Em seguida, mudando de tom, acrescentou com alegre impaciência:

— E então, Robin, vamos deixar dormirem os mortos e pensar em quem está vivo e aqui presente. Mortos não têm fome, mas ela nos devora. Vamos lá, abra essa sacola! Pelo que disse, contém tesouros comestíveis.

Sentados na relva à beira do riacho, os três companheiros banquetearam à vontade, graças à boa previdência de Marguerite e a um bom cantil de couro cheio de um vinho envelhecido da França, que passou e voltou a passar tantas vezes das mãos às bocas e vice-versa que os três foram ficando bem expansivos e a pausa prevista se prolongou bastante, sem que ninguém percebesse. Robin cantou várias canções. Sentindo-se no sétimo céu, Allan descrevia com pompa os encantos e qualidades de lady Christabel. O frade falava pelos cotovelos e gritou ao eco chamar-se Gil Sherbowne, de boa família camponesa, e que preferia, em vez da vida no convento, o cotidiano ativo e independente dos moradores da floresta. Disse também ter comprado, do frade superior do convento, e pago bem caro, o direito de agir como bem entendesse e de fazer uso do bastão.

— Por isso me chamam frei Tuck — ele explicou —, pelo talento na estocada, em geral com o hábito erguido até a altura dos joelhos. Sou bom com quem é bom e mau com quem é mau. Estendo a mão aos amigos e o porrete aos inimigos. Canto baladas para rir ou canções para beber, dependendo se queira rir ou beber. Rezo para os carolas, salmodio o *Oremus* para os beatos e sei boas anedotas para quem detesta homilias. Este é o frei Tuck! E o senhor, cavaleiro Allan, como se apresentaria a nós?

— Vou me apresentar, então, se me deixar também falar — brincou Allan.

Era Robin quem tinha nas mãos o cantil, que não estava ainda vazio, e frei Tuck fez um gesto para pegá-lo.

— Nada disso! Um minuto! — disse o rapazote. — Só passo adiante se não interromper Allan Clare.

— Juro que não interrompo, mas passe o vinho.

— Veremos quando o cavaleiro tiver terminado.

— É muita maldade! Nem consigo respirar de tanta sede!

— Pois mate-a com água.

O monge fez uma careta e se deitou na relva, como se preferisse dormir a ouvir a história de Allan Clare.

— Sou de origem saxã — começou o cavaleiro. — Meu pai era muito ligado ao chanceler de Henrique II, Thomas Becket,[27] e isso causou todo o seu infortúnio, pois ele teve que se exilar quando o ministro morreu.

27. Thomas Becket (c.1118-70) foi chanceler da Inglaterra e depois arcebispo da Cantuária (ver nota 81), venerado como santo e mártir pelas Igrejas católica e anglicana. Foi assassinado em 1170, na catedral da Cantuária, após dez anos de conflito com o ex-aliado Henrique II (ver nota 8), que começava a querer reformar as relações entre o Estado e a Igreja. Ver também nota 34.

Robin quase imitou o frade, pois os elogios pomposos de Allan à própria família o interessavam muito pouco, mas mudou de ideia assim que o nome de Marian foi pronunciado. Com o coração agitado, passou a ouvir… e ouviu tão atento que não percebeu Tuck se erguer de fininho nos cotovelos e tirar das suas mãos o cantil de couro. Toda vez que Allan parava de falar da bela Marian, Robin encontrava como levar a conversa de volta ao que o interessava. Mas teve que aguentar o cavaleiro descrever seus amores e demoradamente se extasiar lembrando os encantos da nobre Christabel, filha do barão de Nottingham. Muito comunicativo por efeito do vinho francês, ele expôs todo o ódio que tinha pelo fidalgo.

— Enquanto minha família gozou dos favores da corte, o barão de Nottingham via com bons olhos o nosso amor e me dizia seu filho, mas assim que os ventos mudaram, fechou a porta e deixou claro que eu nunca me casaria com Christabel. Por minha vez jurei o contrário, lutando desde então por isso. E creio ter conseguido… Hoje à noite, isso mesmo, logo mais terá que me dar a mão de Christabel ou será punido. Descobri por acaso um segredo que, se o revelar, posso levá-lo à ruína e à morte. E é o que vou fazer quando estivermos frente a frente, vou propor uma troca: "barão de Nottingham, meu silêncio por sua filha".

E teria continuado na mesma toada por bastante tempo ainda e Robin, que mentalmente fazia comparações entre Marian e Christabel, não pensava interrompê-lo, mas Allan de repente notou que o sol já descia no horizonte.

— Precisamos ir — alarmou-se.

— Precisamos ir, frei Tuck — chamou Robin.

Mas o frade dormia deitado de lado, com o cantil vazio apertado contra o peito.

Ficou para o cavaleiro o trabalho de acordar o religioso e Robin correu ao túmulo do irmão de Gilbert, pois seria um sacrilégio ir embora sem uma homenagem.

Já fazia o sinal da cruz após uma rápida oração, quando ouviu gritaria, imprecações e risadas. O cavaleiro e o frade lutavam, ou melhor, o frade rodopiava seu terrível porrete por cima da cabeça de Allan, que tentava aparar os golpes com a lança e ria, ria às gargalhadas, enquanto o beneditino vociferava maldições.

— Ei, amigos! Que mosca os picou? — gritou Robin.

— A sua lança pode picar, mas meu bastão bate forte, belo fidalgo — berrava o frade rubro de raiva.

Allan ria e se protegia dos ataques, mas ao ver algumas gotas de sangue descerem por baixo da batina, pingando na grama, entendeu que a reação do adversário se justificava e imediatamente se deu por vencido. O monge interrompeu então a exibição, resmungando profundamente e demonstrando claros sinais de dor. Levando a mão às costas e erguendo a barra do hábito, respondeu ao jovem arqueiro, que perguntava o motivo de tudo aquilo:

— O motivo, os motivos aqui estão. É vergonhoso, criminoso perturbar a devoção de um santo homem, furando-o com o ferro da lança, num lugar em que a ponta não encontra osso algum.

Allan tinha tentado acordar o religioso espetando-o no traseiro com a ponta da lança, mas é claro que apenas para fazer graça, sem querer machucá-lo a ponto de tirar sangue, de forma que se desculpou sinceramente. Restabelecida a paz, a pequena caravana voltou à estrada rumo a Nottingham. Em menos de uma hora chegaram à cidade e subiram a colina no alto da qual se situava o castelo feudal.[28]

— Certamente abrirão a porta para mim, quando eu disser que quero falar com o barão — observou Allan —, mas vocês, meus amigos, quais razões vão apresentar para entrar?

— Não se preocupe com isso — respondeu o frade. — Sou o confessor de uma jovem, seu guia espiritual, e essa moça comanda como bem entende as manobras da ponte levadiça. Entro no castelo, graças a ela, de noite e de dia. Mas tome cuidado o senhor, belo cavaleiro, pois se for tão rude com o barão quanto comigo, vai estragar seus próprios planos; é a um verdadeiro leão que está indo provocar na toca; aja com moderação ou pobre de você!

— Serei moderado e firme, ao mesmo tempo.

— Que Deus o inspire, chegamos! Tenham cuidado! — e com seu vozeirão o frade gritou: — Que a bênção do meu venerado patrono, o grande são Bento,[29] estenda a graça sobre a sua cabeça e a dos seus, mestre Herbert Lindsay, guardião das portas do castelo de Nottingham! Deixe-nos entrar. Acompanham-me dois amigos. Um pretende conversar com seu amo sobre coisas de grande importância e o outro precisa se refazer e descansar. E eu, se ainda o permitir, darei à sua filha conselhos espirituais que o estado da sua alma exige.

— É você, alegre e honrado Tuck, pérola dos frades da abadia de Linton?[30] — veio lá de dentro a resposta calorosa. — Seja bem-vindo com seus amigos, caríssimo gentleman.

Imediatamente a ponte levadiça foi acionada e os visitantes puderam entrar no castelo.

28. O castelo de Nottingham, situado em ponto estratégico, no alto de uma colina e com encostas abruptas de quatro metros de altura ao sul e a oeste.

29. São Bento de Núrsia (480-543), nascido em Norcia, na Itália, fundador da Ordem Beneditina (ver nota 26), foi o criador das Regras de são Bento, que inspiraram amplamente muitas das comunidades religiosas. Fundou a abadia do Monte Cassino, destruída na Segunda Guerra Mundial e depois restaurada. Era irmão gêmeo de santa Escolástica e é o patrono da Europa.

30. Ainda hoje há um monastério beneditino em Linton, no condado de Cambridge, funcionando em propriedade doada à ordem "antes de 1163", segundo os seus anais. O monastério foi restaurado no final do séc.XIX.

— O barão já se retirou para os seus aposentos — respondeu o guardião a Allan, que pediu para ser conduzido à presença do castelão. — Se as palavras que tem a dizer não forem extremamente agradáveis, aconselho a deixá-las para amanhã, pois ele está bastante irritadiço.

— Doente? — perguntou o frade.

— A gota o incomoda num ombro e ele sofre como um condenado. Se fica sozinho, range os dentes e pede socorro. Se alguém o atende, ele espuma de raiva e ameaça de morte quem lhe dirigir até mesmo uma palavra de consolo. Ah, meus amigos! — acrescentou mestre Herbert com tristeza. — Desde que monsenhor foi ferido na cabeça com aqueles golpes de cimitarra, no país de Jerusalém,[31] perdeu toda paciência e bom senso.

— Não estou nem um pouco preocupado com seu mau humor — disse Allan. — E quero falar com ele agora mesmo.

— Se assim desejar… Ei! Tristam! — gritou o guardião, chamando um criado que atravessava o pátio. — Como está o humor de Sua Senhoria?

— Na mesma. Esbraveja e urra como um tigre porque o médico não dobrou a seu gosto uma das ligaduras. Imagine que expulsou a pontapés o coitado do médico e me obrigou, com um punhal, a substituí-lo, avisando que se não fizesse direito me cortaria o nariz.

— Insisto, sr. cavaleiro — voltou a dizer Herbert —, não procure monsenhor esta noite, espere até amanhã.

— Não vou esperar um minuto e nem mais um segundo. Leve-me até o quarto dele.

— Assim exige?

— Assim exijo.

— Que então Deus o proteja! — resignou-se o velho Lindsay, fazendo o sinal da cruz. — Tristam, conduza o cavalheiro.

O criado ficou branco de medo e tremeu da cabeça aos pés. Estava feliz por ter escapado são e salvo das garras daquela besta feroz e não se sentia nada disposto a novo risco. Com razão previa que a ira do barão se abateria sobre o acompanhante, tanto quanto sobre a visita.

— Monsenhor provavelmente espera a visita do cavalheiro? — ele tentou saber, com ar embaraçado.

— Não, meu amigo.

— Permite-me então que o previna?

— Não. Eu o acompanho. Podemos ir.

— Ai! — lamentou-se o pobre-diabo. — É o meu fim!

E lá se foi ele, seguido por Allan, enquanto o velho guardião dos portões comentava rindo:

31. O barão participou então das forças de apoio aos bastiões cristãos estabelecidos no Oriente Médio a partir da Primeira Cruzada, que teve início em 1095.

— Pobre Tristam! Sobe a escada para o quarto do barão como se fosse a do cadafalso. Pela santa missa! Deve estar com o coração batendo aos pulos. Mas estou me atrasando aqui, meus amigos, em vez de passar em revista as sentinelas dos muros. Provavelmente vai encontrar minha filha na copa, frei Tuck. Se Deus assim permitir, volto a vê-los em menos de uma hora.

— Ótimo — disse o monge agradecendo.

E o frade saiu por um dédalo de corredores, galerias e escadas, com Robin a segui-lo, consciente de que, sozinho, se perderia mil vezes no caminho. Frei Tuck, pelo contrário, conhecia com exatidão tudo aquilo. Para ele, o castelo de Nottingham era tão familiar quanto a abadia de Linton, e foi contente de si e orgulhoso dos direitos há muito tempo conquistados que bateu à porta da copa.

— Entre — respondeu uma voz jovial e alegre.

Assim fizeram eles e, ao reconhecer a volumosa figura, uma bela mocinha de no máximo dezesseis ou dezessete anos, longe de se assustar, dirigiu-se vivamente até os visitantes, com um gracioso e amável sorriso.

— Ora, ora! — pensou Robin. — É esta a ingênua penitente do santo padre. Por Deus! Essa saudável menina de olhos borbulhantes de alegria, lábios vermelhos e sorridentes, é a mais bela cristã que já vi.

E não conseguiu disfarçar a impressão que lhe causava a beleza da simpática mocinha, pois quando a bela Maude estendeu para ele as mãozinhas, desejando boas-vindas, Tuck, como bom camarada que tinha se tornado, exclamou:

— Não se contente com as mãos, garoto, veja essa boca, esses belos lábios vermelhos e beije-os. Nada de timidez! A timidez é a virtude dos tolos.

— Era só o que faltava! — respondeu a moça, sacudindo a cabeça bem-humorada. — O que está pensando, como se atreve a dizer uma coisa dessas, meu reverendo?

— Meu reverendo! Meu reverendo! — repetiu o frade em tom ambíguo.

Robin aceitou o conselho do frade, apesar da fraca resistência da moça, e Tuck em seguida fez o mesmo, como beijo de misericórdia, disse ele, acrescentando outro, "da paz"... Ou seja, sejamos francos e convenhamos que, no final das contas, Maude tratava o irmão Tuck muito mais como namorado do que como guia espiritual. Convenhamos também que os modos do frade eram bem pouco canônicos.

Foi o que achou Robin e, enquanto prestavam homenagem às bebidas e comidas com que Maude encheu a mesa, candidamente ele insinuou que o religioso se parecia muito pouco com um temível e respeitado confessor.

— Um pouco de afeto e intimidade entre parentes nada tem de repreensível — alegou o frade.

— São parentes? Eu não sabia.

— Em grau bastante próximo, jovem amigo, muito próximo e com pouquíssimas restrições, pois meu avô era filho de um dos sobrinhos do primo da tia-avó de Maude.

— Entendo. É um parentesco perfeitamente bem delineado.

Maude ficara bem vermelha durante todo esse diálogo e parecia implorar que Robin não o prolongasse. Garrafas se esvaziaram e na copa muito se ouviu o choque dos copos em brindes, os risos e ainda o murmúrio dos beijos roubados a Maude.

No auge daquela farra, a porta da copa foi bruscamente aberta e um sargento, acompanhado de seis soldados, entrou.

Cumprimentou polidamente a moça e, olhando com severidade os convidados, disse:

— São os companheiros do homem que veio visitar nosso amo, lorde Fitz-Alwine, barão de Nottingham?

— Somos sim — respondeu Robin sem qualquer preocupação.

— O que têm com isso? — perguntou irmão Tuck, mais ousado.

— Acompanhem-me à presença de monsenhor.

— Por quê? — questionou outra vez Tuck.

— Não sei. São as ordens que tenho, obedeçam.

— Antes disso, bebam alguma coisa — propôs a bela Maude, oferecendo ao militar um copo de cerveja. — Não vai lhes fazer mal.

— Obrigado.

Depois de esvaziar o copo, o sargento repetiu aos convidados a ordem de segui-lo.

Robin e Tuck obedeceram, lamentando deixar a bela Maude sozinha e triste na copa.

Depois de atravessarem imensas galerias e uma sala de armas, o militar parou diante de uma porta grande de carvalho, solidamente fechada, e deu três pancadas fortes.

— Entrem — ouviu-se uma voz brutal.

— Sigam-me — disse o sargento a Robin e a Tuck.

— Entrem, entrem logo, patifes, bandidos, condenados. Entrem — esbravejava o velho barão. — Entre, Simon.

O sargento finalmente abriu a porta.

— Até que enfim, aí estão os canalhas! Por onde andou desde que o mandei procurá-los? — perguntou o barão, lançando ao comandante da pequena tropa olhares fulminantes.

— Se Sua Senhoria permite, precisei…

— Está mentindo, cão! Como se atreve a ainda se desculpar, depois de me fazer esperar três horas?

— Três horas? Milorde se engana. Mal se passaram cinco minutos desde que me deu a ordem de trazer essas pessoas.

— Escravo insolente! Ousa me desmentir, debaixo do meu nariz! Velhacos é o que são todos — e, dirigindo-se aos soldados que nada entendiam: — Não obedeçam mais a esse traidor! Desarmem-no, ao calabouço! Se ousar qualquer resistência no caminho, que seja sem piedade lançado no mais profundo subterrâneo! Sentido! Obedeçam!

Os soldados procuraram se encorajar uns aos outros e se aproximaram para desarmar o sargento, que, mais morto do que vivo, se manteve em silêncio.

— Patifes! — recomeçou o barão. — Nem deixam o homem responder minhas perguntas? Como se atrevem?

Os soldados recuaram.

— E agora, celerado, agora que demonstrei toda minha bondade, impedindo que esses brutos o desarmem, vai me dizer ou não se esses dois cães aí presentes são os companheiros do atrevido que ousou vir me insultar?

— São, milorde.

— E como tem certeza, imbecil? Como sabe? Como averiguou?

— Eles confessaram, milorde.

— Meteu-se então a interrogá-los sem minha autorização?

— Eles o disseram por conta própria, milorde, quando mandei que me seguissem até aqui.

— Disseram, disseram — imitou o barão a voz trêmula do pobre homem. — Grandes coisas! Acredita no que qualquer um diz?

— Milorde, achei...

— Cale-se, cretino! Chega, saia daqui.

O sargento comandou meia-volta a seus homens.

— Espere!

— Alto! — comandou o sargento.

— Não. Vá embora, vá embora!

Novo sinal do sargento.

— Para onde estão indo, miseráveis?

Foi comandado alto pela segunda vez.

— Saiam, estou dizendo. Cachorros inúteis, bando de lesmas, saiam!

A patrulha não deu tempo para nova contraordem e chegou ao posto de serviço ouvindo ainda o barão vociferar.

Robin seguira com atenção as diferentes fases da interessante conversa entre Fitz-Alwine e o sargento. Estava pasmo e, mais surpreso do que assustado, travou conhecimento com o agitado e estranho senhor do castelo de Nottingham.

Cerca de cinquenta anos, estatura mediana, olhos miúdos e vivos, nariz aquilino, bigodes compridos, sobrancelhas grossas, feições enérgicas, rosto corado e quase sanguíneo, com estranha expressão de selvageria em todos os seus modos, era este o seu retrato. Usava uma couraça escamada e ampla veste de pano branco, em que sobressaía em vermelho a cruz dos paladinos da Terra Santa. Naquele temperamento inflamável, vitriólico, por assim dizer, a menor contrariedade provocava explosões terríveis. Um olhar, uma palavra, um gesto que lhe desagradassem o transformavam em inimigo implacável, fazendo-o então sonhar apenas com vingança e morte.

O tipo de interrogatório por que passariam nossos dois amigos deixava que se previssem novas tempestades para aquela noite, e foi com um tom sardônico e irônica crueldade que o barão começou:

— Aproxime-se, jovem lobo de Sherwood, e você também, monge vagabundo, verme de convento, aproxime-se! Vão me dizer, assim espero, sem dissimulação nem rodeios, por que se atreveram a vir a meu castelo e que plano mal-intencionado os fez deixar o mato e o covil, respectivamente. Falem e tratem de ser claros, pois tenho meios maravilhosos para extrair palavras da goela até de um mudo e, por são João de Acre,[32] é o que aplico no couro de hereges como vocês!

Robin o olhou com desprezo e nem se deu ao trabalho de responder. O monge guardou o mesmo silêncio, mas crispou as mãos no formidável bastão, aquele nobre pau de corniso que o leitor já conhece e no qual o frade se apoiava, caminhando ou descansando, pois achava ganhar com isso ares veneráveis.

— Ah, não querem responder! Querem bancar os fidalgos? — exclamou o barão. — E posso saber a qual motivo devo a honra da visita? Realmente formam uma boa dupla: um bastardo de fora da lei e um mendigo imundo!

— O barão não nos conhece, não sou bastardo de proscrito nenhum e o frade não é um mendigo imundo. O barão não sabe o que diz!

— Lacaios sórdidos!

— Continua a dizer tolice. Não sou lacaio seu nem de ninguém mais. E se o religioso aqui presente estender a mão em sua direção, não será para pedir esmola.

Tuck alisou o bastão.

— Ah! O cachorro-do-mato se atreve a me desafiar, a me insultar! — exclamou o barão, quase sufocando de raiva. — Ei! Já que tem orelhas compridas, que o preguem por elas na porta principal do castelo e lhe apliquem ainda cem boas chibatadas.

Lívido de indignação, mas guardando o sangue-frio, Robin ficou mudo e encarou firmemente o terrível Fitz-Alwine, já escolhendo uma flecha na aljava. O barão hesitou, mas fingiu não perceber a intenção do rapaz. Após um segundo de silêncio, voltou a falar, em tom menos violento:

— A juventude sempre me leva a ser mais tolerante e, apesar da impertinência, não vou mandá-lo já às masmorras. Mas vai ter que responder minhas perguntas e, ao mesmo tempo, lembrar-se de que continua vivo apenas por bondade minha.

---

32. A cidade antiga de Acre, ou Akko, um porto histórico em Israel, era na época uma fortaleza denominada são João de Acre e foi tomada pelos cruzados em 1110.

— Não estou em seu poder como imagina, nobre senhor — respondeu Robin com arrogante frieza. — E como prova disso, não responderei a suas perguntas.

Habituado a uma obediência passiva e completa por parte dos seus servidores e dos mais fracos, o barão ficou boquiaberto, mas logo em seguida vários pensamentos se atropelaram em seu cérebro, formulando frases incoerentes e insultos.

— Ah! Ah! — deu um riso estridente. — Acha mesmo que não está em meu poder, cria de urso mal-educado? Não vai responder, mestiço de macaco, filho de bruxa? Basta um gesto meu, um olhar, um sinal e vai para o inferno. Espere só para ver, vou estrangulá-lo com meu cinto.

Impassível, Robin mantinha armado o arco, com uma flecha pronta para o barão, até que Tuck interveio, dizendo com toda cordialidade:

— Espero que Sua Senhoria não ponha em prática essas ameaças...

As palavras do frade quebraram a tensão e Fitz-Alwine se virou para ele, como um lobo enraivecido desvia a atenção para nova presa.

— Amarre essa língua de víbora, padre do diabo! — berrou, medindo Tuck dos pés à cabeça. E em seguida acrescentou, querendo dar mais zombaria à expressão de seu olhar: — É o melhor exemplo desses esfomeados vorazes chamados frades mendicantes.[33]

— Não é exatamente o que acho, monsenhor — respondeu placidamente mestre Tuck. — E se assim permitir, com todo o respeito que se deve a tão alta personalidade, sua maneira de ver as coisas é totalmente falsa, demonstrando absoluta carência de bom senso. Talvez o tenha perdido num acesso mais violento de gota, milorde. Ou quem sabe no fundo de uma garrafa de gim.

Robin caiu na gargalhada.

Irritado, o barão pegou um missal e jogou-o na cabeça do frade, com tanta força que o pobre Tuck, violentamente atingido, balançou atordoado. Mas rapidamente se recuperou e, nada habituado a receber tal tipo de presente sem imediatamente demonstrar gratidão, ergueu o terrível porrete e desferiu uma violenta pancada no ombro doente de Fitz-Alwine.

O nobre lorde cambaleou, rugiu, mugiu como um touro na arena ao ser espetado pela primeira bandarilha e se esticou para despendurar da parede o espadagão das cruzadas. Tuck, porém, não lhe deu tempo e, mantendo a ofensiva, acertou forte porretada no altíssimo, nobilíssimo e poderosíssimo senhor

33. Ligeiro anacronismo na narrativa, já que as ordens mendicantes só surgiram no século seguinte, com são Domingos (1170-1221) e são Francisco de Assis (1181-1226). As ordens mendicantes se diferenciavam de outras ordens monacais pela não exigência da clausura em monastérios. Sua principal característica reside no fato de a sobrevivência física dos frades depender de esmolas e doações das pessoas, o que os levava a uma vida de errância, dedicada à pregação e à evangelização.

de Nottingham, que, apesar da pesada armadura e dos achaques gotosos, corria de dar gosto ao redor do quarto, tentando escapar das terríveis pauladas.

O barão já gritava por socorro há vários minutos, quando o sargento que havia trazido Tuck e Robin entreabriu a porta, e, passando a cabeça, fleumaticamente perguntou se estavam precisando dele.

Ágil como se tivesse retornado aos vinte anos de idade, o barão com um só salto foi do canto do quarto, a que tinha sido encurralado pelo bastão de Tuck, à porta que o sargento não se decidia a abrir toda sem sua ordem expressa, mesmo que fosse para prestar socorro.

O pobre sargento, que merecia ser visto como salvador, como um anjo da guarda, recebeu toda a ira do amo, impotente contra o frade, sob a forma de chutes e socos.

Cansando-se, enfim, de bater no ser inofensivo que não se atrevia a qualquer revide — para um vassalo, naquela época, o nobre era sagrado e inatacável —, o barão recuperou fôlego e deu ordem ao sargento para que prendesse e lançasse Robin e o frade no fundo de um calabouço.

Vendo-se livre dos ataques, o sargento partiu como um raio, gritando: às armas! às armas!, e voltando logo depois com uma dúzia de soldados.

Diante do reforço, o monge pegou em cima da mesa um crucifixo de marfim, colocou-o diante de Robin, que já pensava em disparar algumas flechas, e gritou:

— Em nome da santíssima Virgem, em nome do seu Filho, morto por nós, ordeno que me deixem passar. Desgraça e excomunhão a quem quiser impedir.

Pronunciadas com voz de trovão, tais palavras petrificaram os soldados e o religioso se retirou sem maiores problemas. Robin já ia seguir o amigo quando, a um sinal do barão, os homens o agarraram e tiraram seu arco e suas flechas, empurrando-o de volta para o fundo do quarto.

Cansado e moído de pancadas, o barão se jogou numa poltrona.

— Agora nós dois — disse ele quando conseguiu, depois de muito esforço, falar. — Nós dois.

Esses acontecimentos se passaram numa época em que não era prudente atacar os filhos da Igreja, como, para sua desventura, Henrique II foi obrigado a reconhecer, em sua briga com Thomas Becket.[34] Por isso o barão preferira deixar o monge ir embora, imaginando porém descontar isso em Robin.

— Acompanhou Allan Clare até aqui? — perguntou, em tom ironicamente calmo. — Sabe dizer por qual motivo ele veio à minha casa?

Outro qualquer que não fosse Robin se imaginaria perdido, perdido sem escapatória, vendo-se à mercê de um personagem tão cruel quanto o velho

34. Três anos depois de assassinado (ver nota 27), Thomas Becket foi canonizado e o rei acabou sendo obrigado a fazer penitência pública junto a seu túmulo.

Fitz-Alwine. Mas o jovem e valoroso arqueiro de Sherwood era desses que nunca tremem, mesmo diante da morte iminente e certa. Respondeu, então, com admirável calma:

— Posso confirmar que acompanhei o sr. Allan Clare, mas ignoro o que o trouxe aqui.

— Está mentindo!

Robin sorriu com desdém e a calma que o barão procurava aparentar cedeu lugar a uma violenta explosão de raiva. Só que quanto mais descontrolado se mostrava, mais Robin sorria.

— Há quanto tempo conhece Allan Clare? — voltou a perguntar o fidalgo.

— Há vinte e quatro horas.

— Está mentindo! Está mentindo! — enfurecia-se o barão.

Perdendo a paciência com tanto insulto, Robin respondeu impassível:

— Eu é que minto? Você é que nega a verdade, velho intratável! Em todo caso, já que minto, ótimo, não mentirei mais, pois não dou mais uma palavra.

— Garoto teimoso, quer que o mande jogar do alto das muralhas no fosso do castelo, junto com o seu cúmplice Allan Clare, dentro de uma hora, depois de ter confessado? Uma pergunta ainda, se não responder, está perdido. Não foram atacados, vindo para cá?

Robin não respondeu. Exasperado, mas controlando-se, Fitz-Alwine deixou a poltrona e se armou com a espada. Robin olhava fixamente o barão e esperava. Um assassinato certamente seria cometido, mas a porta de repente se abriu, dando passagem a dois homens. Ambos tinham bandagem suja de sangue na cabeça e se movimentavam com dificuldade. As roupas estavam rasgadas e cheias de lama, fazendo com que parecessem sair de uma briga em que não tinham levado a melhor. Ao ver Robin, deram juntos um grito de surpresa e o rapaz, não menos espantado, reconheceu-os como sobreviventes do grupo de bandidos que, na noite anterior, havia atacado a casa de Gilbert Head. A cólera do barão foi ao paroxismo, ouvindo o que acontecera e vendo Robin ser apontado como um dos mais perigosos adversários. Tanto que nem esperou o final da narrativa e gritou furioso:

— Tirem esse miserável daqui! Que seja jogado numa cela! Vai mofar até resolver contar o que sabe sobre Allan Clare e implorar de joelhos perdão pelas insolências… Até lá, nem pão nem água. Que morra de fome.

— Então adeus, barão Fitz-Alwine. Se for preciso preencher essas duas condições para sair, não nos veremos mais. Adeus, então, para sempre — disse Robin.

Os soldados já o empurravam para apressar a sua retirada quando ele, resistindo, voltou-se ainda para o barão e acrescentou:

— Faria a gentileza, senhor, de avisar Gilbert Head, o honesto e corajoso guarda da floresta de Sherwood, que pretende me hospedar sem comida por algum tempo? Agradeceria muito e faço o pedido porque, sendo milorde pai, pode perfeitamente imaginar a aflição de quem ignora o paradeiro do filho ou da filha desaparecidos.

— Com mil diabos! Sumam com esse falastrão!

— Não vá imaginar que eu queira a sua companhia por mais tempo, ilustre barão de Nottingham. A vontade de que não mais nos vejamos é mútua.

Assim que foi retirado do quarto, Robin pôs-se a cantar a plenos pulmões e sua voz jovial e límpida ressoava ainda nas sombrias galerias do castelo, quando a porta do calabouço se fechou com ele dentro.

6

O prisioneiro por bom tempo ficou ouvindo o barulho confuso que vinha de fora, e quando as passadas dos guardas deixaram de perturbar o silêncio dos corredores, ele começou a pensar na gravidade da situação.

A raiva e as ameaças do todo-poderoso castelão em nada o assustavam, mais incomodando ao bom filho as preocupações e dor de Gilbert e Marguerite, que em vão o esperariam à noite, no dia seguinte e por mais tempo ainda, é provável.

Esses tristes pensares despertaram um violento desejo de liberdade e, como um leão que gira sem parar em sua jaula para descobrir uma saída, ele andou em círculos pelo cubículo, batendo o pé no chão, medindo a altura da janela, analisando as paredes e calculando quanto precisaria de força, esperteza ou habilidade para quebrar ou fazer com que se abrisse aquela porta reforçada a ferro, cuja chave devia se encontrar nas mãos de um brutal cérbero.[35]

O calabouço era mínimo e tinha três aberturas: a porta, com um pequeno postigo na parte superior e, do outro lado, uma lucarna, a dez pés do chão e com fortes barras transversais. A mobília se limitava a uma mesa, um banco e um monte de palha.

— O barão até que não é tão mau quanto é injusto — pensou Robin —, já que me deixou com os pés e as mãos livres. Deixe-me então aproveitar e dar uma olhada lá de cima.

Colocando o banco em cima da mesa e apoiando-se na parede, conseguiu chegar à lucarna.

Felicidade! Sua mão acabava de se agarrar a uma das barras e ele descobriu que não eram de ferro e sim de carvalho, e um carvalho já bastante carcomido. Sacudiu-as e se deu conta de que facilmente poderia quebrá-las. De qualquer forma, mesmo que resistissem, eram suficientemente espaçadas

35. Na mitologia grega, cão monstruoso que guardava a porta do Inferno.

para que sua cabeça passasse entre elas. E sabe-se que por onde passa a cabeça, passa todo o corpo também.

Contente com a descoberta, nosso herói achou prudente fazer um reconhecimento da situação do outro lado, para não comprometer as chances de fuga. Quem sabe algum guarda mais silencioso tomava conta no corredor e se aproximaria assim que ouvisse algum ruído suspeito.

O banco passou então para a porta e a cabeça inteligente do encarcerado se enfiou pelo postigo. Mas não ficou ali nem por um minuto, um segundo ou mesmo meio segundo, pois um soldado vinha ao longo da galeria, aproximando-se da porta e querendo provavelmente ver pelo buraco da fechadura o que andava fazendo o prisioneiro.

Robin se pôs a cantar uma das suas mais inspiradas baladas e, entre dois refrões, ouviu o soldado se afastar, voltar com precaução, se afastar e voltar mais uma vez. Essas idas e vindas duraram bons quinze minutos.

— Se o sujeito for fazer isso a noite inteira — pensou —, ainda estarei aqui ao amanhecer. Nunca vou conseguir escapar lá por cima sem que ele me ouça.

Reinava profundo silêncio no corredor há alguns instantes e o guarda parecia ter desistido da espionagem, mas Robin, como bom caçador experimentado e conhecedor de todos os truques da arte, achou que, naquela circunstância, o mais prudente era se fiar nos olhos, mais do que nos ouvidos. Arriscou-se então a uma segunda olhada pelo postigo.

E foi boa ideia, pois em vez de um, havia dois vigias atentos e colados à porta.

Nesse mesmo instante, a bonita Maude apareceu na ponta do corredor, com uma tocha numa mão e alguns objetos na outra, e soltou um grito de surpresa ao ver a cabeça de Robin acima da dupla de carcereiros.

Tão leve como uma folha que cai, o prisioneiro desceu de onde estava e, cheio de ansiedade, procurou ouvir o que ia acontecer. A voz de Maude havia felizmente disfarçado o barulho da sua movimentação e a jovem fazia-se de zangada com os dois soldados, mas falando sem parar e com charmes bem femininos, tentando justificar o grito de surpresa ou susto.

Robin correu para devolver o banco e a mesa a seus devidos lugares, cantarolando em voz alta, enquanto se perguntava que diabos fazia a moça a perambular daquele jeito pelo castelo, em plena noite. A própria Maude, a encantadora Maude, não demorou a pessoalmente revelar a chave do enigma, pois depois de algum falatório com os carcereiros, radiante ela entrou na cela, colocou víveres e bebida em cima da mesa, exigindo que a deixassem sozinha com o preso, pois tinha coisas a dizer em particular.

— Veja só, está mesmo numa bela situação o jovem das florestas! — começou a adorável criatura, assim que a porta foi fechada. — Mais parece um rouxinol numa gaiola, e temo que ela não se abra tão cedo, pois o barão está furioso, praguejando aos berros e dizendo que vai tratá-lo como aos mouros infiéis da Terra Santa.

— Pois seja minha companheira de cativeiro e nem sentirei falta da liberdade — respondeu Robin, beijando a jovem.

— Chega de atrevimento, meu amigo — exclamou a moça, escapando do abraço de Robin. — Não está agindo como cavalheiro.

— Mil desculpas, mas é tão bonita que… Vamos falar sério; sente-se aqui à frente e me dê as mãos. Obrigado. Sabe o que foi feito de Allan Clare, o companheiro que entrou no castelo comigo e seu tio Tuck?

— Está numa masmorra ainda pior e mais escura do que a sua. Atreveu-se a chamar Sua Senhoria de "patife infame" e dizer que se casaria com lady Christabel, mesmo sem autorização. Eu estava entrando nos aposentos do barão com minha jovem ama, no momento em que o seu impudente amigo dizia isso. Ao ver milady, sir Allan Clare não pensou em mais nada e se lançou em sua direção, tomando-a nos braços aos beijos e gritando: "Christabel, querida e amada Christabel!" Milady ficou sem saber o que fazer e levei-a para fora. Mas foi por ordem dela que procurei me informar sobre o sr. Allan. Como disse, está preso. E foi Gil, nosso amigo frade, que me contou suas desventuras, por isso vim…

— Me ajudar a fugir, não é, Maude querida? Obrigado, muito obrigado. Isso mesmo, dentro de uma hora estarei livre, se Deus me proteger.

— Você? Livre? E como vai sair daqui? Tem dois carcereiros lá fora.

— E podiam ser mil.

— O belo rapaz da floresta é também dado a bruxarias?

— Não, mas sei subir em árvores como um esquilo e saltar fossos como uma lebre.

E apontou com os olhos a janela, debruçando-se ao ouvido da moça, de tal forma que, sentindo o contato, ela imediatamente se ruborizou:

— As barras não são de ferro — ele disse.

Maude entendeu e um sorriso alegre iluminou seu rosto.

— E onde posso, depois, encontrar frei Tuck? — acrescentou Robin.

— Na… copa — respondeu Maude um pouco envergonhada. — Se milady precisar da ajuda dele para libertar o sr. Allan, ficou combinado que o mandará buscar na copa.

— Como faço para chegar lá?

— Depois que sair daqui, siga as muralhas pela esquerda até encontrar uma porta aberta. Verá então uma escada que leva a uma galeria e daí a um corredor; no final desse corredor, está a copa. Vai encontrar a porta fechada e, se não ouvir barulho nenhum lá dentro, entre. Se Tuck não estiver é porque milady o chamou. Nesse caso, esconda-se num armário e espere. Faremos com que saiam do castelo.

— Que mil graças caiam sobre a sua cabeça, adorável Maude! Nunca esquecerei o que fez — exclamou Robin animado.

Os raios que escapavam dos seus olhos encontraram outros, tão abrasados quanto, que partiam da jovem. As centelhas opostas se misturaram e entre os dois seres, tão juvenis e bonitos, completou-se uma troca de pensamentos e desejos, troca que culminou num ardente beijo.

— Bravo, bravíssimo, meus pombinhos! Vejo o quanto tinham a se dizer! — exclamou um dos carcereiros, abrindo bruscamente a porta da cela. — Com os diabos, moça! Isso é que é trazer consolo ao prisioneiro! Meus parabéns. É tão eficiente que não ficaria eu chateado de ser encarcerado.

Com a brusca interrupção, o rosto de Maude ficou todo vermelho, com ela se paralisando trêmula e muda. O guarda se aproximou, mandou que deixasse a cela e ela com isso se recuperou da surpresa. Erguendo a mãozinha branca à altura do rosto moreno do soldado, aplicou-lhe uma sonora dupla bofetada e saiu rindo corredor afora.

— Hum! Hum! — resmungou o homem esfregando as bochechas e lançando em Robin um olhar nada amistoso. — O jovenzinho e eu não somos pagos com a mesma moeda.

E deixou também a cela, fazendo ostensivamente correr todos os ferrolhos e multiplicando as voltas da chave na fechadura.

O prisioneiro, enquanto isso, feliz da vida bebia, ria e comia.

Uma sentinela armada dos pés à cabeça substituiu o carcereiro e Robin, para não parecer se preocupar, voltou à cantoria, o mais forte que conseguiam os seus pulmões.

Já irritado em ter que montar guarda, o soldado mandou brutalmente que se calasse. Robin obedeceu, pois era este o seu plano, e bem-comportadamente desejou ao carcereiro boa noite e bons sonhos.

Uma hora depois, a lua em seu ponto mais alto anunciava ser boa hora para a fuga e o preso, controlando as batidas precipitadas do coração, improvisou uma escada com o banco, chegando sem dificuldade às barras da janela. Uma delas, mais carcomida, cedeu logo aos primeiros sacolejos e deu passagem. Ele se agarrou ao parapeito, mediu preocupado a distância de vários pés que o separava do chão e esta lhe pareceu excessiva. Pensou então em se servir do cinturão, com uma das pontas amarradas na barra mais firme.

Todos esses preparativos duraram apenas um minuto e Robin já se preparava para a descida, quando viu no terraço, a poucos passos, um soldado de costas para ele, apoiado na lança e contemplando as longínquas vastidões do vale.

— Opa! — exclamou para si mesmo. — Já ia caindo na boca do lobo. Preciso ser mais cuidadoso.

Uma nuvem felizmente passava entre a lua e o castelo, fazendo o terraço mergulhar na obscuridade, enquanto o vale resplandecia na luz. O soldado, quem sabe uma cria daquele mesmo vale, continuava imóvel a contemplá-lo.

— Bom, seja o que Deus quiser! — murmurou Robin, que, depois de fervoroso sinal da cruz, desceu ao longo da parede, dependurado no cinturão.

Só que a correia era curta demais e, chegando à sua ponta, ele sentiu que estava ainda bastante longe do chão, podendo causar, com a queda, um barulho que despertaria a atenção do guarda. O que fazer? Subir de volta à prisão? As barras que serviam como ponto de apoio podiam não aguentar todo esse esforço. Mais valia, então, continuar a aventura. Confiando na Providência e tentando se tornar o mais leve possível, saltou.

Um formidável estrondo, algo como a tampa de um alçapão batendo com força na abertura de um respiradouro, foi o barulho que perturbou os devaneios da sentinela, no exato momento em que nosso herói atingia o chão.

O guarda se alarmou e deu um grito, correndo de lança em riste até o ponto de onde parecia ter vindo o barulho insólito. Mas nada viu, nada mais ouviu e, sem se preocupar então com a causa de tudo aquilo, voltou a seu posto e à contemplação do querido vale.

Confirmando não ter se machucado, o fugitivo havia aproveitado a confusão para ganhar algum terreno, sem também se preocupar com a origem do estrondo. Tinha porém corrido grande perigo: os subterrâneos do castelo tinham sua entrada de ar bem abaixo da janela por onde ele havia descido e a tampa desse respiradouro não estava fechada. Quis a sorte que ele esbarrasse com o pé, no momento em que caía e, não fosse isso, teria desaparecido para sempre nas profundezas do subterrâneo. Sem esse feliz acaso, por outro lado, não teria escapado do vigia, pois se a tampa estivesse fechada, seu corpo caindo em cima teria feito ainda mais barulho do que se batesse no chão duro.

A sorte estava então a seu favor e, com passadas rápidas, mas silenciosas, ele seguiu o caminho que Maude havia indicado.

Encontrou, de fato, uma porta aberta à esquerda e, depois de atravessá-la, tomou a escada, atravessou a galeria e desembocou num imenso corredor.

Chegando à bifurcação de duas galerias, mergulhado em plena escuridão, nosso herói tateava o chão com o pé e as paredes com a mão, para não se perder, quando ouviu uma voz que perguntou baixinho:

— Quem está aí? E o que faz aqui?

Robin encolheu-se contra a parede e prendeu a respiração. O desconhecido havia também parado e investigava de leve o piso, com a ponta de uma espada, tentando adivinhar a origem do barulho causado por Robin ao chegar.

— Deve ter sido o ranger de alguma porta — disse para si mesmo o homem no escuro, e continuou seu caminho.

Pensando, com razão, que precedido por um guia seria mais fácil sair daquele dédalo em que já há quinze minutos se perdia, Robin seguiu o desconhecido a boa distância.

Pouco depois o homem abriu uma porta e desapareceu.

A porta levava a uma capela.

Robin se apressou, continuou discretamente atrás do desconhecido e conseguiu, sem se fazer notar, se esconder atrás de uma pilastra do local santo.

Os raios da lua inundavam a capela com sua alva claridade e uma mulher coberta com um véu rezava de joelhos diante de uma tumba. O homem, vestido com um hábito de monge, olhava preocupado ao redor, mas ao perceber de repente a mulher ficou visivelmente abalado, conteve uma exclamação, um grito de alegria pronto para escapar, atravessou a nave e se aproximou dela de mãos juntas. Ouvindo as passadas do desconhecido, a mulher ergueu a cabeça e olhou, agitada pelo medo ou por incerta esperança.

— Christabel! — murmurou o monge com ternura.

A jovem se endireitou, um forte rubor invadiu suas faces e, lançando-se de braços estendidos na direção do rapaz, exclamou com inexprimível alegria:

— Allan! Allan! Meu querido Allan!

7

Gilbert contou a Marguerite o que soubera por Roland Ritson, sem mencionar os crimes mais graves, referindo-se também muito pouco aos amores e ao desventurado fim da sua irmã Anete.

— Imploremos a esse insensato a misericórdia de Deus — disse Marguerite, escondendo as lágrimas para não aumentar o pesar do marido.

O velho frade se ajoelhou junto ao cadáver e deu início à oração dos mortos. Gilbert e Marguerite se juntaram a ele e Lincoln encarregou-se de abrir uma cova entre o carvalho e a faia designados pelo infeliz Ritson. Em seguida, esperaram a volta dos que haviam ido a Nottingham, para concluir o funeral. Cansada de andar à frente do cottage e sem muito o que fazer, Marian resolveu ir ao encontro do irmão na estrada. Lance dormia diante da porta de entrada; ela chamou-o, fez um afago com suas alvas mãos e se foi com ele, sem avisar Gilbert.

Por um bom tempo a jovem caminhou pensativa, sonhando com o futuro do irmão. Sentou-se em seguida à sombra de uma árvore e, com a cabeça entre as mãos, começou a chorar. Por quê? Saberia ela mesma dizer? Não. Negros pressentimentos provocavam-lhe arrepios e, através de mil imagens confusas, vagamente esboçaram-se o vulto querido de Allan, mas também a do seu jovem companheiro, o verdadeiro conde de Huntingdon.

O fiel Lance se deitara bem à frente e, de focinho erguido, fixava nela seus dois olhões redondos que resplendiam inteligência. Parecia entristecer-se com a mesma tristeza da moça e ter, como ela, sombrios pressentimentos, pois em vez de dormir se mantinha atento.

O sol já clareava apenas o cimo das árvores maiores e o crepúsculo enegrecia o matagal, quando Lance se ergueu nas patas e soltou pequenos ganidos, agitando a cauda.

Esses sinais arrancaram dos devaneios Marian, que se censurou por estar àquela hora ainda na floresta, mas as alegres demonstrações do animal, vendo-a despertar, a tranquilizaram. Retomaram o caminho de casa, com a moça esperando ainda que Allan não tardasse a voltar.

Lance não seguia mais atrás de Marian, como pela manhã. Tomava farejando a dianteira, como batedor, e de vez em quando virava a cabeça para ver se a jovem ainda o seguia.

Fiando-se no instinto do seu guia, ela estava certa de não se perder, mas assim mesmo apressava o passo, pois o escuro rapidamente se impunha e as primeiras estrelas já cintilavam no azul do céu.

De repente, Lance parou, aprumou-se nas patas, esticou o pescoço e o corpo, apontou as orelhas, contraiu o focinho, farejou o ar, bufou e latiu forte, com raiva.

Marian ficou paralisada de medo, procurando descobrir o porquê daquela atitude.

— Talvez seja Allan — pensou a moça, tentando ouvir alguma coisa.

Tudo estava em silêncio. O cachorro se acalmara e ela parou de tremer. No exato momento, porém, em que retomava a caminhada e ria do medo que sentira, ouviu o barulho de alguém andando ligeiro no mato ali perto e Lance voltou a rosnar, mais furioso e enraivecido ainda.

O medo de ser atacada por um fora da lei deu asas à jovem e ela desandou a correr pelo caminho. Mas logo teve que parar de cansaço e quase desmaiou ao ouvir um homem dizer alto, com voz rude e imperiosa:

— Chame de volta o seu cão!

Lance, que tinha ficado para trás, procurando proteger a fuga de Marian, acabava de saltar sobre o indivíduo que a perseguia.

— Chame o seu cão! — gritou novamente o desconhecido. — Não quero lhe fazer mal.

— Como vou saber se está falando a verdade? — respondeu Marian, conseguindo um tom quase firme.

— Há muito tempo já lhe teria enviado uma flecha no coração, se quisesse. Repito, chame o seu cachorro!

Os dentes de Lance já haviam estraçalhado a roupa e era à carne que agora rasgavam.

Bastou uma palavra para que o cão largasse a presa, vindo para perto de Marian, sem perder de vista o homem e ainda a ameaçá-lo com os dentes.

Mas o sujeito era de fato um *outlaw*, um desses proscritos sem eira nem beira que roubam e saqueiam os mateiros menos corajosos do que Gilbert e matam viajantes indefesos. O miserável, que tinha o crime estampado na face, trajava um gibão e calções em pele de cabra, amplo chapéu na cabeça, sujo e amarrotado, mal cobrindo os cabelos compridos que caíam em desordem pelos ombros. A barba densa estava toda melada da baba deixada pelo cachorro. Trazia na cinta uma adaga e numa das mãos um arco, com flechas na outra.

Apesar do medo, Marian fingiu estar tranquila.

— Não se aproxime — disse, com olhar decidido.

O homem parou, pois Lance se preparava para saltar de novo em cima dele.

— O que está querendo? Fale, estou ouvindo — acrescentou Marian.

— Vou falar, mas antes, precisa vir comigo.

— Onde?

— Pouco importa, na floresta, venha.

— Não irei.

— Ah! Ah! Não vem, belezoca? — debochou o patife, com um riso feroz. — Faz-se de difícil?

— Não irei — repetiu decidida Marian.

— Está me obrigando a apelar para outros meios, meios que não vão agradá-la, estou avisando.

— Pois aviso que se ousar empregar qualquer tipo de violência, será duramente punido.

Diante do perigo, a coragem tinha voltado e Marian não tremia; disse essas últimas palavras com segurança e de braço esticado para o proscrito como se ordenasse: retire-se.

O homem riu de maneira ainda mais feroz, enquanto Lance, rosnando, mostrava os dentes.

— Realmente, mocinha — continuou o bandido, após um momento de silêncio. — Realmente admiro sua coragem e arrojo, mas isso não muda nada. Sei quem é a senhorita, sei que chegou ontem à casa de Gilbert Head, o guarda-florestal, com o irmão Allan, que, hoje de manhã, foi a Nottingham. Sei de tudo isso como sabe a senhorita, mas sei também que as portas do castelo de Fitz-Alwine se abriram para que o sr. Allan passasse, mas não para que saísse.

— O que está dizendo? — assustou-se Marian, tomada por novo pavor.

— Estou dizendo que o sr. Allan Clare está preso no castelo do barão de Nottingham.

— Deus do céu! — murmurou dolorosamente a jovem.

— E não chego a ter pena do estimável irmão. Para que foi se meter na boca do leão? É uma verdadeira fera, o velho Fitz-Alwine. Estive na guerra da Palestina com ele e sei como age. E sei que quer a irmã fazendo companhia ao irmão. Escaparam ontem dos seus capangas, mas…

Marian deu um grito de pavor.

— Fique tranquila. Quero dizer que por hoje ainda escapa dele.

Marian enfim levantou os olhos para o bandido, quase que com gratidão no olhar.

— Escapa dele… mas não de mim. Que fique o velho com o irmão e eu com a irmã; prefiro assim! Vamos, nada de lágrimas, minha bela! Seria escrava com ele, mas terá liberdade comigo. Vai estar livre e reinando nessa velha floresta. Sei de muitas que a invejariam, morenas e louras. Então vamos, querida! Uma boa janta e um leito de folhas secas nos esperam na minha caverna.

— Por favor, fale de meu irmão, o querido Allan — implorou Marian, sem ouvir os absurdos do miserável.

— Não tem problema! — continuou o homem sem dar ouvidos também ao que dizia Marian. — Se o seu irmão escapar das garras da fera, poderá vir morar conosco. Mas não acredito que venha caçar gamos comigo, pois o velho Fitz-Alwine não deixa os prisioneiros mofarem por muito tempo nas celas. Rapidamente os despacha para a eternidade.

— Mas como soube que meu irmão foi preso pelo barão?

— Chega de tanta pergunta, minha bela! Vamos falar da sua vida de rainha e não da corda que vai enforcar o sr. seu irmão. Por são Dunstan, por bem ou por mal vai me fazer companhia.

E deu um passo na direção de Marian, que vivamente recuou e gritou:

— Pega ele, Lance! Pega!

Era só o que esperava o corajoso animal, que saltou à garganta do facínora. Este, porém, habituado a tais situações, agarrou as duas patas dianteiras do cachorro e, com força irresistível, jogou-o a vinte passos de distância. Sem desanimar, Lance voltou ao ataque e, com um drible, atacou pela lateral, em vez de ir diretamente à presa. Mordeu então em cheio a massa de cabelos que saía do chapéu do bandido, enterrando tão fortemente os dentes que arrancou fora a orelha do sujeito.

Uma onda de sangue jorrou e o bandido se apoiou numa árvore, soltando urros tremendos e blasfemando contra Deus. Desapontado por nada ter conseguido de mais consistente, Lance partiu para novo assalto.

Mas esse terceiro ataque lhe seria fatal. Apesar de enfraquecido pela perda de sangue, o adversário acertou-lhe com o lado da lâmina do facão uma pancada tão violenta na cabeça que o animal rolou no chão como massa inerte, até os pés de Marian.

— Agora nós! — vociferou o bandido, depois de seguir com os olhos a queda de Lance. — Cá estamos os dois, minha bela!… Danação do inferno! — espantou-se aos urros, procurando em volta a moça. — Foi-se! Fugiu! Com mil demônios, não vai se safar assim tão fácil!

E partiu atrás de Marian. A pobre moça correu tanto quanto pôde, sem saber se tomava a direção certa para a casa de Gilbert Head. A única chance de escapar, depois de ver fora de combate seu defensor, seria pela escuridão que já reinava, de forma que fez esforços sobre-humanos para rapidamente ganhar o máximo de terreno possível, deixando o resto a cargo da Providência. Sem fôlego, parou enfim numa clareira em que desembocavam vários caminhos. Respirou mais livremente, não ouvindo passadas virem atrás. Surgiu, no entanto, uma nova aflição: qual rumo tomar? Não podia pensar por muito tempo, devia escolher e isso com toda urgência, ou o vilão acabaria surgindo novamente. Em sua desventura, invocou o socorro da santa Virgem, fechou os olhos, girou duas vezes em torno de si mesma e esticou o braço na direção que tomaria. Mal deixou a clareira, o fora da lei chegou, hesitando também quanto ao caminho a seguir para alcançar a fugitiva. Infelizmente a lua, aquela mesma lua que, naquele exato momento, ajudava a fuga de Robin, atrapalhou a de Marian, que foi traída pelo vestido branco que usava.

— Até que enfim! — exclamou o bandido. — É minha!

— Allan! Allan! Robin! Socorro! Socorro!

Caiu sem sentidos.

Guiado pelo vestido branco, o bandido apertou o passo. Já se debruçava de braços esticados para pegar sua presa, quando um homem, um guarda que se encontrava por ali, na vigilância da propriedade real, interveio:

— Ei! Patife miserável! Não toque nessa mulher ou considere-se um homem morto!

O bandido pareceu não ouvir e enfiou as mãos sob os braços da jovem, querendo erguê-la do chão.

— Ah! Quer bancar o surdo — continuou o guarda-florestal com voz estrondeante. — Pois que seja!

E aplicou violenta pancada no homem, com o cabo da lança.

— É minha mulher! — quis explicar o fora da lei se levantando.

— Está mentindo! Veio atrás dela como um urso que persegue um filhote de corça! Patife miserável! Para trás ou te atravesso com a lança!

O bandido recuou, pois a arma do guarda já o cutucava à altura dos calções.

— Joga no chão as flechas, o arco e a faca! — acrescentou o guarda, ainda de lança em riste.

O bandido obedeceu.

— Muito bem. Agora, meia-volta e desapareça. Rápido, sem perder tempo, ou vai ser ajudado por umas flechadas.

Não havia como fazer outra coisa. Desarmado, não era possível resistir. Afastou-se então, com xingamentos e maldições, sem deixar de jurar que mais cedo ou mais tarde se vingaria. O guarda tratou de reanimar a pobre Marian, que continuava imóvel na relva como branca estátua de mármore derrubada do pedestal. Com a ajuda da lua a iluminar seu pálido rosto, aumentava o efeito da ilusão.

Perto dali ziguezagueava um riozinho e a jovem foi transportada até lá. Algumas gotas d'água nas têmporas e testa a fizeram despertar e ela abriu os olhos como se saísse de um demorado sono. A primeira coisa que disse foi:

— Onde estou?

— Na floresta de Sherwood — respondeu com candura o seu salvador.

Ouvindo a voz desconhecida, ela quis se levantar e fugir, mas faltou-lhe força e então pediu, com voz suplicante e de mãos juntas:

— Por favor não me faça mal, tenha piedade!

— Fique tranquila, senhorita; o miserável que ousou atacá-la já está longe. E se quisesse voltar teria que se haver comigo, antes de encostar num fio de cabelo seu.

Ainda trêmula, Marian olhava assustada em volta, apesar do tom afável daquela voz.

— Gostaria ser levada a nosso *hall*?[36] Será bem recebida, posso garantir. Vai contar com outras jovens que a ajudarão e consolarão, com rapazes fortes e vigorosos para defendê-la e um patriarca a servir de pai. Levo-a para o *hall*, é melhor.

Havia tanta cordialidade e franqueza no convite que Marian se levantou e instintivamente aceitou, sem nada dizer. O frescor da noite e a movimentação logo lhe trouxeram de volta a clareza e a presença de espírito. Graças à lua, observou atentamente a silhueta do seu guia e, como se algum secreto pressentimento a avisasse que aquele desconhecido era amigo de Gilbert Head, perguntou:

— Para onde estamos indo, senhor? Esse caminho leva à casa de Gilbert Head?

— Como? Conhece Gilbert Head? É filha dele, por acaso? Realmente, seria motivo de briga descobrir que escondeu por tanto tempo tão bonito tesouro. Desculpe, miss, sem querer ofendê-la, mas, entende? Há muito tempo conheço o bom Head e seu filho Robin Hood, e não posso imaginá-los tão discretos.

— O senhor se engana. Não sou filha de Gilbert, apenas amiga e hóspede, desde ontem.

Contando tudo o que havia acontecido desde que saíra da casa do guarda-florestal, Marian terminou a narrativa agradecendo calorosamente ao seu salvador.

Sem graça com os elogios, seu companheiro de estrada a interrompeu:

— É melhor que não volte esta noite para a casa de Gilbert, pois fica longe, enquanto o *hall* do meu tio está a dois passos. Vai estar em segurança, miss; e para que seus anfitriões não se preocupem, irei eu avisá-los.

— Agradeço muito e aceito o que oferece, pois estou caindo de cansaço.

— Não me agradeça, apenas cumpro meu dever.

Marian, é verdade, estava exausta e tropeçava a cada passo. O guarda-florestal se deu conta e ofereceu o braço, mas como a jovem se perdia em conjecturas, não percebeu e continuou, como se recusasse a ajuda.

— Miss? Não tem confiança em mim? — perguntou o rapaz com tristeza e voltando a oferecer apoio. — Não aceita o braço que...

— Tenho plena confiança no senhor — respondeu Marian, aceitando imediatamente a ajuda. — Seria incapaz, tenho certeza, de enganar uma mulher.

— Tem razão no que diz, miss, sou incapaz de algo assim... É verdade, João Pequeno é incapaz... Apoie-se firme no braço de João Pequeno, que pode também carregá-la, se for preciso, miss, sem se cansar mais do que se cansa um galho de árvore sustentando um passarinho.

36. A tradução seguiu o original para designar especificamente o castelo de Gamwell, que ganha um importante papel na narrativa.

— João Pequeno… — murmurou a moça espantada, erguendo a cabeça para medir com os olhos a estatura colossal do seu acompanhante. — João Pequeno?

— Isso mesmo, João Pequeno, assim chamado por ter seis pés e seis polegadas de altura,[37] ombros na mesma proporção, por poder derrubar um boi com um soco, ter pernas que aguentam sem fazer pausa uma caminhada de quarenta milhas inglesas, por não haver dançarino nem corredor nem lutador nem caçador que o façam pedir para parar e, enfim, porque seus seis primos e companheiros, filhos de sir Guy de Gamwell, são todos menores que ele. Por esse motivo, miss, este que tem a honra de lhe oferecer o braço é chamado, por todos que o conhecem, João Pequeno. E o bandido que a atacou também me conhece, pois não quis bancar o valente quando a santa Virgem que a protege me colocou no seu caminho. Permita-me acrescentar, miss, que tenho tanta força quanto bom coração, meu nome de família é John Baylot, sobrinho de sir Guy de Gamwell. Nasci na floresta, sou arqueiro por gosto, guarda-caça por profissão e completei vinte e quatro anos no mês passado.

Rindo e conversando, Marian e seu companheiro foram se aproximando do *hall* de Gamwell. Chegaram à orla da floresta e se depararam com um espetáculo magnífico. A jovem, apesar do cansaço às raias da exaustão, não pôde deixar de admirar a maravilhosa paisagem. Numa extensão de terreno de várias milhas, enquadradas pelos limites verde-escuros da floresta, descortinavam-se áreas encantadoras, acidentadas e caprichosamente diversas. Salpicadas à beira de bosques, no alto de colinas, no fundo de vales, brancas casinhas pareciam fantasmas, umas misteriosamente isoladas, outras fraternalmente agrupadas em torno da igreja, de onde o vento trazia as últimas badaladas do toque de recolher.

— Lá adiante, à direita da aldeia e da igreja, consegue ver? — perguntou João Pequeno. — Aquele prédio amplo, com janelas entreabertas que nos deixam ver boa claridade, é o *hall* de Gamwell, residência do meu tio. Não há nada tão confortável no condado inteiro e nem em toda a Inglaterra um recanto mais bonito. O que me diz, miss?

Marian concordou, sorrindo com o entusiasmo do sobrinho de sir Guy de Gamwell.

— Vamos apertar o passo, miss — lembrou-se ele. — A umidade da noite é forte e não quero que trema de frio, agora que parou de tremer de medo.

Uma matilha de cães de guarda soltos veio ruidosamente receber João Pequeno e sua acompanhante. O rapaz moderou a agitação dos animais com rudes palavras amigáveis e algumas leves bastonadas com a lança aos mais afoitos. Depois de passar por alguns criados surpresos e que o cumprimen-

37. Ou seja, pouco menos de dois metros.

taram respeitosos, entrou com Marian no salão principal da residência, no momento em que toda a família ia se sentar à mesa para a refeição da noite.

— Querido tio — disse João, conduzindo pela mão sua convidada até uma poltrona onde estava, como num trono, o venerável sir Guy de Gamwell. — Peço hospitalidade para essa bela e nobre senhorita. Graças à Providência, da qual fui o modesto instrumento, ela acaba de escapar da fúria de um infame *outlaw*.

Durante a correria na floresta, Marian havia perdido a faixa de veludo que normalmente prendia seus cabelos compridos e, para se proteger do frio, havia aceitado a manta escocesa de João Pequeno, que ainda cobria sua cabeça e se entrecruzava à altura do peito, deixando que se visse do seu meigo rosto apenas o ovalado delimitado pelo xale. Atrapalhada em seus movimentos por essa coberta, ou talvez envergonhada de estar à frente de todos usando um pertence do rapaz, ela se apressou a se livrar da manta e se mostrou aos olhos da família De Gamwell com todo o esplendor da sua beleza.

Os seis primos de João Pequeno admiraram boquiabertos aquela aparição, enquanto as duas filhas de sir Guy foram graciosamente cumprimentar a recém-chegada.

— Parabéns! — não se conteve o patriarca da residência. — Muito bem, João Pequeno. Precisa nos contar como conseguiu não assustar essa mocinha, chegando perto dela em plena noite, na floresta. E como inspirou suficiente confiança para que o acompanhasse sem conhecê-lo e nos honrar vindo pernoitar sob nosso teto. A nobre e bela senhorita não parece estar bem, além de cansada. Venha, sente-se entre minha mulher e eu. Um dedo de vinho licoroso reanimará suas forças e em seguida minhas filhas a levarão a uma boa cama.

Esperou-se que Marian subisse ao quarto para que João Pequeno fizesse a narrativa detalhada das aventuras daquela noite. Depois de satisfazer a curiosidade geral, ele avisou que ia até o cottage de Gilbert Head.

— Eu o acompanho! — ofereceu-se William, o mais moço dos seis Gamwell. — Já que a moça é amiga do bravo Gilbert e do meu camarada Robin, vou acompanhá-lo, primo João Pequeno.

— Não esta noite, Will — disse o velho baronete.[38] — Já é tarde e, até que tenham acabado de atravessar a floresta, Robin provavelmente estará dormindo. Deixe a visita para amanhã, meu rapaz.

— Mas pai — insistiu William. — Gilbert deve estar preocupadíssimo com aquela jovem e aposto que Robin, nesse momento, já está à procura dela.

— Tem razão, filho, concordo. Se quiser, vá.

João Pequeno e Will deixaram a mesa e partiram na direção da floresta.

38. Na escala nobiliárquica inglesa, o baronete é superior a cavaleiro e inferior a barão. É o menos importante dos títulos hereditários.

8

Havíamos deixado Robin na capela, escondido atrás de uma pilastra, e ele se perguntava qual feliz conjunto de circunstâncias havia ajudado Allan a escapar da cela.

— Provavelmente foi Maude, a tão desprendida Maude que vem pregando essas peças ao barão — ele concluiu. — E por Deus! Se continuar a abrir para nós todas as portas do castelo, prometo que lhe darei um milhão de beijos.

— Mais uma vez, Christabel querida — dizia Allan, levando aos lábios as mãos da jovem —, tenho a felicidade, após dois anos de separação, de esquecer a seu lado tudo que sofri.

— Sofreu tanto assim, Allan? — perguntou Christabel ligeiramente incrédula.

— Tem dúvida quanto a isso? Um sofrimento enorme, e desde que fui expulso do castelo do seu pai minha vida tem sido um inferno. Deixei Nottingham naquele dia caminhando de costas, para não perder de vista a echarpe que você agitava do alto da muralha, se despedindo. Cheguei a achar que era para sempre, pois tinha a impressão de que não sobreviveria à dor. Mas Deus teve pena de mim e me fez chorar como uma criança que perdeu a mãe. Chorei e isso me ajudou.

— Allan, o céu é testemunha de que se estivesse em minhas mãos fazer a sua felicidade, você seria feliz.

— Então um dia serei feliz — exclamou o rapaz com entusiasmo. — Deus há de ouvi-la.

— E tem sido fiel? — perguntou Christabel, interrompendo-o com ingenuidade. — Jura que sempre será?

— Em pensamento, palavras e atos. Sempre fui, sou e serei.

— Obrigada, Allan! A confiança que tenho em você me sustenta no isolamento em que vivo. Devo obediência às vontades do meu pai, mas a uma delas nunca me submeterei, e ele pode ainda nos separar, como já fez, mas nunca me fazer amar outro além de você.

Pela primeira vez na vida, Robin ouvia a linguagem do amor; compreendia-a por intuição, acompanhava a felicidade daquelas palavras e pensava, suspirando:

"Ah, se a bela Marian falasse comigo assim!"

— Como conseguiu descobrir em que cela eu me encontrava, Christabel? Quem abriu aquela porta? Quem conseguiu para mim esse hábito de frade? No escuro nem pude identificar quem me salvou. Apenas me disseram: "Siga para a capela."

— Há uma única pessoa em quem, no castelo, posso confiar, uma jovem tão boa quanto inventiva, Maude, minha camareira. Devemos a sua fuga a ela.

— Tinha certeza — murmurou Robin.

— Quando meu pai jogou-o na prisão, depois de tão brutalmente nos separar, Maude, aflita com meu desespero, disse: "Não se preocupe, milady, logo vai estar com o sr. Allan." E cumpriu o prometido, a pequena Maude, vindo me avisar, ainda há pouco, que o esperasse aqui. Acho que o carcereiro que o vigiava se deixou levar pelas manhas femininas e se embriagou com canções, vinho e olhares, até dormir como uma pedra. Ela então pegou as chaves. Por feliz coincidência, seu confessor se encontrava no castelo e o santo homem não se negou a emprestar a própria batina. Não conheço esse venerável servidor de Deus, mas quero ser apresentada para agradecer a paternal ajuda que deu.

— De fato, muito paternal — disse consigo mesmo Robin, que continuava atrás da pilastra.

— Não se chama frei Tuck, esse amigo? — quis confirmar Allan.

— É o nome dele. Conhece-o?

— Um pouco — sorriu o rapaz.

— Certamente um frade idoso e bondoso — acrescentou Christabel. — Mas por que riu, Allan? O bom homem não merece nossa veneração?

— Não digo o contrário, querida.

— Então por que o riso? Quero saber.

— Nada muito importante, querida. Mas esse bom e idoso frade não é tão velho como imagina.

— E por que isso o fez rir? Na verdade, pouco importa, velho ou moço, gosto dele e tenho a impressão de que Maude também.

— Nada tenho contra, mas não seria bom que gostasse tanto dele quanto Maude.

— O que está querendo dizer? — ameaçou zangar-se Christabel.

— Desculpe, meu amor, é só uma brincadeira que você mais tarde vai entender, quando agradecermos o frade pela ajuda.

— Está bem. Mas não falou ainda de minha amiga, Marian, sua irmã. Pelo menos dela posso gostar sem que você nada tenha contra, não é?

— Marian nos espera na casa do honesto guarda-florestal de Sherwood. Deixou Huntingdon para viver conosco, pois achei que seu pai me concederia a sua mão. Em vez disso, não contente de negar, atentou contra minha liberdade, para provavelmente atentar em seguida contra a minha vida. Resta-nos então uma única alternativa para a felicidade: a fuga…

— Não posso, Allan, nunca vou poder abandonar meu pai!

— Ficará furioso com você, não podendo se vingar em mim. Temos tudo para ser felizes, Marian, você e eu, isolados do mundo. Onde quiser viver, Christabel, na floresta ou na cidade, em qualquer lugar. Venha, não quero deixar esse inferno sem você!

Desolada, a jovem chorava escondendo o rosto nas mãos e dizendo apenas: "Não! Não!", toda vez que Allan mencionava a fuga como solução.

Ah, como Allan Clare gostaria, naquele momento, de publicamente denunciar os crimes do barão Fitz-Alwine e reduzir a nada o orgulhoso e despótico personagem!

Enquanto o jovem gentleman e Christabel, abraçados, falavam de suas dores e esperanças, Robin, que pela primeira vez presenciava uma cena de verdadeiro amor, sentia-se ingressar num mundo desconhecido.

De repente, porém, a mesma porta pela qual haviam entrado na capela foi aberta sem muito barulho e Maude, segurando uma tocha, surgiu, seguida por frei Tuck, despido do seu hábito.

— Ai, ai, ai, minha ama! — exclamou Maude nervosa. — Estamos perdidos! Vamos morrer, será um massacre geral! Ai, ai, ai!

— O que está dizendo, Maude? — assustou-se Christabel.

— Vamos morrer, é o que estou dizendo! O barão está pondo tudo a ferro e a fogo! Não deixará escapar nenhum de nós! Ai! Morrer tão moça, é horrível! Não, mil vezes não, milady. Não quero morrer!

A doce criatura tremia e realmente chorava, mas logo voltaria a sorrir.

— O que significa todo esse palavrório e lágrimas? — reclamou Allan. — Está louca? E você, mestre Tuck, pode dizer o que está acontecendo?

— Impossível, amigo cavaleiro — respondeu o frade em tom não tão sério. — O que posso dizer se resume ao seguinte: estava eu sentado… ou melhor, de joelhos…

— Sentado — interrompeu Maude.

— De joelhos — discordou Tuck.

— Sentado — repetiu Maude.

— De joelhos, estou dizendo! Estava de joelhos… fazendo minhas preces.

— Bebendo cerveja — interrompeu de novo, incriminadoramente, Maude. — Tinha inclusive bebido muito.

— Obediência e delicadeza são qualidades notáveis, filha. E tenho impressão de que vem se esquecendo delas.

— Sem máximas morais e, sobretudo, sem discussões — interrompeu Allan. — Apenas expliquem essa chegada repentina e qual perigo nos ameaça.

— Interrogue então o reverendo — disse Maude balançando a bonita cabeça com ares melindrados. — Foi a ele que se dirigiu ainda há pouco o sr. cavaleiro, é justo que seja ele a responder.

— Está perversamente nos aterrorizando, Maude — reclamou Christabel. — Diga qual perigo corremos, por favor. É uma ordem!

A jovem camareira ficou ruborizada e finalmente explicou, se aproximando de sua ama:

— Vou contar, milady. Como sabe, fiz Egbert, o carcereiro, beber mais vinho do que era capaz de aguentar e ele acabou dormindo. Durante o pesado sono da bebedeira, ele foi chamado por milorde, que queria visitar seu... o sr. Allan. O pobre guarda, ainda sob a influência do vinho, esqueceu-se do respeito que se deve à Sua Senhoria e foi, de mãos nos quadris, de maneira nada reverenciosa, perguntar como se atrevia a perturbar em pleno sono um bravo e honesto rapaz como ele. Isso surpreendeu tanto o barão que ele por uns instantes não respondeu a estranha pergunta, limitando-se a olhar para Egbert, que, empolgando-se, foi até ele e perguntou, como se falasse a um companheiro: "Diz aí, destroço da Palestina, como vai a saúde? Tomara que a gota o deixe dormir em paz essa noite..." Milady sabe que Sua Senhoria já não se encontrava de bom humor, pode então imaginar como ficou ao ouvir e ver os gestos de Egbert... Ah, milady! Se estivesse lá, ficaria apavorada como eu, prevendo sangrenta catástrofe. Ele espumava de raiva, rugia mais forte do que um leão ferido, fazendo tremer o chão, procurando qualquer coisa para esmagar com as próprias mãos. De repente, arrancou o molho de chaves da cintura de Egbert e foi justamente procurar logo a da cela de seu... quer dizer, do sr. cavaleiro, que não estava lá. "Onde está?", perguntou com voz de trovão. Ouvindo isso, Egbert num segundo ficou completamente sóbrio, branco de medo. Monsenhor nem tinha mais forças para gritar, mas uma tremedeira convulsiva, de cima a baixo, deixava claro que pretendia se vingar. Pediu um esquadrão de soldados, mandou que o levassem à cela do prisioneiro, avisando que se este lá não se encontrasse, Egbert seria enforcado... Senhor — acrescentou Maude, virando-se para Allan —, precisa fugir correndo, fugir antes que meu pai, informado de tudo isso, feche as portas do castelo e não desça mais a ponte levadiça.

— Corra, Allan, depressa! — assustou-se Christabel. — Vamos estar para sempre separados se meu pai nos encontrar juntos.

— Mas e você, Christabel, e você? — perguntou ele em desespero.

— Fico e tentarei acalmá-lo.

— Nesse caso, também fico.

— Não, vá agora mesmo, pelo amor de Deus! Se me ama, fuja... Voltaremos a nos ver.

— Jura que voltaremos a nos ver, Christabel?

— Juro.

— Então obedeço.

— Logo estaremos juntos, vá!

— Acompanhe-me, sr. cavaleiro, assim como nosso venerável frade — atalhou Maude.

— Acha que o seu pai nos deixará sair do castelo? — perguntou Tuck.

— Se não souber ainda do que aconteceu. Vamos, não temos tempo a perder.

— Mas éramos três quando entramos — disse o frade.

— É verdade. E Robin?

— Presente! — mostrou-se ele, saindo do esconderijo.

Christabel se assustou e deu um grito, enquanto Maude ficou tão satisfeita que o frade percebeu, nada contente.

— Muito bem! — disse a filha do velho Lindsay com um sorriso e um afago no braço de Robin. — Escapou de uma cela guardada por duas sentinelas!

— Também estava preso? — surpreendeu-se Allan.

— Conto quando já estivermos longe daqui. Vamos logo... Imagino que preze a vida... até mais do que eu — acrescentou triste —, tem uma irmã e outras pessoas que lamentarão a sua morte, enquanto eu... Vamos aproveitar a ajuda de Maude. Essas muralhas do castelo de Nottingham já são um peso no meu peito. Vamos!

Ouvindo essas palavras, Maude olhou-o de forma no mínimo dúbia.

Ouviram-se passos no corredor de acesso à capela.

— Que Deus tenha piedade de nós! — exclamou Maude. — Em nome do céu, fujam!

Despindo rapidamente o hábito, Allan devolveu-o a frei Tuck e se precipitou até Christabel para um último adeus.

— Por aqui, cavaleiro! — gritou firme Maude, abrindo outra das portas de saída.

Allan deu o mais ardente dos beijos em Christabel e atendeu ao chamado.

— Que são Bento a proteja, minha amiga! — disse o frade, tentando por sua vez beijar Maude.

— Impertinente! Vamos, passe logo! — esquivou-se ela.

Robin, por sua vez, achando-se já perito em galanteria, inclinou-se à frente de Christabel e respeitosamente beijou a sua mão, dizendo:

— Que seja a Virgem o seu apoio, consolo e guia!

— Obrigada — respondeu a moça, espantada em ver tão bons modos num simples rapazinho plebeu.

— Enquanto os ajudo a fugir, milady, finja estar rezando, alheia a tudo. Não deixe que o barão perceba que sabe por que está tão furioso — disse Maude.

Mal a porta se fechou, o barão irrompeu na capela, à frente dos soldados armados.

Mas voltaremos logo mais a isso e vamos por agora continuar com nossos três amigos e a gentil Maude, que se tornara o anjo da guarda deles.

O pequeno grupo percorreu uma longa e estreita galeria, avançando na seguinte ordem: Maude à frente e carregando uma tocha, Robin logo atrás, com frei Tuck quase ao lado e Allan fechando a marcha.

A jovem apressava o passo, tanto para manter certa distância entre Robin e ela quanto para chegar o quanto antes ao portão do castelo. Não ria mais e se mantinha calada, afastando com a mão que restava livre a de Robin, que tentava em vão apanhar no ar algumas pregas da sua saia esvoaçante.

— Está zangada comigo? — perguntou ele em tom súplice.

— Estou — foi a resposta lacônica.

— O que fiz de errado?

— Nada.

— O que disse, então?

— Não insista, isso não deve nem tem por que interessá-lo.

— Mas me incomoda.

— Não faz mal. Logo vai se consolar, quando estiver bem longe do castelo de Nottingham, com muralhas que tanto pesam no seu peito.

— Ah, entendi! — e acrescentou: — Posso estar cansado do barão, das muralhas do castelo e dos seus calabouços, mas não da sua encantadora companhia, dos seus sorrisos e graciosas palavras, querida Maude.

— Jura? — rapidamente entusiasmou-se ela, voltando um pouco a cabeça.

— É a mais pura verdade, Maude querida.

— Então façamos a paz… — e aceitou um beijo do jovem arqueiro.

Toda essa conversa acabou provocando uma diminuição no ritmo de marcha dos fugitivos. Frei Tuck, irritando-se mais ainda ao ouvir o beijo, reclamou com impaciência:

— Ei! Andem mais rápido… Qual é o nosso caminho?

Pois tinham chegado a um entroncamento de corredores.

— O da direita — respondeu Maude.

Vinte passos adiante, estavam todos na cabina do porteiro. Ela chamou o pai.

— Como assim? — surpreendeu-se o velho Lindsay, que, felizmente, nada sabia dos acontecimentos da noite. — Já estão indo embora, antes do amanhecer? Veja só, irmão Tuck! E eu que contava fazer ainda um brinde antes de dormir. Precisam mesmo ir embora esta noite?

— Precisamos sim, meu filho — respondeu Tuck.

— Que assim seja, amigo Gilles. E os senhores também, cavalheiros, até a próxima!

A ponte foi descida. Allan foi o primeiro a se ver fora do castelo, seguido pelo frade, depois de uma última tentativa junto à jovem que, dessa vez, sequer permitiu o dom da sua "bênção", isto é, um beijo, mas se aproveitou do descuido do seu mentor espiritual para ardentemente beijar a mão de Robin.

O beijo o agitou profundamente, dos pés à cabeça.

— Nos veremos em breve, não é? — sugeriu Maude em voz baixa.

— Assim espero — respondeu ele. — Enquanto isso, por favor, pegue meu arco no quarto do barão, e também as flechas. Entregue a quem vier pedi-los da minha parte.

— Venha pessoalmente.

— Combinado. Virei. Até lá, Maude.

— Até, Robin, até lá!

Os soluços que abafaram a sua voz não nos deixaram saber se igualmente se despediu de Allan e Tuck.

Os fugitivos desceram rapidamente a colina, atravessaram a cidade sem perder tempo e só diminuíram o ritmo já sob a sombra protetora da floresta de Sherwood.

9

Por volta das dez horas da noite, Gilbert, que esperava impacientemente a volta dos viajantes, deixou o padre Eldred no quarto de Ritson e desceu até onde estava Marguerite, que arrumava a casa. Queria saber se miss Marian não estava muito preocupada com a demora do irmão.

— Miss Marian? — surpreendeu-se Marguerite, que, abalada com sua dor, não havia dado por falta da jovem. — Miss Marian? Provavelmente está no quarto.

Gilbert foi averiguar. O aposento estava vazio.

— São dez horas, Maggie, dez horas e essa moça não está em casa.

— Ela esteve passeando com Lance na alameda da frente.

— Talvez tenha se afastado e se perdido! Ah, Maggie, morro de medo e espero que nada de ruim tenha acontecido. Já são mais de dez horas! Tão tarde assim, na floresta, só os lobos e os fora da lei estão acordados.

Gilbert pegou seu arco e flechas, uma adaga bem afiada e partiu à procura de Marian. Ele conhecia bem toda aquela mata, desde as árvores às moitas e clareiras; pretendia então revirar cada trecho que sabia perigoso para uma mulher.

— Preciso encontrá-la — dizia o tempo todo para si mesmo. — Por são Pedro, preciso encontrá-la.

Guiado pelo instinto, ou antes, por essa espécie de premonição que adquirem os homens da floresta por força do hábito, Gilbert escolheu exatamente o caminho seguido por Marian até o local em que ela havia descansado. Lá chegando, achou ouvir um surdo gemido à beira de uma aleia próxima, num ponto em que a espessa folhagem não deixava que penetrassem os raios de lua. Prestou atenção e notou que os gemidos se misturavam a fracos ganidos, agudos e doídos como os de um animal que sofre. Era grande a escuridão e Gilbert tateou até o local de onde partiam os gemidos. À medida que se aproximava, os lamentos foram ficando mais nítidos e, de repente, os pés do guarda esbarraram numa massa inerte estirada no chão. Abaixou-se, estendeu o braço e sua mão tocou o pelo longo, e grudento pelo suor frio, de um animal. Animal que, parecendo se reanimar ao contato da mão, fez um movimento — e os lamentos se transformaram em débil latido de reconhecimento.

— Lance, meu pobre Lance! — exclamou Gilbert.

O cão tentou se pôr sobre as patas, mas, exausto com o esforço, voltou a cair com um gemido.

— Uma terrível desgraça aconteceu à pobre moça e Lance, tentando defendê-la, foi ferido — pensou Gilbert. — Aqui, Lance, aqui! — dizia ele acarinhando o fiel animal. — Pobre amigo, onde está machucado? Na barriga? Não. No lombo? Nas patas? Não e não. Ah, na cabeça! O patife quis arrebentá-la... Bom, não vai morrer disso. Você perdeu muito sangue, mas ainda tem de sobra... O coração bate, sinto-o bater forte e não é como o de quem está morrendo.

Como toda a gente do campo, Gilbert conhecia as virtudes medicinais de certas plantas e foi colher algumas nas clareiras vizinhas, onde a escuridão era amenizada pelos primeiros raios da lua. Depois de macerar com duas pedras as folhas que encontrou, colocou a pasta sobre o ferimento de Lance mantendo-a com um curativo improvisado com uma tira do seu capote de pele de cabra.

— Vou ter que deixá-lo aqui, amigo, mas fique tranquilo, venho buscá-lo. Enquanto isso, descanse em cima desse leito de folhas secas e cubro seu corpo com outras para que não tenha frio, meu bom Lance!

O velho mateiro falava com seu cão como a um ser humano. Pegando o animal nos braços, transportou-o até um ponto de denso matagal. Fez um último afago no fiel animal e voltou a procurar Marian.

— Por são Pedro! — murmurava Gilbert, investigando com olho de lince as matas e clareiras. — Por são Pedro! Se Deus tiver a bondade de pôr no meu caminho o filho do capeta que fez aquele estrago no couro do meu pobre Lance, ele vai dançar uma ciranda com as estocadas de minha adaga, como nunca dançou antes. Que patife! Que canalha!

Gilbert seguia precisamente a trilha utilizada por Marian na fuga, depois de Lance ter ficado fora de combate. Chegou assim à clareira perto da qual João Pequeno salvou a fugitiva. Ia explorar os arredores desmatados quando viu se movendo no chão uma sombra, agigantada pelos raios oblíquos da lua. Primeiro achou vir de uma árvore grande e não deu atenção, mas o instinto soprou em seus ouvidos, convencendo-o de que a sombra tinha algo estranho. Prestou mais atenção e logo percebeu que só podia vir de um ser vivo, um homem.

A vinte passos de onde estava, havia alguém de pé, apoiado numa árvore, de costas e mexendo os braços em torno da cabeça como se quisesse enrolar um turbante.

Ele não pensou duas vezes e foi assentar sua mão vigorosa no ombro do desconhecido, sem a menor dúvida de se tratar de um *outlaw*, quem sabe o próprio assassino de miss Marian.

— Quem é você? — perguntou com voz estrondeante.

Tanto por susto quanto por fraqueza, o homem cambaleou e escorregou colado à árvore até os pés de Gilbert.

— Quem é você? — repetiu, pondo com certa brutalidade o estranho de pé.

— O que tem com isso? — esbravejou o indivíduo assim que pôde constatar que Gilbert estava sozinho. — O que…

— Tenho muito a ver com isso. Sou guarda-florestal, encarregado da vigilância de Sherwood. E você parece ser um bandido tanto quanto a lua cheia desse mês se parece com a do mês anterior. Desconfio também que procure um só tipo de caça. Mas vou deixá-lo livre se responder com clareza e sinceridade certas perguntas que farei. Se recusar, por são Dunstan! Vou entregá-lo ao xerife.

— Faça as perguntas e verei se respondo ou não.

— Encontrou esta noite, na floresta, uma jovem com um vestido branco?

Um sorriso horroroso se esboçou na boca do bandido.

— Vejo que sim. Mas o que é isso? Está ferido na cabeça e tudo indica que foi mordido por um cachorro. Ah, miserável! Quero ter certeza disso.

E Gilbert arrancou bruscamente a faixa ensanguentada que cobria o ferimento. Um pedaço da orelha e do couro cabeludo ficou dependurado e o homem, louco de dor, gritou, sem nem se dar conta que isso valia como confissão:

— E como sabe que foi um cachorro? Nós estávamos sós!

— E a moça, onde se encontra? Fale, miserável, fale ou te mato!

Enquanto Gilbert, com a mão no cabo da adaga, esperava uma resposta, o *outlaw*, que sorrateiramente havia erguido sua besta, aplicou-lhe uma violenta pancada na cabeça. Estonteado por um momento, o velho guarda rapidamente se refez, firmou-se nas pernas e desembainhou a arma. O fora da lei recebeu então, com a lateral da lâmina, uma tal sequência de golpes fortes e contínuos, nas costas e nos ombros, nos braços e nas costelas, que caiu e no chão ficou, imóvel e quase morto.

— Não sei por que não te mato logo, miserável! — esbravejou o guarda. — Já que não quer dizer onde ela se encontra, deixo-o que se arranje sozinho. Vai morrer aí, como um bicho selvagem.

E voltou às suas buscas.

— Não estou tão morto assim, vil escravo do chicote! — murmurou o bandido, apoiando-se num cotovelo, assim que Gilbert se afastou. — Não estou morto e vou lhe provar! Quer saber onde se encontra agora a jovenzinha? Seria bem ingênuo se o tranquilizasse contando que um dos Gamwell levou-a para o *hall*. Ai, ai, ai! Como dói! Meus ossos estão moídos, pernas e braços deslocados, mas não estou morto, longe disso, Gilbert Head, longe disso!

E, arrastando-se de gatinhas, ele tentou encontrar algum abrigo no matagal, para se recuperar.

O velho guarda-florestal, cada vez mais preocupado, não parava de percorrer a floresta e começava a perder a esperança de encontrar a moça, pelo menos viva, quando não distante dali ouviu cantarem uma daquelas alegres baladas que ele próprio compusera em outras épocas para seu irmão Robin.

O cantor invisível se aproximava pelo mesmo caminho e Gilbert ficou ouvindo. A vaidade de poeta o fez momentaneamente esquecer as preocupações.

— Que a ruiva cabeça de Will, esse tonto tão justamente apelidado Escarlate, balance enforcada num galho de carvalho — murmurou Gilbert mal-humorado. — Canta minha balada de um jeito que nada combina com a letra. Ei, mestre Gamwell! Ei, William de Gamwell! Pare de estropiar assim a música e a poesia. Além disso, que diabos está fazendo a essa hora na floresta?

— Ora, ora! Quem se atreve a interromper William de Gamwell, antes mesmo que William de Gamwell tenha lhe desejado boas-vindas? — respondeu o jovem fidalgo.

— Quem quer que já tenha ouvido uma única vez a voz de Will Escarlate nunca mais esquece. Cantando, você não precisa da claridade do sol nem da lua para ser reconhecido. Nem mesmo a das estrelas.

— Bravo! Respondeu bem! — emendou satisfeito um outro personagem.

— Aproxime-se, engraçadinho — desafiou Will. — Vamos te dar uma aula de bons modos.

E já rodopiava o bastão, quando João Pequeno o conteve.

— Está maluco, primo? Não reconhece o velho Gilbert? E é para a casa dele que estamos indo.

— Gilbert, tem certeza?

— Tenho, é Gilbert.

— Isso muda tudo — disse o rapaz, que correu na direção do guarda-florestal, gritando:

— Boas notícias, meu velho, boas notícias! A moça está em segurança no *hall*, com miss Bárbara e miss Winifred cuidando muito bem dela. João Pequeno encontrou-a na floresta no momento em que um *outlaw* a atacava. Mas está sozinho, Gilbert? Meu bom amigo Robin Hood, por onde anda?

— Façamos a paz então, Will! Poupe seus pulmões e nossos ouvidos. Robin partiu de manhã para Nottingham e não tinha ainda voltado quando saí de casa.

— Ah, é pena que Robin tenha ido a Nottingham sem me chamar. Combinamos de passar oito dias na cidade. Sempre nos divertimos muito por lá!

— Mas como você está pálido, Gilbert — atalhou João Pequeno. — O que houve, não está bem?

— Alguns contratempos. Meu cunhado morreu hoje e eu soube… mas pouco importa, não falemos disso. Louvado seja Deus, miss Marian está fora de perigo! Andei procurando pela floresta toda, podem imaginar o meu estado de inquietação, sobretudo depois de encontrar o melhor dos meus cães, o pobre Lance, quase morto.

— Lance quase morto, um cachorro tão bom, tão…

— Um animal como não se encontra outro, a raça se extinguiu.

— Quem fez isso, quem cometeu esse crime? Diga quem foi que lhe parto as costelas! Onde está? Onde? — queria a todo custo saber o rapaz ruivo.

— Fique tranquilo, meu filho; já vinguei o velho Lance.

— Mesmo assim, quero vingá-lo também. Diga onde se encontra o miserável, covarde a ponto de matar um cachorro? Preciso apresentá-lo ao meu porrete. Provavelmente um *outlaw*?

— Um fora da lei. Ficou para aquelas bandas de lá… quase morto, depois de vários golpes da minha adaga.

— Se tiver sido o mesmo sujeito que ousou agredir miss Marian, é meu dever levá-lo ao xerife de Nottingham. Mostre-me onde o deixou, Gilbert.

— Então vamos até lá, meninos!

O velho guarda-florestal facilmente reconheceu o local onde o bandido caíra, mas o miserável não se encontrava mais lá.

— É pena! — lamentou Will. — Engraçado, é exatamente o lugar em que marcamos encontro, saindo do *hall* para ir à caça. Logo ali, naquela encruzilhada, entre o carvalho e a faia.

— Entre o carvalho e a faia! — repetiu Gilbert arrepiando-se.

— Isso mesmo, entre as duas árvores. Mas o que há, meu velho? — assustou-se Will. — Está tremendo como uma folha.

— É que… Bom, não é nada, não é nada! — respondeu Gilbert, reprimindo a emoção. — Só uma lembrança, só isso.

— Acho é que tem medo de fantasmas, isso sim — brincou João Pequeno, sem saber os motivos da perturbação de Gilbert. — Quem diria, o decano dos guardas da floresta? Mas é verdade que o lugar não tem boa reputação. Dizem que a alma penada de uma jovem, morta pelos fora da lei, erra à noite sob essas grandes árvores. Eu nunca a vi, e olha que frequento a floresta tanto de dia quanto de noite. Mas muita gente de Mansfield, de Nottingham, do *hall* e dos vilarejos em volta jura por tudo que é sagrado já tê-la visto na encruzilhada.

À medida que João Pequeno dizia essas coisas, aumentava a emoção de Gilbert. Um suor frio molhou o seu rosto, os dentes batiam e, de olhos arregalados e braço apontando para a faia, ele tentava mostrar algo que os companheiros não viam.

De repente, a brisa que até então soprava leve redobrou de força e agitou folhas secas que tinham se juntado sob as árvores, e do meio desse turbilhão surgiu uma forma humana.

— Anete, minha irmã Anete — exclamou Gilbert caindo de joelhos e erguendo as mãos juntas. — Anete, o que quer? Mande que farei!

Will e João Pequeno, por mais intrépidos que fossem, se benzeram com devoção, pois Gilbert não estava sendo vítima de uma alucinação e eles igualmente viram um grande fantasma branco, de pé entre as duas árvores. O espectro deu a impressão de querer vir na direção deles, mas uma rajada mais violenta o fez recuar, como se sofresse a força do vento, e ele desapareceu na extremidade da encruzilhada, numa zona mais escura, em que os raios oblíquos da lua, impedidos pelo volume da folhagem, não conseguiam ainda penetrar.

— É ela! Ela sem sepultura!

Ao pronunciar essas últimas palavras, Gilbert perdeu os sentidos, e seus companheiros ficaram imóveis e mudos como estátuas, por bom tempo. Não se via mais o fantasma, mas tinham a impressão de ouvir, trazidos pela brisa, sons confusos e gemidos.

Refazendo-se pouco a pouco do susto, os dois rapazes trataram de ajudar Gilbert, ainda desmaiado. Em vão esfregaram as mãos nas dele e tentaram fazer com que bebesse algumas gotas do uísque que qualquer homem da floresta em serviço carrega sempre um pouco consigo. Em vão murmuraram a seu ouvido todo um rol de palavras de consolo, o velho continuava desacordado e, sem as batidas do coração bastante audíveis, achariam que estava morto.

— O que fazemos, primo? — perguntou Will.

— Vamos levá-lo para a casa dele, o quanto antes — respondeu João Pequeno.

— Sei que poderia facilmente carregá-lo nas costas, mas ele não vai estar bem, nem mesmo se eu o pegar pelos pés e você por baixo dos braços.

— Faça então o seguinte, pegue minha machadinha e corte no mato o necessário para improvisarmos uma maca. Fico aqui e, quem sabe, ele talvez desperte.

William não cantava mais as alegres baladas de Gilbert e sinceramente se preocupava com o estado do velho poeta de Sherwood. Procurando uma árvore com galhos adequados para o que queriam, chegou à extremidade da encruzilhada por onde tinha se evaporado o fantasma e, diga-se a seu favor, sem medo algum, como se andasse sozinho à meia-noite, no quintal do *hall* de Gamwell.

Mas tropeçou de repente em algo volumoso atravessado no chão e caiu por cima. Já se preparava para soltar umas boas grosserias contra o infeliz trambolho que o derrubara, quando se deu conta de que o que ele pensara ser um galho ou coisa assim era dotado de movimento e lançou contra ele uma enfiada de xingamentos.

— Opa! Calma aí! — exclamou o corajoso Will agarrando pela garganta o indivíduo em que ele acabava de tropeçar. — Primo, primo, venha até aqui! Estou com ele!

— Corte bem pela raiz — respondeu João Pequeno sem se afastar de Gilbert.

— Não é nenhum arbusto que peguei, é o bandido, o que matou Lance. Venha aqui, primo!

— Quer fazer o favor de me largar? Estou sem ar — reclamava o ferido. — São dois agora contra mim — acrescentou, vendo chegar João Pequeno. — Nem precisa... estou morrendo!... Deixe-me respirar, pelo amor de Deus, estou sem ar!...

William se levantou.

— Com os diabos! É o fantasma de ainda há pouco, com um capote de pele de cabra branca! — exclamou João Pequeno. — Não estava deitado ali, entre duas árvores, num monte de folhas?

— Estava.

— Foi você que andou perseguindo uma jovem? — perguntou João Pequeno.

— E abateu um cachorro inigualável? — acrescentou Will.

— Não, não, senhores; por misericórdia, ajudem, estou morrendo!

— Além disso — continuou Will —, acaba de matar um homem, fazendo-o imaginar que via um fantasma, o fantasma de uma tal Anete...

— Anete? Que Anete? É verdade, eu me lembro da Anete... Foi Ritson quem a matou. Eu os casei disfarçado de padre.

— Está delirando! — pensaram os dois primos, sem entender o sentido das últimas palavras.

— Tenham piedade, cavalheiros, levem-me daqui! Essa terra é tão dura!

— Diga antes quem o deixou nesse estado.

— Os lobos me atacaram — respondeu o miserável, que, apesar da agonia, guardava lucidez. — Os lobos que me devoraram todo esse lado da cabeça e dilaceraram com os dentes os braços e as pernas. Estive perdido na floresta e, como não me alimentava há dois dias, não tive forças para me defender. Tenham piedade, meus dois senhores.

— É um *outlaw* — disse João Pequeno ao ouvido de Will. — O mesmo que correu atrás de miss Marian, arrebentou a cabeça de Lance e levou uma surra de Gilbert. Acho que, de qualquer maneira, não vai longe e podemos encontrá-lo ainda aqui ao amanhecer. Se até lá não tiver morrido, levo-o ao xerife.

Sem mais se preocuparem com os gemidos do bandido, os dois primos voltaram para onde estava Gilbert, que, pouco a pouco, recuperava os sentidos. Afirmou se sentir capaz de andar até em casa e se pôs a caminho, apoiado nos dois jovens, um de cada lado.

A poucos passos do cottage, ele parou para ouvir melhor um som lúgubre, transportado pela brisa. Estremeceu e disse:

— É Lance. Pode ser seu último grito de dor.

— Coragem, Gilbert! Estamos chegando. Lá está a sra. Marguerite, que o espera na porta, com uma lamparina na mão. Coragem!

Pela segunda vez, os uivos do cachorro atravessaram os ares e Gilbert estava prestes a perder os sentidos quando Marguerite, correndo até ele, deu-lhe apoio e levou-o para dentro de casa.

Uma hora depois, já quase restabelecido, Gilbert calmamente disse a seus jovens amigos:

— Meninos, talvez mais tarde eu tenha forças para contar a história daquela alma penada que vimos errando na encruzilhada.

— Alma penada! — riu alto Will. — Vimos de perto, essa tal alma…

— Silêncio, primo! — disse severo João Pequeno.

— Não, não viram, são moços demais para isso — continuou Gilbert.

— O que quis dizer é que vimos o *outlaw* em quem você deu uma sova com a adaga.

— Viram?

— Sim, quase morto.

— Que Deus o perdoe!

— E o diabo o carregue! — completou Will.

— Silêncio, primo!

— Antes de voltarem ao *hall*, podem me prestar um grande favor? — perguntou Gilbert.

— É só dizer, mestre.

— Tenho um morto aqui em casa, podem me ajudar a enterrá-lo?

— Estamos às suas ordens, Gilbert — ofereceu-se William pelos dois. — Temos bons braços e não tememos nem vivos, nem mortos, nem fantasmas.

— Não consegue ficar calado, primo?

— Bom, não falo mais — resmungou Will mal-humorado. Ele não compreendia, como João Pequeno, que as alusões ao fantasma despertavam aflição e dor no velho guarda-florestal.

Seguia à frente o padre Eldred rezando suas orações, atrás João Pequeno e Lincoln, carregando o cadáver numa maca, em seguida Marguerite e Gilbert, com este último contendo as próprias lágrimas para não provocar as da esposa, e ela chorando em silêncio sob o capuz de burel. Will Escarlate fechava o cortejo. Nessa ordem avançavam, por volta da meia-noite, em direção às duas árvores, junto às quais o amante e assassino de Anete pedira para ser enterrado.

Gilbert e a mulher permaneceram ajoelhados durante todo o tempo que precisaram, os braços vigorosos de Lincoln e João Pequeno, para abrir a cova.

Ainda não haviam cavado a metade quando Will, que vigiava os arredores, de arco preparado numa mão e adaga na outra, se aproximou do primo e cochichou:

— Talvez fosse melhor alargar um pouco esse buraco e jogar mais alguém para fazer companhia ao defunto.

— O que está querendo dizer, primo?

— Quero dizer que o tal sujeito que se pretendia atacado por lobos e que deixamos em mau estado aqui perto está morto, e bem morto. É só chegar lá e dar um chute nele para ver se reclama.

As últimas pás de terra já caíam sobre os cadáveres dos dois bandidos quando, pela terceira vez, os uivos do cachorro atravessaram a floresta.

— Lance, meu pobre amigo. Trato de você agora! — disse Gilbert. — Não volto para casa sem tê-lo socorrido.

10

Assim como Maude dissera, o impetuoso barão fora à cela de Allan Clare, seguido por seis soldados armados.

Nada de prisioneiro!

— Ah, ah! — riu ele como um tigre, caso os tigres rissem. — Ah, ah! É assim que obedecem às minhas ordens, estou verdadeiramente encantado! Para que servem carcereiros e torreão fortificado? Por santa Griselda![39] Vou passar a exercer meus direitos de alta e baixa justiça sem tanto aparato, trancando os prisioneiros no viveiro de pássaros da minha filha… Onde está o carcereiro com as chaves, Egbert Lanner?

— Está aqui, monsenhor — respondeu um soldado. — Bem seguro, ou já teria fugido.

— Pois se tivesse fugido você é que seria enforcado no lugar… Chegue aqui, Egbert. Está vendo a porta da cela? Está trancada. Está vendo o postigo? É estreito. Pois me explique então como o prisioneiro, que não é tão pequeno assim para passar por essa abertura, nem tão volátil como o ar para se evaporar pelo buraco da fechadura, pode ter escapado?

Mais morto do que vivo, Egbert se mantinha calado.

— Vai me dizer por qual vil interesse ajudou a evasão do criminoso? Faço a pergunta sem raiva, responda sem medo. Sou bom e justo. Se confessar o erro, quem sabe posso perdoar…

O barão fazia-se de magnânimo, mas à toa; Egbert o conhecia o suficiente para não acreditar. Apavorado, continuou em silêncio.

— Aliás, estúpidos escravos que são todos vocês! — lembrou-se de repente Fitz-Alwine. — Aposto que ninguém teve a presença de espírito de avisar o encarregado dos portões do que está acontecendo. Rápido, um de vocês, corra

39. Não se trata de santa canonizada, mas o nome era popular no folclore inglês, significando a virtude da paciência. Foi imortalizada no séc.XIV pelo *Decamerão* de Boccaccio, e Vivaldi, séculos depois, também escreveu uma ópera em sua homenagem.

e mande Hubert Lindsay manter erguida a ponte levadiça e fechar todas as portas, por ordem minha.

Um soldado partiu imediatamente, mas se perdeu nos corredores escuros da prisão e caiu de cabeça do alto de uma escada que descia para um subterrâneo. A queda foi mortal. Ninguém se deu conta e foi graças ao desconhecimento dessa catástrofe que os fugitivos puderam deixar o castelo.

— Milorde — disse um dos soldados —, vindo para cá tive a impressão de ver o bruxuleio de uma tocha numa extremidade da galeria que leva à capela.

— E só agora me diz isso? — esbravejou o barão. — Realmente esses cretinos resolveram me liquidar a fogo brando. Só que vão morrer antes de mim, com certeza — acrescentou, sufocando de raiva. — Isso mesmo, vão morrer antes de mim, e vou inventar suplícios terríveis para vocês também, se não prenderem o herege que Egbert, para início de conversa, já vai substituir no cadafalso.

Terminando de dizer essas palavras, Fitz-Alwine arrancou uma tocha das mãos de um soldado e correu para a capela. Christabel estava de pé, diante do túmulo da mãe, parecendo mergulhada em profunda meditação.

— Vasculhem todos os cantos possíveis e imagináveis. Tragam-no vivo ou morto! — ordenou o barão.

Os soldados obedeceram.

— E você, minha filha, o que faz aqui?

— Rezo, meu pai.

— Por acaso não reza por um indivíduo sem fé e que merece a corda?

— Rezo por você, diante do túmulo de minha mãe, como pode ver.

— Onde está o seu cúmplice?

— Que cúmplice?

— Aquele traidor, Allan.

— Não sei dizer.

— Está me enganando, sei que está aqui.

— Nunca o enganei, meu pai.

O barão perscrutou o rosto pálido da filha.

— Não encontramos nem um nem outro — veio dizer um dos soldados.

— Nem um nem outro? — repetiu Fitz-Alwine, já achando que Robin também devia ter fugido.

— Exatamente, senhor, nem um nem outro. Não foram dois prisioneiros que fugiram?

Irritado por só assim descobrir que Robin escapulira, o insolente Robin que o havia enfrentado cara a cara e de quem ele esperava conseguir mais tarde, pela tortura, algumas informações sobre Allan, o barão aplicou sua mão pesada no ombro do soldado indiscreto e disse:

— Nem um nem outro? Explique para mim o valor dessas quatro palavras.

O soldado se assustou com a pressão violenta daquela mão, sem saber o que responder.

— Aliás, antes de tudo: quem é você?

— Com a permissão de Sua Senhoria, chamo-me Gaspar Steinkoff e estava de sentinela na muralha…

— Miserável! Era então quem estava de guarda atrás da porta da cela daquele filhote de lobo de Sherwood? Não me diga que o deixou fugir, ou vai sentir a ponta do meu punhal.

Vamos nos abster de continuar mencionando as variadas gradações da ira do barão; basta ao leitor saber que esse estado de cólera se tornara habitual e necessário, e que ele deixaria de respirar se deixasse de estar colérico.

— Confessa então que ele escapou durante o seu turno na muralha leste? — voltou o barão após um curto silêncio. — Vamos, responda!

— Milorde acabou de me ameaçar com o punhal se eu confessar — respondeu o pobre-diabo.

— E executarei a ameaça.

— Prefiro então me calar.

O barão já erguia o punhal sobre o infeliz quando lady Christabel o deteve, gritando:

— Por favor, pai, não macule de sangue esse túmulo!

O pedido foi atendido. O barão empurrou Gaspar, guardou o punhal e disse à filha, em tom severo:

— Volte para seu quarto, milady. E vocês, montem a cavalo e vasculhem de cima a baixo a estrada de Mansfieldwoohaus. Os prisioneiros devem ter tomado essa direção. Podem facilmente alcançá-los. Quero-os aqui! Custe o que custar, estão ouvindo? É urgente!

Os soldados obedeceram. Christabel ia se afastar quando Maude entrou na capela, foi até ela e, colocando um dedo nos lábios, disse baixinho:

— Salvos! Salvos!

A jovem lady juntou devotamente as mãos para agradecer a Deus e foi embora, seguida por Maude.

— Voltem! — gritou o barão, que havia notado o cochicho da camareira. — Srta. Hubert Lindsay, gostaria de conversar consigo por um momento. Aproxime-se, vejamos! Tem medo de que a devore?

— Não sei — respondeu Maude muito assustada. — Parece tão irritado, tão colérico, monsenhor, que a nada me atrevo.

— Srta. Hubert Lindsay, sua astúcia é conhecida e sabemos que não se assusta com cara feia. Mas tome cuidado, pois havendo motivo, posso realmente fazê-la tremer. Cuide então de não me motivar… Mas, aliás, diga, quem está salvo? Ouvi o seu cochicho, pequena desavergonhada!

— Não disse que alguém está salvo, monsenhor — respondeu Maude, brincando candidamente com as amplas mangas do vestido.

— Que boa comediante! Não disse "está salvo"… deve ter dito "estão salvos". Não um, mas vários.

A camareira balançou negativamente a cabeça.

— Como mente! Mesmo pega em flagrante delito!

Maude olhou fixamente o barão, afetando ares de perfeita estupidez, como se não compreendesse a expressão: flagrante delito.

— Não me engana com essa sonsa imbecilidade — continuou o barão. — Sei que participou da fuga dos prisioneiros, mas não cante vitória; não estão ainda suficientemente longe do castelo e meus homens podem capturá-los. Vamos ver, dentro de uma hora, se vai impedir que sejam amarrados de costas um para o outro e jogados no fosso, do alto da muralha.

— Para amarrá-los assim, monsenhor, será preciso trazê-los até aqui — observou Maude, ainda insistindo numa ingenuidade idiota, que a vivacidade dos olhos cheios de malícia desmentia.

— Antes, porém, de fazer esse mergulho no fosso, haverão de confessar. Se ficar provada a sua cumplicidade, tentaremos fazer com que também trema um pouco, mocinha Hubert Lindsay.

— Como for do seu agrado, monsenhor.

— Provavelmente não será do seu… não perde por esperar.

— Por são Valentim,[40] monsenhor! Gostaria de ser informada com antecedência sobre o que pensa fazer comigo. Pelo menos terei tempo de me preparar — disse ela, fazendo uma reverência.

— Insolente!

— Milady — continuou a camareira em tom perfeitamente calmo e se aproximando de sua ama que, imóvel, mais parecia uma estátua personificando a dor —, se milady der ouvidos a meus conselhos, deveria voltar a seus aposentos. A noite vai esfriando… Milady não atravessa uma crise de gota, mas…

O irascível barão, desarmado diante de tanto sangue-frio e ironia, interrompeu a jovem e perguntou pela última vez o que quisera dizer com "Salvos! Salvos!".

A pergunta foi feita quase sem raiva aparente e Maude entendeu ser hora de responder, de algum modo. E fez isto como se desistisse, diante de tanta insistência do barão:

— Já que assim exige monsenhor, vou dizer. É verdade, pronunciei essas palavras, "Está salvo!". E fiz isso em voz baixa para que os soldados não percebessem minha agitação. Mas quem conseguiria ocultar alguma coisa de mon-

40. O mais popular dos três santos com esse nome, padroeiro dos namorados, foi bispo romano no séc.III e descumpria a ordem imperial que proibia a realização de casamentos (cujo objetivo era manter os homens mais livres para o exército). Enquanto aguardava a decapitação, muitos jovens jogavam flores e bilhetes diante do local onde ele se encontrava preso, dizendo ainda acreditarem no amor. São Valentim foi excluído do rol da Igreja católica em 1969 (assim como o padroeiro da Inglaterra, são Jorge, e outros) por falta de comprovação histórica da sua existência.

senhor? De fato, então, disse a milady: "Está salvo, está salvo!" E me referia ao pobre Egbert, que o senhor acabou não mandando enforcar, louvado seja Deus! — acrescentou Maude, desmanchando-se em lágrimas.

— Essa é muito boa! — reagiu o barão. — Acha que sou idiota? É um absurdo, está abusando da minha paciência! Pois saiba que Egbert será enforcado, e já que gosta tanto dele, será enforcada junto.

— Muito, muito obrigada, monsenhor — retrucou a camareira com uma gargalhada e, fazendo uma reverência, seguida por uma pirueta, correu atrás de Christabel, que acabava de deixar a capela.

Lorde Fitz-Alwine seguiu Maude, improvisando um longo monólogo cheio de objurgações contra a malícia das mulheres. A risonha insolência da moça exacerbara os instintos ferozes do barão, que não via em quem nem como descontar a raiva. De bom grado daria a metade da sua fortuna para quem lhe entregasse, naquela hora, Allan e Robin. Para fazer o tempo passar até a volta dos soldados enviados atrás dos fugitivos, o barão resolveu tentar diminuir o mau humor na companhia de lady Christabel.

Percebendo que o barão vinha um pouco mais atrás e temendo alguma violência da sua parte, Maude apressou o passo, se distanciando com a tocha, de modo que ele de repente se viu imerso em profunda escuridão, despejando uma nova série de maldições contra Maude, e contra o universo inteiro.

— Estrila, barão, pode estrilar à vontade! — ia dizendo baixinho a camareira, enquanto se afastava.

Na verdade, porém, Maude era mais petulante do que má e foi tomada por remorsos ao pensar no velho enfermo abandonado no escuro das galerias. Parou e achou ouvir pedidos de socorro.

— Ajudem! Ajudem! — gritava uma voz surda e abafada.

— Tenho a impressão de ouvir a voz do barão — exclamou Maude, voltando corajosamente atrás. — Monsenhor? Monsenhor? Onde está? — chamou ela.

— Aqui, miserável, aqui! — respondeu Fitz-Alwine, com voz que parecia vir de dentro da terra.

— Deus do céu! Como desceu até aí? — assustou-se Maude parando no alto da escada e vendo, com a claridade da tocha, o barão estendido nos degraus, tendo sido bloqueado na queda por um objeto atravessado.

O furibundo personagem havia tomado caminho errado, como o infeliz soldado que morrera pouco antes, indo transmitir a ordem para que se fechassem as portas do castelo. Graças, porém, à couraça que sempre usava por baixo do gibão, o fidalgo apenas escorregara degraus abaixo sem se machucar e tinha os pés enganchados no cadáver do soldado.

O acidente causou nele o mesmo efeito que produz a chuva numa grande ventania.

— Maude — disse, se levantando com dificuldade e apoiado na mão da jovem —, Maude, Deus a punirá pela falta de respeito, a ponto, inclusive, de me abandonar sem luz no escuro.

— Sinto muito, monsenhor. Fui atrás de milady e imaginei que um dos soldados o acompanharia com uma tocha. Que Deus seja louvado, está são e salvo! Não permitiu a Providência que ficássemos sem nosso bom amo... Apoie-se em mim, monsenhor.

— Maude — disse o barão, evitando tomar seus ares de louco furioso, pelo menos enquanto necessitava de ajuda. — Maude, lembre-me mais tarde de que o bêbado que dorme na escada do meu subterrâneo deve ser acordado com cinquenta chicotadas.

— Fique tranquilo, monsenhor, não esquecerei.

Eles sequer imaginavam que o bêbado em questão era, na verdade, um cadáver. Os clarões da tocha o iluminavam muito pouco e o barão estava preocupado demais com o acidente ocorrido à sua preciosa pessoa para notar que os degraus da escada não estavam sujos de vinho e sim de sangue.

— Aonde vamos, monsenhor? — Maude perguntou.

— Aos aposentos da minha filha.

"Pobre milady!", pensou a camareira. "Assim que estiver confortavelmente sentado numa boa poltrona, ele volta a torturá-la."

Sentada diante de uma mesinha iluminada por uma lamparina de bronze, Christabel contemplava com toda atenção um pequeno objeto que tinha na palma da mão. Escondeu-o assim que ouviu o barulho do barão entrando.

— O que é isso que você se apressou tanto a esconder de mim? — perguntou o barão, escolhendo a poltrona mais macia do cômodo.

— Não demorou muito — murmurou Maude para si mesma.

— O que disse, Maude?

— Disse que monsenhor não parece estar bem.

O desconfiado barão lançou à jovem um olhar carregado de raiva.

— Não respondeu, minha filha: que bugiganga era aquela?

— Não é uma bugiganga, meu pai.

— Não pode ser outra coisa.

— Nossas opiniões, nesse caso, diferem — concluiu Christabel tentando sorrir.

— Uma boa filha não tem outras opiniões senão as do pai. Que bugiganga é essa?

— Pois garanto que não é uma.

— Minha filha — recomeçou o barão com voz excepcionalmente calma, mas bem severa —, se o objeto que você acaba de subtrair às minhas vistas nada tem a ver com alguma falta cometida nem se remete a qualquer lembrança censurável, mostre-o. Sou seu pai e, como tal, devo zelar por seu comportamento. Se, pelo contrário, for alguma espécie de talismã, por cuja posse devesse se ruborizar, mostre-o também. Além dos direitos, tenho deveres a cumprir: impedir que tombe no abismo à beira do qual caminha, e retirá-la dele, caso já tenha caído. Insisto então, filha, que objeto é este que escondeu na blusa?

— É um retrato, milorde — respondeu a jovem trêmula e vermelha de emoção.

— É um retrato de?…

Christabel baixou os olhos sem responder.

— Não abuse de minha paciência… estou tendo muita, é verdade, no dia de hoje, mas não abuse. Responda, é o retrato de…

— Não posso dizer, meu pai.

As lágrimas abafaram a voz de Christabel, mas ela rapidamente retomou tom mais firme:

— Tem todo direito, meu pai, de me interrogar, mas atrevo-me ao de não responder, pois minha consciência nada tem a me censurar no referente à minha ou à sua dignidade.

— Bah! Sua consciência não a censura, mas é por estar de conluio com os seus sentimentos. É muito bonito e moral o que está dizendo, filha!

— Acredite, pai. Nunca haverei de desonrar o seu nome, lembro-me o bastante de minha pobre e santa mãe.

— O que significa que sou um notório patife… É o que há muito tempo cochicham por aí — esbravejou o barão —, mas não vou tolerar que o digam à minha frente.

— Não foi o que fiz, pai.

— Mas pensou. Se quer saber, interesso-me muito pouco pela preciosa relíquia que tanto quer esconder. É o retrato do malfadado indivíduo que você teima em amar, contra a minha vontade. E já estou farto de ver aquela diabólica fisionomia. Mas ouça bem, lady Christabel: não se casará com Allan Clare, jamais! É mais fácil eu matá-los com minha própria mão do que dar meu consentimento. Darei sua mão a Tristam de Goldsborough… Não é tão moço, concordo, mas tem alguns anos a menos que eu, e não me considero velho… Não é bonito, também concordo, mas desde quando a beleza garante felicidade no casamento? Eu mesmo não era bonito e, no entanto, milady Fitz-Alwine não me teria trocado nem pelo mais brilhante cavaleiro da corte de Henrique II. A feiura de Tristam de Goldsborough é inclusive boa garantia para sua futura tranquilidade… ele não será infiel. Mas saiba também que é imensamente rico e muito influente na corte. Resumindo, é o homem que me… que melhor lhe convém, sob todos os aspectos. Enviarei amanhã o seu consentimento e ele em quatro dias virá pessoalmente agradecer. Antes do final da semana, milady será uma grande dama.

— Jamais me casarei com esse homem, milorde — gritou a jovem. — Nunca! Jamais!

O barão deu uma gargalhada.

— Não estou pedindo seu consentimento, milady. Mas me encarrego de fazer com que obedeça.

Christabel, que até então estampava mortal palidez, ficou vermelha e, apertando convulsivamente as mãos, pareceu tomar uma decisão irrevogável.

— Deixo-a entregue a seus pensamentos, filha — disse o barão —, se achar mesmo necessário pensar tanto. Mas lembre-se: quero e exijo da sua parte obediência integral, passiva, absoluta.

— Deus! Meu Deus! Tende piedade! — exclamou dolorosamente Christabel.

O barão se afastou dando de ombros.

Por toda uma hora, Fitz-Alwine andou de um lado para o outro no seu quarto, pensando nos últimos acontecimentos.

As ameaças de Allan Clare haviam assustado o barão e a vontade da filha pareceu-lhe indomável.

— Talvez seja melhor — ele concluiu — tratar essa questão do casamento com mais tato. É minha filha, meu sangue, e é claro que a amo. Não quero que se imagine vítima das minhas exigências; só quero a sua felicidade, mas quero também que se case com o velho amigo Tristam, meu antigo companheiro de armas. Pois bem, vamos tentar a coisa com mais tato.

De volta à porta de Christabel, o barão parou e um choro doído chegou até ele.

— Pobre menina — pensou o barão, abrindo devagar a porta do quarto.

A filha escrevia.

— Ah, ah! — exclamou o barão, que nunca entendera bem por que a filha se dera ao trabalho de aprender a escrever, habilidade reservada, naquela época, exclusivamente ao clero. — Foi ainda coisa daquele tolo do Allan Clare essa ideia de aprender a rabiscar papel.[41]

E Fitz-Alwine se aproximou da mesa sem fazer barulho.

— Para quem tanto escreve a senhorita? — perguntou, muito irritado.

Christabel assustou-se, deu um grito e tentou esconder o papel como havia escondido o precioso retrato. O barão, porém, mais rápido, tomou-o. Apavorada, sem se lembrar de que o nobre pai jamais se dera ao trabalho de abrir um livro ou segurar uma pena e que, consequentemente, não sabia ler, ela tentou fugir do aposento. O barão segurou-a pelo braço e, erguendo-a como se fosse a coisa mais leve do mundo, impediu que escapasse. Christabel perdeu os sentidos. Com os olhos brilhando de raiva, ele tentou decifrar os

41. Era relativamente recente a disseminação, na Europa, do uso do papel, feito de massa de vegetais fibrosos e, em seguida, a partir também de trapos de pano. Fabricado na China desde épocas anteriores ao cristianismo, só bem mais tarde, no séc.VII, passou à Coreia e ao Japão, daí ganhando a Turquia, a Síria e a Espanha.

caracteres desenhados no papel. Sem conseguir, desceu os olhos até o rosto descorado da pobre criança inanimada em seus braços.

— Ai, as mulheres, as mulheres! — resmungou, levando Christabel até a cama.

Feito isso, abriu a porta e chamou alto:

— Maude! Maude!

A jovem veio correndo.

— Dispa a sua ama! — ordenou o barão, que se afastou esbravejando.

— Estou sozinha, milady! — disse Maude, procurando fazer Christabel voltar a si. — Não tenha medo.

Ela abriu os olhos e procurou assustada em volta. Confirmando haver somente a fiel camareira ao lado da cama, abraçou-a quase chorando:

— Ah, Maude! Estou perdida!

— Querida ama, diga o que a preocupa.

— Meu pai tomou de mim uma carta que eu escrevia a Allan.

— Mas seu nobre pai não sabe ler, milady.

— Vai pedir a seu confessor que a leia.

— Se deixarmos que tenha tempo para isso. Dê-me rápido outro papel, que se pareça com o anterior.

— Aqui está, acho que é mais ou menos como este…

— Fique tranquila, milady. Enxugue seus belos olhos; as lágrimas embaçam o brilho.

Maude intrepidamente foi aos aposentos do barão e entrou no momento em que ele se preparava para ouvir seu venerável confessor, que já tinha em mãos, para ler, a carta de Christabel a Allan.

— Monsenhor — interrompeu firmemente a camareira, aproximando-se do padre lépida como uma gata —, milady mandou-me pedir o papel que Sua Senhoria tomou da sua mesa.

— Minha filha enlouqueceu, por são Dunstan! Ousou encarregá-la desse recado?

— Exatamente, monsenhor. E considero transmitido! — exclamou, arrancando com ligeireza o papel que o monge já tinha à ponta do nariz para decifrar o escrito.

— Atrevida! — vociferou o barão, lançando-se atrás da camareira, que saltou como uma corça até a porta, mas deixou que ele a alcançasse.

— Devolve o papel ou te estrangulo!

Maude baixou a cabeça, fingiu morrer de medo e o barão arrancou do bolso do avental, em que ela mantinha as mãos mergulhadas, um papel muito parecido com o que o confessor devia ler.

— Sua estúpida, bem merece um par de bofetadas! — disse o barão, erguendo a mão contra Maude, enquanto, com a outra, entregava o papel ao padre.

— Tudo que fiz foi obedecer às ordens de milady.

— Pois diga a minha filha que aguarde o castigo por suas insolências.

— Com toda humildade cumprimento monsenhor — respondeu Maude, acrescentando à frase uma reverência das mais sarcásticas.

Satisfeitíssima com a própria esperteza, a moça entrou feliz da vida no quarto de milady. Lorde Fitz-Alwine, por sua vez, dizia a seu confessor:

— Pronto, meu padre, estamos tranquilos. Leia o que minha indigna filha escreveu àquele pagão do Allan Clare.

O frade começou, com voz nasalada:

— *Quando o inverno está menos rigoroso e permite que se abram as violetas/ Quando as flores desabrocham e as campânulas anunciam a primavera/ Quando teu coração anseia por meigos olhares e meigas palavras/ Quando sorris de alegria, pensas em mim, meu amor?*

— O que está lendo aí, meu reverendo? — estranhou o barão. — São apenas balelas, por Deus!

— Leio, palavra por palavra, o que está no papel, meu filho. Devo continuar?

— Com certeza, padre. Minha filha estava preocupada demais para que se trate apenas de uma canção idiota.

O religioso retomou a leitura.

— *Quando a primavera cobre a terra de rosas perfumadas/ Quando o sol sorri no céu/ Quando os jasmins florescem sob as sacadas/ Envias a quem te ama um pensamento de amor?*

— Com os diabos! — praguejou o barão. — E chamam isso versos! Ainda tem muitos, meu padre?

— Apenas algumas linhas mais.

— Procure mais para o final.

— *Quando o outono...*

— Chega, chega! — exasperou-se Fitz-Alwine. — A romança passa em revista as quatro estações do ano. Chega!

Mesmo assim, o velho continuou:

— *Quando as folhas mortas cobrem a relva/ Quando o céu se turva de nuvens/ Quando caem a geada e a neve/ Pensas em quem te ama, meu amor?*

— Meu amor, meu amor! — repetiu o barão. — Não é possível! Não pode ser o que Christabel escrevia quando a surpreendi. Fui enganado, bem enganado. Mas, por são Pedro! Não será por muito tempo. Meu reverendo, preciso ficar sozinho. Boa noite, durma bem.

— Esteja em paz, meu filho! — desejou o frade se retirando.

Deixemos o barão matutar seus planos de vingança e voltemos a Christabel e à irrequieta Maude.

A jovem ama escrevia a Allan dizendo dispor-se finalmente a deixar a casa paterna, pois os projetos do barão de casá-la com Tristam de Goldsborough tornavam urgente a cruel determinação.

— Deixe que me encarrego de fazer com que a carta chegue ao sr. Allan — garantiu Maude, que dobrou o papel e foi acordar um rapazinho de dezesseis ou dezessete anos, seu irmão de leite:

— Halbert, pode me fazer um grande favor, isto é, a lady Christabel?

— Com prazer — ele respondeu.

— Prefiro, desde já, avisar que há certo perigo na tarefa.

— Melhor ainda, Maude.

— Sei que posso confiar em você — ela acrescentou, passando um dos braços pelo pescoço do rapaz e olhando-o fixamente com seus belos olhos negros.

— Pode confiar como em Deus — respondeu Halbert com ingênua presunção. — Como em Deus, querida Maude.

— Sabia que poderia contar com você, meu irmão. Obrigada.

— O que tenho que fazer?

— Levantar-se, vestir-se e montar a cavalo.

— Nada mais fácil.

— Pegue o animal mais rápido da cocheira.

— Também é fácil. Minha égua, que batizei Maude em sua homenagem, é a primeira trotadora do condado.

— Sei disso, mano. Corra e, assim que puder, venha me encontrar no pátio junto à ponte levadiça. Estarei esperando.

Dez minutos depois, segurando sua égua pela rédea, Halbert ouvia atentamente as instruções da astuciosa camareira.

— Atravesse a cidade e parte da floresta, e chegará a uma casa situada a poucas milhas do burgo de Mansfieldwoohaus. É onde mora um guarda-florestal chamado Gilbert Head. Dê a ele esse bilhete, pedindo que o faça chegar ao sr. Allan Clare. E deixe para o filho dele, Robin Hood, esse arco e essas flechas, que lhe pertencem. É só isso, deu para entender?

— Perfeitamente, minha bela Maude. Nada mais? Nenhuma outra ordem?

— Nada, quer dizer, estava esquecendo... Diga a Robin Hood, o dono do arco e das flechas, diga... que logo será avisado de quando vai poder vir ao castelo sem correr risco, pois há alguém aqui que espera ansiosamente a sua volta. Entendeu, Hal?

— Entendi, sem problema.

— E evite encontrar os soldados do barão.

— Por quê?

— Conto quando voltar. Se a fatalidade os colocar no mesmo caminho, invente um pretexto que justifique o passeio noturno, sem mencionar o motivo da viagem. Vá com Deus, meu bravo irmão!

Halbert já tinha o pé no estribo, quando Maude acrescentou:

— Mas se encontrar três pessoas, sendo uma delas um frade...

— Frei Tuck, não é?

— Isso mesmo e, nesse caso, não precisa mais continuar. Os dois outros são Allan Clare e Robin Hood. Tudo, então, se resolve ali mesmo e você pode voltar correndo. Vá! Diga a meu pai, pois ele vai perguntar por que está deixando o castelo, que está indo à cidade chamar um médico para lady Christabel, que está doente. Até a volta, Hal, até a volta! Direi a Graça May que você é o rapaz mais gentil e corajoso de toda a cristandade.

— Dirá mesmo, Maude? — perguntou Halbert se pondo em sela. — Pode contar tudo isso a Graça?

— Com certeza. Além disso, pedirei que pague por mim todos os beijos que lhe devo pelo favor.

— Ótimo! Perfeito! — gritou o rapazote esporeando a montaria. — Viva Maude, e viva Graça!

A ponte foi baixada e Hal desceu a colina a galope. Mais leve do que uma andorinha, Maude voou até os aposentos de lady Christabel para contar que o mensageiro já estava a caminho.

11

A noite estava calma e serena, com a claridade da lua inundando a floresta. Nossos três fugitivos atravessavam com rapidez as áreas alternadamente escuras e iluminadas do matagal e das clareiras.

O despreocupado Robin cantava refrões de baladas de amor; triste e silencioso, Allan Clare lamentava os resultados da sua visita ao castelo de Nottingham, enquanto o frade ruminava tristonhos pensamentos, lembrando-se da indiferença com que Maude o tratara, e da gentileza que dispensara ao rapazote da floresta.

— Pelo santo *Miserere*![42] — resmungava surdamente o religioso. — Sou belo homem, bem aprumado nas minhas pernas e nada feio de rosto, não tenho a menor dúvida, pois várias vezes já me repetiram isso. Por que Maude mudou tanto? Era só o que faltava! Se a danadinha me deixar de lado por causa desse frangote pálido, isso só comprova o seu mau gosto. Não posso perder meu tempo lutando contra tão ínfimo rival. Ela que o ame, se quiser, pouco me importa!

E o pobre frade suspirava.

— Bah! — recomeçou ele de repente, com o rosto iluminado por um sorriso de amor-próprio. — Ela não pode amar esse mal-acabado que só sabe mesmo cantarolar suas baladas. Quis somente despertar meu ciúme, testar minha confiança nela e me fazer ficar ainda mais apaixonado. Ah, mulheres! Mulheres! Têm mais malícia num fio de cabelo do que os homens em todos os pelos da barba.

Talvez não agrade a nossos leitores que se coloque semelhante linguagem na boca do monástico personagem, dando-lhe o papel aventuroso de homem

42. "Em latim, "Misericórdia". Referência ao Salmo 51 (50 na numeração grega), que começa com o versículo *Miserere mei, Deus* ("Senhor, tende piedade de mim") e traz mensagem de humildade e arrependimento. A famosa versão musicada de Gregorio Allegri, porém, só foi composta no séc.XVII.

levado a alegrias mundanas. Mas que se transportem em pensamento à época em que se passa nossa história e haverão de entender não ser, de forma alguma, intenção nossa caluniar as ordens religiosas.

— E então, meu jovial Gilles, como diz a bela Maude — disse de repente Robin. — Em que tanto pensa? Está parecendo tão melancólico quanto uma oração fúnebre.

— Os que usufruem dos favores da… da sorte têm o direito de se sentir alegres, mestre Robin — respondeu o frade. — Mas quem é vítima dos seus caprichos tem igualmente o direito de estar triste.

— Se chama favores da sorte os olhares meigos, os agradáveis sorrisos e os ternos beijos de certa bonita mocinha — respondeu Robin —, posso me gabar de ser rico. Mas você, frei Tuck, que fez voto de pobreza, por que razão se diz maltratado pela caprichosa deusa?

— Finge não saber, meu jovem?

— Realmente não sei. Mas por acaso Maude tem algo a ver com essa sua tristeza? Não! É impossível! É o seu pai espiritual, seu confessor… E nada mais, não é?

— Indique o caminho da sua casa e pare de falar a torto e a direito como um desajuizado, que, aliás, é o que é — respondeu o monge mal-humorado.

— Não vamos brigar por isso, bom Tuck — tentou Robin a reconciliação. — Se o ofendi, foi sem querer. E se Maude for a causa disso, também não foi esta a minha intenção, pois posso jurar que não a amo e antes de vê-la hoje, pela primeira vez, já havia comprometido meu coração…

O frade se virou para o rapaz, apertou afetuosamente sua mão e disse com um sorriso:

— De modo algum me ofendeu, querido Robin. Fiquei triste à toa, de repente. Maude não pesa em meu ânimo nem em meu coração. É uma alegre e ótima moça. Case-se com ela quando estiver na idade de se casar e será feliz… Tem certeza mesmo de que o seu coração não está livre?

— Certeza absoluta… para sempre.

O frade voltou a sorrir.

— Não tomei o caminho mais curto para a casa do meu pai — explicou Robin após um instante de silêncio —, para evitar os soldados que o barão certamente mandou atrás de nós, assim que descobriu nossa fuga.

— Pensa como um sábio e age como uma raposa, mestre Robin. Seria preciso não conhecer aquele velho fanfarrão da Palestina para não saber que, em menos de uma hora, já vai estar nos nossos calcanhares com todo um bando dos seus estúpidos besteiros.

Já exaustos, os três companheiros se preparavam para atravessar uma vasta encruzilhada quando, sob os raios da lua, perceberam um cavaleiro que descia a toda velocidade a rápida vertente de um atalho.

— Escondam-se atrás das árvores, amigos — disse imediatamente Robin. — Vou procurar saber quem é o viajante.

Armado com o bastão de Tuck, Robin se posicionou de forma a chamar a atenção do desconhecido, que não o viu e continuou seu caminho sem diminuir o galope do cavalo.

— Pare! Espere! — gritou Robin, vendo que o cavaleiro era pouco mais do que um menino.

— Pare! — gritou também o frade com seu vozeirão.

O cavaleiro deu meia-volta e exclamou:

— Ei! Se meus olhos não me enganam, é frei Tuck. Boa noite, frei Tuck.

— Acertou em cheio, garoto — respondeu o frade. — Boa noite e diga quem é você.

— Como pode, padre? Sua Reverência não se lembra de Halbert, irmão de leite de Maude, filha de Hubert Lindsay, que guarda o portão do castelo de Nottingham?

— É você, mestre Hal! Estou reconhecendo agora. E por que cavalga assim, por favor, a todo galope, pela floresta, passada a meia-noite?

— Ao senhor posso dizer, pois me ajudará a cumprir minha tarefa: para entregar a sir Allan Clare um bilhete escrito pela delicada mão de lady Christabel Fitz-Alwine.

— E para me dar esse arco e essas flechas que vejo nas suas costas — acrescentou Robin.

— O bilhete, onde está? — perguntou ansioso Allan.

— Ah, ah! — riu o rapazinho. — Não preciso perguntar o nome de cada um desses senhores. Maude me explicou, para diferenciá-los: "Sir Allan é o mais alto e sir Robin o mais moço. Sir Allan é bonito, mas Robin mais ainda." Vejo que não se enganou, mesmo não sendo apto a julgar a beleza dos homens. Já sobre a das mulheres, não digo o mesmo. E Graça May sabe disso.

— E a carta? Chega de conversa e me dê a carta! — impacientou-se Allan.

Halbert olhou com surpresa para ele e disse com tranquilidade, voltando-se a Robin:

— Bem, aqui estão seu arco e suas flechas. Minha irmã pede…

— Com os diabos, garoto — interrompeu novamente Allan. — A carta! Entregue logo ou arranco-a à força!

— Esteja à vontade, senhor — respondeu polidamente Halbert.

— Não me leve a mal, rapaz — voltou a dizer Allan, com mais calma. — É que essa carta é muito importante…

— Tenho certeza que sim, meu senhor. Maude recomendou expressamente que só a entregasse ao senhor, pessoalmente, caso o encontrasse antes de chegar à casa de Gilbert Head.

Enquanto falava, Halbert procurava nos bolsos, revirando-os. Após cinco minutos de buscas fingidas, o engraçadinho exclamou com um tom miserável e infeliz:

— Perdi a carta, era só o que faltava! Perdi a carta!

Desesperado e furioso, Allan precipitou-se até Hal, arrancou-o do cavalo e lançou-o no chão. Felizmente o menino se levantou sem ter se machucado.

— Procure no seu cinto — sugeriu Robin.

— É verdade, o cinto! — confessou o rapaz rindo e querendo mostrar ao fidalgo o quanto tinha sido desnecessária a brutalidade.

— Aqui está! Um viva para minha bem-amada Graça May! Aqui está o bilhete de lady Christabel.

Hal tinha o papel na ponta dos dedos, com o braço erguido e ainda dando vivas, de forma que sir Allan foi obrigado a dar um passo até ele para conseguir a preciosa missiva.

— Ei! E a mensagem para mim, também foi extraviada, mestre? — perguntou Robin.

— Está aqui na minha língua.

— Alivie então sua língua desse peso, estou ouvindo.

— Aqui está, palavra por palavra: "Querido Hal", foi como falou Maude, "diga ao sr. Robin Hood que logo o avisarei para que venha ao castelo sem correr perigo, pois há aqui alguém que espera ansiosamente a sua volta." Só isso.

— E para mim, o que ela mandou dizer? — perguntou o frade.

— Nada, meu reverendo.

— Nem uma palavra?

— Nenhuma.

— Obrigado — encerrou a conversa frei Tuck, lançando um olhar furioso a Robin.

Sem perder um minuto, Allan, tirando o selo da carta, leu à claridade da lua:

> Querido Allan:
>
> Quando me suplicaste tão terna e eloquentemente que deixasse a casa paterna, fechei os ouvidos e repeli tuas solicitações, por supor minha presença necessária à felicidade de meu pai, achando que ele não poderia viver sem mim.
>
> Estava cruelmente iludida.
>
> Senti-me como fulminada quando, após tua partida, ele me anunciou que no fim da semana devo me casar com outro que não o meu querido Allan.
>
> Lágrimas e súplicas foram inúteis. Sir Tristam de Goldsborough chegará dentro de quatro dias.
>
> Uma vez que meu pai aceita separar-se de mim, sendo a minha presença um fardo, nada mais me prende aqui.
>
> Querido Allan, dei-te o meu coração, ofereço-te agora a minha mão. Maude vai providenciar todos os preparativos para a fuga e te dirá como agir.
>
> Da tua,
>
> CHRISTABEL
>
> P.S.: O rapaz encarregado dessa carta deve providenciar teu encontro com Maude.

— Robin, preciso voltar a Nottingham — avisou Allan.

— Precisa?

— Christabel me espera.

— Entendo.

— O barão Fitz-Alwine quer casá-la com um velho amigo e, para ela, a única forma de evitar isso é a fuga… Pode me ajudar?

— De todo coração, sir.

— Venha então me encontrar amanhã de manhã. Maude ou alguém enviado por ela, talvez esse mesmo rapaz, vai estar à entrada da cidade, esperando-o.

— Aconselharia, amigo, em vez disso, ir ver a sua irmã, que deve estar bem preocupada com tanta demora. Podemos em seguida partir juntos ao amanhecer, levando também uns companheiros robustos, corajosos e confiáveis. Mas, silêncio! Ouço uma cavalgada.

Robin colou o ouvido no chão

— Vem da direção do castelo… São os soldados do barão à nossa procura. Allan e frei Tuck, escondam-se no mato, e você, Hal, vai provar que é o digno irmão de Maude.

— E digno namorado de Graça May — acrescentou o menino.

— Isso mesmo. Monte no seu cavalo, esqueça que acabou de nos encontrar e tente convencer os cavaleiros de que o barão quer que voltem imediatamente ao castelo. Entendeu?

— Entendi. Pode ficar tranquilo. Que Graça May me prive para sempre dos seus meigos olhares se eu não cumprir bem essas ordens.

Halbert esporeou o cavalo, mas nem chegou a ir longe, pois os soldados lhe barraram o caminho.

— Quem vem lá? — perguntou o chefe do grupo armado.

— Halbert, aprendiz de escudeiro do castelo de Nottingham.

— O que faz na floresta a essa hora, em que devia dormir em paz quem não está de serviço?

— É que vim atrás de vocês. O sr. barão me enviou para dizer que voltem agora mesmo ao castelo. Está impaciente e os espera há uma hora.

— Monsenhor estava mal-humorado quando você o deixou?

— Bastante. A missão que deviam cumprir não exigia tanto tempo.

— Fomos até o povoado de Mansfieldwoohaus, sem encontrar os foragidos. Na volta, porém, tivemos a sorte de pôr as mãos num deles.

— É mesmo? E qual?

— Um certo Robin Hood. Está preso e bem amarrado num cavalo, entre os soldados.

Escondido atrás de uma árvore a poucos passos dali, Robin pôs de fora a cabeça com cuidado, tentando descobrir quem era o prisioneiro, sem no entanto conseguir.

— Deixe-me vê-lo — disse Halbert se aproximando do grupo de soldados. — Conheço-o de vista.

— Tragam o prisioneiro — comandou o chefe.

O verdadeiro Robin Hood pôde então ver um jovem vestido como ele, com roupas de mateiro. Tinha os pés amarrados por baixo da barriga do cavalo e as mãos atrás das costas. Um raio de lua clareou o seu rosto e Robin reconheceu o mais moço dos filhos de sir Guy de Gamwell, o alegre William, ou melhor, Will Escarlate.

— Mas esse não é Robin Hood, ora! — exclamou Halbert dando uma gargalhada.

— E quem é, então? — perguntou o comandante desapontado.

— Como sabe que não sou Robin Hood? Não está enxergando bem, jovem amigo — disse Escarlate. — Sou Robin Hood, está ouvindo?

— Pode ser, mas nesse caso temos dois arqueiros com o mesmo nome na floresta de Sherwood — retrucou Halbert. — Onde o encontrou, sargento?

— Perto da casa do assim denominado Gilbert Head.

— Estava sozinho?

— Sozinho.

— Devia estar com dois companheiros, pois o Robin que escapou do castelo fugiu com dois outros prisioneiros. Aliás, estava sem armas e desmontado, a pé. Seria impossível percorrer tal distância em tão pouco tempo, a menos que tivesse boas montarias, como as nossas.

— Tenha a bondade, jovem aspirante a escudeiro — pediu o sargento —, de explicar como sabe que eram três os fugitivos. E de novo peço que diga por que perambula em plena noite pela floresta. Vai dizer também desde quando conhece Robin Hood.

— O sargento parece querer trocar a jaqueta de soldado por uma batina de confessor.

— Sem brincadeiras, engraçadinho. Responda categoricamente às minhas perguntas.

— Não estou de brincadeiras, sargento. E, como prova, vou responder às suas perguntas, cate… como é mesmo?… é isso! Categoricamente. Começo pela última. Isso o satisfaz, sargento?

— Seja claro! — irritou-se o homem. — Ou mando que o amarrem.

— Serei claro, está bem. Conheço Robin Hood por tê-lo visto hoje mesmo entrar no castelo.

— E o que mais?

— Encontro-me na floresta; primeiro: por ordem do barão Fitz-Alwine, de quem somos vassalos, já mencionei ter recebido essa ordem. Em seguida, por ordem também de sua adorada filha, lady Christabel. Satisfeito, sargento?

— E o que mais?

— Sei serem três os prisioneiros foragidos porque mestre Hubert Lindsay, guardião da entrada do castelo e pai de minha irmã de leite, a bela Maude, me disse. Satisfeito, sargento?

Irritado com o tom de zombaria das respostas e sem saber mais o que dizer, o militar gritou:

— Que ordem recebeu de lady Christabel?

— Ah, ah, ah! O sargento por acaso está querendo se inteirar de segredos de milady? — replicou o rapazote com boas risadas. — Ah, ah, ah! Realmente, não dá para acreditar! Não seja por isso, sargento. Mande que eu volte a galope ao castelo e contarei isso a milady. Ela provavelmente me mandará de volta, também a galope, para expor à sua apreciação as ordens dadas. Parabéns, bravo capitão! Está se atolando, enfiado na lama e só posso felicitá-lo pela captura de Robin Hood. O barão Fitz-Alwine vai gratificá-lo devidamente, não tenho a menor dúvida, quando lhe apresentar esse exemplar de Robin Hood como sendo o original.

— Seu falastrão! — berrou o sargento furioso. — Se tivesse tempo para isso, te estrangularia! Em frente, soldados!

— Em frente! — gritou também o prisioneiro. — Um viva para Nottingham!

A cavalgada ia retroceder quando Robin saltou à frente do cavalo do sargento e ordenou em voz firme:

— Alto! Sou eu Robin Hood.

Antes de fazer isso, o corajoso rapaz cochichara ao ouvido de Allan:

— Se preza a vida e ama lady Christabel, senhor, não saia de trás desses troncos de árvore e me deixe aqui.

Allan havia então deixado que Robin falasse, mesmo sem compreender o que pretendia.

— Está me traindo, Robin! — gritou impulsivamente Will Escarlate.

Ouvindo isso, o chefe dos soldados esticou o braço e agarrou Robin pela gola, perguntando a Hal:

— Esse é o verdadeiro Robin?

Esperto demais para responder categoricamente, como dizia o sargento, Halbert se esquivou da pergunta:

— Desde quando passou a me considerar suficientemente perspicaz, mestre, para recorrer a meu saber? Por acaso sou um cão de caça para ficar lhe apontando a presa? Algum lince para ver o que não vê? Um feiticeiro para adivinhar o que ignora? Não é um hábito seu, que eu saiba, estar sempre perguntando: Hal, o que é isso? Hal, o que é aquilo?

— Não banque o imbecil e diga qual desses dois vagabundos é Robin Hood. Caso contrário, repito, sairá daqui amarrado!

— O recém-chegado pode perfeitamente responder. Pergunte a ele.

— Já disse que sou Robin Hood, o verdadeiro Robin Hood! — gritou o pupilo de Gilbert. — O rapaz que está amarrado no cavalo é um bom amigo meu, mas não passa de um Robin Hood de contrabando.

— Então vamos mudar os papéis — voltou a falar o sargento — e, para começar, ficará você no lugar do prisioneiro de cabelos vermelhos.

Uma vez solto, Will foi até Robin e os dois amigos se abraçaram efusivos. Em seguida Will desapareceu, depois de energicamente apertar a mão de Robin, dizendo em voz baixa:

— Conte comigo — uma resposta, sem dúvida alguma, ao que Robin acabava de lhe cochichar enquanto se abraçavam.

Os soldados amarraram Robin no cavalo e todos tomaram o rumo do castelo.

Eis como se deu a prisão de William: saindo da casa de Gilbert Head, Escarlate deixou o primo João Pequeno voltar sozinho para o *hall* de Gamwell e tomou a direção de Nottingham, esperando encontrar Robin. Depois de caminhar por uma hora, ouviu o trotar de cavalos e, convencido de serem Robin e os companheiros que se aproximavam, pôs-se a cantar a plenos pulmões, e com a voz mais abominavelmente desafinada, uma balada de Gilbert que termina com o seguinte verso: "Vem comigo meu amor, meu querido Robin Hood."

Enganados pela alusão a um dos fugitivos que procuravam, os soldados do barão cercaram e amarraram o incauto, satisfeitos com a vitória.

Percebendo que algum perigo ameaçava o amigo, Will não procurou se identificar. E o resto já conhecemos.

Distanciando-se a cavalgada que levava Robin, Allan e o frade saíram de seus esconderijos e Will apareceu-lhes como um fantasma, do meio de uma moita.

— O que lhe disse Robin? — perguntou Allan.

— Textualmente: "Meus dois companheiros, um cavaleiro e um frade, estão escondidos aqui perto. Diga a eles que me encontrem ao amanhecer no vale de Robin Hood, que eles já conhecem. Venham também você e seus irmãos, pois vou precisar de braços fortes e corações valentes para o bom resultado do que pretendo. Temos mulheres a proteger." Foi tudo. Assim sendo, sr. cavaleiro — acrescentou Will —, sugiro que me acompanhe ao *hall* de Gamwell. Estamos mais perto de lá do que da casa de Gilbert Head.

— Quero ver minha irmã ainda hoje e ela se encontra com Gilbert.

— Desculpe não ter dito; a dama que chegou à casa de Gilbert na companhia de um cavalheiro está agora no *hall* de Gamwell.

— No *hall* de Gamwell? É impossível!

— Novamente peço desculpa, mas miss Marian está aos cuidados de meu pai. Conto no caminho como chegou à nossa casa.

— Robin não disse também que teremos, amanhã, mulheres a proteger? — quis confirmar o frade.

— Disse sim, reverendo.

— Que sortudo danado! — resmungou o religioso. — Vai sequestrar Maude. Ai, as mulheres! As mulheres! Como digo sempre, têm mais malícia num fio de cabelo do que os homens em todos os pelos da barba.

12

O barão ouvia, sem dar muita atenção, a leitura das contas de um administrador, quando Robin, cercado por dois soldados e tendo à frente o sargento Lambic, de quem havíamos esquecido de dizer o nome, entrou no cômodo.

Imediatamente o impetuoso barão mandou que o contador se calasse e avançou até o pequeno grupo com uma expressão que nada de bom pressagiava.

O sargento ergueu os olhos para o seu amo, cujos lábios trêmulos se entreabriam, e achou mais polido deixar que ele tomasse a iniciativa de falar. O velho Fitz-Alwine, porém, não era homem a pacientemente esperar que o sargento fizesse seu relatório e aplicou nele uma violenta bofetada, como se dissesse: estou ouvindo.

— Eu aguardava… — balbuciou o pobre Lambic.

— Também eu aguardava. E a qual dos dois cabe aguardar, por favor? Não está vendo, imbecil, que há uma hora me disponho a ouvir? Mas desde já saiba, caro senhor, que já me falaram das suas façanhas. Mesmo assim, concedo ouvir pela segunda vez, agora da sua própria boca.

— O que Halbert lhe contou, monsenhor?

— Dá-se ao desplante de me interrogar? É isso? Não faltava mais nada! Essa é boa!

Trêmulo, Lambic contou a prisão do verdadeiro Robin.

— Esquece-se de um pequeno detalhe, cavalheiro. Não está contando que soltou, depois de capturá-lo, o patife cuja prisão era mais importante para mim. Foi muito espirituoso da sua parte, cavalheiro.

— Está enganado, milorde, já lhe disse.

— Nunca me engano, cavalheiro. Isso mesmo, o senhor capturou um jovem que dizia ser Robin Hood e deixou-o livre quando esse outro jovem de Sherwood apareceu.

— É verdade, milorde — respondeu Lambic, que, por prudência, havia omitido esse episódio da expedição à floresta.

— Realmente é o mais ajuizado, fogoso, astuto e esperto dos militares esse sargento Lambic, no comando de uma companhia dos meus soldados — exclamou o barão com deboche, para em seguida acrescentar: — Não se lembrou então das feições de quem havia colocado no calabouço poucas horas antes, rei dos idiotas, morcego, lesma inválida?

— Eu não havia visto nenhum dos dois prisioneiros, milorde.

— É mesmo? Tinha então uma bandagem nos olhos? Avance até aqui, Robin! — gritou o barão com voz estrondosa e desabando numa poltrona.

Os soldados empurraram Robin até o barão.

— Muito bem, pequeno buldogue! Ainda late tão alto? Vou repetir o que já disse antes. Responda com franqueza às minhas perguntas ou mando que meus homens deem cabo de você, entendeu?

— Pois faça as perguntas — respondeu com frieza o interpelado.

— Ah, voltou atrás e não se nega mais a falar? Muito bem!

— Faça as perguntas, milorde.

O olhar do barão, que parecia ter se suavizado, voltou a fulminar, fixando-se no rapaz, que sorriu.

— Como conseguiu escapar, filhote de lobo?

— Saindo da cela.

— Podia imaginar isso sem muita dificuldade; quem o ajudou?

— Eu mesmo.

— E quem mais?

— Ninguém.

— Mentira! Sei que foi o contrário disso. Sei que não poderia passar pelo buraco da fechadura e que abriram a porta para você.

— Ninguém abriu a porta e mesmo não sendo tão magro para sair pelo buraco da fechadura, meu tamanho não impediu que passasse pelas barras da lucarna da cela. Depois pulei para o muro, encontrei uma porta aberta, passei, percorri escadas, galerias e pátios, até chegar à ponte levadiça… Quando vi, estava livre, milorde.

— E o seu companheiro, como escapou?

— Ignoro.

— Vai precisar dizer.

— Não tenho como. Não estávamos juntos, nos encontramos por acaso.

— E em qual lugar do castelo se encontraram tão afortunadamente?

— Não conheço bem o interior do castelo, não posso designar o lugar.

— E onde estava o patife quando o sargento Lambic te prendeu?

— Não sei dizer. Tínhamo-nos separado momentos antes e eu seguia sozinho para a casa do meu pai.

— Ele é que tinha sido preso antes de você?

— Não.

— E onde está? O que aconteceu a ele?

— Ele quem, milorde?

— Sabe muito bem, espertinho. Allan Clare, seu cúmplice, seu amigo.

— Vi Allan Clare anteontem, pela primeira vez.

— Que tempo decadente o nosso, meu Deus! Os bandidos de hoje ousam nos mentir na cara! Não existem mais boa-fé nem respeito, desde que as crianças passaram a decifrar garatujas e a rabiscar papel! Minha própria filha sofre a influência desse vício, corresponde-se através de escrevinhações infernais com o miserável Allan Clare. Pois bem! Já que ignora onde se encontra o patife, ajude-me a descobrir onde poderei encontrá-lo. Prometo-lhe a liberdade como recompensa.

— Milorde, não costumo passar meu tempo a decifrar enigmas.

— Pois vou fazê-lo passar várias horas do dia nesse útil exercício. Ei! Lambic, devolva esse buldogue à corrente. Se ele fugir mais uma vez, que Deus lhe proteja da forca!

— Não escapará — respondeu o sargento, arriscando-se a um pálido sorriso.

— Saiam, então. E lembre-se da corda!

O sargento conduziu Robin de passagem em passagem, de escadaria em escadaria até uma portinhola aberta para um corredor estreito. Tomou então das mãos de um criado, que viera iluminando o caminho, uma tocha acesa e fez Robin entrar numa cela que tinha como único mobiliário um monte de feno.

Nosso jovem mateiro deu uma olhada em volta. Nunca nada lhe parecera tão inóspito. Saída alguma além da porta, feita de sólidas tábuas reforçadas com ferro. Como sair dali? Procurou imaginar um meio, algum expediente que tornasse inúteis as minuciosas precauções do carcereiro, sem descobrir nenhum. Foi quando viu brilhar no escuro do corredor, por trás dos soldados, o olhar claro e franco de Halbert. Essa visão devolveu-lhe a esperança e ele não teve mais dúvidas quanto à sua próxima libertação, lembrando que corações amigos se solidarizavam com a sua desgraça.

— É este o seu quarto — disse Lambic. — Entre, senhor, e deixe de lado as tristezas! Todos devemos morrer um dia, como sabe. Que seja hoje, amanhã ou mais tarde, pouco importa! E que importa também qual o tipo de morte? De um modo ou de outro, é sempre a morte.

— Tem razão, sargento — respondeu Robin com calma. — E entendo que lhe seja indiferente morrer como viveu... isto é, como um cão.

Dizendo isso, examinou com o canto dos olhos a porta ainda aberta e gravou a posição dos soldados lá fora. O criado que havia entregado a tocha a Lambic tinha ido embora e o jovem Hal também. Arrasados de cansaço, os soldados, que eram quatro, se encostavam nas paredes, sem prestar muita atenção ao falatório do chefe com o prisioneiro.

Hábil em planejar e rápido em executar, o jovem lobo de Sherwood aproveitou-se desse momento de desatenção dos soldados e da relativa fraqueza de Lambic, que tinha também seus movimentos atrapalhados pelo archote que segurava na mão direita, e, dando um bote de gato selvagem, empurrou-o contra o rosto do sargento, apagando-o, e correu para fora da cela.

Apesar do escuro e das atrozes dores causadas pela queimadura no rosto, Lambic, seguido por seus homens, partiu com tudo à caça do fugitivo, mas nunca uma lebre em fuga foi mais ágil, nunca uma raposa tendo toda a matilha a seu encalço fez mais zigue-zagues, e os galgos do barão inutilmente escarafuncharam cantos e recantos da imensa galeria. Robin havia escapado.

Já há alguns instantes ele seguia, pé ante pé, sem saber onde se encontrava, com os braços esticados à frente para evitar os obstáculos, quando esbarrou em alguém que não pôde conter um grito de susto.

— Quem está aí? — perguntou uma voz quase trêmula.

"Parece a voz de Halbert", pensou Robin, que arriscou:

— Sou eu, amigo Hal.

— Eu quem?

— Eu, Robin Hood. Consegui fugir, mas estão atrás de mim. Esconda-me em algum lugar.

— Siga-me — disse o bravo menino. — Dê-me a mão e venha bem perto de mim. Sobretudo não faça barulho.

Após mil desvios no escuro e rebocando o fugitivo pela mão, Halbert parou e bateu de leve numa porta, cujas tábuas frias e mal unidas deixavam passar alguns raios de luz. Uma voz meiga perguntou quem era o visitante noturno.

— Seu irmão Hal.

A porta imediatamente foi aberta.

— Quais são as novidades, irmão? — perguntou Maude apertando a mão do rapazinho.

— Melhor do que novidades, mana; vire o rosto e veja.

— Santo Deus, é ele! — exclamou Maude saltando ao pescoço de Robin.

Surpreso e sem graça por ser recebido com tanta paixão, que ele se sentia longe de poder retribuir, Robin quis contar o que o havia trazido de volta ao castelo e falar da nova fuga, mas Maude não o deixou falar.

— Salvo! Salvo! Salvo! — ela balbuciava como louca entre lágrimas, risos, soluços e beijos. — Salvo! Salvo!

— Que estranha pessoa é você, Maude — disse o ingênuo aprendiz de escudeiro. — Achei que a agradaria trazendo Robin Hood e você chora feito uma Madalena.

— Hal tem razão — acrescentou Robin. — Vai estragar seus lindos olhos, Maude querida. Volte a estar alegre como pela manhã.

— Seria impossível — respondeu a moça com um profundo suspiro.

— Não vejo por quê — respondeu Robin inclinando-se sobre a cabeça de Maude e beijando a franja de cabelos negros que cobria-lhe a testa.

Ela provavelmente percebeu a frieza do rapaz com aquelas simples palavras: "Não vejo por quê", pois empalideceu e soluçou amargamente.

— Maude querida, não chore mais, estou aqui! — repetia sem parar Robin. — Diga o que lhe causa tanta tristeza.

— Não me pergunte já, mais tarde saberá… Lady Christabel e eu procurávamos como libertá-lo… Como ela vai ficar feliz ao saber que escapou! O sr. Allan Clare recebeu a carta? Que resposta lhe traz?

— O sr. Allan não teve tempo de escrever nem de conversar comigo, mas sei suas intenções e quero, com a ajuda de Deus e o seu apoio, Maude, tirar lady Christabel do castelo e levá-la ao noivo.

— Vou correndo avisar milady — disse prestamente a camareira. — Não demoro, espere aqui mesmo. Venha comigo, Hal.

Sozinho, Robin se sentou à beira da cama da jovem e caiu em devaneios. Já dissemos que, apesar da pouca idade, ele falava e agia como um adulto. Devia essa precocidade à educação recebida de Gilbert, que o ensinara a pensar e agir sozinho, mas, além disso, a pensar e agir certo. O pai adotivo não havia ensinado, porém, que simpatias outras além da amizade podem fortuitamente nascer e se desenvolver, de forma irresistível, entre dois seres de sexos diferentes. O comportamento de Maude, desde aquele beijo furtivo que ele dera em sua mão, ao sair da capela, o surpreendera bastante. Mas de tanto pensar nisso, e mais ou menos por intuição, acreditou desvendar o que seria o amor; entendeu também ser amor o que Maude sentia por ele, e isso o afligia, pois nada sentia em troca, a não ser o fato de achá-la bonita, graciosa, amável e dedicada.

Mesmo assim, apesar de se afligir com a própria indiferença involuntária em relação a Maude, ele se censurava por tal indiferença e se perguntava se não devia, para não incorrer em falta de probidade, se esforçar a devolver com amor o amor de Maude. O ingênuo rapaz se prestava então a dar seu coração que acreditava ainda livre quando, bruscamente, a imagem querida de Marian passou diante dos seus olhos.

— Ai, Marian! Marian! — exclamou alvoroçado.

As dúvidas com relação a Maude estavam para sempre extintas.

A esse entusiasmo logo sucederam a incerteza e a tristeza. Marian, assim como Christabel, pertencia a uma família nobre e faria pouco do amor de um humilde rapaz da floresta. Talvez já amasse algum belo cavaleiro da corte. É verdade, Marian havia dirigido alguns meigos olhares a ele, mas o que garantia que não fossem causados unicamente pela gratidão?

À medida que Robin fazia a si mesmo essas perguntas e muitas outras, às quais respondia sempre de forma desvantajosa, a lembrança de Maude voltava a se fortalecer.

Bonita, tanto quanto Marian e Christabel, Maude não pertencia à nobreza, não tinha fidalgos como admiradores e um humilde caçador poderia fazer frente a eles. Maude dirigia-lhe olhares amorosos e não eram motivados pela gratidão; pelo contrário, Robin é que lhe devia favores.

Eram estranhas sensações que o percorriam durante esses devaneios, às quais ele se entregava com alternâncias de felicidade e aflição, quando um barulho de passos pesados, sem em nada lembrar a leveza de Maude, se fez ouvir no corredor. O som se aproximava do quarto e Robin apagou a luz ao ouvir a primeira pancada na porta.

— Ei, Maude! — disse quem estava lá fora. — Por que está apagando a luz?

Sem responder, o rapaz se agachou entre a cama e a parede.

— Abra para mim, Maude!

Impacientando-se por não ter resposta, o visitante abriu a porta e entrou. Não estivesse tão escuro, Robin teria visto um sujeito alto e igualmente corpulento.

— Não vai falar? Sei que está aqui, vi a luz da lamparina pelas fendas da porta — reclamou o homem, tateando por todo o quarto.

Por via das dúvidas, Robin foi se enfiando debaixo da cama.

— Ai, diabo de móveis! — praguejou o desconhecido batendo com a cabeça no armário e tropeçando ao mesmo tempo numa cadeira. — Inferno! É mais seguro me sentar no chão.

Fez-se silêncio. Robin pouco respirava e, quando necessário, o mais silenciosamente possível.

— Onde pode estar? — voltou a falar o sujeito, estendendo o braço e passando a mão pela cama. — Não está deitada. Por minha alma, começo a achar que Gaspar Steinkoff falou a verdade, o que lhe custou um bom soco no nariz! Ele disse: "Sua filha, mestre Hubert Lindsay, beija as pessoas com a mesma facilidade com que tomo um copo de cerveja." O patife do Gaspar, dizer na minha frente que minha própria filha anda beijando prisioneiros!… Patife!… Mas é bem estranho que Maude não esteja no quarto a essa hora. Não pode estar com lady Christabel; onde mais estaria? Meu Deus! Minha cabeça vai explodir! Onde está minha pequena Maude? Pela santa mãe de Deus! Se tiver cometido algum erro… bah! Estou sendo tão miserável quanto Gaspar Steinkoff… insultando meu próprio sangue, minha vida, meu coração, minha filha querida. Ah! que cabeça velha e maluca tenho! Esqueço que Halbert deixou o castelo para procurar um médico para milady, que está doente, e Maude está com ela. Que bom que me lembrei disso. Mereço o chicote por ter pensado mal de minha própria filha.

Imóvel debaixo da cama, Robin também fora vítima de maus pensamentos e de alguns impulsos de ciúme, até se dar conta de que o visitante noturno era o guardião das chaves do castelo, o honesto pai de Maude, Hubert Lindsay.

Passinhos rápidos e precipitados, um roçar de vestido e o brilho de uma lamparina interromperam o monólogo de Hubert, que se pôs de pé.

Ao vê-lo, Maude não pôde conter um grito de susto, perguntando com ansiedade:

— O que faz aqui, pai?

— Vim falar com você, filha.

— Fica para amanhã, pai. Já é tarde e estou cansada. Preciso dormir.

— São apenas umas poucas palavras.

— Não posso mais ouvir nada, pai, estou surda; um beijo e boa noite.

— Tenho só uma pergunta; responda e vou embora.

— Estou surda, já disse, e agora muda. Boa noite, boa noite, boa noite — acrescentou Maude, aproximando a testa para um beijo do velho.

— Nada de boa noite ainda — disse Hubert com ar grave. — Quero saber de onde está vindo e por que não está ainda deitada.

— Estou chegando do quarto de milady, que está muito doente.

— Muito bem. Outra pergunta: por que é tão pródiga em beijos a certos prisioneiros? Por que beija um estranho como se fosse seu irmão? Não age corretamente, Maude.

— Beijei estranhos, eu? Eu mesma? Quem pode ter inventado semelhante mentira?

— Gaspar Steinkoff.

— Gaspar Steinkoff mentiu, meu pai. Não teria mentido se houvesse lhe contado o quanto fiquei indignada e furiosa quando ele ousou tentar me seduzir.

— Ele ousou!? — exclamou Hubert rubro de raiva.

— Ousou — repetiu energicamente a moça, que, em seguida, se desmanchando em lágrimas, acrescentou: — Resisti, consegui escapar e ele ameaçou se vingar.

Hubert abraçou a filha e, após alguns instantes de silêncio, disse com calma, uma dessas calmas no fundo das quais podemos adivinhar a frieza de implacável ira:

— Que Deus, caso perdoe Gaspar Steinkoff, conceda-lhe paz no outro mundo! No que me toca, não terei paz cá na terra até castigar o infame… Abrace-me, filha, abrace este seu velho pai que a ama, respeita e reza para que o céu vele por sua honra.

E mestre Hubert Lindsay voltou a seu posto.

— Robin — chamou imediatamente a jovem. — Onde está?

— Aqui — respondeu ele saindo do esconderijo.

— Estaria perdida se meu pai percebesse sua presença.

— De forma alguma — respondeu o rapaz com incrível candura. — Pelo contrário, sou testemunha da sua inocência. Mas diga, quem é esse tal Gaspar Steinkoff? Já o vi?

— Já. Era quem estava de vigia na cela em que foi preso pela primeira vez.

— Ele então que nos pegou… conversando?

— Ele mesmo — ela confirmou, sem poder deixar de ficar ruborizada.

— Será vingada. Lembro-me dele e quando o encontrar…

— Não se preocupe com ele, não vale a pena. É alguém que só merece desprezo… Lady Christabel quer vê-lo. Antes de levá-lo até ela tenho algo a dizer, Robin… Sinto-me muito infeliz… e…

Foi interrompida pelos soluços.

— Mais lágrimas! — exclamou afetuosamente o rapaz. — Não chore tanto. O que posso fazer para que se alegre? Diga e me porei de corpo e alma a seu serviço. Não hesite me contar o que a chateia, um irmão deve dar apoio à irmã, e sou seu irmão.

— Choro, Robin, por ser obrigada a viver nesse horrível castelo onde as únicas mulheres somos lady Christabel e eu, além das serventes da cozinha e do quintal. Fui criada com milady e, apesar da diferença das nossas condições, gostamos uma da outra como se fôssemos irmãs. Sou confidente das suas tristezas e também das alegrias. Apesar, no entanto, dos esforços da minha boa ama, entendo, sinto que sou subalterna e não me atrevo a pedir conselhos nem qualquer consolo. Meu pai, por melhor que seja, tão honesto e direito, só me protege de longe, e preciso, confesso, ser protegida de perto… A cada dia os soldados do barão me cortejam… e insultam, iludidos pela aparente pouca seriedade das minhas maneiras, por minha alegria natural, risos e canções… Sinto não ter mais força para suportar essa abominável existência! Preciso mudar essa situação ou morro! É isso, Robin, o que queria dizer. Se lady Christabel deixar o castelo, por favor, leve-me junto.

Tudo que o rapaz conseguiu foi exprimir enorme surpresa.

— Não me rejeite, leve-me, suplico! — voltou Maude com veemência. — Vou morrer, me matar se atravessarem a ponte levadiça sem mim.

— Está esquecendo, Maude querida, que sou quase um menino e não tenho o direito de levá-la para a casa do meu pai. Ele provavelmente não aceitaria.

— Menino! — reagiu a jovem com certa irritação. — Um menino que hoje pela manhã fazia brindes a seus amores!

— Esquece-se também de que o seu velho pai morreria de tristeza… Ainda há pouco o ouvi abençoá-la e jurar que puniria o caluniador.

— Ele perdoará, achando que segui minha ama.

— Sua ama pode fugir; tem o sr. Allan Clare como noivo!

— Tem toda razão, Robin. Enquanto não passo de uma pobre abandonada.

— Mas acho que talvez frei Tuck possa…

— Faz muito mal falando assim! — exclamou Maude indignada. — Eu brinco, canto, digo loucuras ao frade, mas sou pura, fique sabendo, sou pura! Meu Deus! Meu Deus! Todos agora me acusam, me veem como moça perdida. Isso está me deixando louca!

Com o rosto entre as mãos, ela se ajoelhou a gemer.

Robin estava extremamente comovido.

— Vamos, levante-se — disse com doçura. — Muito bem, fuja com milady. Venha à casa do meu pai. Será filha dele, minha irmã.

— Deus o abençoe, nobre coração! — disse a jovem com a cabeça apoiada no ombro de Robin. — Serei sua criada, sua escrava.

— Será minha irmã. Vamos, agora dê um sorriso, um bom sorriso em vez dessas lágrimas.

Maude sorriu.

— O tempo está passando. Leve-me até o quarto de lady Christabel.

A amiga voltou a sorrir, mas sem fazer qualquer movimento.

— O que está esperando?

— Nada, nada, vamos!

E essa última palavra, "vamos", foi dita entre dois beijos nas faces vermelhas do nosso herói.

Lady Christabel esperava com impaciência o mensageiro de Allan.

— Posso contar com o senhor? — ela perguntou assim que Robin entrou.

— Com certeza, senhora.

— Deus o recompensará. Estou pronta.

— Eu também, minha ama! — exclamou Maude. — Vamos, não temos tempo a perder.

— Não temos? — estranhou Christabel.

— Não temos, milady! — confirmou rindo a camareira. — Acha que Maude poderia viver longe de sua querida ama?

— Como? Aceita me acompanhar?

— Não somente aceito, mas também morreria de dor se não o consentisse.

— Também estou na viagem! — exclamou Halbert, que até então se mantinha afastado. — Milady me toma a seu serviço. Sr. Robin, aqui estão seus arco e flechas, que peguei quando o prenderam na floresta.

— Obrigado, Hal — disse Robin. — A partir de hoje, somos amigos.

— Por toda a vida, até a morte! — entusiasmou-se o rapazinho com singelo orgulho.

— A caminho! — lembrou Maude. — Hal, vá na frente, e a senhora, milady, dê-me a mão. Vamos em silêncio geral e completo; o menor cochicho pode nos trair.

Havia, no castelo de Nottingham, uma comunicação com o exterior através de um imenso subterrâneo, cuja entrada se encontrava na capela e a saída na floresta de Sherwood. Hal o conhecia bem e serviria de guia, tornando fácil a travessia, mas era preciso antes chegar à capela. Sua porta, no entanto, não estava livre como no início da noite, pois o barão Fitz-Alwine ordenara que se postasse ali uma sentinela. Felizmente para os fugitivos, esse guarda resolvera cumprir as ordens no interior e, vencido pelo sono, dormia em cima de um banco como um cônego numa cadeira do coro.

Os quatro jovens penetraram então no santo lugar sem acordar o soldado e sem sequer notar sua presença, tamanha era a escuridão. Já estavam perto de alcançar a entrada do subterrâneo quando Halbert, que ia à frente, trombou contra um mausoléu e caiu fazendo barulho.

— Quem está aí? — assustou-se o vigia, achando ter sido pego em flagrante delito de sono.

Apenas o eco respondeu ao sonoro "Quem está aí?", com suas ressonâncias indo de pilastra em pilastra e de abóbada em abóbada, disfarçando o barulho das vozes e da movimentação dos fugitivos. Hal se escondeu atrás do túmulo, Robin e Christabel sob a escada do púlpito e somente Maude não teve tempo de se ocultar. A luz de uma tocha clareou a capela e o vigia gritou:

— Santo Deus! É Maude. Maude, a penitente de frei Tuck! Sabe, minha bela, que fez tremer o bigode de Gaspar Steinkoff, acordando-o assim tão bruscamente, enquanto ele sonhava com as suas graças? Por Deus! Achei que o velho javali de Jerusalém, nosso amável senhor, passava em revista as sentinelas. Já que não é o caso, viva a alegria! O velho ronca e é a beldade que me acorda!

Dito isso, o soldado plantou sua tocha num candelabro do coro e avançou para Maude de braços abertos, querendo agarrá-la pela cintura, mas sendo repelido com frieza:

— Vim pedir a Deus por lady Christabel que está doente e quero rezar em paz, Gaspar Steinkoff.

— Que coincidência! — pensou Robin, ajeitando sem fazer barulho uma flecha no arco. — É o caluniador…

— Vamos deixar as orações para depois, bela — disse o soldado com as mãos na blusa da moça. — Não seja arisca e dê em Gaspar um, dois, três beijos, muitos beijos.

— Para trás, insolente! — gritou Maude, recuando ela própria.

O soldado deu outro passo à frente.

— Para trás, caluniador! Já tentou fazer com que meu pai me maldissesse, só para se vingar do desprezo com que trato seus assédios odiosos! Para trás, monstro que nem respeita a santidade desse local! Para trás!

— Diabos! — praguejou Gaspar espumando de raiva e pegando à força a moça. — Diabos, digo! Vai pagar por esse seu atrevimento.

Maude resistia energicamente, certa de que Robin e Halbert viriam socorrê-la. Ao mesmo tempo, porém, temia que o barulho de uma luta chamasse a atenção dos soldados do posto mais próximo. Evitava então gritar, dizendo:

— Você é que será… castigado…

Uma flecha, disparada por mão que nunca errava o alvo, atravessou o crânio do celerado e o derrubou morto nas lajes do templo. Não tão rápido quanto a flecha, Hal se precipitava também em defesa da irmã, que desmaiara murmurando:

— Obrigada, Robin, obrigada…

A incerta claridade da tocha iluminava os dois corpos inanimados que jaziam lado a lado no chão; um isolado na morte e o outro cercado por corações fraternais que aguardavam, por olhos amigos que assistiam aos sintomas do retorno à vida. Robin colheu água benta da pia com as duas mãos e suavemente umedecia as têmporas da jovem. Hal lhe esfregava as mãos com as suas e Christabel recorria ao socorro da Virgem, em nome da mais pura amizade. Ou seja, os três se esforçavam como podiam para reanimar a pobre Maude e seria mais fácil que desistissem da fuga do que abandoná-la naquele estado. Alguns minutos se passaram até ela reabrir os olhos; minutos que pareceram séculos. Quando, no entanto, as pálpebras se ergueram, o primeiro e demorado olhar, um celestial olhar repleto de gratidão e amor, foi para Robin. Um sorriso escapou dos lábios exangues, nuanças rosadas substituíram a fria palidez das faces, o peito se dilatou, os braços se juntaram àqueles estendidos para erguê-la do chão. Sacudindo a letargia, foi ela a primeira a exclamar:

— Vamos!

A marcha pelo subterrâneo durou mais de uma hora.

— Até que enfim chegamos — avisou Hal. — Abaixem-se, a porta é pequena, e tomem cuidado com os espinhos da moita que disfarça a saída, do lado de fora. Virem à esquerda, bom. Agora damos a volta na moita e… adeus tocha, viva a luz da lua! Estamos livres!

— Agora é a minha vez de servir de guia — disse Robin, descobrindo onde se encontrava. — Estou em casa. A floresta é minha. Nada temam, senhoras, e ao amanhecer estaremos com o sr. Allan Clare.

A pequena caravana seguiu ligeira por bosques e matagais, apesar do cansaço das duas moças. A prudência impedia que seguissem trilhas e atravessassem clareiras, pois o barão provavelmente já havia enviado seus cães de caça. Mesmo com o risco de rasgar vestidos e machucar os pés e as pernas, deviam avançar como os gamos, de moita em moita, de picada em picada. Robin parecia ensimesmado há alguns minutos, e timidamente Maude perguntou por qual motivo.

— Irmã querida — ele respondeu —, vamos precisar nos separar antes do sol nascer. Halbert vai acompanhá-la até a casa de meu pai e expliquem a ele por que não voltei ainda de Nottingham. É necessário e prudente avisá-lo que acompanho milady até onde se encontra o sr. Allan Clare.

Os fugitivos separaram-se então com carinhosas despedidas, engolindo Maude as suas lágrimas e sufocando os suspiros, para seguir Halbert pela trilha indicada.

Lady Christabel e seu acompanhante — diga-se que Robin se tornara um autêntico cavalheiro — rapidamente alcançaram a estrada de Nottingham a Mansfieldwoohaus e o rapaz, antes de nela enveredarem, subiu numa árvore para explorar o terreno em volta.

Nada de suspeito se mostrou de início, até onde a sua vista alcançava, mas já descendo do ponto de observação, e achando que estavam com sorte, ele viu surgir numa das encostas um homem a cavalo que avançava a toda velocidade.

— Esconda-se ali, milady, naquela cavidade atrás do mato e, pelo amor de Deus, não se mexa nem dê o menor grito de medo.

— Estamos em perigo? Teme alguma coisa, meu amigo? — perguntou Christabel, vendo Robin colocar uma flecha no arco e se emboscar atrás de um tronco de árvore.

— Rápido, milady, esconda-se. Um cavaleiro vem em nossa direção e não sei se é amigo ou inimigo... De qualquer forma, se for um inimigo, e apenas um, uma flecha bem atirada vai poder pará-lo.

Não querendo assustar a jovem, ele não disse ter reconhecido, naquelas primeiras claridades da manhã, as cores do barão Fitz-Alwine no penacho do cavaleiro. Christabel, por sua vez, pressentia as intenções hostis do arqueiro e teve vontade de dizer: "Chega de sangue, chega de mortes! A liberdade está custando caro demais!" Mas Robin pedia silêncio com uma mão, enquanto a outra empunhava o arco, e já o cavaleiro se aproximava a rédeas soltas.

— Em nome de Deus, esconda-se, milady! — murmurou Robin entredentes. — Esconda-se!

Christabel obedeceu e, cobrindo com o manto a cabeça, fez uma muda oração à Virgem. O cavaleiro se aproximava, se aproximava e Robin, escondido atrás da árvore, com o arco retesado e a flecha apontada, o espiava passar. Ele passou... passou rápido como o relâmpago... mas, mais rápida ainda, uma flecha venceu a distância, arranhou a anca do animal, obliquamente deslizou entre o flanco e o coxim da sela e penetrou toda no corpo. Cavalo e cavaleiro rolaram na poeira.

— Corra, milady! — gritou Robin. — Vamos fugir!

Mais morta do que viva, Christabel tremia da cabeça aos pés, balbuciando:

— Ele o matou! Matou! Matou!

— Vamos fugir, milady — repetiu Robin. — Temos pouco tempo!

— Ele o matou! — continuava a balbuciar a jovem, como que enlouquecida.

— Não, não o matei, milady.

— Ele deu um grito horrível, um grito de agonia!

— Foi de surpresa, o grito.

— Como?

— O cavaleiro estava à nossa procura e estaríamos perdidos se eu não pusesse o cavalo na impossibilidade de levá-lo adiante. Vamos em frente, milady; compreenderá melhor quando não estiver tremendo tanto.

Tranquilizada, Christabel corria tão rápido quanto podia, tentando acompanhar Robin.

— O cavaleiro não sofreu nem um arranhão, milady, mas o pobre cavalo é que deu seu último galope. Tinha muita vantagem com relação a nós; poderia ir de Mansfieldwoohaus a Nottingham e voltar antes que conseguíssemos deixar essa estrada. Foi uma necessidade, então, fazê-lo parar. Estamos agora em situação de igualdade. Nem mesmo! Estamos melhor! Ele está a pé e nós também, é verdade, mas temos pernas ágeis e sem nada que atrapalhe, enquanto ele não. Coragem, milady, já estaremos longe daqui até ele conseguir sair de sob o cavalo e continuar com suas botas pesadas, que não são botas de sete léguas… Coragem, milady. Allan Clare não está longe, coragem!

13

Com a testa, as pálpebras, na verdade o rosto inteiro bem chamuscado, pois tinha acabado de servir para apagar uma tocha, o sargento Lambic teve ainda o azar de, indo atrás de Robin, tomar a direção oposta à do fugitivo.

No tempo em que se passa nossa história, o castelo de Nottingham possuía uma enorme quantidade de passagens subterrâneas escavadas na pedra da colina no alto da qual se erguiam suas torres e muralhas ameadas. Poucas pessoas, inclusive entre os mais velhos habitantes da cidadela feudal, conheciam exatamente a topografia do sombrio e misterioso labirinto. Lambic e seus homens perambularam então ao acaso e acabaram se perdendo uns dos outros, sem se darem conta.

Quase sem enxergar, como foi dito, Lambic seguiu na direção contrária, deixou os soldados se afastarem à esquerda e foi parar diante da grande escadaria do castelo, ouvindo ao alto o que lhe pareceu ser o som de passos.

"Bom!", pensou ele. "Os soldados já agarraram o patife, que está sendo levado ao barão. Preciso chegar ao mesmo tempo, ou esses brutos ignorantes ainda vão tirar proveito disso diante do chefe!"

Com esse raciocínio desconfiado, o bravo sargento chegou à porta da antecâmara do barão e, prudente por experiência, antes de se mostrar quis averiguar como o mal-humorado Fitz-Alwine estava recebendo os subalternos que levavam o prisioneiro. Colou a orelha junto ao buraco da fechadura e pôde acompanhar o seguinte diálogo:

— Essa carta está dizendo então que Tristam de Goldsborough não pode vir a Nottingham?

— Isso mesmo, monsenhor. Obrigações o chamaram à corte.

— Que desagradável!

— E avisa que vai esperá-lo em Londres.

— Que seja! E ele marca um dia para nos encontrarmos?

— Não, monsenhor; pede apenas que o barão se ponha a caminho o quanto antes.

— Pois partirei esta manhã mesmo! Dê ordens para que preparem meus cavalos e que seis homens armados me acompanhem.

— Às suas ordens, monsenhor.

Muito surpreso de Robin não se encontrar ali e imaginando que talvez os soldados o tivessem então levado de volta à cela, o sargento correu para confirmar, mas encontrou a porta escancarada, o cubículo vazio e a tocha fumegante ainda no chão.

— Ai, ai, ai! Estou perdido — lamentou-se. — O que faço agora?

Voltou automaticamente à porta do barão, ousando esperar ainda que os soldados levassem para lá o maldito rapazote. Pobre Lambic! Já sentia em volta do pescoço o roçar áspero de uma corda nova. A esperança, no entanto, é a última que morre para os infelizes e ela lhe sorriu quando, novamente com a orelha colada ao buraco da fechadura, viu que tudo estava calmo e silencioso lá dentro. Foi o seguinte o seu raciocínio:

"O barão está dormindo e isso significa que não está com raiva. Se não está com raiva é porque ignora que o mateiro me escapou das mãos como uma enguia. Se ignora a fuga, nada tem contra mim para me punir ou mandar enforcar. Ou seja, posso me apresentar sem medo e prestar contas da missão como se a tivesse cumprido da melhor forma. Com isso, ganho tempo para saber o que aconteceu com o miserável foragido, levá-lo de volta ao cárcere ou lá mantê-lo, se por acaso meus dois estúpidos soldados tiverem feito o necessário. Posso me apresentar sem medo... Isso mesmo, sem medo diante do terrível e todo-poderoso senhor... Vamos lá. Mas ele está dormindo, a sono solto! É o mesmo que chegar perto de um tigre faminto para um afago nas costas! Não sou louco de acordar monsenhor. Eu é que não. No entanto", continuava dizendo a si mesmo o pobre Lambic, medroso e, ao mesmo tempo, seguro, tímido e fanfarrão, "no entanto, vai que o barão não esteja dormindo? Seria realmente o melhor momento para entrar e, confirmando que desconhece o ocorrido, me sentir mais tranquilo. Mas se não estiver dormindo, tanta calma e silêncio seriam coisa extraordinária! Pensando bem, posso arranhar de leve a madeira da porta e se a reação ao barulho não for boa, terei tempo de fugir."

O sargento raspou então a unha bem no centro da porta, no ponto em que produziria maior sonoridade. A iniciativa permaneceu sem resposta e o silêncio no interior não foi perturbado.

"Não tem dúvida, ele dorme", pensou de novo Lambic, para em seguida voltar atrás: "Mas que imbecil que sou! Não é isso! Certamente saiu, deve estar com a filha, se não eu o ouviria, pois até dormindo ele esbraveja."

Levado por diabólica curiosidade, o sargento girou com todo cuidado a chave da porta, que se entreabriu sem ranger, o bastante para que ele esticasse o pescoço e desse uma primeira olhada no cômodo.

— Misericórdia!

Esse grito de terror escapou dos lábios de Lambic. O frio e a imobilidade da morte o dominaram e ele ficou ali, encalacrado, com o barão, também mudo e estupefato de surpresa com tamanha audácia, a fulminá-lo com o olhar.

A má sorte sempre havia perseguido o infeliz Lambic, um gênio ruim se agarrava a ele e quis a fatalidade que o coitado fosse perturbar o barão no exato momento em que o velho pecador, ajoelhado diante do seu confessor, pedia absolvição antes da viagem a Londres.

— Miserável! Pária! Infame sacrílego! Espião de confessionário! Enviado de Satã! Traidor vendido ao diabo! O que faz aqui? — berrou o barão, conseguindo enfim respirar e abrir as comportas da sua fúria. — Quem nesse castelo é amo e quem é criado? É você o senhor? Eu o lacaio? Com a corda no pescoço, vai servir de banquete aos abutres! Não subo eu no cavalo sem que tenha você subido a escada da forca.

— Acalme-se, filho — disse o velho frade confessor. — Deus é misericordioso.

— Sacripantas desse tipo em nada servem a Deus — disse o barão, levantando-se louco de raiva. — Venha cá, patife! — acrescentou, depois de dar a volta no quarto como uma hiena na jaula. — De joelhos onde eu estava! Confesse-se antes de morrer.

Lambic não entrava nem saía e, apesar de ter perdido todo senso de iniciativa, esperava mesmo assim algum intervalo na fúria do amo para tentar uma explicação. O próprio barão, cujos pensamentos e palavras se atropelavam incoerentes, foi quem, sem querer, abriu uma oportunidade de defesa.

— O que estava querendo? — perguntou, de repente. — Fale!

— Milorde, bati várias vezes à porta — respondeu com humildade o sargento. — Achei não haver ninguém e quis…

— Quis aproveitar minha ausência para roubar.

— Que ideia, milorde…

— Quis me roubar!

— Sou soldado, milorde — respondeu Lambic ofendido.

A acusação reanimou sua coragem natural e ele deixou de temer prisão, bastonadas e forca.

— Veja só! Que nobre indignação! — ironizou o barão.

— Isso mesmo, milorde, sou soldado. Soldado a serviço de Sua Senhoria e Sua Senhoria nunca teve ladrões como soldado.

— Querendo, esta Senhoria pode, a qualquer momento, chamar de ladrão qualquer soldado seu. Esta Senhoria não tem por que se preocupar com virtudes particulares. Esta Senhoria, resumindo, tem suficiente bom senso para imaginar que a sua visita, sr. Lambic, visita com que me honra justamente no momento em que acha que estou ausente, não tinha como exclusiva finalidade confirmar a sua honestidade. Ladrão ou probo, pode então me dizer o que veio fazer aqui? Depois disso, fale sobre o encarceramento do nosso jovem lobo.

Lambic voltou a tremer. O pedido do barão demonstrava que ainda desconhecia a fuga de Robin. E temia nova e violenta crise, assim que fosse obrigado a explicar as queimaduras no rosto. Permaneceu então parado à frente do terrível amo, de olhos estupidamente esbugalhados, boquiaberto, braços caídos.

— Para começar, de onde está vindo? — exclamou de repente o barão, dando-se conta do estado do rosto de Lambic. — Com a breca! Tive razão ainda há pouco de chamá-lo foragido do inferno, pois só pode ter chamuscado desse jeito o focinho numa visita ao diabo.

— Foi com uma tocha que me queimei, milorde.

— Uma tocha?

— Desculpe-me, milorde, Sua Senhoria não sabe que essa tocha…

— Que história é essa? Resuma, de que tocha está falando?

— Da tocha de Robin.

— Outra vez Robin! — gritou o barão com voz trovejante, despendurando da parede a espada.

"Não vai ter jeito!", pensou Lambic, encolhendo-se instintivamente no vão da porta e preparando-se para fugir à primeira botinada do barão. "Posso me considerar embalado e expedido para o outro mundo."

— Outra vez Robin! Onde está esse Robin? — gritou o barão agitando no ar a durindana. — Onde está para que eu os espete juntos?

Lambic mantinha metade do corpo fora do aposento e se agarrava com força à beirada da porta para fechá-la, caso a ponta do espadagão chegasse perto demais.

— Meu filho — interrompeu o velho frade —, os filisteus iam ser batidos, mas fizeram suas orações a Deus e a espada voltou à bainha.[43]

Fitz-Alwine jogou a arma em cima da mesa e foi na direção de Lambic, que parecia ter desistido de fugir.

— Perguntei — disse ele, arrastando-o pela gola do gibão até o centro do quarto — o que veio fazer aqui. Quero saber, ao mesmo tempo, que relação há entre Robin, uma tocha e a sua cara medonha. Responda com rapidez e clareza, ou teremos aqui uma espada que a clemência não fará voltar à bainha.

Dizendo isso, Fitz-Alwine apontou para uma comprida e pesada bengala com castão de ouro, o junco quase fenomenal que ele usava como apoio em suas incursões pelas muralhas.

— Milorde — começou às pressas o sargento, tendo acabado de inventar uma saída que lhe permitiria evitar uma resposta categórica —, vim precisamente perguntar o que Sua Senhoria pensa fazer desse tal Robin Hood.

— Com os diabos! Quero que permaneça no calabouço em que está preso.

43. À época de Dumas, "filisteu" designava pessoas que se limitavam às questões terra a terra, inimigos da arte, por exemplo. A citação, em todo caso, é estranha, pois os filisteus são vistos como idólatras no Antigo Testamento.

— E pode me dizer, milorde, em qual calabouço, para que eu fique atento?

— E como não sabe, se você mesmo o levou há apenas uma hora?

— Ele não está mais, milorde. Eu dei ordem a meus soldados que o trouxessem até o senhor e achei que tivesse escolhido outra cela… Foi no calabouço, milorde, que ele me queimou o rosto.

— Isso passa das medidas! — berrou Fitz-Alwine dando um passo na direção do junco com castão de ouro, enquanto Lambic virava um pouco a cabeça, calculando preocupado se teria tempo para fugir antes que a tempestade desabasse.

As bengaladas viriam como um aguaceiro, pois, apesar da gota, o barão tinha bom braço, e Lambic então, assim pressionado, esqueceu-se da inviolabilidade senhorial, adiantou-se ao barão, arrancou-lhe o junco das mãos, segurou os seus dois antebraços e, com todo o respeito que permitiam as circunstâncias, o fez recuar atropeladamente, sentou-o na grande poltrona das crises de gota e fugiu, tão rápido quanto possível.

Igualmente rápido, o velho Fitz-Alwine, a quem a agitação do momento devolvera um pouco da agilidade, quis perseguir o audacioso vassalo, mas os dois soldados que voltavam da expedição em busca de Robin o pouparam desse esforço, pois ouvindo seus berros: "Pega! Pega!", barraram a passagem do sargento, que ainda não saíra da antecâmara.

— Para trás! — berrou o sargento, empurrando os dois subordinados. — Para trás!

Fitz-Alwine, porém, correu e fechou a porta de saída. Qualquer resistência seria inútil e o infeliz Lambic esperava, imerso em triste expectativa, que seu alto e poderoso senhor se pronunciasse com relação a seu destino.

Por um desses fenômenos estranhos, inexplicáveis, semelhantes talvez na ordem moral ao que são os seus análogos na ordem física da natureza, a raiva do barão pareceu se acalmar depois desse episódio de rebelião, assim como o vendaval se abranda após uma chuva miúda.

— Peça desculpa — disse tranquilamente Fitz-Alwine, que, resfolegante, se sentou, agora por vontade própria, na grande poltrona. — Vamos, mestre Lambic, peça desculpa.

É provável que o barão só apresentasse tanta tranquilidade, verdadeira mansuetude, por faltarem forças para sustentar o diapasão habitual, mas isso não duraria para sempre e à medida que as hesitações temerosas de Lambic se prolongavam e à medida também que a respiração do barão voltava ao normal, as efervescências da cólera dobraram de intensidade, tornando iminente a explosão.

— Recusa-se então a pedir desculpa? Pois faça, nesse caso, ato de contrição — acrescentou Fitz-Alwine, num tom cruelmente sardônico —, é muito útil antes da morte.

— Milorde, deixe-me contar o que se passou, e esses dois homens poderão confirmar o ocorrido.

— Dois patifes como você!

— Não sou tão culpado quanto pensa, milorde. Eu já ia fechar a porta da cela quando Robin Hood…

Não vamos seguir o sargento em sua verborrágica narrativa, entrecortada por reticências, sempre favoráveis a si mesmo. Nossos leitores não descobririam novidade alguma, mas o barão ouviu, não sem diversos berros furiosos, sacudindo-se indócil na poltrona como o diabo, pelo que dizem, quando uma pia de água benta lhe serve de banheira. No final de tudo, essa frase assustadoramente lacônica resumiu suas ameaças de castigo:

— Robin pode ter escapado do castelo, mas vocês não! Para ele a liberdade, para vocês a morte.

Ouviu-se uma pancada violenta na porta do quarto.

— Entre! — gritou o barão.

Um soldado entrou e disse:

— Que o muito honrado lorde me perdoe se me atrevo a vir diante de sua muito honrada pessoa sem ser chamado por Sua muito honrada Senhoria, mas o acontecimento que acaba de ocorrer é tão extraordinário, tão terrível que acreditei ser meu dever vir imediatamente anunciá-lo ao muito honrado senhor deste castelo.

— Fale, mas sem rodeios intermináveis.

— Sua muito honrada Senhoria será satisfeita; o que tenho a contar tem um final. É uma história tão curta quanto assustadora. Sei que o bom soldado deve fatigar seu arco, mas poupar língua, e como sou um bom…

— Vá ao que tem que contar, ao que tem que contar, imbecil! — irritou-se o barão.

O soldado se inclinou respeitosamente e continuou:

— E como sou um bom soldado, nunca esqueço esse princípio.

— Com os diabos, como fala! Se tudo que tem a dizer é a listagem dos seus méritos, cale-se. Ou então diga logo o que o trouxe aqui.

O soldado novamente se inclinou e retomou, imperturbável:

— Ditava-me o dever…

— Vai continuar!? — vociferou Fitz-Alwine.

— Ditava-me o dever que rendesse a sentinela da capela…

— Enfim! — disse o barão, que se pôs a ouvir com atenção.

— Dirigi-me então para lá há cinco ou dez minutos, se assim quiser Sua muito honrada Senhoria, e chegando à porta do santuário, não encontrei a sentinela. Que devia no entanto estar ali, uma vez que eu vinha justamente rendê-la. "Tinha obrigação de estar", pensei. "Irei ao posto da guarda pedir reforço para prender o delinquente, que precisa sofrer punição exemplar, além da que eu próprio aplicarei." Cheguei ao posto: "Sargento, chame a guarda!" Ninguém saiu do posto. Entrei. Ninguém lá dentro. "Ai, ai, ai!", pensei…

— Ao diabo os seus pensamentos! Falastrão! Vá ao que interessa! — gritou o barão no auge da impaciência.

O soldado novamente executou sua saudação militar e continuou:

— "Eh, eh!", pensei, "os deveres militares estão sendo desrespeitados na guarnição do castelo de Nottingham. A disciplina se encontra muito relaxada, e as consequências de tal relaxamento…"

— Com mil demônios! Continua a divagar, cretino tagarela! Cão prolixo!

— Cão prolixo! — murmurou automaticamente o soldado, que se interrompeu ao ouvir o epíteto. — Cão prolixo! Sou bom caçador e não conheço essa raça. Não faz mal, continuemos. As consequências desse relaxamento podem ser funestas. Não foi difícil encontrar os homens do posto na mesa da cantina e tratamos de imediatamente visitar, de forma minuciosa e inteligente, os arredores e o interior do lugar santo. Nos arredores, nada a assinalar, exceto a contínua ausência da sentinela; no interior, contudo, lá estava presente a sentinela, mas em que estado, por Deus! Estava presente como os mortos estão presentes no campo de batalha, isto é, no chão, sem vida, banhando no próprio sangue, com o crânio atravessado por uma flecha…

— Santo Deus! — assustou-se o barão. — Quem pode ter cometido o crime?

— Ignoro, não estava presente, mas…

— Quem era o morto?

— Gaspar Steinkoff… um bruto soldado.

— E não sabe quem é o assassino?

— Já tive a honra de dizer a Sua muito honrada Senhoria que não estava presente quando se deu o crime. Mas para facilitar as buscas de monsenhor, tive a presença de espírito de trazer a flecha homicida… aqui está.

— Esta flecha não saiu do meu arsenal — disse o barão, depois de examiná-la atentamente.

— Com todo o respeito que devo a Sua honrada Senhoria, gostaria de observar que a flecha, não tendo saído do arsenal de Sua honrada Senhoria, de outro lugar necessariamente saiu, e creio ter notado outras iguais a ela na aljava que carregava esta noite um dos aprendizes de escudeiro.

— Qual deles?

— Halbert. A aljava e o arco que vimos nas mãos desse rapazinho pertencem a um dos prisioneiros de Sua Senhoria, denominado Robin Hood.

— Rápido, procure Halbert e traga-o à minha presença — ordenou o barão.

— Há uma hora — continuou o mesmo soldado —, vi Hal na companhia da srta. Maude, os dois se dirigindo aos aposentos de lady Christabel.

— Acendam uma tocha e venham comigo! — disse o barão.

Seguido por Lambic e os demais, o barão — sem mais sentir os efeitos da gota — rapidamente se dirigiu ao quarto da filha. Chegando à porta, bateu; não obtendo resposta, abriu-a e entrou. Profunda escuridão, completo silêncio. Em vão o barão percorreu a sala e os demais quartos: por todo lugar o mesmo silêncio e a mesma escuridão.

— Foi embora! Ela foi embora! — exclamou o pai angustiado que, com tom dilacerante na voz, chamou: — Christabel! Christabel! — Mas não houve resposta. — Foi embora! Foi embora! — repetia o barão aflito, desabando no mesmo assento em que a surpreendera escrevendo para Allan Clare. — Foi-se com ele! Minha filha! Minha Christabel!

No entanto, a esperança de alcançar a fugitiva devolveu ao pobre pai alguma presença de espírito.

— Alerta geral! — ele gritou com voz de trovão. — Alerta! Dividam-se em dois grupos: um revira o castelo de cabo a rabo, vasculha tudo, por todo lugar… O outro parte a cavalo e que nenhum bosque, nenhuma mata, nenhuma moita da floresta de Sherwood escape às buscas… Comecem agora…

Os soldados já se preparavam para sair quando o barão se lembrou:

— Digam a Hubert Lindsay, o guardador das chaves, que venha aqui. Foi a Jezabel[44] da filha dele que armou essa fuga e ele vai pagar por ela. Avisem também a vinte dos meus cavaleiros que selem seus cavalos e estejam prontos para partir à primeira ordem. Corram, corram logo, miseráveis!

Os soldados partiram às pressas e Lambic aproveitou o ensejo para se afastar das garras do irascível amo.

Uma vez sozinho, o barão caiu em sucessivas divagações, levado pelo frenesi da raiva e pelas tristezas do coração. Amava sinceramente sua filha e a vergonha que lhe causava aquela fuga para os braços de um homem era ainda menor que a dor causada pela ideia de não mais vê-la, não mais beijá-la e nem mesmo poder mais tiranizá-la.

Foi durante essas alternâncias entre furor e desespero que o velho Hubert Lindsay apareceu. Infelizmente para ele, sua chegada coincidiu com um final de acesso colérico.

— Já que não sabem cumprir sua profissão de soldado, exterminarei todos — vociferava o barão —, sem deixar na face da Terra nem sombra do fantasma de qualquer um desses hereges. Desse modo, sombra alguma poderá dizer: "Ajudei Christabel a enganar o próprio pai!" Isso mesmo, assim será, juro por todos os santos apóstolos e pelas barbas dos meus antepassados, não

44. Jezabel, personagem bíblico (Reis I e II), era esposa de Acabe, rei de Israel, mas de outra raça e outra religião, sendo então tachada pelo povo de idólatra e meretriz. Depois da morte do marido, sentindo-se ameaçada, pintou o rosto e se pôs à janela para seduzir um general poderoso, mas foi morta e se tornou símbolo da iniquidade feminina.

deixarei que nenhum escape! Ah, aí está mestre Hubert Lindsay, guardião das chaves do castelo de Nottingham! Aí está!

— Sua Senhoria mandou me chamar — justificou-se o velho, em tom calmo.

O barão não respondeu e, em vez disso, pulou na sua garganta como faria uma besta feroz, arrastou-o até o meio do quarto e exclamou, sacudindo-o brutalmente:

— Celerado! Minha filha, onde está? Responda ou o estrangulo!

— Sua filha, milorde? Não faço ideia — ele respondeu, mais surpreso do que assustado com a ira do seu amo.

— Mentiroso!

Hubert se soltou das mãos do barão e respondeu calmamente:

— Milorde, aceite explicar o motivo de sua estranha pergunta e responderei… Mas esteja certo, milorde, que sou apenas um pobre homem honrado, franco e leal, sem ter cometido na vida qualquer erro que o envergonhe. Se me matar agora mesmo, não me importo de morrer sem confissão, pois nada tenho a me censurar. Reconheço-o meu senhor e amo, interrogue-me e responderei, não por temor, mas por dever, por respeito…

— Quem saiu do castelo nas últimas duas horas?

— Ignoro, milorde. Meu ajudante, Michaël Walden, é quem cumpre seu turno com as chaves, nas últimas horas.

— Verdade?

— Tanto quanto ser o barão meu senhor e amo.

— Quem saiu durante o seu turno?

— Halbert, o jovem escudeiro, que disse "Milady está doente e tenho ordens para ir chamar um médico".

— Ah! É esse o complô! — exclamou o barão. — Ele mentiu: Christabel não estava doente e Hal saiu para preparar a fuga.

— Como?! Milady o deixou, monsenhor?

— Sim, a ingrata abandonou seu velho pai. E sua filha partiu com ela.

— Maude? Não pode ser, monsenhor! É impossível. Vou procurá-la, ela está no seu quarto.

O sargento Lambic, que se esforçava ao máximo para demonstrar eficiência, entrou precipitadamente:

— Milorde, seus cavaleiros estão prontos. Em vão procurei Halbert pelo castelo inteiro. Ele entrou comigo e o prisioneiro Robin, mas não saiu pelo portão principal, Michaël Walden acabou de confirmar; jura que ninguém atravessou a ponte levadiça nas últimas duas horas.

— Já não importa mais! — respondeu o barão. — Mas a morte de Gaspar não foi inútil. Lambic! — acrescentou após um instante de silêncio.

— Milorde.

— Você foi esta noite até a casa de um guarda chamado Gilbert Head, perto de Mansfieldwoohaus?

— Fui, milorde.

— Pois é onde mora o infernal Robin Hood e é certamente lá que minha filha ingrata deve encontrar o herege que... Não falemos mais disso... Lambic, monte a cavalo com seus homens, volte à casa em questão, capture os fugitivos e não volte sem ter incendiado esse covil de malfeitores.

— Agora mesmo, milorde.

E Lambic se foi.

De volta do quarto da filha há alguns minutos, Hubert Lindsay se mantinha de pé, afastado, triste, em silêncio, de braços cruzados e cabeça caída.

— Velho servidor — disse para ele Fitz-Alwine —, não quero que a ira me faça esquecer que há muitos anos vivemos lado a lado e sempre me foi fiel. Duas vezes me salvou a vida. Pois bem, velho irmão de armas, esqueça minhas cóleras, brutalidades e prováveis injustiças. Se ama sua filha como eu a minha, ajude-me com sua coragem e experiência para trazer ao redil as ovelhas desgarradas... Pois Maude partiu com Christabel.

— Infelizmente, monsenhor, o quarto dela está vazio — disse o velho com um soluço.

Tanta aflição devia comprovar que Hubert não tinha sido cúmplice da fuga, mas o singular fidalgo, tão desconfiado quanto irascível, partia do princípio de que um subalterno sempre procura enganar seu superior, como o homem do povo ao nobre, o padre ao prelado, o soldado ao oficial e assim em diante. Quis então testar Hubert, dizendo:

— Não existe, nas passagens subterrâneas do castelo, uma saída que vai para a floresta de Sherwood?

O barão sabia perfeitamente da existência dessa tal saída, mas ignorava a sua posição exata; Hubert e a filha certamente estavam mais bem informados. E ao perguntar ele pensava: "Se a jovem Maude guiou minha filha por debaixo da terra, vai ser paga na saída, já à luz do dia, pelo trabalho."

Franco e leal, como já dissemos, Hubert achou que devia ajudar o amo a encontrar a jovem lady. E estava tão interessado quanto o barão em pegar as fugitivas, de forma que logo respondeu:

— Existe, milorde. Os subterrâneos têm uma saída para a floresta, e conheço todos os seus caminhos.

— Maude também?

— Não, milorde, pelo menos que eu tenha conhecimento.

— Ninguém mais então, além de você, conhece o segredo?

— Três outras pessoas, milorde: Michaël Walden, Gaspar Steinkoff e Halbert.

— Halbert! — reagiu o barão com novo acesso de raiva. — Halbert! Foi quem serviu de guia! Rápido, uma tocha, várias tochas, vamos vasculhar o subterrâneo!

Hubert foi recompensado pela franqueza. Sem desconfiar mais dele, o barão declarava amizade e fazia promessas de gratidão.

— Ânimo, milorde — dizia o velho, enquanto preparavam as tochas e mais homens vinham para a escolta. — Ânimo, Deus há de devolver nossas filhas!

O desespero dos dois idosos era de cortar o coração. Distintos por berço, pelo orgulho de estirpe e pelo tipo de vida, uniam-se para conjurar uma desgraça comum e mostravam-se iguais na dor.

Seguidos por seis homens armados, o barão e Hubert atravessaram a capela sem se deterem ao passar pelo cadáver de Gaspar, enfiando-se subterrâneo adentro. Mal deram os primeiros passos, um barulho distante de vozes chegou aos ouvidos de Fitz-Alwine.

— Ah! — entusiasmou-se ele. — Vamos alcançá-los! Avance, Hubert, avance!

Hubert seguia à frente.

O mesmo barulho de antes se repetiu.

— Monsenhor — disse o guardião da entrada do castelo —, o som que está ouvindo não vem da passagem que leva à floresta.

— Não tem importância, são eles! Em frente, em frente!

A passagem se bifurcava nesse ponto e eles seguiram para o lado de onde vinham as vozes. O barulho aumentou, ouviram-se gritos.

— Estão pedindo socorro! Estamos chegando, crianças, estamos chegando!

— Então se enganaram de caminho — disse Hubert.

— Ótimo — respondeu o barão, em quem os sentimentos paternais já cediam vez a uma sede de vingança das mais ardentes. — Melhor ainda!

Estando alguns passos à frente, Hubert parou para ouvir.

— Milorde, posso garantir que esses clamores não vêm de quem procuramos. Deixamos o caminho certo tomando essa direção e estamos perdendo tempo.

— Venha comigo! — exclamou o barão, lançando um olhar furioso ao guardião das chaves, de quem voltava a desconfiar que pudesse estar querendo encobrir os fugitivos. — Venha comigo e vocês esperem aqui!

— Sigo suas ordens, milorde — respondeu Hubert.

Os dois velhos avançaram na direção do barulho: a cada minuto os gritos se tornavam mais distintos.

— Por minha alma — murmurava Hubert —, o amo está enlouquecendo! Quem pode achar que pessoas fugindo façam um barulho desses? É gente que está quase aos berros e, além de tudo, vem em nossa direção.

Mal acabou esse raciocínio e dois soldados surgiram às vistas espantadas do barão.

— De onde estão vindo, seus mandriões?

— Da perseguição ao prisioneiro Robin Hood — responderam os infelizes, exaustos de cansaço e apavorados. — Mas nos perdemos, e achávamos estar perdidos para sempre quando a Providência enviou a honrada Senhoria em nosso socorro. Ouvimos de longe e nos adiantamos nessa direção.

Em seu desapontamento, Fitz-Alwine não sabia mais para qual santo rezar quando um dos soldados resolveu dar detalhes da fuga de Robin Hood.

— Basta, basta, imbecis! — exasperou-se ele. — Perdidos no subterrâneo, onde deveriam mais é morrer de fome, pelo menos ouviram barulhos suspeitos nas galerias?

— Nenhum, milorde.

— Vamos rápido, Hubert, precisamos recuperar o tempo perdido!

E esse tempo perdido foi o que salvou os fugitivos. Quinze minutos mais tarde a pequena tropa já saía na floresta, sem ter mais dúvida de ser o caminho tomado pelos perseguidos, pois a porta do subterrâneo, normalmente fechada, estava escancarada.

— O instinto não me enganou! — gabou-se o barão. — Em frente, soldados! Batam a floresta em todas as direções. Prometo cem moedas de ouro a quem trouxer ao castelo lady Christabel e os infames que a levaram.

Na companhia de Hubert apenas, o barão fez o trajeto de volta até os seus aposentos. Mas em vez de aceitar o descanso de que tanto carecia, vestiu a cota de malha, prendeu na cinta o espadagão e, empunhando a lança com penachos matizados nas cores da sua casa, tratou de montar a cavalo e partiu à frente de vinte homens pela estrada de Mansfieldwoohaus.

14

Os *dramatis personae*[45] que já entraram nessa história percorriam naquele momento a velha floresta de Sherwood.

Robin e Christabel chegaram ao local em que sir Allan Clare devia esperá-los e, consequentemente, seguiram na direção contrária à do sargento, que recebera ordem de incendiar a moradia do pai adotivo de Robin.

Seguido por vinte boas lanças, o barão, rejuvenescido por persistente raiva, acabava de partir em busca da filha. Vamos deixá-lo galopar a rédeas soltas pelos verdejantes atalhos da floresta para nos reunirmos a sir Allan Clare, que, com o apoio de João Pequeno, frei Tuck, Will Escarlate e os seis outros filhos do nobre sir Guy de Gamwell, se encaminhava apressado na direção do vale de Robin Hood, enquanto Maude e Halbert seguiam na direção do cottage do velho guarda-florestal.

Maude não era mais aquela criatura esperta, incansável, corajosa e alegre. Ela tristemente repassava na memória as indicações que lhe dera Robin para não se perder nas mil trilhas que se cruzam e entrecruzam. A jovenzinha, enfim, apesar da salvaguarda de um intrépido rapazote, mais parecia uma pobre abandonada, a suspirar e suspirar pelo término da longa caminhada.

— Ainda falta muito para a casa de Gilbert?

— Não, Maude — respondeu bem-humorado Hal. — Creio que umas seis milhas mais.

— Seis milhas!

— Ânimo, Maude, ânimo. Fazemos isso por lady Christabel… Mas veja lá mais adiante, não percebe um cavaleiro, isso mesmo, um cavaleiro com um frade e alguns homens que parecem lenhadores? É o sr. Allan e também frei Tuck. Olá, cavalheiros! Nunca um encontro veio tanto a calhar.

— E lady Christabel e Robin, onde estão? — perguntou sir Allan ao reconhecer Maude.

45. Os personagens do drama, o elenco da peça teatral; em latim no original.

— Foram esperá-lo no vale — respondeu Maude.

— Que Deus nos proteja! — exclamou Allan, depois de ouvir minuciosamente Maude contar todas as peripécias da fuga do castelo. — Bravo Robin, devo tudo a ele: minha bem-amada e minha irmã!

— Vamos avisar o pai adotivo dele dos motivos da sua demora — explicou Hal.

— Não poderia ir sozinho, irmão Hal? — perguntou Maude, que ardia de vontade de encontrar Robin. — Minha ama deve estar precisando muito dos meus cuidados.

Allan não viu inconveniente em aceitar a companhia de Maude e todos retomaram seus caminhos.

Frei Tuck, calado e isolado de início, não demorou a se aproximar da jovem. Tentou ser agradável, sorriu, falou menos bruscamente do que o de hábito, mostrou-se quase espirituoso. Mas as tentativas do pobre frade foram recebidas de forma extremamente reservada.

Essa mudança nas maneiras de Maude não só afligia Tuck, mas roubava-lhe também toda facúndia. Ele voltou então a se afastar um pouco mais e caminhava observando pensativo a mocinha, que seguia igualmente pensativa.

Uns poucos passos atrás de Tuck vinha outro personagem que também parecia muito desejar um olhar de Maude e que, procurando dar um jeito na desordem da sua aparência, batia com o antebraço as mangas e as abas da jaqueta, esticava a pena de garça que enfeitava seu gorro, alisava a densa cabeleira… Entregava-se, em plena floresta, a esses pequenos cuidados da brejeirice que todo enamorado principiante instintivamente executa.

E esse personagem outro não era senão nosso amigo Will Escarlate.

Maude preenchia para ele o ideal de beleza; era a primeira vez que a via e, no entanto, sempre reinara em seus sonhos e coração. Testa alva e ligeiramente abaulada, sublinhada por sobrancelhas delicadas e escuras, olhos negros que tinham o brilho amenizado pela cortina de cílios longos e sedosos, faces rosadas e aveludadas, nariz como os que modelavam os estatuários da Antiguidade, boca entreaberta para permitir que o amor se exprimisse e respirasse, lábios em cujas comissuras se aninhavam finos e meigos sorrisos, covinha no queixo que parecia prometer o prazer como o hilo da semente promete a flor, ombros e pescoço unidos por verdadeira linha serpentina, talhe esbelto, movimentos elegantes e pezinhos para os quais as veredas da floresta deviam se cobrir de flores: assim era Maude, a filha de Hubert Lindsay.

William não era suficientemente tímido para se limitar à admiração silenciosa: o desejo, a necessidade de sentir os olhos da jovem se erguerem em sua direção o levaram a rapidamente se aproximar.

— Conhece Robin Hood, senhorita? — perguntou Will.

— Conheço sim — respondeu ela com graça.

Sem saber, Will tocara uma corda sensível e com isso ganhou a atenção de Maude.

— E gosta muito dele?

A jovem não respondeu, mas suas faces ficaram muito vermelhas. Era preciso que Will fosse verdadeiro neófito para interrogar tão diretamente o coração feminino, agindo como o cego que anda sem vacilar à beira do precipício. Quantas pessoas demonstram coragem assim, mas que não passa de um efeito da ignorância!

— Pois eu gosto tanto dele — continuou Will — que não a veria com bons olhos, se também não gostasse.

— Então fique tranquilo, posso confirmar que o acho ótimo rapaz. Provavelmente o conhece há muito tempo?

— Somos amigos de infância; e preferiria perder a mão direita à amizade dele. Isso do ponto de vista pessoal. De modo mais geral, considero não haver no condado melhor arqueiro. E seu caráter é tão reto quanto as suas flechas. É corajoso e afável, com modéstia que se iguala à afabilidade e à coragem. Com ele me sentiria capaz de enfrentar o mundo inteiro.

— Quanto entusiasmo no que diz… Os elogios provavelmente são influenciados por isso.

— Tão certo quanto eu me chamar William de Gamwell e ser alguém honesto, o que digo é a pura verdade, senhorita.

— Maude — interrompeu Allan —, acha que o barão já se deu conta da fuga de lady Christabel?

— Sim, sr. cavaleiro, pois Sua Senhoria devia partir hoje de manhã para Londres, com milady.

— Silêncio! Silêncio! — pediu João Pequeno, que ia à frente como batedor. — Escondam-se na parte mais densa do bosque que encontrarem; ouço cavalos que se aproximam. Caso nos descubram, saltamos em cima deles. A senha para isso será o nome de Robin Hood… Rápido, escondam-se — insistiu ele, correndo para se colocar atrás de um tronco de árvore.

Logo em seguida, surgiu um cavaleiro numa montaria que transpunha todos os obstáculos, valas, árvores caídas, moitas e sebes, em fantástica velocidade. O cavaleiro, seguido com muita dificuldade por quatro outros, estava acocorado, mais do que montado, no fogoso animal. Tinha perdido o chapéu e os compridos cabelos soltos, agitados ao vento, davam a toda a sua figura uma aparência assustadora, estranha e diabólica. Passou raspando pela moita em que se escondera o pequeno grupo e João Pequeno notou uma flecha na garupa do cavalo, como uma baliza.

Cavalo e cavaleiro sumiram nas profundezas da floresta, ainda seguidos por quatro soldados.

— Que o céu nos proteja! — exclamou Maude. — Era o barão!

— O barão! — repetiram Allan e Halbert.

— Se não me engano — observou Will —, a flecha que parecia um leme em seu cavalo saiu da aljava de Robin. O que acha, primo João Pequeno?

— Concordo, Will. E concluo que Robin e a jovem dama estão em perigo. Ele é prudente o bastante para não sair atirando flechas que não sejam necessárias. Vamos apertar o passo.

Não será inútil um aparte para explicar a desagradável situação do nobre Fitz-Alwine, aliás ótimo cavaleiro.

Metendo-se floresta adentro, o barão dera ordens para que o seu melhor batedor inspecionasse a estrada principal de Nottingham a Mansfieldwoohaus, marcando com ele encontro em determinada encruzilhada para lhe fazer um relatório, mas sabemos o que aconteceu ao batedor: Robin o deixou a pé. Quis o acaso que o jovem e lady Christabel abordassem a tal encruzilhada prevista para o encontro no mesmo momento em que o barão chegava pelo lado oposto. Os dois fugitivos tiveram a sorte de se esconder a tempo num bosque e o barão, com seus quatro escudeiros, se colocou bem visível no meio da encruzilhada, numa parte mais alta, aguardando a volta do seu enviado.

— Vasculhem enquanto isso os arredores — mandou o barão. — Dois por aqui e dois por ali.

"Estamos perdidos", pensou Robin. "O que fazer? Como fugir? Se formos por fora do bosque, os cavalos nos alcançarão em dois tempos, se tentarmos pelo interior, o barulho vai chamar a atenção desses farejadores... O que fazer?"

Enquanto pensava, preparou o arco, escolhendo na aljava a flecha com ponta mais afiada. Mesmo que arrasada de medo, Christabel notou esses preparativos e o amor filial foi mais forte do que o desejo de estar com Allan; ela implorou que o rapaz poupasse o seu pai.

Robin sorriu e fez um sinal afirmativo com a cabeça.

O sinal significava: não vou matá-lo; e o sorriso: lembre-se do cavaleiro desmontado.

Os soldados percorriam minuciosamente a orla da encruzilhada, mas o prêmio de cem escudos de ouro que estimulava tanto zelo não chegava a aumentar-lhes o faro. Mesmo assim, a situação de Robin e Christabel se tornava cada vez mais crítica, pois aqueles cães de caça, postos em dupla para dar a volta inteira na área, não completariam o percurso sem encontrá-los.

Enquanto isso, o velho Fitz-Alwine, todo prosa no alto do seu cavalo, como quem domina o campo inimigo, fazia um ensaio geral do sermão que a filha ouviria assim que estivesse de volta ao domicílio paterno. Tramava também requintes diversos para os castigos que aplicaria a Robin, Maude e Hal, calculando detalhes como a altura da forca que mandaria levantar para Allan. O excelente senhor já via em sonhos as convulsões daquele que se atrevera a raptar Christabel. Deixaria o cadáver apodrecer no patíbulo por todo o mês da lua de mel, sorrindo também com a ideia de ser avô já no ano seguinte ao casamento de Tristam de Goldsborough.

De repente, porém, no meio desses devaneios deleitosos, o cavalo do barão corcoveou, agitou-se todo, escoiceou e sacudiu freneticamente o velho guerreiro, que aguentou firme e tentou controlar o animal ali mesmo, como fazia antigamente com os indomáveis puros-sangues árabes. Baldados esforços! Homem e animal não se entendiam mais. Fitz-Alwine conseguiu se manter em sela tão firmemente quanto se mantinha na garupa do animal a flecha que acabara de se cravar ali. O cavalo e os devaneios do barão tomaram o freio nos dentes e deram início ao galope desembestado pela floresta, numa corrida desordenada, louca e fantástica que o fez passar por perto de Allan Clare, levando-o não se sabe aonde. Os quatro escudeiros partiram atrás em socorro e o hábil arqueiro, pegando sua acompanhante pela mão, pôde atravessar a encruzilhada.

O que aconteceu ao barão? Nem nos atrevemos a contar o que pôs fim à corrida desenfreada, de tão extraordinário e maravilhoso que foi, mas relatos da época garantem sua autenticidade. Aí vai:

Os escudeiros acabaram perdendo o barão de vista e talvez ele fosse levado através da Inglaterra, até o litoral norte, se o animal, ao passar por baixo de um carvalho junto ao qual havia um tronco de árvore no chão, não houvesse tropeçado.

Nosso barão continuava com toda presença de espírito e evitou a queda que, de tão violenta, poderia ser mortal: largando a rédea, se agarrou com as duas mãos num galho muito afortunadamente à sua altura, esperando ainda poder, ao mesmo tempo, reter o cavalo com a força dos joelhos. Mas o corcovo forçado do animal foi tão forte que o cavaleiro se viu obrigado a abandonar a sela, ficando suspenso pelas mãos no galho do carvalho, enquanto seu corcel, com menos peso, se firmou nas patas e partiu em nova corrida.

Pouco habituado à ginástica, o barão antes de pular mediu com toda prudência a distância que o separava do chão e, graças a isso, viu flamejar no lusco-fusco da manhã, bem abaixo dos seus pés, algo incandescente, como dois pedaços de carvão em brasa. Esses dois pontos ígneos pertenciam a uma massa negra que se mexia, girava e às vezes se aproximava aos saltos das pernas do infeliz lorde.

— Ai, um lobo! — pensou o barão, sem poder conter o grito de medo e se esforçando para subir e montar no galho.

Fracassando, um suor frio, que é o suor do pavor, o inundou. E ele sentiu roçarem o couro da sua bota e estalarem no metal das esporas os dentes do lobo, que saltava, esticando o pescoço e a língua, salivando pela presa, enquanto esta sentia se enfraquecerem os braços e tentava apoiar o queixo no galho, encolhendo ao mesmo tempo as pernas até o peito.

A luta era desigual e o fio que mantinha no ar aquela guloseima para bestas ferozes ia romper-se. O velho lorde não tinha mais forças. Dirigiu então uma última lembrança a Christabel e recomendou a alma a Deus. Fechou os olhos, abriu as mãos… e caiu.

Por milagre da Providência, caiu como uma pedra bem na cabeça do lobo, que não esperava um quitute tão pesado. De fato, ao cair, o peso do corpo, despencando da forma mais volumosa, desconjuntou as vértebras cervicais da fera e partiu-lhe a medula espinhal.

De forma que se os quatro escudeiros tivessem chegado ao local do sinistro, teriam encontrado seu amo desacordado, ao lado de um lobo morto. Mas foram outros personagens e não os escudeiros que acordaram o nobre senhor de Nottingham.

Ao pé do velho carvalho, cujos galhos se debruçavam sobre o riacho que atravessa o vale de Robin Hood, estava sentada lady Christabel. De pé, a poucos passos, Robin se apoiava no arco e os dois esperavam, não sem impaciência, a chegada de sir Allan Clare e seus companheiros.

Esgotados os temas de conversa sobre a situação presente, falaram de Marian e os afetuosos elogios tecidos por Christabel às meigas e encantadoras maneiras da irmã de Allan foram ouvidos por Robin com a ardente atenção do amor.

Ele bem que gostaria de pedir uma informação específica e perguntar se, como Allan Clare, Marian já não dera o coração, por exemplo, a algum belo cavaleiro da nobreza, mas não se atrevia. "Se for o caso", ele pensava, "estou perdido, pois que chance teria contra um rival assim, pobre filho da floresta que sou?"

— Milady — juntou ele suficiente coragem afinal para dizer, com voz emocionada e trêmula —, sinceramente lamento por miss Marian, se por acaso tiver deixado algum amigo mais especial para acompanhar o irmão nessa viagem tão cheia, quando não de perigos reais, pelo menos de dificuldades e canseiras.

— Marian tem a infelicidade, ou talvez a felicidade, de não ter ninguém mais especial em seu coração, além do irmão.

— Custa-me acreditar, milady. Bonita e encantadora que é, miss Marian deve ter, como a senhora ao cavaleiro Allan, alguém que lhe seja totalmente dedicado.

— Por mais estranho que possa parecer — respondeu a jovem ruborizando —, garanto que Marian desconhece a existência de outro tipo de amor, além do fraterno.

A resposta, em tom bastante distante, obrigou Robin a mudar de assunto. O sol já dourava o cimo das árvores maiores e nada de Allan. Ele disfarçava a preocupação para não inquietar a jovem, mas era assaltado por sombrias hipóteses sobre o atraso.

De repente, uma voz bem clara soou distante, assustando Robin e Christabel.

— Será um dos nossos amigos? — ela perguntou.

— Infelizmente não. Will, que conheço desde criança, e João Pequeno, seu primo, acompanham o sr. Allan e conhecem perfeitamente o local em que os esperamos. E toda essa história em que nos envolvemos exige prudência demais para que se divirtam com o eco da floresta.

A voz se aproximou e um cavaleiro, com as cores de Fitz-Alwine, atravessou rapidamente o vale.

— Precisamos nos afastar, milady; estamos ainda perto demais do castelo. Vou deixar uma flecha cravada na base desse carvalho e se nossos amigos chegarem e não nos virem vão entender que nos escondemos por perto.

— Sigo o que disser, confio inteiramente nos seus cuidados.

Os dois haviam atravessado algumas moitas e procuravam um lugar adequado para descansar, quando viram o corpo de um homem estendido imóvel e parecendo morto, perto de uma árvore.

— Misericórdia! — gritou Christabel. — É meu pai, meu pobre pai morto!

Robin sentiu um calafrio, imaginando-se culpado pela morte do barão. Não teria sido o ferimento do cavalo a causa inicial daquela morte?

— Santa Virgem! Conceda-nos a graça de que tenha apenas perdido os sentidos! — murmurou ele.

Assim dizendo, o jovem arqueiro rapidamente se ajoelhou ao lado do corpo, enquanto Christabel, entregue à dor e ao arrependimento, gemia inconsolável. Um leve corte na testa do barão deixava escapar um pouco de sangue.

— Que estranho. Será que lutou com o lobo? Estrangulou o animal! — concluiu Robin entusiasmado. — E está apenas desmaiado. Milady! Milady! Veja, o sr. barão tem somente um arranhão. Venha ver, milady. Droga! — ele se deu conta. — Milady também desmaiou! Por Deus, e agora? Não posso deixá-la aqui… e o velho leão já está despertando, mexendo um braço, resmungando! Ah! É de enlouquecer! Milady, responda, por favor. Não, está muda como um tronco de árvore. Ah! Por que não tenho nos braços e nas entranhas a força que sinto ter no coração? Deveria levá-la daqui como uma ama de leite faria com uma criança.

Robin fez algumas tentativas para carregar Christabel.

Voltando a si, as preocupações do barão não se dirigiram, porém, à filha e sim ao lobo, o único e último ser vivo que ele viu antes de fechar os olhos. Estendeu o braço para agarrar o animal, que ele imaginou devorando a sua perna ou coxa, apesar não sentir dor alguma das mordidas, mas foi no vestido da filha que pôs a mão, jurando se defender até o último suspiro.

— Monstro infame! — xingou o lobo estirado ao lado. — Faminto da minha carne, sedento do meu sangue, saiba que resta ainda vigor nesses velhos membros, você vai ver… Ah! está de língua de fora, sendo estrangulado… que venham todos os lobos de Sherwood, podem vir!... Ah, ah! mais um, mais um! Estou perdido! Meu Deus! Tenha piedade de mim! *Pater noster qui es in...*[46]

"Ficou louco, completamente louco!", pensava Robin, ansioso entre o dever a cumprir e sua segurança pessoal a garantir. Se fugisse estaria abandonando quem ele havia jurado levar até Allan, se ficasse, os urros do louco poderiam chamar a atenção dos homens que vasculhavam o bosque.

Mas, felizmente, o acesso do barão se acalmou e, de olhos ainda fechados, ele compreendeu não estar tendo os membros dilacerados por nenhuma fera. Tentou se levantar, mas Robin, ajoelhado atrás da sua cabeça, fez peso sobre os seus ombros, fazendo o papel, por assim dizer, de um cansaço extremo e mantendo-o bem esticado no chão.

— Por são Bento! — murmurou o lorde. — Sinto nos ombros um peso de cem mil libras... Meu Deus e meu santo padroeiro! Juro mandar construir uma capela a leste da muralha se me deixarem vivo e com forças para voltar ao castelo! *Libera nos, quaesumus, Domine!*[47]

Terminando essa oração, ele tentou outra vez, mas Robin, esperando que Christabel recuperasse os sentidos, continuou fazendo peso.

— *Domine exaudi orationem meam*[48] — continuou Fitz-Alwine batendo no peito e, em seguida, lançando gritos estridentes.

Mas tais gritos representavam grande perigo para a segurança dos fugitivos, e o rapaz, sem ver como interrompê-los, disse brutalmente:

— Cale a boca!

Ouvindo aquela voz humana, o barão abriu os olhos e grande foi a sua surpresa ao reconhecer, debruçado acima do seu rosto, o de Robin. Junto a isso, ao lado e estendida no chão, a sua filha desmaiada!

Tal aparição mandou para longe a loucura, a febre e o aniquilamento do irascível lorde, que, como se tivesse pleno controle da situação, no castelo e cercado por seus soldados, exclamou quase triunfante:

— Até que enfim peguei-te, jovem buldogue!

— Cale a boca! — foi a resposta enérgica e imperiosa. — Cale-se! Chega de ameaças e gritos, não vão mais adiantar aqui. Além disso, eu é que o peguei!

E Robin continuou a fazer peso com toda força nos ombros do barão.

— Na verdade — disse Fitz-Alwine, que não teve dificuldade para se livrar das mãos do adolescente e se pôr completamente de pé —, vejo que o filhote de cão já está arreganhando os dentes!

---

46. Início da oração "Pai nosso que estais..."; em latim no original.

47. "Livrai-nos, Senhor..." ; em latim no original. Acréscimo litúrgico que se faz à oração do Pai-Nosso ("Livrai-nos, Senhor, de todo mal...").

48. "Senhor, tende piedade..."; em latim no original. Do salmo 143 (142 pela numeração grega), em que o pecador reconhece não valer mais do que seus semelhantes, mas lembrando que Deus já salvou outros em igual situação.

Christabel continuava sem sentidos e, naquele momento, mais parecia um cadáver caído entre os dois homens, pois Robin havia prontamente saltado para trás e armava no arco uma flecha.

— Dê um passo mais e será um homem morto, milorde! — disse o jovem, mirando a cabeça do adversário.

— Ah, ah! — exclamou o barão ficando lívido e recuando lentamente para se proteger atrás de uma árvore. — Seria covarde a ponto de assassinar um homem sem defesa?

Robin sorriu.

— Milorde — disse, ainda mirando a cabeça —, continue a recuar. Ótimo, está bem escondido atrás da árvore. Agora, atenção ao que vou mandar, não, pedir-lhe que faça; preste atenção! Não ponha nem a ponta do nariz para fora dessa árvore, nem um fio de cabelo, de nenhum dos dois lados, senão, já sabe… é morte certa!

Sem considerar tanto assim as ameaças, mas bem protegido pela árvore, o barão deixou de fora o dedo indicador, como um sinal de intimidação ao jovem arqueiro. Logo, porém, se arrependeu amargamente, pois o dedo foi arrancado por uma flecha.

— Assassino! Patife miserável! Vampiro! Lacaio! — berrava o ferido.

— Silêncio, barão, ou aponto para a cabeça; está ouvindo?

Colado à árvore, Fitz-Alwine despejava a meia voz torrentes de maldições, mas se mantinha bem-comportado e protegido, imaginando seu carrasco calmamente de arco em punho e flecha apontada, vigiando o menor dos gestos que ele porventura fizesse fora da perpendicularidade do tronco de árvore.

Robin, no entanto, havia pendurado a arma a tiracolo, colocado sem fazer barulho Christabel num ombro e desaparecido no mato.

Nesse mesmo momento, ouviu-se um barulho de cavalgada e quatro soldados montados apareceram diante da árvore que servia de escudo para o infeliz barão.

— Aqui, seus cretinos! — ele gritou, pois os quatro eram aqueles mesmos que o escoltavam, mas que há muito tinham perdido de vista o corcel com a flecha na garupa. — Aqui! Peguem esse herege que quer me assassinar e raptar minha filha.

Os soldados ficaram sem entender, pois não viam por perto nem bandido nem donzela raptada.

— Ali, ali! Não veem que está fugindo? — continuou o barão se protegendo entre as pernas dos cavalos. — Ali, virando junto àquele matagal.

É verdade, Robin não tinha ainda vigor suficiente para transportar muito longe um fardo com aquele peso e apenas uma centena de passos o separava dos inimigos.

Os cavaleiros partiram então na sua direção, mas os gritos do barão também chegaram aos ouvidos de Robin, que imediatamente compreendeu que sua salvação não estava na fuga.

Dando meia-volta, ele pôs um joelho no chão, deitou Christabel atravessada na outra perna e gritou, apontando novamente uma flecha contra Fitz-Alwine:

— Por Deus, parem! Juro que se derem mais um passo o barão morre!

Ele nem havia acabado a frase e seu alvo já se escondera de novo atrás da árvore, gritando ainda:

— Peguem ele! Matem! Fui ferido!… Estão com medo? Covardes! Mercenários!

Mas a firme atitude do intrépido arqueiro intimidava os soldados.

Um deles ousou rir da situação:

— Até que canta alto, o galinho. Mas não faz mal, vão ver como vai se acalmar!

E desceu do cavalo, dando alguns passos na direção de Robin.

Com uma flecha no arco e outra presa entre os dentes, Robin, com a voz abafada mas em tom imperioso, avisou:

— Já pedi que não se aproximassem, agora estou ordenando… Nem terão tempo de se arrepender, se não deixarem que eu siga em paz meu caminho.

O soldado riu com desprezo e continuou em frente.

— Um, dois, três… Pare!

O soldado continuava a rir, sem parar.

— Então morra! — gritou Robin.

O homem desabou no chão, com o peito atravessado por uma flecha.

O barão era o único a vestir uma cota de malha; os soldados estavam equipados como para uma caçada.

— Cães, joguem-se em cima dele! Ah, covardes! Covardes! Qualquer arranhãozinho os assusta! — continuava a vociferar Fitz-Alwine.

— Sua Senhoria chama isso arranhãozinho — murmurou um dos soldados, apontando para o camarada morto.

— Ei! — exclamou outro soldado, levantando-se nos estribos para enxergar mais longe. — Reforços estão chegando. Vejam! É o Lambic, monsenhor.

E eram mesmo Lambic e sua escolta que se aproximavam a toda brida.

O sargento estava tão contente e ao mesmo tempo com tanta pressa de contar ao barão o sucesso da expedição empreendida que nem notou Robin e gritou bem alto:

— Não encontramos os fugitivos, monsenhor, mas a casa foi incendiada.

— Bom, boa notícia — Fitz-Alwine respondeu impaciente —, mas olhe esse filhote de urso que os covardes estão com medo de aprisionar.

— Eh, eh! — riu com desprezo Lambic, reconhecendo o demônio da tocha. — Eh, eh, meu potrinho selvagem! Vou finalmente te colocar uma rédea! Saiba, meu cavalinho indomável, que estou chegando do seu estábulo. Achei que estaria por lá e, francamente, fiquei desapontado: teria visto a magnífica fogueira e poderia dançar uma giga com sua mamãe, no meio das chamas.

Mas não fique triste; como não estava lá, quis poupar sofrimentos inúteis à pobre senhora e acertei-lhe antes uma flecha na...

Lambic não terminou a frase: um som rouco escapou da sua boca e, soltando as rédeas do cavalo, ele caiu. Uma flecha acabava de atravessar sua garganta.

Um indizível terror deixou paralisados os que assistiram à vingança. Robin aproveitou e, apesar do efeito causado pelas últimas palavras de Lambic, colocou Christabel no ombro e desapareceu no mato.

— Corram, corram — repetia o barão no extremo da raiva. — Corram, patifes. Se ele escapar serão todos enforcados, isso mesmo, enforcados!

Os soldados desmontaram e partiram ao encalço de Robin, que, atrapalhado pelo peso transportado, perdia a cada minuto a dianteira que tinha. Quanto mais esforço fazia para se distanciar, mais se dava conta da sua inutilidade. Para piorar as coisas, a jovem começava a recobrar os sentidos e, com isso, se agitava convulsivamente e dava gritos agudos. Os movimentos desordenados quebravam a velocidade da corrida e mesmo que ele conseguisse se esconder numa moita, os gritos de Christabel os trairiam.

— Bom! Se for para morrer, que eu pelo menos morra me defendendo — pensou.

Procurou então um lugar adequado para deixar Christabel e enfrentar em seguida os homens do barão.

Um olmo cercado por mato e arbustos foi escolhido para receber a noiva de Allan e, sem nada dizer dos perigos que os ameaçavam, colocou-a no chão junto à árvore, deitou-se ao lado, rogou-lhe que permanecesse imóvel e em silêncio. Esperou, com o pensamento tomado por uma imagem horrível: o incêndio do cottage em que vivera, e com Gilbert e Marguerite morrendo em meio às chamas.

15

Os soldados continuavam a se aproximar, mas com toda prudência. A cada passo paravam, protegidos pela densa folhagem, respeitando as ordens do barão, que não queria que utilizassem o arco, temendo que ferissem sua filha.

Tal ordem não agradava aos soldados, pois sabiam que o jovem arqueiro não deixaria que se aproximassem o bastante para utilizar a lança e mataria alguns deles.

— Se tiverem a presença de espírito de me cercar, estou perdido — pensou Robin.

Uma abertura na vegetação permitiu-lhe, de repente, avistar Fitz-Alwine, e o desejo de vingança o invadiu.

— Robin — murmurou nesse momento a jovem —, já estou me sentindo melhor. O que aconteceu com meu pai? Não fez mal nenhum a ele, não é?

— Nenhum, milady — respondeu ele com um leve tremor —, mas…

Fez vibrar com o dedo a corda do arco.

— Mas o quê? — quis saber Christabel, assustada com o gesto sinistro.

— Ele, sim, me causou um grande mal! Ah, milady! Se soubesse…

— Onde está meu pai?

— A poucos passos daqui — respondeu friamente Robin. — E Sua Senhoria não ignora que estamos a poucos passos também. Seus soldados, entretanto, não se arriscam ao ataque, com medo das minhas flechas. Ouça com atenção, milady — ele continuou, depois de um minuto de reflexão —, inevitavelmente cairemos nas mãos deles, se continuarmos aqui. Nossa única escapatória é fugir, fugir sem sermos vistos. Para isso, vamos precisar de coragem, muito sangue-frio e, sobretudo, de toda confiança na proteção divina. Ouça bem; se continuar tremendo assim, não vai entender direito minhas palavras. Terá que agir agora. Cubra-se bem com a sua capa, a cor escura vai ajudar a passar despercebida, e siga sob a folhagem, o mais perto do chão, rastejando se for preciso.

— Vão me faltar forças, ainda mais do que coragem — disse chorando a pobre Christabel. — Serei morta antes de dar vinte passos. Salve-se você, sem se preocupar comigo. Fez tudo que pôde para me levar ao meu bem-amado. Deus não permitiu. Que se faça então a Sua santa vontade e a Sua bênção o acompanhe! Adeus, meu amigo… vá! Diga ao querido Allan que meu pai não poderá exercer por muito tempo seu poder sobre mim. Meu corpo inteiro, e não só o coração, está ferido. Resta-me pouca vida. Adeus.

— Não, milady — insistiu o corajoso rapaz —, não vou fugir. Fiz uma promessa ao sr. Allan e para cumpri-la vou continuar, a menos que a morte me impeça… Anime-se, Allan talvez já esteja no vale e, vendo a minha flecha, sairá a nossa procura… Deus ainda não nos abandonou.

— Allan, Allan, querido Allan, por que não chega? — afligiu-se Christabel.

Repentinamente, como respondendo ao chamado do desespero, ouviu-se atravessar os ares o uivo prolongado de um lobo.

De joelhos, Christabel estendeu os braços ao céu, de onde vem todo socorro, mas Robin, com as faces intensamente afogueadas, pôs em concha as duas mãos em volta da boca e repetiu o mesmo uivo.

— Estão vindo nos ajudar — disse ele satisfeito. — Estão vindo, milady. Esse uivo é o sinal combinado entre a gente da floresta. Como respondi, nossos amigos vão surgir. Deus não nos abandona, como pode ver. Vou pedir que se apressem.

Com uma só mão em funil por cima dos lábios, ele imitou o grito de uma garça perseguida por um abutre.

— Isso significa, milady, que estamos em perigo.

Ouviu-se um grito semelhante, de garça assustada, não muito longe.

— É Will, meu amigo Will! — exclamou Robin. — Coragem, milady! Esconda-se na folhagem, estará protegida do perigo de alguma flecha perdida.

O coração da jovem batia com toda força, mas estimulada pela esperança de estar em breve com Allan, teve forças para obedecer e desapareceu, ágil como uma cobra no mato.

Para desviar a atenção, Robin deu um grito, saiu do esconderijo e com um salto foi se colocar atrás de outra árvore.

Uma flecha logo se cravou na casca dessa árvore, ao que o nosso herói rapidamente respondeu com uma gargalhada debochada e trocando flecha por flecha, derrubou no chão o infeliz soldado.

— Avancem, imbecis! Covardes! Avancem! — vociferava Fitz-Alwine. — Ou ele os matará todos, um de cada vez.

O barão incentivava seu pessoal ao combate, sempre protegido atrás de uma árvore, quando uma chuva de flechas anunciou a entrada em combate de João Pequeno, com os sete irmãos Gamwell, Allan Clare e frei Tuck.

Diante da atitude do valoroso grupo, os homens de Nottingham largaram as armas no chão e pediram trégua. Só o barão não capitulou e partiu pelo matagal aos urros.

Vendo seus amigos, Robin foi atrás de Christabel, mas ela, em vez de ter continuado onde estava, fosse por medo, por ter esquecido os conselhos ou por simples fatalidade, havia ido embora.

Facilmente ele encontrou a sua pista, mas foi em vão que a chamou: apenas o eco lhe respondeu. O jovem arqueiro já se acusava de imprevidência quando um brusco grito de dor feriu seus ouvidos. Ele correu nessa direção e pôde ver um cavaleiro do barão tomar Christabel pela cintura e levá-la em seu cavalo.

Outra vez uma das suas flechas vingadoras partiu. Ferido em pleno peitoral, o cavalo corcoveou, fazendo o raptor e Christabel rolarem pelo chão.

Deixando sua presa de lado, o soldado sacou a espada, procurando em quem vingar a morte da sua montaria. Mas não teve tempo de descobrir o adversário, pois caiu também sem movimento ao lado da primeira vítima e Robin se apressou a tirar Christabel de junto do cadáver, temendo que o sangue que saía do ferimento na cabeça sujasse a moça.

Ao abrir os olhos e ver a nobre fisionomia do jovem arqueiro ali debruçado, ela corou, estendeu a mão e apenas disse:

— Obrigada!

Mas essa pequena palavra foi pronunciada com tal sentimento de gratidão e tão profunda emoção que Robin, também ruborizando, beijou a mão que se oferecia.

— Por que se afastou tanto e tão rapidamente, milady? E como foi surpreendida por esse mercenário? Os demais depuseram as armas e se puseram à mercê de sir Allan.

— Allan!… Aquele homem me reconheceu e pegou-me, gritando: "Cem escudos de ouro! Hurra! Cem escudos de ouro!" Você disse que Allan…

— Disse que o sr. Allan a espera.

A jovem pareceu ter asas nos pés, que no entanto estavam bem cansados, mas parou espantada, diante do cortejo ao redor do cavaleiro.

Robin tomou a mão de Christabel e ajudou-a a dar mais alguns passos até o grupo, mas assim que Allan a viu, sem levar em consideração os homens presentes, mas também sem poder articular palavra alguma, foi até ela, enlaçou-a forte pela cintura e cobriu a sua testa com os mais carinhosos beijos. Palpitante e aturdida de alegria, prestes a desfalecer de felicidade, entre os braços de Allan, Christabel era apenas uma forma humana, com toda sua força vital concentrada no olhar, nos lábios frementes, nas loucas pulsações do coração.

Lágrimas e soluços, soluços e lágrimas de felicidade enfim explodiram. Os dois jovens tomaram consciência do próprio ser e puderam dizer o que sentiam com demorados olhares em que o fluido do amor substituía o fluido luminoso.

A emoção dos que assistiram a essa cena, a essa fusão de duas almas, era grande. Contagiada, Maude se aproximou de Robin, pegou suas duas mãos e tentou sorrir, mas o sorriso fazia brotarem lágrimas que corriam uma a uma pelas faces aveludadas, sem se desfazerem, como rolam as gotas d'água nas folhas.

— E minha mãe e Gilbert? — perguntou o rapaz apertando as mãos de Maude nas suas.

Nervosa, ela contou não ter ido ao cottage, tendo Halbert se encarregado sozinho da tarefa.

— João Pequeno — chamou Robin —, você esteve com meu pai de manhã. Não aconteceu nada de ruim a ele?

— Nada, amigo; mas coisas estranhas, que lhe contaremos. Deixei seu pai tranquilo e bem pela manhã, quer dizer, umas duas horas depois da meia-noite.

— Por que esta preocupação, Robin? — perguntou Will se aproximando do jovem arqueiro para também estar perto de Maude.

— Tenho sérios motivos para isso: um sargento do barão disse ter incendiado pela manhã a casa do meu pai e jogado nas chamas minha mãe.

— E o que você respondeu? — assustou-se João Pequeno.

— Não respondi, matei-o... Será que disse a verdade, ou mentiu? Quero ir até lá, preciso ver meu pai e minha mãe — acrescentou Robin com a voz embargada por lágrimas. — Irmã Maude, vamos...

— Miss Maude é sua irmã? — estranhou Will. — Oito dias atrás eu desconhecia essa sua felicidade.

— Há oito dias eu não tinha irmã, caro Will... mas hoje tenho essa alegria — respondeu Robin tentando sorrir.

— Das irmãs que tenho, só o que posso desejar — acrescentou galantemente Will — é que em tudo se pareçam com a senhorita.

Robin olhou com curiosidade para Maude.

Ela chorava.

— Onde está o seu irmão Halbert? — ele perguntou.

— Já disse, Hal foi sozinho para o cottage de Gilbert.

— Por minha alma, acho que o estou vendo! — exclamou de repente frei Tuck. — Olhem...

Hal, de fato, se aproximava a toda velocidade, montado no mais belo animal das cavalariças do barão.

— Vejam, amigos — gritou cheio de orgulho o rapaz —, mesmo sem vocês, lutei bravamente. Ganhei a melhor montaria do condado. Ah, acham mesmo que foi preciso lutar? Nada disso! Encontrei-o sem cavaleiro, pastando na relva da floresta.

Robin sorriu, reconhecendo o cavalo do barão, que lhe tinha servido de alvo.

Reuniram-se todos em conselho.

Naquela época em que os grandes senhores feudais agiam soberanamente sobre seus vassalos, guerreavam com vizinhos, se autorizando direitos de saquear, assaltar e matar, pelas prerrogativas de alta e baixa justiça, com frequência lutas terríveis se travavam entre castelos, entre aldeias e, terminada a batalha, vencedores e vencidos se retiravam, cada qual para o seu lado, dispostos a recomeçar à primeira ocasião propícia.

O barão de Nottingham, derrotado naquela noite rica em acontecimentos, podia então perfeitamente partir para a desforra, inclusive no mesmo dia. Seus homens que tinham sido poupados voltaram ao castelo e ele possuía ainda bom número de lanças que não tinham saído em campo, enquanto o pessoal do *hall* de Gamwell, único apoio de Allan Clare e Robin, não conseguiria fazer frente por muito tempo a tão poderoso senhor. Era preciso então, para manter alguma vantagem, suprir a falta de braços pela prudência, astúcia e iniciativa, assim como pela coragem.

Era esta a razão do conselho, enquanto o barão, acompanhado por dois ou três servidores, conseguia, em deplorável estado, chegar ao castelo. A presença de Christabel havia impedido que nossos amigos o tivessem incomodado nessa retirada.

Decidiu o conselho que Allan e Christabel se refugiariam de imediato no *hall*, pelo caminho mais curto. Will Escarlate, seus seis irmãos e o primo João Pequeno os acompanhariam.

Robin, Maude, Tuck e Halbert se dirigiriam ao cottage de Gilbert Head. À noite trocariam mensagens, com todos se mantendo disponíveis, caso fosse necessário se reunir por um motivo ou outro.

William não estava muito de acordo e usou todos os seus argumentos para convencer o quão melhor seria que Maude acompanhasse a sua ama ao *hall*.

Mas a moça levava muito a sério sua nova situação de irmã de Robin e não quis. Will, porém, tanto insistiu que Christabel passou a apoiá-lo, mesmo sem entender suas reais intenções, e fez com que Maude a seguisse.

— Robin Hood — disse Allan Clare, tomando as mãos do jovem arqueiro —, foi arriscando por duas vezes a própria vida que você salvou a minha e a de lady Christabel. Tornou-se então mais do que um amigo, é meu irmão. Entre irmãos, como sabe, tudo é comum: são seus então não só meu coração, mas meu sangue e minha fortuna. É seu tudo que tenho. Quando eu deixar de lhe ser grato, será por ter deixado de viver. Até breve!

— Até breve, cavaleiro.

Os dois se abraçaram e Robin respeitosamente levou aos lábios os dedos brancos da bela noiva de Allan.

— Até breve, todos! — exclamou Robin se despedindo dos Gamwell.

— Até breve! — eles responderam em coro, agitando no ar os gorros.

— Até breve! — murmurou uma voz suave. — Até breve!

— Até logo, Maude querida. Até logo! Não se esqueça do seu irmão!

Montados no cavalo do barão, Allan e Christabel foram os primeiros a partir.

— A eles a santa Virgem protege! — disse Maude com tristeza.

— É verdade que o cavalo os aguenta bem — respondeu Halbert.

— Tolo! — murmurou a jovem baixinho, deixando escapar um profundo suspiro.

O nobre animal que levava lady Christabel e Allan Clare ao *hall* de Gamwell marchava ligeiro, mas com infinita maciez e suavidade nos movimentos, como se entendesse a natureza do precioso fardo. A rédea graciosamente dançava em seu pescoço curvado, mas os olhos não se despregavam do solo, temendo interferir, com um passo em falso, na conversa dos enamorados.

De vez em quando, Allan se virava para trás e suas palavras encontravam as de Christabel, que, para se manter em sela, abraçava a cintura do companheiro.

De que estariam falando, depois de noite tão tumultuada? De tudo o que o delírio da felicidade inspira: às vezes muito, outras vezes nada, pois há quem vivencie a felicidade com eloquência, enquanto outros a saboreiam calados.

Christabel se censurava pela maneira como se comportara com o pai, imaginando-se criticada, com o mundo a condená-la por ter fugido com um homem: perguntava-se se o próprio Allan, mais tarde, não a desprezaria por isso. Mas essas censuras, escrúpulos e temores só se expressavam pelo prazer de vê-los reduzidos a pó pela persuasiva negação do cavaleiro.

— O que seria de nós se meu pai tivesse o poder de nos separar, Allan querido?

— Em pouco tempo ele não terá mais como fazer isso, adorada Christabel. Você logo será minha mulher, não somente perante Deus, como já é agora, mas perante os homens. Também terei soldados — acrescentou com orgulho o jovem cavaleiro —, que nada ficarão a dever aos de Nottingham. Não se preocupe, querida, deixemos que a proteção divina cuide da nossa felicidade.

— Queira Deus que meu pai nos perdoe!

— Se lhe causar temores a proximidade de Nottingham, meu amor, podemos viver nas ilhas do Sul, onde o céu é sempre azul, com raios quentes de sol, flores e frutos. Exprima um desejo e encontrarei para você um paraíso terrestre.

— Tem toda razão, querido, seremos mais felizes lá do que nessa fria Inglaterra.

— Deixaria então a Inglaterra, sem se lamentar?

— Sem me lamentar… Para viver a seu lado eu deixaria o céu — acrescentou Christabel com ternura.

— Que seja, então! Assim que nos casarmos partiremos para o continente. Marian virá conosco.

— Psss! Allan, ouça… Estamos sendo seguidos — disse a jovem.

O rapaz fez o cavalo parar. Christabel estava certa; podia-se ouvir uma cavalgada que se aproximava e a cada minuto, a cada segundo, o barulho, de início longínquo, crescia, ameaçador.

— Que fatalidade! Por que nos distanciamos dos amigos de Gamwell? — pensou Allan, esporeando a montaria para dar meia-volta e se enfiar no mato, pois estavam numa estrada.

Nesse momento uma coruja, despertada pelo barulho, saiu de um tronco de árvore ali por perto, soltou um piado lúgubre e passou raspando pelas narinas do cavalo, que obedecia ao comando da espora. Assustando-se, em vez de fugir para a direção indicada, o animal se lançou em velocidade pela estrada.

— Coragem, Christabel! — gritou o rapaz, que inutilmente lutava contra o pânico da montaria. — Coragem! Segure-se firme! Um beijo, Christabel, e que Deus nos ajude!

Um bando de cavaleiros com as cores do barão se apresentava em linha, ocupando toda a estrada. Seria impossível a fuga virando as costas para eles e a única possibilidade, miraculosa, era forçando passagem.

Allan percebeu o perigo e pensou apenas em enfrentá-lo. Cravando então as rosetas das esporas nos flancos do cavalo, partiu de cabeça baixa contra os homens armados e passou… passou como um raio atravessando uma nuvem.

— Meia-volta! Meia-volta! — comandou o chefe da tropa, irritado com tamanha audácia. — Acertem o animal, pobre de quem ferir milady!

Uma chuva de flechas caiu ao redor de Allan, mas o nobre animal não diminuía a corrida nem Allan desanimava.

— Diabos! Estão escapando! — berrou o comandante. — Nas pernas, atirem nos jarretes do animal!

Pouco depois os soldados já cercavam os dois namorados, caídos no chão após a queda mortal do pobre cavalo.

— Renda-se, cavaleiro — disse o comandante com irônica cortesia.

— Nunca! — respondeu Allan, que, já de pé, desembainhara a espada. — Nunca! Vocês mataram lady Fitz-Alwine — acrescentou, apontando para Christabel, inanimada a seus pés. — Morrerei vingando-a.

A luta desigual não durou muito: Allan caiu coberto de ferimentos e os soldados retomaram o caminho de Nottingham, levando Christabel como se fosse uma criança dormindo.

SENTINDO-SE CULPADO, William quis ir atrás do amigo Robin Hood, achando que poderia ser útil e pensando voltar em seguida rapidamente ao *hall* para se entregar à admiração dos belos olhos de miss Hubert Lindsay.

Mas João Pequeno, apreciador do bom uso das formalidades, chamou-o de volta.

— É bom que seja você a apresentar no *hall* os novos convidados. Deixe que acompanho Robin.

O rapaz aceitou; jamais passaria por cima dos deveres que a amizade impõe.

Foi durante essa curta discussão que Allan e Christabel se distanciaram dos Gamwell, e o próprio Robin, achando encurtar o caminho, andou ainda por algum tempo na companhia deles, até certa trilha que ele conhecia bem.

Hal e Maude tinham igualmente se distanciado um pouco, mas frei Tuck havia parado para esperar o grosso do grupo.

Enquanto falavam, os jovens acabaram chegando à pequena encruzilhada em que Robin se separaria e não distante daquela em que frei Tuck aguardava, preguiçosamente estendido no gramado. O pobre frade ainda sonhava com a cruel Maude!

Prolongavam-se mil despedidas, até que um dos rapazes Gamwell percebeu a pouca distância o corpo ensanguentado de um homem, no chão.

— Um soldado do barão! — disseram uns.

— Uma vítima de Robin! — opinaram outros.

— Céus! Algo horrível aconteceu! — exclamou Robin, reconhecendo de imediato Allan Clare. — Reparem, amigos... a relva foi pisoteada por cavalos. Houve luta aqui... Deus, meu Deus! Estará morto? E lady Christabel, o que pode ter acontecido?

Todos se juntaram ao redor do corpo, que parecia sem vida.

— Não está morto, tenho certeza! — afirmou Tuck.

— Graças a Deus! — repetiu o grupo.

— O sangue escorre pela ferida do alto da cabeça, o coração está batendo... Allan, sr. cavaleiro, seus amigos estão aqui, abra os olhos.

— Procurem em volta — disse Robin. — Quem sabe encontramos lady Christabel.

O nome querido trouxe Allan de volta à vida.

— Christabel! — murmurou ele.

— Está em segurança, senhor — gritou o frade, que colhia em volta algumas plantas úteis naquelas circunstâncias.

— Você cuida dele? — perguntou Robin ao monge.

— Cuido. Feito um curativo, podemos transportá-lo ao *hall* numa maca feita de galhos de árvore.

— Então tenho que ir, sr. Allan — disse Robin, debruçando-se penalizado junto ao ferido. — Logo voltaremos a nos ver.

Allan pôde apenas dar um pálido sorriso.

Enquanto os robustos rapazes Gamwell lentamente transportavam o pobre Allan ao *hall*, Robin, devorado de preocupação, rapidamente se dirigia à casa do pai adotivo. O que acontecera a Allan e seus temores pessoais deixavam pesado o seu coração e ele praguejava contra as distâncias e o espaço, querendo poder voar ainda mais rápido do que as andorinhas. Gostaria de atravessar a densidão da floresta e beijar Marguerite e Gilbert para confirmar que estavam vivos.

— Tem pernas de gamo — observou João Pequeno.

— Todos temos, quando é preciso — ele respondeu.

Chegando ao vale dos álamos que levava à casa de Gilbert, os dois jovens reconheceram horrorizados o quão verdadeiras tinham sido as palavras de Lambic. Uma espessa nuvem de fumaça pairava ainda acima das árvores e os acres odores do incêndio impregnavam a atmosfera.

Robin deu um grito de desespero e, seguido por João Pequeno, não menos aflito, partiu correndo pela alameda.

A poucos passos dos escuros escombros, onde, pelas janelas iluminadas da alegre moradia, ainda no dia anterior sorria um lar, Robin se ajoelhou e com as mãos apertou as de Marguerite, geladas, estendida à sua frente.

— Pai! Pai! — ele gritou.

Uma surda exclamação saiu dos lábios de Gilbert, que se aproximou e caiu em pranto nos braços do filho. Sua natural predisposição, no entanto, calou por um momento qualquer lamentação, lágrimas e soluços.

— Robin — disse ele, com voz firme —, você é o legítimo herdeiro do conde de Huntingdon. Não duvide, é verdade... Será, um dia, poderoso. E enquanto houver um sopro de vida no meu velho corpo, ele lhe pertence... Poderá contar com a fortuna, como sempre contou com a minha dedicação. Mas, agora, veja: morta, assassinada por um miserável, aquela que tão terna e sinceramente o amava, como amaria a um filho das próprias entranhas.

— Eu sei, sei que me amava! — murmurou Robin, ajoelhado junto ao corpo de Marguerite.

— Veja o que fizeram da sua mãe, um cadáver! O que fizeram da sua casa, uma ruína! O conde de Huntingdon vingará a sua mãe?

— Eu a vingarei!

Pondo-se de pé, Robin acrescentou:

— O conde de Huntingdon esmagará o barão de Nottingham e a morada senhorial do nobre lorde será, como a casa do humilde guarda-florestal, devorada pelas chamas.

— Também juro — disse João Pequeno — que não darei descanso nem trégua a Fitz-Alwine, com todos os seus seguidores e vassalos.

No dia seguinte, o corpo de Marguerite, que Lincoln e João Pequeno transportaram para o *hall*, foi enterrado com veneração no cemitério da aldeia de Gamwell.

Os memoráveis acontecimentos daquela estranha noite tinham reunido como se fosse uma só família, para se vingar do barão Fitz-Alwine, as diversas personagens da nossa história.

16

Dias depois do enterro da infortunada Marguerite, Allan Clare contou aos amigos as circunstâncias inesperadas que fizeram com que lady Christabel lhe fosse uma vez mais arrebatada.

Halbert, enviado ao castelo pelo infeliz enamorado tão fatalmente decepcionado em suas esperanças, voltou para contar que Fitz-Alwine fora a Londres com a filha, para de lá fazer a travessia rumo à Normandia, onde negócios particulares o chamavam.

A fulminante notícia daquela viagem tão súbita e imprevista causou ao principal interessado uma dor profunda e tão violenta que Marian, Robin e os filhos de sir Guy tiveram de usar todos os recursos do carinho e da amizade. Um conselho do jovem Hood, unanimemente aprovado pelos membros da família Gamwell, trouxe um brilho de esperança ao coração de Allan.

Disse Robin:

— Vá a Londres, e de Londres à Normandia, só parando onde o furioso barão, ele próprio, parar.

A ideia logo se transformou em projeto e o projeto em ação. Allan se preparou para a viagem e, a pedido seu, a meiga e conciliadora Marian aceitou esperar por ele no agradável isolamento do *hall* de Gamwell.

Mas vamos deixar o sr. Allan seguir por Londres e Normandia os passos de lady Christabel e continuar com Robin Hood ou, melhor dizendo, com o jovem conde de Huntingdon.

Antes de dar início às minúcias legais para uma demanda delicada como a que devia ser empreendida no interesse do filho adotivo, Gilbert achou que seria útil levar a questão a sir Guy de Gamwell e o fez conhecer em seus mínimos detalhes a estranha história contada por Ritson, pouco antes de morrer. Quando terminou a narrativa daquela odiosa usurpação de direitos, sir Guy, por sua vez, contou que a mãe de Robin seria, na verdade, filha de seu irmão Guy de Coventry. O rapaz, consequentemente, era sobrinho do baronete e não seu neto, como as palavras de Ritson haviam dado a entender. Infelizmente, sir Guy de Coventry não vivia mais e o filho dele, único rebento dessa geração mais nova da família, se encontrava longe, participando da cruzada.

— Porém — acrescentou o generoso baronete —, a ausência desses dois parentes não deve ser obstáculo para suas pretensões, caro Gilbert. Meu coração, minha força, minha fortuna e meus filhos estão com Robin. Espero ser útil e vê-lo tomar posse, aos olhos de todos, de uma fortuna que a ele pertence, aos olhos de Deus.

A justa reclamação de Robin foi levada aos tribunais, sendo aberto um processo. O abade de Ramsey, adversário do rapaz, membro riquíssimo da todo-poderosa Igreja, repeliu energicamente a demanda, chamando de impostura fabulosa e mentirosa o relato de Gilbert. A autoridade a quem o sr. de Beasant tinha confiado o dinheiro necessário para o sustento do sobrinho foi chamada à presença dos juízes. Porém, vendido que era, de corpo e alma, ao atrevido detentor dos bens do conde de Huntingdon, ele negou a entrega do dinheiro e sequer reconheceu Gilbert.

O pai adotivo, tratado de louco visionário, era então a única testemunha a favor do rapaz, seu único protetor — convenhamos que um apoio bem frágil naquela luta contra adversário em tão boa situação social, como o abade de Ramsey. É verdade que sir Guy de Gamwell confirmou, por meio de juramento, que a filha de seu irmão havia desaparecido de Huntingdon na época indicada por Ritson, mas era ao que podia se limitar o depoimento do ancião sobre o seu conhecimento dos fatos. E mesmo que Robin conseguisse interessar os juízes, conseguisse dirimir qualquer dúvida moral quanto à legalidade dos seus direitos, seria muito difícil, para não dizer impossível, vencer os obstáculos materiais que se opunham ao triunfo da sua causa.

A distância que separa Huntingdon de Gamwell e a falta de efetivos armados impediam que Robin recuperasse pela força os seus direitos, como se permitia — ou pelo menos se tolerava — naquela época. Foi então obrigado a aguentar as insolentes bravatas do inimigo e forçado a buscar um meio pacífico e legal, uma vez que julgamento nenhum já fora pronunciado, para entrar sem combate direto no usufruto dos seus bens. Sir Guy foi quem sugeriu essa alternativa, aconselhando que o rapaz se dirigisse diretamente à justiça de Henrique II. Enviada a demanda, ele esperou, antes de tomar qualquer outra decisão, a resposta favorável ou não de Sua Majestade Real.

Seis anos se passaram, seis anos na expectativa de um processo ora abandonado ora retomado, segundo os caprichos dos juízes e dos advogados. Devorados pelas angústias da espera, esses seis anos duraram como um só dia para os moradores do *hall* de Gamwell.

Robin e Gilbert não haviam mais deixado a hospitaleira casa de sir Guy, mas apesar do carinho e cuidados do filho, Gilbert, aquele feliz Gilbert de sempre, mais parecia uma sombra de si mesmo. Marguerite havia levado consigo a alma e a alegria do velho.

Marian ficara também como hóspede de Gamwell. As rosas das suas vinte primaveras plenamente haviam desabrochado e a amável mocinha parecia ainda mais encantadora do que no dia em que o apaixonado Robin tanto e tão ingenuamente se extasiara com o seu lindo rosto. Respeitosamente amada pelos homens, querida pelas mulheres com abnegada ternura, só mesmo a ausência do irmão comprometia a felicidade de Marian. Allan se encontrava na França e em suas cartas, que eram raras, ele não mencionava felicidade alguma no presente nem expectativa de próximo retorno.

Melhor do que ninguém no *hall*, e sobretudo mais do que qualquer um, Robin admirava, apreciava e valorizava as perfeições físicas e morais de Marian. Mas esse embevecimento, que beirava a idolatria, não transparecia em olhares, palavras nem gestos. O isolamento da jovem impunha tanto respeito quanto a presença de uma mãe. Além disso, a incerteza do seu futuro não permitia ao rapaz — seria indelicado — confessar um sentimento que a sua posição atual não sustentava, visando os laços mais sérios do casamento.

Como poderia, a nobre irmã de Allan Clare, descer até Robin Hood?

Por outro lado, nem mesmo um observador mais atento podia se dar conta dos pensamentos íntimos da jovem, sendo impossível perceber nas suas ações, palavras e olhares o lugar que Robin ocupava em seu coração, e até mesmo se ela intuía o ardente amor com que a cercava o silencioso e devotado rapaz.

A suave voz de Marian se dirigia indistintamente a todos, com as mesmas modulações musicais. A ausência de Robin não a deixava mais pálida nem mais sonhador o seu olhar. A chegada repentina do rapaz não a fazia corar. Não havia, entre os dois, conversas particulares nem encontros fortuitos. Melancólica sem ser triste, Marian parecia viver com a eterna lembrança do irmão e esperando que, amado por Christabel, Allan, sim, pudesse deixar transparecer no rosto o orgulho e a alegria que causam o amor.

Os moradores do *hall* de Gamwell formavam ao redor de Marian uma espécie de corte, pois sem se mostrar fria nem altiva, a jovem involuntariamente se pusera acima deles. A irmã de Allan Clare parecia ser a rainha ali. Reinava pela beleza, mas era como se algum título maior lhe desse direitos, título esse que se apoiava em incontestável superioridade, reconhecida e respeitada. As maneiras aristocráticas da jovem, sua conversação espirituosa e séria, muito visivelmente a colocavam acima dos seus anfitriões e eles, em sua sincera e rústica franqueza, eram os primeiros a reconhecer o seu mérito.

Maude Lindsay, cujo pai havia morrido há cinco anos, não pôde voltar ao castelo nem acompanhar sua ama à França. Morava também no *hall* de Gamwell, procurando ser útil na medida do que podia.

Seu irmão de leite, o prestativo Hal, manteve no castelo a função de guardião. Mais de uma vez, é preciso que se diga, a vontade de mandar às favas a libré do barão havia tomado conta do rapaz, mas uma razão mais poderosa, razão solidamente apoiada no coração, o mantinha sob as garras do velho tirano: essa razão se chamava Graça May, e a força daqueles belos olhos a brilharem a poucos passos de Nottingham sempre aniquilava os impetuosos projetos de emancipação. O apaixonado Hal assim então suportava a servidão que misturava alegria e tristeza, consolando-se às vezes com uma demorada visita a Gamwell. Os alegres filhos de sir Guy já haviam notado que as primeiras palavras do rapaz ao entrar no *hall* eram, invariavelmente:

— Querida irmã Maude, a minha bela Graça lhe envia um beijo.

O beijo era aceito. O dia se passava com brincadeiras, risos, refeições e conversas. Na hora de ir embora, Hal voltava a dizer, com o mesmo tom de quando chegava:

— Querida irmã, dê um beijo dos seus lábios para Graça May.

Maude dava o beijo de despedida, igual ao que havia recebido horas antes, e Hal ia embora satisfeito.

Como amava a noiva, o correto e bom rapaz!

Nosso amigo Gilles Sherbowne, o alegre frei Tuck, convencera-se enfim da indiferença sentimental da bonita Maude e aceitara suas maneiras educadas, mas frias. Nos primeiros dias que se seguiram à desoladora constatação, Tuck ficou a se lamentar sobre a inconstância das mulheres em geral e de Maude em particular. Quando afinal as queixas, lamúrias e mágoas acalmaram o rebuliço da dor, Tuck jurou desistir para sempre do amor, prometendo que, dali em diante, amaria apenas a bebida, os prazeres da mesa e as pauladas bem aplicadas — acrescentando *in petto*[49] que eternamente preferiria dá-las a recebê-las. A jura foi reforçada por um bom almoço e absorção de prodigiosa quantidade de cerveja, à qual se acrescentou ainda uma meia dúzia de copos de bom vinho. Depois de gloriosamente terminar a copiosa refeição, Tuck se retirou da sala hospitaleira sem sequer erguer os olhos para Maude, que olhava pensativa por uma janela, esqueceu-se de apertar a mão generosa do anfitrião e, agasalhado em sua decisão como num manto, majestosamente se foi do *hall* de Gamwell.

Maude havia amado — e amava ainda — Robin Hood. Mas depois de conhecer Marian, e depois do convívio diário que veio com o tempo, ela reconheceu as qualidades raras da irmã de Allan Clare, entendeu melhor a fidelidade de Robin e perdoou sua indiferença. E não só perdoou, boa e dedicada que era, não só percebeu a própria inferioridade, mas aceitou-a, resignando-se a desempenhar sem segundas intenções, sem expectativas futuras, talvez até sem pesar, o seu papel de irmã. Com a perspicaz sutileza de uma mulher realmente apaixonada, adivinhou o segredo de Marian. Em sigilo, inclusive para aquele a quem diretamente interessava, o mistério não se sustentou por

49. De coração, no fundo do coração; em italiano no original.

muito tempo para Maude, que soube ler nos olhos calmos e ares tão indiferentes de Marian esse pensamento que, com duas palavras, teria feito a felicidade do rapaz: "Amo Robin."

Maude tentou sufocar seu sonho sob o peso esmagador da realidade; procurou afastar do coração a imagem querida e tão dedicadamente cultuada da chamada felicidade, que, em seu caso particular, tinha o nome de Robin Hood. Esforçou-se para passar, aos olhos de todos, por despreocupada e alegre: quis esquecer e tudo que conseguiu foi chorar e se lembrar. A luta interior e sem trégua, o constante confronto entre o sentimento e a razão, acabou deixando marcas na aparência de Maude. A jovial e risonha filha do velho Lindsay em pouco tempo mostrava de si apenas uma imagem um tanto apagada em que os amigos procuravam, com comovida surpresa, seu belo e sorridente rosto. Manifestando-se na aparência, o sofrimento moral imprimira palidez tocante em suas faces, mas todos atribuíam o aspecto doentio à tristeza pela morte do pai.

Entre os que procuravam afastá-la de sua dor, entre os que se mostravam compreensivos e bons, sobressaía-se um amável rapaz de personalidade viva e alegre, de maneiras ternas e dedicadas que, sozinho, se empenhava mais em distraí-la do que provavelmente um anfitrião o faria para distrair sessenta convidados. O dia inteiro era visto a correr da casa aos jardins, dos jardins aos campos, dos campos à floresta, o tal amigo devotado de Maude. Esse permanente vaivém, com incansáveis idas e vindas, não tinha outro propósito senão a busca de alguma coisa preciosa ou nova para dar a Maude, outra meta senão a de descobrir algo agradável a lhe oferecer, uma surpresa a fazer. Esse amigo tão carinhoso, tão satisfeito e tão empenhado era o nosso antigo conhecido, o bom Will Escarlate.

Uma vez por semana, e isso com uma regularidade e constância que mereceriam melhor sorte, William declarava seu amor. Com igual regularidade e constâncias, Maude rejeitava a declaração.

Pouco intimidado e, sobretudo, pouco desanimado com a persistente recusa, Will em silêncio a amava de segunda a domingo; nesse dia, porém, seu amor, mudo ao longo da semana inteira e não podendo mais se conter, se expressava. A maneira tranquila da rejeição jogava um pouco de água fria naquele fogaréu incendiário e Will se calava até o domingo seguinte, dia de descanso que o permitia deixar, sem constrangimento algum, que o coração transbordasse.

O jovem Gamwell não compreendia a sutil delicadeza de sentimentos que fazia com que Robin não confessasse seu amor por Marian. William considerava sonsa tal delicadeza e, longe de imitar tanta reserva, punha-se à espreita de qualquer oportunidade para uma declaração, mesmo que fosse a centésima, para a confidência de uma palavra que tinha como intuito provar a Maude o seu amor, o afetuoso amor de Will de Gamwell.

Maude tornou-se para William o ímã da vida, a única mulher que ele podia amar. Era o ar que ele respirava, a alegria, a felicidade, os prazeres, seus sonhos e a esperança. Ele deu o nome de Maude a seu cão de caça preferido. Suas armas favoritas tinham o mesmo nome; o arco se chamava Maude; a lança era a alva Maude; as flechas, as preciosas Maude. Insaciável na dedicação ao nome da amada, ambicionava ter o cavalo do enamorado de Graça May e isto unicamente pelo fato de o animal ter o nome do seu ídolo. Hal rejeitou categoricamente as somas fabulosas oferecidas e nosso amigo foi então a Mansfield, comprou uma magnífica égua e batizou-lhe Incomparável Maude. O nome de miss Lindsay logo se tornou muito conhecido nos arredores de Gamwell, pois não saía dos lábios de Will. Ele o pronunciava vinte vezes por hora e sempre com crescentes expressões de ternura. Não contente de dar aos objetos em volta, e dos quais ele diariamente se servia, o nome da amiga, William passou a empregá-lo também para tudo que lhe agradava.

Maude era de tal maneira idealizada no coração do ingênuo rapaz que nem se mostrava mais sob forma de mulher, mas como anjo, deusa, um ser superior a todos os demais seres, menos próximo da terra do que do céu. Resumindo, miss Lindsay era a religião de Will.

Forçados somos a reconhecer que o impetuoso filho do baronete de Gamwell amava de maneira bastante rude, mas franca. Da mesma forma, devemos também dizer que esse amor, tão bizarro em sua expressão, não deixava de ter certa influência sobre os sentimentos da jovem.

As mulheres raramente chegam a detestar quem as ama, e quando encontram um coração realmente dedicado acabam retribuindo uma parte do amor que inspiram. Cada novo dia trazia à tona um cuidado, uma gentileza, uma amabilidade por parte de Will, sempre tendo como objeto e recompensa a satisfação de Maude. Um dia, então, todo esse ruidoso carinho, misturando paixão, respeito e platonismo, fez brotar no coração amado uma viva gratidão. As demonstrações amorosas de William não vinham cercadas da delicadeza habitual que as almas sensíveis consideram essencialmente necessária para a sua manifestação, mas isso se devia exclusivamente ao fato de a brusquidão natural do rapaz, com suas maneiras próprias, não conceber nem possibilitar tal delicadeza.

Maude conhecia o gênio fogoso e arrebatado de Will. Aliás, qual mulher não compreende de imediato a força e a grandeza de uma bondade que tem sua origem no coração?

Por gratidão, e talvez também por generosidade, procurou merecer os sentimentos de Will, e isso sem empregar seduções mascaradas. Não, tal comportamento seria indigno daquela moça. Tratava William com desvelo de jovem mãe, atenções de amiga, zelo de irmã. Infelizmente essa gentileza foi mal-interpretada por Will, que, à primeira palavra de afeto, diante de um mínimo olhar de cordial amizade, caía em êxtase de adoração, em transportes insensatos de paixão.

Depois de jurar amor eterno, depois de oferecer nome, coração e fortuna, Will invariavelmente terminava suas loucas declarações com essa paciente e ingênua pergunta:

— Maude, acha que pode me amar um dia? Acha possível?

Não querendo dar esperanças nem fazer o rapaz acreditar numa mudança futura, ela se esquivava da pergunta.

O comportamento de miss Lindsay de forma alguma se deixava guiar, como foi dito, por qualquer vontade de sedução e menos ainda por desejo, sempre agradável à vaidade feminina, de conservar seu adorador. Sabendo-se apaixonadamente amada e por alguém de temperamento tão impulsivo, ela com razão temia os perigosos resultados de uma recusa séria e irrevogável. Num primeiro momento de dor, Will poderia cruelmente sofrer pelo fracasso amoroso. Aliás, deve-se com toda franqueza dizer que a possibilidade de uma recusa sem apelação jamais havia passado por seu coração nem por seu entendimento. O pobre rapaz acreditava firmemente que se a amada hoje recusava o seu amor, amanhã o aceitaria. Trezentas vezes já havia perguntado à jovem se em breve o amaria, seiscentas vezes dissera adorá-la, sendo sempre delicadamente rejeitado. Isso pouca importância tinha, uma vez que estava certo de poder insistir trezentas vezes mais.

O coração de Maude, no entanto, não era de natureza que exigisse cerco tão prolongado, pois era um coração bom, franco e sincero. Disso sabia William, que esperava então que numa bela manhã, ouvindo a milésima declaração de amor, Maude lhe estenderia sua mãozinha branca, a fronte pura, e diria, enfim: "William, eu te amo."

Mas esquecemos de mencionar os olhares que, com afetuosa gratidão, Maude dirigia àquele que apaixonadamente se punha a seus pés. Tanto no plano físico quanto no psicológico, nosso amigo tinha imperfeições que em geral não são apanágio dos heróis dos nossos romances modernos, mas tais imperfeições não tinham o direito nem o poder de afastar o amor. Will era alto e forte; o rosto ovalado de traços finos não se enfeava com o tom avermelhado do frescor juvenil, realçado pelos cabelos, de fato muito ruivos. Esse detalhe particular já lhe valera o apelido de Escarlate e podia ser visto como um defeito, devemos reconhecer, ou até mesmo um grande defeito. Diga-se, porém, que caíam naturalmente cacheados por cima dos ombros, com uma graça digna de admiração. A mãe de Will havia esperado, afagando a cabeça do filho ainda pequeno, que o tempo desse à estranha cor da cabeleira uma tonalidade mais escura, mas, em vez disso, o tempo maldosamente a cobriu com uma camada de carmim ainda mais viva, e William se tornou uma segunda edição de Guilherme o Ruivo.[50]

50. Guilherme II (c.1056-1100), dito Guilherme o Ruivo, filho de Guilherme o Conquistador (ver nota 7) e segundo rei inglês da dinastia normanda. Morto por uma flechada nas costas durante uma caçada, foi sucedido por seu irmão Henrique I.

Outras belezas físicas e preciosas qualidades morais amplamente compensavam aquele estranho capricho da natureza, pois Will tinha olhos azuis amendoados e expressão às vezes meiga, outras vezes cheia de malícia. E a esse olhar se acrescentava um ar de tão franco, afetuoso e amável bom humor que consideravelmente atenuava a aparência geral um tanto avivada do nosso amigo.

Admirada pela família Gamwell, adorada por Will, desejando agradar a todos, Maude acabou finalmente se apegando ao rapaz, mas já havia tão frequentemente rejeitado o seu amor que, mesmo querendo em seguida aceitá-lo, não sabia mais o que fazer para isso.

Aí temos, então, o resumo da situação em que se encontravam nossos personagens no ano 1182, o sexto depois da morte da pobre Marguerite.

NUM BELO ANOITECER dos primeiros dias do mês de junho, uma expedição noturna foi preparada por Gilbert Head. A expedição tinha como finalidade a captura de um grupo de soldados do barão Fitz-Alwine e, tendo sucesso, facilitaria os planos de vingança de que, de forma alguma, o viúvo de Marguerite havia desistido.

Pelas informações obtidas, os soldados atravessariam a floresta de Sherwood, acompanhando seu amo ao castelo de Nottingham. O que queria Gilbert era se apoderar das librés envergadas pela tropa para com elas vestir seu próprio grupo de seguidores, que, assim disfarçado, mais facilmente penetraria no castelo. Somente então se concluiriam as represálias, represálias sem misericórdia, pagando morte com morte, incêndio com incêndio.

De língua solta e pouco prudente, Hal havia respondido às perguntas de Gilbert. O ingênuo rapaz sequer percebeu as pesadas nuvens que obscureciam os olhos do já sombrio e sempre atento velho, ouvindo suas respostas indiscretas.

Robin e João Pequeno haviam prometido ajudar nessa punição ao barão. Fiéis à palavra dada, puseram-se à disposição. A pedido de Gilbert, João Pequeno armou uma tropa de homens ousados e corajosos, tendo em suas fileiras os filhos de sir Guy, e o grupo se pôs sob o comando do velho guarda-florestal.

Seu intuito era o de matar o barão Fitz-Alwine com as próprias mãos, pois, no exagero da dor, via esse assassinato como tributo que devia aos restos queridos da desafortunada companheira.

Com relação a essa morte, Robin não pensava da mesma maneira que o pai adotivo e, sem achar que descumpria a promessa feita sobre o tão pranteado cadáver, tinha a intenção de defender o barão da fúria paterna.

Um pensamento de amor deveria então se interpor como um escudo entre a arma de Gilbert e o peito do barão Fitz-Alwine.

"Meu Deus", dizia-se mentalmente Robin, "conceda-me a graça de preservar esse homem da ira de meu pai. A doce criatura que se encontra junto ao senhor não espera vingança. Conceda-me a graça de sensibilizar o coração de Fitz-Alwine, de descobrir com ele o paradeiro de Allan Clare, para levar alguma alegria a quem amo."

Minutos antes da hora marcada para a partida, Robin se dirigiu a um quarto vizinho dos aposentos de Marian para se despedir.

Ao entreabrir a porta sem fazer barulho, viu a amiga apoiada em uma janela, conversando consigo mesma, como acontece às vezes às pessoas que vivem em devaneios no isolamento.

Confuso e emocionado, Robin manteve-se silenciosamente, o chapéu na mão, na soleira da porta.

— Santa mãe do Salvador — murmurava a moça com a voz entrecortada —, ajude-me, proteja-me, dê-me forças para suportar a esmagadora monotonia da minha existência! Allan, irmão querido, único protetor, único amigo, por que me deixou? Suas esperanças de felicidade eram a minha maior alegria. Você e Christabel eram toda a minha vida! Há seis anos você se foi, irmão, e como flor esquecida no jardim de uma casa deserta, cresci longe de você. As pessoas às quais o seu carinho me deixou entregue são boas, boas até demais, pois tanta generosidade pesa, faz sentir ainda mais o isolamento, o abandono. Sinto-me infeliz, Allan, muito infeliz e, para cúmulo da infelicidade, uma devoradora paixão veio preencher todo o meu ser: meu coração já não me pertence mais.

Terminando essas dolorosas palavras, Marian mergulhou o rosto nas alvas mãos e chorou amargamente.

— "Meu coração já não me pertence mais" — repetiu Robin, estremecendo de angústia, ao mesmo tempo em que um profundo rubor o fazia compreender sua indiscrição por assistir ao pranto de uma jovem… — Marian — chamou ele com firmeza, avançando até o meio da sala —, posso ter um minuto seu?

— Com prazer — ela respondeu com brandura, depois de se refazer do susto.

— Sem querer, acabo de cometer uma falta imperdoável — explicou-se ele de olhos baixos e voz trêmula. — Peço que seja indulgente e não me queira mal. Estou aqui nesta porta há alguns instantes e suas palavras tão profundamente tristes tiveram um ouvinte.

Marian ficou vermelha.

— Ouvi sem prestar atenção — apressou-se a acrescentar, aproximando-se timidamente.

Um doce sorriso entreabriu os lábios da encantadora lady.

— Mas permita-me comentar algumas palavras suas — continuou ele, encorajado pelo sublime sorriso. — Milady não tem pais, está longe do irmão e quase só no mundo. Não são as mesmas aflições que tenho em minha vida? Sou órfão e poderia igualmente lamentar meu destino. E também chorar, não ausências, mas desaparecimentos definitivos. No entanto, não é o que faço, porque o futuro e Deus são minhas esperanças. Coragem, Marian, tenha confiança e esperança: Allan vai voltar e com ele a nobre e bela Christabel. O dia desse feliz regresso provavelmente não está longe, mas, enquanto não vier, conceda-me a graça de lhe servir de irmão. Não recuse, Marian, e logo verá ter confiado em alguém que daria a própria vida para vê-la feliz.

— Você é boa pessoa, Robin — ela respondeu, com a voz profundamente comovida.

— Confie então em mim, lady querida. Não creia que ofereço meu coração, minha vida e dedicação sem ter muito refletido… Entenda — acrescentou de forma expressiva e voz menos trêmula —, o que quero dizer é que a amo desde o primeiro dia em que a vi.

Uma exclamação que misturava surpresa e alegria escapou dos lábios de Marian.

— Faço-lhe hoje essa confissão — continuou Robin com voz emocionada —, abro meu coração há seis anos fixado na sua imagem, não com a esperança de obter a sua afeição e sim com a de fazê-la entender o quanto sou dedicado à sua pessoa querida. As palavras que involuntariamente ouvi torturaram-me o coração. Não estou pedindo que diga a quem ama… diga-o somente quando me achar digno de substituir o seu irmão. Mas acredite, Marian, respeitarei a escolha e saberei reprimir minha inveja… Conhece-me há seis anos e pode facilmente me julgar, por minhas ações. Mereço o título sagrado de seu protetor. Não chore, Marian, dê-me a sua mão e confirme que serei um dia seu amigo, seu confidente.

Marian estendeu, ao jovem inclinado à sua frente, as duas mãos trêmulas.

— É com tão viva admiração que o ouço, Robin, que me sinto incapaz de exprimir minha felicidade. Há vários anos o conheço e a cada dia aprendi mais a apreciá-lo. Na ausência de Allan, foi você que preencheu a meu lado os deveres do melhor dos irmãos, e sempre discretamente, em silêncio, quase sem agradecimento. Fico profundamente sensibilizada, amigo, com o generoso sacrifício dos próprios sentimentos a que se dispõe a favor do desconhecido a quem pertence meu coração. Mas não me agrada ser superada em grandeza de alma, mesmo por você. Assim sendo, serei tão franca quanto você é dedicado.

Um vivo rubor subiu às faces da jovem, que se manteve em silêncio por alguns minutos.

— Não faça má opinião de meu recato feminino — continuou com a voz embargada pela emoção — se eu disser que, motivada por tantas atenções suas, é a você que meu coração pertence! Aliás, não vejo por que me envergonhar com a confissão, pois só comprova minha gratidão e lealdade.

Não repetiremos aqui a torrente de palavras abrasadoras que transbordou daqueles dois jovens corações; seis anos de amor represado haviam acumulado tesouros de ternura.

De mãos dadas, olhos inundados de lágrimas e sorriso nos lábios, juraram amor recíproco, constante e eterno: amor que só se dissiparia no ar depois do último suspiro de suas vidas.

17

— Maude, Maude, miss Maude! — gritava a voz alegre, atrás da jovem que caminhava pelos jardins de Gamwell, pensativa e só… — Maude, adorável Maude — repetia a voz com impaciente ternura. — Onde está?

— Aqui, William, aqui — acenou miss Lindsay, encaminhando-se por sua vez na direção do rapaz.

— Que felicidade encontrá-la, Maude! — exclamou com alegria Will.

— Fico também contente, já que isso o deixa tão feliz — foi a resposta bem-humorada.

— Deixa-me mesmo muito feliz, Maude. Que belo fim de tarde, não é?

— De fato, William; mas não teria algo mais a dizer?

— Desculpe, tenho sim — ele respondeu rindo. — Mas a deliciosa tranquilidade desse crepúsculo me fez lembrar que o tempo está bom para um passeio pela floresta.

— Está querendo preparar as trilhas para ir caçar amanhã?

— Não, Maude. As intenções não são tão pacíficas, iremos… Ah, esqueci… não posso contar a ninguém. Mas vou fazer algo cujo resultado pode ser para mim uma perna quebr… Estou dizendo bobagens, Maude, não dê ouvidos. Vim só desejar boa e repousante noite, além de me despedir…

— Despedir-se? O que está querendo dizer? Parte para alguma expedição perigosa?

— Se assim fosse, com o arco e o bordão, firmes na mão, facilmente se consegue a vitória. Mas estou falando demais… são palavras à toa, não dê ouvidos.

— Está querendo me enganar, William, com tanto segredo para essa saída noturna.

— É o que exige a prudência, querida amiga. Uma só palavra inconsequente pode se tornar perigosa. Os soldados… Ah! Já ia falar, estou ficando louco… louco de amor por sua linda pessoa, Maude. Mas a verdade é que João Pequeno, Robin e eu vamos fazer uma incursão pela floresta. Antes disso quis me despedir de você bem afetuosamente, pois talvez não tenha mais a felicidade de… Estou dizendo só criancices, Maude, isso mesmo, são tolices. Vim me despedir somente por achar impossível me afastar do *hall* sem vê-la. Isso é verdade, Maude, pura verdade, posso garantir.

— Eu sei, Will, que é verdade.

— E por que estou sempre dizendo até logo ou me despedindo de você, Maude?

— Deve saber melhor do que eu, Will.

— Isso é verdade! — riu o rapaz. — Eu é que devo saber! Você mesma provavelmente ignora, Maude querida; ignora que a amo mais do que amo meu pai, meus irmãos, minhas irmãs e meus melhores amigos. Mesmo sabendo que vou passar semanas inteiras fora, posso deixar o *hall* sem me despedir de ninguém, com exceção talvez de minha mãe, mas é impossível me afastar de você, inclusive por poucas horas, sem apertar suas mãos branquinhas, sem levar comigo, como uma bênção, essas doces palavras: "Boa viagem e volte logo, Will." E olha que você nem me ama! — acrescentou com tristeza o pobre enamorado.

Mas essa bruma não chegou a anuviar os bonitos olhos de William, que rapidamente voltou a falar e ainda mais animado:

— Espero que me ame um dia, Maude. Vou esperar, sou paciente, posso esperar até que se resolva. Não tenha pressa, não se aflija, não se obrigue a um sentimento que não quer. Isso virá por si só e um dia você vai se surpreender dizendo: "Veja só! acho que amo William. Um pouco… pelo menos um pouquinho." Mas depois de uns dias, umas semanas, alguns meses, me amará mais. E isso vai progressivamente aumentar até se igualar, de maneira forte e apaixonada, à imensidão do meu amor. Mas, por mais que faça, não vai conseguir. Amo-a tanto que seria pedir demais ao céu querer que ponha em seu coração algo parecido. Haverá de me amar à sua maneira, seguindo seus gostos e caprichos, e me dirá um dia: "Will, eu te amo!" Aí então responderei… Ai! Não sei o que responderei, Maude, mas darei pulos de alegria, beijos em minha mãe, vou ficar louco de felicidade. Ah, Maude! Tente me amar, comece com um pequeno sentimento de preferência, amanhã vai me amar um pouco, depois de amanhã um pouco mais e no final da semana vai dizer: "Will, eu te amo!"

— Realmente me ama, Will?

— O que preciso fazer para provar? — perguntou o rapaz falando sério. — O que quer que eu faça? Diga… Quero que saiba que a amo do fundo do coração, da alma, com todas as minhas forças; quero que saiba, pois não sabe ainda.

— Suas palavras e ações são provas que bastam, William, e a pergunta pretendia apenas abrir caminho para uma explicação mais séria, não dos seus sentimentos, que não ignoro, mas dos que ganharam espaço no meu coração.

Você me ama, bem sei que sinceramente, mas se porventura chamei sua atenção, não se esqueça, foi sem querer, pois nunca procurei inspirar esse amor.

— É verdade, Maude, é verdade. Você é tão modesta quanto bonita. Amo-a porque a amo, só isso.

— Will — contrapôs a jovem, com certa ansiedade no olhar —, Will, nunca imaginou que eu pudesse ter entregado meu coração antes de conhecê-lo?

O horrível pensamento, que de fato nunca havia perturbado os sonhos de William nem abalado a suave tranquilidade do seu paciente amor, atingiu seu coração de forma tão dolorosa que ele empalideceu e, quase perdendo os sentidos, se encostou numa árvore.

— Não deu o seu coração, não é, Maude? — ele conseguiu murmurar com voz súplice.

— Fique tranquilo, amigo — voltou a falar com suavidade a jovem. — Acalme-se e ouça. Acredito no seu amor como acredito em Deus e gostaria muito de poder corresponder, querido e bom Will. Pagar afeto com afeto.

— Não me diga ser impossível me amar, Maude! — exclamou o rapaz com violência. — Não diga isso, pois sinto pelas batidas do meu coração e pelo calor do meu sangue, correndo nas veias como lava escaldante, sinto que não posso ouvir isso, não posso ouvir essas palavras.

— No entanto, precisa ouvir, Will, e peço que preste atenção por alguns minutos. Conheço a dor do amor desesperançado, meu amigo. Já sofri cada uma das suas torturas. Não existe no mundo dor que se compare à que fere o coração um amor desprezado. Quero muito poupá-lo dessa aflição, Will; ouça, por favor, sem amargura e, principalmente, sem raiva. Antes de conhecê-lo, antes de deixar o castelo de Nottingham, dei meu coração a alguém que não me ama, nunca me amou nem nunca me amará.

William estremeceu.

— Maude, se você quiser, esse homem vai amá-la. Vai amá-la — repetiu o pobre Will com os olhos cheios de lágrimas. — Pela santa missa! Ele precisa se pôr a seus pés, e fará isso ou vou espancá-lo todos os dias. Isso mesmo, Maude, vou bater nele até que a ame.

— Não vai bater em ninguém, Will — respondeu ela sem conseguir deixar de sorrir daquela estranha ideia. — Não só o amor não pode ser imposto, sobretudo de tão rude maneira, mas também a pessoa de quem falo de forma alguma merece um tratamento indigno. Entenda, Will, que não tenho a menor expectativa com relação a esse amor, mas sobretudo entenda que seria preciso eu não ter coração nem alma para permanecer insensível e indiferente às demonstrações do seu carinho. Profundamente tocada por suas generosas palavras, quero exprimir minha gratidão oferecendo minha mão e garantindo uma afeição que se esforçará ao máximo para conquistar, merecer e se igualar à sua.

— É agora a sua vez de ouvir, Maude — respondeu Will com a voz embargada. — Estou envergonhado por não ter compreendido os motivos da sua indiferença. Por favor me desculpe ter arrancado essa confissão dos seus sentimentos. Por bondade você quer aceitar o nome do pobre William, e por bondade ainda se sacrifica pela sua felicidade. Mas reflita, Maude, que essa felicidade significa a perda das suas esperanças, quem sabe até do seu sossego. Não posso nem devo aceitar um sacrifício assim. Não só não me acho digno, como também me constrangeria falar ainda do meu amor. Desculpe-me pelos incômodos que causei, desculpe-me por tê-la amado, por amá-la ainda, por favor, juro que não falarei mais dos meus sentimentos.

— William, William, onde está você? — ouviu-se de repente uma voz gritar alto e forte.

— Estão me chamando, Maude, adeus. Que a Virgem Maria a tenha sob os seus cuidados, que a sua divina proteção a guarde de todo mal! Seja feliz, Maude. Mas se não me vir mais, se eu não voltar, lembre-se do pobre Will, pense neste que a ama e sempre amará.

Terminando essas frases, murmuradas com uma voz que lutava contra as lágrimas, o jovem tomou Maude pela cintura, apertou-a palpitante contra o peito, beijou-a com paixão e partiu sem olhar para trás, sem responder à meiga voz que tentava fazer com que voltasse.

— Nem me deixou exprimir mais claramente a delicadeza da minha confissão — disse para si mesma Maude, triste com a brusca partida de William. — Amanhã direi que meu coração de forma alguma lamenta o passado, e ele ficará contente, meu caro Will.

Esse amanhã, infelizmente, seria precedido por longos dias de espera.

Uns vinte robustos vassalos armados de lanças, espadas, arcos e flechas se mantinham a respeitosa distância em volta de um grupo formado pelos filhos de sir Guy de Gamwell, o sobrinho João Pequeno e Gilbert Head.

— É estranho que Robin esteja atrasado — dizia o velho a seus jovens companheiros —, não está nos hábitos dele ser preguiçoso.

— Paciência, mestre Gilbert — acudiu João Pequeno, erguendo-se ao máximo para, do alto da sua grande estatura, lançar um olhar investigador. — E não é o único a faltar à chamada, também meu primo Will não chegou. Posso apostar que têm bons motivos para nos atrasar dois ou três minutos.

— Estão vindo! — gritou um dos homens.

Will e Robin se aproximavam correndo.

— Perderam a hora, meu filho? — perguntou Gilbert estendendo a mão aos dois rapazes.

— Não, pai. E peço desculpa pelo atraso.

— Vamos! — comandou Gilbert. — João Pequeno — acrescentou, dirigindo-se a ele —, explicou bem a seus amigos a finalidade da expedição?

— Expliquei, Gilbert, e juraram acompanhá-lo com coragem e fielmente servir.

— Posso contar com o pleno apoio de todos?

— Esteja certo disso.

— Muito bem. Uma última coisa: querendo chegar a Nottingham pelo caminho mais curto, os inimigos vão atravessar Mansfield e tomar a estrada principal, cortando pelo meio a floresta de Sherwood, e chegarão a uma encruzilhada, onde estaremos emboscados... Mais não preciso dizer. João Pequeno, sabe quais são as minhas intenções?

— Perfeitamente — e, dirigindo-se ao grupo, após um sinal do velho: — Rapazes! Estão dispostos a enterrar seus dentes saxões no corpo desses lobos normandos? Estão dispostos a vencer ou morrer?

Uma enérgica afirmação respondeu à dupla pergunta.

— Pois então, amigos, em frente!

— Hurra! Pela guerra! — bradou Will, que seguia com Robin o belicoso grupo.

— Hurra! Hurra! — exclamaram animadamente os outros e o eco da escura floresta ainda repetiu: — Hurra! Hurra! Hurra!

— O que você tem, amigo Will? — perguntou Robin pegando o braço do amigo, que parecia bem pensativo. — É como se uma nuvem de negra melancolia pesasse sobre você, em geral tão alegre. Os gritos do combate não soam mais agradáveis ao gentil William, ou será algum receio relativo ao nosso passeio?

— É uma estranha pergunta, Robin — respondeu o rapaz, virando para o amigo um olhar cheio de tristeza. — Pergunte ao cão de caça se ele gosta de perseguir o cervo, ao falcão se tem prazer ao mergulhar do alto das nuvens contra um simples passarinho, mas nunca a mim se temo o perigo.

— A pergunta era só para distraí-lo dos sombrios pensamentos que parecem oprimi-lo, amigo. Eles apagam o brilho dos seus olhos e deixam em seu rosto uma preocupante palidez. Alguma tristeza, Will? Se for realmente o caso, fale comigo; não sou seu amigo?

— Tristeza nenhuma, Robin. Sou como era ontem e como serei amanhã. Estarei na primeira linha do combate, como sempre me viu.

— De modo algum tenho dúvidas quanto à sua coragem, caro Will, mas quanto à sua tranquilidade: algo o entristece, tenho certeza. Seja franco comigo, talvez possa ajudar e carregar com você um pouco esse fardo, que com isso ficaria mais leve. Se foi uma briga com alguém, diga, e a briga será minha também.

— O motivo de minha tristeza não é importante nem sério o bastante, meu querido Robin, para ficar muito tempo em segredo. Se eu tivesse me dado ao trabalho de pensar um pouco, não teria ficado surpreso nem aflito com o que aconteceu... Desculpe tanta hesitação, algum sentimento me impede, mesmo contra a vontade, qualquer confidência. Ignoro se por orgulho ou timidez. Mas um amigo como você é como se fosse eu mesmo. Suas perguntas calam fundo em mim, sua amizade é maior do que o meu falso pudor, eu...

— De forma alguma, Will — apressou-se a interromper Robin. — Guarde o seu segredo: o sofrimento tem suas razões próprias, por favor perdoe a inconveniência das minhas perguntas, mesmo que feitas em nome da amizade.

— Eu é que me desculpo pelo egoísmo da minha dor, amigo — exclamou Will, juntando às palavras um riso ainda mais triste do que as lágrimas. — Estou sofrendo, sofrendo realmente, e quero que examine comigo o que me devora a alma. Será o confidente do meu primeiro sofrimento como foi o companheiro das primeiras brincadeiras, pois somos mais unidos pela amizade do que seríamos pelos laços de sangue. Que o diabo me carregue, Robin, se nossa amizade não for como a que têm os melhores irmãos.

— O que diz é verdade, Will; a amizade nos tornou irmãos. Onde estão os dias da nossa bela infância? A felicidade daquela época não voltará mais.

— Ela voltará para você, Robin, mas sob outra forma. Com outra roupagem, outro nome, mas será ainda felicidade. No meu caso, nada mais espero, nada desejo, tenho o coração partido. Você bem sabe, Robin, o quanto amei Maude Lindsay... Não tenho palavras para fazê-lo entender com clareza a invencível paixão que prendeu minha vida ao simples nome dessa moça. No entanto, agora sei, sei...

Um terrível receio atravessou o espírito de Robin, que perguntou ansioso:

— Sabe agora o quê?

— Quando veio me chamar no jardim do *hall*, eu estava com Maude. Acabava de repetir o que há muito tempo diariamente repito, que o meu maior sonho é dá-la como filha à minha mãe, como irmã às minhas irmãs. Perguntei se não queria tentar me amar um pouco e ela contou que antes de vir para o *hall* de Gamwell já havia comprometido seus sentimentos. Naquele momento, Robin, vi destruídas todas as minhas esperanças, senti que alguma coisa em mim se quebrava e era o meu coração. Meu coração, Robin. Como pode ver, estou bem infeliz.

— Maude disse o nome de quem ela ama? — perguntou receoso Robin.

— Não, disse apenas ser um amor não correspondido. Pode imaginar, Robin? Existe um homem que não ama Maude e é por ela amado! Um homem a quem o seu olhar procura e que evita esse olhar! Que insigne estúpido! Miserável! Ofereci procurá-lo e forçá-lo ao amor que recusa. Ofereci dar-lhe uma lição das boas. Ela não quis. Ah, ela o ama! Ela o ama! Depois dessa triste e penosa confissão — continuou William — a pobre e generosa Maude me ofereceu a mão. Recusei. A razão, a lealdade e a honra impuseram silêncio a meu amor... Pode se despedir do risonho e alegre Will, Robin, ele está morto, bem morto.

— O que é isso, William? Anime-se um pouco — disse com suavidade Robin. — Seu coração está mal, é preciso cuidar dele, curá-lo, e quero ser o seu primeiro médico. Conheço Maude até melhor do que você; ela o amará um dia, se é que já não o ama. Posso garantir que entendeu errado essas tais confissões: foram ditadas por um sentimento de extrema delicadeza, para que entendesse o acontecido e para ainda mais valorizar o seu oferecimento tão a contrassenso recusado. Acredite, William, Maude é ótima moça, tão correta quanto bonita, e realmente digna do seu amor.

— Tenho certeza disso! — exclamou o rapaz.

— Não exagere demais a profundidade das tristezas de miss Lindsay, meu amigo, nem se atormente o espírito com suposições quiméricas. Maude já o ama, tenho certeza, e um dia o amará ainda mais.

— Acha mesmo, Robin, querido amigo? — exclamou Will, agarrando-se a esse raio de esperança.

— Sim, acho, mas, por favor, deixe-me falar sem interromper. Repito e vou repetir quantas vezes for preciso, Maude o ama. Não lhe ofereceu a mão por abnegação nem por sacrifício, foi um impulso do coração.

— Acredito no que diz, Robin, acredito! — empolgou-se Will. — E amanhã mesmo perguntarei a Maude se não quer dar um filho a mais à minha mãe.

— Você é ótimo rapaz, William. Anime-se e vamos apertar o passo, pois estamos a um quarto de milha dos companheiros e essa lentidão nos dá um ar nada marcial.

— Tem toda razão, amigo. Já posso até ouvir a voz rigorosa do nosso comandante em chefe.

Quando a pequena tropa chegou ao local designado por Gilbert como ideal para a emboscada, o velho posicionou os homens, deu a cada um novas e breves explicações, ordenou completo silêncio a todos e foi se colocar atrás de um tronco de árvore, a poucos passos de João Pequeno, que se mantinha atento a todos os ruídos em volta.

O pio de um pássaro ainda acordado, o canto melodioso do rouxinol e o suspiro da brisa passando entre a folhagem eram só o que vinha perturbar a silenciosa calma noturna. Mas a esses indistintos murmúrios logo se juntou um barulho ainda distante de passadas, quase imperceptível e que apenas o ouvido de homens da floresta poderia distinguir, entre os rumores harmoniosos dos queixumes do vento, dos pios dos pássaros e do farfalhar da folhagem.

— É um viajante a cavalo — disse Robin a meia voz —, e creio reconhecer a marcha curta e rápida de um pônei da nossa região.

— Sua observação é corretíssima — respondeu João Pequeno, com o mesmo tom de prudência. — Quem se aproxima é amigo ou, em todo caso, inofensivo.

— Mesmo assim, tenhamos cuidado!

— Cuidado! — repetiram entre si os homens.

O indivíduo que atiçava daquela maneira a curiosidade da pequena tropa continuava tranquilamente o seu caminho; cantava com voz potente uma balada homenageando a si mesmo, que provavelmente ele próprio compusera.

— Maldição! — exclamou de repente o cantor, dirigindo à sua montaria a amabilidade. — Que história é essa? Animal insensível, torrentes de harmonia desaguam dos meus lábios e nem por isso te manténs em silêncio embevecido! Em vez de esticar essas tuas orelhas compridas e ouvir-me como convém, giras a cabeça de um lado para o outro e misturas à minha a tua voz desafinada, gutural e desarmoniosa! Como és fêmea, és geniosa, contrariante, cabeçuda, birrenta. Se quero que marches para um lado da estrada é para o outro que imediatamente te diriges, o tempo todo é o que não deves que preferes fazer. Sabes que gosto de ti, teimosa, e somente pela certeza dessa estima é que queres mudar de dono. És como a outra, como todas as mulheres: caprichosa, inconstante, voluntariosa e cheia de vaidades.

— Por que fala mal assim das mulheres, amigo? — perguntou João Pequeno que, em silêncio havia saído do esconderijo e tomara as rédeas do cavalo.

Nada assustado, o desconhecido devolveu:

— Antes de responder, prefiro saber quem intercepta dessa maneira um homem de boa paz e inofensivo. Como se chama o indivíduo que acrescenta à atitude de salteador a impudência de chamar de amigo alguém que lhe é muito superior — acrescentou cheio de altivez o viajante.

— Saiba, sr. clérigo de Copmanhurst,[51] pois pela barulheira da cantoria só pode ser o próprio, que foi parado não por um salteador, mas por um homem muito difícil de se intimidar. O qual, além disso, se situa acima de você a uma distância igual à que por enquanto lhe empresta o seu cavalo — respondeu de maneira calma e fria o sobrinho de sir Guy.

— Saiba você, sr. cachorro do mato, pois a grosseria dos seus modos também me revelou quem é, que interpela um homem pouco habituado a responder perguntas impertinentes, um homem que vai surrá-lo um bocado se não largar agora mesmo as rédeas do meu cavalo.

— Quem muito fala pouco faz — debochou João. — Vou responder a essas suas ameaças chamando um rapaz que o fará pedir misericórdia com o bastão.

— Pedir misericórdia com o bastão? — exclamou o outro, furioso. — Seria algo bem fora do comum, para não dizer impossível. Mande vir o seu amigo, que venha agora mesmo.

Depois de vociferar essas últimas palavras, o viajante desmontou do cavalo.

— E onde está esse brigador tão incrível? — continuou o homem, lançando a João Pequeno olhares furibundos. — Onde? Vou rachar-lhe a cabeça para depois ter o prazer de fazer o mesmo contigo, bobalhão de pernas compridas.

51. Nome de uma capela abandonada em plena floresta, onde vivia um falso e fanfarrão monge, no romance *Ivanhoé*, de Walter Scott (ver nota 6). O pintor francês Eugène Delacroix retratou *O eremita de Copmanhurst* (1833).

— Vá rápido, Robin — disse Gilbert. — Não temos muito tempo. Dê a esse falastrão desaforado uma rápida e boa lição.

Vendo o forasteiro, Robin puxou João pelo braço e disse em voz baixa:

— Não reconhece o viajante? É Tuck, aquele frade alegre.

— É mesmo?

— Tenho certeza, mas não diga nada, será engraçado trocar umas pauladas com esse bom Gilles. E o lusco-fusco vai permitir que eu me mantenha incógnito. Quero aproveitar a coincidência desse encontro.

As maneiras elegantes e delicadas de Robin fizeram o frade sorrir debochado:

— Meu jovem, acha mesmo que tem a cabeça dura o bastante para aguentar sem morrer a saraivada de pancadas que a sua impudência bem merece?

— Minha cabeça é dura, ainda que não tanto quanto a sua, sr. forasteiro — respondeu o rapaz, usando o sotaque de Yorkshire para disfarçar a voz. — Ela resiste às pancadas, se por acaso vierem com força e direção certa. Mas é algo que ponho em dúvida, ouvindo tanta fanfarronice.

— É o que vamos ver, filhote atrevido de corvo. Combinado então; chega de falatório. Em guarda!

Para assustar o jovem adversário, Tuck fez terríveis movimentos giratórios com o bordão, dando a impressão de que desferiria o primeiro golpe nas pernas de Robin. O jovem, porém, era suficientemente experiente para perceber as reais intenções do frade e neutralizou a pancada que firmemente o atingiria na cabeça. Não satisfeito com a hábil defesa, ele desferiu sobre os ombros, os rins e a cabeça de Tuck uma sequência de pauladas tão rápidas, violentas e metodicamente aplicadas que o religioso, atordoado, moído e sem enxergar mais nada, pediu não propriamente misericórdia, mas suspensão da luta.

— Maneja muito bem o bastão, jovem amigo — disse ele de fôlego entrecortado, tentando disfarçar o cansaço. — É como se os seus membros elásticos devolvessem como mola as pancadas, sem se machucar.

— Isso se as recebesse — respondeu com zombaria Robin —, mas até agora não tive contato com o seu bastão.

— É a voz do seu orgulho que ouvimos, meu jovem, pois certamente o atingi mais de uma vez.

— Então esqueceu, frei Tuck, que esse mesmo orgulho sempre me proibiu a mentira? — respondeu Robin com seu sotaque normal.

— Quem é você? — espantou-se o frade.

— Olhe bem para mim.

— Com a breca! Por são Bento, nosso bem-aventurado padroeiro! É Robin Hood, o excelente arqueiro.

— O próprio, alegre Tuck.

— Alegre Tuck, alegre Tuck… pode ser que fosse, até você me roubar a namorada, a bonita Maude Lindsay.

Mal essas palavras foram pronunciadas, uma mão de ferro segurou com violência o braço de Robin e uma voz furiosa murmurou surdamente:

— É verdade o que diz o monge?

Robin virou a cabeça e viu, pálido, com os lábios a tremerem e olhos injetados de sangue, o rosto transtornado de Will.

— Agora não, William — ele respondeu com calma. — Falaremos disso mais tarde. Meu caro Tuck — continuou —, de jeito nenhum roubei a quem tão inconsideradamente chama de namorada. Miss Maude, moça digna e honesta, rejeitou seu amor, que não podia compartilhar. O que motivou a sua saída do castelo de Nottingham não foi um erro, mas o dever de acompanhar sua ama, lady Christabel Fitz-Alwine.

— Não proferi os votos monásticos, Robin — respondeu o monge, querendo se desculpar —, e poderia dar um nome a miss Lindsay. Se o capricho a fez recusar meu amor foi mesmo por culpa desse seu rosto bonito, ou então pela inconstância natural do coração feminino.

— Basta, frei Tuck! Caluniar as mulheres é infame. Não diga mais nada! Miss Maude é órfã, miss Maude está infeliz, miss Maude merece todo o nosso respeito.

— Herbert Lindsay morreu? Que Deus o tenha! — apiedou-se Tuck com toda sinceridade.

— Exatamente, Tuck, morreu. Muitas coisas estranhas aconteceram; contarei tudo isso mais tarde. Por enquanto não podemos conversar muito, e vamos aos motivos que nos trouxeram aqui. Precisamos de você.

— Para quê?

— Explico rapidamente. O barão Fitz-Alwine mandou seus capangas incendiarem a casa do meu pai, como você sabe, matando minha mãe. E Gilbert quer vingar a sua morte. Estamos esperando o barão, que está voltando do exterior. Nossa intenção é a de em seguida penetrar de surpresa no castelo. Se quiser entrar numa briga, é boa ocasião.

— Ótimo! Nunca digo não ao prazer. Mas não está achando que minha ajuda baste para a vitória, pois nosso batalhão não irá longe com esses dois belos rapazes, você e eu.

— Meu pai e um bando de bons amigos estão emboscados no mato, a vinte passos de nós.

— Assim sendo, venceremos! — exclamou o monge, fazendo rodopiar o bordão entusiasmado.

— Por qual estrada veio nosso reverendo padre até a floresta? — perguntou João Pequeno.

— A de Mansfield a Nottingham, meu delicado amigo — respondeu o frade. — Minha cegueira é indesculpável, deixe-me satisfeito apertar suas mãos, João Pequeno.

O sobrinho de sir Guy respondeu polidamente aos efusivos cumprimentos do frade.

— Não viu soldados a cavalo? — continuou João.

— Um bando de homens vindos da Terra Santa descansava num albergue de Mansfield. Por mais disciplinados que fossem, estavam mortos de cansaço, parecendo ter passado por muitas privações. Acha que acompanhavam o barão Fitz-Alwine?

— Provavelmente. Vêm da cruzada e são esperados no castelo de Nottingham, são homens dele. Em breve então encontraremos os ilustres personagens. Temos que nos esconder no mato ou atrás de troncos de árvore, frei Tuck.

— Vamos; mas onde colocar essa égua teimosa? Tem tantos defeitos quanto uma mulh… deixa pra lá!… acabei me apegando a ela.

— Vou levá-la para um abrigo seguro; pode confiar. E escondam-se todos.

João Pequeno foi amarrar o animal numa árvore um pouco mais afastada da estrada e voltou para onde estavam os companheiros.

A agitação nervosa de Will não o deixou esperar ocasião mais propícia para explicações: sem desgrudar de Robin, de um jeito ou de outro o impetuoso rapaz forçou o amigo a contar em detalhe as circunstâncias em que se dera a fuga do castelo de Nottingham.

Robin foi sincero, correto e, sobretudo, procurou proteger Maude.

Will ouviu com o coração em disparada e, terminada a narrativa, perguntou:

— Só isso?

— Só isso.

— Obrigado!

Os dois excelentes rapazes se abraçaram.

— Para mim, é uma irmã — disse Robin.

— Para mim, esposa — afirmou William, acrescentando satisfeito: — Ao combate!

Pobre William!

A espera dos emboscados foi longa, em plena noite. Somente por volta das três da manhã o relincho de um cavalo soou nas profundezas da floresta. A égua de Tuck respondeu cordialmente àquela voz irmã.

— Minha mocinha está de flerte — disse Tuck. — Está bem amarrada, João Pequeno?

— Está sim — respondeu ele.

— Psiu! — fez Robin. — Estou ouvindo cavalos.

Minutos depois surgiu junto à encruzilhada uma tropa que não fazia o menor mistério da sua presença, com homens parecendo menos cansados do que dissera Tuck, aos risos, conversas e cantorias.

Nesse momento, a eguazinha de Tuck veio correndo de dentro do mato, passou voando à frente do seu dono e galopou decidida até os soldados.

O frade fez menção de correr atrás da desertora.

— Está louco? — murmurou João Pequeno, retendo o monge pelo braço. — Dê um passo e está morto.

— Mas eles vão pegar minha poneizinha — resmungou Tuck. — Deixe que vou sozi…

— Silêncio, infeliz! Assim vamos ser descobertos. Não faltam pôneis por aqui, meu tio lhe dará outro.

— Pode ser, mas não um que tenha recebido a bênção do nosso superior no convento, como a gentil Mary. Solte-me. Que violência é essa, grandalhão? Só quero o meu cavalo. Quero sim, quero mesmo!

— Pois então vá! Vá pegá-lo — exclamou João Pequeno empurrando o frade. — Vá, fanfarrão burro, cabeça descerebrada!

Tuck ficou vermelho de raiva. Os olhos dardejaram raios e ele disse com a voz trêmula:

— Ouça, varapau, campanário, torre ambulante, depois do combate vou surrá-lo de dar dó.

— Ou será surrado — respondeu João Pequeno.

Tuck partiu para a estrada e, correndo na direção dos soldados, viu sua égua empinar, corcovear, levantando em volta nuvens de poeira, resistindo aos que tentavam refrear suas alegres travessuras.

Um soldado atingiu o pônei com a lança, mas o golpe foi pago com juros altos, pois Tuck derrubou da montaria o pobre-diabo, que caiu com um grito de dor.

— Mary, Mary, calma, filha — gritou o padre. — Vem, menina, vem aqui.

A voz fez o animal pôr as orelhas de pé. Com um relincho alegre, Mary trotou na direção do seu dono.

— Como assim, patife? — enfureceu-se o chefe do grupo. — Acha que pode sair jogando meus homens no chão?

— Mais respeito com um membro da Igreja — respondeu Tuck, aplicando na cabeça do cavalo que o homem montava uma violenta bastonada.

O animal saltou para trás, o cavaleiro cambaleou e perdeu os estribos.

— Não enxerga o hábito que uso? — continuou Tuck, tentando manter um tom impositivo.

— Não! — urrou o chefe. — Não enxergo o hábito e só vejo o atrevimento. Vou é lhe abrir ao meio a cabeça, sem respeito nem piedade.

Um golpe de lança atingiu Tuck, e a dor o exasperou a tal ponto que o bom religioso se jogou em cima do homem, gritando a plenos pulmões.

— Ao ataque, pessoal Hood! Ao ataque, pessoal Hood! Ao ataque!

Os clamores não assustaram o chefe, que estava à frente de uns quarenta homens prontos para socorrê-lo ao menor sinal. Por mais brigão e vigoroso que fosse o frade, era alguém que ele facilmente venceria.

— Para trás, espertinho! — ele berrou forte. — Para trás! — e com a lança fez recuar Tuck, empinando violentamente o cavalo e fazendo-o ir contra o frade.

O beneditino deu um salto prodigioso e, com formidável porretada, abriu a cabeça do cavaleiro.

Vinte lanças e igual número de espadas ameaçavam a vida do intrépido religioso.

— Socorro, gente de Hood! Ajudem! — vociferava Tuck, acuado como um leão contra uma árvore.

— Hurra! Hurra para o bando de Hood — partiram com fúria os mateiros. — Hurra! Hurra!

E a tropa comandada por Gilbert surgiu como se fosse um só homem, indo em socorro do monge.

Vendo correr de encontro a eles aquele bando armado e visivelmente hostil, os soldados, aos gritos de reunir, entraram em formação que bloqueava a estrada de lado a lado e se prepararam para rechaçar o inimigo com as patas dos cavalos.

Uma revoada de flechas desmanchou essa primeira defesa e meia dúzia de soldados tombou, mortalmente ferida, no campo de batalha.

Percebendo que os inimigos eram bem mais numerosos do que o seu pequeno grupo, Gilbert ordenou que todos se mantivessem no plano inferior lateral da estrada, buscando proteção no escuro e nas árvores.

A hábil manobra deixou os soldados à mercê das mortais flechadas, pois os experientes arqueiros não erravam o alvo.

— Desmontar! — gritou aquele que, por conta própria, havia assumido o lugar do chefe.

Os cruzados obedeceram e a tropa de Gilbert se lançou bravamente contra eles. Travou-se então um combate corpo a corpo, combate mortal em que o vigor físico era rei.

— Hood! Hood! — gritavam os mateiros. — Vingança! Vingança!

— Sem piedade! Abaixo os cães saxões! Abaixo os cães! — vociferou um soldado.

— Cuidado com os dentes desses cães! — gritou Will, cravando uma flecha no peito do valentão.

João Pequeno, Robin e Gilbert lutavam lado a lado. Os Gamwell faziam maravilhas em termos de destreza e coragem. Já o vigoroso frade, cada golpe do seu prodigioso porrete punha um homem no chão.

William corria como um gamo de um lado para outro, derrubando um soldado aqui, quebrando a cabeça de outro ali, mas mais ainda atento aos amigos, sobretudo a Robin, que por duas vezes foi por ele salvo de perigo quase mortal.

Apesar de todo esse esforço, apesar da coragem de cada um e da força combinada da resistência geral, a vitória visivelmente pendia para o lado da tropa do barão. Bem disciplinada, acostumada às fadigas e duas vezes mais numerosa, ela a cada minuto ganhava o terreno que perdera no início do combate. João Pequeno avaliou com um olhar a situação quase desesperadora e, vendo que a efusão de sangue estava a caminho de se tornar uma desnecessária carnificina, achou ser preciso recuar. Não querendo fazer isso sem a autorização de Gilbert, partiu a sua procura.

As façanhas de William tinham atraído a atenção de quatro soldados que procuravam como neutralizar algum dos chefes dos mateiros. Juntaram-se então contra o meigo enamorado da bonita Maude e, apesar da enérgica resistência, conseguiram derrubá-lo. Robin viu o resultado do ataque e, guiado apenas por seu indomável coração, atravessou com a lança o peito de um dos homens, reergueu William com mão enérgica e, ajudando o amigo, tentou voltar para perto dos companheiros, já reunidos por João Pequeno em vitoriosa retirada.

Parecia afastado o perigo e os dois, Will ainda apoiado em Robin, alcançavam o grupo amigo, que erguia uma muralha contra os soldados quando um grito de Robin, grito de furioso desespero, fez o jovem esquecer os inimigos que ainda lutavam:

— Meu pai! Meu pai! Vão matar o meu pai!

O destemido arqueiro se lançou em socorro de Gilbert, e William, arrastado junto, só teve mesmo tempo de ver Robin cair de joelhos diante de Gilbert, que tinha a cabeça aberta por uma machadada.

Entre os clamores provocados pela morte do velho e pela imediata vingança de Robin, que matou o soldado assassino, o rapto de Will passou despercebido.

O combate, que se acalmara por uns momentos, voltou a ficar furioso. Robin e Tuck derrubavam mortos todos que tentavam chegar perto, enquanto João Pequeno aproveitou o impulso desesperado do jovem para subtrair da cena de combate o corpo de Gilbert.

Quinze minutos depois dessa triste retirada, Robin gritou para os que ainda estavam com ele:

— Para o bosque, rapazes!

Os companheiros se espalharam como um bando de pássaros pegos em surpresa e os soldados partiram em perseguição gritando:

— Ganhamos! Ganhamos! Vamos atrás dos cães! Vamos matar os cães!

— Os cães não vão morrer sem morder — gritou Robin, e os arcos enviaram outra vez flechas mortais.

A perseguição se tornou impossível e os soldados tiveram o bom senso de desistir.

Faltavam ao todo seis homens na tropa de João Pequeno. Gilbert Head estava morto e William desaparecido.

— Não abandono William — disse Robin parando o grupo. — Continuem adiante, amigos, mas vou atrás de Will. Ferido, morto ou prisioneiro, preciso encontrá-lo.

— Acompanho você — disse imediatamente João Pequeno.

Os demais continuaram em frente e os dois jovens voltaram às pressas pelo trajeto que haviam feito.

O campo de batalha não oferecia ao olhar mais traço algum do combate. Os mortos, fossem mateiros ou soldados, tinham desaparecido. Pisoteadas de cavalos indicavam, aqui e ali, a passagem de uma tropa e nada mais: galhos quebrados, flechas e outros vestígios de luta tinham sido recolhidos e carregados.

Um ser vivo, no entanto, errava na encruzilhada, lançando para um lado e para outro olhares inteligentes de ansiosa busca: era o pônei do frade.

Ao ver os dois rapazes, o cavalo trotou satisfeito na direção deles. Reconhecendo, porém, quem o havia amarrado, relinchou, corcoveou e desapareceu.

— A gentil Mary declarou independência — observou João Pequeno. — Muito provavelmente antes do amanhecer será propriedade de algum *outlaw*.

— Vamos tentar pegá-la de volta — disse Robin. — Com ela será mais fácil alcançar os soldados.

— E ser morto por eles, meu amigo — respondeu ajuizadamente o sobrinho de sir Guy. — Posso garantir que seria coisa tão inútil quanto imprudente. Vamos voltar para o *hall* e amanhã vemos o que fazer.

— Está bem, voltamos ao *hall* — aceitou Robin. — Ainda tenho um doloroso dever a cumprir.

Dois dias depois dessa funesta noitada, o corpo de Gilbert, sob os cuidados religiosos de Tuck, foi preparado e estava pronto para ser levado à sua última morada.

Tendo pedido para estar por um momento sozinho com os restos queridos do morto, Robin fervorosamente rezou pelo repouso da alma de quem ele tanto amou.

— Adeus para sempre, pai querido. Adeus, você que recebeu em sua casa uma criança sem família; adeus, você que nobremente deu a essa criança uma mãe carinhosa, um pai dedicado, um nome sem mácula. Adeus, adeus, adeus! A separação mortal dos nossos corpos não afasta nossas almas. Ah, pai! Viverá para sempre no meu coração: amado, respeitado e considerado como amo, respeito e considero Deus. Nem o tempo, nem as misérias da vida e nem mesmo a felicidade diminuirão minha filial ternura. Você muitas vezes disse, venerando pai, que a alma das boas pessoas guarda e protege a quem amou. Cuide então deste seu filho, deste a quem você deu um nome, que ele manterá sempre digno. Juro, pai, segurando a sua mão e olhando para o céu, juro que Robin Hood jamais cometerá uma ação que não seja guiada por você se for boa, e temperada pela lembrança da sua leal justiça, se for má.

Minutos de calma seguiram essas palavras e, em seguida, o rapaz se ergueu, chamou os amigos e, de cabeça descoberta, seguido por todos os membros da família Gamwell, acompanhou os restos mortais do velho guarda-florestal.

Atrás do triste cortejo caminhava Lincoln, mais pálido do que o morto, e um cão manco, um pobre cão despercebido de todos, do qual ninguém se lembrava, um pobre cão fiel até no exílio da tumba.

Quando o corpo, vestido e amortalhado num lençol, foi estendido no seu último leito de repouso, quando as armas de Gilbert foram deixadas a seu lado, o bom e velho Lance foi de mansinho até a beira do fosso, uivou lamentosamente e se jogou sobre o corpo.

Robin tentou retirar o cachorro.

— Deixe-o com o seu dono, sr. Robin — disse com gravidade Lincoln. — Os dois estão mortos.

O velho estava certo, Lance não existia mais.

Fechada a tumba, Robin ficou só, pois os grandes pesares não pedem consolo nem testemunhas.

O sol se escondera num manto de púrpura, as primeiras estrelas cintilavam no céu e os suaves raios da lua já iluminavam a solidão de Robin quando duas sombras brancas surgiram a poucos passos dele.

O leve contato de duas mãos que simultaneamente tocaram seus ombros tirou o rapaz daquele torpor do desespero, que é mais triste do que o choro.

Ele ergueu a cabeça e viu a seu lado Maude em pranto e Marian pesarosa.

— A esperança, a lembrança e minha afeição continuam com você, Robin — disse Marian emocionada. — Deus provoca a dor, mas igualmente nos dá força para suportá-la.

— Cobrirei a sepultura com as flores da saudade, Robin — acrescentou Maude —, e falaremos daquele que não está mais entre nós.

— Obrigado Marian, obrigado Maude — respondeu Robin.

Sem poder exprimir com palavras sua profunda gratidão, ele se levantou, apertou as mãos de Maude, inclinou-se diante de Marian e se afastou precipitadamente.

As duas jovens se ajoelharam no lugar em que até então ele estava e puseram-se a rezar em silêncio.

18

Às primeiras horas do dia seguinte, Robin e João Pequeno entraram num albergue da cidadezinha de Nottingham para a refeição matinal. A sala estava lotada de soldados do barão Fitz-Alwine, como se podia ver pelos trajes.

Enquanto comiam, os dois amigos prestavam atenção às conversas ao redor.

— Não se sabe ainda — dizia um soldado — qual tipo de inimigo atacou os cruzados. Sua Senhoria acredita que fossem *outlaws* ou vassalos guiados por um dos seus inimigos. Monsenhor propriamente teve sorte, pois só chegou ao castelo algumas horas depois.

— Os cruzados ficarão por muito tempo no castelo, Geoffroy? — perguntou o estalajadeiro ao soldado.

— Não, seguirão amanhã para Londres, levando os prisioneiros.

Robin e João Pequeno trocaram um olhar carregado de sentido.

O que se disse depois interessou menos aos nossos dois amigos e os soldados continuaram a beber e a jogar.

— William se encontra no castelo — murmurou Robin com voz quase inaudível. — Temos que procurá-lo por lá ou então aguardá-lo quando sair. Será preciso usar força, astúcia e boa estratégia, em uma palavra, libertá-lo.

— Estou pronto para o que for — disse João Pequeno no mesmo tom.

Os dois deixaram suas cadeiras e Robin pagou a despesa.

No momento em que passavam pelo grupo de soldados, se dirigindo à porta, o sujeito a quem haviam chamado Geoffroy disse a João Pequeno:

— Por são Paulo! A cabeça do amigo parece ter muita simpatia pelas traves do teto. Se a sua mãe conseguir beijá-lo sem que você seja obrigado a se ajoelhar, ela merece um posto na tropa dos cruzados.

— Será que a minha estatura ofende os seus olhares, companheiro soldado? — perguntou João Pequeno com condescendência.

— De forma alguma, formidável desconhecido, mas francamente me surpreende muito, pois até agora achava-me o sujeito mais bem constituído e mais vigoroso do condado de Nottingham.

— Folgo em dar a visível prova do contrário — respondeu tranquilamente João.

— Aposto um pote de cerveja — disse Geoffroy dirigindo-se a seus companheiros — que, apesar do tamanho, o desconhecido não consegue tocar em mim com um bastão.

— Aceito — gritou alguém.

— Negócio feito! — respondeu Geoffroy.

— Se me permite — exclamou por sua vez João Pequeno —, ninguém perguntou se aceito eu o convite.

— Não acredito que negue quinze minutos de prazer a quem, sem nem conhecê-lo, apostou em você — disse o homem que havia entrado no jogo.

— Antes então de responder à fraterna proposta feita — replicou João Pequeno —, quero dar ao adversário um rápido aviso: não tenho tanto orgulho da minha força, mas devo dizer que nada se lhe resiste; acrescento que querer lutar comigo é procurar a derrota, pode ser até que acompanhada de algum estrago, no mínimo um abalo no amor-próprio. Nunca fui vencido.

O soldado riu alto.

— Tenho a impressão de que é o maior fanfarrão da Terra, isso sim — gritou debochando. — E se não quiser que eu diga que é covarde, além de arrogante, vai aceitar uma disputa comigo.

— Já que é assim, aceito de coração, mestre Geoffroy. Antes, porém, de lhe dar provas de minha força, permita-me falar com meu amigo. Em seguida, prometo usar meu tempo para corrigir essa sua impudência.

— Não vá muito longe! — pediu Geoffroy zombando.

Todos em volta deram boas risadas.

Ofendido com a insolente insinuação, João Pequeno avançou até o soldado.

— Se eu fosse normando — disse com a voz carregada de raiva —, poderia agir assim, mas sou saxão. Foi por pura modéstia que não aceitei de imediato o desafio, mas já que faz pouco-caso de meus escrúpulos, estúpido falastrão, já que me libera de qualquer consideração que possa ter, chame o estalajadeiro, pague sua cerveja e peça que prepare curativos, pois vai precisar muito deles para essa bola inútil que balança entre os seus ombros e que você chama de cabeça. Robin — virou João Pequeno para o amigo —, nos vemos logo mais na casa de Graça May, onde provavelmente vai encontrar Hal. Será perigoso se algum empregado do castelo o reconhecer e isso ainda comprometeria a fuga de Will. Sinto-me obrigado a responder a esse bravateiro que apareceu. Serei rápido, pode estar certo. Enquanto isso, procure evitar encontros inconvenientes.

Robin seguiu os sábios conselhos, mas a contragosto, pois perdia com isso o verdadeiro prazer de assistir ao espetáculo daquela luta em que o amigo facilmente devia triunfar.

Depois que Robin se foi, João voltou ao albergue. O grupo dos que bebiam tinha consideravelmente aumentado, pois a notícia da disputa entre Geoffroy o Forte e um estranho que não ficava atrás em vigor físico e em ousadia já havia atravessado a pequena cidade e atraído apreciadores desse tipo de combate.

João Pequeno observou a multidão com olhar indiferente e tranquilo, aproximando-se em seguida do adversário.

— Estou à sua disposição, sr. normando.

— E eu à sua — respondeu o outro.

— Antes de começar — acrescentou o saxão — quero agradecer a amabilidade do amigo que, contra um lutador desconhecido, se expõe a perder uma aposta. Quero então, como resposta a essa cortesia, acrescentar cinco xelins e apostar que não somente o deixarei estendido na terra, como também lhe acertarei a cabeça com o bastão. Quem ganhar os cinco xelins oferece uma rodada de bebida ao amável público.

— Concordo — respondeu Geoffroy satisfeito —, e dobro a soma se por acaso conseguir me ferir ou derrubar.

— Hurra! — gritou o "amável público", que, aliás, só tinha a ganhar, sem nada arriscar.

Acompanhados em tumulto pela multidão, os dois adversários deixaram a sala e foram se colocar, frente a frente, no meio de um amplo gramado, cujo espesso tapete convinha admiravelmente à circunstância.

Os espectadores se puseram em roda junto aos combatentes e um profundo silêncio sucedeu a algazarra.

João Pequeno em nada mudou seus trajes, limitando-se a deixar de lado as armas e descalçar as luvas, mas Geoffroy foi mais cuidadoso: despiu a parte mais pesada das roupas e mostrou-se com o tronco estreitamente cingido por um gibão de cor escura.

Os dois se estudaram por um momento, com persistente fixidez; João Pequeno apresentava uma expressão calma e sorridente; a de Geoffroy revelava uma vaga, mas indisfarçável preocupação.

— Estou pronto — disse João, cumprimentando o soldado.

— Às suas ordens — respondeu Geoffroy, igualmente polido.

Em simultaneidade de movimento, os dois estenderam as mãos, num cordial aperto que os uniu por um segundo.

A luta começou. Não vamos descrevê-la, diremos apenas que não foi longa. Apesar do vigoroso esforço de uma enérgica resistência, Geoffroy perdeu o equilíbrio e, com um movimento de inacreditável força e perícia nunca vista, João Pequeno lançou o adversário por cima da cabeça, a vinte passos de distância.

Furioso com a humilhante derrota, o soldado se levantou em meio ao tumulto do público, que gritava e lançava os gorros para o alto:

— Hurra! Hurra para o lenhador!

— Honestamente ganhei a primeira parte da nossa aposta, soldado — disse João Pequeno —, e me disponho a dar início à segunda.

Rubro de raiva, Geoffroy respondeu apenas com um sinal afirmativo.

Os dois homens mediram seus respectivos bordões e a luta se reiniciou mais viva, mais feroz, mais ardente.

Geoffroy foi mais uma vez vencido.

As comemorações entusiásticas da multidão celebraram as triunfantes proezas de João Pequeno e, já de volta ao albergue, uma torrente de cerveja rolou pelos copos em homenagem ao grande lenhador.

— Sem rancores, bravo soldado — estendeu a mão o vencedor ao vencido.

Geoffroy recusou o oferecimento amigável e respondeu em tom amargo:

— Não preciso da ajuda do seu braço nem de sua amizade, lenhador, e aconselho a que não ponha tanto orgulho nas suas maneiras. Não sou do tipo a calmamente aceitar a vergonha da derrota e se os deveres do meu serviço não me chamassem ao castelo de Nottingham, lhe devolveria cada uma das pancadas recebidas.

— O que é isso, amigo? — tentou João ser conciliador, pois realmente dava valor à coragem do soldado. — Não fique chateado nem guarde mágoa. Caiu diante de uma força superior à sua; não há mal nisso e vai conseguir, tenho certeza, recuperar sua reputação de vigor, sangue-frio e técnica. Reconheço com prazer, e permita-me proclamar, que não somente é muito bom na arte de manejar o bordão, mas também o atleta mais difícil de ser derrubado que alguém de coração firme e braço forte queira ter pela frente. Receba então, sem mal-entendido, a mão que ofereço, pois é com sinceridade e franqueza que a estendo.

Tais palavras foram ditas com tal consideração que pareceram mexer com o rancoroso normando.

— Aqui tem minha mão — ele a estendeu então —, que reclama da sua um cumprimento de amigo. E agora, meu rapaz — acrescentou Geoffroy, esforçando-se para que a voz soasse tranquila —, deixe-me saber o nome do meu vencedor.

— Não posso satisfazer por enquanto o seu pedido, mestre Geoffroy; mais tarde farei isso com prazer.

— Fico na expectativa. Mas antes que se vá, preciso dizer que ao me chamar normando cometeu um erro: sou saxão.

— Veja só! — respondeu alegremente João Pequeno. — Fico contente de saber que pertence à mais nobre raça do chão inglês. Isso dobra a estima e simpatia que me inspira. Voltaremos a nos encontrar em breve e serei mais comunicativo e confiante. Mas agora preciso ir; os negócios que me trouxeram a Nottingham assim exigem.

— Já? Está querendo ir embora, amigo da floresta? Não posso aceitar, acompanho-o até onde estiver indo.

— Por favor, amigo soldado, preciso encontrar meu companheiro, já me atrasei muito.

A notícia de que João Pequeno ia embora correu de boca em boca e criou verdadeiro tumulto.

Vinte vozes exclamaram:

— Vamos acompanhar o forasteiro! E falar a todo mundo da sua grandeza e valentia.

João, sem de modo algum desejar aquela repentina e ameaçadora popularidade, e vendo se aproximar a hora marcada para encontrar Robin, chamou Geoffroy à parte:

— Quer me fazer um favor?

— Com todo prazer.

— Pois me ajude a me livrar discretamente desse bando de beberrões. Preciso sair daqui sem chamar atenção.

Depois de pensar um pouco, Geoffroy foi terminante:

— Tem um só meio de conseguir.

— Qual?

— Acompanhe-me ao castelo de Nottingham, eles não poderão nos seguir além da ponte levadiça. Uma vez lá dentro, indicarei um caminho deserto que, por um desvio, o levará de volta à entrada da cidade.

— Com os diabos! Não há outro meio de me desvencilhar desses imbecis?

— Não vejo outro. O amigo não conhece a estúpida vaidade desses coitados. Querem estar com você apenas para serem vistos na sua companhia e poder contar aos vizinhos, parentes e conhecidos: "Passei duas horas com o corajoso sujeito que venceu Geoffroy o Forte; é meu amigo, entramos juntos na cidade ainda há pouco; precisava ter visto, eu estava à direita dele, ou à esquerda etc… etc…"

Bem contra a vontade, João Pequeno se viu obrigado a aceitar o conselho.

— Aceito o que propõe, vamos então sem perder tempo.

— É para já. Meus amigos — gritou Geoffroy —, preciso voltar ao castelo e nosso digno amigo vai me acompanhar. Peço que nos deixem tranquilamente ir embora. Se algum de vocês quiser nos seguir, mesmo a vinte passos de distância, verei isso como provocação e, por são Paulo!, o insolente vai se arrepender!

— Minha casa fica no caminho que vão tomar e sou obrigado a seguir na mesma direção — alegou alguém.

— Pois fará isso daqui a dez minutos! — respondeu Geoffroy. — Assim sendo, bom dia a todos e passem bem.

Dito isso, Geoffroy se retirou da sala e uma formidável aclamação acompanhou João Pequeno até a porta.

E foi assim que ele penetrou na senhorial moradia do barão Fitz-Alwine.

Depois de deixar o amigo, Robin tomara o caminho da casa de Graça May. Ele não conhecia pessoalmente a bonita prometida de Hal, ou somente pelos olhos do jovem apaixonado que não se cansava de descrever seus encantos. Para falar francamente, era então com muita curiosidade que ele se dirigia à casa de Graça May.

Demoraram a atender à porta e ele, cansado de esperar, começou a cantarolar a meia-voz o estribilho de uma balada que o seu pai ensinara.

Aos primeiros refrões da melancólica canção, passos rápidos e agitados despertaram o eco adormecido da antiga moradia. A porta bruscamente se abriu, fazendo surgir uma jovem que, sem nem mesmo olhar para o visitante, exclamou num tom alegre:

— Eu tinha certeza que viria, Hal querido. Cheguei a dizer a minha mãe… Ah! Desculpe, senhor — confundiu-se a agitada mocinha que outra não era senão Graça May —, mil desculpas.

Enquanto assim se escusava, ela corava até a raiz dos cabelos e a causa de tanto embaraço era porque, na precipitação, ela literalmente se jogara nos braços de Robin.

— Cabe a mim me desculpar, por não ser quem a senhorita esperava — respondeu o jovem com voz extremamente gentil.

Atrapalhada e confusa, Graça May perguntou:

— Posso saber, senhor, a que devo a honra da visita?

— Senhorita — respondeu Robin —, sou um amigo de Halbert Lindsay e gostaria de vê-lo. Um motivo sério e que seria demorado demais explicar me impede de ir ao castelo procurá-lo. Agradeceria muito se me permitir esperar aqui a sua vinda.

— Pois não, claro. Os amigos de Hal são bem-vindos na casa de minha mãe. Entre, por favor.

Robin se inclinou cortesmente e a seguiu até uma ampla sala do andar térreo.

— Já fez uma refeição, senhor? — perguntou Graça.

— Já sim, senhorita, obrigado.

— Permita-me então oferecer um copo de cerveja, temos uma excelente.

— Aceito, pelo prazer de brindar à felicidade de Hal, meu muito afortunado amigo — disse Robin galantemente.

Os olhos da bela mocinha faiscaram de alegria.

— É muito cavalheiresco.

— Um sincero admirador da beleza, miss, nada mais.

A jovem voltou a ruborizar.

— Está vindo de longe? — ela perguntou, como querendo manter a conversa.

— Bastante, de uma aldeia das proximidades de Mansfield.

— Gamwell? — perguntou imediatamente Graça.

— Exatamente. Conhece o vilarejo?

— Conheço sim — ela respondeu com um sorriso. — Conheço perfeitamente, mesmo sem nunca ter ido.

— Como assim?

— Muito simples: a irmã de leite de Halbert, miss Maude Lindsay, mora no castelo de sir Guy. Frequentemente ele vai visitá-la e, na volta, fala muito dela e conta as novidades da região. Com isso — acrescentou com ternura a jovem —, ele me ensinou a conhecer e admirar os hóspedes de sir Guy. Entre eles, um em particular, de quem Halbert sempre fala com muita amizade.

— Quem? — riu-se o jovem.

— O senhor mesmo. Pois se não me ilude a memória, posso com toda certeza cumprimentá-lo como Robin Hood. Hal o descreveu tão bem que é impossível estar enganada: alto, boa constituição, grandes olhos negros, bonita cabeleira, aparência nobre…

O sorriso de Robin interrompeu a expansiva descrição de Graça May, que se calou e baixou os olhos.

— A generosidade de Hal o fez ser muito indulgente com relação a mim, senhorita; a seu respeito, porém, foi mais severo. Vejo que tudo que disse é inexato.

— Nada que me ofenda, tenho certeza — respondeu Graça com admirável confiança na reciprocidade do amor.

— Não, mas descreveu-a como uma das mais encantadoras pessoas de todo o condado de Nottingham.

— E o senhor não acreditou?

— Só agora me dou conta do erro que cometi ao acreditar.

— Que seja! — exclamou a moça sem se melindrar. — Fico contente de ouvi-lo falar tão sinceramente.

— Muito sinceramente. Disse que Hal foi severo no seu julgamento, descrevendo-a erradamente como uma das mais encantadoras mulheres de todo o condado.

— É verdade, senhor; deve-se, porém, perdoar o exagero vindo de um coração favoravelmente tendencioso.

— Não houve exagero, senhorita, mas cegueira, pois não é uma das mais bonitas do condado e sim a mais bonita.

Graça pôs-se a rir.

— Permita-me ver no que diz apenas amável galanteria. Tenho certeza de que se fosse louca a ponto de acreditar, acharia que sou uma tonta. Maude Lindsay tem uma beleza perfeita e, mais ainda, no castelo de Gamwell há uma jovem dama que o senhor acha mil vezes mais bonita do que Maude e mil vezes mais bonita do que eu. Mas é tão discreto quanto galante e não se atreve a dizer abertamente o que pensa.

— Não temo nunca falar com franqueza, senhorita — respondeu Robin —, e digo a verdade afirmando que é, no seu tipo de beleza, superior a todas as moças de Nottingham. A jovem dama a quem se refere igualmente tem direito ao primeiro lugar na particularidade das suas graciosas feições. Mas tenho a impressão de que a nossa conversa chega às beiras da lisonja e não quero que meu amigo Hal possa me acusar de lhe fazer cumprimentos excessivos.

— Tem toda razão, conversemos como amigos.

— Combinado. Mas então, miss Graça, responda francamente a pergunta que faço. Como, sem nem mesmo perder o tempo de olhar para mim, se jogou nos meus braços?

— A pergunta é embaraçosa, sir Robin, mesmo assim responderei. Foi a canção, que é a mesma que Hal está sempre cantarolando, e naturalmente confundi as vozes. Hal é um amigo de infância, fomos praticamente criados juntos no colo da minha mãe; tenho então com ele intimidades de irmã e nos vemos quase diariamente. Isso para explicar por que fui tão afoita, queira me desculpar.

— Por favor, miss Graça, não tem por que se desculpar. Agora que tive o prazer de conhecê-la, chego a invejar a felicidade de Hal e não me espantarei mais ao ouvi-lo gritar que é o maior felizardo do mundo.

— Sir Robin — interrompeu bem-humorada a moça —, mais uma vez caiu em flagrante delito de mentira. Não trocaria essa felicidade que diz quase invejar por aquela que mobiliza todas as suas esperanças.

— Adorável Graça — respondeu tranquilamente Robin — quando alguém dirige sua afeição a um coração honesto, nunca mais a retira, e tenho certeza de que caso me viesse à cabeça a ideia de suplantar Halbert no seu coração, seria rejeitado.

— É provável! — respondeu Graça com ingenuidade. — Mas não quero — acrescentou rindo — que Halbert saiba, pois ficaria convencido demais.

A conversa começada com tanta alegria se prolongou por mais uma hora.

— Hal está demorando muito — lembrou-se de repente Robin. — Os apaixonados são sempre impacientes e em geral chegam adiantados aos encontros.

— É o normal, não acha?

— Normalíssimo.

A aldrava finalmente soou à porta, junto com a mesma canção que Robin havia cantarolado e Graça, depois de olhá-lo como quem diz: "Está vendo? Era muito natural o meu engano", correu ao encontro do recém-chegado.

A presença de Robin não fez com que a petulante jovem deixasse de reclamar do atraso, fazendo-se de zangada ao beijar o namorado.

— Como? Está aqui, Robin? — surpreendeu-se Hal. — E minha querida irmã, Maude? Como está?

— Não muito bem.

— Nada tão grave, não é? Irei vê-la.

— Fique tranquilo, nada grave.

— Esperava encontrá-lo aqui — continuou Halbert. — Soube, ou melhor, adivinhei que estava em Nottingham, e veja por quê. Indo à cidade fazer uma compra para o castelo, ouvi dizer que haveria uma luta a pauladas entre Geoffroy o Forte, sabe quem é, Graça?, e um lenhador. Tive então curiosidade de assistir ao evento.

— Enquanto eu esperava o senhor aqui — observou Graça, fazendo beicinho com os lindos lábios rosados.

— Não imaginava ficar mais de um minuto entre os espectadores. Cheguei no momento em que João Pequeno jogava longe Geoffroy, por cima da cabeça. Geoffroy o Forte, Geoffroy o Gigante, como o chamamos no castelo, imagine só, Graça, que lance formidável! Quis pedir notícias suas a João, mas foi impossível chegar perto dele. Andei pela cidade e, sem nada mais conseguir para minhas buscas misteriosas, fui perguntar por você no castelo.

— No castelo! — assustou-se Robin. — Falou de mim no castelo?

— Fique tranquilo. O barão chegou ontem e se fizesse a besteira de falar da sua presença na comarca, já estaria sendo caçado como um animal feroz.

— Foi totalmente infantil o meu susto, Hal. Sei o quanto é prudente e sabe guardar segredos. A finalidade da viagem foi principalmente a de vê-lo e pedir informações sobre os prisioneiros que se encontram no castelo. Provavelmente soube do que aconteceu bem recentemente na floresta de Sherwood.

— Sei. O barão está furioso.

— Azar o dele. Voltando aos prisioneiros. Entre eles está alguém que quero salvar a qualquer preço, Will Escarlate.

— William? — exclamou o rapaz. — E o que fazia no bando de malfeitores que atacou os cruzados?

— Não houve bando nenhum de malfeitores, Hal, e sim bons rapazes que cometeram a tolice de agir sem discernimento, supondo que atacavam o barão Fitz-Alwine e seus soldados.

— Foram vocês! — surpreendeu-se o pobre Hal, lamentando.

Robin fez um sinal confirmativo.

— Agora entendo tudo: era de você que falaram os cruzados, referindo-se a alguém do bando que enviava a morte na ponta de cada flecha. Ai! Pobre Robin, o resultado da batalha foi bem negativo para vocês.

— Extremamente, Hal — repetiu Robin com tristeza —, pois meu pai foi morto.

— Morto, o bravo Gilbert! — disse Hal com a voz carregada de emoção. — Meu Deus!

Um instante de silêncio deixou os dois rapazes absortos na dor. Graça não sorria mais, aflita com a tristeza de Hal e o desespero de Robin.

— E o bom William caiu nas mãos dos soldados do barão? — voltou Hal, querendo trazer de volta o pensamento de Robin ao amigo.

— Exato. E vim vê-lo, caro Hal, na esperança de que possa me ajudar a penetrar no castelo. Só vou embora de Nottingham depois de libertar Will.

— Conte comigo — respondeu prestamente o rapaz. — Farei tudo que puder para ajudá-lo nessa dolorosa circunstância. Vamos até o castelo; será fácil para mim fazê-lo entrar, mas uma vez no interior, terá que tomar todo cuidado, ser paciente e manter prudência. Com a volta do barão, a existência se tornou um verdadeiro inferno para todos nós. Ele grita, xinga, vai, volta, não nos deixa esquecer que está presente.

— Lady Christabel veio com ele?

— Não, apenas o seu confessor. Os soldados que o acompanharam não são daqui.

— Tem alguma notícia de Allan Clare?

— Nenhuma. Nem ninguém no castelo tem. Já lady Christabel, está na Normandia, tudo indica que numa instituição religiosa, sendo bem provável que o sr. Allan não esteja muito longe de lá.

— Com certeza — concordou Robin. — Pobre Allan! Espero que a fidelidade do seu amor seja afinal recompensada.

— E será — acrescentou Graça. — Há uma Providência que cuida dos enamorados.

— Confio na bondade dessa Providência — exclamou Halbert, lançando um olhar apaixonado à amada.

— Eu também — disse Robin, com o coração batendo forte por se lembrar de Marian.

— Amigo Robin — retomou o assunto Hal —, se for possível fazer alguma coisa para salvar William, deve ser feito ainda hoje. Os prisioneiros partirão para Londres em plena noite para serem julgados e condenados segundo os caprichos do rei.

— Então vamos nos apressar. Prometi a João Pequeno que o esperaria junto à ponte levadiça do castelo.

— Graça, minha querida — disse Hal timidamente —, não brigue comigo amanhã por nos termos visto tão rapidamente hoje.

— Não, Hal, esteja tranquilo. Vá com coragem ajudar seu amigo e não se preocupe comigo. Rezarei ao céu para que tudo corra bem.

— Você é a melhor e a mais amada das mulheres, querida Graça — disse Hal, beijando as faces vermelhas de sua prometida.

Robin se despediu obsequiosamente da jovem e os dois rapazes partiram com passos rápidos para o castelo.

— É VERDADE, é mesmo João Pequeno — disse Robin. — O que significa essa aparente intimidade?

— Aposto minha cabeça — respondeu Hal — que Geoffroy acabou ficando amigo de João Pequeno e o está levando ao castelo para oferecer-lhe uma bebida. É um excelente rapaz, mas imprudente. Trabalha há bem pouco tempo para o barão e as coisas vão se passar mal se ele se entregar com muita facilidade ao prazer de esvaziar garrafas.

— Pode deixar que a sobriedade habitual de João vai manter o companheiro dentro de limites razoáveis.

— Veja, Robin — interrompeu Hal. — João Pequeno já nos viu e está lhe fazendo um sinal.

Robin olhou.

— Pede-me que o espere, pois vai ao castelo. Vou fazê-lo compreender que entro com você e que nos encontramos lá dentro, em algum pátio.

— Ótimo. Digo que é um amigo e vamos até a cantina. Pelo falatório dos soldados, podemos descobrir em qual parte do torreão estão trancados os prisioneiros e quem é o encarregado da guarda. Se conseguirmos subtrair as chaves, libertamos William, mas para sair teremos que de novo atravessar os subterrâneos. Chegando à floresta…

— Vou deixar que nos sigam e até nos alcancem, se puderem! — exclamou brincando Robin.

A ponte levadiça foi baixada para Hal e em pouco tempo os dois se encontravam no interior do castelo de Nottingham.

Vendo-se obrigado a seguir Geoffroy, João Pequeno, pensando na liberdade do primo, resolveu se aproveitar daquela súbita amizade que o soldado normando demonstrava.

Não foi difícil conduzir a conversa para os recentes acontecimentos noturnos. Com toda boa vontade do mundo, Geoffroy satisfez a curiosidade do novo amigo e contou ter sob a sua guarda a vigilância dos três prisioneiros.

— Um deles inclusive tem ótima e distinta aparência — acrescentou.

— Ah! — fingiu-se pouco interessado João Pequeno.

— Mas garanto que nunca na vida você viu cabelos de cor mais estranha, quase vermelhos. Mesmo assim, como disse, é um belo rapaz, de olhos muito bonitos e que agora parecem duas brasas do inferno, de tanta raiva que brilha neles. Monsenhor foi até a cela do pobre coitado durante o meu turno: não conseguiu extrair nem uma palavra e se foi jurando que o enforcaria em no máximo vinte e quatro horas.

"Pobre Will!" pensou João Pequeno.

— E esse pobre coitado foi ferido? — perguntou.

— Está em tão boa forma quanto você e eu. Só o mau humor o aflige.

— Têm então calabouços nas muralhas? É coisa rara.

— Está enganado; vários castelos na Inglaterra têm.

— E onde ficam? Nas quinas?

— Em geral sim. Mas nem todos são utilizáveis. O rapaz de quem falei, por exemplo, está trancado num bastante razoável e nem tão desconfortável, na ala oeste. Aliás, pode até enxergar daqui o lugar, junto àquela barbacã. Está vendo?

— Estou.

— Pois acima dela há uma abertura larga o bastante para deixar passar ar e luz e, abaixo, uma portinhola.

— É verdade. E o tal sujeito de cabelos vermelhos está lá?

— Para a sua infelicidade.

— Pobre coitado. É bem triste, não acha, mestre Geoffroy?

— Muito.

— E pensar que um jovem vigoroso e saudável ali está preso entre quatro paredes e atrás de uma porta reforçada, alguém que, afinal de contas, nem causou grande mal e provavelmente esgota sua força em esforços inúteis — disse João Pequeno como quem faz uma simples reflexão. — Há sentinelas com ele?

— Não, ele fica sozinho. Se tivesse amigos seria fácil fazê-lo escapar, pois o ferrolho é do lado de fora. Basta puxar e, crac! A porta rolaria nos gonzos. Só que seria impossível atravessar a muralha do lado oeste.

— Por quê?

— O tempo todo há soldados por ali, enquanto o lado leste fica abandonado e seria um caminho mais seguro.

— Sem vigilância?

— Nenhuma. Essa parte do castelo fica completamente vazia. Tem fama de mal-assombrada; de forma que o medo mantém todo mundo longe.

— Com os diabos! Não é muito aconselhável se arriscar a fuga tão duvidosa. Mesmo que escape da cela, como atravessar as muralhas de uma fortaleza dessas?

— Alguém de fora e que ignore as passagens secretas seria pego antes de dar dez passos, mas eu, por exemplo, se precisasse fugir, tomaria a direção leste das muralhas, até um quarto inabitado e com uma janela dando para o fosso. A partir dela, à distância de um braço, um velho arcobotante serve de apoio para alcançar um estrado de madeira que flutua na água. É uma ponte improvisada que, imagino, tenha servido aos homens do barão que chegavam ao castelo depois do toque de recolher. Do outro lado, a salvação fica por conta da agilidade das próprias pernas.

— Tudo de que o pobre prisioneiro precisa é um amigo inteligente e safo.

— Isso mesmo, mas ele não tem. Meu caro — continuou Geoffroy —, vou precisar deixá-lo por alguns minutos para certas obrigações. Querendo, passeie um pouco pelo castelo e se por acaso alguém o interpelar, diga a senha, que é "de bom grado e honestamente", e o deixarão seguir.

— Muito obrigado, mestre Geoffroy — despediu-se João Pequeno, reconhecido.

— Logo mais agradecerá ainda mais, maldito saxão! — grunhiu para si mesmo Geoffroy, se retirando. — Esse matuto se imagina igual a mim, mas sou normando, um verdadeiro normando, e vou provar que ninguém vence impunemente Geoffroy o Forte. Maldito lenhador! Derrubou um homem que nunca havia sentido no ombro o porrete de um adversário. Vai se arrepender por isso, pode ter certeza. Ah! Ah ! Ah! — riu forte o soldado. — Caiu numa armadilha, grandalhão. Na certa veio salvar os amigos, pois foram malandros da sua espécie que atacaram os cruzados. Vai ganhar uma viagem por conta de Sua Majestade, e isso se minha faca não se enterrar no seu coração. Como mordeu a isca! Aposto minha vida que vou encontrá-lo daqui a pouco na muralha leste; poderei pagar de uma só vez tudo que lhe devo.

Enquanto ruminava tudo isso, Geoffroy imaginava poder, além de se vingar de João Pequeno, tirar bom partido do seu feito junto ao barão.

Ficando a sós, nosso amigo João pôs-se a refletir.

— Esse sujeito pode até ser bem-intencionado — dizia para si mesmo o sobrinho de sir Guy —, mas não acredito muito nem em sua honestidade, nem em sua benevolência. Alguém tão ínfimo raramente tem a grandeza de perdoar e, mais ainda, de se interessar pelo adversário que o venceu. Ou seja, o tal Geoffroy está querendo me enganar. Fui pego na rede e preciso escapar para tratar da salvação de William.

João Pequeno saiu de onde estava e, seguindo ao acaso, se dirigiu a uma ampla galeria, cuja extremidade provavelmente o levaria ao lado leste da muralha.

Tendo percorrido por boa meia hora uma enfiada de corredores e passagens completamente desertos, acabou chegando diante de uma porta. Abriu-a e viu um velho, debruçado sobre um cofre, no qual empilhava com cuidado pequenas sacolas cheias de moedas de ouro. Entretido em cálculos, ele não percebeu a insólita presença do intruso.

João Pequeno se perguntava qual resposta deveria dar à inevitável pergunta que viria, quando o velho, erguendo a cabeça, finalmente notou o gigantesco visitante. Uma expressão de visível terror se estampou no seu rosto; ele deixou cair um dos saquinhos e o ouro, batendo no chão, produziu um som que fez estremecer o seu proprietário.

— Quem é você? — perguntou, com voz insegura. — Dei ordem para que ninguém entrasse nos meus aposentos. O que quer?

— Sou um amigo de Geoffroy; estava querendo chegar ao muro oeste e me perdi.

— Ah! Ah! — exclamou o velho, com um estranho sorriso se desenhando em seus lábios. — É um amigo de Geoffroy o Forte, do valoroso Geoffroy? Na verdade, é um belo rapagão. Ouça, não quer trocar essa roupa de roceiro por um uniforme de soldado? Sou o barão Fitz-Alwine.

— Ah! O barão Fitz-Alwine? — exclamou João Pequeno.

— Isso mesmo. E um dia ainda vai se alegrar com a sorte de ter me encontrado, se tiver o bom senso de aceitar minha proposta.

— Qual proposta?

— Esta de entrar para o meu serviço.

— Antes de responder, permita-me algumas perguntas — disse João Pequeno, fechando muito tranquilamente, com duas voltas, a tranca da porta de entrada do quarto.

— O que está fazendo, lenhador? — indagou o barão tomado por súbito pavor.

— Evito interrupções, crio um obstáculo contra visitas que possam nos incomodar — respondeu o jovem em tom perfeitamente calmo.

Um clarão de furor atravessou os olhinhos cinzentos do barão.

— Está vendo isso? — perguntou João, mostrando a Sua Senhoria uma boa faixa de pele de cervo.

Sufocando de raiva, o velho se limitou a responder a inquietante pergunta com um sinal afirmativo.

— Pois então ouça bem o pedido que vou fazer. Se por um pretexto qualquer recusar, vou enforcá-lo sem piedade na cornija desse móvel pesadão ali do canto. Ninguém vai atender aos seus gritos, e isso pelo melhor dos motivos: vou impedir que grite. Tenho armas, uma vontade a toda prova, coragem equivalente a essa vontade e disposição para defender contra vinte soldados a entrada desse quarto. De qualquer forma, enfie isso na cabeça, é um homem morto caso não me obedeça.

— E o que deseja o bravo lenhador? — perguntou Sua Senhoria com voz afetada, enquanto pensava: "Patife miserável, vou esfolá-lo vivo se conseguir escapar dessa armadilha infernal."

— Quero a liberdade…

Nesse momento, ouviram-se passadas rápidas no corredor e uma pancada forte sacudiu a porta. João Pequeno sacou da cinta uma faca de lâmina afiada, agarrou o velhote e disse em voz baixa e ameaçadora:

— Se der um grito, disser uma palavra perigosa para minha segurança, considere-se morto. Pergunte quem está batendo.

Apavorado, o barão prestamente obedeceu:

— Quem é?

— Sou eu, monsenhor.

— Eu quem, imbecil? — cochichou João Pequeno.

— Eu quem, imbecil? — repetiu o barão.

— Geoffroy.

— O que quer, Geoffroy?

— Tenho uma notícia importante, monsenhor.

— Que notícia?

— Tenho em meu poder o chefe dos patifes que atacaram os vassalos de Sua Senhoria.

— É mesmo? — sussurrou João Pequeno num tom debochado.

— É mesmo? — repetiu o pobre barão.

— Exatamente, milorde. E se Sua Senhoria houver por bem me permitir, lhe contarei com que astúcia consegui me apoderar desse bandido.

— Estou ocupado agora, não posso recebê-lo. Volte dentro de meia hora.

Essas palavras, sopradas por João Pequeno, saíram a muito custo, por assim dizer mastigadas, da boca do barão.

— Dentro de meia hora será tarde demais — respondeu Geoffroy com um tom de visível mau humor.

— Obedeça, idiota! Vá embora! Repito que estou muito ocupado.

Arrasado de raiva, o barão bem que teria dado, de bom grado, aqueles saquinhos de ouro do cofre pela chance de que Geoffroy viesse ajudá-lo. Só que este último, forçado a obedecer à ordem peremptória que acabava de receber, se afastou tão rapidamente quanto chegou e o barão voltou a estar sozinho com o gigantesco inimigo.

Logo que se perdeu nas profundezas do corredor o barulho dos passos do soldado, João Pequeno voltou a embainhar o punhal e disse a lorde Fitz-Alwine:

— Agora, sr. barão, vou dizer o que quero. Houve recentemente um combate na floresta de Sherwood entre seus soldados, que voltavam da Terra Santa, e uma companhia de bravos saxões. Seis homens foram aprisionados. Quero a liberdade desses seis homens e também que ninguém os acompanhe nem siga. Detesto espionagens e não as permitirei.

— Gostaria muito de poder agradá-lo nesse sentido, bravo lenhador, mas…

— Mas não quer fazer o que peço. Ouça, sr. barão, não tenho tempo para ouvir suas farsas nem paciência para isso. Dê a liberdade a esses pobres rapazes ou não respondo por sua vida, nem por quinze minutos mais.

— Você é bem decidido, rapaz. Combinado! Vou obedecer. Aqui está o meu sinete. Procure uma das sentinelas da muralha, mostre-o e diga que agraciei os patifes… os prisioneiros. A sentinela o levará ao encarregado dos seus protegidos e abrirá as portas da sala em que estão presos; pois os bravos rapazes não estão nos calabouços.

— Suas palavras me parecem sinceras, sr. barão, mas não me animam muito. Sinete, sentinela, vai e vem de um lugar para outro, tudo isso me parece bem complicado e dificilmente vai dar bom resultado. Assim sendo, prefiro que me acompanhe, de boa vontade ou não, até esse encarregado. Mandará que liberte meus amigos e nos deixará sair tranquilamente do castelo.

— Está pondo em dúvida minha palavra? — pareceu escandalizar-se o barão.

— Do início ao fim. E acrescento que, se tentar com uma palavra, um gesto, um sinal qualquer, me fazer cair em alguma armadilha, cravo-lhe na mesma hora, sem avisar, o punhal no coração.

A ameaça foi pronunciada de maneira tão firme, deixando que se visse determinação tão inquestionável, que não era possível duvidar que as palavras facilmente se confirmariam na ação.

Apenas por sua própria culpa o barão se encontrava naquela situação tão perigosa. Uma companhia de homens normalmente velava por sua segurança junto a seus aposentos ou pelo menos ao alcance de um chamado que facilmente pudesse ser ouvido. Naquele dia, porém, querendo estar só para cuidar em segredo da prodigiosa quantidade de ouro empilhada nos cofres (não existiam banqueiros, naquele tempo), ele dispensara a guarda e proibira que, a qualquer pretexto, alguém se aproximasse. Horrivelmente convencido da própria solidão, ele não se atrevia então a infringir a ordem formal de João Pequeno e sufocava gritos de pavor no peito, mantendo profundo silêncio. Pois lorde Fitz-Alwine era singularmente apegado à vida e não lhe viera ainda o desejo de rever os antepassados. Mas estava bem perto de fazer a triste viagem, pois a luta que inevitavelmente teria que travar com João Pequeno apresentava poucas probabilidades de sucesso: a liberdade prometida e tão imperiosamente exigida dos jovens saxões era algo irrealizável pela simples razão de que, às primeiras horas do dia, acorrentados uns aos outros e confiados à guarda de uns vinte soldados, os prisioneiros já tinham partido para Londres.

Dizimado pelas desastrosas guerras da Normandia, o exército de Henrique II estava bem enfraquecido e, mesmo estando o reino em paz, sua alteza recrutava, na medida do possível, jovens robustos, saudáveis e de boa estatura. Para agradar ao rei, os senhores feudais enviavam a Londres bom número de vassalos, e lorde Fitz-Alwine havia regressado a Nottingham apenas para escolher, entre os seus homens, uma tropa digna de se arregimentar no corpo do exército. A impressionante constituição de João Pequeno, sua atitude orgulhosa e o vigor hercúleo dos seus braços e pernas haviam imediatamente inspirado ao barão o desejo de enviá-lo ao rei. Com essa secreta intenção é que propusera que aceitasse o uniforme militar e entrasse para o seu serviço.

Obrigado a obedecer à última imposição do seu algoz, o barão resolveu esconder a verdade e levá-lo, a pretexto da visita aos prisioneiros, a uma ala do castelo em que seria possível obter algum socorro.

— Aceito seu pedido — disse então, levantando-se da cadeira.

— Fez a escolha certa, garanto, e se quer deixar para época ainda incerta a visita que deve a Satã, vamos agora mesmo. Ah! uma última coisa — acrescentou João Pequeno.

— Diga — gemeu o barão.

— Onde se encontra a sua filha?

— Minha filha? — surpreendeu-se muito Fitz-Alwine. — Minha filha?

— Foi o que ouviu, sua filha, lady Christabel.

— A bem dizer, amigo lenhador, é uma estranha pergunta esta que me faz.

— Não interessa! Responda com sinceridade.

— Lady Christabel se encontra na Normandia.

— Em que lugar da Normandia?

— Em Rouen.

— É verdade?

— Absoluta. Vive num convento dessa cidade.

— E por onde anda Allan Clare?

O rosto do barão congestionou-se a ponto de ficar roxo, os dentes, trancados por trás dos lábios trêmulos, abafaram um grito de raiva e um indescritível olhar fulminou João, que, com completo domínio sobre o frágil inimigo, repetiu devagar a pergunta:

— Por onde anda Allan Clare?

— Não sei dizer.

— Mentira! — reagiu João Pequeno. — Mentira! Ele há seis anos se foi em busca de lady Christabel e tenho certeza de que sabe o que aconteceu ao infeliz. Então, trate de dizer.

— Não tenho como.

— Não o viu nesses seis anos?

— Vi sim, o obstinado miserável!

— Sem insultos, por favor. Onde o viu?

— O primeiro encontro — recordou amargamente lorde Fitz-Alwine — se deu num lugar que devia ser proibido àquele vagabundo despudorado. Encontrei-o nos aposentos da minha filha, a seus joelhos. Na mesma noite ela foi enviada ao convento. No dia seguinte ele teve a audácia de me procurar e pedir a sua mão. Mandei que meus homens o pusessem porta afora e desde então não mais o vi, mas soube ultimamente que entrou para o serviço do rei da França.

— Por vontade própria?

— Sim, para cumprir as condições do trato que fizemos.

— Que trato é esse? A que se comprometeu Allan? E em troca de quê?

— Ele ficou de fazer fortuna, recuperar a posse das suas terras, sequestradas por causa da ligação do seu pai com Thomas Becket. Prometi a mão de minha filha se ficasse longe por sete anos, sem tentar vê-la. Se faltar à palavra dada, faço o que bem aprouver de lady Christabel.

— A que data remonta esse compromisso?

— Foi há três anos.

— Muito bem. Vamos então cuidar dos prisioneiros e pô-los em liberdade.

No peito do barão abrasava-se verdadeiro vulcão e, mesmo assim, suas pálidas faces nada revelavam dos sinistros projetos que mobilizavam seu espírito. Antes de sair com João Pequeno, ele fechou bem à chave a preciosa caixa, assegurou-se de não deixar vestígio algum revelador dos seus polpudos tesouros e disse com tranquilidade:

— Vamos, valoroso saxão.

João não era alguém que aceitasse cegamente seguir o itinerário escolhido pelo barão e foi fácil perceber que lorde Fitz-Alwine tomava direção oposta a que devia para chegar às muralhas.

— O sr. barão — ele disse, fazendo pesar sua forte mão no ombro do velho — escolheu um caminho que nos afasta de onde queremos chegar.

— Como sabe? — perguntou o barão.

— Porque os prisioneiros estão nos calabouços da muralha.

— Quem lhe deu a informação?

— Geoffroy.

— Que idiota!

— É verdade, pois além de dizer em que parte do castelo meus amigos estão, também indicou como fazê-los fugir.

— Não diga! Não vou deixar de recompensá-lo por isso. Mas, apesar de me trair, também o enganou: os prisioneiros não estão nessa parte do castelo.

— É possível, mas quero me certificar em sua companhia.

Abaixo da galeria em que se encontravam nossos dois personagens, bruscamente se ouviu o barulho dos passos de vários homens. Apenas uma escada separava lorde Fitz-Alwine desse socorro providencial e ele prontamente, aproveitando um momento de descuido de João, preocupado em entender aonde ia dar aquela galeria, se lançou à porta que se abria para a tal escada, e isso com extraordinária agilidade para a sua idade. No momento em que já se preparava para descer os degraus de quatro em quatro, uma mão de ferro desceu sobre o seu ombro. O pobre velho deu um grito esganiçado e se precipitou na fuga. Impassível, limitando-se a aumentar a passada, João Pequeno acompanhou a corrida insensata, que se tornava a cada minuto mais rápida. Encorajado pela esperança de encontrar ajuda, o barão continuou desenfreado e pedindo socorro, mas os gritos entrecortados não ecoavam e se perdiam na imensa solidão das galerias. No final de quase quinze minutos dessa estranha fuga, ele chegou a uma porta; empurrou-a com tanto ímpeto que ela se escancarou e o barão foi cair desarvorado nos braços de um homem que se adiantara em sua direção.

— Salve-me! Salve-me! É um assassino! — desesperava-se. — Pegue ele! Mate!

Extenuado, depois de berrar esses apelos furiosos, o fidalgo escorregou das mãos que tentavam sustentá-lo e caiu chapado no chão.

— Para trás! — gritou João Pequeno, querendo manter longe o protetor do barão. — Para trás!

— Ora, ora, João! — estranhou uma voz conhecida. — A raiva o deixou cego a ponto de não reconhecer os amigos?

O grandalhão deu um grito de surpresa.

— Nossa! É você, Robin? Graças a Deus! É um acaso a que esse traidor tem muito que agradecer, pois sem isso, juro, seria a última hora dele.

— E quem é esse infeliz a quem perseguia dessa maneira, meu bravo João?

— O barão Fitz-Alwine! — disse baixinho Halbert no ouvido de Robin, tentando se esconder atrás dele.

— O barão Fitz-Alwine! Fico realmente contente de encontrá-lo, vou aproveitar para fazer umas perguntas importantes sobre amigos meus.

— Não perca tempo interrogando Sua Senhoria — adiantou-se João Pequeno. — Soube tudo que era preciso saber. Primeiro, sobre o paradeiro de Allan Clare, em seguida, sobre a situação dos prisioneiros. Ele justamente me levava ao calabouço para libertá-los. Ou, melhor dizendo, o traidor fingia fazer isso e se aproveitou de um minuto de descuido meu para fugir.

O desespero por esse último fracasso arrancou um gemido lúgubre do barão.

— A promessa de libertar nossos amigos foi para enganá-lo: eles partiram para Londres enquanto estávamos no albergue.

— Não pode ser! — exclamou João Pequeno.

— Mas assim é — respondeu Robin Hood. — Hal acaba de descobrir isso e estávamos procurando você para tirá-lo do antro do leão.

Ouvindo o nome de Halbert, o barão ergueu a cabeça, lançou-lhe um olhar furtivo e, confirmado o conluio com o inimigo, voltou à posição de vencido, resmungando para si mesmo mil imprecações contra o pobre rapaz.

O movimento do barão não passou despercebido deste último, bastante preocupado.

— Robin — disse ele —, Sua Senhoria acaba de me enviar um olhar mostrando que minha amizade por vocês vai me custar caro.

— Com certeza — murmurou surdamente lorde Fitz-Alwine —, não esquecerei essa traição.

— Pois então, caro Hal — respondeu Robin —, já que parece impossível que continue aqui e já que nossa presença no castelo se tornou inútil, vamos todos embora.

— Espere um pouco! — acrescentou João Pequeno. — Acho que prestaria um grande serviço ao condado livrando-o do imperioso domínio desse maldito normando. Vou enviá-lo a Satã.

A ameaça fez o barão dar um pulo, pondo-se num segundo de pé em suas pernas magras.

Hal e Robin foram fechar as portas.

— Bom lenhador, honesto arqueiro, meu pequeno Hal, não se mostrem impiedosos! — murmurou o velho. — Não tenho culpa da desgraça que atingiu seus amigos: eles atacaram meus homens, que se defenderam. Não acham normal? Aqueles bravos rapazes que caíram nas minhas mãos, em vez de serem enforcados como dev… como mere… quero dizer, como se era de imaginar, foram poupados e enviados a Londres. Não sabia que viriam hoje pedir a liberdade deles; tivessem me prevenido, muito provavelmente aqueles bons rapazes… nada mais teriam a desejar nesse momento. Pensem um pouco: em vez de ficarem com raiva, sejam juízes e não carrascos. Juro que pedirei a graça dos seus amigos. Juro também perdoar Halbert a indig… a irreflexão do seu comportamento, mantendo o bom emprego que ele tem no castelo.

Enquanto falava, o barão estava atento a qualquer barulho por perto, esperando em vão um socorro que não chegava.

— Barão Fitz-Alwine — disse João Pequeno com gravidade —, devo agir segundo as leis que regem nossas florestas: o senhor vai morrer.

— Não! Não! — choramingou Sua Senhoria.

— Por favor, sr. barão, ouça. É sem raiva que falo. Há seis anos o senhor mandou pôr fogo na casa desse jovem. Sua mãe foi morta por um dos seus soldados e juramos, sobre o cadáver, punir o mandante do crime.

— Tenham piedade de mim — gemeu o velho.

— João Pequeno, poupe este homem em homenagem à angélica criatura de quem ele é pai — disse Robin, que acrescentou, voltando-se para o barão: — Milorde, prometa conceder a Allan Clare a mão de sua filha e terá a vida salva.

— Prometo, senhores da floresta.

— Manterá a palavra? — perguntou João Pequeno.

— Manterei.

— Deixe-o viver, João. O juramento que acaba de fazer está registrado no céu; se quebrá-lo, estará condenando a alma à eterna danação.

— Acredito que isso seja coisa já resolvida — respondeu João —, e não me conformo em deixá-lo sem nenhum castigo.

— Não vê que já está quase morto de medo?

— Vejo, mas assim que dermos cem passos ele nos enviará toda a sua tropa atrás. Precisamos dificultar essa possibilidade, que seria arriscada.

— Vamos deixá-lo trancado — sugeriu Hal.

Lorde Fitz-Alwine lançou ao rapaz um olhar carregado de ódio.

— Boa ideia — concordou Robin.

— E os gritos que ele vai dar, assim que estiver sozinho? Vai fazer um escândalo, não vê?

— Vamos então amarrá-lo numa cadeira com essa tira de pele de cervo que você usa como cinturão e amordaçá-lo com a bainha do próprio punhal.

Com força João Pequeno amarrou no encosto da cadeira o barão, que não ousou opor resistência.

Feito isso, os três rapazes rapidamente se dirigiram à ponte levadiça e o guardião, que era amigo de Hal, deixou-os atravessar sem dificuldade.

Enquanto nossos amigos se dirigiam correndo à casa de Graça May, Geoffroy, impaciente, voltou aos aposentos do barão.

Chegando diante da porta, ele primeiro bateu de leve e depois, sem ter ouvido resposta, deu pancadas mais fortes, ainda sem resultado. Estranhando o silêncio, chamou o barão, mas teve como resposta apenas o eco da própria voz. Com sua forte envergadura, arrombou a porta usando o ombro.

O quarto estava vazio.

Andou pelas salas, corredores, passagens e galerias, gritando a plenos pulmões:

— Monsenhor! Monsenhor!

Depois de longa busca, finalmente teve o prazer de se ver na presença do amo.

— Milorde! Senhor! O que aconteceu? — espantava-se, enquanto o desamarrava.

Lívido de raiva, o barão respondeu irritadíssimo:

— Mande suspender a ponte levadiça para que ninguém saia. Que vasculhem o castelo e encontrem o patife, um lenhador grandalhão escondido em algum lugar. Tragam-no bem amarrado. Mande enforcar Hal. Rápido, imbecil! Corra!

Exausto, o barão se arrastou até o seu quarto e Geoffroy, animadíssimo com a tentadora esperança de pôr as mãos em João Pequeno, foi transmitir as múltiplas ordens recebidas.

Uma hora depois, com o castelo sendo revirado à procura de João Pequeno, Hal, que se despedira antes da bela Graça May, atravessava com os amigos a floresta de Sherwood, na direção de Gamwell.

19

Depois de estar plenamente recuperado do terror por que passara e da fadiga que isso havia ocasionado, o barão Fitz-Alwine ordenou que se buscassem, na cidade de Nottingham, referências sobre o tal lenhador. Dispensável dizer que o nobre senhor se preparava para uma revanche estrondosa do inaudito insulto que lhe fora feito.

Geoffroy informou-o da fuga de Halbert e essa notícia só fez agravar sua irritação.

— Miserável patife! — disse o castelão. — Se for ainda incompetente a ponto de deixar que escape o bandido que se apresentou como amigo seu, será enforcado sem misericórdia.

Ansioso por recuperar a estima e a confiança do amo, o robusto soldado se dedicou meticulosamente à caça do lenhador. Percorreu de cima a baixo a cidade, vasculhou os arredores, interrogou estalajadeiros e fez isso com tanto afinco que descobriu que o guardião-mor da floresta de Sherwood, sir Guy de Gamwell, tinha um sobrinho que em tudo correspondia às descrições do gigantesco adversário. Soube que o rapaz morava na casa do tio e, ouvindo também a descrição feita pelos cruzados do chefe do bando noturno que os atacara, confirmou ser ainda esse parente de sir Guy o antagonista do barão e o seu vencedor no duelo daquela manhã.

A pessoa que deu ao soldado essas preciosas informações acrescentou que um jovem arqueiro, de habilidade que se tornava proverbial, chamado Robin Hood, igualmente se hospedava no castelo de Gamwell.

Como é de se imaginar, Geoffroy foi correndo comunicar ao barão o que acabava de saber.

Lorde Fitz-Alwine ouviu com tranquilidade a prolixa narrativa, demonstrando assim grande capacidade de paciência, e uma luz se fez em seu espírito. Lembrou-se de que Maude, ou Isabel,[52] como ele normalmente chamava a

52. Tudo indica que a confusão de nomes seria mera idiossincrasia do fidalgo.

camareira da filha, encontrara abrigo no solar de Gamwell, e que lá, então, deviam estar reunidos Robin Hood, chefe do bando, João Pequeno e demais componentes daquele insolente grupo.

Novas informações confirmaram a exatidão do relato de Geoffroy e lorde Fitz-Alwine resolveu imediatamente apresentar ao rei uma queixa severa contra aquela gente da floresta.

O momento era propício. Naquela época, Henrique II, que ativamente se preocupava com o policiamento interior do reino e procurava estabelecer maior respeito pela propriedade territorial, dava muita atenção às histórias de roubos e saques que lhe traziam.

Por ordem do rei, os culpados eram em geral encarcerados e, das celas do Estado, passavam às fileiras mais subalternas do exército ou aos tombadilhos da marinha.

Lorde Fitz-Alwine conseguiu uma audiência junto à justiça de Henrique II e expôs ao rei, exagerando muito, tudo que tinha contra Robin Hood. O nome chamou a atenção do soberano, que pediu novos esclarecimentos e soube tratar-se do mesmo Robin Hood que reivindicava os direitos ao título e aos bens do último conde de Huntingdon, alegando descender diretamente de Waltheof,[53] a quem Guilherme I havia outorgado o condado. A requisição do pretendente, como sabemos, fora rejeitada e seu adversário, o abade de Ramsey, guardara a posse da herança.

Ao descobrir que o agressor do barão outro não era senão o pretenso conde de Huntingdon, o rei teve um acesso de raiva e condenou Robin Hood à proscrição. Decretou, além disso, que a família Gamwell, protetora declarada do rapaz, seria despojada dos seus bens e expulsa das suas terras.

Um amigo de sir Guy, ao ter conhecimento do cruel julgamento decidido contra o velho fidalgo, apressou-se em mandar avisá-lo. A terrível notícia deixou consternada a tranquila morada de Gamwell. Assim que souberam da desgraça que atingira seu amo, os aldeãos se reuniram ao redor do castelo e se solidarizaram com a família para a defesa do *hall*, dizendo preferir morrer no combate a ceder uma só polegada de terreno. Robin Hood sabia que sir Guy possuía uma bela propriedade no condado de Yorkshire e, aconselhado por João Pequeno, suplicou que o chefe da família deixasse Gamwell e levasse os seus para esse retiro mais seguro.

— Nada me preocupam os derradeiros dias que tenho de vida — respondeu o baronete, enxugando com mão trêmula lágrimas que avermelhavam suas pálpebras. — Sou como os velhos carvalhos de nossas florestas, cujas últimas folhas são arrancadas, uma a uma, pela mais leve brisa. Hoje mesmo

53. Waltheof (?-1076), filho de Siward da Nortúmbria (que derrotou o rei da Escócia, Macbeth, em 1057), foi o último conde saxão (senhor dos condados de Huntingdon e da Nortúmbria) a manter o título, por quase dez anos, após a conquista normanda (1066).

meus filhos deixarão esta casa em ruína, mas, pessoalmente, não tenho força nem coragem para desertar do teto que foi dos meus pais. Nasci aqui e aqui morrerei. Não exija minha partida, Robin Hood, o lar dos meus antepassados será meu túmulo. Como eles, dormirei sob as travas que me viram nascer, como eles defenderei minha porta contra a invasão estrangeira. Leve minha mulher e minhas filhas... Os rapazes, tenho certeza de que não vão querer abandonar o velho pai, e com ele defenderão o berço da nossa raça.

Os insistentes pedidos de Robin e João Pequeno não demoveram o baronete da decisão e foi preciso desistir da ideia de afastá-lo de Gamwell. Como as circunstâncias exigiam ações imediatas, deu-se prioridade à organização da partida das mulheres.

Lady Gamwell, suas filhas, Marian, Maude e as empregadas da casa foram confiadas a um grupo de aldeãos fiéis e já deixariam o *hall* ao cair da noite.

Terminados os preparativos para essa dolorosa separação, a família se reuniu no salão principal e Robin Hood, depois de confirmar a ausência de Marian, se dirigiu rápido a seus aposentos.

— Robin! — ele ouviu uma voz embargada pelo pranto.

Voltando-se, viu miss Maude, que se desmanchava em lágrimas.

— Caro Robin, preciso falar com você antes de deixar o *hall*. É terrível, meu Deus! É possível que nem nos vejamos mais!

— Maude querida, acalme-se, por favor, e não deixe que pensamentos tão tristes a dominem. Logo voltaremos a estar juntos, prometo.

— Gostaria de poder acreditar, Robin. Na verdade, porém, é impossível. Sei perfeitamente qual perigo nos ameaça. A defesa que vão tentar tem dificuldades quase insuperáveis. Aproxima-se a hora da partida e gostaria, Robin, de demonstrar minha gratidão por toda a sua permanente amizade.

— Por favor, Maude, que entre nós nunca seja questão de gratidão e agradecimentos. Lembre-se do pacto de amizade feito há seis anos: prometi amá-la como um irmão e você, ter por mim a ternura de uma irmã. Adianto-me dizendo que cumpriu sua palavra e foi comigo a mais cuidadosa das amigas e a melhor das irmãs. E meu amor fraternal por você só fez crescer, desde então, cada vez mais.

— Verdade, Robin?

— Garanto que sim, Maude. Veja em mim um parente inteiramente dedicado à sua felicidade.

— Reconheço que sempre agiu de maneira a me convencer do seu afeto, Robin, e por isso me sinto segura o bastante para dizer...

Ela voltou a debulhar-se em lágrimas.

— O que você tem, Maude? Fale, sua boba. É tanta timidez que está parecendo um filhotinho de corça.

Com o rosto nas mãos, ela continuava a chorar.

— Vamos, Maude, coragem! Por que tanto desespero? O que está querendo contar? Estou ouvindo, fale sem receio.

Ela deixou caírem as mãos, ergueu os olhos, tentou sorrir e finalmente disse:

— Estou sofrendo muito... Penso em alguém que teve mil delicadezas comigo, mil cuidados, foi atencioso...

— Está se referindo a William — rapidamente interrompeu Robin.

Ela corou.

— Que bom! Ah! Maudezinha, abençoado seja Deus se ama nosso querido Will! Daria tudo para vê-lo a seus joelhos. Como ele ficaria feliz, ouvindo-a dizer: "William, eu te amo."

Maude tentou negar, dizendo não ser a esse ponto, mas foi obrigada a reconhecer que, de tanto pensar no rapaz, acabara descobrindo ter muita ternura por ele. Depois dessa confissão embaraçosa, sobretudo diante de Robin, ela quis saber as razões da ausência do rapaz. Robin respondeu que um assunto importante o obrigara a se afastar, mas nada que fosse preocupante, e em poucos dias Will estaria de volta ao seio da família.

A mentira, motivada pelo carinho, devolveu a calma e a serenidade à jovem, que ofereceu as faces ainda coradas pelas lágrimas e, tendo recebido um beijo fraternal, apressou-se a descer ao salão.

Só então Robin pôde se dirigir aos aposentos de Marian.

— Querida amiga — disse ele, tomando entre as suas as mãos da jovem —, estamos prestes a nos separar, talvez por tempo bastante longo. Permita-me então, antes disso, exprimir o que se passa em mim.

— Estou ouvindo, caro Robin — respondeu afetuosamente a moça.

— Você bem sabe o quanto a amo do fundo do coração — ele continuou, com voz insegura.

— Diariamente tenho provas disso, meu amigo.

— Você confia em mim, não é? Acredita inteira, completa e absolutamente na sinceridade e terno desprendimento da minha dedicação?

— Não tenho dúvidas nesse sentido, mas por que pergunta, se o considero honesto, valente e verdadeiro amigo?

Em vez de responder, Robin deu um sorriso triste.

— Está me deixando assustada, Robin. Fale, eu lhe suplico. Essa seriedade no rosto, a gravidade da atitude e a estranheza das suas perguntas me fazem pressentir nova desgraça, além das que há tanto tempo me afligem.

— Esteja tranquila, Marian — procurou ele mostrar-se apaziguador —, felizmente não tenho más notícias a comunicar. É sobre você mesma que quero falar, e não me queira mal por insistir. Apesar de todo bom senso, o amor é egoísta e o meu vai ser submetido a uma difícil provação. Vamos nos separar, Marian, e talvez para sempre.

— Não diga isso, Robin, é preciso confiar na bondade divina.

— Ah, querida! Vejo tudo à minha volta desabar e sinto partido o coração. Veja essa digna e hospitaleira família: estendeu-me a mão quando fiquei errante e sem abrigo, e por isso foi condenada ao banimento, com bens confiscados e expulsa da própria casa. Defenderemos o *hall* e enquanto houver pedra sobre pedra na aldeia de Gamwell, aqui estarei, de pé. A Providência, da qual você espera socorro, nunca me abandonou no perigo e, como você, tenho nela plena confiança: combaterei e sei que conto com sua proteção. Mas veja bem, Marian, um édito real me proscreveu do reino e posso ser enforcado na primeira árvore da estrada ou enviado ao patíbulo por qualquer delator, pois minha cabeça foi posta a prêmio. Robin Hood, conde de Huntingdon — acrescentou ele com orgulho —, nada mais é! Mesmo assim, Marian, continuará a meu lado e mantendo a promessa de ser minha amada companheira?

— Sim, sim, Robin.

— Mas quero apagar do coração essa promessa, Marian, esquecê-la. Devolvo-lhe, adorada Marian, a liberdade. Abro mão do seu compromisso.

— Robin! — reagiu em tom de censura a jovem.

— Estaria sendo indigno do seu amor se, na atual situação, guardasse a esperança de torná-la minha. Sinta-se livre de dispor da sua mão e apenas peço que se lembre, vez ou outra, desse infeliz proscrito.

— Tem má opinião a meu respeito, Robin — melindrou-se a jovem. — Como, por um só instante, pôde achar que a pessoa a quem ama fosse tão indigna do seu amor? Como pôde achar que meu afeto pudesse ser infiel na desgraça? — desfez-se ela em lágrimas.

— Marian! Marian! — confundiu-se Robin. — Por favor, ouça sem se aborrecer. Amo-a tão loucamente que me envergonha condená-la a meu infeliz destino. Deve imaginar o quanto profundamente me humilha a cruel desonra que mancha o meu nome e como a ideia de nos separarmos inunda de amargo sofrimento a minha alma. Porém, sem o seu amor, Marian, eu me cravaria uma faca no coração; ele é o único laço a me prender à vida. Você que foi habituada ao luxo, querida, sofreria cruelmente com a pobreza, caso se tornasse a mulher de Robin Hood. E, juro, prefiro perdê-la para sempre a imaginá-la infeliz a meu lado.

— Pertencemo-nos um ao outro perante Deus, Robin, e a sua vida será a minha. Mas, agora, deixe-me fazer algumas recomendações. Sempre que puder, de maneira segura, fazer chegar a mim notícias suas, mande uma mensagem e, se for possível, venha pessoalmente, pois ficarei muito feliz. Meu irmão há de voltar e, assim espero, com ele conseguiremos revogar o cruel decreto que o condena.

Robin sorriu com tristeza.

— Não alimente esperanças quiméricas, querida. Nada espero do rei. Tracei para mim uma linha de atitudes e estou firmemente decidido a dela não me afastar. Caso ouça comentários ruins a meu respeito, não dê ouvidos à calúnia. Por nossa santa Madre, juro que sempre merecerei sua estima e amizade.

— Qual comentário desse tipo eu poderia ouvir, Robin, e quais são os seus planos?

— Não me faça perguntas, querida. Considero honestas minhas intenções e se o futuro demonstrar o contrário, serei o primeiro a reconhecer o erro.

— Sei que é leal e valente, Robin, e pedirei a Deus que o assista em tudo que fizer.

— Obrigado, minha amada Marian. Preciso ir — acrescentou ele, contendo as lágrimas que banhavam seus olhos.

Abraçada pelo desventurado amigo, a jovem sentiu que suas últimas forças a abandonavam. Escondeu o rosto em pranto no ombro de Robin e dolorosamente soluçou.

Por alguns minutos os dois ali permaneceram mudos, distantes de tudo. Uma voz enfim chamou Marian e os fez interromper aquele último enlace.

Os dois desceram e a jovem, já em trajes de amazona, montou no cavalo que a esperava.

Lady Gamwell e as filhas estavam tão abaladas pela dor que mal se aguentavam em sela.

As empregadas da casa, na maioria casadas, os filhos pequenos e alguns idosos completavam o grupo montado. Foram adeuses dilacerantes e as portas do *hall* se fecharam atrás dos fugitivos, que, acompanhados por alguns homens decididos, tomaram o caminho da floresta.

Uma semana se passou e cada dia dessa semana de expectativas foi empregado na fortificação de Gamwell. Os habitantes da aldeia viviam num suplício aflitivo, por assim dizer, pois cada hora transcorrida trazia o medo do dia seguinte. Sentinelas foram postadas ao redor do *hall* e, sob a direção de Robin, construíram-se duas linhas de barricadas que serviriam, quando não para impedir o avanço do inimigo, pelo menos para erguer sérios entraves ao ataque. Com a altura de um homem, as barricadas permitiam que os camponeses se pusessem ao abrigo das flechas mortais dos adversários, mas deixando que tivessem boa visão para seus próprios disparos.

Mas que não se imagine que sir Guy tivesse ilusões quanto ao desfecho da batalha, que indubitavelmente era perigosa e inútil, mas nem por isso o nobre e valoroso saxão aceitava a ideia de se render sem combate.

Robin era a alma do pequeno exército. Supervisionava os trabalhos, incentivava os camponeses, fabricava armas, estava por todo lugar. A aldeia de Gamwell, antes tão calma e tranquila, passou a um cotidiano cheio de animação e vida, tendo o terror cedido vez ao entusiasmo, e aqueles pacíficos aldeãos se mostravam briosos e felizes de entrar em luta aberta contra os normandos.

Terminados todos os preparativos para o combate, uma espécie de torpor se abateu sobre Gamwell. Era como se a calma, que os clamores bélicos haviam sacudido, tivesse voltado aos tranquilos habitantes. Mas era o tipo de silêncio que toma conta da natureza pouco antes da tempestade. O olho se mantém inquieto, o ouvido atento e espera-se com ansiedade a deflagração do raio.

O inimigo manteve essa expectativa por dez dias. Um dos batedores postados na floresta finalmente veio anunciar a aproximação de uma tropa montada.

A notícia voou de boca em boca, o sino espalhou o aviso e os camponeses se lançaram como se fossem um só homem aos diferentes postos previamente indicados. Protegidos atrás da muralha das barricadas, permaneceram mudos, de arma preparada, atentos, a seguir com o olhar o avanço rápido do inimigo.

Sem ver ninguém, sem ouvir barulho algum que pudesse revelar uma tentativa de defesa, o chefe dos soldados de Henrique II esfregava as mãos, satisfeito, imaginando que surpreenderia os moradores de Gamwell. Esse comandante, porém, conhecendo o temperamento dos saxões e sabendo por experiência própria serem eles valentes e sempre dispostos à luta, havia previsto encontrar obstáculos no caminho. O silêncio reinante na planície, no entanto, era auspicioso e ele acreditava poder chegar de improviso.

A tropa normanda se compunha de cerca de cinquenta homens e os aldeãos eram uma centena. A força desses últimos, como se vê, era superior à do inimigo e, além disso, estavam em ótima posição.

Ainda convencido de que cairia sobre o vilarejo como uma ave de rapina que mergulha sobre um passarinho, o chefe normando ordenou a seus homens que apressassem a marcha dos cavalos. Foi obedecido e, num passo rápido, em pouco tempo subiram a colina.

Mal chegaram ao alto, uma revoada de flechas, dardos e pedras se abateu sobre eles. A surpresa foi tão grande que uma segunda rodada de flechas os atingiu antes mesmo que esboçassem qualquer reação.

A queda de três ou quatro soldados mortalmente feridos arrancou dos normandos um grito de indignação. Só então perceberam as barricadas e se lançaram sobre a primeira delas, numa carga furiosa.

Valentemente recebidos e rechaçados pelos saxões, invisíveis em seus esconderijos, os militares compreenderam que teriam que lutar bravamente. Conseguiram tomar a primeira barreira, mas por trás desta havia uma segunda e, em seguida, foram ainda impedidos de avançar pela terceira. Já haviam perdido vários homens e, frustrantemente, sequer conseguiam ver se estavam abatendo alguns inimigos. Os saxões, que em sua maioria eram arqueiros experimentados, nunca erravam o alvo e suas flechas semeavam destruição no núcleo do pequeno exército.

Os soldados se desesperavam sem poder se pôr frente a frente ao inimigo e começavam a se ressentir disso. O comandante percebeu murmúrios de desânimo e ordenou que se operasse um falso recuo, com o intuito de levar os normandos a deixar os esconderijos. A estratégia foi imediatamente executada: os normandos fingiram bater ordenadamente em retirada e já se encontravam a certa distância das barricadas quando um grito anunciou a aparição dos vassalos de sir Guy. Sem interromper a marcha da sua tropa, o chefe normando olhou para trás.

Os aldeãos corriam em tumulto, perseguindo de forma aparentemente desordenada o inimigo.

— Não se virem, rapazes — gritou o comandante. — Deixem que se aproximem. Vamos pegá-los! Estejam atentos! Estejam atentos!

Animados pela expectativa de uma boa desforra, os soldados continuaram a se afastar.

De repente, porém, para surpresa normanda, os saxões, em vez de tentarem ganhar em velocidade os soldados, pararam junto à primeira barreira, da qual tinham sido expulsos, e de lá enviaram, com incomparável eficiência, uma saraivada de flechas contra os fujões.

Exasperado, o chefe ordenou meia-volta a seus homens e, com um salto furioso de seu cavalo, partiu à frente da pequena tropa.

Nova chuva de flechas, lançadas por mãos seguras, caiu sobre o infeliz normando. Ele balançou na sela e, sem proferir um ai, caiu como massa inerte às patas do cavalo, que, também ferido, pulou de lado e tombou morto a poucos passos do cadáver do seu dono.

Já abatidos pelo fracasso dos seus esforços, os soldados se sentiram completamente desmoralizados diante daquela nova desgraça. Recolheram o corpo do chefe e, sem perder tempo para contar as perdas ou ajudar os feridos, se afastaram do campo de batalha tão depressa quanto podiam seus vigorosos cavalos.

Depois de festejar com gritos de alegria a fuga dos soldados, os camponeses trataram não de persegui-los, e sim de recolher os feridos e enterrar os mortos. Dezoito normandos haviam sucumbido na refrega, incluindo o comandante, carregado por seus homens.

Os bravos aldeãos estavam tão orgulhosos da vitória que já pensavam em chamar as mulheres de volta a Gamwell, mas João Pequeno claramente fez os ingênuos companheiros compreenderem que o rei não limitaria sua vingança àquele primeiro ataque e que deviam se preparar, e bem, para receber a visita de uma tropa ainda mais considerável.

Fiéis seguidores de sir Guy, os vassalos aceitaram os conselhos do jovem chefe e passaram a fortificar as barreiras e a fabricar novas armas. Sob o comando de João Pequeno, o *hall* foi abastecido com grande quantidade de víveres, prevenindo-se para suportar um verdadeiro cerco. Um reforço de cerca de trinta camponeses de fora, aliados e amigos dos senhores de Gamwell, se juntou à tropa da aldeia e, armados até os dentes e atentos, em constante defensiva, os bravos saxões aguardaram a vinda dos sanguinários normandos.

O mês de julho chegava ao fim e há quinze dias os aldeãos esperavam os perigosos visitantes. Imaginavam que o ataque se daria às primeiras horas da manhã, pois segundo toda probabilidade, os normandos chegariam cansados da marcha rápida naquela época quente do ano e teriam uma noite de repouso em Nottingham. Certo fim de tarde, dois moradores da aldeia que voltavam de Mansfield, onde tinham ido fazer compras, contaram aos amigos que uma tropa de cerca de trezentos soldados acabava de acampar em Nottingham, com o intuito dc chegar descansada ao *hall* de Gamwell.

A notícia deixou todo mundo agitado, mas tal agitação logo cedeu lugar ao sentimento de vigilante entusiasmo.

No amanhecer do dia seguinte, reunidos ao redor de frei Tuck, os aldeãos acompanharam contritamente a missa e João Pequeno, depois de unir suas orações às do grupo, se colocou no meio deles e, com voz suave, mas firme, assim se exprimiu:

— Amigos, gostaria de dizer algo, antes de nos dirigirmos ao posto a que nos prende o dever, mas sou homem pouco letrado, pouco eloquente com palavras. Cada um tem seu talento específico e o meu consiste em manejar o bordão e ser bom arqueiro. Desculpem-me então se me exprimo mal, mas ouçam com atenção. O inimigo se aproxima, sejam prudentes e só deixem seus esconderijos em caso de absoluta necessidade. Se forem forçados a aceitar o corpo a corpo, sejam calmos, sem precipitação. Lembrem-se bem de que, se cometerem a infelicidade de perder a frieza, inevitavelmente deixarão de lado os cuidados mais importantes para a autodefesa. Saibam, amigos, que atitudes apressadas raramente são bem feitas. Disputem passo a passo cada polegada de terreno, ataquem sem raiva e não desperdicem os golpes, pois pagarão com a vida todo erro. Mostrem ao inimigo que cada linha do nosso solo natal vale a existência de um cão normando. Repito ainda uma vez, rapazes, sejam calmos, valentes e firmes; vendam caro aos soldados de Henrique as vantagens que o maior número e melhores armas podem lhes dar. Hurra por Gamwell e pela força saxã!

— Hurra! — gritaram com entusiasmo os que ouviam, empunhando com mão firme as armas e buscando ao longe, com brilho nos olhos, a aparição do inimigo.

— Amigos — gritou Robin, colocando-se no lugar que João Pequeno acabava de deixar —, lembrem-se de que lutam por seus lares, defendendo o teto que abriga suas mulheres e guarda o berço dos seus filhos, lembrem-se de que os normandos são os opressores que nos esmagam, tiranizam os fracos e só estendem a mão para queimar, matar ou destruir! Lembrem-se de que esta é a terra dos seus antepassados e que devem defendê-la. Lutem com coragem, rapazes, lutem enquanto houver um sopro de vida nos seus lábios!

— Lutaremos com bravura! — foi a resposta em uníssono.

Três horas depois do despontar do sol, o som de uma trompa anunciou a aproximação do inimigo. Os vigias da estrada voltaram a Gamwell e, assim como no ataque anterior, os defensores do *hall* ficaram invisíveis.

O corpo inimigo avançava lentamente e era fácil avaliar, pela passagem do grupo, que de fato se compunha de duzentos a trezentos homens.

Reuniram-se todos ao pé da colina que deviam subir para ter uma visão da cidadela e, após alguns minutos de conciliábulo, a tropa se dividiu em quatro partes. A primeira partiu a galope colina acima, a segunda desmontou e seguiu a pé os cavaleiros, a terceira deu a volta pelo lado esquerdo, com a quarta fazendo o mesmo pela direita.

Tal manobra fora prevista e pôde ser devidamente contrabalançada, pois defesas tinham sido construídas ao pé das árvores que cresciam no alto da colina. Os espaços entre elas foram preenchidos com galhos e folhagem tão naturalmente entrelaçados que os soldados se alegraram, achando ter encontrado ali um abrigo em que poderiam se reagrupar, depois de alcançado o topo da elevação.

Ao se aproximarem dessas árvores supostamente protetoras, receberam uma saraivada de flechas que feriam homens e faziam os cavalos empinarem, semeando confusão. A tropa foi obrigada a descer mais rapidamente a colina do que havia subido.

Os homens enviados aos lados opostos foram recebidos de maneira igualmente desastrosa para eles. Decidiu-se, consequentemente, que o avanço, tornado impossível a cavalo, se faria a pé. As montarias foram abandonadas e, protegidos pelos escudos, os soldados decididamente tomaram os três caminhos designados pelo comando, enquanto uma parte da tropa, deixada como reserva, esperou embaixo o sucesso do primeiro ataque contra as barreiras.

Os normandos rapidamente chegaram à primeira delas, que, com sete pés de altura, apresentava a distâncias regulares seteiras para o envio das flechas. Em vez de perder um tempo precioso atacando o inimigo protegido em seu abrigo, eles resolveram escalar a muralha.

Os aldeãos não tentaram opor uma resistência que seria inútil e simplesmente se retiraram para a segunda barreira. Empolgados com esse primeiro sucesso, os normandos se precipitaram em polvorosa atrás deles e atacaram a nova barricada com indescritível furor. Por um momento, os dois lados lutaram quase corpo a corpo, com a batalha prestes a se tornar sangrenta, quando um sinal foi dado e os saxões recuaram para o abrigo da terceira barreira.

Essa retirada fez os normandos se darem conta de que, o tempo todo, iam perdendo o terreno que haviam conquistado.

O capitão reuniu seus homens para combinar um novo plano de ataque e, ouvindo a opinião dos comandados, ao mesmo tempo observava em volta.

Gamwell se situava no centro de uma vasta planície e a colina que, de certa maneira, lhe servia de muralha, se revelava um caminho ao mesmo tempo impraticável para os cavalos e perigoso para os homens.

Ele perguntou se algum dos presentes conhecia a localidade.

Correndo de boca em boca, a pergunta acabou levando até o capitão um camponês que dizia conhecer a aldeia de Gamwell, por ter um parente morando ali.

— Você é saxão? — espantou-se o comandante, franzindo o cenho.

— De modo algum, capitão, sou normando.

— E o seu parente é aliado dos rebeldes?

— De fato, pois é saxão.

— Nesse caso, como são parentes?

— Ele é casado com minha cunhada.

— E você conhece a aldeia?

— Conheço sim.

— Pode levar meus homens a Gamwell por um caminho que não seja este?

— Posso. Embaixo da colina há uma trilha que vai diretamente ao *hall* de Gamwell.

— Ao *hall* de Gamwell? Onde fica?

— Ali, à sua esquerda, capitão. Aquela construção grande, cercada de árvores. É onde mora sir Guy.

— O velho rebelde que atacamos? Com os diabos! O rei Henrique poderia ter dado tarefa mais fácil do que essa de tirar o velho cão saxão do seu canil. Agora, me diga, posso mesmo confiar em você?

— Pode sim, capitão. E se seguir minhas indicações, verá que não menti.

— Assim espero, pelo bem das suas orelhas — disse o oficial em tom ameaçador.

— Fui quem os guiou até aqui — lembrou o homem.

— Pode ser, tudo bem. E por que não mencionou antes esse caminho?

— Porque os saxões teriam percebido esse movimento da tropa e tomado precauções para interromper o avanço. Um punhado de homens decididos consegue defender essa trilha contra mil invasores.

— E a trilha se situa, pelo que disse, na base da colina? — quis ainda confirmar o chefe.

— Isso mesmo, capitão, à beira da floresta.

Satisfeitíssimo com as informações, o comandante ordenou que uma parte da tropa se dispusesse a seguir o guia, enquanto ele mesmo, procurando chamar a atenção dos saxões para outro ponto, começaria novo ataque.

Mas os planos do capitão iriam por água abaixo.

O cunhado do guia, que realmente estava entre os defensores de sir Guy, reconheceu o parente e foi avisar João Pequeno, mostrando a espécie de conciliábulo que se travava entre o homem e o capitão.

João Pequeno imediatamente pressentiu a traição e chamou três dezenas de homens que, sob o comando de um dos seus primos, foram vigiar o caminho ameaçado de invasão.

Depois disso, pediu que chamassem Robin:

— Amigo, conseguiria atingir com seu arco qualquer objeto na colina?

— Acredito que sim — respondeu o arqueiro com modéstia.

— Isso significa que tem certeza — corrigiu João. — Ótimo! Siga meu olhar. Está vendo aquele homem à esquerda do soldado com um vistoso penacho no capacete? O indivíduo, meu amigo, é um patife e estou convencido de que passa ao comandante indicações de acesso a Gamwell pelo caminho da floresta. Trate então de liquidar o miserável.

— Agora mesmo.

Robin estendeu o arco e, dois segundos depois, o homem apontado por João Pequeno se contorceu de dor, deu um grito e caiu para não mais se levantar.

O chefe normando rapidamente juntou seus homens e decidiu tomar de assalto as barreiras.

Os saxões se defenderam com bravura; inferiores, porém, em número, não puderam impedir o avanço e ordenadamente se retiraram na direção de Gamwell.

Vencidas as barreiras, os normandos facilmente ganharam terreno. Penetraram na aldeia e uma espécie de pânico tomou conta dos camponeses. Já se preparavam para fugir, quando uma voz poderosa gritou a plenos pulmões:

— Saxões, parem! Sigam-me os que tiverem brio. Em frente! Em frente!

Essa voz, que era a de João Pequeno, reanimou as forças periclitantes dos aldeãos apavorados. Eles se voltaram e, envergonhados da fraqueza demonstrada, seguiram o chefe.

Este último se lançou como um leão contra um militar grandalhão, que parecia dividir com o chefe principal o comando da tropa e, pela violência dos golpes que distribuía, causava pavor em volta.

Ao ver João Pequeno avançar em sua direção, dobrando como se fossem frágeis caniços os soldados que tentavam se opor à sua passagem, o homem em questão armou-se de um machado e partiu para o confronto.

— Até que enfim nos encontramos, lenhador! — gritou o homem, que outro não era senão Geoffroy. — Vou me vingar de uma só vez de todo o mal que me causou.

João Pequeno fez pouco da ameaça, e quando Geoffroy girou o machado para abatê-lo sobre a sua cabeça, com a rapidez de um raio ele o arrancou das suas mãos e arremessou a vinte passos de distância.

— Patife miserável, bem que merece a morte, mas mais uma vez tenho pena de você. Defenda a sua vida — disse João Pequeno.

Os dois homens ou, melhor dizendo, os dois gigantes — pois Geoffroy o Forte, lembrem-se, tinha também um tamanho descomunal — começaram o terrível combate. O confronto foi de longa duração e a vitória, incerta por algum tempo, se decidiu bruscamente a favor do saxão, que, concentrando todo o vigor num supremo esforço, acertou um golpe de espada no ombro de Geoffroy que lhe abriu o corpo até a espinha dorsal.

O vencido caiu sem um ai e os dois campos inimigos, que haviam assistido em silêncio ao estranho combate, olhavam com espanto e horror o terrível ferimento produzido pelo golpe mortal.

João Pequeno não parou diante do corpo do inimigo; ergueu com mão firme, acima da cabeça, a espada ensanguentada e atravessou a hoste normanda como um deus da guerra, da devastação e da morte.

Chegando a um ponto mais elevado, ele olhou para trás e viu que, cercados pelo inimigo, os vassalos, apesar da coragem, não conseguiam mais se defender.

Imediatamente fez então soar a trompa, dando ordem de retirada. Em seguida, voltando ao corpo a corpo, abriu passagem para os seus homens. A fulminante espada manteve por alguns minutos os soldados à distância e os saxões, sabendo quais eram as intenções do chefe, se retiraram pouco a pouco para o pátio do *hall*. Reunidos num só grupo, e lutando de forma desesperada, conseguiram chegar ao recinto do castelo, já em estado de resistir aos ataques de um cerco.

Lançaram-se os normandos contra as portas, de machado em punho, mas elas, em carvalho maciço, resistiram. Puseram-se então a observar ao redor da ampla construção, esperando descobrir alguma entrada pouco protegida, mas essa busca, de infrutífera que era, revelou-se também perigosa, pois os saxões lançavam do alto das janelas pedras enormes e torrentes de flechas.

O capitão normando, assustado com as perdas que os projéteis lançados causavam entre os seus homens, chamou-os de volta e, depois de deixar uma centena deles ao redor do *hall*, desceu ao vilarejo. Como sabemos, as casas de Gamwell estavam vazias. Os soldados, autorizados pelo comandante, revistaram todas, mas para sua grande decepção, as encontraram não somente desertas, mas também sem mantimentos nem objetos que valessem o saque.

Contando apenas com os recursos necessários para uma vitória rápida, a tropa logo se viu numa penúria de víveres. Queixas e reclamações começaram a circular. Uma dúzia de homens com fama de bons caçadores foi enviada à floresta para tentar abater alguns gamos. Com o sucesso da empreitada, os famintos se satisfizeram e o capitão, que estabelecera seu acampamento na aldeia, deixou que metade da tropa descansasse, enquanto a outra metade preparava armas para um ataque noturno contra o edifício dos saxões.

Em situação mais confortável que o inimigo, os camponeses fizeram uma excelente refeição e dormiram, depois de contar as baixas e cuidar dos feridos.

Ao cair da noite, uma forte claridade anunciou aos saxões a nova manobra do inimigo: a aldeia estava em chamas.

— Está vendo, João Pequeno — disse Robin, mostrando ao amigo a lúgubre iluminação —, os miseráveis incendeiam sem pena as modestas casas dos nossos camponeses.

— E farão o mesmo com o *hall*, meu amigo — respondeu João Pequeno com tristeza. — Temos que nos preparar para enfrentar essa nova miséria. A velha morada é cercada de bosques, arderá como um monte de feno.

— Com que tranquilidade diz isso! — revoltou-se Robin. — Não acha possível evitar essa odiosa afronta?

— Faremos tudo que estiver ao nosso alcance, Robin, mas não se iluda, o fogo é um inimigo difícil de ser vencido.

— Veja, outra moradia queimada; estarão dispostos a pôr fogo na aldeia inteira?

— Chegou a ter alguma dúvida, meu pobre amigo? Sim, destruirão nossa querida Gamwell e, terminando a obra lá embaixo, tentarão trazer as chamas para cá também.

Indignados, os camponeses assistiam ao espetáculo com gritos de desespero. Queriam deixar o *hall* e satisfazer ali mesmo o amargo desejo de vingança que lhes devorava o coração, mas João Pequeno, avisado por um dos primos, rapidamente foi até eles e pediu, emocionado:

— Compreendo a revolta de vocês, caros amigos, mas, por favor, esperem ainda! Se conseguirmos nos defender até o amanhecer, venceremos. Esperem, esperem, dentro de quinze minutos os miseráveis vão estar aqui.

— Estão chegando! — interrompeu Robin.

De fato, os normandos avançavam para o castelo aos brados, com tochas acesas nas mãos.

— A seus postos, rapazes, a seus postos! — gritou de novo o sobrinho de sir Guy. — Apontem suas flechas com atenção, mirem com capricho e nada desperdicem. E você, Robin, fique comigo para enviar a morte a quem eu indicar.

Os normandos cercaram o castelo e, mesmo mantendo distância das janelas e barbacãs, lançaram contra a porta tochas incendiárias, mas que logo se apagavam sem causar danos, sob as torrentes de água lançadas pelos camponeses.

O fogo foi suspenso e uma espécie de alegre clamor dos soldados levou João Pequeno e Robin a uma janela.

Com o chefe à frente, uma dezena de soldados arrastava um instrumento que, aparentemente, devia servir para derrubar a porta. No momento em que, sob a direção do capitão, os normandos iam instalar o aparelho em seu devido lugar, João Pequeno disse a Robin:

— Crave uma flecha nesse maldito capitão.

— Com prazer, mas será difícil atingi-lo mortalmente, já que uma cota de malha o protege. Vou precisar apontar para o rosto.

— Atenção — disse João —, prepare o arco… atire, Robin, atire, o rosto está bem iluminado por uma tocha. Essa morte vai nos salvar.

Robin, que seguia os movimentos do chefe, disparou. A flecha partiu. O capitão, atingido entre as duas sobrancelhas, caiu para trás. Em polvorosa, os soldados acorreram ao redor e uma tremenda desordem tomou conta das fileiras.

— Agora, saxões! — gritou João com voz vibrante. — Uma saraivada de flechas contra os incendiários.

A nuvem mortal que se abateu foi tão esmagadora que os soldados que se mantiveram de pé se sentiram perdidos. Preparavam-se para fugir, quando um normando, se colocando por conta própria à frente dos companheiros, propôs que fizessem um último esforço para obrigar os camponeses a deixar a fortaleza. Havia um grupo de árvores, principalmente pinheiros, bem diante da fachada interna do castelo, ou seja, dando para os jardins. Sob o comando do novo chefe, as árvores mais próximas do edifício tiveram o tronco serrado pela metade, com os galhos mais altos tendo sido previamente inflamados. João Pequeno, que observava angustiado os rápidos progressos da infernal destruição, deixou escapar um grito de raiva e disse a Robin:

— Encontraram como nos obrigar a sair. As árvores vão incendiar o telhado e em pouco tempo o castelo estará em chamas. Derrube os que carregam tochas, Robin, e vocês, amigos, não economizem flechas. Abaixo os lobos normandos! Morte aos lobos!

Os pinheiros, árvores que rapidamente ardem, caíram sobre o telhado com barulho assustador e uma claridade avermelhada logo envolveu a cúpula do castelo.

João Pequeno reuniu seus homens no salão principal, dividiu-os em três grupos, se colocou com Robin à frente do primeiro, deu a frei Tuck o comando do segundo, confiando o terceiro à direção do velho Lincoln, e cada grupo se preparou para deixar o *hall* por uma porta diferente.

Sir Guy havia assistido impassivelmente aos preparativos da partida, mas quando o sobrinho foi pedir que deixasse a sala com ele, o velho baronete exclamou:

— Quero morrer nas ruínas da minha casa.

Em vão João Pequeno, Robin e os jovens Gamwell suplicaram, em vão mostraram as chamas rubras que tingiam a sala com sangrenta iluminação, em vão lembraram a esposa e as filhas; o velho saxão permaneceu surdo aos pedidos, insensível às lágrimas.

— Cuidado! Corram! — gritou de repente Robin Hood. — O teto vai cair.

João Pequeno agarrou o tio, ergueu-o e, apesar das reclamações e lamentos, levou-o para fora da sala.

Mal os saxões saíram, ouviram um estrondo sinistro: os andares superiores, sobrecarregados com a queda do telhado, sucessivamente desabaram e a velha moradia senhorial lançou por suas aberturas línguas de fogo e vagas de fumaça.

João Pequeno deixou sir Guy aos cuidados de alguns homens de confiança e mandou que tomassem imediatamente a estrada para Yorkshire.

Com o espírito mais tranquilo, o incansável João Pequeno ergueu novamente sua triunfante espada e partiu contra o inimigo aos gritos:

— Vitória! Vitória! Peçam clemência! Implorem misericórdia!

O surgimento de Tuck, vestido com batina de frade, lançou pânico entre os normandos: nenhum deles se atrevia a ir contra um membro da santa Igreja e, tomados por súbito pavor, fugiram, perseguidos pelos saxões, correndo para o local em que estavam amarrados os cavalos. Rapidamente se puseram em sela e se afastaram a toda velocidade. Dos trezentos normandos que haviam chegado pela manhã, restavam apenas setenta. Embriagados com a vitória, os aldeãos cercaram João Pequeno, que, depois de coordenar a triagem dos feridos e mortos, discursou:

— Saxões! Vocês deram hoje prova de estar à altura desse nobre nome. Infelizmente, apesar da nossa valentia, os normandos alcançaram o que queriam. Queimaram suas casas e fizeram de vocês pobres banidos. A permanência aqui se torna impossível, pois logo nova tropa de soldados tomará conta dessas ruínas. Precisam então se afastar daqui. Resta-nos um lugar de salvação: a floresta, que nos oferece asilo. Quem de nós não dormiu, quando criança, na relva macia do bosque, sob o teto ondulante das verdes folhas e das grandes árvores?

— Para a floresta, vamos para a floresta! — gritaram várias vozes.

— Isso mesmo, vamos para a floresta — repetiu João Pequeno. — Viveremos em comunidade, trabalharemos uns para os outros, mas para que a felicidade se consolide em constante harmonia, precisamos nomear um chefe.

— Um chefe? Que seja então você, João Pequeno.

— Um hurra para João Pequeno! — responderam os vassalos em uníssono.

— Amigos — voltou ele a falar —, agradeço infinitamente a honra que me fazem, mas não posso aceitar. Permitam que apresente agora mesmo quem é digno de estar à frente de vocês.

— Quem é? Onde está?

— Aqui mesmo — disse João, descansando a mão no ombro de Robin Hood. — Ele, Robin Hood, meus amigos, é um verdadeiro saxão e, além disso, um bravo. Tem a discrição e o bom senso de um ancião. Têm em Robin Hood o conde de Huntingdon, descendente de Waltheof, filho bem-amado da Inglaterra. Os normandos, que lhe roubaram os bens, reivindicam ainda seus títulos de nobreza, e o rei Henrique proscreveu Robin Hood. Agora, amigos, respondam: querem ter como chefe o sobrinho de sir Guy de Gamwell, o nobre Robin Hood?

— Queremos! Queremos! — exclamaram os camponeses, lisonjeados por ter como chefe o conde de Huntingdon.

O coração de Robin dava saltos de alegria, seus planos secretos tinham finalmente uma esperança de realização. Sentia-se orgulhoso e, diga-se, digno de cumprir a difícil missão para a qual o apontava o seu bom amigo. Depois de passar pelos saxões um olhar fulgurante, ele tirou o gorro e, com a mão apoiada no braço de João Pequeno, disse emocionado:

— Companheiros, fico feliz que me aceitem como chefe e agradeço do fundo do coração. Estejam certos de que farei tudo que puder para merecer a estima e amizade de vocês. Minha pouca idade[54] poderia ser um motivo de receio e desconfiança, se eu não dissesse que a maneira de pensar que tenho, meus sentimentos e ações são de alguém que sofreu e, com isso, ganhou a experiência de um homem feito. Terão em mim um irmão, um companheiro, um amigo e um chefe, em caso de absoluta necessidade. Conheço bem a floresta, nossa futura morada, e me comprometo a encontrar um abrigo seguro para vocês e a tornar a existência de todos feliz e agradável. O segredo desse lugar a que me refiro não deve nunca ser confiado a ninguém; seremos nossos próprios guardiões e serão indispensáveis a discrição e a prudência. Preparem-se para a viagem, vou levá-los a um retiro inacessível aos inimigos. Mais uma vez, irmãos saxões, agradeço a confiança e tudo farei para merecê-la, solidário nas horas de tristeza e nas de alegria.

Os preparativos foram rápidos, pois os normandos nada haviam deixado para os infelizes proscritos.

Três horas depois, Robin Hood e João Pequeno, acompanhados pelos aldeãos, penetraram num espaçoso subterrâneo no meio da floresta. Esse lugar, perfeitamente seco, tinha no teto amplas aberturas que permitiam a livre circulação do ar e da luz por toda a sua extensão.

— Puxa, Robin! — espantou-se João Pequeno. — Eu, que conheço o bosque tão bem quanto você, estou maravilhado com a descoberta. Como é possível que a floresta de Sherwood tenha um local tão confortável?

— É provável que tenha sido aberto por foragidos saxões, na época de Guilherme I.

Poucos dias depois da mudança dos nossos amigos para a floresta de Sherwood, dois homens do bando, que tinham ido fazer compras em Mansfield, contaram a Robin que uma tropa de quinhentos normandos acabava de demolir, pois nada mais podiam fazer, as muralhas da hospitaleira casa que havia sido o *hall* de Gamwell.

54. Robin Hood tem, na época, cerca de 20 anos.

20

Cinco anos se passaram.

Confortavelmente instalado na floresta, o bando de Robin Hood vivia em segurança, apesar de os normandos, seus inimigos naturais, saberem de sua existência. Os produtos da caça garantiram de início a alimentação, mas com o passar do tempo esse recurso mostrou-se insuficiente e Robin Hood foi levado a procurar outros meios para suprir as necessidades gerais.

Mantendo então vigilância sobre as estradas que cortavam em todas as direções a floresta de Sherwood, ele passou a cobrar uma taxa aos viajantes. Essa taxa, eventualmente exorbitante, caso o forasteiro assaltado fosse um grande senhor, se reduzia a muito pouco em caso contrário. Aliás, essas extorsões diárias de jeito nenhum tinham a aparência de um assalto e eram feitas com delicadeza e cortesia.

Os homens do bando de Robin Hood paravam os viajantes da seguinte maneira:

— Sr. forasteiro — diziam tirando polidamente o gorro que lhes cobria a cabeça —, nosso chefe, Robin Hood, espera Sua Senhoria para começar sua refeição.

O convite, que não podia ser recusado, era em geral recebido até com certa satisfação.

Conduzido, sempre educadamente, até Robin Hood, o convidado se punha à mesa com o anfitrião, comia bem, bebia melhor ainda e descobria, já na sobremesa, o montante da despesa. Como se pode imaginar, a soma era proporcional ao peso financeiro do desconhecido. Se ele trazia consigo dinheiro suficiente, pagava, em caso contrário, tinha que dar o nome e endereço da família e pedia-se então um forte resgate. Quando isso acontecia, o viajante, mesmo prisioneiro, era tão bem tratado que aguardava sem o menor descontentamento a hora de voltar a estar livre. O prazer dessa refeição com Robin Hood custava muito caro aos normandos, que mesmo assim nunca se queixavam do constrangimento.

Duas ou três vezes uma companhia de soldados foi enviada contra os mateiros, mas sempre vergonhosamente derrotada, e chegou-se a dizer que o bando de Robin Hood era invencível. Grandes senhores foram lautamente despojados, mas os pobres, em contrapartida, fossem saxões ou normandos, recebiam cordial recepção. Caso Tuck estivesse ausente, às vezes parava-se algum frade, e se ele aceitasse rezar a missa para o bando, era generosamente recompensado.

Nosso velho amigo Tuck estava feliz demais naquela alegre companhia para que por um só momento passasse por sua cabeça a ideia de ir embora. Fez construir uma pequena ermida nos arredores do subterrâneo e vivia satisfeitíssimo com os melhores produtos da floresta. O digno frade continuava a beber vinho quando tinha a felicidade de encontrar algumas garrafas, cerveja forte não havendo vinho, e água fresca — miséria! — caso a inconstante fortuna o deixasse em desgraça. Excusado dizer que o pobre Gilles fazia então uma careta horrível e declarava insossa e nauseabunda a límpida água do riacho. O tempo não havia em nada melhorado o temperamento do bom religioso. Continuava o mesmo: estapafúrdio, espalhafatoso, fanfarrão e sempre pronto a responder à altura. Seguia os companheiros em suas excursões pela floresta e era um prazer ver o alegre bando de rosto risonho e falatório animado que, mesmo assaltando viajantes, nunca perdia o agradável senso de humor. Todos se mostravam tão visivelmente felizes e contentes com aquela maneira de viver que a voz popular com simpatia os denominou "os alegres homens da floresta".

Há cinco anos ninguém tinha notícia de Allan Clare nem de lady Christabel. Sabia-se apenas que o barão Fitz-Alwine acompanhara Henrique II à Normandia.

Já o pobre Will Escarlate fora engajado no exército. Halbert se casara com Graça May e moravam ambos na cidadezinha de Nottingham e trouxeram ao mundo uma encantadora menininha, já com três anos.

Maude, a linda Maude, como dizia o gentil William, passara a fazer parte da família Gamwell, que secretamente se retirara numa propriedade de Yorkshire, conforme já mencionamos.

Junto da mulher e das filhas, o velho baronete pôde esquecer seus infortúnios. Recuperara energias e sua florescente saúde lhe prometia longa vida.

Os filhos se tornaram companheiros de Robin Hood e viviam também na comunidade da verde floresta.

Uma grande mudança se operara em nosso herói: ele cresceu, seus membros ficaram mais fortes, a delicada beleza dos seus traços, sem perder a extraordinária distinção, havia assumido características mais viris. Aos vinte e cinco anos, Robin Hood parecia ter chegado aos trinta. A audácia brilhava em seus grandes olhos negros, os cabelos cacheados e sedosos emolduravam a fronte pura e ligeiramente amorenada pelas carícias do sol, a boca e o bigode cor de azeviche davam à sua agradável figura uma expressão séria, mas essa aparente severidade em nada diminuía a jovialidade do temperamento. Ele, que causava a mais viva admiração entre as mulheres, não parecia se sentir orgulhoso nem lisonjeado: seu coração pertencia inteiramente a Marian. Continuava a amá-la de modo tão terno quanto no passado e com frequência ia vê-la no castelo de sir Guy. A família Gamwell tinha conhecimento do amor entre os dois jovens e só se esperava, para o casamento, o retorno de Allan ou a notícia da sua morte.

Entre os visitantes recebidos como amigos em Barnsdale (nome da propriedade do baronete saxão) havia um homem ainda jovem que se tomou de amores por Marian. O parque do seu castelo fazia limite com o de sir Guy e ele havia voltado há poucos meses de Jerusalém, depois de participar de uma cruzada como membro da ordem dos templários.[55] Sir Hubert de Boissy era cavaleiro do Templo e, consequentemente, obrigado ao celibato.

Certa manhã, voltando de um passeio a cavalo pelas redondezas, ele viu Marian numa janela do castelo vizinho. Achou-a muito bela, quis revê-la e procurou se informar quem era. Descobriu. Logo se apresentou à porta do baronete e, anunciando-se a pretexto de boa convivência, ofereceu ao velho sua amizade e tentou ganhar sua confiança. Foi um início bastante difícil, pois o velho saxão, que detestava os normandos, se manteve distante e recebeu com extrema frieza a tentativa de aproximação do sr. de Boissy. Sem absolutamente desanimar diante desse primeiro fracasso, o cavaleiro voltou ao ataque. Aconselhado pela prudência, sir Guy acabou se mostrando mais receptivo. Dias depois do segundo encontro, Hubert fez uma visita às sras. de Gamwell e, uma vez introduzido no círculo familiar, mostrou-se tão franco, afetuoso e amável que o próprio sir Guy, a quem ele contava maravilhosas histórias, viu pouco a pouco se desfazer o sentimento de desconfiança que o simples aspecto do normando já lhe inspirava.

Multiplicaram-se as visitas de Hubert e ele se comportava com tanta habilidade que ganhou completamente se não a confiança, pelo menos a estima e simpatia do idoso fidalgo, tornando-se um agradabilíssimo conviva. Galante com as moças sem se mostrar inconveniente, ele repartia entre todas seus cuidados e atenções, fazendo as visitas parecerem apenas cordiais e sendo, então, impossível se queixar de tal assiduidade. Era a impressão que tinha Marian e não lhe viera em mente comentar com Robin Hood as aparições do vizinho, mas temia um eventual encontro dos dois na sala do castelo. De fato, o impulsivo rapaz poderia cometer alguma imprudência, já que certamente não veria com bons olhos tanta familiaridade entre saxões e o inimigo da raça.

55. A Ordem Militar dos Pobres Cavaleiros de Cristo e do Templo de Salomão, mais conhecida como Ordem do Templo, foi criada em 1119 e extinta em 1312. Chegou a contar com 20 mil membros (apenas 10% deles com o título de cavaleiro), que faziam voto de pobreza e castidade.

Hubert de Boissy era desses homens que, sem possuir qualidades físicas ou morais dignas de nota, têm o talento de agradar às mulheres e ser bem apreciado. Seu comportamento ameno fazia com que se acreditasse na bondade do coração e isso ajudava a garantir o sucesso mundano. Essa inexplicável facilidade que tinha para agradar lhe dera certa fatuidade e boa dose de impudência, fazendo com que não conseguisse imaginar qualquer recusa mais séria por parte de alguma mulher que ele porventura brindasse com sua atenção.

As regras da ordem a que ele pertencia, proibindo o casamento, pressupunham os deveres da castidade. Na verdade, porém, Hubert se comportava como a maior parte dos templários, em geral habituada ao luxo de uma riqueza principesca, e frequentava a sociedade, levando a existência de um jovem totalmente livre para dispor como bem entendesse do seu coração, fortuna e tempo livre.

O primeiro olhar que ele obteve da ingênua Marian fez despertar em seu coração uma forte paixão, e essa paixão, dissimulada aos olhos de todos, ignorada inclusive por aquela que a motivara, tornou-se um suplício para Hubert. Mantido à distância pelo frio comportamento da jovem, exasperado pelo generalizado desdém que ela votava aos usurpadores normandos, ele desenvolveu um amor cheio de rancor, que misturava em iguais proporções desejo e ódio.

O cavaleiro tinha suficientes fineza e experiência para compreender que, à exceção do afável sir Guy, a família mal suportava a sua presença. Ele próprio se sentia bem pouco à vontade junto a quem denominava amigos e contra os quais planejava covardemente uma cruel vingança.

Apesar da generosa bondade do seu temperamento, frequentemente o velho baronete deixava transparecer o desprezo que tinha pelos normandos, expressado com adjetivos injuriosos. Hubert reprimia o ódio mortal que lhe causavam os insultos e sorria com indulgência, levando às vezes a falsidade ao ponto de concordar com as opiniões do anfitrião, depois de tentar combatê-las, para com isso inspirar um sentimento de pena e simpatia.

Tinha notável inteligência, com discernimento rápido e eficaz, quando era do seu interesse. Fora então fácil, desde o primeiro encontro, avaliar sir Guy, percebendo que o generoso ancião era alguém simples, franco, sincero e incapaz de imaginar no próximo maus pensamentos que ele próprio não tinha.

Dois meses depois da primeira visita ao castelo, pelo menos em aparência Hubert era tratado como verdadeiro amigo.

Winifred e Bárbara, as duas filhas do baronete, se mostravam educadamente atenciosas com o normando, mas o mesmo não se passava com Marian, que instintivamente desconfiava daquela aparente fleuma do cavaleiro.

Hubert soubera do casamento previsto para a jovem, mas não conseguiu descobrir como se chamava o futuro esposo.

Uma personalidade menos ardente teria recuado diante da glacial reserva de Marian, mas Hubert dava ouvidos ao desejo de vingança, mais do que ao irresistível impulso do verdadeiro amor. Esperava a hora propícia para uma súbita declaração. Imaginava pôr-se de joelhos diante da jovem e humildemente declarar seu ardente carinho. Com paciente perseverança, mantinha-se à espreita do momento em que estaria a sós com Marian, tentando, ao mesmo tempo, descobrir o segredo do seu amor, com a intenção de, caso conseguisse, esmagar o perigoso obstáculo.

Interrogados pelos criados de Hubert, os vassalos de sir Guy davam falsas informações. Inventaram um nome e o cavaleiro, com todas suas artimanhas até que bem arquitetadas, continuou na mais completa ignorância.

Mas conseguiu saber que o futuro marido de Marian era saxão, jovem e notavelmente bonito. E também que suas vindas ao castelo eram cercadas de mistério. O normando passou a ficar atento a uma eventual visita do rival, esperando matá-lo em emboscada, mas essas cordiais intenções ficaram frustradas, sem que o aguardado jovem aparecesse.

Era esse o estado das coisas. Hubert não havia ainda revelado a intensidade da sua paixão por Marian, nem o ódio que tinha pelo restante da família, quando uma festa num vilarejo a certa distância do castelo animou todos os membros da família Gamwell. Hubert pediu — e foi-lhe concedida — permissão para acompanhar as senhoras.

Winifred, Maude e Bárbara contavam se divertir muito no passeio, mas Marian, que esperava a visita de Robin Hood, para ficar sozinha no castelo alegou estar com muita dor de cabeça.

A família se foi e com ela os vassalos endomingados, ficando em Barnsdale apenas um homem de guarda e duas criadas.

Uma vez sozinha, Marian foi para o seu quarto, escolheu um bonito vestido e se pôs à janela, de onde podia ver as diferentes estradas que davam acesso ao castelo. A todo instante tinha a impressão de ouvir o som melodioso da trompa, com o toque que anunciava a chegada do bem-amado. Sua graciosa cabeça se inclinava um pouco, um rápido brilho cintilava no olhar meditativo, os lábios, sempre tão sérios, pronunciavam um nome e ela inteira palpitava de alegria, ansiedade e expectativa. O som, porém, não se confirmava, a silhueta pressentida não alongava sua forma elegante na areia dourada do caminho e a jovem, sem distinguir com os olhos o que queria, procurava dentro de si mesma, tentando ver com o coração.

A espera foi longa e se tornou dolorosa. Marian esquadrinhava o horizonte, invadia a profundidade das alamedas do parque, ouvia todos os barulhos e, decepcionada em sua ardente esperança, começou tristemente a chorar.

Sentada numa poltrona com a cabeça apoiada numa das mãos, abandonou-se àquele ingênuo desespero, até que um leve barulho fez com que erguesse os olhos.

Hubert estava à sua frente.

Marian deu um grito e tentou fugir.

— Por que esse medo, senhorita? Por acaso sou algum filho de Satã? Estou com Deus. E nunca achei que minha presença num quarto de mulher fosse vista como a de um espantalho.

— Desculpe, senhor — conseguiu balbuciar Marian. — Não o ouvi entrar. Estou só e…

— Parece gostar muito da solidão, linda Marian, e quando um amigo a surpreende em seu retiro é recebido com expressão de desagrado, como se interrompesse uma conversa amorosa.

Marian, que se descontrolara, logo recuperou a calma da sua tranquila natureza. Ergueu altivamente a cabeça e, com passadas firmes, se dirigiu à porta. O cavaleiro de Boissy impediu-a de passar.

— Gostaria de falar com a senhorita, conceda-me por favor alguns instantes. Na verdade, achei que minha visita fosse mais bem-vinda.

— Sua visita, senhor, é para mim tão desagradável quanto inesperada.

— Que pena! — exclamou Hubert. — Mas o que fazer? Devemos suportar os males que não podemos evitar.

— Se for um cavalheiro, deve conhecer as práticas sociais, sir Hubert. Creio que basta eu pedir que me deixe só.

— Sou um cavalheiro, linda jovem — respondeu o fidalgo em tom de zombaria —, mas aprecio tanto a boa companhia que preciso de um motivo mais forte do que o simples desejo para abrir mão disso.

— É um desrespeito a todas as leis da galanteria cavalheiresca, senhor — respondeu Marian. — Permita-me então deixá-lo neste lugar, a que veio sem ser chamado e ao qual não é bem-vindo.

— Senhorita — continuou insolentemente Hubert —, por hoje estou preferindo deixar de lado as regras da cortesia. Não é minha intenção me retirar nem deixá-la ir. Tive a honra de falar do meu desejo de conversar, e como as ocasiões para estarmos a sós são tão raras quanto a sua beleza, seria um desperdício não aproveitar esta que consegui a pretexto de uma forte enxaqueca, seguindo o seu exemplo. Queira então me ouvir. Há muito tempo a amo.

— Basta, senhor — interrompeu Marian. — Não posso aceitar ouvir mais.

— Amo-a — continuou Hubert.

— Se o baronete estivesse aqui o senhor não se atreveria a falar desse modo!

— Claro que não! — respondeu ele cinicamente, enquanto as faces de Marian perdiam toda cor. — A senhorita tem espírito e inteligência, é desnecessário perder tempo com tolos elogios. Certamente teriam efeito sobre moças fúteis e vaidosas, mas com a senhorita, de tão inúteis seriam até de mau gosto. É muito bonita e amo-a; como vê, vou direto ao ponto. Aceita me retornar uma pequena parte desse meu afeto?

— Nunca! — respondeu com firmeza Marian.

— É uma palavra que seria prudente uma jovem sozinha na companhia de um homem muito atraído por sua beleza não pronunciar.

— Ai, meu Deus! Meu Deus! — exclamou Marian torcendo as mãos.

— Quer ser minha mulher? Se aceitar, será uma das mais importantes damas de Yorkshire.

— Infeliz! Trai vergonhosamente os votos que fez. Oferece-me mão que sabe não estar livre. O sacramento do casamento é proibido à ordem dos templários, à qual pertence.

— Posso me desobrigar dos votos e, caso aceite meu nome, nada haverá de se opor à nossa felicidade. Juro pela imortalidade da minha alma, Marian, que posso fazê-la feliz. Amo-a com todas as forças do meu coração. Serei seu escravo, não terei outro pensamento a não ser o de torná-la a mais invejada das mulheres. Responda-me, não chore tanto. Permite-me esperar o seu amor?

— Nunca! Nunca! Nunca!

— Ainda essa palavra, Marian! — observou Hubert com tom meloso. — Não aja levianamente, pense antes de responder. Sou rico, possuo as mais belas propriedades da Normandia, inúmeros vassalos. Serão seus também e vão cultuá-la como a um ídolo. Cobrirei seus cabelos de finas pérolas, terá sempre a seu redor os dons mais preciosos. Marian, Marian, posso jurar que será feliz comigo.

— Não jure, senhor. Já quebrou o juramento que o liga ao céu e também não cumprirá este.

— Não, Marian, manterei a palavra.

— Quero acreditar no que diz, senhor, mas não posso corresponder ao que pede: meu coração não está livre — ela acrescentou conciliante.

— Tinham-me dito, mas a ideia me pareceu tão odiosa que não quis acreditar. Então é verdade? É mesmo verdade?

— É verdade — ruborizou-se Marian.

— Que seja! Respeitarei o segredo do seu coração se me conceder uma palavra afável, se disser que posso esperar ser seu amigo. Amarei-a ternamente, Marian, de forma totalmente dedicada!

— Não quero ter amigos, senhor, não poderia reconhecer direitos a uma afeição que para mim é impossível retribuir. A pessoa que ocupa meus pensamentos possui as únicas riquezas que ambiciono conquistar: nobreza de sentimentos, espírito cavalheiresco e caráter leal. Serei eternamente fiel, eternamente afeiçoada a ele.

— Marian, não me lance no desespero, pois perderei a razão. Quero me manter calmo, dentro dos limites do respeito, mas se me tratar ainda com tanta dureza, será difícil controlar minha cólera. Por favor, ouça, um homem que não está o tempo todo a seu lado não pode amá-la tão apaixonadamente quanto eu. Seja minha! Veja a sua existência aqui! O isolamento, numa família estranha. Sir Guy não é o seu pai, Winifred e Bárbara não são suas irmãs. Corre sangue normando nas suas veias, e me desdenha apenas por gratidão a esses saxões. Venha comigo, bela Marian, venha comigo. Terá uma vida de luxo, de prazer e de festas.

Um sorriso de desprezo se esboçou nos lábios da jovem, que disse:

— Senhor, queira se retirar. O que oferece sequer merece a cortesia de uma recusa. Tive a honra de lhe dizer que sou noiva de um nobre saxão.

— Então desdenha e rejeita o que ofereço, orgulhosa senhorita? — quis confirmar Hubert, com a voz alterada.

— Exatamente, senhor.

— Põe em dúvida minha sinceridade?

— Absolutamente, sr. cavaleiro. E agradeço suas boas intenções, mas, peço-lhe uma última vez, deixe-me só. Sua presença em meu quarto me incomoda muito.

Como resposta, o cavaleiro pegou uma cadeira e aproximou-a daquela em que estava Marian. Ela se levantou e de pé, no meio do cômodo, esperou, calma e de olhos baixos, que Hubert se fosse.

— Volte para perto de mim — disse ele, após um instante de silêncio. — Não quero lhe fazer mal, quero apenas obter uma promessa que, sem obrigá-la a romper o compromisso com o misterioso desconhecido a quem ama, me dará forças para suportar o seu desprezo. Estou pedindo, apesar de ter o direito de exigir, Marian — acrescentou Hubert, avançando até a moça, que, sem precipitação aparente, mas de maneira firme, se encaminhou para a porta. — Está trancada, miss Marian, e suas belas mãos desnecessariamente se machucariam tentando abrir. Sou um homem precavido, minha bela; não há ninguém no castelo, e se lhe vier a fantasia de gritar por socorro, tenho homens a poucos passos de Barnsdale que entenderão isso como ordem minha para que tragam ao pátio cavalos excelentes e já selados, os quais, queira ou não a senhorita, a levarão embora daqui.

— Senhor — disse Marian com voz já chorosa —, tenha pena de mim. Pede coisas que não tenho como conceder. E a violência em nada mudará meu coração. Deixe-me sair; como pode ver, não estou gritando nem pedindo socorro. Suficientemente o estimo para não levar a sério suas ameaças de sequestro. Como homem honrado que é, sequer pode ter pensado em cometer ação tão covarde. Sir Guy o preza, tem real afeto e consideração pelo senhor; teria então coragem de ofender tão cruelmente a generosa amizade que soube construir? Pense bem, toda a família Gamwell cairia em desespero e eu mesma… eu me mataria, cavaleiro.

Marian desfez-se em lágrimas.

— Jurei que seria minha.

— Foi uma jura insensata, cavaleiro, e se algum dia o seu coração bateu forte por uma mulher, imagine em qual dolorosa situação ela estaria se, amada pelo senhor, outro homem quisesse obrigá-la a renegar esse amor. O senhor talvez tenha uma irmã, pense nela. O irmão que tenho não sobreviveria à minha desonra.

— Será minha mulher, Marian, minha mulher querida e respeitada. Venha comigo.

— Nunca! Nunca!

Hubert tinha aos poucos se aproximado e quis envolver Marian com os braços. Ela escapou do odioso contato e, correndo para um canto do quarto, gritou alto.

— Socorro! Socorro!

Pouco se incomodando com os gritos que ele sabia inócuos, Hubert sorriu perfidamente e conseguiu agarrar as mãos da jovem. No momento, porém, em que ia puxá-la para si, com um gesto rápido Marian arrancou o punhal preso à cintura do agressor e correu para a janela que estava aberta. A pobrezinha em desespero ia ferir o próprio peito ou se jogar do alto, quando o som de uma trompa quebrou com suas notas harmoniosas o silêncio da planície. Debruçada na balaustrada, ela estremeceu, com o coração disparado, e ouviu. O som, de início vago e indistinto, tornou-se mais claro, chegando a parecer uma alegre fanfarra. Paralisado pela surpresa da melodia inesperada, Hubert não fez nenhum movimento ofensivo na direção da jovem, mas quando o som da trompa parou, ele tentou afastá-la da janela.

— Socorro! Robin, socorro! — ela gritou o mais forte que pôde. — Socorro! Rápido, rápido, Robin! É o céu que envia o querido Robin!

Fulminado pela surpresa de ouvir aquele nome temido, Hubert tentou abafar os gritos da jovem, que se debateu com energia e força extraordinárias.

Ouviu-se, de repente, o nome de Marian ser gritado lá fora. O barulho de uma luta havia seguido os pedidos de socorro; a porta do aposento em que ela se encontrava voou aos pedaços e Robin Hood apareceu à entrada.

Sem um grito, uma palavra, ele pulou em cima do cavaleiro, agarrou-o pela garganta e jogou-o aos pés de Marian.

— Miserável! — disse, pesando o joelho no peito de Hubert. — Tentando violentar uma mulher!

Marian caiu chorando nos braços do noivo.

— Abençoado seja, Robin. Salvou-me mais do que a vida, salvou-me a honra.

— Querida Marian — respondeu o rapaz —, tudo que peço a Deus é estar sempre a seu lado nas horas de perigo. Louvada seja a santa Providência, que guiou meus passos. Acalme-se, contará depois o que aconteceu antes da minha feliz chegada. Quanto a este patife impudente — continuou, virando-se para o cavaleiro, que acabava de se levantar —, saia daqui. O profundo respeito que tenho pela nobre jovem que o senhor teve a audácia de ofender não me permite castigá-lo na sua presença. Saia…

Nem tentaremos descrever a raiva do miserável sedutor, que beirava a loucura. Seus olhos dardejaram contra o casal raios de ódio; ele balbuciou algumas palavras indistintas e, desarmado, ridículo, insultado, desonrado, saiu porta afora, desceu trôpego a escada que subira tão levianamente e se afastou do castelo. Robin Hood mantinha Marian contra o seu peito, pois a pobre moça não parava de chorar, apesar de querer demonstrar a seu salvador toda a alegria que lhe causava a sua presença.

— Marian, minha amada Marian — dizia ele com carinho —, não precisa mais ter medo, estou aqui. Vamos, erga para mim esse lindo rosto. Quero ver uma expressão tranquila e sorridente.

Ela tentou responder ao delicado pedido, mas não conseguiu pronunciar uma palavra sequer, tão grande era ainda a emoção.

— Quem era aquele homem, minha amiga? — perguntou Robin, após um instante de silêncio e fazendo a jovem ainda trêmula se sentar a seu lado.

— Um proprietário normando com terras vizinhas a Barnsdale — respondeu timidamente a moça.

— Um normando? E como se faz que meu tio receba em sua casa alguém dessa raça maldita?

— Caro Robin, sir Guy, você sabe, é um homem prudente e avisado. Não o julgue sob a influência do sentimento que o domina neste momento. Foi por sérios motivos que ele se obrigou a receber as visitas do cavaleiro Hubert de Boissy. Tanto quanto você, ou até mais, sir Guy detesta os normandos. Além da precaução que obrigou o seu tio a aceitar os oferecimentos do cavaleiro, acrescente a inteligência, a habilidade, a melíflua manha com que esse vizinho conseguiu se insinuar nas boas graças de toda a família. Sir Hubert se mostrava tão respeitoso, humilde e dedicado que todo mundo se deixou levar pela aparente sinceridade do seu caráter.

— E você, Marian?

— Procurava não julgá-lo, mas via no seu olhar algo que soava falso e afastava a confiança.

— Como ele chegou a entrar nos seus aposentos?

— Não sei. Eu estava chorando porque…

E ela corou, baixando os olhos.

— Por quê? — perguntou Robin com carinho.

— Porque você não tinha vindo — disse Marian com um leve sorriso.

— Minha querida…

— Um vago barulho me chamou atenção, ergui a cabeça e vi o cavaleiro. Por algum pretexto ele havia deixado sir Guy, sem dúvida conseguiu afastar as criadas de serviço e postou seus homens nas proximidades.

— Disso sei eu — interrompeu Robin. — Precisei derrubar dois deles que quiseram me barrar o caminho.

— Meu querido, você me salvou! Sem isso eu estaria morta; ia me apunhalar quando ouvi a trompa.

— Onde mora o miserável? — perguntou Robin sem poder descerrar os dentes.

— A poucos passos daqui — ela respondeu, levando Robin até a janela. — Pode-se até ver o telhado, acima das árvores do parque. É o castelo do sr. de Boissy.

— Obrigado, Marian. Mas não falemos mais desse patife. Irrita-me até mesmo a ideia de mãos tão infames terem tocado as suas. Falemos de nós, de nossos amigos. Tenho boas notícias, notícias que vão deixá-la contente.

— Infelizmente — disse com tristeza a jovem — estou tão pouco habituada à alegria que nem acredito na esperança de um feliz acontecimento.

— Comete um erro, amiga. Esqueça o que se passou há pouco e tente adivinhar que notícias boas são essas.

— Querido Robin! Suas palavras me fazem imaginar uma felicidade inesperada. Recebeu o indulto? Está livre, não é mais obrigado a se esconder na floresta?

— Não, Marian; continuo sendo um pobre proscrito. Não era a mim que eu me referia.

— Então meu irmão, meu querido Allan? Onde ele está, Robin? Quando virá me ver?

— Em breve, assim espero. Tive notícias por alguém que aderiu recentemente ao bando, um dos que caíram nas mãos dos normandos naquele dia fatal do encontro com os cruzados, na floresta de Sherwood. Foi forçado a entrar para o serviço do barão Fitz-Alwine, que chegou ontem com lady Christabel ao castelo de Nottingham. Esse amigo voltou também e seu primeiro pensamento foi o de se juntar a nós. Contou-me então que Allan Clare tem alta posição no exército do rei da França e está prestes a conseguir uma licença para vir por alguns meses à Inglaterra.

— Esta é realmente uma boa notícia, querido Robin — exclamou Marian. — Continua sendo o anjo da guarda dessa sua pobre amiga. Allan, que já gostava tanto de você, gostará ainda mais quando souber o quanto foi generoso e bom com esta que, sem o apoio do seu carinho protetor, já teria morrido de tédio, tristeza e preocupação.

— Querida amiga, dirá a Allan que fiz o possível para ajudá-la a suportar pacientemente a dor de sua ausência? Dirá que fui um irmão afetuoso e dedicado?

— Um irmão? Muito mais do que um irmão — disse reconhecida Marian.

— Minha amada — murmurou Robin apertando a jovem contra o peito —, diga então que a amo apaixonadamente e que toda a minha vida lhe pertence.

O carinhoso encontro dos dois jovens durou bastante tempo e é possível que Robin tenha algumas vezes apertado um tanto vivamente as mãos da noiva, mas o afetuoso gesto sempre se manteve dentro dos recatados limites do amor respeitoso. No amanhecer do dia seguinte, Robin Hood montou a cavalo e, sem avisar a ninguém sobre sua partida precipitada, voltou apressado à floresta de Sherwood. Ordenou que uns cinquenta homens, sob o comando de João Pequeno, se dirigissem a Barnsdale e, escondidos nos arredores, aguardassem novas instruções.

No fim daquele mesmo dia, guiou todos eles até um pequeno bosque à frente do castelo de Hubert de Boissy e rapidamente contou o infame comportamento do cavaleiro normando, acrescentando ainda:

— Soube que prepara uma desforra arrasadora. Está reunindo seus vassalos, que são quarenta, e deve atacar esta noite o castelo de nosso querido parente e amigo, sir Guy de Gamwell. Planeja incendiá-lo, matar os homens e raptar as mulheres. Mas não sabe da nossa presença aqui. Defenderemos Barnsdale e havemos de vencer! Com precisão e coragem! Em frente!

— Em frente! — gritaram entusiasmados os homens da floresta.

Mal caiu a noite, as portas do castelo de Hubert se abriram, dando passagem a uma tropa de homens que tomou em silêncio o caminho de Barnsdale. Mas assim que ultrapassou os limites da propriedade normanda, um grito de guerra deixou-a gelada de pavor. No meio dos seus homens, com voz de comando e atitude, Hubert tomou a dianteira na direção do alarmante clamor. Ao mesmo tempo, os homens da floresta surgiram do bosque e se precipitaram contra a pequena tropa.

A batalha começou de forma violenta e se tornaria sangrenta, mas Robin logo se viu frente a frente com o cavaleiro de Boissy.

O duelo foi terrível. Hubert se defendeu valentemente, mas Robin Hood, com forças triplicadas pela raiva, foi prodigioso e mergulhou a espada no coração do cavaleiro normando. Os vassalos pediram trégua e Robin, uma vez morto o inimigo, generosamente deu ordem para que cessasse o combate. O castelo de Boissy foi destruído pelas chamas e o senhor da magnífica propriedade, dependurado numa árvore à beira da estrada.

Marian tinha sido vingada.

PARTE DOIS

Robin Hood, o proscrito

1

Às primeiras horas de uma bela manhã do mês de agosto, cantarolando satisfeito, Robin Hood seguia sozinho por um estreito caminho da floresta de Sherwood.

De repente, uma voz forte, cujas entoações dissonantes não deixavam dúvida quanto a virem de alguém com absoluta ignorância das regras musicais, pôs-se a repetir exatamente a mesma balada de amor que Robin cantava.

— Por Nossa Senhora! — murmurou o rapaz, prestando atenção nos sons que o outro estropiava. — É muito estranho. Eu mesmo compus essa canção quando era menino e nunca a ensinei a ninguém.

Intrigado, escondeu-se atrás do tronco de uma árvore, esperando que o viajante passasse.

E isso não demorou a acontecer. Já bem perto do carvalho junto ao qual Robin se sentara, o estranho parou e pareceu espreitar as profundezas do bosque.

— Oh, oh!... — exclamou satisfeito, percebendo através da folhagem um magnífico bando de cervos. — Meus velhos conhecidos... Vamos ver se ainda tenho boa mira e mão ligeira. Por são Paulo! Vou me dar o prazer de abater aquele grandalhão que se movimenta mais devagar.

Dizendo isso, pegou na aljava uma flecha, ajustou-a no arco, apontou para o animal e o acertou mortalmente.

— Bravo! — ouviu uma voz exclamar bem-humorada. — Ótima flechada.

Surpreendido, o desconhecido rapidamente se voltou.

— Acha mesmo, amigo? — perguntou, examinando Robin da cabeça aos pés.

— Com certeza. Tem muita habilidade.

— Isso é verdade — concordou, desdenhando o elogio.

— Principalmente sendo alguém que nem está tão acostumado assim a caçar cervos.

— Como sabe que não estou habituado a essa prática?

— Pela maneira de segurar o arco. Posso apostar que derruba um homem num campo de batalha mais facilmente do que a um homem na floresta.

— Bem observado — exclamou o outro com uma risada. — E posso saber o nome de quem, com uma simples olhada, é capaz de diferenciar as maneiras do soldado e do caçador, empunhando o arco?

— Como me chamo tem pouca importância, forasteiro. Mas posso dizer que sou um dos principais guardiões dessa floresta e não pretendo deixar meus cervos indefesos às flechadas de quem, só para testar a perícia, se diverte atirando neles.

— O que pretende deixar ou não me interessa muito pouco, meu caro guardião da floresta — retrucou o desconhecido, pesando bem as palavras. — Mas fico curioso de saber como vai impedir que eu atire minhas flechas onde bem entender. Derrubo gamos, corças e o que mais quiser.

— Se eu não me opuser a isso, não tenho dúvida, pois é excelente arqueiro — respondeu Robin. — Tanto assim que faço um convite, ouça: chefio um bando de homens decididos, inteligentes e muito habilidosos em todo tipo de prática relacionada à nossa atividade. O amigo parece ser corajoso. Se o coração for honesto e a índole tranquila e conciliadora, será um prazer chamá-lo para o meu grupo. Caso aceite, terá permissão para caçar; se recusar, só me resta pedir que deixe imediatamente a floresta.

— O sr. guardião fala num tom que, a bem dizer, acho arrogante. Pois então agora ouça, é a sua vez! Se não desaparecer logo da minha frente, vou lhe dar uma lição que, sem muito floreio, o fará pensar melhor no que diz. E essa lição, meu caro, é uma boa sessão de bastonadas, que posso facilmente aplicar.

— Acha mesmo que consegue? Sozinho? — ironizou Robin.

— Foi o que ouviu.

— Pois olhe, trate de não me irritar muito, ou vai se ver em apuros. Se não seguir muito rápido a ordem que dei de deixar a floresta, primeiro vai levar uma boa surra e depois vamos experimentar o seu pescoço e o peso do seu corpo num galho bem alto de alguma dessas árvores ao redor.

O desconhecido riu.

— Uma surra e depois a forca. Seria curioso, se não fosse praticamente impossível. Vamos lá; comece então, vai ser divertido.

— Não me dou ao trabalho de espancar pessoalmente cada fanfarrão que encontro. Tenho amigos que cumprem essas tarefas no meu lugar. Vou chamá-los e poderá se explicar com eles.

Robin Hood ergueu a trompa e já ia soprar forte quando o homem, que rapidamente havia armado o arco com uma flecha, avisou peremptório:

— Pare, ou o mato!

Robin abaixou a trompa, pegou o próprio arco e, dando um salto até o desconhecido com incrível agilidade, exclamou:

— Idiota! Não vê o que está fazendo? Antes de me atingir já o teria derrubado. A única morte aqui seria a sua. No entanto, nem nos conhecemos e sem motivo sério já nos tratamos como inimigos. O arco é uma arma mortal. Devolva a flecha à aljava e, já que me ameaçou com pauladas, vamos a elas. Aceito o combate.

— Às pauladas! — repetiu o homem. — E quem conseguir acertar a cabeça do outro será considerado não somente vencedor, mas poderá dispor como bem entender do adversário.

— Feito — respondeu Robin. — Mas cuidado com as consequências de sua proposta: se o obrigar a reconhecer que foi vencido, vai entrar para o meu bando?

— Promessa feita.

— Muito bem. Que vença então o melhor.

— Amém!

A prova começou. As hábeis pancadas, distribuídas às soltas pelos dois, acabaram pesando para o desconhecido, que não conseguiu acertar Robin nenhuma vez. Irritado e sem fôlego, ele abandonou a arma.

— Vamos dar um intervalo! — disse. — Estou moído de cansaço.

— Reconhece a derrota? — perguntou Robin.

— Não, mas concordo que tem capacidade superior à minha. Está mais acostumado com o bastão e isso lhe dá muita vantagem. Precisamos equilibrar as coisas. Sabe usar a espada?

— Sei — respondeu Robin.

— Aceita continuar o combate com essa arma?

— Não vejo problema algum.

Puseram-se de arma em punho. Sendo ambos habilidosos, esgrimiram por quinze minutos sem que nenhum dos dois fosse ferido.

— Peço eu um tempo! — interrompeu de repente Robin.

— Cansou? — sorriu o adversário, triunfante.

— Cansei — respondeu francamente Robin. — E acho combates com espada pouco divertidos. Veja o bastão: os golpes são menos perigosos, porém bem mais interessantes. A espada tem algo de rude e mau. Não nego estar cansado — acrescentou Robin, examinando o rosto do desconhecido, que tinha a cabeça coberta por uma touca que lhe escondia a testa —, mas não foi exatamente o que me fez pedir a suspensão da luta. Desde que comecei a vê-lo de frente, vieram-me imagens da infância, os seus olhos grandes e azuis não me parecem desconhecidos. A voz se parece também com a de um velho amigo e tudo isso junto me despertou irresistível simpatia por sua pessoa. Diga como se chama, se for a pessoa que deixou tão boas lembranças e que há tanto tempo espero rever, será mil vezes bem-vindo. Se não for, pouco importa, mesmo assim causou alegria, com essas recordações queridas.

— Fala com uma franqueza que me agrada — respondeu o forasteiro. — Infelizmente, não posso satisfazer o pedido, por mais natural que seja. Não estou livre para tanto e a prudência me aconselha a guardar meu nome em segredo.

— Não tem o que temer de minha parte — continuou Robin. — Sou o que as pessoas chamam um proscrito. Além disso, jamais trairia a fraternidade de um coração que, confiantemente, se abriu ao meu. Desprezo a baixeza de quem ousa revelar um segredo, mesmo que descoberto por acaso. Pode me dizer sem receio como se chama.

O homem ainda hesitou por um momento.

— Considere-me um amigo — acrescentou Robin com sinceridade.

— Acredito no que diz — respondeu então o desconhecido. — Meu nome é William de Gamwell.

Robin não conteve um grito.

— Will! Will! O velho Will Escarlate!

— É como me chamavam.

— Sou Robin Hood!

— Robin! — exclamou o rapaz, abrindo os braços para o amigo. — Que felicidade!

Os dois se abraçaram calorosamente. Em seguida, movidos por indescritível alegria, reciprocamente se examinaram, com emocionada surpresa.

— E pensar que o ameacei! — disse Will.

— E que não o reconheci! — acrescentou Robin.

— E eu quis matá-lo! — exclamou Will.

— Mas levou boas pauladas! — completou Robin estourando de rir.

— Nada tão grave! Dê logo notícias de… Maude.

— Maude vai muito bem.

— Ela…?

— Continua ótima moça e o ama, Will. Apenas você, no mundo inteiro. Guardou o coração e lhe dará a mão. Chorou muito a sua ausência, a querida criatura. Você talvez tenha sofrido, mas será feliz para o resto da vida, se ainda amar a boa e bonita Maude.

— Se ainda a amar? Como pode ter dúvidas, Robin? Claro que a amo! E que Deus a abençoe por não ter se esquecido de mim! Nunca, nem por um instante, deixei de pensar nela. Sua imagem querida acompanhou meu coração e me fortaleceu: foi o que deu coragem ao soldado no campo de batalha e consolo ao prisioneiro no escuro calabouço da prisão. Ocupou todos os meus pensamentos e sonhos. Foi minha esperança e é o meu destino. Graças a ela tive energia para suportar as mais cruéis privações e os abatimentos mais dolorosos. Deus me deu uma inabalável confiança no futuro e sempre estive certo de que reveria Maude, nos casaríamos e eu passaria a seu lado os últimos anos da minha existência.

— Essa paciente esperança está prestes a se realizar, querido amigo.

— Assim espero; ou, melhor dizendo, tenho essa doce certeza. Para provar, Robin, o quanto pensei nessa pessoa querida, vou lhe contar um sonho que tive na Normandia. É um sonho ainda presente em meu pensamento, apesar de passado quase um mês. Eu estava no fundo de uma prisão, com os braços amarrados e o corpo todo acorrentado. Vi Maude a poucos passos de mim, pálida como se estivesse morta e coberta de sangue. A pobrezinha estendia em minha direção as mãos suplicantes, e sua boca, de lábios lívidos, murmurava palavras chorosas que eu não compreendia, mas pude perceber que ela sofria horrivelmente e me pedia socorro. Sentindo-me impotente, eu estava acorrentado e me arrastei então pelo chão. Sem nada poder fazer, mordia os elos de ferro que me apertavam os braços e, para resumir, fiz esforços sobre-humanos, tentando chegar até ela. De repente, pouco a pouco se afrouxou e caiu no chão a corrente que me prendia. Rapidamente me pus de pé e corri na sua direção. Estreitei no peito a pobre moça ensanguentada, cobri suas faces arroxeadas de beijos ardentes e o sangue começou a circular suavemente, a princípio de maneira lenta, mas retomando em seguida a regularidade. Os lábios de Maude recuperaram a cor. Aqueles grandes olhos negros fitaram meu rosto com tanto carinho e gratidão que me senti comovido até o fundo da alma. Meu coração disparou e deixei escapar do peito um surdo gemido. Eu sofria e, ao mesmo tempo, estava feliz. Acordei logo depois dessa forte emoção. Saltei da cama resolvido a voltar à Inglaterra. Precisava ver Maude, que devia estar em dificuldade, precisando da minha ajuda. Fui imediatamente procurar meu capitão, que tinha sido intendente do meu pai, e achei que me apoiaria. Preferi não entrar em detalhes sobre o que me levava a querer ir à Inglaterra, pois ele riria de mim, e aleguei apenas desejo de ir. O pedido de licença foi duramente recusado, mas isso não me desanimou, já que eu estava, por assim dizer, convencido da premente necessidade de rever Maude. Aquele mesmo homem que, em tempos anteriores, recebia ordens minhas ignorou minhas súplicas. Insisti de dar pena, Robin — acrescentou Will, ruborizando —, mas quero que saiba tudo: pus-me de joelhos e minha fraqueza apenas o fez sorrir, derrubando-me para trás com um pontapé. Levantei-me então e saquei a espada. Sem pensar duas vezes e sem a menor hesitação, matei o miserável. Fugi e, a partir daí, estou sendo caçado. Será que perderam minha pista? Assim espero. Isso explica, meu amigo, por que não quis dizer meu nome, já que não o havia reconhecido. Louvado seja Deus, que me trouxe até você! Agora falemos de Maude. Ainda mora no *hall* de Gamwell?

— No *hall*, amigo Will? Quer dizer que nada soube do que aconteceu?

— Está me assustando, Robin, o que houve?

— Acalme-se. A desgraça que se abateu sobre a sua família foi parcialmente reparada. O tempo ajudou a apagar os traços de um episódio bem doloroso, mas o castelo e a aldeia de Gamwell foram destruídos.

— Destruídos? — espantou-se Will. — Santíssima Virgem! E minha mãe, Robin, meu pai e minhas pobres irmãs?

— Estão todos bem, fique tranquilo. Sua família está morando em Barnsdale. Mais tarde darei detalhes dos terríveis acontecimentos. Por hoje, basta saber que a cruel destruição, obra dos normandos, custou bem caro a eles. Matamos dois terços das tropas enviadas pelo rei Henrique.

— Enviadas pelo rei Henrique! — repetiu William, que continuou, hesitante: — Mas você, Robin, se apresentou como principal guardião dessa floresta… Naturalmente foi nomeado e é pago pelo rei, não?

— Não é bem assim, primo — riu o amigo. — Os normandos pagam o meu trabalho, isto é, os ricos, pois nada exijo dos pobres. Como disse, sou o guardião da floresta, mas por conta própria, com a ajuda dos meus alegres companheiros. Resumindo, William, sou o senhor da floresta de Sherwood e defendo meus direitos e privilégios contra qualquer pretendente.

— Não estou entendendo, Robin — admitiu Will, com espanto.

— Posso explicar mais claramente.

Sem nada acrescentar, Robin levou a trompa à boca e emitiu três sons agudos. Assim que as notas estridentes atravessaram as profundezas da vegetação, William viu surgir do mato, da clareira, por todos os lados, uma centena de homens, vestidos da mesma maneira: um elegante traje verde que, pela cor, perfeitamente combinava com a disposição guerreira comum a todos. Armado de flechas, escudos e espadas curtas, o grupo se alinhou em silêncio em torno do chefe. De olhos arregalados, William olhava estupefato para Robin, que por um momento se divertiu com a surpresa fascinada que causava no primo a atitude respeitosa dos homens que haviam acorrido ao chamado da trompa. Em seguida, descansando a mão no ombro de Will, apresentou-o rindo:

— Companheiros, estão vendo alguém que me fez pedir trégua num combate de espada.

Um murmúrio percorreu o grupo, que examinava Will com visível curiosidade, e Robin continuou:

— Exatamente. Venceu-me e isto não me envergonha, pois tem a mão segura e o coração valente.

João Pequeno, que parecia menos entusiasmado do que Robin com a façanha do desconhecido, se adiantou até o centro do círculo que se formara e disse:

— Estrangeiro, se fez o valoroso Robin Hood pedir trégua, deve ser muito forte. Não pense porém que vai manter a glória de ter batido o chefe dos homens da floresta sem ter sido surrado por seu lugar-tenente. Sou muito bom no bastão, aceita lutar comigo? Se conseguir me fazer pedir para parar, aí sim, proclamo-o o melhor espadachim do país.

— Querido João Pequeno — interveio Robin. — Arrisco uma aljava de flechas contra um arco de teixo como esse bravo rapaz sairá vencedor ainda uma vez.

— Aceito a aposta, chefe — respondeu João. — E se o estrangeiro ganhar, vai poder dizer não só que é a melhor lâmina, mas que é dono também do mais eficiente porrete da alegre Inglaterra.

Ouvindo Robin Hood chamar de João Pequeno o enorme sujeito queimado de sol à frente dele, Will sentiu no coração verdadeira emoção, mas sem deixar transparecer. Endireitou-se, enterrou até as sobrancelhas a touca que lhe cobria a cabeça e, respondendo com um sorriso aos sinais de Robin, cumprimentou com gravidade o adversário. Armado com um bastão, esperou o primeiro ataque.

No momento porém em que o outro ia começar o combate, Will exclamou:

— O que é isso, João Pequeno? Está querendo brigar com Will Escarlate, o gentil William, como você costumava chamar?

— Deus do céu! — gritou João Pequeno, deixando cair o bastão. — Essa voz! Esses olhos…

Deu alguns passos e, trêmulo, se apoiou no ombro de Robin.

— Pois essa voz é a minha, primo João — gritou Will, atirando a touca na relva. — Olhe bem.

Ao ver soltos os longos cabelos ruivos e cacheados do rapaz, João Pequeno, depois de olhar com muda admiração a sorridente figura do primo, foi até ele, abraçou-o e lhe disse, com indescritível ternura:

— Seja bem-vindo à alegre Inglaterra, Will, meu querido Will. Seja bem-vindo ao lugar onde moram os seus pais. Sua volta traz alegria, felicidade e satisfação. Amanhã os moradores de Barnsdale vão ter o que festejar, vão poder abraçar a quem acreditavam perdido para sempre. O momento que o devolve ao nosso convívio é abençoado pelo céu, querido Will. Estou feliz por… por tornar a vê-lo… Não pense, só por correrem lágrimas no meu rosto, que eu tenha um coração mole. Não estou chorando, Will, estou contente, muito contente.

O pobre João nada mais conseguiu dizer. Os braços, em torno de Will, se estreitaram convulsivamente e ele ficou chorando em silêncio.

William estava também comovido e Robin Hood deixou que continuassem abraçados por um momento.

Passada essa emoção inicial, da maneira mais breve possível João Pequeno deu a Will algumas informações sobre a horrível catástrofe que havia expulsado a sua família do *hall* de Gamwell. Depois disso, ele e Robin levaram o recém-chegado aos diferentes esconderijos que o bando tinha preparado no bosque e, a pedido dele mesmo, o engajaram como lugar-tenente, em igualdade hierárquica com João Pequeno.

Na manhã seguinte, Will demonstrou desejo de ir a Barnsdale. Robin considerou perfeitamente natural o desejo e se ofereceu, ainda com João Pequeno, a acompanhar o amigo. Desde a antevéspera os irmãos de Will estavam em Barnsdale, em preparativos para a festa de aniversário de sir Guy. A chegada do filho por tanto tempo ausente tornaria a festa ainda mais alegre.

Depois de dar algumas instruções a seus homens, Robin Hood, Will Escarlate e João Pequeno tomaram o caminho de Mansfield, onde teriam cavalos à disposição. Estavam muito bem-humorados. Com voz afinada e harmoniosa, Robin cantava suas mais bonitas baladas e Will, radiante, seguia-os aos saltos, repetindo à sua maneira os estribilhos. João Pequeno também se arriscava às vezes, sempre fora de compasso, e Will caía na gargalhada, contagiando também Robin. Se alguém visse nossos amigos, provavelmente acharia se tratar de alegres companheiros de bebedeira, saindo de alguma generosa taberna, de tanto que a embriaguez do coração se assemelha à do vinho.

Chegando a certa distância de Mansfield, toda aquela turbulenta felicidade de súbito cessou. Três homens vestidos como lenhadores surgiram de uma parte mais fechada do bosque e lhes barraram resolutamente o caminho.

Fazendo sinal aos companheiros para que parassem, Robin Hood, depois de examinar os estranhos, perguntou com autoridade:

— Quem são e o que querem?

— É precisamente o que ia perguntar — retrucou um deles, um sujeito forte, de ombros largos, armado com um bastão e uma cimitarra, parecendo capaz de fazer frente a qualquer ataque.

— Não diga! — exclamou Robin. — Ainda bem que não se deu ao trabalho, pois se me dirigisse tal impertinência provavelmente se arrependeria para sempre da audácia.

— É bem atrevido na maneira de falar, garoto — disse o mateiro em tom zombeteiro.

— E maior atrevimento veria se cometesse a imprudência de me interpelar. Estou acostumado a interrogar e não a responder. Assim sendo, pela última vez: quem são e o que querem? Poderia realmente dizer, a julgá-los pelos ares de altivez, que são donos da floresta de Sherwood.

— Acho ótimo que o garoto tenha a língua afiada. Pelo que entendi, acha que pode me dar uma surra se eu lhe fizer a pergunta que me fez. É formidável! Saiba então, jovial desconhecido, que vou lhe dar um exemplo de bons modos e responder à sua pergunta. Depois disso, mostro o castigo que aplico aos tolos insolentes.

— Que seja — respondeu tranquilamente Robin. — Diga rápido como se chama e o que faz. E depois aplique o tal castigo, se puder. Estamos combinados.

— Sou o encarregado de guardar esta parte da floresta. Meus direitos de vigilância se estendem de Mansfield até uma ampla encruzilhada a sete milhas daqui. Esses dois companheiros são meus ajudantes. Fui ordenado pelo rei Henrique e, em nome dele, protejo os cervos contra bandidos da sua espécie. Consegue entender isso?

— Perfeitamente, mas sendo você o guardião da floresta, o que somos meus companheiros e eu? Pois creio, até o momento presente, ser eu o único a ter direito a esse título. É bem verdade que não o recebi por indicação do rei, mas assim me autoproclamei. E isso tem muito valor nesta região, chama-se direito do mais forte.

— Acha então que é o guardião da floresta de Sherwood? — continuou em tom de zombaria o mateiro. — É muito engraçado! Não passa de um brincalhão, só isso!

— Meu caro — respondeu ainda Robin com firmeza. — Não é dessa maneira que vai conseguir me impressionar, conheço a pessoa nomeada ao cargo que diz ter recebido do rei Henrique.

— Ah! — debochou o guarda. — E pode dizer o seu nome?

— Certamente. Chama-se Jean Cokle. É o gordo moleiro de Mansfield.

— Sou filho dele, e meu nome é Much.

— Much, você? Não acredito.

— Mas é verdade — entrou na discussão João Pequeno. — Conheço-o de vista. Dizem que maneja bem o bastão.

— É verdade o que dizem, e se sabe quem sou posso dizer o mesmo de você. Tem um tamanho e uma envergadura que não se pode esquecer.

— Sabe o meu nome? — perguntou João.

— Sei, chama-se João.

— E eu Robin Hood, guarda Much.

— É o que eu imaginava, e fico contente, pois há boa recompensa para quem puser as mãos em você. Sou ambicioso por natureza e esse dinheiro, que é uma boa soma, será muito bem-vindo. Posso finalmente capturá-lo e não vou desperdiçar a oportunidade.

— Tem toda razão. São pessoas como você que alimentam as forcas — respondeu Robin com desprezo. — Vamos lá, prepare-se de espada em punho! Faça por merecer a recompensa!

— Esperem um pouco! — gritou João Pequeno. — Much é melhor usando o bastão do que a espada. Vamos nos enfrentar três contra três. Fico com Much, enquanto Robin e você, William, pegam os outros. A luta será mais equilibrada.

— Aceito — respondeu o guarda. — Assim não se dirá que Much, o filho do moleiro de Mansfield, fugiu de Robin Hood e seus alegres companheiros.

— Por mim, tudo bem — concordou Robin. — João Pequeno se encarrega então de Much, já que quer enfrentá-lo. Fico com o rapagão forte ali. Aceita? — perguntou Robin ao sujeito que o acaso lhe dera como adversário.

— Com prazer, meu caro fora da lei.

— Então vamos! E que a santa mãe de Deus dê a vitória a quem mais merecer seu apoio!

— Amém! — pontificou João Pequeno. — A santa Virgem jamais abandona o fraco na hora da necessidade.

— A ninguém ela abandona — corrigiu Much.

— A ninguém — concordou Robin, fazendo o sinal da cruz.

Nesse espírito de bom humor fizeram os preparativos para o combate. João Pequeno gritou com seu vozeirão:

— Comecemos.

— Comecemos — repetiram Will e Robin.

Uma antiga balada imortalizou esse memorável combate da seguinte maneira:

Foi num belo dia em pleno verão
Que se travou combate destemido e resoluto.
Das 8h da manhã ao meio-dia;
Sem trégua nem descanso.
Robin, Will e João Pequeno lutaram com bravura;
Sem dar qualquer chance aos oponentes.

— João Pequeno — disse Much ofegante depois de pedir uma trégua. — Há muito tempo ouço falar da sua técnica e valentia, por isso queria muito essa disputa. Meu desejo foi satisfeito e fui vencido. Mas a sua vitória me dá uma lição de modéstia que saberei aproveitar. Achava ser bom competidor e você acaba de demonstrar que não passo de um amador.

— É ótimo competidor, amigo Much — respondeu João Pequeno, aceitando a mão estendida do guarda. — E merece a reputação que tem.

— Agradeço o cumprimento, amigo — continuou Much. — Mas creio que está sendo mais polido do que sincero. Acha que o meu amor-próprio se abalou com essa derrota inesperada? Juro que não, pois não me sinto mal com a vitória de alguém do seu valor.

— É corajoso no que diz, bravo filho do moleiro! — gritou amigavelmente Robin. — Demonstra ter as mais invejáveis riquezas: bom coração e boa alma saxã. Somente um espírito nobre aceita com tranquilidade e sem rancor uma derrota que fere o amor-próprio. Aperte minha mão e peço desculpas pelo que disse quando falou da ambição de receber a recompensa por minha prisão. Não o conhecia e meu desprezo se dirigiu não à sua pessoa, mas às suas palavras. Aceita um copo de vinho do Reno? Bebamos por nosso feliz encontro e futura amizade.

— Aperto a sua mão com prazer, Robin Hood. Ouço muito falarem bem de você. Sei que é um nobre proscrito e dá aos pobres uma generosa proteção. Mesmo pessoas que deveriam odiá-lo, como seus inimigos normandos, o admiram. Referem-se a você com respeito e nunca ouvi crítica alguma mais grave. Foi banido e perdeu os seus bens, mas as pessoas direitas o apreciam, pois a desgraça invadiu a sua casa.

— Agradeço essas boas palavras, Much. Não as esquecerei e quero que nos dê o prazer da sua companhia até Mansfield.

— Estou à sua disposição, Robin.

— Conte comigo também — disse o homem com quem Robin havia travado combate.

— E comigo — acrescentou o adversário de Will.

Conversando e rindo, tomaram todos a direção da cidade, de braços dados.

— Caro Much — perguntou Robin ao entrarem em Mansfield. — Seus amigos são confiáveis?

— Por que pergunta?

— Minha segurança vai depender da discrição deles. Como pode imaginar, tenho que me manter incógnito e se uma palavra mais imprudente trair minha presença em algum albergue de Mansfield, os soldados rapidamente cercarão o lugar e serei obrigado a fugir ou a lutar. Nenhuma das duas alternativas me agradaria hoje, pois me esperam em Yorkshire e não quero atrasar minha partida.

— Garanto a discrição dos meus camaradas. E a minha você não pode pôr em dúvida. Mas creio que está exagerando o perigo, amigo. Preocupe-se mais é com a curiosidade dos moradores de Mansfield, que seriam capazes de se juntar a seu redor, pois adorariam ver de perto o célebre Robin Hood, herói de todas as baladas que encantam as mocinhas.

— O pobre proscrito, isso sim, mestre Much — corrigiu o jovem com certa amargura. — É o que sou, não precisa evitar a palavra, ela não me ofende. Deixo toda a vergonha para quem me baniu de forma tão cruel e injusta.

— De um jeito ou de outro, Robin, você é amado e respeitado, com o nome que for.

Robin Hood apertou as mãos do bravo rapaz.

Sem chamar atenção, chegaram a um albergue isolado na cidade e animadamente tomaram lugar em torno de uma mesa para a qual o dono da casa logo trouxe meia dúzia de garrafas de compridos gargalos, com o bom vinho do Reno que faz as línguas se soltarem e abre os corações.

Foram rapidamente esvaziadas e a conversa era tão solta e franca que Much teve vontade de prolongá-la indefinidamente. Acabou então propondo a Robin Hood entrar para o seu bando. Seus dois companheiros, também entusiasmados com as alegres descrições daquela existência livre, sob as grandes árvores da floresta de Sherwood, seguiram o exemplo e se comprometeram de coração e palavra a igualmente seguir Robin Hood. O afetuoso engajamento foi aceito e Much, que já queria partir de imediato, pediu permissão ao novo chefe para ir se despedir da família. João Pequeno esperaria sua volta, levaria os três ao retiro da floresta, os acomodaria e retomaria o caminho de Barnsdale, voltando a encontrar William e Robin.

Com tudo isso combinado, a conversa tomou outro curso.

Minutos antes de partirem do albergue, dois homens entraram na sala em que estavam. Um deles olhou primeiramente Robin Hood, em seguida João Pequeno, para finalmente se concentrar mais em Will Escarlate. Mas com tal intensidade que o rapaz notou e já ia questionar o recém-chegado quando este, dando-se conta de ter chamado atenção, desviou os olhos, engoliu de uma só vez o vinho que havia pedido e se retirou do albergue com o companheiro.

Empolgado com a expectativa de encontrar Maude ainda naquele dia, Will não comentou com os primos o que acabava de acontecer e montou a cavalo com Robin Hood, sem mencionar o incidente. No caminho, os dois amigos planejaram a entrada de William no castelo.

Robin queria ir na frente e preparar a família, mas o impaciente Will não gostou da ideia.

— Querido Robin — disse ele —, não me deixe sozinho esperando. Minha emoção é tamanha que não vou conseguir me manter calmo e tranquilo, tão perto da casa de meu pai. Mudei tanto e no meu rosto é tão forte a marca cruel dos últimos anos que nem minha mãe me reconhecerá num primeiro momento. Apresente-me como um estranho, um amigo de Will. Terei então a felicidade de vê-los e só ser reconhecido quando estiverem preparados.

Robin cedeu e os dois entraram juntos no castelo de Barnsdale.

A família inteira estava reunida na sala. Robin foi recebido festivamente e sir Guy de Gamwell ofereceu, àquele que acreditou ser um estranho, uma cordial e carinhosa hospitalidade.

Winifred e Bárbara se sentaram ao lado de Robin com mil perguntas, pois era quem melhor podia trazer notícias de fora.

A ausência de Maude e Marian deixou-o mais à vontade e, depois de responder aos pedidos das primas, ele se levantou e disse, dirigindo-se a sir Guy:

— Tio, trago boas notícias, que vão deixá-lo muito contente.

— Sua visita já representa grande satisfação para meu velho coração — respondeu o baronete.

— Robin Hood é um mensageiro do céu! — exclamou a bonita Bárbara, balançando os louros e cacheados cabelos.

— Em minha próxima visita, Barby — respondeu brincando Robin —, serei mensageiro do amor e trarei um marido para você.

— Será recebido de braços abertos, Robin — respondeu a moça rindo.

— Faz muito bem, prima, pois ele vai estar à altura de tão boa acolhida. Não vou descrevê-lo já e me limito a garantir que, assim que os seus lindos olhos o virem, você dirá a Winifred: "Querida irmã, este é o rapaz que mais convém a Bárbara de Gamwell."

— Tem certeza, Robin?

— Absoluta, minha afoita prima.

— Não se toma decisão sobre algo tão importante sem pleno conhecimento de causa, Robin. Posso não dar essa impressão, mas sou muito exigente, e para me agradar ele vai precisar ser extremamente atencioso.

— O que entende por "atencioso"?

— Alguém como você, primo.

— Diz isso só para me agradar.

— Digo o que sinto e azar o seu se acha que é só para agradar. Quero um marido não só bonito como você, mas que tenha também o mesmo espírito e mesmo coração.

— Quer dizer então que lhe agrado, Bárbara?

— Muito, com certeza.

— Fico feliz com isso, mas ao mesmo tempo chateado, prima. Pois caso tenha uma secreta esperança de me conquistar, é um desperdício, já que não estou livre, mas comprometido com duas pessoas.

— Sei quem são, Robin.

— Sabe mesmo, prima?

— Sei e, se quiser, posso dizer os nomes…

— Não, por favor, não espalhe meu segredo, miss Bárbara.

— Não tenha medo, não vou abusar da sua modéstia. Mas voltando aos meus interesses, Robin, se me conceder o privilégio de ser a terceira das suas pretendentes, ou até a quarta, pois imagino haver pelo menos três à minha frente, aguardando a felicidade de poder usar o seu ilustre nome…

— Está debochando de mim! — ele riu. — Não merece a amizade que tenho por você. Mesmo assim, mantenho a promessa e, dentro de poucos dias, trarei um belo pretendente.

— Se o seu protegido não for jovem, espirituoso e bonito, não quero nada com ele, Robin. Não se esqueça.

— Ele é exatamente como você quer.

— Ótimo. Agora dê a notícia que tinha para o meu pai, antes de resolver me arranjar um marido.

— Miss Bárbara, eu ia contar a meu tio e tia, e também a você, querida Winifred, que ouvi falar de alguém sempre lembrado por nossos corações.

— Meu irmão Will? — perguntou Bárbara.

— Exatamente, prima.

— Que maravilha! Continue!

— Pois bem! Esse rapaz que olha para você meio sem saber o que fazer, de tão feliz que está por se ver na presença de pessoa tão graciosa, esteve com William há poucos dias.

— Meu filho está bem? — perguntou sir Guy com um tremor na voz.

— E feliz? — quis também saber lady Gamwell, de mãos juntas.

— Onde ele está? — acrescentou Winifred.

— O que o mantém longe daqui? — foi a vez de Bárbara perguntar, dirigindo os olhos molhados de lágrimas ao rosto do companheiro de Robin Hood.

O pobre William, com a garganta ardendo e o coração a ponto de estourar, sentia-se incapaz de pronunciar qualquer palavra. Houve então um minuto de silêncio, depois das ansiosas perguntas que acabavam de ser feitas. Com atenção, Bárbara continuava a examinar o rapaz. De repente, deu um grito e se jogou na direção dele. Abraçando-o, exclamou entre soluços:

— É Will! É Will! Estou reconhecendo. Querido Will, como estou feliz!

Com a cabeça no ombro do irmão, ela chorava convulsivamente.

Lady Gamwell, os filhos e Winifred se juntaram a Bárbara, em volta do rapaz. Tentando manter-se calmo, sir Guy sentou-se pesadamente numa poltrona e chorou como criança.

Os jovens irmãos de Will pareciam embriagados de felicidade. No entusiasmo, o agarraram com tanta força que quase o sufocaram com abraços.

Robin aproveitou-se da distração geral e se dirigiu aos aposentos de Maude. A saúde de miss Lindsay era delicada e exigia constantes cuidados. Ele achou então arriscado que fosse informada muito bruscamente da volta de William.

Atravessando o cômodo ao lado do quarto de Maude, Robin viu Marian.

— O que está acontecendo no castelo, meu amigo? — perguntou a jovem, depois de cumprimentada pelo noivo. — Acabo de ouvir gritos que pareciam bem alegres.

— E de fato eram, minha querida. Celebravam uma volta ardentemente esperada.

— De quem? — perguntou a moça com voz trêmula. — Seria do meu irmão?

— Infelizmente não, meu amor — ele respondeu, tomando as suas mãos. — Deus ainda não nos devolveu Allan, mas nos enviou Will. Você se lembra, certamente, de Will Escarlate, o gentil Will?

— Claro que sim. E fico feliz de saber que voltou em boa saúde. Onde ele está?

— Nos braços da mãe. Deixei a sala no momento em que os irmãos disputavam seus abraços e vim à procura de Maude.

— Está no quarto. Quer que a avise para descer?

— Irei eu mesmo. Preciso prepará-la para a notícia. É tarefa bem difícil — acrescentou Robin sorrindo. — Conheço melhor os labirintos da floresta de Sherwood do que os misteriosos meandros do coração feminino.

— Não se faça de modesto, sr. Robin — respondeu Marian bem-humorada. — Sabe melhor do que ninguém como lidar com corações femininos.

— Começo a achar, Marian, que minhas primas, Maude e você resolveram juntas me deixar convencido. Tenho recebido elogios exagerados.

— Não tenho dúvida, sr. Robin — disse Marian fazendo sinais de ameaça —, de que facilmente consegue as atenções de Winifred e Bárbara. Anda então de flerte com as primas! Não tem problema, ótimo saber disso. Vou também experimentar o poder dos meus olhos com o bonito Will Escarlate.

— Tem minha permissão, querida. Mas devo avisar que terá uma rival perigosa. Maude é ardentemente amada e vai defender com unhas e dentes sua felicidade. E vendo-se entre duas mulheres encantadoras, o pobre Will vai ficar ainda mais vermelho.

— Se William for como você, Robin, incapaz de ficar ruborizado, não terei como fazê-lo passar pelo embaraço.

— Ah! Ah! Está insinuando, miss Marian, que nunca fico ruborizado?

— Em todo caso não mais, o que é bem diferente. Mas me lembro de uma vez em que ficou com o rosto completamente vermelho.

— Em qual memorável ocasião isso aconteceu?

— No dia do nosso primeiro encontro na floresta de Sherwood.

— Quer que eu conte por que fiquei tão corado?

— Na verdade nem tenho tanta vontade, pois vejo certa zombaria nos olhos e nesse meio sorriso.

— Diz isso, mas tenho certeza de que tem curiosidade, miss Marian.

— Está muito enganado.

— Que pena! Pois achei que gostaria de saber o segredo do meu primeiro… e último rubor…

— Sempre me agrada ouvi-lo contar coisas a respeito de si mesmo, Robin — ela sorriu.

— No dia em que tive a felicidade de acompanhá-la à casa do meu pai, tinha muita vontade de ver seu rosto, que estava coberto por um capuz grande, deixando que se visse apenas a límpida claridade dos olhos. Andando então a seu lado, com ares muito modestos, pensei: "Se essa moça tiver os traços tão bonitos quanto o olhar, não a deixarei escapar."

— Como pôde, Robin? Aos dezesseis anos já pensava em namoros?

— Por Deus, claro que sim! E no momento em que já fazia planos para eternamente me dedicar a você, seu adorável rosto, livre da escura proteção que o ocultava, apareceu com seu radiante esplendor. Meu olhar se fixou tão ardentemente no seu que um leve rubor cobriu as suas faces. Uma voz interior me disse: "Ela será sua mulher." O sangue que havia refluído para o meu coração subiu ao rosto e descobri que estava apaixonado. É esta então, querida Marian, a história do meu primeiro e último rubor. Desde aquele dia — continuou ele, após um emocionado silêncio —, essa esperança, que veio do céu como promessa de destino auspicioso, se tornou o consolo e o apoio da minha existência. Acredito nisso e é o que espero.

Uma alegre gritaria subiu do salão até o cômodo em que, de mãos dadas e falando baixinho, os dois jovens continuavam a trocar as mais carinhosas palavras.

— Vá logo aos aposentos de Maude, Robin — disse Marian, preparando-se para um beijo de despedida na testa. — Vou cumprimentar Will e aviso que você já está prevenindo sua bem-amada.

Robin se apressou.

— Estava quase certa de ter ouvido os gritos de alegria que sempre acompanham sua chegada, Robin — disse a amiga, oferecendo uma cadeira. — Desculpe-me se não desci, mas sinto-me deslocada e quase inoportuna na alegria geral.

— Por quê, Maude?

— Continuo sendo a única para quem você nunca trouxe uma boa notícia.

— Chegará a sua vez, Maude querida.

— Perdi o ânimo de esperar, Robin, e sinto uma tristeza mortal. Amo-o de coração e fico feliz de vê-lo, no entanto, não dou provas dessa afeição nem demonstro o quanto aprecio a sua presença aqui. Às vezes até prefiro evitá-lo.

— Evitar-me! — exclamou o rapaz com surpresa.

— Isso mesmo. Ouvindo-o dar a sir Guy notícias dos filhos, cumprimentando Winifred da parte de João Pequeno ou transmitindo a Bárbara algum recado dos irmãos, penso: "Só eu sou esquecida, pois Robin nunca traz nada para a pobre Maude."

— Nunca nada! Maude!

— Ah, não falo dos presentes que traz. Pois nunca se esquece dessa sua irmã, achando compensar assim a falta de notícias. Seu bom coração tenta me consolar; no entanto, não há como, infelizmente.

— Está sendo muito injusta, mocinha — zombou Robin. — Como pode reclamar de nunca receber demonstrações de carinho e provas de amizade? Que ingrata! Não lhe trago sempre notícias de Nottingham? Quem, arriscando o pescoço, constantemente visita o seu irmão Hal? Quem, correndo risco ainda maior de comprometer parte de seu coração, corajosamente se expõe ao ardor fatal de dois lindos olhos? Pois é só para lhe agradar, Maude, que enfrento o perigo de encontrar a radiosa Graça. Padeço sob o encanto daquele sorriso, do contato com aquela mãozinha, chego até a beijar a sua testa. E por quem, pergunto eu, exponho de tal forma a paz do coração? Por você, Maude; apenas por você.

Ela riu.

— É verdade, devo ter índole bem ingrata, pois a alegria que sinto ao ouvi-lo falar de Halbert e da esposa de forma alguma preenche o vazio do meu coração.

— Muito bem, senhorita. Sendo assim, não contarei que estive com Hal na semana passada, que me encarregou de beijá-la nos dois lados do rosto. Nem vou dizer o quanto Graça gosta de você e que a filhinha Maude, aquele anjinho, deseja toda felicidade à sua madrinha.

— Mil vezes obrigada, Robin, por essa linda maneira de nada contar. Fico muito feliz de continuar ignorando o que se passa em Nottingham. Aliás, Marian tem conhecimento desses perigos a que se expõe junto da linda esposa de Halbert?

— Vejo nisso uma ponta de malícia, miss Maude. Pois saiba, para provar que minha consciência nada tem a se recriminar, que confiei a Marian parte dessa minha ligeira admiração pelos encantos da bela Graça. Só que, é verdade, como fraquejo ao me lembrar daqueles olhos, evitei me estender demais sobre assunto tão delicado.

— Quer dizer, então, que anda enganando Marian! Merece mesmo que eu vá imediatamente contar esse seu crime.

— Podemos ir juntos, daqui a pouco. Mas, antes, gostaria de ter uma conversa.

— Tem algo para mim, Robin?

— Boas coisas que, tenho certeza, vão causar imenso prazer.

— Nesse caso, é porque teve notícias de… de…

Com olhos indagativos e rosto subitamente corado, a jovem fitava Robin com expressão em que se misturavam dúvida, esperança e alegria.

— De quem, Maude?

— Está se divertindo à minha custa — ela se decepcionou.

— Não, minha amiga! Tenho realmente algo muito bom a contar.

— Não perca tempo, então.

— O que diria de um marido?

— Um marido? Realmente é uma pergunta estranha.

— Nem tanto, se o marido for…

— Will! Will! Teve notícias de Will? Por favor, Robin, não brinque com meu coração. Veja, ele bate com tanta força que dói. Estou ouvindo, Robin, fale. Ele está bem?

— Provavelmente, pois está pensando em se casar com você o mais rapidamente possível.

— Esteve com ele? Onde está? Quando vai vir?

— Estive com ele, que virá em breve.

— Santíssima Virgem, muito obrigada! — exclamou Maude de mãos juntas e erguendo aos céus os olhos mareados de lágrimas. — Como gostaria de vê-lo! — disse, olhando hipnotizada a porta aberta, onde um rapaz estava de pé: — É ele! É ele!

Com esse grito de profunda alegria, lançou-se aos braços de William e desmaiou.

— Pobre querida! — murmurou o rapaz com a voz trêmula. — A emoção foi forte e inesperada demais. Ajude-me, Robin, também estou me sentindo fraco e mal consigo me manter de pé.

Com delicadeza, ele tomou Maude dos braços do amigo e levou-a até a poltrona. Já o pobre William, com a cabeça escondida entre as mãos, chorava abundantemente. A jovem recuperou os sentidos: seu primeiro pensamento e primeiro olhar foram procurando Will, que se ajoelhou em prantos a seus pés. Abraçou-lhe a cintura, sussurrando o nome bem-amado:

— Maude! Maude!

— William! Querido William!

— Preciso falar com Marian — disse Robin rindo. — Deixo-os um pouco sozinhos, mas não se esqueçam por muito tempo de nós que os amamos.

Maude estendeu a mão ao amigo e William olhou para ele profundamente agradecido. Já a sós, ele disse:

— Estou de volta, Maude querida. Está contente de me ver?

— Como pode perguntar, William? Se estou contente? Muito mais do que isso, estou feliz, felicíssima.

— Não quer mais que eu me afaste de você?

— Alguma vez quis?

— Não, mas só depende de você a minha presença ser definitiva ou não passar de simples visita.

— O que está querendo dizer?

— Lembra-se da última conversa que tivemos?

— Lembro, William.

— Deixei-a com o coração bem pesado, naquele dia. Havia perdido toda esperança. Robin percebeu minha tristeza e, pressionado, acabei contando o motivo. Foi como soube o nome de quem você amou…

— Não vamos falar de tolices da adolescência — interrompeu-o Maude, prendendo as mãos em torno do pescoço de William. — O passado a Deus pertence.

— Bem sei, Maude querida, somente a Deus; mas o presente a nós, não é?

— A nós e também a Deus. Mas talvez seja necessário para a sua tranquilidade, querido William, que tenha uma ideia bastante clara, franca e definitiva de minhas relações com Robin Hood.

— Sei tudo que preciso saber, Maude. Ele me contou o que se passou entre vocês.

Um leve rubor tingiu as faces da jovem.

— Se não tivesse partido tão bruscamente — continuou Maude, apoiando no ombro do rapaz o rosto ruborizado —, saberia que, impressionada com a paciente ternura do seu amor, eu teria correspondido. Durante a sua ausência, habituei-me a ver Robin como um irmão e hoje em dia me pergunto, Will, se meu coração jamais bateu forte por alguém mais, além de você.

— Posso acreditar, então, que me ama pelo menos um pouco, Maude? — perguntou William de mãos juntas e olhos úmidos.

— Um pouco não, muito!

— Ah! Maude, Maude, como me deixa feliz! Está vendo, eu estava certo ao guardar esperanças, ser paciente e dizer a mim mesmo: "Ela um dia vai me amar." Vamos nos casar, não é?

— Will querido!

— Diga que sim. Ou, melhor ainda, diga: "Quero me casar com o meu bom William."

— Quero me casar com o meu bom William — repetiu carinhosamente a jovem.

— Dê-me sua mão, Maude querida.

— Aqui está.

William beijou com paixão a mãozinha da noiva.

— Quando nos casamos, Maude?

— Não sei, meu amor, um dia.

— Claro, mas precisamos marcar. Que tal amanhã?

— Amanhã, Will, é impossível!

— Impossível? Por quê?

— Seria rápido demais, sem tempo para nada.

— A felicidade nunca é rápida demais, Maude. Se pudéssemos nos casar agora mesmo, eu seria o homem mais feliz do mundo. Mas posso esperar até amanhã. Combinado, então? Amanhã será minha mulher?

— Amanhã? — espantava-se ainda a moça.

— Amanhã! Por dois motivos: o primeiro é que estamos festejando o aniversário de meu pai, que acaba de completar setenta e seis anos; o segundo é que minha mãe quer celebrar meu regresso com uma grande festa. Mais completa será se realizarmos nossos mútuos desejos.

— Sua família não está preparada para me receber, Will, talvez seu pai ache…

— Meu pai — interrompeu Will —, meu pai a considera um anjo, dirá que a estima muito e que já a considera como filha. Ah, Maude, seria não conhecer bem aquele bom e sensível velho, não perceber de imediato o quanto fica feliz com a felicidade dos seus filhos.

— É grande a sua capacidade de persuasão, William. Não posso, então, deixar de plenamente concordar com o que propõe.

— Consente então, Maude?

— Pelo visto sim, Will.

— Não se sinta obrigada.

— Você é difícil de se contentar, Will. Aparentemente prefere me ouvir dizer: "Consinto de todo coração…"

— Casar-me com você amanhã — acrescentou Will.

— Casar-me com você amanhã — ela repetiu rindo.

— Ótimo, estou contente. Vamos, querida esposa, anunciar o casamento aos amigos.

Tomando o braço da noiva e ajeitando-o sob o seu, beijou-a e se dirigiram à sala, onde toda a família ainda se encontrava reunida.

Lady Gamwell e o marido deram sua bênção à noiva, Winifred e Bárbara cumprimentaram-na chamando-a de irmã, e os irmãos de Will a beijaram com entusiasmo.

Os preparativos para as núpcias logo ocuparam as mulheres, que desejosas de contribuir para a felicidade de Will e a beleza de Maude, imediatamente começaram a preparar um lindo vestido para a noiva.

O dia seguinte chegou como chegam todos os dias seguintes impacientemente aguardados: com enorme lentidão. Já pela manhã o pátio do castelo foi invadido por uma fabulosa quantidade de barris de cerveja enfeitados com guirlandas de folhas, esperando pacientemente o momento de serem abertos. Um esplêndido festim se preparava. Flores colhidas às braçadas enchiam as salas, músicos afinavam seus instrumentos e os convivas começaram a chegar em quantidade.

Aproximava-se a hora marcada para a celebração do casamento de miss Lindsay e William de Gamwell. Vestida com esmerado bom gosto, ela esperava na sala a chegada de William, e William não chegava.

Sir Guy enviou um criado à procura do filho.

Ele atravessou todo o parque, percorreu o castelo inteiro chamando o rapaz, sem resposta alguma além do eco da própria voz.

Robin Hood e os filhos de sir Guy montaram a cavalo e deram uma busca pelos arredores, sem descobrir traço algum do noivo nem conseguir qualquer informação.

Divididos em grupos, os convivas vasculharam os campos em outras direções, com resultados igualmente nulos.

À meia-noite, toda a família em pranto se inquietava ao redor de Maude, há uma hora desacordada e sem dar sinais de vida.

William havia desaparecido.

2

Como já dissemos, o barão Fitz-Alwine havia trazido de volta ao castelo de Nottingham sua bela e graciosa filha, lady Christabel.

Alguns dias antes do desaparecimento do pobre Will, o barão encontrava-se em seus aposentos, sentado diante de um velho esplendidamente vestido com um traje todo enfeitado e bordado a ouro.

Se houvesse riqueza na feiura, poderíamos dizer que o convidado do barão Fitz-Alwine era riquíssimo.

A julgar pelo rosto, o vaidoso ancião devia ter bem mais idade que o barão, mas parecia não querer absolutamente se lembrar da vetustez da sua certidão de nascimento.

Enrugados e careteiros como são os macacos quando envelhecem, nossos dois personagens conversavam a meia-voz e era evidente que, graças a espertezas e adulações, tentavam obter, um do outro, a solução definitiva para algum importante negócio.

— Está sendo duro demais comigo, barão — disse o horrível velhote sacudindo a cabeça.

— Garanto que não! — respondeu ligeiro lorde Fitz-Alwine. — Quero apenas estar certo da felicidade de minha filha, só isso. E duvido que encontre qualquer segunda intenção por trás do que peço, meu caro sir Tristam.

— Sei que é bom pai, Fitz-Alwine, e que tem a felicidade de lady Christabel como sua única preocupação… O que pensa dar como dote à querida criança?

— Já disse, cinco mil moedas de ouro no dia do casamento e outro tanto mais tarde.

— Mais tarde quando, barão? É preciso fixar uma data — resmungou o velho.

— Digamos cinco anos.

— É um longo espaço de tempo, uma vez que o dote é modesto.

— Sir Tristam — disse o barão secamente —, o senhor faz minha paciência passar por rude e demorada prova. Lembre-se, por favor, que minha filha é jovem e bela, não tendo o senhor as vantagens físicas que eventualmente possuiu há cinquenta anos.

— Ora, não se zangue, Fitz-Alwine, também minhas intenções são boas. Posso casar um milhão ao lado das suas dez mil moedas de ouro. O que digo? Um milhão, mas talvez dois.

— Sei o quanto é rico — interrompeu o barão. — Infelizmente, não chego a tanto, mas quero colocar minha filha em pé de igualdade com as maiores damas da Europa. Espero para lady Christabel posição comparável à de uma rainha. O senhor não desconhece minha paternal ambição e, mesmo assim, se nega a me confiar a soma que possibilitaria sua realização.

— Não estou entendendo, meu caro Fitz-Alwine, que diferença pode haver para a felicidade de sua filha que eu mantenha em minhas mãos esse dinheiro, que representa a metade da minha fortuna. Garanto a renda de um milhão, ou de até dois, para lady Christabel, mas guardo a propriedade do capital. Não se preocupe, darei à minha esposa uma existência de rainha.

— Tudo isso é ótimo… em palavras, meu caro Tristam. Permita-me porém lembrar que, havendo grande desproporção de idade entre os consortes, o desentendimento facilmente toma conta do lar. Nada impede que os caprichos de uma jovem esposa acabem por se tornar insuportáveis e que o senhor tome de volta o que deu. Estando a metade da sua fortuna em minhas mãos, me sentirei mais tranquilo com relação à felicidade de minha filha. Ela não terá o que temer e poderão brigar à vontade.

— Brigar? Não está falando sério, caro barão! Nunca acontecerá algo assim. Amo com tanto carinho a bela pombinha que não vou correr o risco de desagradá-la. Há doze anos aspiro à sua mão e acha que posso me incomodar com seus caprichos? Que os tenha quanto quiser! Será rica e vai poder satisfazê-los.

— Permita-me acrescentar, sir Tristam, que se recusar outra vez meu pedido, retiro por inteiro a palavra que lhe dei.

— Está sendo rude, barão, rude demais — resmungou o velho. — Discutamos um pouco o negócio.

— Já disse sobre o assunto tudo que tinha a dizer. Minha decisão está tomada.

— Não seja teimoso, Fitz-Alwine. Vamos achar uma solução; e se eu colocar cinquenta mil moedas de ouro em suas mãos?

— Eu perguntaria se o que quer é me insultar.

— Insultá-lo? Que opinião tem a meu respeito, Fitz-Alwine? Que tal duzentas mil moedas de ouro?

— Sir Tristam, vamos parar por aqui. Conheço sua imensa fortuna e o que está oferecendo é verdadeiro deboche. O que faço com suas duzentas mil moedas de ouro?

— Eu disse duzentas mil, barão? Quis dizer quinhentas mil. Quinhentas, ouviu? Há de concordar, é uma bela soma, não é? Uma belíssima soma.

— É verdade — respondeu o barão. — Mas disse ainda há pouco poder dispor dois milhões ao lado das modestas dez mil moedas de ouro de minha filha. Dê-me um milhão e minha Christabel será sua mulher já amanhã, se assim quiser, meu bom Tristam.

— Um milhão! Está querendo, Fitz-Alwine, que lhe confie um milhão? Sinceramente, é um pedido absurdo. Não posso, em sã consciência, colocar em suas mãos a metade da minha fortuna.

— Põe em dúvida minha honra e meus escrúpulos? — exclamou o barão se irritando.

— De forma alguma, querido amigo.

— Acha que posso ter outro interesse, além da felicidade de minha filha?

— Sei o quanto ama lady Christabel, mas…

— Mas o quê? — interrompeu o barão com veemência. — Decida-se agora mesmo ou anulo para sempre os compromissos que assumi.

— Não me deixa sequer tempo para pensar.

Nesse momento, uma discreta batida à porta anunciou a chegada de algum criado.

— Entre — disse o barão.

— Milorde — começou o recém-chegado —, um mensageiro do rei trouxe notícias urgentes e aguarda Vossa Senhoria ter a bondade de recebê-lo.

— Mande-o subir — respondeu o barão. — Agora, sir Tristam, se não atender à minha proposta antes da chegada do mensageiro, em dois minutos, não terá lady Christabel.

— Ouça, Fitz-Alwine, imploro, ouça.

— Não o ouvirei mais. Minha filha vale um milhão, uma vez que disse amá-la.

— Da forma mais carinhosa — gaguejou o horrível velho.

— Pois sofrerá grande frustração, sir Tristam, vai estar separado dela para sempre. Conheço um jovem senhor, nobre como um rei, rico, riquíssimo e de agradável aparência, que aguarda apenas minha permissão para pôr seu nome e fortuna aos pés de minha filha. Se hesitar por um segundo mais, amanhã mesmo, saiba, aquela que o senhor diz amar, minha filha, a bela e encantadora Christabel, será esposa do seu feliz rival.

— Está sendo implacável, Fitz-Alwine!

— Ouço os passos do mensageiro, responda: sim ou não?

— Mas… Fitz-Alwine!

— Sim ou não?

— Sim, sim — balbuciou o velho.

— Sir Tristam, meu caro amigo, pense na sua felicidade. Minha filha é um tesouro de graça e beleza.

— É verdade, é muito bonita — disse o velho apaixonado.

— E vale um milhão de moedas de ouro — acrescentou o barão rindo. — Sir Tristam, minha filha é sua.

FOI COMO O BARÃO Fitz-Alwine vendeu a filha, a bela Christabel, a sir Tristam de Goldsborough, por um milhão de moedas de ouro.

Assim que entrou, o mensageiro anunciou ao barão que um soldado havia matado o capitão do seu regimento e fora seguido até Nottinghamshire. O rei ordenava que o barão Fitz-Alwine prendesse o criminoso e o enforcasse sem piedade.

Dispensado o mensageiro, lorde Fitz-Alwine apertou com as duas mãos as do futuro esposo da filha — que tremiam — e desculpou-se por ter que deixá-lo em momento tão auspicioso, mas as ordens do rei eram precisas, e era necessário obedecê-las prontamente.

Três dias depois da conclusão do digno negócio ajustado entre o barão e sir Tristam, o soldado perseguido foi preso e trancado no torreão do castelo de Nottingham.

ROBIN HOOD CONTINUAVA a intensa procura por William, que, infelizmente, era o tal soldado capturado por capangas do barão.

Desesperado com a frustração das suas buscas por todo o condado de Yorkshire, Robin Hood voltou à floresta, esperando conseguir com os homens do bando, sempre a postos nas estradas de Mansfield a Nottingham, alguma informação que pudesse ajudar a descobrir o paradeiro do amigo.

A uma milha de Mansfield, encontrou Much, o filho do moleiro. Estavam ambos com boas montarias e o rapaz galopava a rédeas soltas na direção que Robin acabava de deixar.

Percebendo seu jovem chefe, Much saudou-o alegre e deteve o cavalo.

— Que bom que o encontrei, caro amigo — apressou-se a dizer. — Estava indo a Barnsdale, tenho notícia do rapaz que o acompanhava quando nos encontramos.

— Você o viu? Estamos à procura dele há três dias.

— Vi sim.

— Quando?

— Ontem à noite.

— Onde?

— Em Mansfield, para onde estava voltando, depois de passar quarenta e oito horas com meus novos companheiros. Chegando à casa do meu pai, vi diante da porta alguns cavalos e, num deles, um homem com as mãos bem amarradas. Reconheci o seu amigo. Os soldados descansavam um pouco as pernas, e o deixaram por conta apenas das amarras que o prendiam ao cavalo. Sem chamar atenção, consegui fazer o pobre prisioneiro entender que eu iria imediatamente a Barnsdale avisá-lo da desgraça ocorrida. Isso reanimou o seu amigo, que agradeceu com um olhar. Sem perder tempo, peguei um cavalo e, já indo embora, perguntei a um dos soldados o que pretendiam fazer com o prisioneiro. Ele respondeu que tinham ordens do barão Fitz-Alwine para conduzi-lo ao castelo de Nottingham.

— Agradeço muito a rapidez da ajuda, caro Much. Acaba de me contar tudo que precisava saber e conseguiremos remediar as más intenções de Sua Senhoria normanda, se tudo correr bem. Em sela, amigo, vamos voltar rápido à floresta. Precisamos organizar uma expedição, sem nos expor ao perigo.

— E João Pequeno?

— Está indo também para o esconderijo, mas por outro caminho. Achamos que assim tínhamos maiores chances de conseguir notícias. A sorte sorriu para mim, já que tive a alegria de encontrá-lo, bravo Much.

— A satisfação é toda minha, capitão — respondeu Much jovialmente. — Sua vontade passou a guiar todas as minhas ações.

Robin sorriu, fez um sinal com a cabeça e partiu a toda velocidade, seguido de perto pelo companheiro.

Chegaram ao habitual ponto de encontro, onde João Pequeno já aguardava. Depois de comunicar as últimas notícias trazidas por Much, Robin mandou que reunisse os homens espalhados pela floresta, formasse uma única tropa e os conduzisse à orla do bosque que se avizinhava do castelo de Nottingham. Lá, abrigados pelas árvores, deviam esperar um aviso, prontos para o combate. Feitas as combinações, Robin e Much voltaram a montar e tomaram a toda a brida o caminho de Nottingham.

— Caro amigo — disse Robin, quando alcançaram os limites da floresta —, chegamos ao fim do trajeto. Não posso entrar em Nottingham. Imediatamente notariam minha presença e saberiam por quê. Compreende isto, não é? Se os inimigos de William souberem que estou nos arredores, ficarão de sobreaviso e será muito difícil libertar nosso companheiro. Vá sozinho a uma casinha a curta distância da cidade. Procure Halbert Lindsay, um bom amigo nosso. Caso ele não se encontre, uma encantadora jovem com o nome de Graça, que perfeitamente combina com ela, dirá onde se encontra o marido. Vá então atrás dele e traga-o aqui. Alguma dúvida?

— Nenhuma.

— Pois então corra! Vou ficar sentado aqui mesmo, aguardando-o e vigiando as redondezas.

Logo que ficou sozinho, Robin escondeu o cavalo no mato, deitou-se à sombra de um carvalho e pôs-se a engendrar um plano de ação para ajudar o pobre Will da melhor maneira. Apelava a toda sua criatividade, mas não deixava de prudentemente vigiar a estrada. Foi quando viu surgir, vindo de Nottingham na direção da floresta, um jovem cavaleiro ricamente vestido.

— Por Deus! — pensou Robin. — Se esse sujeito despreocupado e elegante for da raça normanda, que ótima ideia teve de passear por aqui e respirar o ar perfumado do campo. Parece ter sido tão bem tratado por dama Fortuna que será um prazer tirar da sua bolsa o valor das flechas e dos arcos que amanhã serão necessários para resgatar William. Tem trajes suntuosos e andar altivo. Certamente é um bom achado, esse simpático senhorzinho. Venha, venha, meu amigo, vai se sentir ainda mais leve depois de travarmos conhecimento.

Rapidamente ele deixou a posição horizontal de até então e se pôs no caminho do viajante, que, provavelmente na expectativa de uma simples saudação de praxe, parou com toda cortesia.

— Bem-vindo seja, belo cavaleiro — disse Robin, levando a mão ao gorro. — O tempo está tão nublado que confundi tão graciosa aparição com algum mensageiro do sol. Sua sorridente fisionomia ilumina a paisagem e se permanecer por mais alguns minutos nesse antigo bosque, as flores à sombra acharão se tratar de um quente raio de luz.

O estranho riu satisfeito.

— Por acaso é do bando de Robin Hood? — ele perguntou.

— Está se deixando impressionar pela aparência, senhor — respondeu o rapaz. — Só porque me vê usando roupas de mateiro imagina que pertenço ao bando de Robin Hood. Mas está enganado, nem todos os moradores da floresta estão ligados ao chefe proscrito.

— É possível — continuou o outro com visível impaciência. — Achei ter encontrado um membro daquela alegre associação de homens e me enganei; é pena.

A resposta do desconhecido despertou a curiosidade de Robin.

— Cavalheiro — disse então. — Seu rosto exprime tão franca cordialidade que, apesar do ódio profundo que há anos meu coração reserva aos normandos…

— Não sou normando, sr. mateiro — interrompeu o viajante. — E posso dizer, repetindo o que disse, que se deixa impressionar pela aparência: meus trajes e modo de falar o induziram ao erro. Sou saxão, mas é verdade que há gotas de sangue normando em minhas veias.

— Todo saxão é para mim um irmão, senhor. E quero demonstrar minha simpatia e confiança. Pertenço ao bando de Robin Hood. Como deve saber, em geral usamos meios bem menos desinteressados quando nos apresentamos a viajantes normandos.

— Tenho conhecimento dessas maneiras, ao mesmo tempo cordiais e proveitosas — riu o estranho. — Já ouvi muito falar delas. E me encaminhava a Sherwood exatamente pelo prazer de encontrar o seu chefe.

— E seu eu lhe disser, companheiro, que se encontra na presença de Robin Hood?

— Eu lhe estenderia a mão — devolveu com vivacidade o desconhecido, já acompanhando as palavras com o gesto amigo. — E diria: caro Robin, será que se esqueceu do irmão de Marian?

— Allan Clare! É Allan Clare! — exclamou Robin radiante de alegria.

— Exatamente, Allan Clare. E a sua fisionomia, querido Robin, estava tão bem gravada em meu coração que o reconheci assim que o vi.

— Como fico contente de vê-lo, Allan! — continuou Robin Hood, apertando com as duas mãos a do amigo. — Marian não esperava essa surpresa da sua vinda à Inglaterra.

— Minha pobre e querida irmã! — disse Allan com expressão de profundo carinho. — Ela está bem? Não se sente infeliz?

— Perfeitamente bem de saúde, Allan; e tem como única tristeza a sua ausência.

— Voltei e não vou mais embora. Minha boa irmã vai poder então ficar totalmente feliz. Chegou a saber, Robin, que entrei para o serviço do rei da França?

— Soube sim. Alguém ligado ao barão e o próprio barão, num ímpeto de franqueza provocado pelo medo, me falou da sua situação junto ao rei Luís.[56]

— Uma circunstância favorável me permitiu prestar um grande favor ao rei da França — continuou o cavaleiro. — Grato, ele procurou saber das minhas intenções e demonstrou muita solicitude. Sua bondade me levou a desabafar e contei a dolorosa situação dos meus sentimentos. Falei do confisco dos meus bens e implorei que me permitisse voltar à Inglaterra. Sua Majestade teve toda boa vontade do mundo e satisfez meu pedido. Imediatamente me entregou uma carta para Henrique II e, sem perder um minuto, fui a Londres. Com o pedido do rei da França, Henrique II me devolveu os bens de meu pai e o Tesouro deve me pagar com bons escudos de ouro as rendas das minhas propriedades, desde a época do confisco. Além disso, consegui juntar uma boa soma que, entregue ao barão, deve fazê-lo ceder a mão de minha querida Christabel.

— Sei da existência desse contrato — confirmou Robin. — Os sete anos previstos devem estar perto de expirar, não?

— Exatamente, amanhã é o último dia do prazo.

— Pois então precisa apressar sua visita ao castelo. Uma hora de atraso pode ser fatal.

— Como soube da existência desse contrato e as suas condições?

— Por meu primo João Pequeno.

56. Confusão do autor: a cena se passa em 1187 e há sete anos reinava na França Filipe II, cognominado Dádiva de Deus (ver nota 79).

— O gigantesco sobrinho de sir Guy de Gamwell? — perguntou Allan.

— Ele mesmo, provavelmente se lembra do digno amigo?

— Com certeza.

— Pois está hoje em dia maior do que nunca e tem uma força ainda mais descomunal. Foi quem me falou do acordo feito com o barão.

— Lorde Fitz-Alwine contou a ele? — perguntou Allan com um sorriso.

— Exatamente. João Pequeno conversava com Sua Senhoria, é verdade que com um punhal na mão e a ameaça na boca.

— Entendo melhor tanta comunicabilidade do barão.

— Caro amigo — retomou Robin com seriedade. — Não confie em lorde Fitz-Alwine; ele não gosta de você e se puder violar a promessa feita, não pensará duas vezes.

— Se ele tentar alguma querela pela mão de lady Christabel, juro que se arrependerá terrivelmente.

— Tem como fazer o barão temer suas ameaças?

— Tenho. E mesmo que não fosse o caso, conseguiria obter o cumprimento da promessa. Seria capaz de sitiar o castelo de Nottingham, para não perder minha bem-amada Christabel.

— Se precisar de ajuda, estou inteiramente às suas ordens, meu caro Allan. Posso de imediato dispor de duzentos homens bem-treinados, de pés ligeiros e mão firme. Com igual habilidade manejam o arco, a espada, a lança e o escudo. Basta uma palavra sua e virão, por ordem minha, pôr-se a seu lado.

— Mil vezes obrigado, caro Robin. Não esperava menos da sua boa amizade.

— Conte com isso. Mas permita-me agora perguntar como sabia do meu esconderijo na floresta de Sherwood?

— Depois de concluir meus negócios em Londres, vim a Nottingham. Soube então da volta do barão e da presença de Christabel no castelo. Sossegado o coração quanto à vida de quem amo, fui a Gamwell. Pode imaginar minha surpresa ao chegar à aldeia e mal encontrar vestígios da rica moradia do baronete. Dirigi-me imediatamente a Mansfield, onde alguém me contou o acontecido. Falou elogiosamente de você e disse que a família Gamwell secretamente se retirara numa propriedade que possui em Yorkshire. Fale-me de minha irmã Marian, Robin Hood; ela mudou muito?

— Mudou, amigo Allan, mudou muito.

— Pobre irmã!

— Tem agora uma perfeita beleza — acrescentou Robin se divertindo. — Cada primavera acrescentou-lhe novo encanto.

— Casou-se? — perguntou Allan.

— Ainda não.

— Ótimo. Sabe se já entregou o coração a alguém ou prometeu a mão?

— Marian responderá a essa pergunta — disse Robin, ruborizando um pouco. — Que calor está fazendo! — acrescentou, passando a mão no rosto avermelhado. — Vamos para a sombra das árvores, por favor; estou esperando um dos companheiros, que está demorando mais do que o previsto. Aliás, Allan, lembra-se de um dos filhos de sir Guy, William, que apelidamos Escarlate, por causa da cor um tanto ardente de sua cabeleira?

— Um bonito rapaz com grandes olhos azuis?

— Ele mesmo. O pobre coitado foi mandado a Londres pelo barão Fitz-Alwine e incorporado num regimento das forças que ainda ocupam a Normandia. Um belo dia, foi tomado por incontrolável desejo de rever a família; pediu uma licença e não obteve. Irritado com a incompreensível recusa do capitão, acabou matando-o. Conseguiu fugir, voltou à Inglaterra e um feliz acaso fez com que nos encontrássemos. Levei então o querido amigo a Barnsdale, onde mora sua família. No dia seguinte, a casa inteira estava em festa, celebrando não somente a volta do exilado, mas também seu casamento e o aniversário de sir Guy.

— Will vai se casar? Com quem?

— Com uma moça encantadora e conhecida sua… miss Lindsay.

— Não me recordo dela.

— Então esqueceu-se da companheira, amiga e fiel acompanhante de lady Christabel?

— Ah, sim! — completou Allan Clare. — A filha do guardião dos portões de Nottingham, a irrequieta Maude?

— Exatamente. Maude e William se amam há muito tempo.

— Maude e Will Escarlate! O que está dizendo, Robin? Era a você, meu amigo, que pertencia o coração daquela moça.

— Não, não. Está enganado.

— De jeito nenhum. Pode ser até que ela não o amasse, coisa de que duvido, mas você, em todo caso, tinha grande e carinhoso interesse por ela.

— Tinha e continuo tendo, um afeto de irmão.

— Não diga! — exclamou maliciosamente o amigo.

— Palavra de honra que sim — respondeu Robin. — Mas para terminar com a história de William, deixe-me dizer o que aconteceu. Uma hora antes da celebração do casamento, ele desapareceu e acabo de saber que foi sequestrado por soldados do barão. Reuni meus homens, que vão daqui a pouco estar aqui, e com alguma astúcia e a ajuda deles espero libertar William.

— Onde ele se encontra?

— Provavelmente no castelo de Nottingham. Em pouco tempo terei a confirmação.

— Não tome decisão apressada, Robin; espere até amanhã. Verei o barão e usarei tudo que pode a súplica ou a ameaça para obter a liberdade do seu primo.

— Só que se o velho patife agir sumariamente, vou lamentar a vida inteira ter perdido horas preciosas.

— Tem motivos para temer uma ação tão rápida?

— Como pode me fazer uma pergunta cuja cruel resposta conhece até melhor do que eu? Bem sabe que lorde Fitz-Alwine não tem coração nem piedade. Se tiver que enforcar Will com as próprias mãos, tranquilamente fará isso. Devo arrancar meu amigo das suas garras ferozes, se não quiser perdê-lo para sempre.

— Provavelmente tem razão, e seguir meus conselhos de prudência, nesse caso, acabaria sendo perigoso. Vou hoje mesmo ao castelo e, estando lá, talvez possa ajudá-lo. Farei perguntas ao barão ou, caso não responda, aos soldados. Uma boa recompensa pode fazê-los falar. Conte comigo e se minhas tentativas não derem certo, avisarei para que aja o mais rapidamente possível.

— Ficamos combinados assim. Ah! Estou vendo chegar quem eu esperava e Halbert, o irmão de leite de Maude. Vamos saber um pouco mais sobre o paradeiro do pobre Will. E então? — perguntou Robin, depois de abraçar os recém-chegados.

— Não tenho muito a dizer — respondeu Halbert. — Tudo que sei é que um prisioneiro foi levado para o castelo de Nottingham e Much me disse que o infeliz é o nosso pobre amigo Will Escarlate. Se quiser tentar salvá-lo, Robin, precisa agir rápido. Um frade peregrino de passagem pela região foi chamado ao castelo para a confissão do prisioneiro.

— Santa mãe de Deus, piedade! — exclamou Robin com voz trêmula. — Will, o pobre Will está em perigo de morte! Precisamos tirá-lo de lá, a qualquer preço! Nada mais além disso, Halbert? — perguntou Robin.

— Com relação a Will, nada; mas soube que lady Christabel vai se casar no final da semana.

— Lady Christabel vai se casar? — espantou-se Allan.

— Isso mesmo, cavalheiro — respondeu Halbert, olhando o desconhecido com surpresa. — Com o mais rico normando de toda a Inglaterra.

— Não pode ser! É impossível! — exclamou Allan Clare.

— Mas é a pura verdade — confirmou Halbert. — Fazem grandes preparativos no castelo para celebrar o feliz acontecimento.

— Feliz acontecimento? — repetiu Allan amargamente. — Quem é o miserável que pretende se casar com lady Christabel?

— O senhor não deve ser da região — continuou Halbert. — Não sabe então da imensa satisfação de Sua Senhoria Fitz-Alwine? O sr. barão fez manobras tão hábeis que conseguiu pôr as mãos em boa parte da colossal fortuna de sir Tristam de Goldsborough.

— Lady Christabel tornar-se a mulher daquele velho horrível? — assustou-se o cavaleiro, surpresíssimo. — Mas o homem é quase um defunto! Um monstro de feiura e sórdida avareza! A filha do barão Fitz-Alwine é minha noiva e enquanto houver em mim um sopro de vida, ninguém mais terá direito a seu coração.

— Sua noiva? Quem então é o senhor?

— O cavaleiro Allan Clare — interveio Robin.

— O irmão de lady Marian! A quem lady Christabel tão carinhosamente ama?

— Eu mesmo, meu caro Hal — disse Allan.

Halbert teve uma explosão de alegria, jogando seu gorro para o alto.

— Isso sim é chegar em boa hora! Seja bem-vindo à Inglaterra, senhor. Sua presença vai transformar em sorriso as lágrimas de sua bela noiva. As cerimônias para o odioso casamento devem acontecer no fim de semana. Se quiser impedir, não tem tempo a perder.

— Estou indo agora mesmo visitar o barão — disse Allan. — Se ele ainda acha que pode se livrar de mim, está muito enganado.

— Conte com minha ajuda, cavaleiro — disse Robin. — Quero também impedir tal desgraça, e da maneira mais poderosa, unindo força e astúcia. Vamos raptar lady Christabel. Proponho irmos todos ao castelo: você entra sozinho, enquanto eu esperarei a sua volta junto com Much e Halbert.

Os quatro amigos logo chegaram às proximidades da residência senhorial. No momento em que o cavaleiro ia se encaminhar para a ponte levadiça, ouviu-se um barulho de correntes, a ponte foi abaixada e um velho, coberto com o hábito dos peregrinos, saiu pela poterna do castelo.

— É o confessor chamado pelo barão para o pobre William — disse Halbert. — Fale com ele, Robin; talvez saiba nos dizer a que infortúnio está destinado nosso amigo.

— Pensei o mesmo, caro Halbert, e considero um socorro enviado pela divina Providência o encontro desse santo homem. Que a santa Virgem o proteja, meu bom padre! — disse Robin, já se inclinando respeitosamente diante do velho.

— Que ela o ouça, meu filho! — respondeu o peregrino.

— Vem de muito longe, padre?

— Da Terra Santa, onde fui em longa e dolorosa peregrinação para expiar pecados cometidos na juventude. Hoje, esgotado de fadiga, volto para morrer sob o céu que me viu nascer.

— Deus concedeu-lhe longos anos de vida, bom padre.

— É verdade, filho. Em breve completarei noventa anos e a existência já me parece apenas um sonho.

— Rezo para que a Virgem lhe conceda a calma do repouso em suas últimas horas, padre.

— Assim seja. Vejo que tem alma delicada e generosa, meu jovem. Igualmente rogo ao céu que derrame sobre sua jovem cabeça todas as bênçãos. Crê em Deus e é boa pessoa, seja caridoso e pense também nos que sofrem e vão morrer.

— Explique-se melhor, padre, não entendi — disse Robin com a voz trêmula.

— Infelizmente — acrescentou o velho —, uma alma está prestes a subir ao céu, sua soberana morada. O corpo por ela animado com seu divino sopro sequer tem trinta anos. Um homem que deve ter a sua idade vai morrer de forma bem cruel; reze por ele, meu filho.

— Ele fez ao senhor a sua última confissão, padre?

— Sim, e dentro de poucas horas será brutalmente arrancado de nosso mundo.

— Onde se encontra o infeliz?

— Num dos escuros calabouços desse enorme castelo.

— Sozinho?

— Isso mesmo, filho, sozinho.

— E o pobre coitado vai morrer?

— Amanhã, ao nascer do sol.

— Tem certeza, padre, de que a execução do condenado não acontecerá antes disso?

— Tenho sim. Já não é cedo o bastante? Suas palavras me incomodam, filho. Por acaso deseja a morte de seu irmão?

— Não, santo homem, não, de forma alguma! Daria a vida para salvá-lo. Conheço esse pobre rapaz, padre, é meu amigo. Sabe a qual suplício foi condenado? E se a execução será no interior do castelo?

— Soube pelo carcereiro que o infeliz será enforcado pelo carrasco de Nottingham. Foram dadas ordens para que a execução seja pública, na praça da cidade.

— Que Deus nos proteja — murmurou Robin. — Querido e bom padre — ele acrescentou, tomando a mão do velho —, aceitaria me fazer um favor?

— O que deseja de mim, filho?

— Eu desejo, eu pediria, padre, que voltasse ao castelo e solicitasse permissão ao barão para dar assistência ao condenado até o patíbulo.

— Já tenho essa permissão, filho. Estarei amanhã de manhã junto ao seu amigo.

— Que Deus o abençoe, santo padre, abençoado seja! Tenho algo de suprema importância a dizer ao amigo que vai morrer e gostaria que o transmitisse. Amanhã de manhã estarei aqui junto dessas árvores; tenha a bondade de vir escutar minha confidência antes de entrar no castelo.

— Estarei aqui na hora certa, meu filho.

— Obrigado, bom padre, até amanhã.

— Até amanhã e que a paz do Senhor o acompanhe!

Robin se inclinou respeitosamente e o peregrino, com as mãos cruzadas sobre o peito, se afastou rezando.

— Até amanhã — repetiu o jovem em tom mais baixo. — E duvido muito que Will seja enforcado!

— Precisaria colocar seus homens a curta distância do local da execução — observou Hal, que havia prestado atenção à conversa de Robin com o confessor do pobre prisioneiro.

— Estarão ao alcance de um sinal.

— E como se arranjará para que não sejam percebidos pelos soldados?

— Não se preocupe, meu caro Halbert — respondeu Robin. — Meus sempre bem-dispostos companheiros há muito tempo dominam a arte da invisibilidade, inclusive em lugares abertos. Acredite, não vão para o corpo a corpo com os soldados do barão e só entrarão em cena a partir de um sinal combinado.

— Parece tão certo do sucesso, Robin, que espero ter pelo menos uma parte desse seu otimismo nos meus próprios negócios — disse Allan.

— Cavaleiro — respondeu o rapaz —, permita-me primeiramente pôr William em liberdade, levá-lo a Barnsdale e vê-lo nos braços da sua querida noiva, em seguida trataremos do caso de lady Christabel. Faltam ainda alguns dias para o casamento e vamos nos preparar para uma luta séria com lorde Fitz-Alwine; temos tempo suficiente.

— Vou ao castelo — disse Allan. — De um jeito ou de outro descobrirei o segredo de toda essa farsa. Se o barão romper o compromisso que a honra e a civilidade deviam sacralizar, vou me sentir no direito de esquecer todas as obrigações de respeito. No final, queira ele ou não, lady Christabel será minha mulher.

— Tem toda razão, caro amigo. Procure agora mesmo o barão. Ele provavelmente não o espera e a surpresa o deixará de mãos e pés atados. Seja ousado e faça-o entender que está disposto a usar a força para obter lady Christabel. Enquanto estiver tratando desse importante assunto com lorde Fitz-Alwine, irei encontrar meus homens e prepará-los para cumprirem da maneira mais cautelosa o que tenho em mente. Se precisar de mim, envie um mensageiro ao lugar em que nos encontramos há pouco: pode ter certeza de que a qualquer hora do dia ou da noite um dos meus bravos companheiros se encontra sempre por lá. Se tiver necessidade de ver pessoalmente este seu fiel aliado, será levado a meu esconderijo. Por outro lado, uma vez dentro do castelo, não teme ficar na impossibilidade de sair de lá?

— Lorde Fitz-Alwine não se atreveria a me tratar com violência — respondeu Allan. — Estaria se expondo a um perigo grande demais. Na verdade, se realmente tiver a intenção de dar Christabel ao abominável Tristam, vai querer tão rapidamente se livrar de mim que mais receio não ser recebido do que mantido no castelo. Adeus então, caro Robin. Ou melhor, até breve. Com certeza irei vê-lo antes do final do dia.

— Estarei esperando.

Enquanto Allan Clare se dirigia à poterna do castelo, Robin, Halbert e Much rapidamente voltaram à cidade.

Não foi difícil para o cavaleiro ser levado aos aposentos de lorde Fitz-Alwine e rapidamente ele se viu na presença do terrível castelão.

Um espectro que saísse do túmulo não teria causado maior susto e terror no barão do que a visão do belo rapaz que, em atitude digna e altiva, se impunha à sua frente.

Ele lançou ao criado que o trouxera um olhar tão fulminante que o pobre coitado escapou do cômodo com toda a pressa que suas pernas permitiam.

— Não o esperava — disse Sua Senhoria, dirigindo ao cavaleiro os olhos faiscantes de raiva.

— Imagino, milorde, mas aqui estou.

— É o que vejo. Felizmente, para mim, não cumpriu sua promessa: o prazo dado expirou ontem.

— Sua Senhoria se engana. Estou sendo pontual com o gracioso compromisso acertado.

— Não creio que sua palavra baste para tanto.

— É pena, pois será obrigado a aceitá-la. Com pleno assentimento de ambas as partes, assumimos um compromisso formal e sinto-me no direito de exigir que cumpra o prometido.

— E o senhor, cumpriu todas as condições do trato?

— Todas elas. Eram três as exigências: recuperar a posse dos meus bens, dispor de cem mil moedas de ouro e voltar apenas ao fim de sete anos para pedir a mão de lady Christabel.

— Realmente tem à mão cem mil moedas de ouro? — perguntou o barão, com um brilho de cobiça nos olhos.

— Sim, milorde. O rei Henrique devolveu minhas propriedades e recebi as rendas desse patrimônio desde o confisco. Estou rico e exijo que me entregue amanhã mesmo lady Christabel.

— Amanhã! — exclamou o barão. — Amanhã! Mas caso não se apresente aqui amanhã — acrescentou sombriamente —, o contrato não se anula?

— Foi esse o nosso acordo. Mas ouça bem, lorde Fitz-Alwine: afaste o plano diabólico que tem em mente neste momento. Estou no meu direito, à sua frente, à hora prevista e nada no mundo (que não passe por sua cabeça empregar a força), nada mesmo, me obrigará a desistir de quem amo. Qualquer trapaça sua, em desespero de causa, implicará cruel desforra, esteja certo disso. Tenho conhecimento de uma particularidade oculta da sua vida, e a revelarei. Vivi por algum tempo na corte do rei da França e soube de um segredo que lhe concerne pessoalmente.

— Que segredo? — preocupou-se o barão.

— É desnecessário, por enquanto, entrar em longas explicações. Basta que saiba que tenho anotado o nome dos miseráveis ingleses que se venderam para entregar a pátria ao jugo estrangeiro. — Lorde Fitz-Alwine ficou extremamente pálido. — Mantenha a promessa que me fez, milorde, e esquecerei seu ato de covardia e traição ao rei.

— Cavaleiro, está insultando um velho — disse o barão, assumindo uma atitude indignada.

— Apenas digo a verdade, nada mais. Mais uma recusa sua, milorde, uma mentira, um subterfúgio qualquer e as provas do seu patriotismo serão enviadas ao rei da Inglaterra.

— Para sorte sua, Allan Clare — disse o barão com um tom melífluo —, o céu me deu um temperamento calmo e paciente. Fosse eu irritadiço e impulsivo, pagaria cruelmente o atrevimento nas masmorras do castelo.

— Tal atitude lhe seria nefasta, milorde, pois não o poria a salvo da vingança real.

— Sua juventude atenua a impetuosidade das palavras, cavaleiro. Quero me mostrar indulgente, mesmo que possa facilmente puni-lo. Por que vir com ameaças antes até de saber se realmente pretendo lhe recusar a mão de minha filha?

— Por saber que prometeu lady Christabel a um miserável e sórdido velho, sir Tristam de Goldsborough.

— De fato, de fato! E quem foi o estúpido intrigante que lhe contou isso?

— Pouco importa, a cidade inteira de Nottingham se agita com os preparativos para esse rico e ridículo casamento.

— Não pode me responsabilizar, cavaleiro, por mentiras irresponsáveis que circulam na região.

— Não prometeu a mão de sua filha a sir Tristam?

— Permita-me não responder a pergunta. Até amanhã estou livre para pensar e fazer planos como bem entender. Chegando a hora, venha e plenamente satisfarei suas aspirações. Passe bem, cavaleiro Clare — acrescentou o ancião se levantando. — Tenha um bom dia, mas quero ficar sozinho.

— Será um prazer revê-lo, barão Fitz-Alwine. Lembre-se que um fidalgo tem apenas uma palavra.

— Muito bem, muito bem — resmungou o velho, virando as costas ao visitante.

Allan deixou os aposentos do barão com o coração inquieto. Não podia se iludir, o velho tramava alguma perfídia. Seu olhar carregado de ameaça havia acompanhado o rapaz até a porta; e ele depois se postara junto ao vão de uma janela, sem nem se dar ao trabalho de responder ao último cumprimento do cavaleiro.

Assim que Allan sumiu de vista (indo à procura de Robin Hood), o barão sacudiu furiosamente uma campainha que havia sobre a mesa.

— Diga a Pedro Preto para vir — disse brutalmente ao criado.

— Agora mesmo, milorde.

Poucos minutos depois, o soldado chamado por lorde Fitz-Alwine se apresentava.

— Pedro — disse o barão —, pode conseguir bravos e discretos rapazes que executem sem muitas perguntas as ordens que recebem?

— Posso, milorde.

— São corajosos e sabem esquecer as missões que acabam de executar?

— Sem dúvida alguma, milorde.

— Ótimo. Um cavaleiro, elegantemente vestido com traje vermelho, acaba de sair daqui. Siga-o com dois bons comparsas e faça de maneira que ele não incomode mais ninguém. Percebe?

— Perfeitamente, milorde — respondeu Pedro Preto com pavoroso sorriso e puxando da bainha um enorme punhal.

— Terá sua recompensa, corajoso Pedro. Não tenha medo, mas aja discreta e prudentemente. Se nossa borboleta seguir o caminho do bosque, deixe-a chegar sob as árvores e aí terá campo livre. Uma vez despachada para o outro mundo, enterre-a junto de um velho carvalho qualquer, sem deixar de cobrir o local com folhas e mato, para que ninguém descubra o cadáver.

— As ordens serão fielmente executadas, milorde. Quando voltar a me ver, o cavaleiro estará dormindo sob um tapete de relva verde.

— Fico à sua espera. Não perca tempo e vá atrás desse jovenzinho impertinente.

Acompanhado de dois homens, Pedro Preto deixou o castelo e logo encontrou a pista do cavaleiro.

Pensativo, com a mente tomada por preocupações e o coração pesado de tristeza, Allan caminhava lentamente na direção da floresta de Sherwood. Avistando o rapaz à sombra das árvores, os assassinos que o seguiam ficaram sinistramente satisfeitos. Apressaram o passo e se mantiveram escondidos na vegetação, preparados para se lançar em cima da vítima no momento oportuno.

Allan Clare seguia à procura do guia prometido por Robin e, olhando em volta, pensava em como arrancar Christabel das mãos daquele indigno pai.

Um barulho de passadas apressadas tirou-o do doloroso devaneio. Virou-se e viu três indivíduos de sinistra aparência que, de espada em punho, vinham em sua direção.

Pôs-se de costas contra uma árvore, sacou a espada da bainha e disse em tom decidido:

— Miseráveis! O que querem?

— A sua vida, "borboleta" elegante! — berrou Pedro Preto indo contra o rapaz.

— Para trás, canalha! — disse Allan, atingindo-o no rosto. — Para trás, todos! — continuou, desarmando com incrível habilidade o segundo adversário.

Pedro Preto fez o que pôde, mas não conseguia mais se aproximar do cavaleiro, que não somente havia deixado um dos assassinos fora de combate, jogando sua espada nos galhos de uma árvore, mas também ferira gravemente na cabeça o terceiro homem.

Desarmado e louco de raiva, Pedro Preto arrancou pela raiz um frágil arbusto e voltou para atacar Allan. Acertou-o na cabeça com tanta violência que ele deixou cair a espada e desabou no chão, sem sentidos.

— A presa foi abatida! — gritou alegre o assassino, ajudando os companheiros feridos a se porem de pé. — Voltem para o castelo que acabo sozinho a tarefa. A presença de vocês aqui é perigosa e me cansam esses seus gemidos. Vão embora que abro eu mesmo a cova para enterrar o corpo do senhorzinho. Deixem a enxada que trouxeram.

— Está aqui — disse um dos homens. — Mas estou quase morto, Pedro, nem vou conseguir andar.

— Desapareça ou mato-o também.

Os dois ajudantes, transidos de dores e pavor, se encaminharam penosamente para fora do mato.

Sozinho, Pedro se pôs ao trabalho. Tinha já terminado boa parte da horrível tarefa, quando recebeu no ombro uma pancada tão violenta que caiu estirado junto à beirada do fosso que cavava.

Assim que passou o pior da dor, o miserável virou os olhos procurando quem o havia presenteado com tão justa recompensa e encontrou o rosto avermelhado de um corpulento frade dominicano.[57]

— Excomungado de focinho negro! — vociferou o frade. — Acha que pode assim acertar a cabeça de um fidalgo e esconder a infâmia enterrando o infeliz? Quem é você, bandido? Responda!

— Minha espada já lhe dirá quem sou — Pedro pôs-se rapidamente de pé. — Ela vai enviá-lo ao outro mundo e lá pergunte então ao Diabo o meu nome.

— Caso tivesse a infelicidade de morrer antes, insolente vigarista, nem precisaria me dar ao trabalho, posso ver no seu rosto o parentesco com o inferno. Mas deixe-me dizer a essa sua espada que se cale, pois se tentar se mexer, o porrete vai lhe impor silêncio eterno. Suma daqui, é o que de melhor tem a fazer.

— Não sem antes ter mostrado o quanto sei manejá-la — disse Pedro, atingindo o frade com a lâmina.

O golpe foi tão rápido, violento e certeiro que cortou profundamente três dedos da mão esquerda do religioso, até o osso.

57. A Ordem dos Pregadores, mais conhecida como Dominicana, seria criada apenas no século seguinte, em 1216, por são Domingos de Gusmão. É uma ordem mendicante (ver nota 33), exclusivamente masculina, com conventos próximos de cidades, e seus religiosos têm como vocação a pregação e a conversão ao cristianismo.

Ele deu um grito, se jogou como um raio em cima de Pedro, agarrou-o com força pela cintura, até dobrá-lo, e aplicou em seguida uma sequência rápida de pauladas.

Uma sensação inédita tomou conta do miserável assassino: ele deixou cair a espada, a visão ficou turva, o sentido das coisas foi se apagando, o entendimento se desnorteando e toda vontade de se defender desapareceu.

Quando o irmão parou de bater, Pedro estava morto.

— Cretino! — murmurou o monge exausto de dor e cansaço. — Maldito cretino! Achava então que os dedos do pobre Tuck foram feitos para que um cão normando os arranque fora?[58] Acho que recebeu uma boa lição, pena não poder aproveitá-la, já que deu o último suspiro. Tanto pior, foi culpa dele e não minha. Por que será que matou esse bonito rapaz? Ai, meu Deus! — exclamou o bom frade, levando a mão ainda intacta ao corpo do cavaleiro. — Ainda respira, o corpo está quente e o coração bate, fraco, é verdade, mas o bastante para indicar que ainda vive. Vou pô-lo nos ombros e levar para o esconderijo. Pobre rapaz, nem pesa muito! Quanto a ti, vil assassino — acrescentou Tuck empurrando com o pé o corpo de Pedro —, fica aí. Se os lobos ainda não tiverem jantado, terão o que comer.

Dito isso, com passadas firmes e ligeiras o monge tomou a direção do esconderijo dos alegres homens da floresta.

Umas poucas palavras bastarão para explicar a captura de Will Escarlate.

O homem que havia visto Will com Robin Hood e João Pequeno no albergue de Mansfield estava, seguindo ordens superiores, à procura do fugitivo. Vendo o jovem na companhia de cinco bem-dispostos amigos que poderiam eventualmente querer ajudá-lo, o prudente batedor preferiu adiar o momento da captura. Deixou o albergue, enviou a Nottingham um pedido de reforço e um grupo de soldados, guiado pelo espião, foi a Barnsdale em plena noite.

Na manhã seguinte, um fatal acaso levou Will a sair do castelo. O pobre rapaz caiu nas mãos dos soldados emboscados e foi sequestrado, sem poder opor grande resistência.

De início, um violento desespero o invadiu, mas o encontro com Much lhe devolveu alguma esperança. Rapidamente se deu conta de que Robin Hood, uma vez informado de sua desventurada situação, faria de tudo para ajudá-lo, e que se porventura não conseguisse salvá-lo, pelo menos vingaria a sua morte sem recuar diante de obstáculo algum. Também sabia, e era um grande consolo para o seu pobre coração, que muitas lágri-

58. Era de se imaginar que fosse Tuck o truculento frade. Na primeira parte do romance, porém, ele mais corretamente era beneditino e não dominicano.

mas se derramariam por seu cruel destino e que Maude, principalmente, tão feliz com a sua volta, amargamente choraria a perda da felicidade que já haviam planejado.

Jogado numa escura masmorra, Will aguardava, na aflição do medo, a hora marcada para a execução. Cada hora que passava trazia novo lote de esperança e desilusão. O infeliz prisioneiro prestava atenção a todos os barulhos externos, na expectativa de ouvir distante o som da trompa de Robin Hood.

Os primeiros clarões do dia encontraram William a rezar. Confessou-se comovido com o bom peregrino e, de alma recolhida e coração confiante naquele de quem esperava socorro, preparou-se para seguir os guardas do barão, que deviam vir buscá-lo quando o sol despontasse.

De fato vieram e, formando um cerco ao redor de William, tomaram o caminho da praça central de Nottingham.

Ao percorrer as ruas, a escolta logo se viu rodeada por boa parte dos moradores que, desde cedo, aguardava o fúnebre cortejo.

Por maior que fosse a esperança do infeliz condenado, era grande seu desânimo por não ver em volta algum familiar. O coração ficou mais pesado e as lágrimas, até então reprimidas, molharam as pálpebras. Mas ainda esperava, e uma voz secreta lhe dizia: Robin Hood não está longe, Robin Hood virá.

Chegando ao pé da terrível forca levantada por ordem do barão, William ficou lívido, pois não esperava morrer de forma tão infame.

— Quero falar com lorde Fitz-Alwine — exigiu, sabendo que na qualidade de representante da lei, este último era obrigado a assistir à execução.

— O que quer, miserável? — perguntou o barão.

— Milorde, tenho como obter perdão?

— Não — respondeu friamente o velho.

— Nesse caso — continuou William em tom perfeitamente calmo —, imploro um favor que é impossível a uma alma generosa recusar.

— Qual favor?

— Milorde, pertenço a uma ilustre família saxã, cujo nome é sinônimo de honradez, sem que jamais algum dos seus membros tenha recebido o desprezo de seus concidadãos. Sou soldado e nobre, devo ter uma morte condizente.

— Será enforcado — disse brutalmente o barão.

— Milorde, arrisquei minha vida em campos de batalha e não mereço ser enforcado como um ladrão.

— Acha mesmo? — debochou o velho. — E de que maneira deseja expiar o seu crime?

— Dê-me uma espada e ordene a seus soldados que me traspassem com suas lanças. Morrerei como deve morrer um nobre, de braços livres e rosto voltado para o céu.

— Imagina-me tolo o bastante para pôr em risco a vida de um só dos meus homens apenas para satisfazer seu último capricho? De forma alguma, será enforcado.

— Milorde, insisto. Estou suplicando, tenha piedade. Abro mão da espada e não me defenderei; seus homens poderão me cortar em pedaços.

— Miserável! — disse o barão. — Matou um normando e implora a piedade de um normando? Louco! Para trás! Morrerá na forca e logo terá a companhia do bandido que infesta a floresta de Sherwood com seu bando de malfeitores, assim espero!

— Se este a quem se refere com tanto desprezo estivesse ao alcance da minha voz, eu riria das suas bravatas, poltrão! Lembre-se, lorde Fitz-Alwine: se eu morrer, Robin Hood me vingará. Tome cuidado, antes que a semana chegue ao fim ele estará no castelo de Nottingham.

— Que venha, e na companhia de todo o seu bando! Erguerei duzentas forcas. Carrasco, cumpra seu dever.

O carrasco pousou a mão no ombro de William. O pobre rapaz lançou ao redor um olhar desesperado e, vendo apenas a multidão silenciosa e comovida, recomendou sua alma a Deus.

— Um momento! — ouviu-se a voz trêmula do velho peregrino. — Um momento! Tenho uma última bênção a dar ao infeliz penitente.

— Já cumpriu seu dever junto a esse miserável — gritou o barão furioso. — Não tem por que atrasar ainda a execução.

— Ímpio! — exclamou o peregrino. — Vai querer privar este jovem do auxílio religioso?

— Seja rápido — respondeu lorde Fitz-Alwine com impaciência. — Estou cansado de tanta demora.

— Soldados, afastem-se um pouco — disse o ancião. — As orações de um moribundo não devem cair em ouvidos profanos.

A um aceno do barão, os soldados se puseram a certa distância do prisioneiro.

William e o peregrino ficaram sozinhos no patíbulo, enquanto o carrasco ouvia respeitosamente as ordens do barão.

— Não se mova, Will — disse o peregrino debruçado junto ao condenado. — Sou eu, Robin. Vou cortar as cordas que o prendem e nos jogamos no meio dos soldados. A surpresa os deixará confusos.

— Abençoado seja! Ah, querido Robin, abençoado seja! — murmurou o pobre Will, sufocado de tanta felicidade.

— Incline-se e finja estar falando comigo. Bom! Está solto. Tem uma espada para você por baixo da batina. Pegou?

— Peguei — murmurou Will.

— Ótimo. Apoie as costas nas minhas e vamos mostrar a lorde Fitz-Alwine que não viemos ao mundo para ser enforcados.

Com um gesto mais rápido do que o pensamento, Robin Hood deixou cair no chão o hábito de peregrino e todos reconheceram, espantados, o traje característico do célebre bandoleiro.

— Milorde! — gritou Robin com voz firme e vibrante. — William de Gamwell faz parte do bando dos alegres homens da floresta. Foi sequestrado e vim resgatá-lo. Em troca, receberá o cadáver do patife a quem deu a missão de covardemente assassinar o cavaleiro Allan Clare.

— Quinhentas moedas de ouro para quem prender esse bandido! — urrou o barão. — Quinhentas moedas de ouro para o valoroso soldado que lhe puser as mãos em cima!

Robin Hood percorreu com um olhar terrível a multidão paralisada de susto.

— Não aconselho a que arrisquem suas vidas — disse. — Meus companheiros estão bem perto.

E Robin soprou a trompa, fazendo com que, no mesmo instante, boa parte do seu bando saísse do bosque, empunhando seus arcos.

— Às armas! — ordenou o barão. — Às armas! Fiéis normandos, exterminem esses bandidos!

Uma revoada de flechas se abateu sobre a tropa. Apavorado, o barão saltou em seu cavalo e partiu a galope e aos gritos em direção ao castelo. Sem saber o que fazer, os apavorados moradores de Nottingham seguiram o exemplo de seu senhor e os soldados, desordenados no tumulto generalizado, também fugiram como puderam.

— Sherwood e Robin Hood! — gritavam os alegres homens da floresta, perseguindo os inimigos com grandes risadas.

Cidadãos, homens do bando e soldados atravessaram a cidade com muita confusão, uns mudos de medo, outros rindo e os últimos cheios de ódio no coração. O barão foi o primeiro a conseguir entrar no castelo e todos o seguiram, com exceção dos alegres mateiros que, junto ao portão, brindaram com aclamações debochadas os pusilânimes adversários.

Quando Robin Hood e seu bando retomaram o caminho da floresta, os moradores de Nottingham, que não tinham sido feridos e nada perderam naquele estranho tumulto, celebraram o destemido chefe e sua fidelidade ao amigo condenado.

Mocinhas misturaram suas meigas vozes ao coro de elogios e uma delas, inclusive, chegou a dizer que aqueles homens pareciam tão amáveis e cordiais que não teria mais medo de atravessar sozinha a floresta.

3

Depois de confirmar que Robin Hood não pretendia invadir o castelo, lorde Fitz-Alwine, com o corpo moído e a mente assaltada por mil projetos, cada um menos realizável que o outro, retirou-se em seus aposentos.

Sentindo-se já em segurança, passou em revista a estranha audácia do fora da lei que, em pleno dia, sem outra arma além de uma inofensiva espada, só desembainhada para cortar as cordas que prendiam o prisioneiro, demonstrara suficiente presença de espírito para manter à distância um forte contingente de soldados. A fuga vergonhosa desses últimos voltou à lembrança do barão que, esquecendo ter sido ele o primeiro a dar o exemplo, praguejou contra tanta covardia.

— Que pavor mais grosseiro! — exclamou. — Que ridícula atitude! O que vão pensar os cidadãos de Nottingham? Eles sim podiam fugir, pois não tinham meio algum de defesa, mas soldados armados até os dentes e bem treinados... Minha reputação de valentia e bravura vai estar para sempre abalada por essa afronta.

Dessa reflexão desoladora para o seu amor-próprio, o barão passou a pensamentos de outra ordem. Exagerou tanto a vergonha da sua derrota que acabou conseguindo transferir para os soldados toda a responsabilidade. Começou a acreditar que, em vez de abrir o caminho para a deserção, havia protegido a fuga insensata e, sem qualquer proteção além da própria coragem, abrira à força passagem entre os bandidos. Tornando-se realidade, essa estranha conclusão levou sua revolta interior ao cúmulo. Saiu do quarto e dirigiu-se rápido ao pátio, onde os soldados, reunidos em pequenos grupos, reclamavam da vergonhosa derrota, acusando, justamente, o nobre castelão. Ele chegou como uma bomba que caísse no meio da tropa, ordenou que se formassem em círculo e deu início a uma longa oratória sobre a infame poltronice. Em seguida, citou exemplos imaginários de pânico desvairado, acrescentando que nunca na história se havia ouvido falar de covardia comparável àquela. Discursou com tanta veemência e indignação, assumindo ares de tão indômita bravura, que os soldados, influenciados pelo natural respeito que têm por seus superiores, acabaram acreditando serem eles, de fato, os únicos culpados. A ira do barão pareceu-lhes nobre e justa. Baixaram então a cabeça, achando que realmente não passavam de uns poltrões assustados com a própria sombra.

Terminado o pomposo discurso, um dos homens propôs que imediatamente seguissem os bandidos até o esconderijo da floresta. A proposta foi recebida com gritos de alegria e o soldado que levantara a ideia sugeriu que o valoroso instigador de todo aquele belicoso ímpeto comandasse pessoalmente a expedição. Este último, pouco disposto a aceitar o intempestivo convite, respondeu se sentir lisonjeado com a demonstração de tão alta estima, mas que, pelo momento, parecia-lhe infinitamente mais agradável permanecer no castelo.

— Meus bravos — explicou o barão —, a prudência nos obriga a aguardar ocasião mais propícia para a captura de Robin Hood. Creio mais razoável evitarmos, por enquanto, qualquer tentativa inconsiderada. Paciência por hoje, coragem no momento da luta. Nada mais lhes peço.

Dito isso, e temendo maior insistência por parte dos seus homens, o barão se retirou, deixando-os entregues a seus planos de vitória. Mais tranquilo com relação à sua reputação de brilhante guerreiro, deixou de lado Robin Hood para se dedicar por inteiro a interesses pessoais, em que se incluíam os pretendentes à mão de sua filha. Inútil dizer que lorde Fitz-Alwine solidamente embasava a realização dos seus mais caros desejos na comprovada eficiência de Pedro Preto, e considerava eliminado em definitivo Allan Clare. Robin Hood, é bem verdade, havia mencionado a morte do sanguinário capanga, mas ao barão pouco importava que Pedro tivesse pagado com a própria vida o serviço prestado a seu amo e senhor.

Livre de Allan Clare, obstáculo nenhum podia mais se entrepor entre Christabel e Tristam. Os dias deste último, aliás, já se avizinhavam tanto da tumba que a jovem recém-casada trocaria, por assim dizer, de um dia para o outro, o vestido de noiva pelo escuro véu das viúvas. Jovem e extraordinariamente bonita, livre de todo laço, rica de dar inveja, lady Christabel poderia então aceitar novo casamento, digno de sua beleza e imensa fortuna. Mas qual casamento, perguntava-se o barão. Com os olhos faiscando de ardente cobiça, procurou imaginar um marido à altura das suas ambições. O orgulhoso velho logo vislumbrou os esplendores da corte e pensou no filho de Henrique II. Naquela época de incessante luta entre as diferentes partes que dividiam entre si o reino da Inglaterra, o dinheiro tinha um poder enorme e a elevação de lady Christabel à categoria de princesa real não era algo impossível de se realizar. A embriagadora esperança concebida por lorde Fitz-Alwine já ganhava contornos de projeto em vias de execução. Imaginava-se avô de um rei da Inglaterra e passou a avaliar a quais nações seria vantajoso unir seus netos e bisnetos, quando as palavras de Robin lhe voltaram à memória e puseram abaixo todos aqueles castelos de areia. Talvez Allan Clare estivesse vivo!

— Preciso confirmar isso imediatamente — gritou o barão, fora de si só de pensar na possibilidade.

Sacudiu furiosamente a campainha que tinha, noite e dia, ao alcance da mão e um criado se apresentou.

— Pedro Preto se encontra no castelo?

— Não, milorde. Ele saiu ontem na companhia de dois homens, que voltaram sozinhos. Um gravemente ferido e o outro semimorto.

— Mande vir este que ainda está de pé.

— Agora mesmo, milorde.

O homem convocado não demorou a vir. Tinha a cabeça enrolada em ataduras e o braço esquerdo numa tipoia.

— Onde está Pedro Preto? — interrogou o barão, sem demonstrar a menor compaixão pelo miserável.

— Ignoro, milorde. Pedro ficou na floresta. Cavava uma vala para esconder o corpo do jovem senhor que matamos.

Uma onda de sangue subiu ao rosto do barão, que tentou falar, mas apenas palavras confusas se entrechocavam em sua boca. Desviou o olhar e fez sinal para que o assassino deixasse a sala.

Era tudo que desejava o miserável, que saiu se esgueirando rente às paredes.

— Morto! — murmurou o barão com indefinível sensação. — Morto! — repetiu e, pálido a ponto de se poder duvidar da sua existência corpórea, continuou a balbuciar com um fiapo de voz: — Morto! Morto!

Mas deixemos Fitz-Alwine entregue às aflições de uma consciência em revolta e vamos atrás do marido que ele pretendia para a filha.

Sir Tristam não havia deixado o castelo e a sua estadia devia se estender até o final da semana.

O barão desejava que o casamento de sua filha fosse celebrado na capela palaciana, e sir Tristam, que temia alguma sinistra cilada contra a sua pessoa, insistia para que a cerimônia acontecesse à luz do dia, na abadia de Linton,[59] a uma milha mais ou menos de Nottingham.

— Caro amigo — disse lorde Fitz-Alwine usando um tom peremptório quando a questão foi levantada. — Só um tolo cabeçudo como o senhor não reconhece minhas boas intenções e os seus próprios interesses. Não pense que minha filha esteja felicíssima com esse casamento e suba contente ao

59. A abadia a que era ligado frei Tuck, como se viu na primeira parte do romance.

altar. Não sei dizer por quê, mas tenho o pressentimento de que, na abadia de Linton, alguma circunstância desastrosa para nossos projetos em comum talvez se apresente. Temos na região um bando de bandidos comandados por um chefe audacioso e capaz de nos cercar e assaltar.

— Iremos escoltados por meus homens — respondeu sir Tristam. — São muitos e de coragem a toda prova.

— Como queira — acabou aceitando o barão. — Mas se alguma desgraça acontecer, não se queixe depois.

— Fique sossegado, assumo a responsabilidade por qualquer erro meu quanto à minha escolha do local da celebração nupcial.

— A propósito — retomou o barão —, não se esqueça, por favor, de que na véspera desse grandioso dia deve me entregar um milhão de moedas de ouro.

— A caixa com essa enorme soma está no meu quarto, Fitz-Alwine — disse sir Tristam deixando escapar um doloroso suspiro. — Será transportada ao seu no dia do casamento.

— Na véspera — disse o barão. — Foi o combinado.

— Que seja, na véspera.

Depois disso, os dois velhos se separaram, indo um deles fazer a corte a lady Christabel e o outro retornando a seus sonhos de grandeza.

No castelo de Barnsdale, era grande a tristeza: o velho sir Guy, a esposa e as pobres filhas passavam as horas do dia a trocar mútuas palavras de consolo e as noites a chorar a perda do desventurado Will.

No dia seguinte da miraculosa libertação do rapaz, a família Gamwell, reunida na sala de estar, ainda conversava com tristeza sobre o estranho desaparecimento do rapaz, quando o alegre som de uma trompa de caça soou à porta do castelo.

— É Robin! — gritou Marian, precipitando-se à janela.

— Com certeza traz boas notícias — disse Bárbara. — Vamos, Maude querida, esperança e coragem, William vai voltar.

— Como gostaria que estivesse certa, minha irmã! — disse Maude chorando.

— Pois estou certa, estou certa! — exclamou Bárbara. — É Will, com Robin e mais outro rapaz. Algum amigo, provavelmente.

Maude correu para a porta. Marian, que havia reconhecido o irmão (Allan Clare, que já se restabelecera após algumas horas desacordado pela dor da pancada), atirou-se junto com Maude nos braços abertos dos recém-chegados.

Atônita, Maude repetia como louca:

— Will! Will! Querido Will!

Já Marian, com as mãos entrelaçadas no pescoço do irmão, era incapaz de pronunciar qualquer palavra.

Não tentaremos descrever a alegria daquela radiante família. Uma vez mais, Deus devolvia são e salvo quem fora pranteado sem esperanças de se tornar a ver.

Os risos apagaram até mesmo a lembrança das lágrimas. Os beijos e apertos de mão reuniram no seio materno, no mesmo aconchego e enlevo, os filhos queridos. Sir Guy deu sua bênção a Will e a seu salvador, enquanto lady Gamwell, sorridente e alegre, abraçava a adorável Maude junto ao coração.

— Não disse que Robin trazia boas notícias? — congratulava-se Bárbara, beijando Will.

— É verdade. E tinha razão, querida — respondeu Marian apertando as mãos do irmão.

— Tenho vontade — continuou Bárbara, com ares de provocação — de confundir Robin com Will para exagerar meu abraço.

— Tais modos de exprimir gratidão não dariam bom exemplo, Barby querida — riu Marian. — Seríamos obrigadas a imitá-la e Robin não aguentaria o peso de tanta felicidade.

— Seria uma morte bem agradável, não acha, lady Marian?

A moça ficou muito ruborizada.

Um imperceptível sorriso se esboçou nos lábios de Allan Clare.

— Cavaleiro — disse Will se adiantando até este último —, pode constatar o afeto que Robin inspira a minhas irmãs. Não é imerecido. Ao contar a calamidade que se abateu sobre nós, ele não disse que arrancou meu pai e minha mãe da morte, não mencionou a incansável atenção que dedicou a Winifred e Bárbara nem tampouco o muito que fez por Maude, minha futura esposa, como o melhor dos amigos. Dando notícias de sua bem-amada lady Marian, também faltou dizer: "Aquela de quem você estava distante teve em mim um amigo fiel, um irmão constantemente dedicado." Não...

— William, por favor — interrompeu Robin. — Não provoque tanto a minha modéstia, pois apesar de lady Marian achar que não sei mais corar, sinto um calor ardente subindo ao rosto.

— Querido Robin — disse o cavaleiro, apertando com visível emoção as mãos do amigo —, há muito tempo devo-lhe enorme gratidão e fico contente de poder claramente confirmar o que sinto. Não foram necessárias as palavras de Will para que tivesse certeza de que nobremente cumpriu a delicada missão confiada à sua probidade; a lealdade de todas as suas ações era a maior garantia para isso.

— Meu irmão — disse Marian —, se pudesse saber como Robin foi bom e generoso com todos nós! Se pudesse saber o quanto o seu comportamento com relação a mim é digno de elogios, você ainda mais agradeceria, irmão, e o amaria como… como…

— Como você o ama, não é? — completou Allan com um delicado sorriso.

— Isso mesmo, como o amo — concordou Marian, com a face iluminada por íntimo orgulho, enquanto a voz melodiosa tremia de emoção. — Não fico constrangida de confessar meu carinho por quem generosamente participou do luto que pesava em meu coração. Robin me ama, querido Allan, com uma ternura que só se iguala em força e constância à que eu mesma tenho por ele. Prometi minha mão e esperávamos o seu retorno para suplicar a bênção divina.

— Meu egoísmo me envergonha, Marian — disse Allan. — E isso me faz em dobro apreciar o admirável comportamento de Robin. Seu protetor natural estava longe, esquecia-se de você e, mesmo assim, irmã querida, fiel à lembrança você o esperava para ter direito à felicidade. Que os dois me perdoem por esse cruel abandono. Christabel pode me justificar junto aos seus corações apaixonados. Obrigado, meu caro Robin, muito obrigado; palavra alguma pode exprimir minha sincera gratidão… Você ama Marian e Marian o ama. Cedo a sua mão com imensa satisfação.

Terminando de dizer isso, o cavaleiro tomou a mão da irmã e, sorrindo, colocou-a entre as mãos do amigo.

Com o coração a pular de alegria, Robin puxou Marian contra o peito que também batia forte e beijou-a apaixonadamente.

Inebriado com todo aquele ambiente e com o sincero intuito de acalmar um pouco a intensa emoção, William tomou Maude pela cintura, beijou várias vezes o seu pescoço, balbuciou algumas palavras confusas e conseguiu finalmente articular um triunfante grito de comemoração.

— Podemos nos casar todos ao mesmo tempo — gritou contente. — Ou, melhor dizendo, amanhã mesmo. Mas para que deixar para amanhã o que se pode fazer logo? Casamos hoje mesmo. Não tenho razão, Maude?

Ela desatou a rir.

— Está sendo apressado demais, William — interveio o cavaleiro.

— Apressado demais? É fácil dizer, Allan, mas se tivesse sido arrancado dos braços de quem o ama no momento de dar a ela o seu nome, não me acharia tão apressado. Não acha o mesmo, Maude?

— Concordo, William. Tem toda razão. Apesar disso, não podemos celebrar hoje o casamento.

— Por quê? Por quê, pergunto eu? — repetiu o impaciente noivo.

— Porque dentro de algumas horas terei que me afastar de Barnsdale, amigo Will — adiantou-se o cavaleiro. — E gostaria muito de estar presente a essa dupla cerimônia. E como espero também a felicidade de me casar com lady Christabel, nossos três casamentos poderiam se realizar no mesmo dia. Espere ainda um pouco William, dentro de uma semana tudo terá se organizado da melhor maneira para todos nós.

— Uma semana? — exclamou ele. — Não posso esperar tanto!

— Uma semana passa rápido, William, e o seu coração tem mil motivos para fazer com que tenha paciência — foi a vez de Robin sugerir.

— Está bem, aceito — disse o rapaz com desânimo. — Estão todos contra mim e eu sozinho a me defender. Maude, que deveria me dar apoio com a doçura da sua voz, se mantém calada. Não digo mais nada. Venha, Maude, temos muito que conversar sobre nossa futura vida a dois, vamos dar uma volta lá fora. Isso vai levar pelo menos um par de horas, que poderei subtrair da eternidade que será essa semana.

Sem esperar a resposta da noiva, Will pegou sua mão e levou-a entre risos para as verdes sombras do jardim.

SETE DIAS DEPOIS DO ENCONTRO de Allan Clare com lorde Fitz-Alwine, lady Christabel estava sozinha no quarto, sentada, ou melhor dizendo, caída numa poltrona.

Um esplêndido vestido de cetim branco envolvia em suas dobras sedosas o corpo abandonado da jovem e um véu de renda inglesa preso às louras tranças dos cabelos a cobria por inteiro. As feições tão puras e ideais de Christabel se apagavam em extrema palidez, os lábios descoloridos se mantinham cerrados e os belos e grandes olhos haviam perdido todo o calor, fixados na porta em frente, provavelmente sem nem mesmo enxergá-la.

De vez em quando, uma lágrima brilhante corria pelas faces. Essa lágrima de dor era a única manifestação de vida daquele corpo lasso.

Duas horas se passaram em mortal espera. Com a alma mergulhada em devaneios por um passado que não mais voltaria, Christabel mal respirava e apenas via se aproximar com indizível terror o momento do sacrifício.

— Ele se esqueceu de mim! — suspirou a jovem parecendo despertar, torcendo-se as mãos mais brancas do que o cetim do vestido. — Esqueceu a quem dizia amar, a quem apenas a ele amava. Quebrou as promessas, talvez tenha se casado. Deus meu! Tenha piedade de mim, faltam-me forças, meu coração está partido, já sofri tanto! Por ele suportei as palavras ácidas e os olhares sem amor daquele a quem terei que amar e respeitar. Por ele suportei sem queixas os cruéis tratamentos e a sombria solidão do claustro. Confiei nele e fui enganada!

Um soluço compulsivo sacudiu o peito de lady Christabel, acompanhado por abundantes lágrimas. Uma leve pancada na porta tirou-a do doloroso sonho.

— Entre — disse com uma voz apagada.

A porta se abriu e o rosto enrugado de sir Tristam surgiu diante da pobre infeliz.

— Querida lady — disse o velho com um esgar que ele imaginava agradável sorriso. — Chegou a hora de partir, permita-me, por favor, oferecer-lhe meu braço. A escolta nos espera e seremos os mais felizes recém-casados da Inglaterra.

— Milorde — balbuciou Christabel —, não vou conseguir descer.

— O que diz, meu amor, não vai conseguir descer? Não entendo, vejo que está toda vestida, os amigos nos esperam. Vamos, dê-me sua linda mãozinha.

— Sir Tristam, por favor, ouça — disse a jovem, erguendo um olhar em chamas, com os lábios trêmulos. — Se houver um mínimo de caridade em sua alma, poupe dessa terrível cerimônia esta pobre infeliz que implora.

— Terrível cerimônia? — repetiu sir Tristam muito surpreso. — O que está dizendo, milady? Não estou entendendo.

— Poupe-me a dor de ter que dar uma explicação — respondeu Christabel em pranto — e o abençoarei, milorde, rezarei a Deus pelo senhor.

— Minha pombinha parece estar bem agitada — observou o velho com suas maneiras untuosas. — Acalme-se, meu amor, e logo mais, ou amanhã, se preferir, poderá me contar o que a incomoda. Mas nesse momento exato temos pouco tempo a perder. Depois de casados, pelo contrário, estaremos à vontade e a ouvirei da manhã à noite.

— Por piedade, milorde, ouça-me agora. Meu pai o engana, mas eu não quero lhe dar esperanças vãs. Não o amo, milorde, meu coração pertence a um jovem cavaleiro que foi meu primeiro amigo desde a infância. É nele que penso no momento de dar minha mão ao senhor. É a ele que amo, milorde. Amo-o e é a quem tenho a alma ardentemente unida.

— Esquecerá esse jovem, milady. Quando for minha mulher, não pensará mais nele, acredite.

— Nunca vou esquecê-lo, a lembrança está gravada indelevelmente no meu coração.

— Na sua idade o amor sempre parece eterno, minha querida, depois o tempo passa e apaga, sob seus passos, a imagem que parecia indestrutível. Venha comigo, falaremos de tudo isso mais tarde e a ajudarei a colocar entre o passado e o presente a esperança do futuro.

— Não tem piedade, milorde!

— Amo-a, Christabel!

— Meu Deus, tenha piedade de mim! — suspirou a pobre moça.

— Deus certamente se apiedará — disse o velho tomando a mão de Christabel. — Ele lhe dará resignação e esquecimento.

Sir Tristam respeitosamente beijou, com um misto de ternura e comiseração, a mão fria que estava entre as suas.

— Será feliz, milady.

Christabel sorriu com tristeza.

"Certamente morrerei", ela pensou.

Na abadia de Linton grandes preparativos eram feitos para a celebração do casamento de lady Christabel com o velho sir Tristam.

Logo pela manhã, a capela havia sido decorada com magníficas tapeçarias e flores odorantes espalhavam no santuário os mais suaves perfumes. O bispo de Hereford,[60] que devia unir o casal, esperava à porta da igreja a chegada do cortejo, tendo em volta monges de sobrepelizes brancas. Poucos minutos antes da chegada de sir Tristam e lady Christabel, um homem segurando uma pequena harpa fora falar com o bispo:

— Monsenhor — disse ele fazendo respeitosa reverência —, o irmão oficiará a cerimônia para os futuros esposos, não é?

— Isso mesmo, meu amigo — respondeu o bispo. — Por qual motivo a pergunta?

— Sou o melhor harpista da França e da Inglaterra, monsenhor, e frequentemente contratam meus serviços em festejos de grande brilho. Ouvi falar do casamento do rico sir Tristam com a filha única do barão Fitz-Alwine e vim oferecer meus préstimos a Sua Alta Senhoria.

— Se seu talento se igualar à segurança e vaidade com que fala, seja bem-vindo.

— Obrigado, monsenhor.

— Aprecio muito o som da harpa — continuou o bispo — e ficarei contente se tocar algo desde já.

— Monsenhor — respondeu o homem com entonação orgulhosa e majestosa movimentação dos panos do seu comprido manto —, fosse eu um dedilhador qualquer como os que está acostumado a ouvir, contentaria o seu pedido, mas toco apenas nas horas previstas e locais convenientes. Logo mais seu legítimo desejo será plenamente satisfeito.

— É bem insolente — respondeu o bispo irritando-se. — Quero que toque agora mesmo!

— Não ouvirá um acorde meu antes da chegada da escolta — disse o músico com imperturbável segurança. — Mas no momento certo, monsenhor, levarei a seus ouvidos um som que haverá de encantá-lo, esteja certo disso.

— Bom, logo poderemos avaliar seus méritos — concluiu o bispo —, pois já estou vendo os noivos.

O músico se afastou alguns passos com a sua harpa e o bispo se encaminhou para receber o cortejo.

No momento de entrar na igreja, lady Christabel, quase desfalecendo, disse ainda ao barão Fitz-Alwine:

— Pai, tenha piedade de mim; esse casamento será a minha morte.

O olhar severo do barão impôs silêncio à pobre moça.

60. É a sede do condado de Herefordshire, na fronteira com o País de Gales, a boa distância de Nottingham.

— Milorde — acrescentou a noiva, apoiando a mão crispada no braço de sir Tristam —, não seja tão implacável. O senhor pode ainda devolver-me a vida, tenha compaixão de mim.

— Falaremos disso mais tarde — respondeu sir Tristam, e fazendo um sinal de confirmação ao bispo, obrigou-a a entrar na igreja.

O barão pegou a mão da filha e já a conduzia ao pé do altar quando uma voz forte soou:

— Parem!

Lorde Fitz-Alwine deu um grito, sir Tristam se apoiou no grande portal da igreja, sentindo as pernas fraquejarem. Um estranho tomara a mão de lady Christabel.

— Presunçoso miserável! — exclamou o bispo, reconhecendo o harpista. — Quem o autoriza a tocar com suas mãos mercenárias uma nobre dama?

— A Providência, que me enviou em socorro à sua fraqueza — respondeu com orgulho o desconhecido.

O barão se lançou contra o harpista.

— Quem é você? E por que vem perturbar esta santa cerimônia?

— Miserável! Chama santa cerimônia a odiosa união de uma jovem com um velho? Milady veio à casa do Senhor para receber o nome de um homem honrado — acrescentou o músico, inclinando-se respeitosamente diante de Christabel, quase morta de aflição. — Vai recebê-lo. Coragem, a divina bondade de Deus vela por sua inocência.

O harpista desatou com uma das mãos o cordão que prendia o seu manto e, com a outra, levou à boca uma trompa de caça.

— Robin Hood! — gritou o barão.

— Robin Hood, o amigo de Allan Clare! — murmurou lady Christabel.

— Robin Hood e seus alegres companheiros — completou nosso herói, mostrando com o olhar o numeroso grupo de homens da floresta que discreta e silenciosamente havia cercado a escolta.

Nesse mesmo instante, um jovem cavaleiro elegantemente vestido se pôs de joelhos à frente de lady Christabel.

— Allan Clare! Meu querido Allan Clare! — surpreendeu-se a jovem, juntando as mãos. — Abençoado seja, você não me esqueceu!

— Monsenhor — disse Robin Hood, se aproximando do bispo com a cabeça descoberta e de forma respeitosa —, contrariando todas as leis humanas e sociais, o reverendo padre aceitou unir dois seres que, de maneira alguma, estavam destinados pelo céu a viver sob o mesmo teto. Veja essa jovem e veja o marido que a insaciável avareza do próprio pai escolheu. Lady Christabel é noiva do cavaleiro Allan Clare desde a mais tenra infância. Seu prometido é jovem, rico, nobre e os dois se amam. Humildemente pedimos então que sacralize essa legítima união.

— Oponho-me formalmente a tal casamento! — gritou o barão, procurando se livrar das mãos de João Pequeno, que fora encarregado de se ocupar do velho.

— Fique calmo, homem inumano! — respondeu Robin Hood. — Atreve-se então a erguer a voz no interior de uma santa igreja e desmentir as promessas que fez?

— Não fiz promessa alguma! — rugiu lorde Fitz-Alwine.

— Monsenhor — voltou Robin Hood —, aceita unir esses dois jovens?

— Não sem o consentimento de lorde Fitz-Alwine — respondeu o bispo de Hereford.

— Jamais terão meu consentimento! — reagiu o barão.

— Monsenhor — continuou Robin Hood sem dar ouvidos àquela vociferação —, estou esperando sua resposta definitiva.

— Não posso assumir a responsabilidade de atender seu pedido — respondeu ainda o bispo. — As formalidades não foram publicadas e a lei exige…

— Obedeçamos à lei — disse Robin. — Amigo João Pequeno, deixe sua Graciosa Senhoria aos cuidados de um dos nossos amigos e publique as formalidades.

João Pequeno fez o que lhe foi dito. Repetiu três vezes o anúncio do casamento de Allan Clare com lady Christabel Fitz-Alwine. Mesmo assim, o bispo ainda recusava a bênção nupcial aos dois jovens.

— Sua decisão é irrevogável, monsenhor? — perguntou Robin.

— Sim — respondeu o bispo.

— Que seja. Previ essa possibilidade e trouxe comigo um santo homem que tem o direito de cumprir o cerimonial. Padre — continuou Robin dirigindo-se a um velho que passara despercebido até então —, queira entrar na igreja, os noivos o seguirão.

O peregrino que já havia participado da libertação de Will lentamente avançou.

— Aqui estou, meu filho. Rezarei pelos que sofrem e pedirei a Deus que perdoe os maus.

Controlada pela presença dos alegres homens da floresta, a escolta penetrou sem tumulto no recinto da igreja e a cerimônia teve início. O bispo havia se retirado, sir Tristam gemia de dar pena e lorde Fitz-Alwine rosnava baixinho terríveis ameaças.

— Quem entrega a senhorita ao esposo? — perguntou o ancião estendendo as mãos trêmulas sobre a cabeça de Christabel ajoelhada à sua frente.

— Faça o obséquio de responder, milorde — disse Robin Hood.

— Pai, por favor! — suplicou a jovem.

— Não e não, mil vezes não! — gritou o barão fora de si.

— Já que o pai dessa nobre criança se nega a cumprir a promessa sagrada que fez — disse Robin —, assumo o seu lugar. Eu, Robin Hood, dou como esposa, ao cavaleiro Allan Clare, lady Christabel Fitz-Alwine.

E a cerimônia continuou sem nenhum outro obstáculo.

Assim que a união foi consagrada, a família Gamwell surgiu à entrada da igreja.

Robin Hood foi ao encontro de Marian e levou-a ao pé do altar. William e Maude os seguiram.

Passando perto de Robin, já acatadamente ajoelhado ao lado de Marian, Will comentou baixinho:

— Finalmente, meu amigo, o dia esperado chegou. Veja Maude, como está bonita! Posso garantir que seu coraçãozinho querido bate bem forte.

— Silêncio, Will, reze. Deus está ouvindo.

— É verdade. Vou rezar e com todo fervor — respondeu o feliz noivo.

O peregrino abençoou os novos casais e, erguendo aos céus as mãos trêmulas, implorou para eles a misericórdia divina.

— Maude, minha querida — disse Will assim que pôde levar a recém-casada para fora da igreja —, finalmente é minha mulher, minha adorada mulher. As circunstâncias dificultaram nossa felicidade e todos esses atrasos me desesperaram tanto que mal compreendo o que está acontecendo. Estou louco de alegria. Você é minha, só minha! Fez suas orações? Pediu à santa Virgem que sempre nos dê a radiante felicidade de hoje?

Maude sorria e chorava ao mesmo tempo, com o coração pleno de amor e reconhecimento pelo gentil William.

O casamento de Robin gerou verdadeiras explosões de júbilo no bando dos alegres homens da floresta que, saindo da igreja, se reuniram para gritar formidáveis hurras!

— Patifes arruaceiros! — reclamou lorde Fitz-Alwine, seguindo contra a vontade o gigantesco João Pequeno, que polidamente o convidara a se retirar da igreja.

Instantes depois, o local estava deserto. Lorde Fitz-Alwine e sir Tristam, que ficaram sem seus cavalos, caminhavam lentos de volta ao castelo, melancolicamente apoiados um ao outro e num estado de espírito impossível de se descrever.

— Fitz-Alwine — disse o mais decrépito, que seguia aos tropeços. — Terá que me devolver o milhão de moedas de ouro que lhe entreguei.

— De jeito nenhum, sir Tristam! Nada tenho a ver com o que aconteceu. Tivesse ouvido meus conselhos, o desastre não teria ocorrido. Casando-se na capela de Nottingham, nossa dupla felicidade estaria assegurada. Mas o senhor preferiu o esplendor no lugar do mistério, o brilho do dia no lugar da obscuridade, e foi este o resultado. Aquele grande miserável levou minha filha, tenho direito a uma indenização: fico com o milhão.

A caminho de Nottingham nas mesmas míseras condições dos seus amos, a criadagem seguia à distância, rindo baixinho de todo aquele estranho acontecimento.

Enquanto isso, escoltados por todo o alegre bando, os recém-casados rapidamente ganharam as profundezas da floresta. O velho bosque tinha sido preparado para receber os felizes casais e, refrescadas pelo orvalho matinal, as árvores curvavam os verdes ramos sobre as cabeças dos visitantes. Compridas grinaldas com entrelaçamentos de flores e folhagem se emendavam umas nas outras, unindo carvalhos seculares, sólidos olmeiros, choupos elegantes. De vez em quando podia-se ver, parecendo um deus mitológico, algum cervo coroado de flores, um pequeno corço enfeitado com fitas a saltitar no caminho, ou ainda um gamo, também tendo no pescoço um colar festivo, que atravessava com a rapidez de uma flecha o verdejante gramado. No centro de uma vasta clareira fora preparada uma mesa, um espaço para danças e brincadeiras. Todas as diversões que pudessem se acrescentar para a satisfação geral dos convivas estavam ali reunidas.

Boa parte das jovens de Nottingham tinha vindo, trazendo sua amável presença à festa organizada para Robin Hood, e a mais franca cordialidade reinava soberana no feliz evento.

De braços dados, sorriso nos lábios e coração transbordando de alegria, Maude e William passeavam sozinhos por uma trilha perto do barracão armado para as danças, quando viram frei Tuck.

— Veja se não é o valente Tuck, nosso alegre Gilles, meu rotundo irmão — cumprimentou Will. — Teve a boa ideia de nos acompanhar no passeio? Seja bem-vindo, amigo, e faça-me o favor de admirar o tesouro da minha alma, minha mulher querida e mais precioso bem. Olhe bem para esse anjo, Gilles, e diga se existe sob o firmamento ser mais encantador. Mas tenho a impressão, amigo Tuck — acrescentou, prestando mais atenção na expressão preocupada do frade —, de que está triste. O que há? Diga o que o incomoda, tentarei ajudar. Não concorda, Maude? Venha conosco, Gilles, ouvirei o que tem a dizer e só depois continuo os elogios à minha esposa, fazendo seu velho coração rejuvenescer com a alegria do meu.

— Não tenho o que dizer, Will — respondeu o frade com a voz insegura. — E fico contente de saber que está tão feliz.

— Mas isso não me impediu, amigo Tuck, notar com tristeza sua sombria expressão. O que há?

— Não há nada. Apenas me relampejou na cabeça uma ideia, capaz no entanto de pôr fogo no meu pobre cérebro; um diabinho que provoca meu coração. Veja bem, Will, não sei se deveria realmente contar, mas há alguns anos tive a esperança de que a pequena feiticeira que se abraça tão fortemente a você fosse o meu próprio raio de sol, a felicidade da minha existência, minha mais querida e preciosa joia.

— Então, meu pobre Tuck, amou a esse ponto minha linda Maude?

— Foi o que você ouviu, William.

— E já a conhecia antes de Robin, não é?

— Antes de Robin.

— E gostava dela?

— Sim! — suspirou o frade.

— E poderia ser de outra forma? — continuou Will com voz meiga e beijando as mãos da esposa. — Robin amou-a à primeira vista, adorei-a à primeira vista… E agora, por Deus, Maude, você é minha.

Fez-se um silêncio após a exclamação apaixonada de Will. O frade olhava para o chão e Maude, com as faces vermelhas, sorria para o marido.

— Espero, amigo Tuck — continuou William com carinho —, que minha felicidade não o faça sofrer. Hoje sou um homem feliz, mas o direito de dizer que Maude é minha bem-amada companheira foi conquistado a duras penas. Você não passou pelo desespero de um amor rejeitado, não conheceu o exílio, não perdeu alento, forças, saúde e descanso longe da amada.

Fazendo essa última enumeração das suas dores, Will observou melhor a cara rubicunda do religioso e desatou a rir.

Frei Tuck pesava para além de cem quilos e tinha um rosto que mais parecia uma lua cheia.

Tendo entendido o motivo do riso convulsivo de William, Maude o acompanhou e ingenuamente Tuck também caiu na gargalhada.

— É verdade, estou muito bem de saúde — disse ele com toda simplicidade. — Não impede que… enfim, deixa pra lá. Pela graça de Nossa Senhora! Meus bons amigos — acrescentou, pegando com as suas duas enormes mãos as do casal —, desejo a ambos uma perfeita felicidade. E é verdade o que eu disse, querida Maude, seus olhos de gazela me reviraram a cabeça por muito tempo. Mas não penso mais nisso, enterrei com edificante moralidade esse capítulo. Busquei consolo para o cruel pensamento e encontrei.

— Encontrou? — espantaram-se juntos William e Maude.

— Encontrei — respondeu Tuck com um sorriso.

— Uma moça de olhos negros que soube apreciar suas boas qualidades, mestre Gilles? — perguntou com malícia Maude.

O monge riu.

— Exatamente, meu consolo tem olhos brilhantes e lábios vermelhos. E você, Maude, perguntou se ela soube apreciar meus méritos? É difícil dizer. Minha amiga tem muito pouco juízo e não são meus os únicos beijos a que ela responde.

— E ama-a mesmo assim? — surpreendeu-se Will com um tom em que se misturavam pena e censura.

— Do fundo do coração — respondeu o frade. — Mas, como disse, ela é bem liberal na distribuição dos seus favores.

— Trata-se então de uma mulher indigna! — exclamou Maude corando.

— Como, Tuck, um bom sujeito como você se deixou envolver numa relação dessas? Para mim, melhor do que amar alguém assim…

— Psiu, psiu! — interrompeu candidamente frei Tuck. — Cuidado, Will!

— Cuidado? Por quê?

— Não fica bem falar mal de quem você tantas vezes beijou.

— Você? Com essa mulher?! — indignou-se Maude.

— Maude, Maude! É mentira! — reagiu Will.

— De forma alguma é mentira — insistiu com tranquilidade o religioso. — Beijou-a e não foi só uma vez, foram dez, vinte vezes.

— Ah, Will! Will!

— Não dê ouvidos, Maude. Está querendo enganá-la. Diga a verdade, Tuck. Já beijei essa de quem você diz gostar?

— Já. E posso provar o que digo.

— Está vendo, Will? — disse Maude quase chorando.

— Não entendo, Gilles, em nome da nossa amizade, exijo que apresente essa pessoa, veremos se terá o descaramento de sustentar a impostura.

— Com todo prazer, Will. E aposto que não somente se sentirá obrigado a reconhecer, como ainda vai dar novas provas de amor e beijá-la.

— Não quero que volte a ver essa mulher — disse Maude, agarrando com as duas mãos o braço de Will.

— Ele não só vai ver, como também beijar — insistiu o monge com estranha obstinação.

— É impossível — garantiu Will.

— Materialmente impossível — acrescentou Maude.

— Mostre-me sua bem-amada, mestre Gilles. Onde se encontra?

— Que importância tem? — perguntou Maude. — Não pode querer a presença dessa mulher. Além disso, certamente não se trata de relação apropriada para a sua esposa.

— Tem toda razão, querida — concordou Will beijando Maude na testa —, não seria digna de estar na sua presença nem por um instante. Meu caro Tuck — ele continuou, voltando-se para o frade —, por favor, pare com essa brincadeira desagradável. Não tenho vontade nem curiosidade de ver esta de quem diz gostar tanto. Não falemos mais disso.

— No entanto é preciso que a encontre, posso garantir, Will.

— De forma alguma! — interrompeu Maude. — William não quer, e para mim seria muito desagradável.

— Mas quero mostrá-la — continuou o obstinado Gilles. — Aqui está.

E Tuck retirou de dentro da batina um frasco de prata e levou-o à altura dos olhos de William, dizendo:

— Veja minha bela garrafa, meu consolo. Atreve-se ainda a dizer que nunca a beijou?

O casal desatou a rir com alívio.

— Confesso então meu pecado, caro Tuck — exclamou Will pegando a garrafa. — E peço à minha querida mulher permissão para um beijo carinhoso nos lábios vermelhos dessa velha companheira.

— Tem minha permissão, Will. Beba à nossa felicidade e à saúde do nosso alegre frade.

Will provou a bebida vermelha e devolveu a garrafa ao companheiro, que, entusiasmado que estava, esvaziou-a por completo.

Os três amigos passearam ainda por alguns instantes de braços dados e depois, chamados por Robin, voltaram à festa.

Robin havia apresentado Much a Bárbara, dizendo que era o belo marido anunciado, mas a jovem balançara bem-humoradamente os louros cabelos cacheados, dizendo não querer ainda se casar.

João Pequeno, que em geral não era tão expansivo, mostrava-se perfeitamente cortês naquele dia. Deu mil atenções à sua prima Winifred e foi fácil perceber que os dois tinham segredos a trocar, pois conversavam em voz baixa, dançavam sempre juntos e pareciam por nada mais se interessar em volta.

Já Christabel, seu lindo rosto irradiava felicidade, mas estava ainda tão aflita com a brusca separação do pai, tão debilitada pelo sofrimento, que se sentia distante do espírito daquelas diversões. Sentada ao lado de Allan, parecia uma jovem rainha a presidir uma festa real dada a seus súditos.

Carinhosamente apoiada no braço do marido, Marian percorria a sala de baile e afirmou:

— Virei viver aqui com você, Robin, e até o momento esperado do seu indulto, quero compartilhar as dificuldades e o isolamento da sua existência.

— Seria mais prudente que morasse em Barnsdale, minha amiga.

— Não, Robin. Meu coração está com você e não quero me afastar do meu coração.

— Aceito com muito orgulho essa corajosa decisão, querida esposa, doce amor — ele respondeu comovido. — E farei tudo que puder para que se sinta satisfeita e feliz na nova existência.

Foi realmente um dia de felicidade e alegria o dia do casamento de Robin Hood.

4

Marian manteve a palavra e, apesar da branda resistência de Robin, passou a viver sob as grandes árvores da floresta de Sherwood. Allan Clare, como dissemos, possuía magnífica propriedade no vale de Mansfield, mas não conseguiu convencer sua irmã a ir morar com ele e Christabel, pois a irmã estava firmemente decidida a não se afastar do marido.

Logo após seu casamento, o cavaleiro levou a Henrique II a proposta de lhe vender, por dois terços do valor, suas propriedades em Huntingdonshire, em troca da confirmação, por meio de cartas patentes, da sua união com lady Christabel Fitz-Alwine. Henrique II, que avidamente procurava toda oportunidade de reunir à Coroa as mais ricas áreas da Inglaterra, aceitou a oferta e, por ato especial, oficializou o casamento dos dois jovens. Allan Clare foi tão hábil e rápido nessa iniciativa, e o rei ficou tão satisfeito de poder dar por finda a negociação, que, quando o bispo de Hereford e o barão Fitz-Alwine chegaram à corte, tudo já estava concluído.

É desnecessário lembrar que o prelado e o sr. normando instigaram ao máximo a ira do rei contra Robin Hood. A pedido deles, Henrique II concedeu ao bispo o direito de prender o atrevido fora da lei e lhe infligir sem misericórdia nem outras formalidades a suprema punição.

Enquanto os dois normandos conspiravam contra a felicidade de Robin Hood, ele próprio passava dias tranquilos e despreocupados sob as verdes sombras da floresta de Sherwood.

Will Escarlate, com sua bem-amada Maude, sentia-se o homem mais feliz do mundo. Dotado pelo céu de ardente imaginação, convencera-se de que a felicidade suprema era ter ao lado alguém como Maude e, ingenuamente, atribuía à esposa todos os encantos de um anjo. Ela não desconhecia a extensão daquele afeto e se esforçava para não descer do pedestal em que o amor a colocara. Como Robin Hood e Marian, Will e Maude foram morar na floresta, e viviam todos na mais perfeita harmonia.

Robin Hood apreciava o belo sexo, primeiro por inclinação natural e, depois, em honra da encantadora criatura a quem dera o seu nome. Os companheiros de Robin partilhavam esses mesmos sentimentos de respeito e simpatia que as mulheres inspiram, de forma que moças da vizinhança podiam à vontade atravessar os caminhos da floresta sem correr o risco de um encontro desagradável. Se o acaso levasse um dos homens do bando até alguma bonita transeunte, ela prestamente era convidada para uma pequena refeição e, em seguida, acompanhada na travessia do bosque, sem que nunca nenhuma delas tenha se queixado do comportamento do seu guia. Assim que se tornou conhecido o cavalheirismo dos homens da floresta, cresceu o número de mocinhas de olhos brilhantes e passinhos quase tão leves quanto o coração que se aventuravam pelos vales e bosques de Sherwood.

No dia do casamento de Robin, foi grande então o número de jovens de meigos traços cujos sentimentos se avivaram, assistindo à felicidade do belo casal. Ao mesmo tempo em que dançavam, aquelas louras filhas de Eva lançavam olhares furtivos a seus amáveis cavalheiros, rindo ao se lembrarem do quanto já os haviam temido e imaginando que seria bem agradável viver aquela existência aventurosa com tão bravos companheiros. Na inocência dos seus jovens corações, deixavam transparecer o secreto desejo e os homens de Sherwood logo perceberam que podiam tirar bom partido disso. As belas mocinhas de Nottingham acabaram então se dando conta de que a eloquência dos companheiros de Robin Hood era tão irresistível quanto os seus olhares.

O resultado dessa descoberta foi que o irmão Tuck logo se viu extremamente atarefado, abençoando do nascer ao pôr do sol inúmeros casamentos. O bom frade muito naturalmente quis saber se tantas alianças não se originavam em alguma epidemia de tipo particular e quantas vítimas ainda sucumbiriam a isso, mas a pergunta ficou sem resposta. Tendo alcançado o seu auge, a fúria casamenteira pouco a pouco se abrandou e os casos se tornaram mais raros, mas é curioso observar que os sintomas se mantêm violentos, ainda nos dias de hoje.

A pequena colônia da floresta vivia então na alegria. A área subterrânea de que já falamos tinha sido compartimentada em celas e aposentos que eram usados apenas para o descanso. As amplas clareiras serviam de sala de estar e de jantar, cumprindo o abrigo do subsolo essas funções somente no inverno. É difícil imaginar o quanto a existência ali era agradável e tranquila. Sendo quase todos de origem saxã e ligados uns aos outros como membros de uma mesma família, a maioria havia sofrido a cruel opressão dos invasores normandos.

Duas classes da sociedade eram as principais tributárias do bando de Robin Hood: os ricos srs. normandos e os membros da Igreja. Os primeiros por terem roubado dos saxões seus títulos de nobreza e herança dos antepassados; os segundos por incessantemente aumentarem, à custa do povo, suas riquezas já consideráveis. Robin Hood impunha contribuições aos normandos, mas tais contribuições — bem elevadas, é verdade — eram arrecadadas sem violência nem derramamento de sangue. As ordens do jovem chefe eram estritamente observadas, pois a desobediência implicava a morte. O rigor dessa disciplina granjeara excelente reputação ao bando de Robin Hood, já conhecido por seu caráter leal e cavalheiresco. Várias expedições foram inutilmente organizadas tentando desentocar os alegres mateiros do seu refúgio, mas em seguida as autoridades foram rareando as expedições, desanimadas pela falta de bons resultados e pela indiferença de Henrique II, fazendo com que os normandos fossem obrigados a suportar a perigosa vizinhança dos adversários.

Marian achava a vida na floresta bem mais agradável do que havia imaginado: descobriu em si verdadeira vocação (dizia isso rindo) para ser a bem-amada rainha da alegre tribo. Sentia-se lisonjeada com as respeitosas demonstrações de afeto e dedicação ao marido, e orgulhosamente apoiava a própria fraqueza no seu braço protetor. Robin Hood soubera conquistar e manter a estima do seu bando com constante cuidado e sincera amizade, mas igualmente conseguira autoridade absoluta sobre o grupo.

A bela floresta de Sherwood oferecia a Marian boas distrações: ela às vezes passeava com o marido pelas sinuosas veredas do bosque ou se divertia aprendendo algumas atividades que podiam ser úteis. Graças a Robin, ela juntou uma rara e preciosa coleção de falcões e aprendeu a fazê-los voar com mão segura e experiente. Mas era o arco a prática favorita de Marian. Com incansável paciência, o marido a iniciou em todos os mistérios da arte. Ela seguia à risca as aulas que recebia e nunca aprendiz algum se mostrou mais obediente e atento, de forma que, em pouco tempo, manejava com toda perícia o arco. Para Robin e seus alegres companheiros, era um lindo espetáculo vê-la, vestida com um corselete de pano verde de Lincoln, manejando seu arco. O corpo majestoso e elegante curvava-se com leveza, a mão esquerda segurava o arco enquanto a direita, delicadamente flexionada, levava a flecha à altura do ouvido. Depois de compreender todos os segredos daquela arte que tanta fama trouxera a Robin, ela própria conseguiu grande reputação. Sua inimitável habilidade enchia de admiração e respeito todos na floresta, e moradores de Mansfield e Nottingham, simpáticos ao bando, vinham em grande número maravilhar-se com a extraordinária perícia de Marian.

Um ano se passou, um ano de alegria, felicidade e festas. Allan do Vale (o cavaleiro agora era mais conhecido pelo nome da sua propriedade) tornou-se pai: recebeu do céu a bênção de uma filha. Robin e William tiveram um robusto garoto cada um e uma série de bailes e festejos celebraram esses felizes acontecimentos.

CERTA MANHÃ, Robin Hood, Will Escarlate e João Pequeno conversavam sob uma árvore conhecida como Ponto de Encontro,[61] por sempre servir de referência para todo o bando, quando Robin fez bruscamente um sinal e disse:

— Ouçam! Passos de um cavalo que chega à clareira. Veja se é algum convidado, João Pequeno. Entende o que quero dizer?

— Entendo, claro, e trarei o cavaleiro até aqui, caso mereça almoçar conosco.

— Será duplamente bem-vindo — respondeu Robin bem-humorado —, pois começo a estar com muita fome.

João Pequeno e Will se embrenharam no mato na direção do caminho por onde vinha o visitante e logo puderam vê-lo.

— Pela santa missa! O pobre-diabo tem uma aparência deplorável — disse William com um sorriso sutil. — Aposto que sua fortuna não lhe causa grandes preocupações.

— Concordo que o cavaleiro parece bem miserável e acabrunhado — respondeu o amigo. — Mas quem sabe tanta pobreza externa seja um hábil disfarce, achando que tal aparência o ajude a atravessar impunemente a floresta de Sherwood? Vamos mostrar-lhe que também somos espertos, caso goste mesmo de disfarces.

O viajante usava traje de montaria, mas era de dar pena. A roupa parecia folgada, como se a infelicidade o houvesse deixado pouco interessado em manter aspecto minimamente adequado. O capuz estava jogado para trás e o rosto, abaixado numa atitude de reflexão, dava a impressão de profundo sofrimento. O desconhecido foi bruscamente arrancado do devaneio pela voz de barítono do gigantesco João Pequeno.

— Bom dia, ilustre estrangeiro — cumprimentou nosso amigo, indo ao encontro do viajante. — Seja bem-vindo à verde floresta, era esperado com impaciência.

— Esperado? — estranhou o homem, fixando no rosto satisfeito de João um olhar cheio de tristeza.

— Perfeitamente, senhor — confirmou Will Escarlate. — Nosso chefe mandou que o procurasse por todo lugar e há quase três horas o aguarda para se pôr à mesa.

— Não é a mim que esperam — respondeu o viajante preocupado. — Estão me confundindo com outra pessoa, não sou eu o convidado do chefe de vocês.

— É o senhor sim, não temos dúvida. Ele foi informado de que atravessaria hoje a floresta de Sherwood.

61. Hoje uma das principais atrações da floresta de Sherwood, o *Major Oak* (Grande Carvalho), de 10 metros de diâmetro e cerca de mil anos, é considerada a árvore mais famosa da Inglaterra.

— É impossível, estão enganados.
— Não temos dúvida — confirmou Will.
— Como se chama quem se mostra tão solícito com um pobre viajante?
— Robin Hood — respondeu João Pequeno disfarçando um sorriso.
— Robin Hood, o célebre senhor da floresta? — indagou o estranho com visível surpresa.
— Ele mesmo, senhor.
— Há muito tempo ouço falar dele — disse o viajante — e tenho muita simpatia por suas nobres atitudes. Ficaria feliz de poder encontrá-lo. É um coração leal e fiel. Aceito com alegria o generoso convite, mesmo sem ver como poderia ter sido avisado da minha passagem por seus domínios.
— Ele terá prazer em explicar pessoalmente — respondeu João Pequeno.
— Que a sua vontade se faça, amigo. Indique o caminho e eu o seguirei.

João Pequeno pegou o cavalo do viajante pelas rédeas e o conduziu pela trilha até o cruzamento onde Robin aguardava. Will fechava a marcha.

Em momento algum João Pequeno duvidara que aquela aparência de tristeza e miséria fosse apenas um disfarce servindo de passaporte contra algum encontro hostil. Já William, talvez mais acertadamente, acreditou na real pobreza do viajante e que dele nada se obteria além da satisfação de vê-lo refestelar-se com ótima refeição.

O desconhecido e seus guias logo chegaram a Robin Hood, que cumprimentou e pôs-se a examinar o visitante. Impressionado com a aparência miserável, tentou como podia ajeitar um pouco a roupa do pobre coitado. Havia uma suprema distinção nos gestos do desconhecido e Robin chegou à mesma conclusão que João Pequeno: o viajante fingia aquela macambúzia melancolia e decrepitude com a prudente intenção de proteger a bolsa.

Mesmo assim, o jovem chefe recebeu com generosidade o triste forasteiro. Indicou onde se sentar e mandou que um dos homens cuidasse da montaria do hóspede.

Uma soberba refeição foi servida na relva e, como registrou uma antiga balada:

O pão, o vinho e os pernis de cabrito
Foram servidos à farta;
Habitante nenhum da floresta faltou.
Nem mesmo os passarinhos dos arredores.

Como podemos ver, apesar da deplorável aparência do convidado, Robin fez por merecer sua reputação de generosa hospitalidade. Se porventura for verdade que a tristeza aguça o apetite, somos forçados a reconhecer que o convidado estava realmente muito triste. Atacava os pratos com o entusiasmo de um estômago que acaba de passar por jejum de vinte e quatro horas, com a ajuda de talagadas que comprovavam a excelência do vinho servido ou simplesmente que a tristeza produz também imensa sede.

Depois da refeição, anfitrião e hóspede se estenderam sob a majestosa folhagem das frondosas árvores e conversaram à vontade. A forma como o estrangeiro se exprimiu sobre os homens e as coisas em geral causou boa impressão a Robin, mas, apesar daquele triste aspecto, o jovem chefe continuava não acreditando na veracidade de sua aparente pobreza. De todos os defeitos, o que Robin mais detestava era a dissimulação, pois tinha natureza franca e aberta, que pouco combinava então com esse tipo de artifício. Assim sendo, apesar da real simpatia que o convidado inspirava, Robin resolveu fazê-lo pagar um alto preço pela refeição. A oportunidade logo se apresentou quando, depois de criticar a ingratidão humana, o viajante acrescentou:

— Desprezo de tal modo semelhante conduta que já nem me surpreendo mais, posso porém afirmar que esse nunca será um defeito meu. Quero então, Robin Hood, agradecer do fundo do coração sua cordial recepção, e se alguma feliz circunstância o levar às proximidades da abadia de Santa Maria,[62] saiba que terá no castelo dos Prados a mesma afetuosa e cordial hospitalidade.

— Prezado cavaleiro — respondeu o rapaz —, as pessoas que recebo na verde floresta jamais têm que sofrer o incômodo da minha visita. Aos que realmente necessitam da caridade de uma boa refeição, reservo com prazer um lugar à minha mesa, mas sou menos generoso com os viajantes que podem pagar pela hospitalidade. Alguém que desfrute dos favores da fortuna poderia até se sentir ofendido, recebendo gratuitamente assados e vinho. Acho mais apropriado pensar da seguinte forma: "Esta floresta é uma estalagem e sou eu o estalajadeiro, e meus alegres amigos são os empregados. Como bom hóspede, pague generosamente pelo que recebeu."

O cavaleiro riu.

— É realmente uma forma simpática de ver as coisas e engenhosa maneira de cobrar impostos. Há alguns dias ouvi falar de como alivia os viajantes dos seus excedentes de riqueza, mas nunca me haviam dado explicação tão clara.

— Pois então, sr. cavaleiro, vou completar as explicações.

Ao dizer isso, Robin levou à boca a trompa de caça, fazendo com que João Pequeno e Will Escarlate prontamente se apresentassem.

— Sr. cavaleiro — continuou ele —, a hospitalidade chega ao fim. Queira pagar o preço, meus caixas estão à disposição para receber.

— Já que considera a floresta uma estalagem, a conta das despesas feitas provavelmente é proporcional ao consumo? — perguntou o cavaleiro com calma.

62. Fundada em 1055, a abadia beneditina ficava no condado de North Yorkshire, onde hoje se situa o museu de York. Restam ainda belas ruínas, nos jardins do museu.

— Exatamente, senhor.

— O preço é o mesmo para cavaleiros, barões, duques e grão-vassalos?

— O mesmo preço — respondeu Robin Hood. — E é justo. Não vai querer, imagino, que um pobre camponês como eu hospede gratuitamente um rico cavaleiro, conde, duque ou príncipe. Estaria contrariando todas as regras dos bons costumes.

— Tem perfeita razão, amigo estalajadeiro, mas se decepcionará muito com este seu hóspede ao saber que toda a minha fortuna se resume a algumas moedas.

— Permita-me duvidar disso, cavaleiro — respondeu Robin.

— Caro anfitrião, peço então que seus companheiros verifiquem nas minhas algibeiras a cruel verdade do que digo.

João Pequeno, que raramente deixava escapar boas oportunidades, imediatamente obedeceu.

— O cavaleiro disse a verdade — exclamou desapontado. — Tem apenas dez moedas.

— Essa pequena soma representa no momento toda a minha fortuna — completou o desconhecido.

— Dilapidou a sua herança? — perguntou Robin com um sorriso. — Ou era assim tão insignificante?

— Meu patrimônio era considerável e de forma alguma fiz mau uso.

— E como se explica que esteja tão pobre? Há de convir que sua aparência sugere alguém que esbanjou o que tinha.

— As aparências enganam, e para entender minha desgraça, teria que ouvir uma triste história.

— Sou todo ouvidos, senhor, e se estiver em meu poder, poderá contar comigo.

— Bem sei que o nobre Robin Hood generosamente estende sua proteção aos oprimidos, que gozam da sua amável simpatia.

— Poupe-me os elogios, amigo — interrompeu Robin —, e tratemos do que lhe concerne.

— Chamo-me Richard — continuou o visitante — e minha família descende do rei Etelredo.[63]

— Então é saxão?

— Sou, e a nobreza da minha origem foi a causa de muitos dos meus infortúnios.

— Nesse caso, deixe-me apertar a mão de um irmão — voltou a interromper Robin Hood com um sorriso de satisfação. — Os saxões, sejam ricos ou pobres, são gratuitamente bem-vindos à floresta de Sherwood.

63. Etelredo II (968?-1016), cognominado "o Despreparado", foi rei da Inglaterra entre 978 e 1013, quando, devido à invasão dinamarquesa, teve que fugir para a Normandia. Reassumiu a coroa em 1014, mas morreu dois anos depois.

O cavaleiro respondeu calorosamente ao aperto de mão e continuou:

— Deram-me a alcunha de sir Richard dos Prados, por meu castelo se situar no meio de uma vasta área, mais ou menos a duas milhas da abadia de Santa Maria. Casei-me cedo, com a mulher a quem eu amava desde criança. O céu abençoou nossa união e nunca pais amaram tanto seu filho quanto amamos nosso Herbert. Nunca, também, criança alguma se revelou mais digna de tanto amor. A proximidade da abadia favoreceu um assíduo contato. Eu era amigo dos religiosos e convivíamos com alguma intimidade. Um dia, um frade leigo de quem eu gostava muito me solicitou alguns minutos e, conduzindo-me até um local em que não seríamos ouvidos, disse: "Sir Richard, estou prestes a pronunciar votos irrevogáveis, prestes a me separar para sempre do mundo, e deixo ao pé da tumba da sua mãe uma pobre órfã sem fortuna nem amparo. Minha dedicação a Deus é definitiva e espero que a austeridade do claustro me dê coragem para suportar por mais alguns anos o fardo da vida. Porém, em nome da divina Providência, peço que se apiede de minha pobre filha."

"— Meu caro irmão — disse eu ao infeliz —, agradeço sua confiança. Esteja certo de que não se decepcionará de ter depositado em mim sua esperança. Sua filha será recebida como se fosse da família. — O frade, comovido até as lágrimas com o que chamava minha generosidade, a pedido meu mandou buscar a filha.

"Nunca senti emoção comparável à que experimentei vendo a menina. Tinha doze anos, o corpo alto e esbelto era de extrema elegância. Cabelos compridos e louros cobriam com seus anéis os ombros delicados. Entrando na sala onde era aguardada, ela graciosamente me cumprimentou e fixou em mim dois enormes olhos azuis impregnados de melancolia. Como deve imaginar, caro anfitrião, a linda criança ganhou meu coração. Tomei suas mãos nas minhas e dei em sua testa um beijo paternal.

"— Está vendo, sir Richard — disse-me o frade —, essa meiga criança merece uma proteção carinhosa.

"— Sem dúvida, irmão, e confesso que em toda minha vida nunca tinha visto tão radiosa criatura.

"— Lilás se parece muito com a pobre mãe — respondeu o monge —, e vê-la aumenta ainda mais minha dor, afastando-me o espírito das coisas do céu. Prende meus pensamentos à doce criatura que repousa sob a fria lápide do túmulo. Adote minha filha, sir Richard; não se arrependerá dessa boa ação. Lilás tem excelentes qualidades, um temperamento delicado; é devota, meiga e boa.

"— Serei para ela um bom e dedicado pai — respondi comovido.

"A pobre criança ouvia-nos surpresa e, tudo observando com seus grandes olhos azuis, perguntou:

"— Pai, está querendo...

"— Quero a sua felicidade, filha querida — respondeu o frade. — Nossa separação faz-se necessária.

“Não vou tentar descrever, querido anfitrião, a cena dolorosa que acompanhou as longas explicações do religioso à filha inconsolável. Choraram juntos e, em seguida, a um sinal do infeliz, tirei Lilás dos seus braços e levei-a do convento.

“Nos primeiros dias no castelo, Lilás pareceu triste e pesarosa, mas depois o tempo e a amável companhia do meu filho Herbert conseguiram acalmar a sua dor. Os dois jovens cresceram juntos e quando Lilás chegou aos dezesseis, tendo Herbert seus belos vinte anos, facilmente percebi que se amavam ternamente.

“— Esses jovens corações — disse eu à minha esposa, depois de fazer a descoberta — não passaram por infortúnios; tratemos de protegê-los disso. Herbert adora Lilás, que o ama apaixonadamente. Pouco importa que tenha origem obscura, o pai foi apenas um pobre camponês saxão, mas hoje é um santo homem. Graças aos nossos cuidados, aquela criança conta hoje com todos os belos apanágios do seu sexo. Ama Herbert e será uma fiel companheira.

“De coração minha mulher aprovou o casamento e no mesmo dia oficializamos o noivado.

“Estávamos chegando à data fixada para a tão esperada união, quando um cavaleiro normando, dono de um pequeno domínio em Lancashire, visitou a abadia de Santa Maria. Ele viu, admirou e logo cobiçou minha propriedade. Sem dar mostras desse desejo, soube que tínhamos sob a nossa guarda paternal uma bonita moça em idade de casar. Imaginando acertadamente que uma parte do meu patrimônio seria dada como dote a Lilás, o tal normando bateu à minha porta e, a pretexto de visitar o castelo, penetrou no círculo de nossa intimidade familiar. Como já disse, Lilás era muito bonita e isso inflamou o desejo do estrangeiro, que renovou as visitas e afinal falou do seu amor pela noiva do meu filho. Sem repelir a honrosa proposta do normando, contei-lhe do compromisso já assumido, mas acrescentando que Lilás poderia dispor à vontade da sua mão.

“Ele então a procurou diretamente. A recusa foi delicada, mas irrevogável; ela amava Herbert.

“Irritado, o normando deixou o castelo, prometendo se vingar do que considerava uma insolência. De início, apenas rimos das ameaças, mas os acontecimentos que se seguiram nos mostraram o quanto eram sérias.

“Dois dias após a partida dele, o filho mais velho de um dos meus feudatários veio me dizer que vira, a mais ou menos quatro milhas do castelo, o homem que nos havia visitado carregando nos braços minha pobre filha em lágrimas.

“A notícia nos deixou em terrível desespero e custei a acreditar, mas o rapaz deu provas irrefutáveis.

“— Sir Richard — disse ele —, infelizmente tenho certeza. Estava à beira da estrada quando um cavaleiro, acompanhado por um escudeiro e levando com ele uma mulher que chorava muito, parou a poucos passos de mim. O arnês do cavalo tinha se partido e ele, me ameaçando, mandou que o ajudasse. Aproximei-me e reconheci miss Lilás, aflita.

"— Conserte esse arreio — o homem ordenou com brutalidade.

"Obedeci, mas sem que ele percebesse, cortei a correia da sela. Em seguida, fingindo averiguar se as ferraduras estavam em bom estado, enfiei uma pedra no casco de uma das patas e vim correndo avisá-lo.

"Meu filho Herbert não quis ouvir mais nada. Foi à cocheira, selou um cavalo e partiu em disparada.

"A astúcia do jovem camponês dera ótimo resultado e logo o normando foi alcançado, pois estava a pé.

"Seguiu-se um combate terrível, mas venceu a boa causa e o raptor foi morto.

"Assim que a notícia dessa morte se espalhou, soldados foram enviados à procura de Herbert. Fiz com que ele se escondesse e enviei ao rei uma humilde súplica. Contei o infame comportamento do normando e que meu filho apenas se batera contra seu inimigo, tendo matado, mas podendo também ter sido morto. O rei me pediu o pagamento de uma quantia considerável em troca do indulto. Satisfeito com a possibilidade de obter o perdão, imediatamente aceitei. Esvaziei meus cofres, fiz apelo a meus vassalos, vendi minha baixela e meus móveis. Esgotados os últimos recursos, ainda faltavam quatrocentos escudos de ouro. O abade de Santa Maria me propôs então emprestar, sob hipoteca, a quantia de que eu precisava. Aliviado, aceitei a generosa proposta. Foram as seguintes as condições para o empréstimo: por um ano ele guardava a renda produzida por minha propriedade, numa venda simulada. Se no último dia do décimo segundo mês eu não pagasse os quatrocentos escudos, todos os meus bens passariam para ele. E essa é a minha situação, caro anfitrião, o dia do vencimento se aproxima e tudo que tenho são essas poucas moedas."

— E o abade de Santa Maria não pode abrir novo prazo para o pagamento?

— Infelizmente tenho certeza de que não cederá uma hora sequer, e nem um minuto. Se a soma não for entregue como previsto, sem que falte um escudo, ele ficará com minhas propriedades. É uma grande infelicidade. Minha mulher bem-amada vai estar sem abrigo, minhas pobres crianças sem pão. Se fosse apenas nos meus ombros que pesasse o sofrimento, eu aguentaria, mas ver sofrer quem amo está acima das minhas forças. Pedi ajuda àqueles que, em épocas prósperas, se diziam amigos: alguns friamente negaram, outros se mantiveram indiferentes. Não tenho mais a quem apelar, Robin, estou só.

Depois dessas palavras, o cavaleiro escondeu o rosto entre as mãos trêmulas e deixou escapar um soluço convulsivo.

— Sir Richard — disse Robin Hood —, sua história é bem triste, mas não deve perder a esperança na bondade de Deus. A Providência o assiste e acredito que esteja prestes a encontrar o socorro enviado pelo céu.

— Quem me dera! — suspirou o cavaleiro. — Se pudesse contar com novo prazo, talvez conseguisse me desobrigar. Infelizmente, só posso oferecer como garantia meu juramento pela santa Virgem.

— Pois aceito essa garantia — respondeu Robin Hood. — E em nome da veneranda mãe de Deus, nossa santa padroeira, vou lhe emprestar os quatrocentos escudos de ouro de que precisa.

O cavaleiro não pôde conter um grito.

— Ah! Robin Hood! Que mil vezes Deus o abençoe. Juro com toda a sinceridade de que é capaz um coração reconhecido que lealmente devolverei essa soma.

— Conto com isso, cavaleiro. João Pequeno — acrescentou Robin —, como tesoureiro da floresta, busque os quatrocentos escudos. Enquanto isso, Will, faça a gentileza de ver nas minhas coisas se não encontra uma roupa digna para nosso hóspede.

— Realmente, Robin Hood, a sua bondade é tamanha… — tentou dizer o cavaleiro.

— Chega de conversa — interrompeu Robin com uma risada. — Devo-lhe isso, pois o considero um enviado da santa Virgem. Will, junte às roupas algumas peças de bom tecido e coloque arreios novos no cavalo cinzento que o bispo de Hereford deixou aos nossos cuidados. Resumindo, amigo Will, acrescente a esses modestos dons tudo que o seu espírito criativo achar que possa ser útil ao cavaleiro.

João Pequeno e Will rapidamente partiram para cumprir suas respectivas missões.

— Primo — disse João —, suas mãos são mais rápidas do que as minhas. Vá você contar o dinheiro que eu meço os tecidos. Uso o arco como medida.

— Ótimo! — respondeu Will rindo. — É uma medição generosa.

— Com certeza. Você vai ver.

João Pequeno segurou o arco numa das mãos, desenrolou com a outra um rolo de tecido e fez como se tomasse a exata medida do pano desdobrado.

William estourou de rir.

— Continue assim, amigo João. Continue e o rolo inteiro vai embora. Dessa maneira, são três varas no lugar de uma! Muito bem!

— Deixe de tagarelice! Saiba que Robin seria ainda mais pródigo se estivesse no nosso lugar.

— Nesse caso vou colocar uns escudos a mais — disse William.

— Alguns punhados, primo. Pegamos de volta com os normandos.

— Que seja.

Percebendo a liberalidade de João e Will, Robin sorriu e agradeceu com um olhar.

— Sr. cavaleiro — disse Will colocando o ouro na mão do hóspede —, cada rolo contém cem escudos.

— Mas estou vendo seis rolos, meu amigo!

— Está enganado — emendou Robin. — São apenas quatro. Mas que importância tem? Guarde o dinheiro na sua bolsa e não falemos mais nisso.

— Para quando é o vencimento? — quis ele saber.

— Dentro de um ano, contados os dias, se achar conveniente o prazo e se estiver eu ainda vivo — disse Robin.

— Aceito.

— Debaixo desta mesma árvore.

— Serei pontual, Robin Hood — confirmou o cavaleiro, apertando com grato entusiasmo as mãos do jovem chefe. — Antes de nos separarmos, porém, permita-me dizer que todos os elogios que ouvi sobre a sua nobre maneira de ser nada são, comparados ao que sinto no coração. Salvou-me mais do que a vida, salvou também minha mulher e meus filhos.

— O senhor é saxão — disse simplesmente Robin Hood —, e isso já lhe garante minha amizade. Mas juntou-se um fator todo-poderoso, o infortúnio. Sou o que os homens denominam um bandido, um ladrão; que seja! Tiro dos ricos, mas nada tomo dos pobres. Detesto a violência e nunca derramo sangue. Amo minha pátria e considero odioso o poder normando, porque à usurpação juntou a tirania. Não me agradeça, nada fiz de extraordinário. Dei-lhe o que não tinha, é justo.

— Seu comportamento, apesar do que diz, foi nobre e generoso. Fez por mim, um estranho, mais do que os que se diziam meus amigos. Que Deus o abençoe, Robin, pois trouxe de volta alguma alegria ao meu coração. Para sempre e em qualquer lugar terei orgulho de dizer que sou seu devedor e sinceramente rogo aos céus que me concedam a graça de um dia dar prova de minha ardente gratidão. Adeus, Robin Hood, adeus meu amigo verdadeiro. Dentro de um ano voltarei para saldar minha dívida.

— Até lá, cavaleiro — respondeu Robin, apertando cordialmente a mão do hóspede. — Se por acaso as circunstâncias me levarem a uma situação em que a sua ajuda for necessária, contarei firmemente e sem reservas com o senhor.

— Que Deus o ouça! Meu maior desejo será, nesse caso, entregar-me de corpo e alma a isso.

Sir Richard apertou as mãos de Will e de João Pequeno, montou no bom corcel malhado em tons cinza do bispo de Hereford e se foi, levando atrelado o seu próprio cavalo, que carregava os presentes recebidos.

Vendo desaparecer o hóspede numa curva do caminho, Robin Hood disse aos companheiros:

— Demos felicidade a alguém, nosso dia foi proveitoso.

5

Marian e Maude estavam há um mês no castelo de Barnsdale e só voltariam à antiga vida depois de se restabelecerem totalmente, pois não devemos esquecer que ambas tinham passado por trabalhos de parto.

Robin Hood não suportou por muito tempo a ausência da companheira bem-amada e, certa manhã, mudou-se para a floresta de Barnsdale com uma parte do seu bando. William, que naturalmente o acompanhou, começou a achar que a moradia subterrânea construída às pressas nos arredores do castelo era infinitamente melhor do que a do grande bosque de Sherwood. No mínimo, dizia ele, mesmo que faltassem diversas coisas para o completo bem-estar do grupo, a proximidade do solar de Barnsdale compensava essas falhas, e de forma muito agradável.

Os dois amigos estavam então contentíssimos com a mudança de domicílio e outra dupla, também nossa conhecida, compartilhava idêntica e expansiva satisfação, pelos mesmos motivos. Formavam essa segunda dupla João Pequeno e Much Cokle, o filho do moleiro. Em pouco tempo, Robin se deu conta de que os dois, sem motivo aparente, desapareciam a qualquer hora do dia. A deserção se repetiu tantas vezes que atiçou a sua curiosidade. Perguntou aqui e ali e descobriu que a prima Winifred gostava muito de passear e havia pedido a João Pequeno que a levasse a visitar os pontos mais interessantes da floresta.

— Bom, isso explica o caso de João Pequeno. E Much?

Soube então que miss Bárbara tinha o mesmo fascínio que a irmã pelas belezas silvestres e resolvera participar também dessas excursões. João Pequeno, entretanto, com prudência muito elogiável, observou que a responsabilidade por uma jovem era algo muito grave e não quis então aceitar sua companhia, pelo acréscimo de preocupações que isso gerava. Foi quando Much ofereceu proteção a miss Bárbara, e miss Bárbara prontamente aceitou. Os dois casais passeavam então pelo arvoredo, indo aos pontos mais misteriosos e sombrios do bosque, conversando sobre não se sabe o quê, e se esqueciam de admirar o que tinham vindo admirar. Passavam à frente de velhos carvalhos nodosos, de graciosas faias e de choupos seculares sem prestar a menor atenção. Além disso, ainda mais estranha do que essa indiferença pelos esplendores agrestes, uma fatalidade sempre lançava os dois casais por caminhos opostos ao da estrada certa e eles só voltavam a se encontrar à porta do castelo, quando despontavam as primeiras estrelas.

Tais passeios, que diariamente se renovavam, explicavam a dupla ausência dos companheiros.

Num fim de tarde de um dia particularmente quente, quando um ventinho agradável começou a refrescar os ares, Marian e Maude, de braços dados a Robin e William, saíram do castelo para um longo passeio pelas clareiras perfumadas do bosque. Winifred e Bárbara caminhavam atrás dos jovens casais e João Pequeno com seu inseparável Much seguiam à cola das duas irmãs.

— Agora já posso respirar — disse Marian expondo à brisa o rosto pálido. — Faltava ar no meu quarto e não vejo a hora de voltar à floresta.

— Acha mesmo agradável viver na floresta? — perguntou miss Bárbara.

— Muito — respondeu Marian. — É formidável ter tanto sol, claridade, sombra, flores e árvores!

— Much me disse ontem — continuou Bárbara — que a floresta de Sherwood é ainda mais bonita que a de Barnsdale. Deve reunir todas as maravilhas da criação, pois já temos lugares tão bonitos aqui.

— Acha mesmo o bosque de Barnsdale tão bonito assim, Bárbara? — perguntou Robin disfarçando o riso.

— É lindo — respondeu a jovem com entusiasmo. — Tem paisagens sublimes.

— Qual parte do bosque mais lhe chamou a atenção, prima?

— Nem teria como responder claramente, Robin, mas acho que dou certa preferência a um vale do qual duvido que haja igual na velha floresta de Sherwood.

— E esse vale fica...?

— Longe daqui. Mas não pode haver outro com tanto frescor nem mais silencioso e perfumado do que esse cantinho da terra. Imagine, primo, um vasto gramado, rodeado por um terreno em aclive em cujo topo crescem árvores de todo tipo. O tom da folhagem varia com a luz do sol e ganha aspectos maravilhosos. Às vezes vislumbramos uma cortina de esmeraldas, outras um véu multicolorido. O gramado ao longo do vale é como um grande tapete verde, sem uma ruga sequer. Acrescente flores púrpuras, douradas e lírios silvestres ao pé das árvores e nas inclinações vertentes dessas falsas colinas, faça correr sob as vertentes sombreadas um tênue filete de água que flui murmurante entre suas margens e terá uma ideia desse oásis da floresta de Barnsdale. Além disso — continuou a moça —, a calma que reina nesse delicioso retiro é tão grande, o ar tão puro, que o coração transborda de alegria. Resumindo, nunca vi lugar tão lindo em toda a minha vida.

— Não me lembro desse vale encantado, Bárbara — disse ingenuamente Winifred.

— Então não passeiam sempre juntos? — aproveitou-se Robin com um sorriso.

— Claro que sim — apressou-se Winifred. — Só que sempre nos perdemos… quer dizer, não sempre, algumas vezes… poucas, na verdade. Acontece de João Pequeno se enganar de caminho e nos separarmos. Não sei como, nunca conseguimos nos encontrar até já estarmos às portas do castelo. Posso jurar que não é de propósito.

— É claro que não — concordou Robin zombando. — Ninguém diz o contrário. Aliás, por que ficou tão vermelha, Bárbara? Por que baixou os olhos, Winifred? João e Much não parecem estar sem graça, pois sabem que é normal se perder no bosque.

— Com certeza! — respondeu Much. — E foi por saber do quanto miss Bárbara gosta de lugares retirados e tranquilos que quis mostrar esse pequeno vale a que ela se referiu.

— Tudo leva a crer que Bárbara tem muita facilidade para registrar, com uma só olhada, tantos detalhes encantadores como os que descreveu — continuou Robin. — Mas diga uma coisa, Bárbara, não houve naquele oásis de Barnsdale, como você chamou o vale descoberto por Much, algo ainda mais encantador do que as árvores de matizada folhagem, gramado verde, riozinho murmurante e flores multicoloridas?

Bárbara ficou ainda mais ruborizada.

— Não sei o que está querendo dizer, primo.

— Ora! Talvez Much entenda melhor, espero. Diga francamente, Much, Bárbara não está se esquecendo de contar um episódio da visita a esse paraíso terrestre?

— Qual episódio, Robin? — perguntou o rapaz esboçando um sorriso.

— Meu discreto amigo — retomou Robin —, nunca ouviu falar de dois jovens enamorados que foram sozinhos a esse delicioso retiro de que Bárbara guardou tão bem a lembrança no fundo do coração?

Much ficou extremamente vermelho.

— Pois saiba — continuou Robin — que dois jovens que conheço pessoalmente visitaram há alguns dias o seu verdejante paraíso. Chegando às margens floridas do bonito riozinho, sentaram-se um ao lado do outro. Primeiro admiraram a paisagem, prestaram atenção ao canto dos passarinhos, mas depois ficaram alguns minutos sem nada ver nem dizer. Em seguida o rapaz, animado pela solidão do lugar, pelo silêncio nervoso da acanhada acompanhante, tomou nas suas as duas hesitantes mãozinhas brancas. A moça não ergueu os olhos, mas corou e isso falou por ela. Com uma voz que pareceu mais suave do que o chilreio dos pássaros, mais harmoniosa do que o sussurro da brisa, o rapaz disse: "Não há no mundo ninguém a quem eu ame mais, prefiro morrer a perder o seu amor e se quiser ser minha mulher, vou me sentir o mais feliz dos homens." Diga, Bárbara — acrescentou Robin sorrindo —, poderia me contar se a mocinha em questão aceitou o ardente pedido do galante companheiro?

— Não responda a essa pergunta indiscreta, Barby! — interrompeu Marian.

— Fale então em nome de Bárbara, Much — sugeriu Robin.

— Está fazendo perguntas estranhas — respondeu o rapaz, já achando que Robin havia assistido a seu encontro com Bárbara — e não consigo ver aonde quer chegar.

— Não mesmo, Much? — espantou-se William. — Tenho a impressão de que Robin está certo, pois vendo a sua confusão e o brilho no rosto da minha irmã, começo a achar que são os namorados do vale! Santo Deus, Bárbara! Chamam-me Will Escarlate por causa dos cabelos e vão poder chamá-la Barby Escarlate, já que está literalmente púrpura. Não acha, Maude?

— Sr. William — disse Bárbara ameaçadora —, estivesse a meu alcance, eu bem que arrancaria um tufo dessa sua horrível cabeleira.

— Acredito, mas se esses cabelos se encontrassem em cabeça mais próxima — ele respondeu, lançando um olhar a Much. — A minha, em todo caso, está fora do seu alcance e, aliás, tem seu próprio tirano particular, não é, Maude?

— É verdade, Will, mas nunca puxei seus cabelos.

— Ainda virá esse dia, minha querida.

— Nunca — prometeu rindo a jovem esposa.

— E então, Much, não quer me contar o que respondeu a moça?

— Se por acaso a encontrar um dia, Robin, pergunte a ela.

— Não deixarei de fazer isso. E você, João Pequeno, conhece algum simpático rapaz que adora a solidão na companhia de uma bonita moça?

— Não, Robin. Mas se quer saber quem são os namorados, tentarei descobrir — respondeu ingenuamente João Pequeno.

— Acabo de ter uma ideia, João — exclamou Will sem controlar o riso. — Você os conhece. E aposto o que quiser que o rapaz pode ser chamado meu primo e a namorada é uma bonita mocinha das redondezas.

— Perderia a aposta, Will — respondeu João. — Não sou eu.

— Tem razão, estou no caminho errado — continuou Will sorrindo. — Não pode ser você, primo, já que nunca esteve apaixonado.

— Continua equivocado, Will — respondeu o gigante com tranquilidade. — Amo há muito tempo e de todo coração uma bela e encantadora moça.

— Ai, ai, ai! — brincou Will. — João Pequeno apaixonado; é uma novidade e tanto!

— E por que João Pequeno não poderia estar apaixonado? — perguntou o próprio com candura. — Nada vejo de extraordinário nisso.

— Nada mesmo, amigo. É bom que estejamos todos felizes; o amor é felicidade! Mas, por são Paulo! Ficaria bem contente de conhecer a dama dos seus pensamentos.

— A dama dos meus pensamentos! Quem vai querer que seja senão a sua irmã Winifred, a quem amo desde criança. Tanto quanto você ama Maude e tanto quanto Much ama Bárbara.

A resposta à franqueza de João foi uma gargalhada geral e Winifred, cercada de felicitações, lançou ao namorado um olhar carregado de doces censuras.

— Está vendo, Much — retomou Robin. — Mais cedo ou mais tarde a verdade vem à tona. Acertei ou não acertei quando os coloquei na cena do bosque de Barnsdale?

— Estava lá? — perguntou Much.

— Não, apenas adivinhei. Ou, melhor dizendo, lembrei-me de mim mesmo, pois comigo aconteceu a mesma coisa, há um ano: Marian me atraiu…

— Como, eu o atraí? Foi você, Robin, é bom que se lembre. E se eu pudesse prever a maneira como me trataria depois do nosso casamento…

— Teria feito o quê? — interrompeu Bárbara.

— Teria me casado antes, Bárbara querida — completou a jovem, sorrindo para Robin.

— Acho que isso só confirma o tipo de confiança que devemos ter e da qual você, Barby, com seu jeito afoito, de certa maneira já nos deu muitas provas. Vamos falar abertamente, já que estamos em família. Diga que ama Much e ele fará a mesma confissão.

— Sim, faço essa confissão! — exclamou ele emocionado. — E digo bem alto: amo com todas as forças de minha alma Bárbara de Gamwell. Repito para quem quiser ouvir: os olhos de Bárbara são a luz do dia para mim. Sua voz meiga e vibrante soa em meus ouvidos como o canto harmonioso dos passarinhos. Prefiro a doce companhia de minha querida Bárbara aos prazeres das festas e à embriaguez dos bailes sob a verde folhagem do mês de maio. Prefiro seu terno olhar, um sorriso seu ou um afago de sua mãozinha a todas as riquezas do mundo. Sou-lhe inteiramente devotado e, a fazer algo que lhe desagrade, pediria ao xerife de Nottingham que me enforcasse. Vocês ouviram, meus bons amigos, amo essa pessoa querida e peço que o céu prodigue sobre a sua loura cabeça todas as santas bênçãos. Caso aceite me conceder a felicidade de protegê-la com meu nome e meu amor, farei dela uma mulher feliz e muito ternamente amada.

— Viva! — gritou Will jogando o gorro para o alto. — Falou muito bem! Irmãzinha, enxugue esses bonitos olhos e apresente, tem minha permissão, suas faces rosadas, agora escarlate, a esse bravo apaixonado. Se em vez de corajoso rapaz eu fosse uma delicada mocinha, ouvindo palavras tão bonitas, já estaria de mãos estendidas e coração aberto nos braços do meu noivo. Não é o que também faria, Maude? Tenho certeza que sim, não é?

— Não é bem assim, Will, deve-se manter certa compostura…

— Estamos em família, não há por que se envergonhar de ação tão natural. Tenho certeza de que concorda comigo, Maude. Se eu fosse Much e você Barby, já estaria nos meus braços, também me beijando com toda sinceridade.

— Concordo com William — disse Robin sorrindo maliciosamente. — Bárbara precisa demonstrar o carinho que tem por Much.

Com a situação assim colocada, a jovem se adiantou até o centro do alegre grupo e disse timidamente:

— Do fundo da alma, acredito no carinho de Much por mim. Fico muito grata e por minha vez confesso que… que…

— Que o ama tanto quanto ele a ama — acrescentou Will com vivacidade. — Parece ter certa dificuldade hoje para se exprimir, irmãzinha. Posso garantir que precisei de muito menos tempo para que Maude compreendesse que a amava com toda força, não foi assim, Maude?

— Foi sim, Will.

— Much — continuou William assumindo ares mais sérios —, dou-lhe como noiva a gentil Bárbara, que reúne todas as qualidades do coração, e você será um marido muito feliz. Barby, meu amor, Much é honesto, um bravo saxão, fiel como o aço. Não desiludirá suas mais ternas esperanças e sempre a amará.

— Sempre, sempre! — gritou Much, tomando as duas mãos da noiva.

— Beije sua futura esposa, amigo Much — disse Will.

O rapaz obedeceu e, apesar de certa resistência de miss Gamwell, beijou suas faces ruborizadas.

O baronete aprovou o casamento das filhas e a data de celebração dos duplos festejos foi imediatamente marcada.

Na manhã seguinte, Robin Hood, João Pequeno e Will Escarlate, junto com uma centena de alegres homens da floresta, se encontravam sob as grandes árvores da floresta de Barnsdale, quando um rapazote que parecia ter feito uma longa caminhada se apresentou.

— Nobre chefe — disse ele —, trago uma boa notícia.

— Que ótimo, George — respondeu Robin. — Diga então do que se trata.

— De uma visita do bispo de Hereford. Sua Senhoria, com cerca de vinte servidores, deve atravessar ainda hoje a floresta de Barnsdale.

— Muito bom! É realmente uma boa notícia. Sabe a que horas monsenhor deve nos dar a honra da sua presença?

— Por volta das duas, capitão.

— É perfeito. E como soube da viagem de Sua Senhoria?

— Por um dos nossos homens que, passando por Sheffield,[64] soube que o bispo de Hereford visitará a abadia de Santa Maria.

— É um bom garoto, George, e agradeço muito que tenha tido a ideia de nos avisar. Rapazes — acrescentou Robin —, preparem-se, vamos nos divertir. Will Escarlate, leve com você uns vinte homens e vigie o caminho nas redondezas do castelo do seu pai. Você, João Pequeno, cuide, com o mesmo número de companheiros, da trilha que desce para o norte da floresta. Much fica de olho no lado leste do bosque com o restante do bando. Ficarei na estrada principal. Não podemos deixar que monsenhor escape, quero convidá-lo a participar de um festim digno de reis. Será tratado à altura, mas deverá pagar com igual magnitude. Já você, George, escolha um gamo graúdo, um cabrito bem gordo e prepare tudo para honrar minha mesa.

Os três oficiais partiram com suas pequenas tropas e Robin disse aos que ficaram sob seu comando direto que se vestissem com trajes de pastores de carneiros (os mateiros tinham em estoque todo tipo de disfarces), e ele mesmo envergou uma modesta blusa. Depois disso, cravaram estacas no chão para assar o gamo e o cabrito. Um bom fogo de galhos bem secos logo começou a tostar com ardente calor as saborosas carnes.

Por volta das duas horas, como George havia dito, o bispo de Hereford e seu séquito surgiram na parte inferior da estrada, no meio da qual estavam Robin e os companheiros disfarçados de pastores.

— A presa se aproxima — avisou Robin bem-humorado. — Vamos lá, alegres companheiros, caprichem no assado, pois temos convidados.

Com seus seguidores, o bispo, que se deslocava rapidamente, logo chegou onde estavam os pastores.

Vendo o enorme espeto que lentamente girava sobre as brasas, o prelado deixou escapar uma violenta exclamação de raiva.

— Mas o que é isso? Patifes, o que significa…

Robin Hood apenas ergueu com ar estúpido os olhos até o bispo e não respondeu.

— Não estão ouvindo, seus velhacos? — repetiu o bispo. — Estou perguntando a quem se destina esse verdadeiro banquete.

— A quem? — repetiu Robin com expressão admiravelmente idiota.

— Isso mesmo, a quem? Toda a caça dessa floresta pertence ao rei e considero uma afronta o atrevimento. Responda a minha pergunta: para quem se prepara esse festim?

— Para nós, monsenhor — respondeu Robin com um sorriso.

— Para vocês, imbecil? Para vocês? Que brincadeira de mau gosto! Não vai querer que eu acredite que tanta carne se destina apenas à refeição de vocês.

64. Cidade de South Yorkshire, famosa pela qualidade das facas que produzia (e curiosamente berço, em 1857, do primeiro clube de futebol da história).

— É verdade o que digo, monsenhor. Estamos com fome e assim que o assado estiver no ponto, passamos à mesa.

— A qual propriedade pertencem? Quem são vocês?

— Somos simples pastores, guardamos rebanhos. Tivemos vontade, hoje, de descansar da rotina e nos divertir um pouco. Por isso matamos esses dois belos animais.

— Então quiseram se divertir? Mas que resposta! E quem lhes deu permissão para abater animais do rei?

— Ninguém.

— Ninguém, miserável? E acha que podem tranquilamente comer o que roubam tão acintosamente?

— Acho sim, monsenhor. Mas se quiser tomar parte no almoço, ficaremos honrados.

— O convite é um insulto, pastor impertinente. Recuso com indignação. Ignora que a caça ilegal é punida com pena de morte? Chega de falatório inútil! Preparem-se para me seguir até a prisão, e de lá irão para o patíbulo.

— Patíbulo? — exclamou Robin parecendo se apavorar.

— Isso mesmo, meu jovem, para o patíbulo!

— Não quero ser enforcado — ele choramingou.

— Tenho certeza disso. Mas pouco importa, seus companheiros e você merecem a corda. Vamos, imbecis; preparem-se para me seguir. Não tenho tempo a perder.

— Desculpe, monsenhor, mil desculpas. Foi por ignorância que cometemos o erro, seja indulgente com pobres miseráveis que mais merecem piedade do que repreensão.

— Pobres miseráveis que se fartam dessa maneira não são tão infelizes assim. Seus bandidos, banqueteiam-se com a caça do rei! Ótimo, muito bom! Vamos até Sua Majestade e peçam o perdão que recuso.

— Seja clemente, monsenhor — suplicou Robin. — Temos mulheres e filhos. Imploro em nome da fraqueza delas e da inocência deles. O que será dessas pobres criaturas sem nós?

— Suas mulheres e seus filhos não me interessam — disse duramente o bispo. E acrescentou, voltando-se para os homens da escolta. — Prendam esses miseráveis. Se tentarem fugir, matem-nos sem misericórdia.

— Monsenhor — chamou Robin —, permita-me dar-lhe um bom conselho: retire essas palavras injustas que só revelam violência e falta de caridade cristã. Acredite, seria melhor que aceitasse o convite, participando da refeição.

— Está proibido de me dirigir a palavra! — gritou furioso o prelado. — Soldados, prendam esses bandidos!

— Não se aproximem! — gritou Robin já com voz impositiva. — Ou, por Nossa Senhora, se arrependerão!

— Ataquem esses vis escravos — repetiu o bispo. — Não poupem nenhum deles.

Os soldados se lançaram contra o grupo dos alegres homens da floresta e o choque seria sangrento se Robin Hood não tocasse a trompa, fazendo aparecer imediatamente, em diferentes pontos do bosque, suas tropas, que, informadas da presença do bispo, tinham se aproximado na surdina.

A primeira ação dos recém-chegados foi a de desarmar o séquito do bispo.

— Monsenhor — voltou Robin ao prelado, que estava mudo de medo, descobrindo a armadilha em que havia caído —, Sua Senhoria mostrou-se impiedosa e nos comportaremos então à altura. O que devemos fazer com quem queria nos levar à forca? — perguntou o jovem chefe a seus comandados.

— O hábito religioso atenua a dureza do julgamento — opinou João Pequeno, tranquilo. — Não devemos fazê-lo sofrer.

— Tem bons sentimentos, bravo homem da floresta.

— Obrigado, monsenhor! — agradeceu João Pequeno, sempre impassível. — Deixe-me então terminar o que dizia: em vez de torturar corpo e alma, fazendo-o morrer aos poucos, acho que devemos simplesmente cortar-lhe fora a cabeça.

— Cortar minha cabeça? Simplesmente! — murmurou o bispo com um fiapo de voz.

— Ótimo — concordou Robin. — Prepare-se então, monsenhor.

— Robin Hood, tenha piedade, imploro! — suplicou o bispo juntando as mãos. — Dê-me algumas horas, não quero morrer sem me confessar.

— A arrogância inicial cedeu lugar a uma grande humildade, monsenhor — respondeu friamente Robin. — Mas tanta humildade não chega a me impressionar, o senhor pediu a própria condenação. Prepare então a alma para comparecer perante Deus. João Pequeno — acrescentou, fazendo ao amigo um sinal —, cuide para que nada falte ao cerimonial. Monsenhor, venha comigo, vou levá-lo ao tribunal de justiça.

Quase sem conseguir andar de tanto pavor, o bispo seguiu aos tropeções.

Ao chegarem à árvore do Ponto de Encontro, Robin mandou que o prisioneiro se sentasse num montinho gramado e disse a um dos homens que lhe trouxesse água.

— Gostaria, monsenhor — perguntou educadamente —, de refrescar um pouco as mãos e o rosto?

Apesar de surpreso com a proposta, o bispo aceitou de bom grado. Lavou as mãos e o rosto e, em seguida, Robin perguntou:

— Daria o prazer da sua companhia no almoço? Preciso me alimentar, pois não conseguiria presidir em jejum ao julgamento.

— Almoçarei, se assim exigir — respondeu o bispo em tom resignado.

— Não estou exigindo, monsenhor; é um convite.

— Então aceito o convite, sir Robin.

— Perfeito! Nesse caso, passemos à mesa, monsenhor.

E Robin levou o convidado à sala de jantar, isto é, uma extensão de relva florida, onde tudo já se encontrava confortavelmente arranjado.

Carregada de pratos apetitosos, a mesa se apresentava como atraente espetáculo e seu aspecto visivelmente levou o prelado a ideias menos lúgubres. Em jejum desde a véspera, o apetite era grande e o tentador perfume das carnes subiu-lhe à cabeça.

— Estão admiravelmente bem preparadas — observou, tomando lugar à mesa.

— E de maravilhoso sabor — acrescentou Robin, servindo ao convidado um pedaço bem escolhido.

No decorrer da refeição, o bispo se esqueceu completamente dos temores e, à hora da sobremesa, via no anfitrião apenas um amável companheiro.

— Excelente amigo — disse ele —, é delicioso esse seu vinho. Aquece o coração: ainda há pouco sentia frio, estava adoentado, triste, preocupado e agora me vejo perfeitamente refeito.

— Fico feliz de ouvi-lo, monsenhor, pois elogia minha hospitalidade. Meus convivas em geral ficam satisfeitos com a acolhida que recebem. Mas vem sempre um momento menos agradável, que é o de pagar a conta. Gostam muito de receber, mas bem menos de dar.

— É a pura verdade — respondeu o prelado sem minimamente imaginar o que isso queria dizer. — De fato, é algo corrente. Um pouco mais de vinho, por favor. Minha impressão é de ter fogo nas veias. Ah, meu amigo! Sabe que realmente leva uma feliz existência aqui?

— Por isso somos chamados alegres homens da floresta.

— E têm razão, têm razão. Mas agora, sr… não sei o seu nome… permita-me que lhe diga adeus, preciso continuar meu caminho.

— Nada mais justo, monsenhor. Pague então a conta e fazemos um brinde final.

— Pagar a conta? — espantou-se o bispo. — Por acaso isso é uma estalagem? Achei que estava na floresta de Sherwood.

— Mas trata-se de uma estalagem e sou eu o dono, tendo os homens que vê ao redor como encarregados do serviço.

— É mesmo? Todos? São pelo menos cento e cinquenta ou duzentos.

— Exatamente, monsenhor, sem contar com os ausentes. Deve entender então que com tantos servidores eu tenha que exigir dos hóspedes o máximo possível.

O bispo deu um suspiro.

— Apresente-me então a conta e trate-me como amigo.

— Como grão-senhor, hóspede. Como grão-senhor — respondeu jovialmente Robin. — João Pequeno, feche a conta de monsenhor bispo de Hereford.

O prelado olhou para João e riu.

— Que engraçado! “Pequeno” e bem que poderia ser o filho de uma árvore. Tudo bem, amigo caixa, traga-me a conta.

— Não é preciso, monsenhor, basta que me diga onde guarda o dinheiro que eu faço o resto.

— Insolente! Está proibido de meter seus dedos compridos na minha bolsa.

— Quis poupar-lhe o trabalho, monsenhor.

— Poupar-me o trabalho! Acha que estou bêbado? Pegue minha sacola e traga-a para mim que lhe darei uma moeda de ouro.

João Pequeno deixou de cumprir apenas a segunda parte da ordem do prelado. Abriu a bolsa de viagem, achou um pequeno saco de couro e virou-o: continha trezentas moedas de ouro.

— Amigo Robin — exclamou João no sétimo céu —, o nobre bispo merece toda consideração, enriqueceu nosso tesouro com trezentas moedas de ouro.

O sr. de Hereford, de olhos semicerrados, ouvia sem compreender bem as triunfantes exclamações de João e quando Robin lhe disse: "Monsenhor, agradecemos a sua generosidade", ele fechou os olhos e murmurou palavras confusas, entre as quais foi possível entender apenas:

— Para a abadia de Santa Maria, sem demora…

— Ele quer ir embora — disse João.

— Mande que tragam o seu cavalo — completou Robin.

João fez um sinal e um dos companheiros trouxe o animal com seus arreios e a cabeça enfeitada com flores.

O bispo foi colocado semiadormecido sobre a sela. Acharam melhor amarrá-lo para evitar uma queda que poderia ter consequências funestas e, seguido por sua escolta alegremente animada pelo vinho e pela boa refeição, o cortejo tomou o caminho de Santa Maria.

Uma parte dos alegres homens da floresta, fraternalmente misturada aos do prelado, levou toda a tropa até as portas da abadia.

Evidente que, depois de tocar o sino para que abrissem o portão, os mateiros se afastaram tão rapidamente quanto conseguiam seus cavalos.

Nem vamos tentar descrever o espanto dos santos frades ao se depararem com o bispo de Hereford, rosto afogueado, andar vacilante e vestes em desalinho.

Na manhã seguinte a esse funesto dia, o prelado por pouco não enlouqueceu de vergonha, raiva e humilhação. Passou longas horas em oração, pedindo a Deus que perdoasse seus erros e implorando proteção divina contra o miserável Robin Hood.

Por solicitação do prelado ultrajado, o prior de Santa Maria mandou que se armassem cinquenta homens, pondo-os à disposição do hóspede. Com o coração fervendo de ódio, o bispo encabeçou o pequeno exército em busca do célebre fora da lei.

Justamente naquele dia, Robin Hood, que resolvera ir ver como andavam as coisas para sir Richard dos Prados, seguia sozinho por uma trilha que ia dar na estrada principal. O tropel de uma numerosa cavalgada chamou sua atenção e ele apressou-se em averiguar de onde vinha, ficando frente a frente com o bispo de Hereford.

— Robin Hood! — exclamou o pontífice, reconhecendo nosso herói. — É Robin Hood! Traidor, renda-se!

Como é de se imaginar, o intimado não tinha qualquer intenção de obedecer. Cercado por todos os lados, sem ser possível se defender e nem chamar os alegres homens da floresta, ele audaciosamente se meteu entre dois cavaleiros que pareciam querer lhe barrar o caminho e seguiu com a velocidade de um gamo na direção de uma casinha situada a um quarto de milha dali.

Os soldados partiram em perseguição, mas, a cavalo, foram obrigados a fazer um desvio e não chegaram tão rapidamente à casa em que ele certamente fora se abrigar.

A porta não estava trancada. O fugitivo entrou e reforçou as janelas, sem levar em consideração as reclamações de uma velha, sentada a uma roda de fiar.

— Não tenha medo, minha senhora — disse Robin, depois de fortificar as portas e janelas. — Não sou um ladrão, apenas um pobre infeliz a quem a senhora pode ajudar.

— Ajudar como? E quem é você? — perguntou a velha bem assustada.

— Um proscrito, senhora, sou Robin Hood. O bispo de Hereford está atrás de mim e quer me matar.

— Por Deus! Você é Robin Hood? — disse a camponesa juntando as mãos. — O nobre e generoso Robin Hood! Louvado seja Deus por permitir que uma pobre criatura como eu pague a dívida que tem com o generoso fora da lei. Procure se lembrar, meu filho, entre todas as coisas boas que fez, desta velha à sua frente. Há dois anos você entrou nesta mesma casa por acaso, como diria uma ingrata, mas eu digo que enviado pela divina Providência. Encontrou-me só, na miséria e doente. Acabava de perder meu marido e tudo que eu queria era morrer. Suas boas e consoladoras palavras me devolveram coragem, forças e saúde. No dia seguinte, um enviado seu trouxe-me víveres, roupas e dinheiro. Perguntei o nome do generoso benfeitor e ele respondeu: "Chama-se Robin Hood." Desde então, meu filho, seu nome está em todas as minhas preces. Minha casa é sua e também minha vida; disponha desta sua criada.

— Obrigado, minha boa senhora — respondeu o rapaz, apertando com carinho as trêmulas mãos da camponesa. — Peço sua assistência não por temer o perigo, mas para evitar inútil derramamento de sangue. O bispo está acompanhado por cerca de cinquenta homens e, como vê, não tenho como fazer-lhe frente, pois estou sozinho.

— Se os inimigos descobrirem o esconderijo, vão matá-lo — preocupou-se a velha.

— Fique tranquila, não conseguirão. Vamos inventar algum meio de escapar de tal violência.

— Qual meio, meu filho? Diga que obedeço.

— Aceita trocar suas roupas comigo?

— Trocar nossas roupas? — espantou-se a camponesa. — Receio que não dê muito certo, como vai querer transformar alguém da minha idade num esbelto rapaz?

— Vou disfarçá-la tão bem, mãezinha, que vai conseguir enganar os soldados, que, na verdade, provavelmente nem me conhecem. Finja estar meio embriagada e monsenhor de Hereford vai, de qualquer forma, ficar tão contente com a captura que enxergará apenas as roupas.

A transformação se fez com rapidez. Robin vestiu a saia cinzenta e a touca da velha senhora, ajudando-a a pôr os calções, a túnica e as botinas. Escondeu em seguida os cabelos grisalhos da camponesa sob seu elegante gorro e amarrou-lhe na cintura as suas armas.

Tinham terminado o duplo disfarce quando os soldados chegaram.

Primeiro deram fortes pancadas na porta e depois um deles se ofereceu para derrubar a porta a coices de cavalo.

O bispo concordou, o cavaleiro virou a traseira do animal para a porta a ser derrubada e o espetou com a ponta da lança. O efeito produzido foi o contrário do esperado, pois em vez de escoicear o cavalo empinou, derrubando-o no chão.

Tudo isso teve um resultado desastroso: o soldado foi lançado longe com a velocidade de uma flecha e o bispo, que se aproximara na expectativa de ver a porta ser tombada e de impedir qualquer tentativa de fuga de Robin Hood, foi violentamente atingido no rosto por uma das esporas do cavaleiro.

A dor causada pelo golpe irritou de tal maneira o velho religioso que, sem medir a injustiça dessa reação furiosa, ergueu a espécie de clava que tinha à mão como símbolo da sua posição e acabou de liquidar o infeliz, estendido semimorto aos pés do cavalo alvoroçado.

Durante essa cena de bravura do monsenhor de Hereford, a porta da casa se abriu.

— Fechem o cerco! — gritou o religioso com voz de comando. — Fechem o cerco!

Os soldados em tumulto rodearam a casa. O bispo desceu do cavalo, mas ao pôr o pé no chão tropeçou no corpo ensanguentado do soldado e caiu de cabeça na porta escancarada.

A confusão que esse grotesco acontecimento provocou serviu maravilhosamente bem aos planos de Robin Hood. Zonzo e ofegante, o bispo, sem examinar muito, olhou para a pessoa parada no canto mais obscuro do cômodo.

— Prendam-no! — gritou, apontando para a velha senhora. — Amordacem e amarrem num cavalo esse bandido. A vida de vocês depende dessa captura, pois se o deixarem escapar, serão todos enforcados sem misericórdia.

Os soldados se apressaram a obedecer ao furioso comandante e, à falta de mordaça, enrolaram o rosto da camponesa com um grande lenço que viram por perto.

A audácia de Robin Hood chegava às raias da imprudência e, com voz chorosa, ele implorou o perdão do prisioneiro. O bispo o afastou e saiu do casebre tendo a extrema satisfação de ver o inimigo de pés e mãos amarrados em cima de um cavalo.

Passando mal e tendo quase perdido um olho com o ferimento que lhe cortara o rosto, monsenhor voltou a se pôr em sela e ordenou aos soldados que o seguissem até a árvore do Ponto de Encontro. No seu mais alto galho é que ele pretendia enforcar o fora da lei, dando aos proscritos um terrível aviso do que os esperava, caso continuassem a seguir o modo de existência do infeliz chefe.

Assim que os cavalos ganharam as profundezas do bosque, Robin Hood deixou a casinha e se dirigiu correndo à árvore do Ponto de Encontro.

Acabava de chegar a uma clareira quando percebeu, mas ainda a considerável distância, João Pequeno, Will Escarlate e Much.

— Vejam ali adiante, no meio da clareira — disse João aos dois companheiros —, alguém bem estranho chegando por lá. Parece uma velha feiticeira. Por Nossa Senhora, se tivesse certeza das más intenções dessa megera, bem que lhe enviaria uma boa flechada!

— Não conseguiria atingi-la — desafiou Will com uma risada.

— E posso saber por quê? Está duvidando de mim?

— Quem sou eu!? Mas se for mesmo uma bruxa, ela vai paralisar suas flechas no ar.

— Veja só! — disse Much, que não havia tirado os olhos da estranha personagem. — Concordo com João: essa senhora parece bem fora do comum, é gigantesca e não anda como as pessoas do seu sexo, avança com passadas imensas. É assustador! Se me permite, Will, vamos testar a força da feitiçaria em que ela parece ser tão boa.

— Não seja precipitado, Much — respondeu Will. — A pobre criatura usa roupas dignas de respeito e, além disso, no que me concerne, sou incapaz de fazer mal a uma mulher. Nada prova que esse monstro feminino seja de fato uma feiticeira. Não devemos nos fiar tanto nas aparências; muitas vezes uma casca feia protege uma excelente fruta. Apesar do aspecto ridículo, a pobre velha pode ser boa pessoa e honesta cristã. Vamos esperar e, para ajudar, lembre-se das ordens de Robin, proibindo qualquer demonstração hostil ou até simplesmente desrespeitosa contra as mulheres.

João Pequeno fez menção de armar o arco e apontá-lo na direção da tal feiticeira.

— Parem! — gritou uma voz forte e vibrante.

Os três rapazes deram um grito de espanto.

— Sou eu, Robin Hood — insistiu a pessoa que tanto ocupava a atenção dos três amigos.

Ao se identificar, Robin tirou a touca da cabeça, que escondia boa parte do rosto.

— Estava assim tão irreconhecível? — perguntou nosso herói, ao chegar perto dos companheiros.

— Realmente horrível de se ver, meu amigo — respondeu Will.

— E por que se disfarçou assim? — perguntou Much.

Robin resumiu em poucas palavras o que acabava de acontecer e depois de terminar acrescentou:

— Agora, tratemos de nos defender. Preciso, antes de tudo, de roupas. Por favor, Much, corra ao depósito e traga algo mais condizente. Enquanto isso Will e João podem reunir em volta do Ponto de Encontro todos os homens que estiverem na floresta. Vamos lá, amigos, prometo que seremos bem pagos por todos esses aborrecimentos que o monsenhor de Hereford nos causa.

João Pequeno e Will se lançaram em duas diferentes direções da floresta e Much foi buscar roupas para Robin.

Uma hora depois, já vestindo um elegante traje de arqueiro, o chefe estava junto à árvore do Ponto de Encontro.

João chegou com sessenta homens e Will havia reunido cerca de quarenta.

O bando foi espalhado pelo mato que densamente cercava a clareira e Robin foi se sentar ao pé da árvore escolhida por monsenhor para lhe servir de forca.

Mal tudo isso se organizou, ouviu-se o tropel dos cavalos ressoar no chão e o bispo surgiu, acompanhado por toda a sua escolta.

Com os soldados já no centro da clareira, o som de uma trompa de caça se espalhou pelo ar, a folhagem das árvores se agitou e de todos os lados apareceram homens armados até os dentes.

Vendo a formidável aparição dos homens da floresta, que ao sinal do chefe ainda invisível se puseram em posição de batalha, um calafrio percorreu dos pés à cabeça o prelado. Ele lançou ao redor um olhar apavorado e percebeu um jovem, vestido com uma túnica vermelha, que com voz de comando dirigia a tropa fora da lei.

— Quem é aquele homem? — perguntou ele a um soldado junto ao prisioneiro amarrado no cavalo.

— É Robin Hood — adiantou-se o prisioneiro com voz hesitante.

— Robin Hood! — exclamou o bispo. — E quem então é você, miserável?

— Sou uma pobre velha, monsenhor, uma pobre mulher velha.

— Maldita seja, bruxa infame! — gritou o bispo furioso. — Desgraçada feiticeira! Vamos, rapazes — acrescentou o bispo, com um gesto de incentivo à tropa —, lancem-se contra a clareira! Nada temam, abram caminho à ponta de espada nessa horda de miseráveis! À frente, indômitos corações, ao ataque!

Os indômitos corações sem dúvida acharam a ordem de atacar mais fácil de ser comandada do que executada, pois permaneceram parados.

A um sinal de Robin, os homens da floresta ajustaram suas flechas e ergueram os arcos em admirável sincronia, e a reputação que tinham como arqueiros era tão conhecida e temida que os soldados do bispo, não satisfeitos em nada fazer, se curvaram completamente nas suas selas.

— Baixar armas! — gritou Robin. — Desamarrem o prisioneiro.

Os próprios soldados obedeceram ao comando do rapaz.

Robin levou a velha camponesa para fora da clareira:

— Boa senhora, volte para casa. Amanhã receberá a recompensa por sua boa ação. Vá rápido, não tenho muito tempo agora, mas saiba que minha gratidão é grande.

A velha camponesa beijou as mãos de Robin Hood e se afastou, acompanhada por um guia.

— Tende piedade de mim, Senhor! Tende piedade de mim! — rezava o bispo em voz alta e torcendo as mãos.

Robin Hood se aproximou.

— Bem-vindo seja, monsenhor — disse com voz macia. — Permita-me agradecer a visita. Pelo que vejo apreciou tanto minha hospitalidade que não conseguiu resistir ao desejo de vir novamente participar das nossas alegrias.

O bispo lançou um olhar desesperado e deixou escapar dos lábios um profundo suspiro.

— Parece meio triste, monsenhor? — continuou Robin. — O que o preocupa? Não está feliz de me rever?

— Contente, contente não posso dizer que esteja — respondeu o prelado. — A situação em que me encontro torna isso impossível. Sabe perfeitamente com qual intenção vim e é claro que se acha no direito de tranquilamente se vingar, pois somos inimigos. Quero, no entanto, dizer o seguinte: deixe-me ir embora e nunca mais, em circunstância alguma, procurarei prejudicá-lo. Deixe-me ir embora com meus homens e a sua alma não terá que responder, diante de Deus, por um pecado mortal. Pois será pecado mortal atentar contra a existência de um grande clérigo da santa Igreja.

— Odeio a morte e a violência, monsenhor — respondeu Robin Hood. — Minhas ações diariamente comprovam o que digo. Nunca ataco, limito-me a defender minha vida e a das bravas pessoas que confiam em mim. Se tivesse no coração o menor sentimento de rancor ou raiva contra o senhor, eu o submeteria à mesma morte com que pretendia me castigar. Não é o caso, nada tenho contra o senhor e não me vingarei de um mal que, afinal, não conseguiu me infligir. Vou então deixá-lo livre, mas sob uma condição.

— Diga, senhor — pediu polidamente o bispo.

— Deve prometer que respeitará minha independência e a liberdade dos meus homens. Jure que em época nenhuma do futuro e em circunstância alguma colaborará em qualquer atentado contra a minha vida.

— Tomei eu mesmo a iniciativa de prometer que não lhe faria mal algum — respondeu solicitamente o bispo.

— Uma promessa pouco significa para consciências inescrupulosas, monsenhor. Quero uma jura solene.

— Juro por são Paulo que o deixarei viver como bem entender.

— Muito bem, monsenhor. Então está livre.

— Sou mil vezes grato, Robin Hood. Queira ordenar que meus homens se reúnam. Eles se dispersaram e alguns até confraternizam com os seus companheiros.

— Assim farei, monsenhor. Em poucos minutos os soldados estarão em sela. Aceita, enquanto não chega a hora de ir embora, algo com que se refrescar?

— Nada, muito obrigado — apressou-se o bispo a responder, apavorado só de ouvir essa perigosa amabilidade.

— Está há muito tempo em jejum, monsenhor, uma fatia de carne curada…

— Nada mesmo, caro anfitrião, nem provar.

— Então uma boa taça de vinho?

— Não, cem vezes não!

— Não aceita então beber nem comer comigo, hóspede?

— Não estou com fome nem sede, quero somente sair daqui, só isso. Não tente me prender por mais tempo, peço encarecidamente.

— Que seja feita a sua vontade, monsenhor. João Pequeno — disse então Robin —, Sua Senhoria quer nos deixar.

— Sua Senhoria é quem manda — respondeu João ironicamente. — Vou preparar a conta.

— A conta! — repetiu o bispo surpreso. — O que está dizendo? Não bebi nem comi.

— Ah! Não faz diferença — respondeu João com tranquilidade. — A partir do momento em que entra nessa estalagem, participa das despesas. Seus homens estão com fome, os cavalos foram alimentados. E não seria justo que, vítimas da sobriedade de monsenhor, sejamos condenados a nada receber, por esse capricho seu de nada aceitar. Esperamos que seja generoso com seus servidores que trabalham duro, cuidando dos animais e dos soldados.

— Pegue o que quiser — respondeu com impaciência o bispo — e deixe-me ir.

— A bolsa continua no mesmo lugar? — perguntou João Pequeno.

— Está aqui — respondeu monsenhor, apontando para um pequeno saco de couro preso no arção da sela de seu cavalo.

— Parece mais pesado do que na sua última visita.

— Tenho certeza — respondeu o pobre-diabo, fazendo um esforço imenso para manter uma aparência calma. — Contém uma soma bem maior.

— Fico muito feliz. E podemos saber quanto tem nessa bonita sacola?

— Quinhentas moedas de ouro…

— Formidável! Foi muita generosidade sua vir até aqui com semelhante tesouro!

— Esse tesouro… — balbuciou o bispo. — Podemos dividi-lo, não? Não se atreveria a ficar com tudo, roubar-me uma soma tão considerável.

— Roubar? — repetiu João Pequeno ofendido. — É o que acaba de dizer? Não vê a diferença entre roubar e tirar de alguém algo que não lhe pertence? Conseguiu esse dinheiro através de subterfúgios, tomou de pessoas necessitadas. Quero apenas devolvê-lo. Como vê, monsenhor, não está sendo roubado.

— Chamamos filosofia da floresta essa maneira de agir — riu Robin Hood.

— Tem legalidade bem duvidosa essa sua filosofia — devolveu o bispo. — Sem ter como me defender, sou obrigado a me curvar ao que exige. Fique com minha bolsa.

— Tenho ainda um pedido a fazer, monsenhor — completou João.

— Qual? — perguntou já ansioso o bispo.

— Nosso diretor espiritual não se encontra em Barnsdale nesse momento e como há muito tempo não contamos com a sua plena assistência, rogaria, monsenhor, que nos rezasse uma missa.

— É um pedido dos mais profanos! — insurgiu-se o bispo. — Prefiro morrer a ter que cumprir semelhante ato irreligioso.

— Mas é o seu dever, monsenhor — disse Robin. — Ajudar-nos sempre a adorar Deus. João Pequeno está certo, há várias semanas não temos a felicidade de assistir ao santo sacrifício da missa e não podemos perder a boa oportunidade que hoje se apresenta. Queira então se preparar para satisfazer nossa justa solicitação.

— Seria um pecado mortal, um crime e posso ser fulminado pela mão de Deus se me sujeitar a esse indigno sacrilégio! — respondeu o bispo, vermelho de raiva.

— Monsenhor — disse Robin com gravidade —, reverenciamos da forma mais humildemente cristã os divinos símbolos da religião católica e, acredite, jamais encontrará, mesmo no recinto da sua imensa catedral, ouvintes mais atentos e respeitosos que os fora da lei da floresta de Sherwood.

— Posso levar a sério suas palavras? — perguntou o bispo com um tom já cheio de dúvida.

— Pode, monsenhor. E logo vai confirmar a exatidão do que digo.

— Está bem, aceito. Leve-me até a capela.

— Venha comigo, monsenhor.

Seguido pelo bispo, Robin se dirigiu a uma área cercada, a pouca distância da árvore do Ponto de Encontro. Ali, no centro de uma espécie de vale, erguia-se um altar de terra, coberto por espessa camada de musgo e flores. Todos os objetos necessários à celebração do santo sacrifício encontravam-se dispostos sobre o altar-mor com delicado bom gosto, e Sua Reverência pareceu maravilhar-se com o frescor daquele santuário natural.

Foi comovente espetáculo ver aquela multidão de cento e cinquenta ou duzentos homens respeitosamente ajoelhada, de cabeça descoberta, com o coração e o espírito em prece.

Depois da missa, os alegres homens da floresta mostraram toda a sua gratidão e o bispo estava tão surpreso com a atitude respeitosa que guardaram durante o santo ofício que não pôde deixar de fazer uma quantidade de perguntas a Robin sobre a maneira como viviam, sob as grandes árvores da antiga floresta.

Enquanto as perguntas eram respondidas com encantadora cortesia, os homens do bando serviram aos soldados uma copiosa refeição, organizada por Much, com todos comentando nunca ter havido festim mais delicado na verde floresta.

Conduzido por Robin até onde estavam os alegres convivas, o bispo os olhou com simpatia e, diante de tanta alegria, os últimos vestígios do mau humor acabaram se dissipando.

— Seus homens empregam proveitosamente o tempo que têm — disse Robin, indicando a Sua Reverência o grupo mais guloso de todo o banquete.

— É verdade, parecem ter bom apetite.

— Deviam estar com fome, monsenhor. São duas horas e eu próprio estou precisando comer alguma coisa. Aceitaria agora a sua parte nessa refeição sem cerimônia?

— Obrigado, meu anfitrião, obrigado — respondeu o bispo, tentando não ouvir os insistentes apelos do estômago. — Prefiro recusar, apesar de certa fome.

— Nunca se deve contrariar as necessidades da natureza, monsenhor — respondeu Robin com toda seriedade. — O espírito e o coração se prejudicam e perde-se a saúde. Vamos, aceite um lugar nesse tapete de relva e lhe servirão alguma coisa, nem que seja apenas um naco de pão, se não quiser atrasar muito sua viagem de volta.

— Será que preciso ainda obedecer? — suspirou o bispo com indisfarçável alegria.

— Não se sinta obrigado, monsenhor — respondeu Robin com uma ponta de malícia. — E se lhe desagradar dividir comigo a carne, que está deliciosa, e o ótimo vinho dessa garrafa, não tem problema, pois é ainda mais perigoso forçar o estômago a aceitar alimentos do que privá-lo por várias horas.

— Pode deixar que não estarei forçando meu estômago — garantiu o bispo rindo. — Gozo de excelente apetite e como estou em jejum há um bom tempo, acho que posso aceitar o amável convite.

— Nesse caso, à mesa, monsenhor. E bom proveito!

O bispo de Hereford comeu bem. Gostava também de beber e o vinho que Robin Hood serviu era tão capitoso que ao terminar a refeição Sua Senhoria estava completamente embriagada. No final da tarde, ele retornou à abadia de Santa Maria num tal estado de espírito e de corpo que novamente arrancou gritos de horror e indignação dos santos frades do monastério.

6

— Bem que eu gostaria de saber como está o bispo de Hereford hoje — dizia Will Escarlate a seu primo João Pequeno, que, seguido por Much, o acompanhava a Barnsdale.

— A cabeça do pobre prelado deve estar um tanto pesada — respondeu Much. — Mesmo que Sua Senhoria esteja habituada ao abuso do vinho, ao que tudo indica.

— Muito justa a observação, meu amigo — concordou João. — Monsenhor de Hereford tem a faculdade de beber consideravelmente, sem perder o fio das coisas.

— Robin tratou-o muito cortesmente — disse Much —; ele é sempre assim com todos os eclesiásticos que encontra?

— É, sobretudo com aqueles que, como o bispo de Hereford, abusam do poder espiritual que detêm para espoliar o povo saxão. Já aconteceu inclusive de Robin não se limitar a esperar a vinda desses religiosos viajantes, mas tomar a iniciativa de ir buscá-los.

— O que quer dizer com "ir buscá-los"? — quis saber Much.

— Uma história que posso contar enquanto caminhamos vai esclarecer: certa manhã, ele soube que dois beneditinos, carregando uma forte soma de dinheiro para a abadia, deviam atravessar um trecho da floresta de Sherwood. Gostou muito da notícia, pois nossos fundos estavam baixos e aquele dinheiro vinha mesmo a calhar. Sem nada nos dizer, pois os dois monges não dariam tanto trabalho, ele vestiu um comprido hábito de peregrino e foi esperar no caminho que deviam seguir os irmãos.

"Em pouco tempo os monges apareceram: dois sujeitos de boa envergadura, bem à vontade nos seus cavalos.

"Robin foi até eles, cumprimentou-os curvando-se até o chão. Ao levantar pegou as rédeas dos animais, que marchavam lado a lado, e lamuriou-se:

"— Benditos sejam, santos irmãos, e permitam que diga o quanto fico feliz com esse encontro. É uma grande satisfação e humildemente agradeço aos céus.

"— Mas que dilúvio de palavras! — reclamou um dos frades.

"— É como se exprime minha alegria, padre. Os senhores são representantes do Senhor, do Deus de bondade, são a imagem da misericórdia divina. Estou necessitado de socorro, sou um pobre coitado faminto. Estou morrendo de fome, irmãos, ajudem-me com algumas provisões.

"— Não temos provisões conosco — respondeu o monge que já havia falado antes. — Não insista, então, e deixe-nos seguir em paz nosso caminho.

"Segurando ainda as rédeas dos cavalos, Robin Hood impedia que os frades tentassem fugir.

"— Irmãos — voltou a pedir com voz ainda mais chorosa e fraca —, tenham piedade de minha miséria e, já que não têm pão, deem-me uma moedinha qualquer. Perambulo neste bosque desde a manhã de ontem e nada comi nem bebi. Caros irmãos, em nome da divina mãe de Cristo, façam, imploro, esse ato de caridade.

"— Imbecil, pare de falar tanto e largue as rédeas dos nossos cavalos! Não podemos perder tempo com idiotas da sua espécie.

"— Exatamente — acrescentou o outro monge, repetindo literalmente o que havia dito o colega —, não podemos perder tempo com idiotas da sua espécie.

"— Piedade, bons irmãos, algumas moedinhas para que eu não morra de fome!

"— Mesmo que eu quisesse lhe dar uma esmola, mendigo teimoso, não teria como, não temos dinheiro algum.

"— No entanto, irmãos, não parecem pessoas sem recursos, têm bons cavalos, bons acessórios e aparência geral de pessoas satisfeitas.

"— Tínhamos dinheiro até poucas horas atrás, mas ladrões nos roubaram tudo.

"— Não nos deixaram nem um *penny* — acrescentou o companheiro que parecia ter como missão repetir o que dizia o superior.

"— Acho mesmo é que os dois mentem com raro descaramento — disse então Robin.

"— Miserável! Está nos chamando de mentirosos? — enfureceu-se o monge.

"— Estou. Primeiro porque não foram roubados, pois não há ladrões na velha floresta de Sherwood. Em seguida porque querem me enganar dizendo que não têm dinheiro. Detesto a mentira e gosto de saber a verdade. Assim sendo, devem achar normal que eu queira confirmação do que dizem.

"Ao fim dessa resposta ameaçadora, ele deixou cair a rédea dos cavalos e esticou a mão até uma sacola dependurada na sela do primeiro monge, que, assustando-se, esporeou o cavalo e se afastou a galope, logo seguido pelo segundo monge. Robin que, como sabem, tem pernas de gamo, alcançou os viajantes e facilmente os derrubou dos cavalos.

"— Bom mendigo, não nos faça mal — choramingou o monge mais gordo. — Tenha piedade dos seus irmãos. Não temos, juro, dinheiro nem provisões a oferecer. Não pode então esperar de nós nenhum socorro imediato.

"— Nada temos, bom mendigo — acrescentou o que servia de eco ao superior, um pobre-diabo bem magro e que o pavor havia deixado completamente lívido. — Não podemos dar o que não temos.

"— É verdade, irmãos — respondeu Robin —, e quero mesmo acreditar no que dizem. Vou então indicar uma maneira para que todos consigamos algum dinheiro. Vamos nos ajoelhar e pedir à santa Virgem que nos socorra. Nossa Senhora querida jamais me abandonou na hora da necessidade e tenho certeza de que concederá a essas súplicas uma atenção suprema. Eu justamente estava rezando quando vocês apareceram na estrada, e foi por achar que o céu me ajudava que fiz aquele modesto pedido. A recusa dos senhores não me desapontou tanto assim, somente me dei conta de que não eram os mandatários da divina Providência, mas são, em princípio, homens piedosos, de modo que vamos reunir nossas orações e elas chegarão mais rapidamente aos pés do Senhor.

"Os dois religiosos não quiseram se ajoelhar e Robin Hood só conseguiu convencê-los com a ameaça de lhes revirar os bolsos."

— Como? — interrompeu Will Escarlate. — Ficaram os três de joelhos para pedir ao céu que enviasse dinheiro?

— Isso mesmo. E rezaram, por ordem de Robin, em voz alta e inteligível.

— Deve ter sido uma cena engraçada — disse Will.

— Engraçadíssima, pois Robin conseguiu se manter sério ouvindo a oração dos frades: "Santa Virgem, enviai-nos dinheiro para nos salvar do perigo." Não preciso dizer que, nem por isso, o dinheiro chegava. A voz dos suplicantes foi ficando cada vez mais triste e chorosa, de modo que Robin, sem conseguir mais guardar a seriedade diante daquele estranho espetáculo, desatou a rir.

"Mais tranquilos com a demonstração de alegria, os monges tentaram se pôr de pé, mas Robin ergueu o bastão com que os ameaçava e perguntou:

"— Receberam o dinheiro?

"— Não, nada recebemos.

"— Então rezem.

"Por uma hora os frades foram assim torturados. Chegavam a torcer as mãos em desespero, a se arrancarem os cabelos, a chorar de raiva. Estavam arrasados de cansaço e humilhação, mas sempre alegando que nada tinham.

"— A santa Virgem nunca me abandonou — insistia Robin a fim de consolá-los —, e não tenho ainda nas mãos as provas da sua bondade. Mas sei que não tardarão. Então, amigos, não desanimem e rezem com mais fervor.

"Os dois frades já reclamavam tanto que Robin acabou se cansando de ouvi-los:

"— Vamos então ver, irmãos queridos, qual soma de dinheiro o céu lhes enviou.

"— Nem uma moeda! — exclamou o monge mais gordo.

"— Nem uma moeda? — foi Robin que dessa vez repetiu. — Como pode? Bons irmãos, digam, têm mesmo certeza da minha penúria, só por eu lhes haver afirmado que meus bolsos estão vazios?

"— Certeza não podemos ter — disse um dos monges.

"— Mas há uma maneira de confirmarem.

"— Qual? — quis saber o mais gordo.

"— É simples, basta que me revistem. Mas como aos senhores pouco importa que eu tenha ou não dinheiro, interessando essa questão apenas a mim, vou me permitir uma olhada nas suas algibeiras.

"— Não podemos aceitar tal afronta! — exclamaram os dois frades em comum acordo.

"— Não vejo afronta alguma nisso, meus irmãos. Quero apenas demonstrar que, se o céu ouviu minhas preces, deve ter enviado socorro por intermédio das suas piedosas mãos.

"— Nada temos conosco, nada.

"— É o que veremos. Qualquer que seja a soma que porventura lhes tenha sido enviada, vamos dividi-la em duas partes, uma para os senhores e outra para mim. Remexam nos bolsos, por favor, e digam o que possuem.

"Os monges obedeceram maquinalmente, cada qual revirou seu bolso e confirmou nada haver.

"— Estou vendo, irmãos — disse Robin Hood —, que querem me dar o prazer de revistá-los. Que assim seja!

"Os frades voltaram a se opor veementemente, mas Robin Hood, ainda brandindo o terrível bastão, ameaçou surrá-los, de forma que se resignaram a uma inspeção minuciosa.

"Após alguns minutos de busca, Robin reuniu quinhentos escudos de ouro.

"Desesperado com a perda de tal soma, o monge gordo perguntou com ansiedade:

"— Não vai dividir conosco esse dinheiro?

"— Acham mesmo que lhes foi enviado pelo céu depois que nos encontramos? — ele perguntou com severidade aos dois homens, que preferiram não responder. — Mentiram, mesmo sabendo que tinham com que socorrer um honesto pedinte. Recusaram esmola a quem dizia estar faminto e moribundo. Acreditam ambos que esses sejam modos dignos de uma alma cristã? Mas vou perdoá-los e manter parte da promessa que fiz. Fiquem cada um com cinquenta escudos de ouro. Podem ir e, se encontrarem no caminho algum pobre mendigo, lembrem-se de que Robin Hood deixou-lhes o bastante para que possam ajudá-lo.

"Ao ouvirem o nome Robin Hood, os frades tremeram e olharam nosso amigo com enorme pavor.

"Sem dar atenção às suas caras de espanto, Robin cumprimentou-os com um gesto e desapareceu na clareira.

"Assim que deixaram de ouvir o barulho dos seus passos, os dois frades se precipitaram a seus cavalos e fugiram sem olhar para trás."

— Robin devia estar muito bem disfarçado para que os monges não o reconhecessem — disse Much.

— Tem verdadeiro talento nesse sentido. Aliás, você o viu imitando a velha. Poderia contar centenas de casos iguais em que nunca foi reconhecido. Uma boa farsa foi a que pregou ao xerife de Nottingham.[65]

— É verdade — concordou Much. — Foi ótima e muito comentada. Todos zombaram do xerife e aplaudiram a audácia de Robin Hood.

— Que história é essa? — perguntou William. — Nunca ouvi falar.

— Como, não conhece a aventura de Robin disfarçado de comerciante de gado para abate?

— Não. Conte, João Pequeno.

— Com prazer. Há mais ou menos quatro anos houve uma grande falta de carne no condado de Nottingham. Os açougueiros mantinham o preço tão alto que só gente muito rica conseguia ter carne na mesa. Sempre atento a tudo que acontece, Robin Hood soube disso e resolveu aliviar o sofrimento dos infelizes. Num dia de feira, ele se colocou em emboscada no caminho pelo qual devia atravessar a floresta de Sherwood o negociante que era o principal fornecedor de Nottingham. Avistou-o finalmente, montado num puro-sangue, conduzindo um imenso rebanho de bois. Comprou o lote, o cavalo, a roupa do homem e sua discrição. Aliás, garantiu esse último detalhe deixando o sujeito aos nossos cuidados até que voltasse à floresta.

"O plano era distribuir carne a preço bem baixo e ele achou que sem proteção, do xerife por exemplo, os açougueiros podiam se unir e inviabilizar suas boas intenções com relação aos pobres.

"O xerife era dono de uma grande estalagem, onde se reuniam os negociantes das redondezas quando vinham à cidade. Robin sabia disso e, para evitar qualquer atrito com os colegas, levou seus animais à praça da feira, escolheu a rês mais bonita e levou-a até a estalagem do xerife.

"O homem estava à porta, admirou o novilho e o nosso amigo, animado com o brilho de cobiça nos seus olhos, disse possuir o mais belo rebanho do mercado, acrescentando que se sentiria feliz de lhe oferecer aquele exemplar.

"O xerife protestou, é verdade que sem muita ênfase, contra o exagero do presente.

65. O xerife em questão não é o barão Fitz-Alwine, xerife do condado, mas um delegado, encarregado da segurança na cidade.

"— Sr. xerife — disse Robin —, não estou familiarizado com os costumes da região, não conheço meus colegas e tenho medo de não ser bem recebido. Agradeceria então a sua proteção e tentarei lhe agradar como puder.

"O xerife imediatamente jurou (sua gratidão, naquele momento, se igualava em tamanho e peso ao boi que havia ganhado) que mandaria enforcar quem quer que porventura procurasse prejudicar nosso amigo. Disse também ser Robin um rapaz muito distinto, o mais distinto que jamais havia visto negociando gado.

"Mais tranquilo, Robin se dirigiu à praça da feira e quando a venda teve início uma multidão de pobres veio se informar do preço da carne; infelizmente para a magra bolsa que tinham, os preços continuavam altos.

"Depois de averiguar os preços fixados, Robin se pôs a oferecer por um *penny* o que os colegas vendiam por três.

"A notícia se espalhou muito rapidamente e as pessoas acorreram de todo lugar. Robin lhes dava por um *penny* a mesma quantidade de carne pela qual os demais colegas pediam cinco. Logo se constatou em toda a feira que Robin só vendia aos pobres. Ninguém então fez dele má opinião e os colegas, pouco inclinados a seguir-lhe o exemplo, o consideraram apenas um pródigo, alguém que num acesso de louca generosidade dilapidava a melhor parte do seu bem. Acreditando nessa ideia, os demais comerciantes enviavam a Robin os clientes aos quais nada podiam vender.

"Com a metade do dia já transcorrida, os negociantes de carne se reuniram e, em comum acordo, decidiram conhecer melhor o novato. Um deles tomou a iniciativa, aproximou-se de Robin e disse:

"— Caríssimo amigo e irmão, sua maneira de trabalhar nos parece estranha, porque, sem querer ofendê-lo, prejudica muito a profissão. Em compensação, como suas intenções são boas, só podemos felicitá-lo e aplaudir tão admirável generosidade. Entusiasmados com tanta bondade, os companheiros me encarregaram de apresentar nossos cumprimentos e um convite para jantar.

"— Aceito de coração o convite — respondeu satisfeito Robin — e irei aonde indicarem.

"— Temos o hábito de nos reunir na estalagem do xerife, e se nada tiver contra essa casa...

"— De forma alguma! Pelo contrário, fico feliz de estar com alguém que goza da confiança dos senhores.

"— Nesse caso, amigo, o dia terminará da mais alegre maneira."

— Você estava presente? — perguntou Much, surpreso de ver João Pequeno entrar em tantos detalhes.

— Não poderia ser de outra forma! Acha que deixaria Robin se expor sozinho ao perigo de ser reconhecido? A ordem era para que eu me mantivesse afastado, mas achei não dever levá-la em consideração: estava quase ao seu lado. Quando ele percebeu a desobediência, pegou-me pelo braço e me repreendeu com raiva. Expliquei baixinho meus motivos e ele se acalmou, olhando para mim com o sorriso afetuoso que vocês conhecem. "Misture-se então entre as pessoas, amigo, e enquanto cuida da minha segurança, cuide também com toda atenção da sua; se algo de ruim acontecer, jamais vou me perdoar." Obedeci e procurei passar despercebido. Quando ele, na alegre companhia da turma de comerciantes, se dirigiu à casa do xerife estalajadeiro, juntei-me ao grupo e entrei ao mesmo tempo na sala em que eram servidas as refeições.

"Pedi um bom jantar e escolhi um lugar junto de uma janela.

"Robin estava muito alegre naquele dia. Pôs-se à mesa com os que o haviam convidado e, por volta do final do jantar, pediu e ofereceu o melhor vinho que havia na adega, acrescentando que essa última despesa ficava por sua conta. Como podem imaginar, a generosa oferta foi recebida com muitos aplausos e o vinho circulou por todas as mesas, inclusive a minha.

"No momento em que os festejos estavam no auge, o xerife chegou. Robin convidou-o à mesa. O convite foi aceito e, sendo o rapaz visivelmente o centro de atenções da festa, o xerife pôs-se a fazer indagações a seu respeito.

"— É um colega dos mais espertos! — disse um dos comerciantes. — Aço de primeira, tem espírito e é bom sujeito.

"O xerife notou minha presença nesse momento e, como eu aparentava calma e não estar embriagado, resolveu me fazer perguntas.

"— Esse rapaz — disse, indicando Robin com o olhar — deve ser um pródigo que, tendo vendido terras, casa ou castelo, pretende jogar o dinheiro pelas janelas.

"— É bem possível — respondi desinteressado.

"— Será que possui ainda outros bens? — insistiu o xerife.

"— Também é possível, senhor.

"— Acha que vai se interessar em vender a bom preço o gado que ainda tiver?

"— Não sei dizer, mas há um meio bem simples de ter a resposta.

"— Qual? — perguntou ingenuamente o xerife.

"— Ora! Perguntando a ele!

"— Tem toda razão, forasteiro.

"E o xerife foi então até Robin e, depois de pomposos elogios à sua generosidade, felicitou-o pela maneira nobre com que utilizava sua fortuna.

"— Meu jovem amigo — acrescentou o xerife —, não tem ainda algumas cabeças de gado para vender? Posso encontrar comprador e, prestando-lhe esse favor, permito-me também dizer que um homem do seu nível social e com tão boa aparência não pode, sem comprometer a própria dignidade, ser mercador de gado.

"Robin percebeu de imediato a astuciosa e verdadeira motivação do xerife. Riu e respondeu possuir ainda cerca de mil cabeças, das quais se desfaria de bom grado por quinhentos escudos de ouro.

"— Pago trezentos — disse o xerife.

"— Ao preço atual — lembrou Robin —, meu rebanho vale dois escudos a cabeça.

"— Se me vender o rebanho inteiro, dou-lhe trezentos escudos. Lembro, galante fidalgo, que trezentos escudos de ouro estarão melhor na sua bolsa do que mil quadrúpedes nos seus pastos. Decida-se! Negócio feito por trezentos escudos de ouro?

"— É muito pouco — respondeu Robin, lançando-me um olhar de cumplicidade.

"— Um coração liberal como o seu, cavalheiro — disse o xerife, tentando a bajulação —, não perde tempo regateando alguns escudos. Vamos, negócio feito? Aperte aqui. Onde está o gado? Quero ver o rebanho todo.

"— O rebanho todo? — repetiu Robin achando graça, pois acabava de ter uma ideia.

"— Isso mesmo, jovem amigo. E se o lugar onde se encontram esses magníficos animais não for longe demais, podemos ir a cavalo e concluir a transação lá mesmo. Levo o dinheiro e se o senhor se mostrar razoável tudo estará resolvido antes de voltarmos a Nottingham.

"— Tenho uma boa área de terra a uma milha mais ou menos da cidade — respondeu Robin. — É onde se encontra o gado e pode facilmente ser visto.

"— A uma milha de Nottingham, uma área de boa dimensão… Conheço bem as redondezas e não vejo onde possa se situar sua propriedade.

"— Seja discreto — sussurrou Robin ao ouvido do xerife. — Preciso, por motivos pessoais, não revelar quem sou e quais meus títulos. Qualquer indicação sobre o local me fará perder as vantagens de estar incógnito. Pode entender isso, não pode?

"— Perfeitamente, jovem amigo — respondeu o xerife piscando o olho em sinal de conivência. — Todo cuidado é pouco com amigos e família. Entendo perfeitamente.

"— É muito perspicaz — continuou Robin mantendo um tom de mistério. — Tudo me leva a crer que nos entenderemos às maravilhas. Muito bem! Se assim quiser, vamos aproveitar a distração dos companheiros e saímos sem chamar atenção. Está pronto?

"— Agora mesmo! Estou à sua espera. Vou mandar selar imediatamente nossos cavalos.

"— Então vá, não demoro.

"O xerife se retirou e, seguindo ordem de Robin, fui encontrar os alegres companheiros da floresta que prudentemente eu havia deixado à distância de um toque de trompa, para caso de eventual contratempo. Avisei-os da iminente visita que teríamos.

"Poucos minutos depois, o xerife levou Robin a seus aposentos particulares, apresentou-lhe sua jovem e bonita esposa, de cerca de vinte anos, e pediulhe que se sentasse, enquanto ele iria contar o dinheiro.

“Ao voltar, encontrou Robin conversando com a moça, só que ajoelhado a seus pés. Isso irritou o ciumento marido, mas a esperança de fazer o bom negócio o fez controlar a raiva. Mordeu os lábios e disse:

“— Estou pronto, nobre amigo.

“Robin enviou um beijo à bela senhora e, fazendo ficar vermelho de raiva o marido escandalizado, disse que voltaria em breve.

“Pouco depois, o xerife e ele deixaram a cavalo a cidade e se embrenharam pelas trilhas mais desertas do bosque, até o cruzamento em que devíamos encontrá-lo.

“— Aqui temos — disse Robin, estendendo o braço na direção de um lindo vale da velha Sherwood — uma parte da minha propriedade.

“— Isso é mentira, e um perfeito absurdo — respondeu o xerife, achando se tratar de alguma brincadeira de mau gosto. — Essa floresta e tudo que ela comporta é propriedade do rei.

“— É possível — concordou Robin. — Mas como me apropriei, tudo passou a ser meu.

“— Mas como, seu?

“— Já vai entender.

“— Estamos num lugar deserto e perigoso — disse o xerife. — O bosque está infestado de bandidos. Que Deus nos livre de cairmos nas mãos do miserável Robin Hood! Se uma desgraça assim nos acontecesse, perderíamos tudo que temos.

“— É o que veremos — zombou Robin. — Pois aposto mil contra um que dentro em pouco vamos estar frente a frente com ele.

“O xerife ficou lívido e lançou olhares assustados ao matagal.

“— Preferiria que sua propriedade estivesse mais bem situada. Se tivesse me avisado dos perigos em volta, certamente não teria vindo.

“— Mas o que eu disse, caro senhor, é que já estamos nas minhas terras.

“— Como? A que terras se refere? — perguntou o xerife com ansiedade.

“— Não vejo como ser mais claro. Estou mostrando essas clareiras, vales e trilhas e repito: é minha propriedade. Quando se refere à sua esposa não diz: é minha mulher?

“— Sim, claro, claro — balbuciou o xerife. — E qual o seu nome, por favor? Quero muito saber como se chama tão rico proprietário.

“— Sua legítima curiosidade logo será satisfeita — respondeu rindo Robin Hood.

“Nesse mesmo instante, um imenso bando de cervos atravessou o caminho.

“— Veja, meu amigo, à direita; uma centena de cabeças do meu rebanho. Bem gordas e bonitas de se ver, não acha?

“O xerife tremia de cima a baixo e disse, explorando assustado as profundezas do bosque.

"— Gostaria muito de não ter vindo aqui.

"— Mas por quê? — perguntou Robin. — A velha Sherwood é uma linda moradia, posso garantir. Aliás, não tem o que temer, está na minha companhia.

"— É exatamente o que me preocupa, sr. desconhecido. Confesso que nesses últimos instantes sua companhia me parece bem pouco tranquilizadora.

"— Felizmente nem todas as pessoas têm a mesma opinião, sr. xerife — respondeu Robin com um sorriso. — Mas já que para o meu desagrado o senhor se inclui nessa minoria, é melhor que não continuemos nossa conversa.

"Dizendo isso, Robin se inclinou exageradamente à frente do companheiro e levou à boca uma trompa de caça.

"Esqueci de dizer, amigos, que seguíamos passo a passo os dois viajantes e ao primeiro chamado nos apresentamos.

"Apavorado, o xerife quase caiu do cavalo.

"— O que deseja, nobre chefe? — perguntei a Robin. — Por favor, dê as ordens, serão imediatamente executadas."

— É como sempre fala com Robin Hood, João Pequeno? — zombou Will Escarlate.

— Exatamente, Will, por dever e por gosto — respondeu com simplicidade o mais avantajado dos homens da floresta.

"— Trouxe até aqui o poderoso xerife de Nottingham — disse Robin —, pois Sua Senhoria gostaria de examinar algumas cabeças do meu rebanho e também participar de uma ceia. Peço então ao querido lugar-tenente que providencie o necessário para que o hóspede seja tratado com o respeito e os esplendores que se devem à sua distinção.

"— Serviremos os pratos mais requintados — respondi —, certos de que ele saberá apreciar e pagar generosamente a refeição.

"— Pagar? — espantou-se o xerife. — O que pretende dizer com isso?

"— A explicação virá no momento certo, excelência, mas agora, permita-me responder à pergunta que honrosamente me fez, ao entrarmos no bosque.

"— Qual pergunta? — balbuciou o xerife.

"— Perguntou como me chamo.

"— Ai!

"— Meu nome é Robin Hood, excelência.

"— Imaginei — disse o xerife, mostrando com o olhar o alegre bando em volta.

"— Quanto ao que entendemos por pagar o preço, é o seguinte: mantemos mesa sempre franqueada aos pobres, mas fazemos com que nos reembolsem lautamente os hóspedes que têm a felicidade de contar com uma escarcela abastada.

"— E quanto será? — perguntou o xerife com uma voz infeliz.

"— Não estipulamos condições nem preço. Pegamos sem contar todo o dinheiro que nosso convidado tiver. O senhor, por exemplo, tem no bolso trezentos escudos de ouro.

"— Meu Deus, meu Deus! — murmurou o xerife.

"— Sua despesa vai custar trezentos escudos.

"— Trezentos escudos?

"— Exatamente. Proponho então que coma o quanto puder e beba à vontade, para não pagar o que não tiver consumido.

"Uma excelente refeição foi servida na relva. O xerife não estava com fome. Comeu então muito pouco, mas, em contrapartida, bebeu consideravelmente. Achamos que tamanha sede fosse por efeito do desespero. Deu-nos os trezentos escudos de ouro e assim que a última mocda desapareceu na minha sacola, ele deixou claro querer muito ir embora. Robin mandou que trouxessem o seu cavalo, ajudou-o a montar, desejou boa viagem e insistiu para que não deixasse de cumprimentar, de sua parte, a encantadora esposa.

"O xerife nem se dignou a responder às nossas despedidas, de tanta pressa que tinha para deixar o bosque, lançou o cavalo a galope e se afastou sem uma palavra.

"Foi como terminou a aventura de Robin Hood e os negociantes de gado em Nottingham."

— Eu bem que gostaria de um dia testar minha habilidade em me disfarçar. Já tentou algo assim, João Pequeno? — perguntou Will Escarlate.

— Já, obedecendo a uma ordem de Robin.

— E como se saiu? — continuou Will.

— Bastante bem, considerando do que se tratava.

— E que era...? — quis saber Much.

— Posso contar. Certa manhã, Robin Hood se preparava para visitar Halbert Lindsay e sua bonita esposa quando o fiz ver que era perigoso ele se expor abertamente na cidade. Depois do ocorrido com o xerife e a falsa venda de gado, o risco de alguma vingança mais séria era grande. Robin ignorou o perigo, dizendo que então o melhor seria se disfarçar de normando. Vestiu um magnífico traje de montaria, foi à casa do jovem Hal e de lá resolveu ir até a estalagem do xerife. Fez uma despesa alta, cumprimentou a esposa do dono pela delicada beleza, conversou com o patrão que o tratava com toda deferência e depois, já deixando a casa, chamou-o até um ponto mais afastado e disse, com um sorriso:

"— Mil vezes agradeço, caro estalajadeiro, pela maneira hospitaleira com que recebeu Robin Hood.

"Antes que o xerife saísse do estupor em que essas palavras o deixaram, Robin já havia desaparecido."

— Muito bom! — disse William. — Mas essa nova demonstração de Robin não explica a maneira com que você mesmo se disfarçou, João Pequeno.

— Foi de mendigo que me fantasiei.

— Quais eram as circunstâncias?

— Para obedecer, como disse, a uma ordem de Robin, querendo testar minha capacidade e saber se podia eventualmente contar comigo nessa sua formidável habilidade. Pude escolher o disfarce e, tendo sabido da morte de um rico normando com propriedade nas vizinhanças de Nottingham, resolvi me misturar aos pobres que acompanhariam o féretro. Pus na cabeça um chapéu velho enfeitado de conchinhas,[66] peguei um bom cajado, vesti-me como um peregrino, carregando um saco para coisas de comer e uma bolsinha destinada às esmolas em dinheiro. Tudo tinha um aspecto miserável e fiquei tão parecido com um pobre de verdade que nossos alegres companheiros quase me deram esmola.

A cerca de uma milha do nosso esconderijo, encontrei alguns mendigos que, como eu, se dirigiam ao castelo do morto. Um daqueles malandros parecia ser cego, outro mancava como que sofridamente e os outros dois apenas se vestiam com trapos miseráveis para indicar sua condição.

"— São vagabundos que podem me servir de modelo — pensei, observando-os disfarçadamente. — Vou me aproximar e tentar aprender alguma coisa. Bom dia, companheiros — disse, procurando ser simpático. — Que boa coincidência! Qual caminho pretendem seguir?

"— Seguimos o caminho — respondeu de maneira seca o sujeito a quem eu tinha mais diretamente me dirigido.

"Os companheiros dele me olharam da cabeça aos pés, com uma expressão de espanto e certo medo.

"— O camarada mais parece uma torre da abadia de Linton! — disse um dos miseráveis recuando.

"— O que pareço mesmo é alguém que nada teme — respondi meio ameaçador.

"— O que é isso, amigo? Vamos seguir em paz — disse outro dos mendigos.

"— Melhor assim — concordei. — Mas o que há de tão interessante no final da estrada, que vejo surgir de todo lugar nossa santa confraria esfarrapada? Por que os sinos da abadia de Linton tocam de maneira tão lúgubre?

"— É que um normando acaba de morrer.

"— E estão indo ao enterro?

"— Vamos atrás das boas coisas que são distribuídas a pobres-diabos como nós quando há funerais. Se quiser pode ir também.

"— Posso mesmo e nem preciso de permissão — respondi ironicamente.

66. As conchinhas presas no chapéu eram símbolo de peregrinação.

"— Varapau emporcalhado! — berrou o menos estropiado dos mendigos. — Já que é assim, não vamos ficar aguentando sua companhia idiota. Não parece nada confiável e a sua presença não nos agrada. Cai fora e leva de presente essa bordoada na cabeça.

"Nem acabou de dizer isso e me acertou uma tremenda paulada.

"A agressão inesperada me deixou furioso. Fui para cima do miserável e, sem muito esforço, apliquei-lhe boa surra.

"Sem conseguir mais se defender, o infeliz pediu misericórdia.

"— E agora vocês, matilha de cães! — gritei para os outros, ameaçando-os com meu cajado.

"Teriam rido um bocado, meus amigos, vendo o cego abrir os olhos e acompanhar apavorado meus movimentos, enquanto o manco saía correndo a toda velocidade para o bosque. Mandei que calassem a boca, pois gritavam de arrebentar os tímpanos, e desci metodicamente o sarrafo naqueles ombros bem robustos. Na confusão, rasguei a sacola de um deles e algumas moedas de ouro escaparam. O patife dono dos escudos se jogou de joelhos diante do tesouro, provavelmente querendo escondê-lo de mim.

"— Oh! Oh! — exclamei. — Aí temos algo que muda o aspecto das coisas, maltrapilhos miseráveis ou, melhor dizendo: ladrões. Vão me dar agora mesmo e até o último níquel o dinheiro que têm ou faço um mingau de vocês três.

"Os covardes pediram misericórdia mais uma vez, e como meu braço já estava doendo de tanto bater neles sem parar, fui generoso. Quando deixei os mendigos e fui embora, com os bolsos cheios do que havia tirado deles, os miseráveis mal se aguentavam de pé.

"Satisfeito com minhas proezas, pois é justo roubar ladrões, voltei às trilhas da floresta. Robin Hood, com alguns alegres membros do bando, exercitava-se ao arco e flechas.

"— O que é isso, João Pequeno? — ele gritou ao me ver surgir no caminho. — Já de volta? Faltou coragem para levar até o fim o papel de irmão mendicante?

"— Não é bem assim, amigo Robin, cumpri bem minha missão, que foi produtiva. Trago seiscentos escudos de ouro.

"— Seiscentos escudos de ouro? — ele se espantou. — Assaltou algum alto personagem da Igreja?

"— Nada disso, meu capitão. Recolhi essa soma com membros da tribo dos mendigos.

"Robin Hood ficou sério.

"— Explique melhor, João. Não acredito que tenha tirado dinheiro de gente pobre.

"Contei a aventura, lembrando que mendigos com tanto ouro só podiam ser ladrões profissionais.

"Robin concordou e imediatamente seu rosto retomou uma expressão sorridente."

— Foi um dia proveitoso — disse Much rindo. — Seiscentos escudos de ouro de uma só vez!

— Na mesma noite — continuou João —, distribuí aos pobres das redondezas de Sherwood a metade daquela quantia.

— Grande João! — disse Will apertando a mão do amigo.

— "Generoso Robin", é o que deveria dizer, pois ao fazer isso apenas obedeci às ordens do meu chefe.

— Pronto, chegamos em Barnsdale — disse Much. — O trajeto nem pareceu demorado.

— Vou dizer isso a minha irmã — brincou Will em tom de ameaça.

— E direi — respondeu Much — que em momento algum deixei de pensar nela.

7

Sete dias se passaram, e William, Much e João Pequeno continuavam no castelo de Barnsdale, com o risonho solar em festa para celebrar os casamentos de Winifred e de Bárbara. Sob a orientação de Will Escarlate, o parque e os jardins do castelo foram transformados em arenas e espaço de dança, pois o gentil rapaz estava sempre atento ao bem-estar geral e à felicidade de cada um em particular. Incansável, participava e cuidava de tudo, e enchia a casa com sua alegria e bom humor.

Sem parar de trabalhar, ele conversava, ria, perguntava coisas a Robin e brincava fazendo provocações a Much. De repente, uma ideia mais louca atravessou o seu espírito e ele começou a rir alto.

— O que houve, William? — perguntou Robin.

— Meu amigo, duvido que adivinhe. Aposto que não consegue.

— Deve ser engraçadíssimo, já que o faz rir sozinho.

— Engraçadíssimo mesmo. Você conhece meus seis irmãos, não é? Todos seguem mais ou menos o mesmo padrão: são louros como o trigo, afetuosos, sossegados, valentes e honestos.

— Onde está querendo chegar, William?

— No seguinte: esses bons rapazes não conhecem o amor.

— E o que tem isso? — perguntou Robin sorrindo.

— Pois tive uma ideia que pode nos dar muita alegria — começou Will Escarlate.

— Qual ideia?

— Você sabe que tenho muita influência sobre eles e vou convencê-los hoje mesmo de que devem se casar. — Robin começou a rir. — Vou chamá-los a um canto do pátio e enfiar nas suas cabeças a ideia maluca de se casarem no mesmo dia que Much e João Pequeno.

— Acho impossível. Seus irmãos são calmos e ponderados demais para que embarquem assim nesse plano. Aliás, que eu saiba, não estão interessados em ninguém em particular.

— Tanto melhor. Serão obrigados a cortejar as amigas das minhas irmãs e será ainda mais divertido. Imagine só o jeitão de Gregório, que é tão ajuizado e pesadão, o típico bom sujeito, tentando agradar a uma moça. Venha comigo, Robin, não temos tempo a perder, são só três dias para que façam suas escolhas. Vou reuni-los e ter uma conversa num tom grave e paternal.

— O casamento é uma decisão séria, Will, e não devemos brincar com isso. Digamos que consiga, com a eloquência que tem, convencê-los, mas imagine que depois se sintam infelizes por terem se apressado na escolha; não vai se arrepender um bocado por criar tal situação para a vida inteira?

— Fique tranquilo quanto a isso, Robin. Vou cuidar de encontrar moças dignas do mais delicado amor, tanto no presente quanto no futuro. Aliás, sei de uma bonita mocinha que é apaixonada por meu irmão Herbert.

— Isso não basta, Will. Essa criaturinha é digna de chamar Winifred e Bárbara de irmãs?

— Totalmente e, além disso, tenho certeza de que será ótima esposa.

— Herbert conhece a moça?

— Bastante, mas é ingênuo demais para imaginar que pode ser objeto de uma preferência desse tipo. Várias vezes tentei mostrar o quanto é bem-vindo na casa de miss Anna Maydow. Em vão. Nunca consegui que entendesse. É um menino, mesmo tendo vinte e nove anos! Com o caso dele resolvido, passemos a outro. Tenho muita simpatia por outra linda mocinha que, sob todos os aspectos, conviria perfeitamente a Egbert. Além disso, Maude ontem mesmo falou de uma jovem da vizinhança que acha Harold um belo rapaz. Como vê, Robin, já temos uma parte do que é preciso para a realização do meu projeto.

— Infelizmente não basta, Will, pois são seis a casar.

— Não se preocupe, vou procurar e encontrar mais três moças.

— Tudo bem. Mas acha que vão querer se casar com os seus irmãos?

— Tenho certeza. Meus irmãos são rapazes fortes, jovens e de boa aparência. Parecidos comigo fisicamente — acrescentou Will com uma ponta de vaidade. — Mesmo que não sejam sedutores como você, Robin, nem tão simpáticos e comunicativos, têm, por outro lado, tudo para causar boa impressão a qualquer jovenzinha ajuizada que procure um bom marido. Ah! Herbert está passando por ali — notou Will, voltando-se para um rapaz que atravessava uma alameda do jardim. — Vou chamá-lo. Herbert! Chegue até aqui!

— O que há, Will? — perguntou o rapaz, se aproximando.

— Estava querendo falar com você, meu amigo.

— Estou ouvindo.

— O que quero dizer tem a ver com nossos irmãos também. Pode chamá-los?

— Agora mesmo.

Nos poucos minutos que durou a ausência de Herbert, Will ficou pensativo. Todos chegaram enfim, sorridentes e alegres.

— Cá estamos, William — disse o mais velho deles, bem-humorado. — Por que quis nos ver a todos ao mesmo tempo?

— Um motivo grave, meus queridos irmãos, mas posso, antes, fazer uma pergunta?

Todos, com o mesmo gesto, concordaram.

— Gostam muito do nosso pai, não é?

— Quem teria dúvida quanto a isso? — respondeu Gregório.

— Ninguém. A pergunta é apenas um ponto de partida. Só confirmando, têm todo carinho por nosso velho e muito digno pai, que sempre se comportou honradamente, como verdadeiro saxão?

— Claro que sim! — estranhou Egbert. — Em nome de Deus, Will, o que quer dizer com isso? Alguém difamou nosso pai? Diga quem foi o miserável e me encarrego de vingar a honra dos Gamwell.

— A honra dos Gamwell continua intacta, irmãos queridos. Houvesse sido maculada pela mentira, já teria sido lavada com o sangue do caluniador. Quero falar-lhes de algo menos grave e, mesmo assim, muito sério. Peço somente que não me interrompam, se quiserem saber ainda hoje e antes do final do dia tudo o que quero dizer. Apenas movam a cabeça, para concordar ou não. Bom, recomeço. A conduta de nosso pai é a de um homem honesto, e deve nos servir de guia e modelo.

As seis cabeças louras fizeram o mesmo gesto afirmativo e Will continuou:

— Nossa mãe seguiu o mesmo caminho. Em sua existência buscou o cumprimento de todos os deveres, é o exemplo de todas as virtudes.

— Concordamos todos.

— Nossos queridos pais se amaram e viveram juntos, construindo mútua felicidade. Caso nosso pai não tivesse se casado, não existiríamos e, consequentemente, desconheceríamos a felicidade de viver. Não é claro?

— Claríssimo.

— O que quero dizer, meninos, é que devemos ser gratos a nossos pais por terem se casado, nos trazido ao mundo e serem a causa da nossa existência.

— Perfeitamente.

— E por que continuam cegos a esse quadro de tanta felicidade? Por que se mantêm ingratos diante da Providência? Como se negam a prestar a nossos pais a demonstração de respeito, carinho e gratidão?

Os rapazes arregalaram os olhos espantados, sem nada entender das palavras do irmão.

— O que significa tudo isso, William? — Gregório tomou a iniciativa.

— Significa, meus irmãos, que assim como nosso pai vocês devem se casar e, com isso, mostrar que admiram o seu exemplo.

— Santo Deus! — exclamaram todos juntos, nada satisfeitos.

— O casamento é a felicidade — completou Will. — Imaginem o quanto vão estar contentes tendo uma querida criatura em seus braços, como a flor que se agarra ao forte arbusto, uma querida criatura que os amará, pensará em vocês, que serão para elas fonte de toda a alegria. Olhem em volta, seus mandriões, e verão os doces frutos do casamento. Maude e eu, para começar, a quem tenho certeza que invejam quando brincamos juntos com nosso querido filhinho. Em seguida, Robin e Marian. Vejam João Pequeno, que é um digno exemplo. Querem mais provas da felicidade que o céu distribui aos jovens casais? Façam uma visita a Halbert Lindsay e a bonita Graça. Desçam o vale de Mansfield e encontrarão Allan Clare e lady Christabel. Parecem-me uns grandessíssimos egoístas que nunca pensaram que podem tornar uma mulher feliz. Não balancem a cabeça, nunca haverão de convencer ninguém de que são bons e generosos rapazes. Tenho vergonha por vocês de tanta secura na alma e me incomoda ouvir por todo lugar: "Os filhos do velho baronete têm corações de pedra." Resolvi dar um basta a esse estado de coisas e quero, considerem isso um aviso, que se casem.

— Era só o que faltava! — reagiu Rupert revoltado. — No que me concerne, não quero mulher. O casamento pode ser ótimo, mas isso me interessa muito pouco, no momento.

— Não quer uma esposa? — respondeu Will. — Que seja, mas terá uma mesmo assim, pois conheço alguém que o fará mudar de ideia. — Rupert balançou a cabeça. — Entre nós, já que estamos em família, tem interesse por alguém em particular?

— Tenho — respondeu o rapaz com gravidade.

— Muito bem! — exclamou Will, surpreso com a confidência inesperada, pois Rupert era bastante arredio às jovens senhoritas. — Quem é? Diga como se chama.

— É minha mãe — disse o ingênuo rapaz.

— Sua mãe! — repetiu Will, com uma ponta de zombaria. — Não é novidade. Há muito tempo sei que ama, venera e respeita nossa mãe. Não me refiro a esse tipo de amor filial com que envolvemos nossos pais, falo de outra coisa, falo de amor… O amor é um sentimento… um carinho… enfim, uma sensação que faz o coração dar saltos na direção de determinada pessoa. Nada impede que adore a sua mãe e, ao mesmo tempo, goste de uma moça encantadora.

— Também não quero me casar — declarou Gregório.

— Acha que tem vontade própria, irmãozinho? — respondeu Will. — Vai descobrir daqui a pouco que está errado. Por exemplo, pode dizer por qual motivo rejeita o casamento?

— Não — respondeu timidamente Gregório.

— Quer viver sozinho? — Gregório se manteve em silêncio. — Atreve-se a defender a opinião dos patifes que fazem pouco da companhia de uma mulher? — perguntou Will fingindo-se indignado.

— Não é o que digo e menos ainda o que penso, mas…

— Não há mas que se sustente diante de motivos peremptórios como os que apresentei. Preparem-se então para constituir família, irmãos, pois vão se casar ao mesmo tempo que Winifred e Bárbara.

— Como? — assustou-se Egbert. — Em três dias? Está louco, Will. Nem temos tempo para encontrar com quem.

— Deixem que cuido disso, encarrego-me de conseguir mais do que se atreve esperar a natural modéstia de vocês.

— No que me toca, decididamente não quero perder minha liberdade — disse Gregório.

— Nunca esperei encontrar tanto egoísmo num dos filhos de minha mãe — disse William com um tom magoado.

O pobre Gregório ficou todo vermelho.

— Veja, Gregório — disse Rupert —, deixe Will fazer o que quer, pois age pensando em nossa felicidade. Se de fato encontrar mulher para mim, aceitarei. De qualquer forma, irmão, sabemos que é bobagem resistir, William sempre conseguiu tudo que queria de nós.

— Já que quer tanto nos casar — acrescentou Stéphen —, prefiro ter logo uma esposa em três dias do que em seis meses.

— Concordo com Stéphen — disse o tímido Harold.

— Aceito, então, mas forçado — concordou Gregório enfim —, pois Will é um verdadeiro demônio e mais cedo ou mais tarde vai conseguir me enredar na sua teia.

— Logo vai me agradecer por ter derrubado seus falsos argumentos e sua felicidade será a minha recompensa.

— Caso-me então, mas só para agradá-lo, Will. Só espero que também procure me agradar e me consiga uma bela moça.

— Todos serão apresentados a jovens e encantadoras senhoritas. Se não as acharem adoráveis, vão poder dizer por aí que Will Escarlate não sabe o que é um rosto bonito.

— Vou poupá-lo do trabalho de me ajudar — disse Herbert. — A minha já foi escolhida.

— Ah! — exclamou Will com uma risada. — Você vai ver, Robin, que meus rapazes de bobos não têm nada e que a aparente relutância com relação ao casamento era de brincadeira. Como se chama a bem-amada, Herbert?

— Anna Maydow. Combinamos que nosso casamento seria junto ao de minhas irmãs.

— Mas como é sonso! — disse Will, dando no irmão um tapinha no ombro. — Falei anteontem dessa moça com você, que ficou calado.

— Somente hoje de manhã tive uma resposta positiva da querida Anna.

— Tudo bem, mas quando fiz alusão ao interesse dela por você, não comentou nada.

— Não tinha o que comentar. Você dizia: "Miss Anna é bonita, tem bom temperamento e pode ser excelente esposa." Como sei de tudo isso há muito tempo, suas observações não eram novidade para mim. Depois você acrescentou: "Ela gosta de você." Sendo também a minha opinião, nada vi que pudesse comentar.

— É uma boa resposta, discreto Herbert. Pelo silêncio dos nossos irmãos, porém, acho que é o único a merecer minha estima.

— Também já estava decidido a me casar — disse Harold. — Por influência de Maude.

— Ela escolheu alguém para você? — perguntou Will rindo.

— Escolheu, meu irmão. Maude me convenceu do quanto é agradável viver ao lado de uma boa mulher e acabei aceitando a ideia.

— Ótimo! — entusiasmou-se Will felicíssimo. — Caros irmãos, aceitam por vontade própria e com a mão no coração se casarem no mesmo dia que Winifred e Bárbara?

— Aceitamos — responderam duas vozes energicamente seguras.

— Aceitamos — murmuraram os que não tinham perspectiva de candidatas.

— Viva o casamento! — gritou Will, tirando o gorro da cabeça e jogando-o para o alto.

— Viva! — repetiram em uníssono as seis vozes.

— Will — lembrou Egbert —, é melhor pensar em nossas futuras esposas. Precisa se apressar, pois provavelmente vão querer conversar um pouco antes de se casarem.

— É provável mesmo, venham comigo. Tenho em vista uma gentil mocinha para Egbert e acho que conheço três outras que vão perfeitamente combinar com Gregório, Rupert e Stéphen.

— Will — adiantou-se Rupert —, tenho preferência por louras e miúdas, não gostaria de uma esposa corpulenta demais.

— Conheço suas inclinações românticas e levei isso em consideração. Sua noiva tem a fragilidade de uma flor e é bonita como um anjo. Venham, rapazes, vou apresentá-los às suas respectivas para que façam a corte. Caso não saibam muito como agradá-las, posso dar conselhos. Melhor ainda, posso substituí-los na tarefa.

— É pena que não possa também se casar com nossas futuras mulheres, tudo se encaminharia bem mais rapidamente.

William fez um gesto fanfarrão, pegou Gregório pelo braço e saiu de Barnsdale, acompanhado por seu cortejo de candidatos.

Os sete irmãos logo chegaram ao vilarejo. Herbert tomou a direção da casa de sua escolhida. Harold desapareceu pouco depois e Will se encaminhou com os irmãos à residência da jovem que ele havia pensado para Egbert.

Miss Lucy abriu pessoalmente a porta. Era uma jovem encantadora, de rosto bem rosado e olhos negros com brilhos de malícia. Seu sorriso exprimia bondade, e ela sorria muito.

William apresentou o irmão e falou das boas qualidades de Egbert. Foi tão persuasivo e eloquente que a gentil senhorita, obtido o consentimento da mãe, deixou Will otimista quanto à realização dos seus desejos.

Satisfeito com a boa acolhida de miss Lucy, ele deixou Egbert para que continuasse por conta própria a corte tão bem iniciada e se afastou com os irmãos.

Mal os rapazes se viram de volta à rua, Stéphen disse a Will:

— Gostaria de ser capaz de falar como você, com tanto brilho, desenvoltura e graça.

— Nada mais fácil do que ser agradável a uma mulher, meu amigo. As palavras, em si, não têm tanta importância; não são indispensáveis os floreios e nem que elas sejam belas, basta apenas dizer com bondade coisas sinceras.

— É bonita a moça que escolheu para mim?

— Diga suas preferências e gosto.

— Ah! — respondeu Stéphen. — Não sou tão difícil, alguém como Maude seria perfeito para mim!

— Alguém como Maude! Só isso? — repetiu Will extremamente surpreso. — Na verdade, meu caro, está sendo exigente, e deixe-me acrescentar que nada modesto em suas expectativas. Por são Paulo! Stéphen, alguém como Maude é muito raro, para não dizer impossível de encontrar. Saiba, seu ambicioso, que não existe na Terra quem se compare a minha querida mulher!

— Acha mesmo, Will?

— Tenho certeza — afirmou ele, peremptório.

— Não pensei nisso. Desculpe minha ignorância, Will. Não sou alguém viajado — respondeu ele com ingenuidade. — Mas se puder encontrar para mim uma mulher com beleza comparável à de Maude…

— Não há no mundo quem tenha uma só das perfeições de Maude — respondeu William com uma ponta de irritação pelos anseios do irmão.

— Sendo assim, Will, consiga para mim alguém que lhe agrade — consentiu Stéphen mais desanimado.

— Não terá do que reclamar. Vou dizer como se chama: Minny Meadoros.

— Sei quem é — disse Stéphen com um sorriso. — Tem olhos negros, cabelos cacheados. Minny costumava rir de mim, dizendo que eu era bobo e aparvalhado. Mas eu gostava dela, apesar disso. Um dia, estávamos sozinhos, e ela me perguntou rindo se eu alguma vez havia beijado uma garota.

— E o que respondeu?

— Respondi que evidentemente havia beijado minhas irmãs. Minny desatou a rir e continuou perguntando: "Não beijou então nenhuma outra mulher além das suas irmãs?" "Desculpe-me, miss", respondi, "já beijei também a minha mãe."

— Mas que tonto! Muito bem. E o que aconteceu depois dessa bela resposta?

— Ela riu ainda mais. E perguntou se eu não tinha vontade de beijar outras mulheres, que não fossem minhas irmãs e mãe. Respondi que não.

— Foi uma estupidez. Devia ter beijado Minny: seria a resposta certa para as perguntas.

— Isso nem me passou pela cabeça — disse tranquilamente Stéphen.

— E como se despediram depois dessa amável troca de palavras?

— Minny me tratou de tolo e foi embora rindo.

— Concordo plenamente com sua futura esposa. Ela o agrada, então?

— Muito. E o que digo a ela, quando estivermos sozinhos?

— Todo tipo de coisas bonitas.

— Entendo. Mais uma coisa, Will, como se deve começar uma boa frase? É sempre a primeira palavra o que acho difícil encontrar.

— Quando estiver sozinho com Minny, diga que gostaria de ter algumas aulas da arte de beijar moças e, dizendo isso, beije-a. Dado o primeiro passo, não terá dificuldade para continuar.

— Nunca vou conseguir ser tão atrevido — assustou-se Stéphen.

— Nunca vou conseguir! — arremedou Will. — Pela minha alma, Stéphen! Se não tivesse certeza de que é um bravo e corajoso mateiro, poderia achar que é uma moça vestida de homem.

Stéphen ficou vermelho.

— E se ela ficar ofendida com minha maneira de agir? — disse ele hesitante.

— Beije-a novamente e diga: "Linda senhorita, adorável miss Minny, será preciso que me perdoe para que pare de beijá-la." Aliás, guarde isso na memória e trate de se lembrar no momento certo: uma jovem nunca recusa de verdade um beijo de quem ela ama. É verdade que, se não for o caso, as coisas mudam: ela se defende e tão bem que você não vai poder ir adiante. Mas não corre risco algum de ser realmente recusado. Sei por fonte segura que a linda mocinha o vê com bons olhos.

Stéphen se armou de coragem e prometeu a William superar a timidez.

A jovem estava sozinha em casa.

— Bom dia, adorável Minny — disse Will, tomando a mão estendida da jovem, que corou ao cumprimentá-lo. — Trouxe comigo meu irmão Stéphen, que tem algo importante a lhe dizer.

— Stéphen? — estranhou a moça. — O que pode ter de tão importante a me dizer?

— Que gostaria — começou precipitadamente o rapaz, empalidecendo de dar medo — de ter umas aulas…

Will o interrompeu com um puxão no braço, para que não fosse tão rápido, e disse:

— Querida Minny, Stéphen explicará daqui a pouco o que espera da sua bondade. Mas desde já permita-me comunicar o próximo casamento de minhas irmãs.

— Ouvi falar das belas festas que estão sendo preparadas no castelo.

— Pois espero, querida Minny, que venha participar de nossa alegria.

— Com prazer, Will. As jovens do povoado andam todas preocupadas com as roupas que usarão, e para mim é uma alegria imensa dançar em festas de núpcias.

— Irá com o seu namorado, não é, Minny?

— Não — interrompeu Stéphen. — Está esquecendo, Will…

— Não estou esquecendo nada — cortou o irmão. — Por favor, apenas ouça por alguns segundos. Irá com o seu namorado, não é, Minny? — repetiu Will a pergunta.

— Não tenho namorado.

— Verdade, Minny? — perguntou Will.

— É a pura verdade, ninguém que eu possa considerar como tal.

— Se quiser, Minny, gostaria de ser seu namorado — intrometeu-se Stéphen, tomando trêmulo as mãos da moça.

— Muito bem, Stéphen! — concordou Will.

Ganhando coragem com a aprovação do irmão, ele continuou:

— Isso mesmo, Minny; gostaria muito. Virei buscá-la no dia da festa e nos casamos ao mesmo tempo que minhas irmãs.

Assustada com o imprevisto da declaração, a moça não soube o que responder.

— Ouça, querida Minny — disse Will. — Meu irmão gosta de você há muito tempo e o silêncio que sempre manteve vem não do coração, mas de uma extrema timidez. Por minha honra, juro que Stéphen está falando com a sinceridade do amor. Você não está comprometida com ninguém, Stéphen é um belo rapaz e, detalhe mais importante ainda, é um ótimo, um excelente rapaz. Será um bom e digno marido. Com o seu consentimento e o da sua família, o casamento poderá ser celebrado junto com o de minhas irmãs.

— Na verdade, Will — respondeu a jovem baixando os olhos, confusa —, estava tão despreparada para o pedido, feito de forma tão forte e inesperada, que não sei o que responder.

— Diga simplesmente: aceito Stéphen como marido — sugeriu o próprio interessado, mais tranquilo ao constatar a suavidade dos olhares da bonita mocinha. — Gosto muito de você, Minny — ele continuou —, e serei o mais feliz dos homens caso me conceda a sua mão.

— Não tenho como responder hoje mesmo à sua proposta que muito me lisonjeia — disse a jovem, fazendo uma pequena reverência simpática e levemente irônica ao tímido pretendente.

— Vou deixar que conversem um pouco, meus amigos — atalhou William. — Minha presença nesse momento atrapalha e tenho certeza de que Minny, gostando um pouco de Winifred e Bárbara, ficará contente de considerá-las irmãs.

— Gosto profundamente de Winifred e Bárbara — respondeu a jovem, parecendo comovida.

— Então — disse Stéphen —, posso esperar que, em consideração à amizade por minhas irmãs, me tratará com generosidade.

— Veremos — ela respondeu com graça.

— Até logo, encantadora Minny — despediu-se William com um sorriso. — Por favor, seja indulgente e boa com esse gentil rapaz que carinhosamente a ama, mesmo que não saiba muito bem expressar seus sentimentos.

— Está sendo severo demais, Will — respondeu seriamente a moça. — Pessoalmente acho que Stéphen se exprimiu perfeitamente bem.

— Bom — concluiu Will. — Vejo que é excelente pessoa, amável Minny. Permita-me beijar suas mãos e dizer uma vez mais: até breve, irmã.

— Devo realmente responder a William: até breve, irmão? — perguntou a moça, voltando-se para Stéphen.

— Por favor — exclamou Stéphen com voz alegre. — Diga: até breve, irmão, para que ele vá logo embora.

— Fez progressos rápidos, garoto — observou rindo Will. — Minhas aulas foram boas, tenho a impressão.

Ele se despediu de Minny com um beijo e se afastou, com Gregório e Rupert.

— Agora é a nossa vez, não é? — impacientou-se o primeiro. — Estou louco para saber com quem vou casar.

— Eu também — disse Rupert.

— Onde ela mora? — perguntou Gregório.

— Vou estar com minha noiva ainda hoje? — emendou Rupert.

— Tanta curiosidade é natural e logo será satisfeita — respondeu Will. — Suas futuras esposas são primas e se chamam Mabel e Editha Harowfeld.

— Conheço as duas — disse Gregório.

— Eu também — acrescentou Rupert.

— São belas moças — afirmou William — e não me surpreende que os tenham atraído. Estou em Barnsdale há apenas dezoito meses e, mesmo assim, não há no condado moça alguma, loura ou morena, em que eu não tenha reparado. Assim como a vocês, Mabel e Editha chamaram minha atenção.

— Nunca vi um sujeito como você, Will. Anda de cima a baixo por todo lugar e conhece todas as mulheres. Nenhum de nós é assim — admitiu Gregório.

— E é pena, rapazes. Pois se minimamente se parecessem comigo eu não seria obrigado a procurar mulheres para vocês e a ensinar a fazer a corte às que lhes agradarem.

— Saiba que não teremos dificuldade para fazer a corte a Mabel e Editha — respondeu Gregório, decidido. — Rupert tem uma inclinação por Mabel e estou pessoalmente convencido de que Editha é boa pessoa. Vou então simplesmente perguntar se ela não quer se casar com Gregório de Gamwell.

— Não faça o pedido de forma tão brusca, meu amigo. Corre o risco de ser rejeitado.

— Diga então o que devo fazer para explicar minhas intenções. Não domino as manhas e tudo que quero é tê-la como esposa. Acho então normal chegar e apenas dizer: Editha, gostaria de me casar com você.

— Vai deixá-la muito pouco à vontade, declarando-se assim de supetão.

— E o que devo fazer? — perguntou Gregório assustado.

— Levar a conversa para a direção que o interessa, mas suavemente. Fale primeiro do baile que vai haver no castelo dentro de três dias, da felicidade de João Pequeno, da alegria de Much. Faça uma alusão à sua vontade de também se casar e só então pergunte a Editha, como fiz com Minny, se também pensa em se casar e se irá à festa de Barnsdale com algum namorado.

— E se Editha responder que sim, que irá à festa com um namorado?

— Nesse caso, diga: "Senhorita, então serei eu esse namorado."

— E se ela recusar?

— Nesse caso, você tenta o mesmo com Mabel.

— E eu? — espantou-se Rupert.

— Editha não vai recusar. Fiquem tranquilos, cada um poderá se casar com a moça de sua preferência.

Os três atravessaram a praça do vilarejo em direção a uma bonita casa, diante da qual duas moças estavam de pé.

— Bom dia, morena Editha, e bom dia, loura Mabel — disse Will cumprimentando as duas primas. — Meus irmãos e eu viemos convidá-las para um baile de núpcias.

— Sejam então muito bem-vindos — disse Mabel com a suavidade de um passarinho a cantar. — Entrem um pouco, por favor, e aceitem algo a beber.

— Mil agradecimentos, encantadora Mabel — respondeu William. — Nunca se recusa convite tão graciosamente formulado. Vamos brindar à saúde e à felicidade de vocês.

Editha e Mabel, que eram inteligentes e agradáveis moças, aceitaram bem-humoradas os galanteios dos três irmãos, e depois de uma hora de alegre conversa, Gregório juntou toda coragem e timidamente perguntou a Editha se um namorado a acompanharia ao castelo.

— Estarei acompanhada não por um namorado, mas por meia dúzia de simpáticos rapazes — respondeu a moça com um riso provocativo.

A resposta inesperada deixou o pobre Gregório totalmente confuso. Ele deixou escapar um suspiro e disse a meia-voz ao irmão:

— É um caso perdido, não acha? Não posso disputar com meia dúzia de pretendentes. Que pena, vou ter que continuar solteiro.

— Para você que não queria se casar, é uma boa notícia — disse Will, em tom de zombaria.

— Enquanto não tinha ninguém em mente, mas desde que a ideia chegou ao coração, me apavora achar que não vou encontrar uma esposa.

— Vai ter Editha, deixe comigo. Miss Editha — disse William —, nossa visita tinha uma dupla finalidade. Primeiro convidá-las à nossa festa de família, e, além disso, gostaria de lhe apresentar não um acompanhante para o baile, ou alguém que a adore por vinte e quatro horas apenas, pois já tem seis à sua disposição e um a mais nem teria graça. Minha intenção é a de propor um bom partido, jovem, ajuizado e rico, detalhe que nunca atrapalha, e que se sentiria muito feliz de lhe oferecer o coração, a mão e o nome.

Miss Editha ficou bem pensativa.

— Está falando sério, Will?

— Não podia estar sendo mais sério. Gregório ama-a do fundo do coração. Aqui está presente e, mesmo que a senhorita não se sensibilize com a eloquência dos seus olhares, ouça pelo menos a sinceridade das suas palavras. Deixo-o defender pessoalmente a sua causa, que considero bem encaminhada — acrescentou William, interpretando como favorável o satisfeito sorriso que brotou nos lábios de Editha.

Só então Gregório se aproximou mais da jovem e William procurou Rupert, para uma eventual ajuda, que não foi necessária, pois o rapaz já conversava em voz baixa com Mabel. Segurava as mãos da moça e, quase ajoelhado à sua frente, parecia muito satisfeito.

— Bom — pensou Will —, está se virando bem. Posso deixar que continue por conta própria.

Considerou por um tempo os dois casais enamorados e deixou a sala sem chamar atenção, voltando apressado ao castelo.

Ao chegar ao saguão de Barnsdale, encontrou Robin, Marian e Maude. Contou-lhes o que tinha acabado de acontecer, falou da timidez dos futuros maridos, mas acabou reconhecendo que os quatro haviam corajosamente superado a difícil posição inicial.

Já no final da tarde, os recentes noivos voltaram ao castelo. Estavam radiantes de alegria, pois o sucesso fora total: todos podiam se gabar do consentimento das suas belas.

Os pais das jovens noivas acharam loucura casá-las tão precipitadamente, mas a insigne oportunidade de fazer parte da nobre família Gamwell dissipou qualquer receio.

Sir Guy, a quem Robin habilmente preparara para a escolha de seus filhos, recebeu com perfeita generosidade as seis lindas noivas. Os oito casamentos foram celebrados na data marcada e com grande pompa, ficando todos igualmente satisfeitos com a própria felicidade.

8

Um mês depois dos acontecimentos que acabamos de relatar, Robin Hood, a esposa e o bando inteiro dos alegres companheiros estavam sob as grandes árvores da floresta de Sherwood.

Mais ou menos por essa mesma época, um numeroso grupo de normandos, regiamente pagos por Henrique II em retribuição a seus préstimos militares, vinha tomar posse dos domínios com que os gratificara a generosidade real. Alguns desses senhores, precisando atravessar a floresta de Sherwood para alcançar suas novas propriedades, foram obrigados pelo alegre bando de fora da lei a pagar prodigamente a travessia. Os recém-chegados reclamaram muito e levaram suas queixas às autoridades da cidade de Nottingham. Mas as denúncias, frequentemente exageradas, não obtiveram satisfação. Vamos então dizer por qual motivo os xerifes e demais poderosos personagens do condado guardaram prudente mutismo.

Um enorme número de integrantes do bando de Robin Hood tinha parentesco com habitantes de Nottingham e estes, muito naturalmente, usavam a influência que tinham sobre os chefes das ordens civil e militar, desviando qualquer medida mais rigorosa contra os moradores da floresta. Temiam, essas dignas pessoas, ter a melancólica satisfação de ver um dos seus parentes pendurado pelo pescoço no cadafalso público, em caso de um ataque vitorioso que expulsasse os alegres companheiros do seu verde hábitat.

No entanto, sendo preciso dar alguma satisfação aos reclamantes, demonstrar um mínimo, pelo menos, de indignação e desejo de justiça, dobrou-se a recompensa prometida a quem conseguisse capturar Robin Hood. Qualquer interessado tinha permissão para prender o célebre bandoleiro. Vários indivíduos de notável força física ou grande determinação se aventuraram, mas algo bem inesperado ocorria: acabavam sempre, por vontade própria, entrando para o bando dos alegres homens da floresta.

Certa manhã, Robin e Will Escarlate passeavam pela floresta, quando viram de repente aparecer Much, suando em bicas e exausto.

— O que aconteceu, Much? — perguntou Robin assustado. — Está sendo perseguido? Parece extenuado.

— Não se preocupe, Robin — respondeu o rapaz enxugando o rosto avermelhado. — Graças a Deus, nada tão grave assim. Foi só uma luta com Arthur o Pacífico. Valha-me Deus, o sujeito tem uma força descomunal nos braços!

— É verdade, Much, e é tarefa inglória lutar com Arthur quando ele resolve levar o combate a sério.

— Mantém bom sangue-frio, mas como ignora as verdadeiras regras da arte, deve seu sucesso mais à força dos músculos.

— Ele o fez desistir?

— Com certeza. Se não pedisse trégua já teria dado meu último suspiro. Está agora às voltas com João Pequeno, mas na certa vai perder, pois assim que começa a bater forte demais, João consegue desarmá-lo e aplicar-lhe umas boas pancadas nos ombros, para que ele aprenda a moderar todo aquele ímpeto.

— E com que propósito você começou essa luta com o indômito Arthur? — perguntou Robin.

— Sem motivo nenhum, só para passar uma hora agradável e exercitar os membros saudavelmente.

— Arthur é um adversário terrível — insistiu Robin. — Já me venceu uma vez, com o bastão.

— A você? — estranhou Will.

— A mim mesmo, querido primo. Fez comigo mais ou menos a mesma coisa que com Much. O sujeito se serve do bastão de carvalho como se fosse uma barra de ferro.

— Como aconteceu? Onde se passou a luta? — perguntou Will curioso.

— Na floresta. E foi como conheci Arthur. Estava passeando sozinho por uma trilha deserta do bosque quando me deparei com o gigante, apoiado num bastão com ponteira de ferro, de olhos arregalados e boquiaberto, examinando um bando de gamos que passava a cem passos de distância. A aparência colossal e a ingênua candura iluminando aquela cabeçorra me deram vontade de me divertir um pouco à custa dele. Esgueirei-me em silêncio por trás dele e apliquei-lhe um forte soco entre os dois ombros. Arthur balançou com a pancada, se virou e me lançou um olhar fulminante.

"— Quem é você? — perguntei. — E o que faz à toa aqui no bosque? Mais parece um ladrão se preparando para roubar um gamo. Tenha juízo e faça-me o favor de ir embora imediatamente. Guardo esse trecho da floresta e não tolero a presença de gente do seu tipo.

"— Tente então me fazer ir embora — ele respondeu com tranquilidade —, pois não tenho a menor vontade. Se quiser chame ajuda, não me oponho.

"— Não preciso de ninguém para fazer com que se respeitem a lei e a minha vontade, meu bom amigo. Estou habituado a utilizar meios próprios que, é fácil constatar, inspiram respeito. Tenho bons braços, um sabre, um arco e flechas.

"— Ora, seu guarda — disse Arthur me medindo dos pés à cabeça com desdém —, se eu lhe aplicar nos dedos uma só pancada do meu bastão, não vai mais poder se servir do sabre nem do arco.

"— Fale mais educadamente, garoto, ou vai levar uma boa surra.

"— Tudo bem, amiguinho. Tente bater num carvalho com um caniço. Quem está pensando que é, pequeno prodígio? Saiba que não estou minimamente preocupado, mas se quiser briga, vai ter.

"— Não tem sabre — observei.

"— Não preciso, tenho meu bastão.

"— Vou então pegar um do mesmo comprimento.

"— Ótimo — disse Arthur. E pôs-se em guarda.

"Enviei logo uma primeira bordoada e vi o sangue escorrer da sua testa, se espalhando pelo rosto. Zonzo com o golpe, ele deu um passo atrás. Baixei minha arma e Arthur imaginou ser um gesto de triunfo, voltando então a brandir o bastão com força e habilidade extraordinárias. Batia com tanta violência que eu mal conseguia aparar os golpes e sustentar o bastão firme em minhas mãos crispadas.

"Dando um pulo para trás, na tentativa de evitar uma porretada fortíssima, baixei a guarda e ele não desperdiçou a oportunidade, acertando-me na cabeça o pior golpe que já recebi na vida. Caí de costas como se tivesse sido atingido por uma flecha, mas não cheguei a perder a consciência e consegui me pôr de pé. A luta, suspensa por um instante, recomeçou. Arthur despejava pauladas com força tão aterradora que mal dava tempo para que eu me defendesse. O combate durou quase quatro horas, com o eco da velha floresta ressoando nossos golpes e os dois girávamos, um ao redor do outro, como dois javalis em disputa. No final, não vendo utilidade alguma em continuar uma briga em que eu nada tinha a ganhar, nem mesmo a satisfação de surrar o adversário, joguei no chão meu bastão.

"— Chega — disse para ele. — Encerremos nossa disputa. Poderíamos nos bater até amanhã, nos reduzindo mutuamente a pó, sem ganho nenhum. Concedo-lhe toda liberdade de andar pela floresta, pois é um sujeito valente.

"— Quanta generosidade a sua — ele respondeu zombando. — Conquistei esse direito de ir e vir com a ajuda do bastão. É a ele e não a você que devo agradecer.

"— Tem toda razão, bravo homem, mas vai ter dificuldade para defender esse direito se não tiver o bastão como garantia. Terá pela frente fortes concorrentes aqui na verde floresta e só haverá de manter a liberdade à custa de cabeças rachadas e membros doloridos. Vai achar a vida na cidade preferível à que terá aqui.

"— Mas eu gostaria mesmo é de viver aqui na velha floresta — explicou Arthur.

"A resposta do valoroso adversário me fez pensar. Examinei sua estatura, a fisionomia franca e amigável, achando que conquistar um companheiro assim seria bem mais proveitoso para nossa pequena comunidade.

"— Não gosta da vida na cidade? — perguntei.

"— Não. Estou cansado de ser escravo dos malditos normandos, farto de ouvir me chamarem de cachorro, lacaio e criado. Fui xingado com as palavras mais ofensivas que se possa imaginar e, não contente de usar uma língua de víbora, meu patrão quis ainda me espancar. Não fiquei esperando, tinha um bastão ao alcance da mão e usei-o. Apliquei-lhe um golpe num dos ombros que quase o deixou desacordado. Depois disso, fugi.

"— O que sabe fazer? — perguntei.

"— Sou curtidor de peles. Há anos moro na província de Nottingham.

"— Pois ouça bem, corajoso amigo! Se não fizer tanta questão assim de seguir a profissão, diga adeus a ela e fique morando aqui. Meu nome é Robin Hood. Sabe quem sou?

"— Claro que sim. É mesmo Robin Hood? Disse antes que era um dos guardas da floresta.

"— Sou Robin Hood, posso dar minha palavra de honra! — respondi, estendendo a mão ao pobre rapaz perplexo.

"— Verdade mesmo? — insistiu.

"— Por minha alma e consciência!

"— Fico muito feliz em conhecê-lo — acrescentou Arthur visivelmente satisfeito. — Vim mesmo à procura do generoso Robin Hood. Quando disse que era guarda da floresta acreditei, e não tive coragem de falar da intenção que me trouxe a Sherwood. Gostaria de entrar para o seu bando e, se me aceitar, não terá assistente mais dedicado e fiel do que Arthur o Pacífico, curtidor de peles em Nottingham.

"— Aprecio a sua franqueza, Arthur, e aceito de bom grado que se junte aos alegres companheiros que compõem o bando. Nossas leis são simples e não muitas, mas devem ser respeitadas. Em todos os demais assuntos, a liberdade é total. Além disso, terá boas roupas, boa alimentação e bom tratamento.

"— Meu coração bate forte ouvindo isso, Robin Hood, e pensar que vou fazer parte do grupo me deixa extremamente feliz. Não sou um completo desconhecido para você, acredite: tenho algum parentesco com João Pequeno. Um tio materno meu se casou com a mãe de João, que é irmã de sir Guy de Gamwell. Em breve verei João Pequeno, não é? Quero muito abraçá-lo.

"— Vou dar o sinal para que ele venha.

"Soprei a trompa e João Pequeno logo apareceu na clareira. Vendo o sangue que dava péssima aparência aos nossos rostos, ele se assustou.

"— O que houve, Robin? Está em mau estado.

"— Acabo de levar uma surra — respondi tranquilamente. — E o culpado está aqui à sua frente.

"— Se esse sujeito o venceu, deve usar muito bem o bastão. Vai receber com juros as pancadas que deu. Pode vir, grandalhão.

"— Descanse o braço, amigo, e estenda a mão a um fiel aliado, um parente; esse rapaz se chama Arthur.

"— Arthur de Nottingham, apelidado o Pacífico? — perguntou João.

"— O próprio — respondeu Arthur. — Nunca mais nos encontramos, desde criança, mesmo assim o reconheço, primo João.

"— Não posso dizer o mesmo — disse João com sua franca ingenuidade. — Não me lembro do rosto, mas isso não tem a menor importância, já que está afirmando. Seja bem-vindo, primo. Vai encontrar bons corações e boa gente na verde floresta de Sherwood.

"Arthur e João se abraçaram e o restante do dia se passou em comemorações."

— Depois disso voltou a enfrentar Arthur com o bastão? — perguntou Will.

— Não se apresentou outra oportunidade. Mas é provável que volte a vencer, e será minha terceira derrota.

— Como a terceira? — surpreendeu-se outra vez Will.

— Isso mesmo. Levei também uma boa sova do Gaspar, que trabalha com estanho.

— É mesmo? Quando? Provavelmente antes que entrasse para o bando.

— Foi antes — confirmou Robin. — Acabei me habituando a testar pessoalmente a coragem e a força dos candidatos, antes de confiar neles. Não quero ter companheiros de pouco ânimo ou molengas. Certa manhã, encontrei Gaspar do Estanho no caminho de Nottingham. Você conhece a compleição física vigorosa dele, não preciso descrever. Gostei de sua figura, andando com passadas decididas e assobiando uma musiquinha alegre. Fui até ele:

"— Bom dia, amigo. Pelo que vejo está viajando. Correm notícias ruins por aí, ao que dizem. Acha que são verdadeiras?

"— De quais notícias está falando? Não sei de nada que valha um comentário. Estou chegando de Bamburg, sou caldeireiro e não me interesso por nada além do ofício.

"— A notícia a que me refiro deve, no entanto, interessar o amigo. Ouvi dizer que dez colegas seus acabam de ser presos por bebedeira.

"— A notícia não vale grande coisa. Se forem prender todo mundo que bebe, você mesmo poderia, com certeza, ser um dos primeiros da fila, pois não parece alguém que faça pouco de um bom vinho.

"— É verdade que não sou inimigo da garrafa de tinto e não acho que exista no mundo um bom e alegre indivíduo que despreze o vinho. O que o fez vir de Bamburg às nossas paragens? Certamente não foi somente por obrigações do ofício.

"— Não mesmo, é verdade — ele respondeu. — Estou à procura de um bandido chamado Robin Hood. Prometem uma recompensa de cem escudos de ouro para quem pegá-lo e quero muito ganhar esse dinheiro.

"— E como pensa conseguir? — perguntei ao caldeireiro, pois estava surpreso pela maneira séria e tranquila com que fez a estranha confidência.

"— Tenho uma ordem de prisão assinada pelo rei — respondeu Gaspar.

"— Está em vigor?

"— Perfeitamente em vigor: me autoriza a prender Robin Hood e promete a recompensa.

"— Muitos já fracassaram e você fala como se fosse a coisa mais fácil do mundo.

"— Para mim não será difícil — afirmou o caldeireiro. — Sou forte, tenho músculos de aço, coragem a toda prova e muita paciência. Como vê, acredito que posso surpreender minha presa.

"— E se o encontrar, vai reconhecê-lo?

"— Nunca o vi; não fosse isso, consideraria a missão já cumprida pela metade. Está em melhor situação, nesse sentido?

"— Estou. Encontrei Robin Hood duas vezes e quem sabe posso ajudar nesse seu projeto.

"— Meu bom rapaz, se fizer isso, pode contar com boa parte do dinheiro que vou ganhar.

"— Sei de um lugar em que certamente o encontrará — respondi. — Mas antes de continuarmos esse nosso acordo, gostaria de ver a ordem de prisão. Para que seja válida, é preciso seguir todas as normas.

"— Aprecio sua precaução — respondeu o caldeireiro —, mas não confio esse papel a ninguém. Tenho certeza de que é válido e está correto. Para mim já é o bastante e azar o seu se não concordar. A ordem do rei só será vista por Robin Hood, já de pés e mãos amarrados, em meu poder.

"— É possível que tenha razão, meu bravo — respondi, procurando me mostrar indiferente. — Não faço tanta questão assim de confirmar a validade do documento. Vou a Nottingham por curiosidade e também por falta do que fazer, pois ouvi dizer hoje de manhã que Robin Hood deve ir à cidade. Se quiser me acompanhar, mostro-lhe o célebre bandoleiro.

"— Aceito, meu rapaz — animou-se o forasteiro. — Mas se eu, chegando lá, descobrir que está me fazendo perder tempo, vai conhecer de perto esse meu bastão.

"Dei de ombros para mostrar que não estava preocupado com a ameaça. Ele notou e riu:

"— Mas se realmente me ajudar, não ficará decepcionado, pois não sou ingrato.

"Quando chegamos a Nottingham, paramos na estalagem do Pat e pedi ao dono da casa uma garrafa de um tipo bem particular de cerveja. O caldeireiro, que estava na estrada desde cedo, morria literalmente de sede e rapidamente a cerveja se foi. Depois da cerveja, pedi que nos servissem vinho, e depois do vinho, outra vez cerveja e assim em diante por uma hora. Sem se dar conta, meu companheiro esvaziou todas as garrafas à sua frente, pois eu mesmo, que não faço uso imoderado do álcool, me limitei a poucos copos. Não preciso dizer que o bravo caldeireiro ficou completamente bêbado. Já nesse estado, fez um relato pomposo de tudo que faria para prender Robin Hood. Chegou inclusive a prender também o bando inteiro, depois do chefe, e a levá-los todos a Londres. O rei o recompensou pela coragem com grande fortuna e privilégios de dignitário do Estado, mas no momento em que já se casava com uma princesa da Inglaterra, o ilustre vencedor caiu da cadeira e rolou para debaixo da mesa, lá ficando a dormir.

"Peguei a bolsa do caldeireiro e achei, junto com algum dinheiro, a ordem de prisão. Paguei nossa conta e disse ao estalajadeiro:

"— Quando o companheiro acordar, faça-o pagar o que bebeu. Se perguntar quem sou e onde me encontrar, diga que moro na velha floresta e que meu nome é Robin Hood.

"Tenho toda confiança nesse estalajadeiro, que é ótima pessoa. Ele riu satisfeito:

"— Fique tranquilo, sr. Robin, seguirei fielmente o que diz. Se o rapaz quiser revê-lo, terá apenas que ir à floresta.

"— Exatamente, amigo — respondi, pegando a bolsa do caldeireiro. — De resto, tenho certeza de que não terei que esperar muito tempo.

"Dito isso, cumprimentei com simpatia o dono da estalagem e fui embora.

"Gaspar acordou horas depois, mas rapidamente se deu conta da minha ausência e do desaparecimento da bolsa.

"— Estalajadeiro! — vociferou com voz de trovão. — Fui roubado! Estou arruinado! Onde está aquele ladrão?

"— Qual ladrão? — estranhou o homem, imperturbável.

"— O que estava comigo. Ele me roubou.

"— É péssima notícia — exclamou o dono da estalagem descontente —, pois tem uma enorme conta a pagar.

"— E ainda uma conta a pagar! — gemeu Gaspar. — Não me resta nada, mais nada. O miserável levou tudo. Tinha na bolsa uma ordem de prisão concedida pelo rei, e com ela poderia fazer fortuna, poderia capturar Robin Hood. Aquele miserável prometeu me ajudar, dizendo que me levaria até o chefe dos fora da lei. Maldito seja! Aproveitou-se da minha boa-fé e roubou meu precioso documento.

"— Como? Falou das suas más intenções aqui em Nottingham? — exclamou o estalajadeiro.

"O caldeireiro o olhou enviesado.

"— Não ajudaria alguém disposto a prender Robin Hood, não é? Por mais valoroso que ele seja; estou certo?

"— Por Deus! — respondeu o dono da pensão. — Robin Hood não me causou mal algum e os problemas dele com as autoridades da região não me concernem. Mas, que diabos! — continuou o homem. — Por que então bebia satisfeito com ele, falando desse documento, em vez de prendê-lo?

"O caldeireiro arregalou os olhos.

"— O que está dizendo?

"— Estou dizendo que desperdiçou boa oportunidade de prender Robin Hood.

"— Como assim?

"— Mas que tonto! Era Robin Hood ainda há pouco com você! Chegaram juntos, beberam juntos; achei que fazia parte do bando.

"— Bebi com Robin Hood! Na mesa com Robin Hood! — exclamou o artesão sem acreditar no que dizia.

"— Exatamente! É o que posso repetir mil vezes!

"— Incrível! — exclamou o pobre ambulante, voltando a se sentar. — Mas o farsante, o bandido, não vai se gabar por muito tempo! — berrou o estanhador. — Não perde por esperar. Vou atrás de você.

"— Antes precisa pagar a conta — disse o dono da estalagem.

"— Ela é de quanto? — perguntou Gaspar com irritação.

"— Dez xelins! — respondeu o homem, feliz de ver a expressão desesperada do infeliz ambulante.

"— Não tenho um *penny*, meu amigo — disse ele revirando os bolsos. — Mas deixo minhas ferramentas como caução por essa maldita dívida. Valem três ou quatro vezes mais do que devo. Pode me dizer onde consigo encontrar Robin Hood?

"— Não sei dizer hoje, mas amanhã provavelmente vai estar caçando os cabritos do rei.

"— Fica então para amanhã a prisão do infeliz — garantiu o caldeireiro.

"Sua segurança era tamanha que deixou inquieto o estalajadeiro — acrescentou Robin —, pois ao me contar tudo isso, ele disse ter tido medo por mim, vendo a fúria de Gaspar.

"No dia seguinte, fiquei à espera não de cabritos, mas da chegada do caldeireiro, e não precisei esperar muito. Assim que me viu, ele deu um berro e se lançou na minha direção, brandindo um enorme bastão.

"— Quem é o patife que se atreve a vir aqui com tanta falta de modos? — perguntei.

"— Patife nenhum — ele respondeu —, e sim um homem desrespeitado e disposto a tirar desforra.

"Dizendo isso, foi logo me atacando com o bordão. Pus-me fora de alcance e saquei meu sabre.

"— Espere! — disse a ele. — Não estamos lutando com armas iguais, preciso de um bastão.

“Gaspar me deixou tranquilamente preparar um pau de carvalho e voltou ao ataque, segurando sua arma com as duas mãos e agredindo como se fosse um lenhador querendo abater uma árvore. Meus braços e punhos começaram a dar sinais de cansaço e pedi uma pausa, alegando não haver glória alguma em ganhar semelhante disputa.

“— Vou enforcá-lo na primeira árvore do caminho — ele ameaçou com voz furiosa, largando o bastão.

“Dei um pulo para trás e toquei a trompa, pois o sujeito tinha uma força capaz de me mandar para o outro mundo.

“João Pequeno e nosso alegre bando vieram correndo. Exausto, eu estava sentado sob uma árvore e, sem nada dizer, mostrei a Gaspar que havia recebido bom reforço.

“— O que está havendo? — perguntou João.

“— Meu amigo — respondi —, o caldeireiro aí adiante me deu uma boa surra. Recomendo-o, pois merece nossa consideração. Camarada — acrescentei, me dirigindo ao estanhador —, se quiser fazer parte do meu bando, será bem-vindo.

“O homem aceitou e desde então, como sabem, é dos nossos.”

— Prefiro o arco e flecha a todos os porretes do mundo — disse William. — Tanto como exercício quanto como arma ofensiva e defensiva. Mais vale ser despachado para o outro mundo de uma só vez do que aos poucos, é a minha opinião. Além disso, prefiro mil vezes o ferimento causado por uma flecha do que as dores de uma só pancada de bastão.

— Meu caro, o bastão presta bons serviços onde o arco é impotente. Seus efeitos não dependem de uma aljava cheia ou vazia, e quando não se deseja a morte do inimigo, uma boa surra deixa lembranças mais vivas do que o ferimento de uma flecha.

Conversando, os três amigos se dirigiam para a estrada de Nottingham quando, de repente, viram uma jovem que chorava.

Robin correu até ela.

— Por que está chorando, menina? — perguntou com brandura.

A moça explodiu em lágrimas.

— Preciso encontrar Robin Hood — ela respondeu. — Se tiver alguma piedade na alma, senhor, leve-me até ele.

— Sou Robin Hood, minha bela. Alguém do meu bando desrespeitou a candura dos seus dezesseis anos? Sua mãe está doente? Veio pedir ajuda? Fale, estou ouvindo.

— Senhor, uma grande desgraça caiu sobre nós. Três dos meus irmãos fazem parte do seu bando e foram presos pelo xerife de Nottingham.

— Como se chamam, minha filha?

— Adalberto, Edelberto e Edruim, três alegres corações — respondeu a mocinha em lágrimas.

Uma exclamação de dor escapou do peito de Robin.

— São companheiros queridos. Os mais valorosos e audaciosos do bando. Como caíram em poder do xerife, amiguinha? — perguntou Robin.

— Ajudando um rapaz que estava sendo preso por defender a mãe da agressão de vários soldados. Agora mesmo está sendo preparada a forca à porta da cidade, sr. Robin Hood. Meus irmãos vão ser enforcados.

— Enxugue as lágrimas, criança — respondeu Robin com carinho. — Nada tema por seus irmãos. Não há um único homem na floresta de Sherwood que não se disponha a dar a vida para salvar a desses três bravos. Vamos a Nottingham. Volte para casa e tranquilize com sua voz meiga o coração de seu velho pai. E diga a sua boa mãe que Robin Hood lhe devolverá os filhos.

— Rezarei para que o céu o abençoe, senhor — murmurou a menina, com um sorriso brotando entre as lágrimas. — Já tinha ouvido dizer que o senhor está sempre disposto a ajudar os infelizes e a proteger os pobres. Mas por favor, sr. Robin, corra, meus irmãos queridos correm perigo de morte.

— Confie em mim, minha querida. Chegarei a tempo. Volte rápido para Nottingham e não comente com ninguém o que acabou de fazer.

A menina pegou as mãos de Robin Hood e beijou-as calorosamente.

— Rezarei a vida inteira por sua felicidade, senhor — despediu-se emocionada.

— Que Deus a abençoe, filha! Até a vista.

A jovem voltou correndo pelo caminho da cidade e logo desapareceu à sombra das árvores.

— Oba! — alegrou-se Will. — Temos o que fazer, vamos nos divertir um pouco. Estamos esperando as ordens, Robin.

— Procure João Pequeno e diga-lhe que junte quantos homens puder e os leve, é claro que com todo cuidado para se manterem invisíveis, até a beira do bosque junto a Nottingham. Depois disso, assim que ouvirem minha trompa, abram caminho, de arco ou sabre em punho, até onde eu estiver.

— O que está pensando fazer? — perguntou Will.

— Vou logo à cidade ver se encontro meio de atrasar ao máximo a execução. Não esqueçam, amigos, que é preciso agir com extrema cautela, pois se o xerife souber que estou a par da situação crítica em que se encontram os companheiros, vai se prevenir contra qualquer tentativa de os libertarmos, e então irá enforcá-los dentro do castelo. Isso no tocante aos prisioneiros. Com relação a nós, bem sabem que Sua Senhoria vem alardeando nos pendurar na forca da cidade, caso nos capture. O xerife conduziu esse caso dos alegres corações com tanta pressa que não deve imaginar que fomos informados do destino que lhes reserva. Em consequência, e com o objetivo de inspirar um pavor preventivo nos cidadãos de Nottingham, vai preferir tornar pública a execução. Vou correndo à cidade; encontrem rapidamente os companheiros e sigam à risca as recomendações.

Dito isso, Robin Hood partiu às pressas. Mal deixou para trás os amigos, encontrou um peregrino da ordem mendicante.

— Quais são as notícias da cidade, meu bom velho? — perguntou a ele.

— As notícias da cidade, meu jovem — respondeu o peregrino —, prenunciam lágrimas e dores. Três companheiros de Robin Hood devem ser enforcados por ordem do barão Fitz-Alwine.

Uma súbita ideia atravessou o espírito de Robin.

— Eu bem que gostaria de assistir à execução desses bandidos, mas sem ser reconhecido como guarda da floresta. Trocaria as suas roupas com as minhas?

— Está brincando, meu rapaz?

— De forma alguma. Simplesmente lhe dou minha roupa e visto o seu hábito. Se aceitar o que proponho, ofereço ainda quarenta xelins, para que deles disponha como bem entender.

O velho examinou com curiosidade o autor de tão estranha proposta.

— Tem boas roupas e meu hábito está bem surrado. Não posso acreditar que queira trocar um vistoso traje por trapos tão modestos. Quem insulta um idoso comete um grave pecado: ofende a Deus e à miséria alheia.

— Meu irmão — insistiu Robin —, respeito os seus cabelos brancos e peço à Virgem que o guarde em sua divina proteção. Não foi absolutamente com mau pensamento no coração que fiz o pedido. Ele é necessário para o cumprimento de uma boa ação. Aceite isto — acrescentou Robin, oferecendo ao velho umas vinte moedas de ouro. — São a garantia do nosso negócio.

O peregrino lançou um olhar de cobiça aos escudos.

— Os jovens frequentemente têm ideias loucas — disse. — E se estiver tendo um acesso de alguma fantasia desse tipo, não vejo por que recusar.

— Muito bem observado — disse Robin. — Agora, por favor, o hábito… Seus calções parecem ter passado por poucas e boas — continuou Robin de bom humor —, a se julgar pelos inúmeros retalhos. Tem remendos que servem para as quatro estações.

O peregrino riu.

— Minhas vestes parecem a consciência de um normando — ele respondeu. — Compõem-se de retalhos e remendos, enquanto o seu gibão é a imagem de um coração saxão: forte e sem mácula.

— Suas palavras brilham como ouro, meu irmão — disse Robin vestindo com toda agilidade de que era capaz os andrajos do velho. — Presto homenagem ao seu espírito, mas sinto-me no dever também de elogiar o patente desprezo que parece ter pela riqueza, pois sua batina tem toda a humildade cristã.

— Devo ficar com as suas armas? — perguntou o peregrino.

— Não, meu irmão, pois necessito delas. Agora que nossa mútua transformação se fez, permita-me um conselho: afaste-se dessa parte da floresta e, sobretudo, para sua autopreservação, não tente me seguir. Tem boas roupas, dinheiro no bolso, está rico e bem-vestido, vá procurar a felicidade a algumas milhas de Nottingham.

— Obrigado pelo conselho, meu jovem. Corresponde muito bem aos meus secretos desejos. Receba a bênção de um velho, e se for honesta a ação que está tramando, desejo-lhe todo sucesso.

Robin cumprimentou alegremente o peregrino e se afastou apressado, rumo à cidade.

No momento em que chegava a Nottingham, disfarçado e tendo como arma apenas um madeiro de carvalho, um tropel de guerreiros deixou o castelo e se dirigiu a um ponto extremo da cidade, onde haviam erguido três forcas.

Ao mesmo tempo, uma notícia inesperada circulou pela multidão: o carrasco estava doente, prestes, ele próprio, a morrer e sem condições de despachar qualquer pessoa à eternidade. Por ordem do xerife, procurava-se alguém que aceitasse cumprir o ofício, mediante honesta recompensa.

Robin, que se colocara à frente do cortejo, avançou até o barão Fitz-Alwine.

— Nobre xerife — disse, nasalando a voz —, quanto me pagará se eu assumir o papel do executor das altas sentenças?

O barão recuou alguns passos, como se temesse algum contágio perigoso.

— Tenho a impressão — respondeu o fidalgo, medindo Robin da cabeça aos pés — de que roupas novas seriam de grande utilidade. Assim sendo, mendigo, se resolver esse problema, ganhará seis trajes completos de boa qualidade, além da gratificação que se paga ao carrasco, que é de treze soldos.

— E quanto ganho, monsenhor, se, além disso, eu enforcá-lo também? — perguntou Robin se aproximando do barão.

— Guarde uma distância respeitosa, mendigo, e repita o que acaba de dizer, que não entendi.

— O senhor ofereceu seis trajes novos e treze soldos — recapitulou Robin — para enforcar esses pobres rapazes. Perguntei quanto acrescentaria ao pagamento se eu me encarregar de enforcar também o senhor e mais uma dúzia dos seus lacaios normandos.

— Seu atrevido! O que significa isso? — exclamou o xerife assustado com a audácia do peregrino. — Sabe com quem está falando? Insolente miserável, mais uma palavra e será o quarto pássaro a balançar na árvore da forca.

— Reparou, excelência — continuou Robin —, que sou um homem pobre e miserabilissimamente vestido?

— De fato, miserabilissimamente vestido — respondeu o xerife com um trejeito de nojo.

— Pois saiba que essa miséria exterior esconde um grande coração, um temperamento sensível. Ofendo-me com insultos e sinto quando me desprezam ou maltratam. No mínimo tanto quanto o senhor, nobre barão. Não teve nenhum escrúpulo em aceitar meus serviços, mas insulta minha miséria.

— Cale-se, mendigo atrevido. Ousa-se comparar a mim, lorde Fitz-Alwine? Vejo que não passa de um louco!

— Sou um pobre homem — disse Robin. — Um pobre homem bem miserável.

— Não estou aqui para ouvir a tagarelice de alguém da sua espécie — continuou o barão já muito impaciente. — Se não aceita o que ofereci, vá embora. Se aceita, componha-se de forma a cumprir o seu dever.

— Não sei exatamente em que consiste o meu dever — disse Robin, tentando ganhar tempo para que o seu bando chegasse aos limites do bosque. — Nunca fui carrasco e agradeço à santa Virgem. Amaldiçoo essa função e o infeliz que a exerce!

— Ah, miserável! Está zombando de mim? — rugiu o barão fora de si com tanta impudência. — Ouça, se não se puser agora mesmo ao trabalho, mando açoitá-lo.

— E o que ganha com isso, monsenhor? — continuou Robin. — Vai encontrar rapidamente alguém disposto a obedecer às suas ordens? Não. Acabou de lançar uma proclamação que todos ouviram, e no entanto fui o único a me oferecer para executar seus desejos.

— Entendi aonde quer chegar, patife! — exclamou o xerife roxo de raiva. — Quer que aumente a soma prometida para expedir ao outro mundo esses três vigaristas.

Robin deu de ombros.

— Mande que outra pessoa então os enforque — respondeu ele, fingindo completa indiferença.

— De modo algum, não é preciso — conciliou o xerife com mais suavidade. — Faça o trabalho. Dobro a recompensa e, se não cumprir com precisão o ofício, terei o direito de dizer que é o carrasco mais incompetente da face da Terra.

— Se eu quisesse causar a morte desses infelizes — respondeu Robin —, teria aceitado o pagamento que ofereceu, mas decididamente me nego a sujar as mãos em contato com a forca.

— O que está dizendo, miserável? — urrou o barão.

— Espere um pouco, monsenhor, vou chamar umas pessoas que, por ordem minha, o livrarão para sempre de ter que ver esses horríveis criminosos.

Ditas essas palavras, Robin fez soar uma alegre toada na trompa e agarrou com as duas mãos o apavorado barão, dizendo:

— Monsenhor, sua vida depende de um simples gesto meu, qualquer movimento que faça, enfio-lhe uma faca no coração. Diga a seus homens que não tentem defendê-lo — acrescentou Robin, brandindo acima da cabeça do velho um enorme facão de caça.

— Soldados, mantenham-se em forma! — gritou o barão com toda a força dos pulmões.

O sol fazia brilhar a lâmina e o reflexo luminoso ofuscava os olhos do velho fidalgo, dando-lhe perfeita consciência da força do adversário: por isso ele se submeteu tão docilmente, sem um gemido, em vez de tentar uma resistência impossível.

— O que quer de mim, honesto peregrino? — perguntou, tentando dar à voz um tom de conciliadora suavidade.

— A vida dos três homens que o senhor quer enforcar, milorde.

— Não posso lhe conceder tal graça, caro e corajoso amigo — respondeu o velho. — Esses infelizes mataram gamos que pertenciam ao rei e esse delito de caça é punido com a morte. A cidade inteira de Nottingham tem conhecimento do crime e da condenação. Se, por censurável fraqueza, eu ceder às suas súplicas, o rei será informado dessa indesculpável condescendência.

Um grande tumulto agitou a multidão naquele momento e ouviu-se o assobio de flechas. Robin, que reconheceu a chegada do seu exército, deixou escapar um grito.

— Ah! É você, Robin Hood! — exclamou o barão num suspiro de dar pena.

— Eu mesmo, milorde — respondeu nosso herói. — Robin Hood.

Protegidos pela cumplicidade dos habitantes da cidade, os alegres homens da floresta chegavam por todos os lados. Will Escarlate e seus companheiros, misturados ao povo, logo libertaram os prisioneiros. O barão Fitz-Alwine compreendeu que a única maneira de se safar são e salvo de tão crítica situação era concordando com Robin Hood.

— Tire logo os condenados daqui — disse. — Meus soldados podem querer dificultar os seus planos, pois andam irritados com a lembrança das recentes derrotas.

— Só mesmo o medo pode torná-lo tão cortês — respondeu Robin Hood rindo. — Não tenho por que temer uma revolta dos seus soldados, o número e a valentia dos meus nos tornam invulneráveis.

Robin ainda cumprimentou ironicamente o velho, deu-lhe as costas e ordenou ao bando que retomasse o caminho da floresta.

As feições lívidas do barão transpiravam raiva e pavor. Ele reuniu sua tropa, montou a cavalo e se afastou com toda pressa.

Os cidadãos de Nottingham, que viam a caça ilegal como ação nem tão censurável assim, cercaram os alegres corações com vivas de alegria. Em seguida, pessoas importantes da cidade, à vontade com a fuga do barão, deram demonstrações de simpatia a Robin Hood, enquanto os pais dos jovens prisioneiros beijavam os joelhos do libertador dos seus filhos.

Os agradecimentos singelos e sinceros daquelas pessoas pobres falavam mais alto ao coração de Robin Hood do que os elogios feitos por qualquer retórica mais pomposa.

9

Um ano inteiro se passou desde aquele dia em que Robin tinha tão generosamente socorrido sir Richard dos Prados, e há algumas semanas os alegres homens estavam novamente acampados na floresta de Barnsdale.

Já na manhã do dia previsto para a visita do cavaleiro, Robin Hood se preparou, mas à hora marcada o devedor aguardado não compareceu.

— Ele não virá — disse Will Escarlate, que, sentado com João Pequeno e Robin Hood à sombra de uma árvore, perscrutava com certa impaciência a estrada que se abria à frente.

— A ingratidão de sir Richard nos servirá de lição — respondeu Robin. — Mostra que não podemos nos fiar em promessas. Por amor pelo gênero humano, não gostaria de estar enganado com relação a ele, pois nunca vi alguém que estampasse no rosto tão transparente expressão de lealdade e franqueza. Confesso que se faltar com a palavra, não saberia mais por qual sinal exterior me fiar para reconhecer um homem honesto.

— Pois eu aguardo com convicção a chegada daquele bom cavaleiro — disse João Pequeno. — O sol ainda não se pôs atrás das árvores e em menos de uma hora sir Richard vai estar aqui.

— Que Deus o ouça, querido João — respondeu Robin Hood —, e me junto a você, esperando que a palavra de um saxão seja um compromisso de honra. Vou continuar aqui até que surjam as primeiras estrelas, e se o cavaleiro não vier, sua ausência será para mim como o luto por um amigo. Peguem suas armas, amigos; chamem Much e sigam os três pelo caminho que leva à abadia de Santa Maria. Talvez encontrem sir Richard; à falta desse ingrato, tragam algum normando rico ou até mesmo um pobre-diabo esfomeado qualquer. Quero ver um rosto desconhecido, partam em busca de alguma aventura e tragam um convidado à nossa mesa.

— É uma estranha maneira de se consolar, meu querido Robin — disse Will rindo. — Mas faremos isso. Vamos atrás de alguma distração.

Os dois rapazes chamaram Much e, assim que ele chegou, partiram juntos na direção indicada por Robin.

— Robin parece triste hoje — disse Will pensativo.

— Por quê? — interessou-se Much surpreso.

— Teme ter se enganado ao confiar em sir Richard dos Prados — respondeu João Pequeno.

— Não entendo como um erro de avaliação possa causar tanta tristeza — disse Will. — Não precisamos de dinheiro e quatrocentos escudos a mais ou a menos em nosso caixa...

— Não é o dinheiro que incomoda Robin — interrompeu João num tom quase irritado. — O que está dizendo é uma completa tolice, primo. Robin está decepcionado por ter ajudado um coração ingrato, só isso.

— Ouço a marcha de um cavalo — observou Will. — Vamos parar.

— Vou ao encontro do viajante — adiantou-se Much, afastando-se com passadas rápidas.

— Se for o cavaleiro, chame-nos — disse João.

William e seu primo esperaram e em pouco tempo Much apareceu de volta.

— Não é sir Richard — disse, chegando mais perto dos amigos. — São dois frades dominicanos, acompanhados por uma dúzia de homens.

— Se os dominicanos vêm com um cortejo — disse João —, é sinal que transportam bastantes moedas de ouro, podem ter certeza. Ou seja, devemos convidá-los à mesa de Robin.

— Não é melhor chamarmos então alguns dos nossos? — perguntou Will.

— Bobagem, o coração desses lacaios se situa nas pernas e é escravo delas, de modo que diante de qualquer perigo eles seguem uma regra única: fugir. Vão poder avaliar o quanto são verdadeiras minhas palavras. Estejam preparados, lá estão os frades. Lembrem-se de que precisamos levá-los até Robin, de um jeito ou de outro. Está acabrunhado e será uma boa distração. Preparem os arcos e estejam prontos para interromper essa bela cavalgada.

William e Much executaram prontamente as ordens do chefe. Ao virarem numa curva da estrada que caprichosamente serpenteava entre duas fileiras de árvores, os viajantes puderam enxergar os mateiros e perceber a posição hostil que tomaram.

Apavorados com o perigo daquele encontro, todos pararam seus cavalos e os frades, que vinham à frente da pequena coluna, tentaram se esconder por trás dos homens da escolta.

— Não se movam, meus padres! — gritou imperativamente João. — Ou vão ser mortos.

Os religiosos ficaram pálidos, mas sentindo que estavam à mercê dos mateiros, obedeceram à violenta ordem que lhes fora dada.

— Querido desconhecido — disse um dos frades, se esforçando para apresentar um sorriso amável. — O que podem querer de um pobre servidor da santa Igreja?

— Apenas que apressem o passo dos seus cavalos. Meu amo os aguarda há três horas e o jantar está esfriando.

Os dominicanos trocaram um olhar cheio de inquietude.

— O sentido dessas suas palavras é um enigma para nós, meu amigo. Queira se explicar melhor — respondeu um dos frades em tom meloso.

— Repito então, e não vejo por que seria necessária uma explicação: meu amo os aguarda.

— E quem é o seu amo, meu amigo?

— Robin Hood — respondeu sucintamente João Pequeno.

Um arrepio de pavor percorreu como uma brisa gelada a pele dos guardas que acompanhavam os frades. Todos lançaram ao redor olhares cheios de medo, provavelmente imaginando bandoleiros nas moitas em volta e nos arbustos.

— Robin Hood! — repetiu o monge com voz estridente e nada musical. — Conheço Robin Hood, é um ladrão profissional, com cabeça a prêmio!

— Robin Hood não é um ladrão — respondeu furioso João Pequeno. — E a ninguém aconselho repetir essa insolente acusação contra meu nobre chefe. Não tenho tempo, porém, de discutir com os senhores um assunto tão delicado. Robin Hood os convida a jantar, sigam-me sem resistência. Quanto à escolta, aconselho que dê meia-volta e se retire, se quiser manter a vida. Will e Much, derrubem o primeiro que dê a impressão de querer ficar, apesar da minha ordem.

Os dois, que haviam abaixado seus arcos durante a conversa de João Pequeno com o frade, voltaram a erguê-los, prontos a disparar a perigosa seta.

Vendo os arcos armados e apontados contra eles, os homens da escolta deram com as esporas em suas montarias e fugiram precipitadamente, de forma muito elogiável no que se refere à prudência.

Os monges se preparavam para seguir o exemplo da pequena tropa quando foram impedidos por João, que segurou as rédeas dos cavalos, obrigando-os a ficar. Atrás deles, João viu um rapazote que parecia encarregado de conduzir uma besta de carga e junto dele, outro, mudo de medo e vestindo trajes de pajem.

Mais corajosos do que os homens da guarda, os dois meninos não haviam desertado.

— Mantenha vigilância sobre esses dois — disse João a Will Escarlate. — Têm minha permissão para acompanhar seus amos.

Robin continuava sentado junto à árvore do Ponto de Encontro e assim que viu João e os companheiros, levantou-se rapidamente, foi até eles e cumprimentou cordialmente os frades.

Diante de tanta amabilidade, os dominicanos nem imaginaram que estavam na presença de Robin Hood, e não retribuíram a gentileza da sua saudação.

— Não dê atenção a esses impertinentes, Robin — disse João, irritado com a falta de cortesia dos frades. — São pessoas sem educação, incapazes de palavras generosas para com os pobres e nem mesmo polidas com quem quer que seja.

— Pouco importa — respondeu Robin. — Conheço os frades e não espero deles palavras gentis e nem que distribuam sorrisos à toa. Mas a cortesia é um dever do qual sou escravo. E o que você tem aí, Will? — acrescentou Robin, vendo os dois rapazinhos e a besta de carga.

— Os restos de uma tropa de uma dúzia de homens — respondeu o jovem com um sorriso.

— E o que fez do corpo principal do valoroso exército?

— Nada. Viram nossos arcos, entraram em pânico e foi uma debandada geral. Fugiram sem olhar para trás.

Robin deu uma boa gargalhada.

— Dignos irmãos — voltou a se dirigir aos monges —, devem estar famintos após tão longo passeio. Compartilham minha refeição?

O dominicanos viam os alegres homens da floresta chegarem às pressas ao chamado da trompa e pareciam tão assustados que Robin amigavelmente disse, para acalmá-los:

— Não tenham medo, bons padres, mal nenhum lhes faremos. Ponham-se à mesa e comam à vontade.

Os religiosos obedeceram, mas facilmente se via que não se sentiam tranquilos, apesar das boas palavras do jovem comandante.

— De qual abadia são? — perguntou Robin. — E onde fica?

— Da abadia de Santa Maria — respondeu o mais velho deles —, da qual sou o provedor-mor e despenseiro.

— Seja bem-vindo, irmão provedor — disse Robin. — Fico feliz por receber um homem da sua importância. Vai poder dizer o que acha do meu vinho, pois deve ser excelente juiz nesse assunto, mas arrisco-me a afirmar que apreciará com prazer, pois tenho gosto difícil e sirvo apenas vinhos de primeira qualidade.

Os monges se animaram um pouco mais. Comeram com bastante apetite e o despenseiro-mor reconheceu a excelência dos pratos e o requinte dos vinhos, acrescentando ser verdadeiro deleite comer na relva em tão alegre companhia.

— O querido irmão — disse Robin Hood já no final da refeição — pareceu surpreso com o fato de um desconhecido o esperar para jantar. Vou, em poucas palavras, explicar o mistério desse convite. Há um ano, emprestei uma soma de dinheiro a um amigo do seu prior, aceitando como caução a mãe de

Nosso Senhor Jesus, nossa santa padroeira. Minha inalterável confiança na bondade da Virgem divina me fez crer que, no derradeiro prazo dessa dívida, o dinheiro emprestado chegaria a mim, por uma via ou outra. Enviei então três dos meus companheiros em busca de viajantes. Eles os viram e os trouxeram até aqui. Pertencem a um convento e não tenho a menor dúvida quanto à delicada missão que lhes foi confiada pela previdente e generosa atenção da santa padroeira da abadia a que pertencem. Vieram me devolver em seu nome o dinheiro que dei a um pobre. Sejam bem-vindos.

— Desconheço por completo a dívida a que se refere, senhor — respondeu o frade —, e não lhe trago dinheiro algum.

— Engana-se, padre. Tenho certeza de que os cofres-fortes naquele cavalo aos cuidados dos seus pajens contêm a soma que me é devida. Quantas moedas de ouro tem nessa bonita maleta de couro tão fortemente amarrada no dorso do infeliz quadrúpede?

Fulminado pela pergunta de Robin Hood, o frade ficou terrivelmente pálido e balbuciou com voz ininteligível:

— Muito poucas, cavalheiro: umas vinte moedas de ouro, no máximo.

— Vinte moedas de ouro somente? — replicou Robin, fitando o monge de maneira firme e dura.

— Isso mesmo, senhor — respondeu o religioso, cujo rosto lívido subitamente se iluminou com profundo rubor.

— Se for verdade o que diz, meu irmão — continuou Robin de forma amiga —, nada tirarei da sua pequena fortuna. E faço mais: darei aos senhores todo o dinheiro de que porventura precisarem. Em contrapartida, se tiverem tido a indelicadeza de mentir, ficarão sem um *penny*. João Pequeno — acrescentou Robin —, inspecione o pequeno cofre em questão; se encontrar apenas vinte moedas de ouro, respeite a propriedade de nosso hóspede; se o montante for o dobro ou o triplo, pegue tudo.

João Pequeno prestamente obedeceu. O rosto do frade perdeu todo o colorido e uma lágrima de raiva escorreu ao longo das suas bochechas. Ele cruzou convulsivamente as mãos, deixando escapar das profundezas da garganta um profundo suspiro.

— Ah! Ah! — exclamou Robin considerando o frade. — Tenho a impressão de que as vinte moedas têm vultosa companhia. E então, João? Nosso hóspede é tão pobre quanto diz?

— Não sei se ele é pobre, o que sei com certeza é que acabo de descobrir no cofrinho umas oitocentas moedas de ouro.

— Deixe-me o dinheiro, senhor — implorou o monge. — Não me pertence, sou o responsável por ele junto ao meu superior.

— Para quem está levando essas oitocentas moedas de ouro? — perguntou Robin.

— Para os inspetores da abadia de Santa Maria, da parte do nosso abade.

— Os inspetores abusam da generosidade do prior, meu irmão. Está muito errado pedirem tal pagamento por palavras de indulgência. Dessa vez nada ganharão. Diga-lhes que Robin Hood precisou do dinheiro e se apoderou desse que esperavam.

— Tem outro cofre ainda — disse João. — Devo abrir?

— Não — respondeu Robin. — Considero suficientes as oitocentas moedas de ouro. Sr. frade, está livre para continuar seu caminho. Foi tratado com cortesia e espero que esteja indo embora plenamente satisfeito.

— Não chamo cortesia um convite forçado e um roubo manifesto — respondeu altivamente o monge. — Sou obrigado a voltar para o convento. O que vou dizer ao prior?

— Cumprimente-o da minha parte — respondeu Robin bem-humorado. — O digno irmão me conhece e a lembrança da velha amizade o sensibilizará muito.

Os frades montaram em seus cavalos com o coração a explodir de raiva e a galope tomaram o caminho que os levaria à abadia de Santa Maria.

— Bendita seja a santa Virgem! — exclamou João Pequeno. — Devolveu-nos o dinheiro emprestado a sir Richard. Ele não cumpriu o prometido, mas podemos ainda nos consolar, já que nada perdemos.

— Não me consolo tão facilmente da perda de confiança na palavra de um saxão — respondeu Robin. — Mais preferiria a visita de sir Richard, pobre e desvalido, do que achá-lo ingrato e sem honra.

— Nobre comandante — ouviu-se de repente uma voz alegre parecendo vir da clareira. — Um cavaleiro se aproxima pela estrada principal. Vem acompanhado de uma centena de homens armados até os dentes. Devemos nos preparar para barrar o caminho?

— São normandos? — quis saber Robin.

— Poucos saxões andam vestidos com tanta riqueza quanto os homens que se aproximam — respondeu o jovem que anunciara a considerável tropa.

— Nesse caso, alerta geral, alegres homens da floresta! — gritou Robin. — Arcos em punho e se escondam. Preparem flechas, mas não atirem até que venha a ordem para começar o ataque.

Os homens desapareceram e o cruzamento onde se encontrava Robin logo pareceu estar totalmente deserto.

— Não vem conosco? — perguntou João a Robin, que continuava parado junto à árvore.

— Não. Vou esperar e procurar descobrir com quem estamos lidando.

— Então fico também — disse João. — Estar sozinho pode ser perigoso: uma flecha chega tão rapidamente! Se for atingido, pelo menos estarei por perto para defendê-lo.

— Fico também de guarda-costas — disse Will, sentando-se ao lado de Robin, que displicentemente se estendera na relva.

A inesperada chegada de uma tropa tão formidável, diante do pequeno número de mateiros, que em geral estavam espalhados por toda a floresta, preocupou ligeiramente Robin, que não queria dar início às hostilidades sem estar certo das possibilidades de vitória.

Os cavaleiros avançavam rapidamente pela clareira. Estando já ao alcance de uma flecha, a partir de onde estava Robin, aquele que parecia ser o chefe partiu a galope na direção dele.

— É sir Richard! — gritou João com voz alegre, tendo reconhecido o fogoso cavaleiro.

— Minha Mãe, obrigado! — exclamou Robin pondo-se de pé num salto. — Um saxão não violou sua palavra!

Sir Richard rapidamente desmontou, correu até o chefe dos fora da lei e se jogou em seus braços.

— Que Deus o guarde, Robin Hood — disse, abraçando paternalmente o rapaz. — Que Deus o mantenha alegre e com saúde até o seu último dia!

— Seja bem-vindo à verde floresta, bom cavaleiro — respondeu Robin emocionado. — Fico feliz vendo-o respeitar sua promessa e guardando bons sentimentos por este seu dedicado servidor.

— Mesmo de mãos vazias teria vindo, Robin Hood, pois é uma glória e uma felicidade abraçá-lo. Mas para o conforto do meu coração, felizmente posso devolver o dinheiro que tão graciosamente emprestou com bondade e cortesia.

— Recuperou então a posse dos seus bens?

— Plenamente, e que Deus lhe dê em prosperidade toda a felicidade que lhe devo.

Os homens magnificamente vestidos à moda da época e que formavam uma fulgurante fileira em volta de sir Richard chamaram a atenção de Robin.

— Essa bela tropa é sua? — ele perguntou.

— Por enquanto — respondeu sorrindo o cavaleiro.

— Admiro a bela e marcial aparência que apresenta — continuou Robin em tom de real surpresa. — Parecem perfeitamente disciplinados.

— De fato, são bravos e fiéis. Todos de origem saxã. Têm caráter leal. Já comprovei todas essas qualidades. Seria um grande favor, querido Robin, se desse ordem a seus homens para que os recebam. Fizeram um longo trajeto e devem precisar de algumas horas de descanso.

— Vão descobrir a hospitalidade da floresta — respondeu Robin de imediato. — Alegres companheiros — disse, voltando-se para os homens do bando que começavam a surgir de todos os cantos do matagal —, esses forasteiros são saxões e nossos irmãos. Têm fome e sede. Mostrem a eles, peço, como tratamos os amigos que nos visitam na verde floresta.

As ordens de Robin foram obedecidas com uma rapidez que certamente agradou sir Richard, pois antes de se afastar com seu anfitrião, pôde ver o gramado coberto de víveres, potes de cerveja e garrafas cheias de bom vinho.

Robin Hood, sir Richard, João Pequeno e Will Escarlate se puseram à mesa diante de uma rica refeição e, já na sobremesa, o cavaleiro assim começou o relato das ocorrências, desde o dia do primeiro encontro com nosso herói.

— Não tenho como descrever, caros amigos, os sentimentos de gratidão e infinita alegria com que deixei esta floresta há um ano exato. O coração dava saltos no peito e eu tinha tanta pressa de encontrar minha mulher e filhos que cheguei ao castelo em menos tempo do que preciso para contar-lhe minha história.

"— Estamos salvos! — exclamei, puxando a mim os entes queridos. Minha mulher se desmanchou em lágrimas e por pouco não desmaiou, tamanhas eram a surpresa e a emoção.

"— Como se chama o generoso amigo que nos ajudou? — perguntou Herbert.

"— Meus filhos — respondi —, em vão bati em todas as portas, em vão implorei ajuda aos que se diziam amigos, e só encontrei solidariedade com um desconhecido. Esse benfeitor é um nobre proscrito, protetor dos pobres, sustento dos infelizes, vingador dos oprimidos. Esse homem é Robin Hood.

"Meus filhos se ajoelharam ao lado da mãe e, comovidos, ergueram a Deus sinceros agradecimentos de profundo reconhecimento.

"Cumprido esse dever, Herbert implorou que o deixasse vir vê-lo, mas fiz com que entendesse que tal espontaneidade seria mais um incômodo do que um real prazer para você, que não gosta de ouvir falar das próprias boas ações."

— Caro amigo — interrompeu Robin —, deixemos um pouco de lado essa parte da história e conte como se passou o encontro com o abade de Santa Maria.

— Paciência, querido anfitrião, paciência — disse sir Richard com um sorriso. — Não quero me estender em elogios, tranquilize-se; tenho consciência da sua admirável modéstia. Mesmo assim, preciso dizer que a meiga Lilás se juntou ao pedido de Herbert e que precisei fazer uso de toda a minha autoridade paterna para minimamente resignar aqueles jovens corações. Prometi em seu nome a meus filhos que logo teriam a alegria de vê-lo no castelo.

— Fez muito bem, sir Richard. Prometo ir, um dia desses, pedir sua hospitalidade — disse afetuosamente Robin.

— Obrigado, querido anfitrião. Transmitirei a Lilás e Herbert a promessa que acaba de fazer e a esperança de poder agradecer-lhe pessoalmente muito vai alegrá-los.

"No dia seguinte à minha chegada, apresentei-me na abadia de Santa Maria. Mais tarde soube que, no momento mesmo em que eu seguia para o convento, o abade e o prior, reunidos na sala do refeitório, falavam de mim nos seguintes termos:

"— Faz hoje um ano — dizia o abade ao prior — que um cavaleiro cuja propriedade tem limites com as terras do convento pediu empréstimo de quatrocentas moedas de ouro. Deve pagar esse dinheiro com juros ou me repassar todos os seus bens. Creio que o prazo termina ao meio-dia de hoje: considero então coisa feita e sou o novo proprietário de tudo que ele herdou.

"— Meu irmão — respondeu o prior com indignação na voz —, está sendo cruel demais. Um pobre indivíduo com uma dívida a pagar deve gozar de um prazo de mais vinte e quatro horas. Seria vergonhoso reclamar uma propriedade sobre a qual não tem ainda direito algum. Agindo dessa maneira está arruinando um infeliz, levando-o à miséria, enquanto o seu dever, como membro da Santa Madre Igreja, obriga-o a aliviar o tanto quanto possível o fardo de misérias a pesar nos ombros dos nossos irmãos desventurados.

"— Guarde seus conselhos para quem quiser ouvi-los — respondeu o abade com raiva. — Farei o que achar melhor, sem levar em consideração suas reflexões hipócritas.

"Nesse momento, o despenseiro-mor entrou no refeitório.

"— Teve notícias de sir Richard dos Prados? — perguntou o abade.

"— Não, mas isso pouco importa. O que interessa, sr. abade, é que os seus bens agora lhe pertencem.

"— O juiz da comarca está aqui — disse o abade — e vou saber se posso ou não já considerar meu o castelo de sir Richard.

"Dito isso, ele foi até o juiz e este, em troca de algum dinheiro, deu como parecer:

"— Sir Richard não virá hoje, assim sendo, o sr. abade é o novo dono de todos os seus pertences.

"O iníquo juízo acabava de ser pronunciado quando cheguei à porta do convento.

"Querendo testar a generosidade do meu credor, vesti um traje miserável e fui acompanhado de homens igualmente mal-apresentados.

"O porteiro da abadia veio ao meu encontro. Eu já fora generoso com ele no tempo em que podia e o bravo homem havia guardado uma lembrança reconhecida. Foi quem me contou a conversa que acabava de se dar entre o abade e o prior. Não me surpreendi: sabia não dever esperar liberalidade alguma do santo homem.

"— Seja bem-vindo — disse o monge porteiro. — Sua chegada vai agradavelmente surpreender o prior. O sr. abade é que provavelmente ficará menos contente, achando-se já proprietário de sua bela habitação. Encontrará muita gente no salão principal, fidalgos e lordes. Espero, sir Richard, que não tenha acreditado nas palavras hipócritas do nosso superior e tenha trazido o dinheiro — acrescentou o bom porteiro, sinceramente preocupado.

"Tranquilizei o bom frade e entrei sozinho na sala, onde toda a comunidade reunida em grande conselho tomava providências para me oficializar a expropriação das terras.

"A nobre assembleia ficou desagradavelmente surpresa com minha aparição, como se eu fosse um horrível fantasma vindo expressamente do outro mundo para roubar uma presa ardentemente cobiçada.

"Cumprimentei com humildade a todos e disse com falsa modéstia:

"— Como pode ver, sr. abade, mantive a promessa e aqui estou.

"— Trouxe o dinheiro? — perguntou bruscamente o santo homem.

"— Infelizmente, nem um *penny*...

"Um sorriso de alegria movimentou os lábios do meu generoso credor.

"— Por que veio, então, se não vai poder saldar a dívida?

"— Venho implorar a concessão de alguns dias mais.

"— É impossível. Pelo combinado, deve pagar hoje mesmo. Não cumprindo o previsto, suas propriedades passam a ser minhas. Aliás, é o que já decidiu o juiz. Não é mesmo, milorde?

"— Exatamente — respondeu o juiz. — Sir Richard — acrescentou ele com um olhar de desprezo —, as terras de seus antepassados passam à propriedade do digno abade.

"Fingi me desesperar e implorei que o religioso se apiedasse, me concedendo três dias. Falei do miserável destino que esperava minha mulher e filhos, se fossem expulsos do próprio lar. O abade se manteve surdo às minhas súplicas, cansou-se da minha presença e imperiosamente ordenou que eu me retirasse da sala.

"Furioso com o indigno tratamento, ergui com orgulho a cabeça, avancei até o centro da sala e coloquei em cima da mesa um saco cheio de dinheiro.

"— Aqui estão as quatrocentas moedas de ouro que me emprestou. Ainda não soou o meio-dia; satisfiz então todas as exigências do nosso trato e, apesar dos seus subterfúgios, minhas propriedades não mudam de mãos."

— Você não pode imaginar, Robin — acrescentou o cavaleiro rindo —, o estupor, a raiva e a fúria do abade. Virava a cabeça de um lado para o outro, arregalava os olhos, murmurava palavras incompreensíveis. Parecia um louco. Usufruí por um momento do espetáculo, deixei o salão e fui ao cubículo do porteiro. Lá, meus homens e eu vestimos roupas mais condizentes e, acompanhado de uma escolta digna da minha posição, voltei ao salão. Minha metamorfose surpreendeu vivamente a todos. Com calma fui até a poltrona em que estava sentado o juiz supremo.

"— Dirijo-me ao senhor, milorde — disse em alto e bom som —, para perguntar, na presença dessa honrosa companhia que o cerca, se, tendo preenchido todas as condições do tratado, as terras e o castelo dos Prados não me pertencem.

"— São seus — respondeu o juiz a contragosto.

"Inclinei-me diante da justiça da decisão e retirei-me do convento com alegria no coração.

"No caminho da minha moradia, encontrei minha mulher e meus filhos.

"— Festejemos, meus queridos — disse, entre beijos e abraços —, e rezemos por Robin Hood, pois sem ele estaríamos na mendicância. Vamos, porém, tratar de mostrar a nosso generoso benfeitor que não esquecemos o favor que nos prestou.

"Pusemo-nos a trabalhar já no dia seguinte e, bem lavradas, as terras logo produziram o valor que você adiantou. Trago quinhentas moedas de ouro, querido amigo, uma centena de arcos do melhor teixo, igual número de flechas e aljavas. Além disso, é presente meu a tropa da qual você elogiou ainda há pouco a bela postura. São homens fortemente armados, tendo cada qual um excelente cavalo de guerra. Aceite-os como servidores, serão agradecidos e fiéis."

— Estaria violentando minha autoestima se aceitasse tão rico presente, querido cavaleiro — respondeu Robin emocionado. — Nem mesmo o dinheiro quero aceitar, pois o provedor-mor da abadia de Santa Maria almoçou comigo pouco antes e a despesa que fez colocou em nosso caixa oitocentas moedas de ouro. Vai contra os meus princípios receber dinheiro duas vezes no mesmo dia; peguei o ouro do frade no lugar do seu, estamos quites. Bem sei, caro amigo, que os recursos da sua propriedade se empobreceram frente às exigências do rei, e carecem então de maiores cuidados. Pense em seus filhos. Sou rico, pois os normandos vêm com frequência a nossa região e têm sempre muito ouro. Não falemos mais de favores e de gratidão, a menos que eu possa ser útil à sua prosperidade e à felicidade dos seus.

— Sua maneira de agir é tão nobre e generosa, Robin — disse sir Richard comovido —, que serei inconveniente e vou insistir que aceite meus presentes.

— Ótimo, sr. cavaleiro; mudemos de assunto — respondeu displicentemente Robin —, e diga, em vez disso, por que chegou tão tarde a nosso encontro.

— A caminho daqui — respondeu sir Richard — atravessei uma aldeia onde uma disputa reunia os melhores *yeomen* de toda a região Oeste. O vencedor ganharia um touro branco, um cavalo, uma sela, arreios com ilhoses de ouro, um par de manoplas, um anel de prata e um barril de bom vinho. Parei por um momento para assistir ao combate. Um *yeoman* de estatura comum dava mostras de tão admirável vigor que não deixava dúvida de que os prêmios coroariam o seu triunfo. De fato, depois de liquidar todos os adversários, ele continuou de pé e senhor absoluto da arena. Já ia receber as recompensas legitimamente conquistadas quando o reconheceram como membro do seu bando.

— Seria realmente um dos meus homens? — perguntou Robin com vivo interesse.

— Tudo indica que sim, chamava-se Gaspar o caldeireiro.

— Então o bravo Gaspar ganhou todos aqueles prêmios?

— Ganhou, mas por fazer parte do bando dos alegres homens, seus direitos foram questionados. Ele defendeu brilhantemente a própria causa, até que dois ou três combatentes se puseram a falar de você com pesados insultos. Precisava ver com que voz e com que músculos Gaspar tomou sua defesa. Falava tão alto e gesticulando tanto que muitos sacaram suas facas. O pobre Gaspar seria derrotado pelo número e pela covardia dos inimigos. Nesse momento, com a ajuda dos meus homens, afugentei todo mundo. Feito esse pequeno favor ao bravo rapaz, dei a ele cinco moedas de ouro por seu tonel de vinho e chamei os fujões para que se servissem. Como bem pode imaginar, não recusaram, mas tirei Gaspar dali, para evitar alguma vingança mais tardia.

— Obrigado por ter protegido um dos meus bravos auxiliares, caro amigo — disse Robin. — Quem com sua força ajuda meus companheiros tem eterno direito à minha amizade. Se um dia precisar de mim, me diga o motivo e terá meu braço e minha bolsa à sua disposição.

— Sempre o tratarei como verdadeiro amigo, Robin, e espero que aja comigo da mesma maneira.

As horas transcorreram alegremente e, ao entardecer, sir Richard acompanhou Robin, Will e João Pequeno ao castelo de Barnsdale, onde todos os membros da família Gamwell estavam reunidos.

Sir Richard não pôde deixar de sorrir, admirando as dez encantadoras senhoras que lhe foram apresentadas. Depois de insistir nas qualidades de sua bem-amada esposa, Will se afastou um pouco com o hóspede, perguntando a seu ouvido se alguma vez já havia visto um rosto tão lindo quanto o de Maude.

O cavaleiro riu com gosto e respondeu baixinho a Will que seria descortês com as demais damas dizer em voz alta o que achava da adorável Maude.

Encantado com a delicadeza da resposta, William foi beijar a esposa, convencido de ser o mais privilegiado dos maridos, o homem mais feliz da Terra.

Ao cair da noite, sir Richard deixou Barnsdale e, escoltado por uma parte dos homens de Robin que deviam guiar seu trajeto pela floresta, ele voltou com seus muitos servidores ao castelo dos Prados.

10

O xerife de Nottingham (trata-se de lorde Fitz-Alwine, de feliz memória), ao saber que Robin Hood e uma parte do bando se encontravam em Yorkshire, achou ser possível, com a ajuda de forte tropa de valorosos soldados, livrar a floresta de Sherwood dos bandidos que, longe do chefe, se veriam em dificuldade para se defender. Planejando a certeira expedição, lorde Fitz-Alwine pensou também em vigiar as proximidades do velho bosque, com o intuito de prender Robin quando regressasse. Mas como sabemos, os heróis do barão não eram tão heroicos, e ele fez vir de Londres, então, uma tropa de bravos, instruindo-os pessoalmente sobre o tipo de caçada que empreenderiam contra os proscritos.

Os alegres homens da floresta, entretanto, conheciam muitas pessoas em Nottingham e foram avisados do que lhes preparava a generosidade do barão, antes mesmo de este último ter fixado o dia em que se travaria a sangrenta batalha.

Esse lapso de tempo deixou aos mateiros a possibilidade de se pôr na defensiva, com preparativos para receber as tropas do grande xerife.

Entusiasmados com a boa recompensa prometida, os homens do barão marcharam ao ataque com ares de indomável bravura. Assim que entraram no bosque, porém, receberam uma revoada de flechas tão violenta que metade das suas fileiras caiu morta no chão.

À primeira revoada sucedeu uma segunda, mais forte, mais rápida, mais mortal. Cada flecha atingia seu alvo e os arqueiros permaneciam invisíveis.

Depois de deixar em pânico a expedição inimiga, os fora da lei abandonaram seus esconderijos e partiram em gritaria, liquidando os que tentavam resistir.

Uma algazarra medonha dispersou a tropa que, com indescritível desordem, regressou ao castelo de Nottingham.

Nenhum dos alegres homens da floresta se feriu naquele estranho combate e no final da tarde, recuperados do cansaço, bem-dispostos como estavam antes do ataque, eles empilharam em macas os corpos dos soldados mortos e foram deixá-los à frente dos portões externos do castelo de lorde Fitz-Alwine.

Furioso e desesperado, o barão passou a noite a se lamentar da desgraça acontecida: acusou seus homens, inventou ter sido abandonado por seu santo padroeiro, culpou a tudo e a todos pelo insucesso da aventura, proclamando-se valoroso chefe, vítima da má vontade dos seus subordinados.

Já no dia seguinte àquele triste episódio, lorde Fitz-Alwine recebeu a visita de um amigo normando, que veio acompanhado de cerca de cinquenta homens. O barão contou a lamentável ocorrência, acrescentando, provavelmente para justificar suas eternas derrotas, que o bando de Robin Hood era invisível.

— Querido barão — respondeu tranquilamente sir Guy de Gisborne (era o nome do visitante) —, Robin Hood poderia ser o diabo em pessoa que eu lhe arrancaria os chifres, se assim quisesse.

— Falar é fácil, meu amigo — respondeu amargamente o velho senhor. — É muito fácil dizer: se quisesse faria isso, faria aquilo. Desafio-o então a prender Robin Hood.

— Se fosse essa a minha intenção — respondeu indolentemente o normando —, não precisaria que me desafiasse. Sou forte o bastante para domar um leão e, afinal de contas, esse seu Robin Hood é apenas um homem. Inteligente, é verdade, mas de forma alguma um personagem diabólico e invulnerável.

— Diga o que quiser, sir Guy — acrescentou o barão querendo levar o normando a se interessar por Robin Hood —, mas não existe na Inglaterra quem seja capaz, incluo nisso camponeses, soldados e grandes senhores, de fazer curvar-se à sua frente esse valente fora da lei. Ele desconhece o temor, nada o assusta. Não se intimidaria diante de um exército inteiro.

Sir Guy de Gisborne sorriu desdenhoso.

— Não tenho a menor dúvida — disse — quanto à valentia desse bravo proscrito, mas admita, barão, que até o momento Robin Hood teve que combater apenas fantasmas.

— O quê? — exclamou o barão, cruelmente ferido em seu amor-próprio de chefe militar.

— Isso mesmo, fantasmas! Digo mais uma vez, velho amigo. Seus soldados são feitos não de carne e osso, mas de lama e leite. Quem já viu coisa igual? Fogem diante das flechas dos bandidos e têm arrepios de medo ouvindo o simples nome de Robin Hood. Ah, se eu estivesse no seu lugar!

— O que faria? — perguntou sofregamente o barão.

— Mandaria enforcar Robin Hood.

— Não me faltam desejo nem boa vontade para isso — respondeu o barão decepcionado.

— Bem sei, barão: falta-lhe poder. Saiba que é grande a sorte desse seu inimigo nunca ter estado frente a frente comigo.

— Ah! Ah! — exclamou o barão querendo rir. — Teria atravessado o corpo dele com a sua lança, não é? Essas suas fanfarronices são muito divertidas, meu amigo. Tremeria da cabeça aos pés se tivesse mesmo pela frente Robin Hood!

O normando pulou da poltrona em que estava.

— Saiba que não temo homens, nem diabos, nem coisa alguma no mundo — enfureceu-se. — É a minha vez de fazer um desafio: ponha-me numa situação acima da minha coragem. Já que o nome de Robin Hood serviu de ponto de partida para essa conversa, peço, por favor, que me coloque na pista desse homem a quem diz invencível só por não ter conseguido vencê-lo. Prometo capturá-lo, cortar fora suas orelhas e pendurá-lo pelos pés, como um porco. Onde encontro esse indivíduo tão poderoso?

— Na floresta de Barnsdale.

— A que distância fica essa floresta de Nottingham?

— Dois dias de caminhada, se tomarmos alguns atalhos. Mas me sentiria muito mal, querido sir Guy, se por culpa minha lhe acontecesse alguma desgraça. Permita-me então juntar meus homens aos seus e partimos juntos em busca do celerado. Sei por fonte segura que neste momento ele se encontra separado da melhor parte dos seus homens; será então mais fácil, se agirmos com prudência, cercar o esconderijo, prender o chefe e abandonar o bando à mercê da justa sede de vingança dos nossos soldados. Os meus sofreram muito na floresta de Sherwood e ficarão bem contentes de ter uma boa desforra.

— Aceito de coração o que oferece, caro amigo — respondeu o normando. — Terei com isso a satisfação de provar que Robin Hood não é um demônio nem é invisível. E para tirar a limpo as diferenças entre esse proscrito e eu, e também provar que não tenho a intenção de me subtrair ao combate, vou me vestir como *yeoman* e duelarei com Robin Hood corpo a corpo.

O barão mal conseguia esconder o prazer que lhe dava a orgulhosa resposta do hóspede e esboçou, em tom preocupado e cuidadoso, algumas tímidas observações sobre o perigo a que se expunha o excelente amigo, cometendo a imprudência de se disfarçar e entrar em contato direto com alguém conhecido pela destreza e grande força física.

Inflado de arrogante autoconfiança, o normando deu um basta às sonsas preocupações do barão, que se foi, com notável rapidez para alguém da sua idade, avisar à sua tropa que se armasse e pusesse de prontidão.

Uma hora depois disso, sir Guy de Gisborne e lorde Fitz-Alwine, acompanhados por uma centena de homens, tomaram com ares de conquistadores os caminhos que os levariam mais rapidamente à floresta de Barnsdale.

Fora combinado entre eles que Fitz-Alwine dirigiria a tropa até parte do bosque previamente designada e que o seu novo aliado, protegido contra qualquer aparência de má intenção por roupas de simples *yeoman*, tomaria uma outra direção, iria à procura de Robin Hood para travar combate, quisesse o fora da lei ou não, e, é claro, o enviaria para o outro mundo. O sucesso de sir Guy (absolutamente óbvio para ele) seria anunciado ao barão por um toque particular de uma trompa de caça. Ao ouvir o triunfante aviso, o xerife proclamaria a vitória do normando e iria encontrá-lo a galope no local do combate. Com o cadáver de Robin Hood comprovando a vitória, os soldados dariam buscas em matagais, cerrados e refúgios subterrâneos, matando ou aprisionando — tinham a livre escolha — os infelizes fora da lei que lhes caíssem nas mãos.

Cercada de mistério, a tropa já chegava à orla da floresta de Barnsdale e, enquanto isso, preguiçosamente deitado sob a espessa folhagem da árvore do Ponto de Encontro, Robin Hood dormia a sono solto.

João Pequeno, sentado ao lado, velava por seu repouso, pensando nas qualidades de coração e de espírito de sua encantadora mulher, a meiga Winifred. Perturbou esse suave devaneio o piado agudo de um melro, empoleirado num galho mais baixo da árvore, a se esganiçar e bater as asas.

A estridente agitação bruscamente acordou Robin, que se ergueu assustado.

— O que houve, meu caro Robin? — perguntou João.

— Nada — respondeu o amigo, se recuperando aos poucos. — Não sei se devia lhe dizer, mas tive um sonho que me deu medo. Eu era atacado por dois *yeomen*. Batiam em mim com vontade e eu retribuía à altura. Mas achei que seria derrotado e vi a morte me estender os braços, quando vi um pássaro, vindo de não sei onde, que me disse na sua cantoria: "Tenha coragem, vou enviar-lhe socorro." Acordei e não vejo perigo nem aves; ou seja, era tudo uma ilusão — concluiu Robin com um sorriso.

— Não concordo, capitão — respondeu João preocupado. — Uma parte do seu sonho se realizou. Havia ainda há pouco, nesse galho logo acima, um melro cantando muito. Fugiu quando você acordou. Talvez fosse um aviso.

— Por acaso somos supersticiosos, amigo João? — perguntou Robin com ironia. — Vamos deixar essas bobagens para meninas e meninos, pois são ridículas na nossa idade. O que não impede — continuou Robin —, nessa existência aventureira que levamos, que prestemos atenção a tudo que se passa ao redor. Quem sabe o melro não estava nos dizendo: "Sentinela, cuidado!" E somos nós as sentinelas avançadas de uma tropa de bravos. Vamos em frente, um perigo identificado já está parcialmente evitado.

Ele tocou a trompa e os alegres homens espalhados por clareiras nos arredores rapidamente atenderam ao apelo.

Foram enviados à estrada de York, pois somente dali poderia vir algum ataque. Enquanto isso, ele e João revistariam o bosque pelo outro lado. William e dois fortes companheiros do bando tomaram a estrada de Mansfield.

Depois de passarem os olhos pelas trilhas que deviam examinar, Robin e João tomaram o caminho seguido por Will Escarlate. Foi onde, na trilha vindo de um vale, encontraram um *yeoman*, abrigado numa pele de cavalo que lhe servia de casaco. Naquele tempo, esse estranho agasalho era muito usado pelos *yeomen* de Yorkshire, que frequentemente criavam cavalos.

O desconhecido trazia consigo uma espada e uma adaga. A cruel expressão em seu rosto dizia muito sobre o uso homicida que estava acostumado a fazer daquelas armas.

— Ah! Ah! — exclamou Robin ao percebê-lo. — Por minha alma, não se trata de boa pessoa, tenho certeza. Sente-se de longe o cheiro do crime. Vou até ele, se não responder direito tentarei descobrir de que cor é o seu sangue.

— Parece um molosso de dentes afiados, meu caro Robin. Vamos com calma, espere aqui debaixo dessa árvore e pergunto eu quais o seu nome, sobrenome e ocupação.

— Amigo João, não sei por quê, mas tenho vontade de pessoalmente tratar disso. Deixe que cuido dele. Há muito tempo não me exercito de verdade e, por minha santa e protetora Mãe, jamais terei oportunidade se der sempre ouvidos aos seus cuidados. E veja bem, companheiro — acrescentou Robin, com voz que traía o quanto gostava do amigo —, sem ter mais adversários, vou acabar sendo obrigado a bater em você. É verdade que só para me manter em forma, mas vai acabar sendo vítima da preocupação que tem comigo. Vá atrás de Will e só apareça quando ouvir um toque de vitória.

— Sua vontade, para mim, é a lei, Robin Hood — respondeu João, nada contente. — Tenho o dever de obedecê-lo, ainda que a contragosto.

Vamos deixar que Robin siga ao encontro do desconhecido e continuemos com João Pequeno, que, sempre fiel cumpridor das ordens do chefe, apressou o passo a fim de alcançar William, a caminho de Mansfield com dois homens do bando.

A mais ou menos trezentos metros do lugar em que deixara Robin com o *yeoman*, ele viu Will Escarlate e os dois companheiros às voltas contra uma dezena de soldados, a trocar golpes de espada com toda a força dos músculos. Com um berro e um salto, João se pôs ao lado dos amigos. Mas o perigo, que já era grande, se tornou maior, pois o tilintar de armas e um tropel de cavalos chamou a atenção para a estrada.

No final do caminho, na semipenumbra das árvores, surgia uma companhia de soldados, tendo à frente um cavalo com luxuosa armadura. Montado no animal, altivo e de lança em punho, o xerife de Nottingham.

João precipitou-se na direção dos que chegavam, preparou o arco e visou o barão. Seus movimentos, porém, foram tão rápidos e violentos que a arma, retesada demais, se partiu como se fosse de vidro.

Ele praguejou pela flecha desperdiçada e tomou o arco de um dos companheiros, mortalmente ferido pelos soldados combatidos por William.

O barão, porém, compreendeu o gesto e as intenções do arqueiro e se curvou sobre a montaria, formando um corpo só, e a flecha a ele destinada apenas lançou na poeira um soldado que vinha logo atrás.

A queda do companheiro ainda mais irritou a tropa, que, firmemente decidida à vitória e encorajada pelo número, esporeou seus cavalos e avançou rapidamente.

Dos dois companheiros de William, um estava morto e o outro ainda lutava, mas era fácil entender que a derrota era certa. Vendo o perigo que corria o primo, João se lançou contra os soldados e gritou para que Will fugisse.

— Nunca! — respondeu convicto o rapaz.

— Por favor, Will — insistiu João, sem parar de desferir golpes —, vá procurar Robin Hood e os alegres homens. Por Deus! A verde relva vai se encharcar de sangue hoje; o canto do melro era um aviso do céu.

William atendeu ao pedido do primo, pois era evidente a necessidade de buscar ajuda, visto o número de soldados que começava a invadir a clareira. Aplicou golpes fortíssimos contra quem tentava barrar o caminho e desapareceu no mato.

João Pequeno lutava como um leão, mas seria loucura achar que poderia enfrentar sozinho tantos inimigos. Foi finalmente vencido. Caiu no chão e os soldados o prenderam numa árvore, de pés e mãos atados.

A chegada do barão é que decidiria a sorte de nosso pobre amigo. Lorde Fitz-Alwine foi chamado aos gritos e veio correndo. Vendo o prisioneiro, um sorriso de ódio satisfeito aumentou no seu rosto a expressão feroz.

— Ah! Ah! — disse, saboreando com inaudita felicidade o triunfo. — Tenho enfim em minhas mãos o gigante da floresta! Farei com que pague caro a insolência, antes de despachá-lo ao outro mundo.

— Veja só! — disse João em tom descontraído, mesmo tendo que furiosamente morder o lábio inferior. — Por mais que invente torturas, isso não o fará esquecer que a sua vida esteve em minhas mãos. Só por bondade minha é que ainda, infelizmente, pode martirizar saxões. Mas tome cuidado e não cante vitória antes do tempo, pois Robin Hood não tardará a chegar.

— Robin Hood! — repetiu o barão com zombaria. — Robin Hood logo vai estar ouvindo soar a sua última hora. Dei ordem para que lhe cortem a cabeça e deixem o corpo aqui para servir de pasto aos lobos carniceiros. Soldados — acrescentou o xerife, voltando-se para dois dos seus mais servis lacaios —, coloquem esse bandido sobre o lombo de um cavalo e vamos esperar aqui a volta de sir Guy, que ficou de nos trazer a cabeça do maldito Robin Hood.

Os soldados, que haviam apeado, se puseram ao lado das montarias, prontos para novamente se pôr em sela, e o barão, comodamente sentado num montinho coberto de relva, com calma aguardou a chamada de trompa de sir Guy de Gisborne.

DEIXEMOS ENTÃO Sua Senhoria tranquilizar-se e vejamos o que se passou entre Robin Hood e o homem coberto com uma pele de cavalo.

— Meu senhor — disse Robin se aproximando do desconhecido. — Podemos imaginar, a julgar pelo excelente arco que tem em punho, que é um bravo e honesto arqueiro.

— Perdi meu caminho — disse o indivíduo, sem responder ao cumprimento e à observação feita. — E tenho medo de me perder cada vez mais nesse dédalo de encruzilhadas, clareiras e trilhas.

— Conheço bem todos os caminhos da floresta, senhor — respondeu polidamente Robin Hood. — Se me disser para qual parte do bosque quer ir, posso lhe servir de guia.

— Não vou a um ponto preciso — retrucou o homem, examinando atentamente seu interlocutor. — Quero me aproximar da zona mais central do bosque, pois espero encontrar alguém com quem quero muito ter uma conversa.

— Provavelmente um amigo seu? — perguntou Robin, ainda de forma bem-educada.

— Não — veio brutal a resposta. — É um patife da pior espécie, um proscrito que merece a corda.

— Ah! Ah! — exclamou Robin ainda com um sorriso. — E podemos saber como se chama esse candidato à forca?

— Com certeza! Chama-se Robin Hood, e posso lhe afirmar, meu jovem, que de bom grado daria umas dez moedas de ouro pelo prazer de encontrá-lo.

— O senhor pode agradecer ao acaso, que o colocou no meu caminho. Pois posso, sem pôr à prova a sua generosidade, levá-lo à presença de Robin Hood. Permita-me apenas saber como se chama.

— Meu nome é Guy de Gisborne, um fidalgo rico e com muitos vassalos. Meu traje, como deve calcular, é um manhoso disfarce, pois Robin Hood não se porá na defensiva contra um pobre-diabo tão miseravelmente vestido e conseguirei me aproximar mais facilmente. A questão, assim sendo, é simplesmente a de descobrir onde ele se encontra. Uma vez a meu alcance, ele morrerá, juro, sem ter tempo nem qualquer possibilidade de se defender. Vou matá-lo sem misericórdia.

— Imagino que ele deva ter causado muito mal ao senhor.

— A mim? Nunca! Sequer sabia do seu nome até poucas horas. Se me levar até ele, poderá confirmar que lhe sou totalmente desconhecido.

— Por que então quer matá-lo?

— Não tenho motivo nenhum, por puro prazer.

— É um estranho prazer, permita-me a observação. Na verdade, tenho pena do senhor, por ter ideias tão sanguinárias.

— Pois está enganado! Não sou tão mau assim e sem o idiota do Fitz-Alwine eu estaria a essa hora tranquilamente no caminho de volta para casa.

Ele é que me levou a tentar essa aventura, desafiando-me a vencer Robin Hood. Meu amor-próprio ficou melindrado e preciso da vitória a qualquer preço. Mas, aliás — acrescentou sir Guy —, agora que lhe disse meu nome, minha posição social e meus planos, é a sua vez de responder minhas perguntas. Quem é o senhor?

— Quem sou? — repetiu Robin em voz alta e olhar sério. — Já vai saber: sou o conde de Huntingdon, o rei da floresta, este mesmo que você procura, sou Robin Hood!

O normando deu um salto para trás.

— Então se prepare para morrer! — gritou, já desembainhando a espada. — Sir Guy de Gisborne tem uma só palavra e jurou que vai matá-lo. Considere-se morto! Pode rezar, Robin Hood, pois dentro de minutos minha trompa de caça anunciará a meus companheiros, que se encontram bem perto, que o chefe dos bandoleiros é um cadáver informe, um corpo decapitado.

— O vencedor tem o direito e o poder de dispor do corpo do adversário — respondeu friamente Robin Hood. — Em guarda, sir Guy! Jurou não me poupar e juro então, por minha vez, se a santa Virgem me conceder a vitória, tratá-lo como bem merece. Vamos, sem trégua para nenhum dos lados; a vida e a morte estão frente a frente.

E os dois adversários cruzaram as espadas.

O normando não somente tinha uma força hercúlea como também era superior na arte da esgrima. Atacou Robin com tanto furor que o rapaz, pressionado, foi obrigado a recuar e se atrapalhou entre as raízes salientes de um carvalho. Sir Guy, de olho tão perspicaz quanto era hábil o braço, logo percebeu a vantagem que acabara de conseguir. Redobrou os golpes e várias vezes Robin sentiu a espada tremer sob a nervosa empunhadura da sua mão. A posição do herói se tornara dramática; as altas raízes da árvore, que chegavam à altura de seus tornozelos, atrapalhavam seus movimentos e ele não podia avançar nem recuar. Decidiu então pular para fora do círculo em que se achava encurralado e, com um impulso de gamo em desespero, saltou para o lado oposto. Ao fazer isso, porém, esbarrou num galho rente ao chão que lhe prendeu o pé esquerdo, fazendo-o rolar na terra.

Sir Guy não era homem de deixar escapar semelhante oportunidade de vingança; deu um grito de triunfo e se precipitou sobre o adversário, com a evidente intenção de lhe abrir ao meio a cabeça.

Percebendo o perigo, Robin fechou os olhos e murmurou com ardente fervor:

— Mãe de Deus, me ajude! Querida Senhora do Bom Socorro, vai permitir que eu morra nas mãos desse miserável normando?

Mal terminou de pronunciar essas palavras, que sir Guy não ousou interromper, tomando-as sem dúvida por um ato de contrição, Robin sentiu uma renovada força percorrer seus membros. Apontou sua espada para o inimigo e, enquanto este procurava afastar a arma ameaçadora, ele subitamente se pôs de pé, livre e firme, num terreno limpo e liso. O combate, por um curto momento interrompido, recomeçou com maior furor ainda; mas a vitória mudara de lado e passara a sorrir para Robin. Sir Guy, desarmado e atingido em pleno peito, caiu morto sem soltar um grito sequer. Depois de agradecer a Deus o sucesso nas armas, Robin confirmou que o normando de fato não respirava mais. Olhando-o, lembrou-se de que ele não viera sozinho à sua procura, e que uma tropa de soldados que o acompanhara esperava, escondida em algum lugar do bosque, o chamado da trompa de caça.

— Acho então aconselhável averiguar se esses bravos em questão não são os homens do barão Fitz-Alwine — pensou Robin — e observar pessoalmente o prazer com que receberão a notícia da minha morte. Vou vestir o capote de sir Guy, usar sua cabeça como troféu e chamar seus pacientes companheiros.

O corpo do normando foi despido das suas principais peças de roupa, que Robin Hood vestiu, não sem uma espécie de repulsa, e, já com a pele de cavalo a cobrir-lhe os ombros, ficou muito parecido com sir Guy de Gisborne. Disfarçado e tendo deixado a cabeça do normando irreconhecível à primeira vista, tocou a trompa. Uma explosão de triunfo respondeu ao chamado do nosso herói, que, correndo, se dirigiu ao lugar de onde vinham os gritos de alegria.

— Ouçam, ouçam ainda — gritou Fitz-Alwine se pondo de pé. — Não é o som da trompa de sir Guy?

— É sim, milorde — respondeu um soldado. — Não há engano possível; a trompa do nosso chefe tem um som particular.

— Vitória! — comemorou o velho fidalgo. — O bravo e digno sir Guy matou Robin Hood.

— Uma centena de sir Guys não venceria Robin Hood se o atacasse com lealdade, um de cada vez! — rugiu o pobre João Pequeno, cujo coração, no entanto, se comprimiu em terrível aflição.

— Cale-se, idiota de pernas compridas! — respondeu brutalmente o barão. — Se seus olhos forem bons, olhe para a entrada da clareira e poderá ver, vindo em nossa direção com passadas rápidas, o vencedor do seu miserável chefe, o valoroso sir Guy de Gisborne.

João se ergueu e viu, como disse o barão, um *yeoman* com o corpo semicoberto por uma pele de cavalo. Robin imitava tão bem a maneira de andar do normando que João achou mesmo ser o homem com quem ele deixara o amigo a sós.

Um urro de raiva impotente explodiu do peito de João.

— Miserável! Maldito! — vociferou em desespero. — Matou Robin Hood! Matou o mais corajoso saxão de toda a Inglaterra! Vingança! Vingança! Vingança! Robin Hood tem amigos e conta com milhares de irmãos no condado de Nottingham que haverão de punir o assassino.

— Faça suas orações, cão! — gritou Fitz-Alwine —, e pare de gritar. Seu patrão foi morto e o mesmo fim o espera. Faça suas orações e tente evitar para a sua alma as torturas que aguardam o seu corpo. Acha que conseguirá alguma misericórdia com essas vãs ameaças ao nobre cavaleiro que desinfetou a Terra de um infame bandido? Aproxime-se, corajoso sir Guy — continuou lorde Fitz-Alwine se dirigindo a Robin Hood, que rapidamente se aproximava. — Merece todos os elogios e nossa gratidão: livrou o país da invasão do banditismo, matou um homem que a crendice popular declarava invencível, matou o célebre Robin Hood! Peça a recompensa que o seu bom trabalho merece. Ponho à sua disposição meu prestígio na corte e o apoio da minha eterna amizade. Peça o que quiser, nobre cavaleiro, e estou pronto a satisfazê-lo.

Num piscar de olhos, Robin plenamente compreendeu a situação e a ferocidade do olhar de João Pequeno era mais eloquente do que toda aquela gratidão do velho xerife, confirmando o sucesso da sua metamorfose.

— Não mereço tanto agradecimento — respondeu ele, imitando com perfeição a voz do cavaleiro. — Matei em combate regular quem me atacou e já que o querido barão me permite pedir um prêmio pela vitória, quero, como recompensa para o serviço que acabo de prestar, autorização para lutar com o patife que ali está preso e me lança olhares de ódio. Vou enviá-lo para o outro mundo, onde poderá encontrar seu amável companheiro.

— Se é o que deseja — respondeu o barão esfregando-se as mãos bem satisfeito. — Mate-o, se assim quiser; sua vida lhe pertence.

A voz de Robin Hood não enganou João Pequeno e um suspiro de indizível felicidade tirou do seu coração o peso da terrível aflição por que havia passado.

Robin se aproximou de João, e o barão o acompanhou.

— Milorde — disse ele, dirigindo um sorriso ao xerife —, queira me deixar sozinho com o bandido. Estou convicto de que o medo de uma morte infame o fará dizer o local do refúgio secreto do bando. Afaste-se e afaste também os seus homens, ou darei aos curiosos o mesmo tratamento que dei ao antigo dono dessa cabeça.

Dizendo isso, Robin lançou o sangrento troféu nas mãos de Fitz-Alwine. O velho deu um grito de horror: a cabeça desfigurada de sir Guy rolou pelo chão, caindo com o rosto voltado para a terra.

Os soldados rapidamente se afastaram.

Sozinho com João Pequeno, Robin Hood tratou de cortar as cordas que o prendiam e entregou a ele o arco e as flechas que eram de sir Guy; em seguida tocou a trompa.

Mal o som ecoou pelas profundezas do bosque, ouviu-se um clamor furioso e a folhagem das árvores, bruscamente afastada, deu passagem a Will Escarlate, cujo rosto estava tão vermelho que mais parecia, na verdade, arroxeado. Logo atrás surgiu todo um pelotão de alegres homens, de espada em punho.

A fulminante aparição deu ao xerife uma impressão mais de sonho do que de realidade. Olhou sem nada ver, escutou sem nada ouvir, tinha a mente e o corpo totalmente paralisados por incontrolável terror. Esse minuto de suprema aflição pareceu durar um século. Ele finalmente deu um passo na direção daquele que julgava ser o cavaleiro normando e se viu diante de Robin, que, livre da pele de cavalo e empunhando a espada, mantinha longe os soldados, tão abatidos quanto o seu comandante.

De dentes cerrados e incapaz de pronunciar sequer uma palavra, o barão bruscamente se virou, montou a cavalo, abandonou sua tropa e fugiu a galope.

Arrebatados por tão elogiável exemplo, os soldados o imitaram e partiram a rédeas soltas atrás do barão.

— Que o diabo o carregue! — gritou João ainda furioso. — A covardia não o salvará, minhas flechas chegam suficientemente longe para acertar-lhe a cabeça.

— Não atire, João — disse Robin retendo o gesto do amigo. — Pelas leis da natureza, esse homem tem pouco tempo de vida. Para que apressar por alguns dias a morte de um velho? Deixe-o entregue aos remorsos, à falta de qualquer laço com a família, ao seu ódio impotente.

— Ouça, Robin, não posso deixar esse velho patife ir embora assim. Permita que lhe dê uma boa lição, uma lembrança da sua vinda à floresta. Não vou matá-lo, dou-lhe minha palavra.

— Está bem, mas atire, atire depressa, ele já vai desaparecer na estrada.

João disparou a flecha e, se considerarmos o pulo que o barão deu na sela, a rapidez com que ele se apressou em sacá-la do ponto em que fora atingido, não se pode duvidar de que por muito tempo não montaria a cavalo e nem mesmo poderia tranquilamente se sentar numa cadeira.

João Pequeno apertou agradecido as mãos do seu salvador. Will pediu que Robin contasse suas recentes proezas e as últimas horas desse memorável dia se passaram na maior alegria.

11

O barão Fitz-Alwine via Robin Hood como o pesadelo da sua existência, e seu insaciável desejo de uma boa vingança por todas aquelas humilhações sofridas só fazia aumentar. Sempre que derrotado por seu inimigo, o barão voltava à carga prometendo a si mesmo, tanto antes do ataque quanto depois da derrota, exterminar o bando inteiro dos fora da lei.

Obrigado a enfim reconhecer que seria eternamente incapaz de vencer Robin pela força, ele resolveu recorrer a artimanhas. Com um novo plano de ação longamente meditado, o barão esperava ter descoberto um meio pacífico de atrair o jovem para sua rede. Sem perder um minuto, mandou chamar um rico comerciante da cidade de Nottingham e confiou-lhe seus projetos, recomendando que guardasse o mais total segredo.

Esse homem, de caráter fraco e hesitante, foi facilmente induzido a compartilhar o ódio que o barão demonstrava por quem era descrito como um salteador das estradas.

Já no dia seguinte do encontro com lorde Fitz-Alwine, o comerciante, seguindo o combinado com o irascível ancião, chamou em sua casa os principais cidadãos locais, propondo que o acompanhassem para pedir ao xerife que organizasse um torneio público de tiro, reunindo competidores de Nottinghamshire e de Yorkshire.

— Os dois condados nutrem certa rivalidade — acrescentou o negociante — e, para o orgulho de nossa cidade, será proveitoso oferecer aos vizinhos um concurso em que possam demonstrar sua habilidade no arco. Ou seja, na verdade, trata-se de uma oportunidade para realçar a incontestável superioridade dos nossos bons arqueiros. Para igualar a disputa entre os dois campos, vamos estabelecer a prova na divisa das duas regiões, e a recompensa para o vencedor será uma flecha ou dardo de prata com penas de ouro.

Os cidadãos convocados pelo aliado do barão aprovaram a proposta com generosa participação e, acompanhando o negociante, foram pedir a lorde

Fitz-Alwine permissão para anunciar uma disputa de tiro com arco entre as duas regiões rivais.

Satisfeitíssimo com o rápido sucesso da primeira parte do projeto, o barão disfarçou seu íntimo contentamento e, fingindo total indiferença, deu o consentimento solicitado, acrescentando que se a sua presença pudesse dar maior prestígio ou, de alguma forma, ser útil para abrilhantar o evento, ele com prazer aceitaria presidir os jogos.

Os cidadãos unanimemente concordaram que a presença do senhor feudal seria uma bênção do céu e se mostraram felizes com a promessa, como se o barão fosse a eles ligado pelos mais carinhosos laços de amizade. Deixaram o castelo felizes da vida e elogiaram, junto a todos os habitantes da cidade, a boa vontade do xerife. E isso foi feito com grande entusiasmo, olhos arregalados e boca aberta, por parte de quem falava e por parte de quem ouvia, pois todas aquelas boas pessoas estavam pouquissimamente acostumadas a qualquer sinal de cortesia nas maneiras do sr. normando.

Uma proclamação redigida com todo esmero anunciou que uma competição seria aberta entre moradores dos condados de Nottingham e de York. Fixava-se o dia e o local, escolhido entre a floresta de Barnsdale e a aldeia de Mansfield. Houve um esforço para que a competição pública fosse amplamente divulgada nas mais diferentes áreas das regiões interessadas, e a notícia então facilmente chegou aos ouvidos de Robin Hood, que imediatamente resolveu se candidatar, em apoio à honra da cidade de Nottingham. Outras fontes o informaram também de que o barão Fitz-Alwine presidiria os jogos. Tal atitude cordial tinha tão pouco a ver com o temperamento rabugento do velho que Robin logo percebeu as intenções secretas do nobre fidalgo.

— Muito bem! — disse para si mesmo nosso amigo. — Tentemos a aventura com todas as precauções necessárias e boa defesa.

Na véspera do grande dia, Robin reuniu seus homens e anunciou sua intenção de ganhar o prêmio, para homenagear a cidade de Nottingham.

— Rapazes — acrescentou ele —, ouçam isto: o barão Fitz-Alwine preside a festa e muito provavelmente tem uma motivação particular para querer tanto agradar aos *yeomen*. E creio saber que motivação é essa: é mais uma das suas tentativas para me prender. Penso então levar aos festejos cento e quarenta companheiros. Seis participarão da competição como arqueiros e os demais vão se dispersar na multidão, de maneira a rapidamente nos reunirmos em caso de contratempo. Preparem suas armas e estejam prontos para um eventual combate.

As ordens foram executadas com precisão e, no momento de partir, os homens formaram pequenos grupos e tomaram o caminho de Mansfield, chegando sem maiores problemas ao local, onde grande quantidade de pessoas já se encontrava.

Robin Hood, João Pequeno, Will Escarlate, Much e cinco outros companheiros se inscreveram como competidores. Estavam todos vestidos de forma diferente e praticamente não conversavam entre si, para evitar o perigo de serem reconhecidos.

O campo escolhido para o evento era uma ampla clareira à beira da floresta de Barnsdale, não distante da estrada principal. A imensa multidão, vinda das regiões vizinhas, se comprimia em tumulto ao redor do ponto em que estavam dispostos os alvos. Um estrado, montado de frente para a área de tiro, aguardava o barão, que teria a honra de julgar os lances e dar o prêmio.

O xerife logo apareceu, seguido por uma escolta de soldados. Além deles, uns cinquenta homens de sua confiança se infiltraram na multidão vestidos como *yeomen*, com ordem de prender quem lhes parecesse suspeito e de levá-lo à presença do barão.

Com tais precauções, ele esperava que Robin Hood, de temperamento aventureiro e pouco preocupado com os riscos, viesse à festa sem reforço e lhe proporcionasse, enfim, a satisfação de uma desforra. Pois esta, diga-se, tardava, muito além do que pode suportar a paciência humana.

A competição teve início. Três arqueiros de Nottingham passaram muito perto do objetivo, atingindo o alvo, mas não no centro. Depois vieram três *yeomen* de Yorkshire, com sucesso semelhante ao dos adversários. Foi a vez de Will Escarlate se apresentar e ele com facilidade feriu o centro do escudo.

Um clamor de alegria comemorou sua habilidade e coube a João Pequeno se apresentar em seguida, varando com sua seta exatamente o mesmo ponto já aberto pela flecha de William. Então, antes mesmo que o encarregado retirasse a flecha encravada, Robin Hood partiu-a em pedaços com a sua própria, tomando-lhe o lugar.

Entusiasmada, a multidão se agitou em balbúrdia e os torcedores de Nottingham fizeram altas apostas.

Os três melhores arqueiros de Yorkshire se apresentaram e, de mão firme, também acertaram o centro do alvo.

Foi a vez então dos homens do norte cantarem vitória e levantar apostas contra os cidadãos de Nottingham.

Durante todo esse tempo, muito pouco interessado no sucesso de qualquer das partes, o barão examinava atentamente os arqueiros. Robin Hood lhe despertara a curiosidade, mas como a sua vista vinha se enfraquecendo com o passar do tempo, foi-lhe impossível identificar, a tal distância, os traços fisionômicos de seu inimigo.

Much e os alegres companheiros designados por Robin para a competição também atingiram a melhor marca, sem esforço. Quatro *yeomen* os sucederam e repetiram a façanha.

A maioria dos arqueiros estava tão habituada àquele exercício que a vitória podia, assim dividida, se diluir num empate geral. Resolveu-se então que se plantariam varetas no chão, em substituição aos alvos anteriores, e que apenas sete dos melhores competidores continuariam na disputa.

Os cidadãos de Nottingham tinham para defender a honra local Robin Hood e seus homens, enquanto os de Yorkshire, alguns dos seus melhores arqueiros.

Estes últimos começaram: o primeiro rachou a vareta, o segundo passou de raspão e a flechada do terceiro foi tão perfeita que deu a impressão de ser impossível sua superação.

Will Escarlate assumiu o posto e, pegando negligentemente seu arco, atirou, partindo ao meio a vareta de salgueiro.

— Viva Nottinghamshire! — gritaram seus habitantes, lançando para o ar os gorros, sem absolutamente se preocupar com o fato de que provavelmente não os encontrariam.

Novas varetas foram colocadas e todos os homens da floresta, com João Pequeno em primeiro lugar, facilmente as racharam. Chegou a vez de Robin: ele enviou três flechas e com tal rapidez que, sem o visível resultado das varetas partidas, ninguém acreditaria em tal habilidade.

Várias novas provas foram estabelecidas e Robin triunfou sobre os adversários, todos hábeis arqueiros.

Comentava-se que nem o célebre Robin Hood poderia ganhar do *yeoman* da jaqueta vermelha, que era como a multidão chamava o formidável competidor.

Essa ideia extremamente perigosa para o incógnito jovem herói logo se transformou em afirmação, circulando a notícia de que o vencedor não podia ser outro senão o próprio Robin Hood.

Humilhados com a derrota, os concorrentes de Yorkshire se queixaram, dizendo não ser justo competir com alguém como Robin Hood. Insistiam na ofensa que sofriam como arqueiros, mas também com a perda do dinheiro das apostas (que era o fator mais importante). Tentaram então, provavelmente com a esperança de anulá-las, fazer a discussão virar briga generalizada.

Assim que os alegres homens da floresta perceberam a má intenção dos adversários, organizadamente se reuniram e formaram, sem que se percebesse de fora, um grupo de oitenta e seis cabeças.

Enquanto a discórdia acendia focos de tumulto na multidão de apostadores, Robin Hood foi levado à presença do xerife, cercado pelas vibrantes aclamações dos cidadãos de Nottingham.

— Abram alas ao vencedor! Viva o grande arqueiro! — gritavam duzentas vozes. — Deem passagem ao ganhador do prêmio!

Robin Hood, com a cabeça humildemente inclinada, pôs-se à frente de lorde Fitz-Alwine, numa atitude das mais respeitosas.

O barão arregalava os olhos tentando reconhecer aqueles traços. Havia certa semelhança de tamanho, talvez até nas maneiras, o que levava o barão a acreditar que tinha à sua frente o sempre incapturável fora da lei. Preso entre duas sensações opostas — a dúvida e uma vaga certeza —, o xerife não queria, entretanto, comprometer o sucesso do plano por qualquer precipitação. Entregou o troféu ao jovem, esperando reconhecer Robin pela voz, mas este driblou a expectativa do barão: pegou a flecha de prata, fez civilizada reverência e prendeu-a na cinta.

Um segundo se passou e o vencedor do torneio fez menção de se retirar. No momento, porém, em que o barão tentava desesperadamente reconhecê-lo, vendo-o se afastar, Robin ergueu a cabeça, olhou-o fixamente e disse rindo:

— Palavras vãs não poderiam exprimir meu apreço por este troféu que acaba de me entregar, meu excelente amigo. É com o coração transbordando de reconhecimento que volto às grandes árvores verdes do meu solitário refúgio, onde guardarei com carinho esse precioso testemunho da sua bondade. Desejo com toda amizade que tenha um bom dia, nobre senhor de Nottingham.

— Pare! Prendam-no! — berrou o barão. — Soldados, cumpram seu dever! Esse homem é Robin Hood; peguem-no!

— Infame covarde! — exclamou Robin. — Proclamou que os jogos eram públicos e abertos a todos, para diversão geral, sem perigos e sem exceção!

— Proscritos não têm direitos — retrucou o barão. — Você não se inclui em qualquer convite feito aos bons cidadãos. Vamos, soldados, prendam o criminoso!

— Mato o primeiro que se aproximar! — gritou Robin, apontando o arco para o valentão que vinha à frente, mas que, diante dessa ameaça, recuou e desapareceu na multidão.

O herói tocou a trompa e seus alegres companheiros, que já esperavam uma luta sangrenta, se adiantaram para protegê-lo. Robin recuou até o centro do seu grupo e ordenou que todos fossem se retirando com calma, de arcos preparados. Os soldados do barão eram numerosos demais para que se travasse uma batalha sem sério risco de grande derramamento de sangue.

O barão se precipitou à frente da sua tropa e, com voz furiosa, ordenou que atacassem os fora da lei. Os soldados obedeceram e os cidadãos de Yorkshire, irritados com as perdas sofridas nas apostas, aderiram à perseguição. Os de Nottingham, entretanto, gostavam de Robin Hood e lhe deviam muitos favores; jamais então o abandonariam sem socorro à mercê dos inimigos. Abriram verdadeiro corredor para os alegres homens da floresta com carinhosas aclamações, fechando em seguida a passagem.

Mas os que protegiam Robin Hood não eram, infelizmente, suficientes em número nem em força para garantir por muito tempo uma prudente fuga. Foram obrigados a ceder e a tropa do xerife ganhou a estrada tomada pelos homens da floresta em passo de corrida.

Uma perseguição tremenda teve início. De vez em quando, os perseguidos se voltavam e enviavam uma nuvem de flechas contra os perseguidores. Estes respondiam como podiam e, apesar das baixas sofridas, corajosamente continuaram atrás dos fugitivos.

Já há uma hora os dois grupos trocavam flechadas, quando João Pequeno, que seguia ao lado de Robin à frente do bando, parou bruscamente e disse ao jovem chefe:

— Caro amigo, chegou a minha hora. Fui atingido com gravidade e sinto que perco as forças, não posso mais ir adiante.

— O quê? Está ferido?

— Infelizmente. No joelho, e há meia hora perco muito sangue. Estou esgotado, não me aguento mais de pé.

E desabou no chão, depois de dizer essas palavras.

— Meu Deus! — exclamou Robin, ajoelhando-se ao lado do corajoso amigo. — João, meu bravo João, recupere-se, tente se levantar, apoie-se em mim. Não estou cansado, posso levá-lo. Mais uns minutos e estaremos fora de alcance. Deixe-me colocar uma atadura, vai aliviá-lo muito.

— Não, Robin. É inútil — ele respondeu quase sem voz. — Minha perna está paralisada, não consigo fazer movimento algum. Não perca tempo, abandone esse infeliz que tudo que quer é dignamente morrer.

— Abandoná-lo? — assustou-se Robin. — Sabe que jamais faria isso.

— Mas é preciso, Robin, é o seu dever. Tem diante de Deus a responsabilidade por todos esses bravos que a você são dedicados de corpo e alma. Deixe-me aqui. Mas se for meu amigo, pela nossa amizade, não permita que o infame xerife me pegue vivo; enfie sua faca de caça no meu coração, para que eu morra como honesto e bravo saxão. Ouça meu pedido, Robin, mate-me e me evitará um cruel sofrimento e também a amargura de rever nossos inimigos. São tão covardes, os miseráveis normandos, que adorariam insultar minha derradeira hora.

— Por favor, João — respondeu Robin enxugando uma lágrima —, não me peça o impossível. Sabe perfeitamente que não posso deixá-lo morrer sem socorro e longe de mim, sabe que sacrificaria minha vida e a dos companheiros por sua sobrevivência. Sabe também que, em vez de abandoná-lo, sou capaz de dar minha última gota de sangue em sua defesa. Quando eu cair, João, será ao seu lado, assim espero, e partiremos para o outro mundo de mãos e corações unidos, como nossas mãos e corações sempre estiveram aqui neste mundo.

— Lutaremos e morreremos ao seu lado, se o céu parar de nos proteger — confirmou Will beijando o primo. — Se for o caso, verá que existem ainda homens de coragem na Terra. Rapazes! — gritou Will virando-se para os que chegavam às pressas. — Este amigo, companheiro e chefe foi mortalmente ferido, acham que deve ser abandonado à vingança dos infelizes que nos perseguem?

— Não! De jeito nenhum! Mil vezes não! — responderam os alegres homens como se fossem um só. — Vamos armar fileiras ao redor e morreremos em sua defesa.

— Se me permitirem — disse o vigoroso Much tomando a frente —, não precisamos, pelo bem da causa, arriscar a pele. João está apenas ferido no joelho e pode, sem risco de piora, aguentar o transporte. Posso carregá-lo nos ombros pelo menos enquanto as minhas próprias pernas aguentarem.

— E quando não puder mais, Much, eu o substituo — disse Will. — Depois de mim, um dos nossos, não é mesmo, rapazes?

— Claro! — responderam solidários os alegres companheiros.

Apesar da opinião contrária de João, Much o levantou com mão firme e, ajudado por Robin, colocou o ferido nos ombros. E todo o grupo voltou a rapidamente correr pela estrada. A parada forçada a que a pequena tropa fora obrigada permitiu que os soldados ganhassem terreno e já podiam ser vistos. Os alegres homens expediram então mais uma revoada de flechas e aumentaram a velocidade, na esperança de alcançar o esconderijo, convencidos de que os soldados não teriam disposição nem coragem para segui-los até lá. Numa encruzilhada da estrada principal, que se perdia ao longe, os homens da floresta perceberam por entre a folhagem das árvores as torres de um castelo.

— A quem será que pertence? — perguntou-se Robin. — Alguém sabe quem é o proprietário?

— Eu sei, capitão — adiantou-se um companheiro recentemente ingresso no bando.

— Ótimo. Sabe se seríamos bem recebidos pelo dono da propriedade? Pois estaremos em maus lençóis se formos até lá e as portas nos forem fechadas.

— Posso garantir a boa vontade de sir Richard dos Prados — respondeu o homem. — É um bravo saxão.

— Sir Richard dos Prados! — exclamou Robin. — Nesse caso, estamos salvos. Em frente, rapazes, em frente! Abençoada seja a santa Virgem! — continuou Robin, fazendo o sinal da cruz como demonstração de gratidão. — Ela nunca abandona os infelizes na hora do perigo. Will Escarlate, vá na frente e diga à sentinela da ponte levadiça que Robin Hood e uma parte dos seus homens, perseguidos pelos normandos, pedem a sir Richard permissão para entrar no castelo.

William atravessou com a rapidez de uma flecha a distância que o separava do castelo. Enquanto ele se comunicava com o vigia, Robin e os companheiros vinham se aproximando.

Quase que de imediato uma bandeira branca foi içada no alto da muralha externa e um cavaleiro, seguido por Will, saiu a galope na direção de Robin Hood. Chegando perto do jovem chefe, ele desmontou e estendeu as duas mãos.

— Senhor — disse o rapaz apertando com visível emoção as mãos do proscrito —, sou Herbert Gower, filho de sir Richard. Meu pai me encarregou de lhe dizer o quanto é bem-vindo à nossa casa e que ele se considera o mais feliz dos homens se tiver a oportunidade de saldar um pouco das grandes dívidas que temos com o senhor. Sou seu de corpo e alma, sir Robin — acrescentou o jovem, num impulso de profunda gratidão —, disponha de mim como bem entender.

— Agradeço do fundo do coração, jovem amigo — respondeu Robin abraçando Herbert. — Seu oferecimento é tentador, pois ficaria orgulhoso de contar, entre meus oficiais, com tão brilhante cavaleiro. Mas no momento precisamos pensar no perigo que mais ameaça. Estamos exaustos e o mais querido dos companheiros foi ferido na perna por uma flechada normanda. Há quase duas horas somos perseguidos pelos soldados do barão Fitz-Alwine. Veja, meu amigo — e Robin apontou o bando de soldados que começava a preencher toda a estrada —, eles nos alcançarão se não nos apressarmos para ter abrigo atrás das muralhas do castelo.

— A ponte levadiça já está em posição — disse Herbert. — Vamos rápido, em dez minutos nada mais terão a temer do inimigo.

O xerife e seus homens chegaram a tempo de assistir ao desfile do pequeno bando na ponte levadiça do castelo. Exasperado pelo novo fracasso, ele ali tomou a audaciosa decisão de pedir a sir Richard, em nome do rei, para entregar aqueles que, provavelmente abusando da sua boa-fé, haviam conseguido se pôr sob sua proteção. Diante do pedido de lorde Fitz-Alwine, o cavaleiro se apresentou do alto das muralhas.

— Sir Richard dos Prados — gritou o barão, a quem seus ajudantes haviam dito o nome do proprietário do castelo —, o senhor conhece as pessoas que acabam de entrar na sua casa?

— Conheço, milorde — respondeu friamente o cavaleiro.

— E sabe que o miserável que comanda esse bando de bandidos é um fora da lei, um inimigo do rei, a quem o senhor está dando asilo? Sabe que incorre no castigo reservado aos traidores?

— Sei que este castelo e as terras em volta são propriedade minha; sei que em meu domínio posso agir como bem entender, recebendo quem eu desejar. Esta é a minha resposta, senhor. Por favor se afaste imediatamente, se quiser evitar um combate que não lhe será vantajoso, pois tenho sob minhas ordens uma centena de homens de guerra e as flechas mais bem preparadas da região. Passe bem, senhor.

Terminando a irônica resposta, o cavaleiro deixou a muralha.

O barão, sem suficiente confiança em seus próprios soldados para tentar uma investida contra o castelo, preferiu se retirar e foi, como se pode imaginar, cheio de raiva no coração que retomou, à frente dos seus homens, o caminho de Nottingham.

— Seja mil vezes bem-vindo à casa que devo à sua bondade, meu caro Robin Hood! — disse o cavaleiro beijando o hóspede. — Seja mil vezes bem-vindo!

— Obrigado, cavaleiro — disse Robin. — Mas, por favor, não fale mais do pequeno serviço que tive a satisfação de prestar. Sua amizade já o pagou cem vezes e hoje me salvou de um real perigo. Mas trouxe comigo um ferido e peço que o trate com todo cuidado.

— Como se fosse você mesmo, meu caro Robin.

— Você conhece a pessoa em questão, é João Pequeno, meu primeiro oficial. O mais querido e fiel dos companheiros.

— Minha mulher e Lilás cuidarão dele — respondeu sir Richard. — E saberão o que fazer, sinta-se tranquilo com relação a isso.

— Se estiverem falando de João Pequeno, quer dizer, o maior João que já empunhou um bastão de combate — disse Herbert —, ele já se encontra nas mãos de um bom médico de York que está conosco desde a noite de ontem. O curativo foi feito e tudo indica que o paciente terá uma rápida recuperação.

— Louvado seja Deus! — disse Robin Hood. — Meu querido amigo está fora de perigo. Agora, cavaleiro — acrescentou —, sou todo seu e de sua adorável família.

— Minha mulher e Lilás desejam ardentemente conhecê-lo, prezado Robin, e o esperam na sala ao lado.

— Pai — disse Herbert rindo —, acabei de afirmar a meu amigo — disse, mostrando Will Escarlate — que sou o feliz marido da mulher mais bonita do mundo, e sabe o que ele respondeu? — Sir Richard e Robin trocaram um sorriso. — Ser ele quem possui aquela cuja admirável beleza não tem igual. Mas como vai conhecer Lilás…

— Ah! Se tivesse visto Maude, não falaria assim, meu rapaz. Não é verdade, Robin?

— Muito provavelmente Herbert acharia Maude muito bonita — respondeu Robin em tom conciliador.

— É provável, muito provável, mas Lilás é miraculosamente bela e, para mim, mulher alguma a ela se compara — disse Herbert.

Will Escarlate ouvia, sobrancelhas franzidas. O pobre rapaz realmente se sentia ferido em seu amor-próprio de marido. Mas, justiça seja feita, assim que pôde contemplar a esposa de Herbert, demonstrou sua admiração.

Lilás correspondia a todas as expectativas que podem ser colocadas em alguém da sua idade. A bonita menina que vimos no convento de Santa Maria se tornara encantadora mulher. Alta, esbelta e graciosa, lembrando uma delicada gazela, Lilás se aproximou, fronte baixa, e um divino sorriso brotou em seus lábios rosados ao se aproximar dos visitantes. Ergueu para Robin Hood dois enormes e tímidos olhos azuis, estendendo-lhe a mão.

— Nosso salvador não é um estranho para mim — disse com voz suave.

Mudo de admiração, Robin levou aos lábios a alva mão de Lilás.

Herbert, que se colocara ao lado de Robin, disse então a Will, com um sorriso de orgulhosa ternura:

— Amigo William, apresento-lhe minha mulher…

— É muito bonita — admitiu em voz baixa Will Escarlate —, mas Maude… — acrescentou mais baixinho ainda.

E se calou, pois Robin o intimou com o olhar a que se concentrasse exclusivamente na encantadora esposa de Herbert.

Depois de mútua troca de afetuosos cumprimentos entre a mulher de sir Richard e os hóspedes, o cavaleiro deixou Will e o filho conversando com as senhoras, conduziu Robin para outro canto e lhe disse:

— Caro Robin, quero dar a prova de que não existe no mundo um homem que eu aprecie tanto e volto a afirmar essa amizade para que possa agir à vontade e segundo seus projetos. Enquanto esta casa tiver um só defensor de pé em seus muros e de armas em punho, considere-se em segurança aqui, e desafio todos os xerifes do reino. Dei ordem para que as portas se mantenham fechadas para que ninguém entre no castelo sem minha permissão. Minha gente permanece de prontidão e motivada a resistir vigorosamente a qualquer ataque. Os homens do seu bando descansam. Deixe-os desfrutar em paz de uma semana de tranquilidade. Passado esse período, pensaremos o que fazer.

— Aceito de bom grado alguns dias de sossego — respondeu Robin —, mas sob uma condição.

— Qual?

— Os alegres companheiros voltarão amanhã para a floresta de Barnsdale. Will Escarlate os acompanhará e voltará trazendo sua tão querida Maude, Marian e a mulher do pobre João.

Sir Richard concordou satisfeito e tudo se arranjou da melhor maneira entre os dois amigos.

Quinze tranquilíssimos dias se passaram no castelo dos Prados e, no final dessa temporada, Robin, João Pequeno — completamente refeito do ferimento —, Will Escarlate e a incomparável Maude, Marian e Winifred voltaram, uma vez mais, às sombras das grandes árvores verdes da floresta de Barnsdale.

Depois de ter voltado a Nottingham, já no dia seguinte o barão Fitz-Alwine viajou a Londres, conseguiu uma audiência com o rei e contou toda a sua lamentável aventura.

— Majestade — disse o barão —, provavelmente há de achar muito estranho que o cavaleiro a quem Robin Hood pediu asilo tenha se recusado a entregar o criminoso, mesmo depois de intimado em nome do rei.

— Um cavaleiro faltou a esse ponto com o respeito que deve ao soberano? — assombrou-se irritado o rei Henrique.

— Perfeitamente, sire.[67] O cavaleiro Richard Gower dos Prados rechaçou meu justo pedido. Respondeu ser ele rei em seus domínios, pouco se preocupando com o poder de Sua Majestade.

67. Tratamento dado aos grandes senhores feudais e reis.

Vê-se que o barão deslavadamente mentia em prol de sua própria causa.

— Pois vamos julgar, por nós mesmos, a impudência desse atrevido. Dentro de quinze dias estaremos em Nottingham. Leve quantos homens achar necessário para a peleja e se algum infeliz desencontro não permitir que nos vejamos, aja como achar melhor, mas prenda esse indomável Robin Hood, assim como o cavaleiro Richard, em seu mais sombrio calabouço. Uma vez postos a ferros, solicite a nossa justiça. Pensaremos então o que fazer.

O barão Fitz-Alwine seguiu ao pé da letra as ordens do rei. Reuniu uma numerosa tropa de homens e marchou à sua frente contra o castelo de sir Richard. Mas o pobre barão não teve sorte, pois chegou no dia seguinte à partida de Robin Hood.

A ideia de segui-lo até o seu refúgio em momento algum aflorou à mente do velho caudilho. Algumas recordações e uma certa dor que ainda lhe tornava penosas as cavalgadas impunham obstáculos a qualquer entusiasmo nesse sentido. Resolveu então, à falta de coisa melhor, prender sir Richard, mas como o assalto seria dificultoso e de perigosa execução, achou melhor e mais garantido apelar para a astúcia: dispersou seus homens, guardando consigo apenas uns vinte soldados mais vigorosos, e se colocou em emboscada, a pequena distância do castelo.

A espera não foi demorada: já na manhã do dia seguinte, sir Richard, o filho e alguns seguidores caíram numa inesperada armadilha e, apesar de corajosa resistência, foram vencidos, amordaçados, amarrados em cima de cavalos e levados a Nottingham.

Um dos homens dos Prados conseguiu escapar e foi, mesmo contundido pelas pancadas recebidas, levar à sua ama a triste notícia.

Sob o impacto da dor, lady Gower quis imediatamente ir ao encontro do marido, mas Lilás fez com que entendesse que tal atitude não traria resultado algum favorável à situação dos dois entes queridos, e aconselhou a mãe a procurar Robin Hood. Melhor do que ninguém ele seria capaz de razoavelmente medir a situação de sir Richard e libertá-lo.

Lady Gower aceitou o conselho da jovem e, sem perder um segundo, escolheu dois servidores fiéis, montou a cavalo e rapidamente partiu para a floresta de Barnsdale. Teve como guia um dos homens do bando, que ficara no castelo adoentado, mas que agora, já recuperado, levou-os até a árvore do Ponto de Encontro.

Por providencial acaso, Robin Hood ali se encontrava.

— Que Deus o abençoe, Robin! — exclamou lady Gower desmontando do cavalo com febril agilidade. — Venho como suplicante pedir, em nome da santa Virgem, novo favor.

— Está me assustando, senhora. Por favor, o que aconteceu? — exclamou Robin extremamente preocupado. — Diga o que a aflige, farei tudo o que estiver a meu alcance.

— Ah, Robin! — lamentou a pobre senhora. — Meu marido e meu filho foram sequestrados por seu inimigo, o xerife de Nottingham. Por favor, Robin, salve-os. Não são muitos os miseráveis que os atacaram e acabam de deixar o castelo. Certamente não estão longe.

— Esteja descansada, senhora. Os dois logo estarão em casa. Sir Richard tem título de cavaleiro e com isso depende da justiça real. Por mais poderoso que seja, o barão Fitz-Alwine não pode executar um saxão nobiliariamente qualificado. Terá que abrir um processo, se o crime der matéria a processo. Tranquilize-se e enxugue as lágrimas. Seu marido e seu filho logo estarão nos seus braços.

— Que Deus o ouça! — exclamou lady Gower juntando as mãos.

— Permita-me agora um conselho: volte ao castelo, mantenha as portas fechadas e não dê entrada a estranhos. Enquanto isso, reúno meus homens e partimos em busca do barão de Nottingham.

Tranquilizada pelas consoladoras palavras do rapaz, lady Gower se foi com o coração um pouco mais aliviado.

Robin Hood comunicou aos companheiros a captura de sir Richard e seu plano de atacar o xerife a caminho de Nottingham. A gritaria foi geral, com alguns se indignando por mais uma covardia do barão e outros simplesmente contentes pela expectativa de um novo combate. Rapidamente todos se prepararam felizes para se pôr a caminho.

Robin colocou-se à frente do corajoso grupo e, tendo ao lado João Pequeno, Will Escarlate e Much, partiu no encalço do xerife.

Depois de longa e cansativa marcha, chegaram à cidade de Mansfield e lá foram informados por um estalajadeiro que, após algum descanso, os soldados do barão tinham tomado a estrada de Nottingham. O bando foi deixado sob o comando de João Pequeno e Much, para que descansasse um pouco, e Robin Hood partiu com Will, montados em bons cavalos e a galope, para a árvore do Ponto de Encontro de Sherwood. Bem próximo ao abrigo subterrâneo, Robin fez soar as alegres notas da sua trompa de caça e, ouvindo o conhecido chamado, uma centena de homens da floresta rapidamente se apresentou.

Ele então partiu com essa nova tropa e a conduziu de modo a deixar a escolta do barão entre duas frentes de companheiros, pois o grupo de Barnsdale deveria, após uma hora de descanso, retomar o caminho de Nottingham.

Os alegres homens logo chegaram a um ponto pouco afastado da cidade e, com grande satisfação, viram que a tropa do xerife ainda não havia passado. Robin escolheu um local estratégico e mandou que uma parte do grupo se escondesse, enquanto a outra se posicionava numa encosta mais baixa da estrada.

Pouco tempo depois, a chegada de meia dúzia de soldados mostrou que o xerife se aproximava com sua tropa montada. Os homens da floresta se prepararam em silêncio para calorosamente recebê-los. Os batedores atravessaram o local da emboscada sem nada perceber e, quando já estavam suficientemente afastados para que o grosso da tropa acreditasse não haver perigo, o som de uma trompa atravessou os ares, fazendo uma revoada de flechas se abater sobre a compacta fileira dos primeiros soldados.

O xerife ordenou que todos parassem e mandou que uns trinta homens esquadrinhassem o terreno. Era enviá-los à perdição.

Divididos em dois grupos, os soldados foram atacados por todos os lados ao mesmo tempo e, obrigados pela força, baixaram as armas e se renderam.

Depois disso, os alegres homens da floresta se concentraram na escolta do barão, que, com bom cavalo e hábil no manejo das armas, se defendeu com energia.

Robin e seus homens combatiam para libertar sir Richard e o filho, enquanto os soldados vindos de Londres buscavam ganhar a recompensa prometida pelo rei a quem prendesse o bandoleiro.

A luta foi então furiosa e renhida de ambos os lados, com a vitória se mantendo incerta até que, de repente, a gritaria do segundo grupo de homens da floresta anunciou que a situação ia mudar de figura. João Pequeno e sua tropa, chegando de Barnsdale, se lançavam na batalha com irresistível violência.

Uns dez arqueiros logo se aproximaram de onde estava sir Richard e o filho, que foram soltos e receberam armas. Sem medo do perigo a que se expunham, bateram-se corpo a corpo com soldados protegidos por armaduras e cotas de malha.

Com o entusiasmo e impetuosidade da juventude, Herbert se lançou, seguido por alguns dos alegres companheiros, contra o núcleo, propriamente, da escolta do barão. Por quase quinze minutos o corajoso rapazote enfrentou os cavaleiros, mas era visível que, dada a diferença numérica, sairia cara, para ele, a temerária imprudência. Um arqueiro, porém, fosse para socorrê-lo ou apenas para apressar o fim da batalha, lançou uma flecha que, veloz, atravessou o pescoço de lorde Fitz-Alwine, derrubando-o do cavalo. Em seguida cortou a cabeça do fidalgo, ergueu-a na ponta da espada e gritou a plenos pulmões:

— Cães normandos, vejam o chefe de vocês, contemplem pela última vez a cara medonha do orgulhoso xerife. Baixem as armas ou terão o mesmo des…

Não pôde terminar a frase: um normando partiu-lhe ao meio o crânio, fazendo-o cair por terra.

Mas a morte do xerife fez os normandos de fato baixarem armas e se renderem.

Por ordem de Robin, um bom número dos alegres companheiros escoltou os vencidos até Nottingham, enquanto à frente da tropa restante o jovem chefe contou seus mortos, socorreu os feridos e desfez no local as marcas do combate.

— Adeus para sempre, homem de ferro e de sangue! — disse Robin, dirigindo um olhar de repugnância ao cadáver do barão. — Finalmente encontrou a morte e vai receber a recompensa por suas más ações. Teve o coração ávido e impiedoso, e mão que se estendia como um flagelo sobre os pobres saxões. Martirizou os vassalos, traiu seu rei, abandonou a própria filha: merece todas as torturas do inferno. Mesmo assim, peço a Deus que em sua infinita misericórdia tenha piedade da sua alma e perdoe seus tantos erros. Sir Richard — dirigiu-se a ele Robin, logo que o corpo do velho senhor foi carregado pelos soldados na direção de Nottingham —, tivemos um triste dia. Conseguimos tirá-lo da morte certa, mas não da ruína, pois seus bens serão confiscados. Teria sido melhor, querido amigo, não nos termos jamais conhecido.

— Por que diz isso? — espantou-se o cavaleiro.

— Provavelmente pagaria a dívida com o abade de Santa Maria mesmo sem a minha ajuda, e não teria se sentido na obrigação de me prestar favor. Sem querer, causei a sua desgraça. Será banido, proscrito do reino, sua casa passará a pertencer a algum normando e sua querida família sofrerá por culpa minha... Como vê, Richard, é perigoso ser meu amigo.

— Caro Robin — disse o cavaleiro com uma expressão de indizível ternura —, minha mulher e filhos estão vivos e tenho a sua amizade, por que me lamentar? Se o rei me condenar, deixarei o castelo ancestral, mas ainda assim satisfeito e grato ao destino por tê-lo como amigo!

Desanimado, Robin Hood balançou a cabeça.

— Tratemos seriamente do seu problema, Richard. A notícia do acontecido vai chegar a Londres e o rei será implacável. Atacamos seus soldados e ele não se limitará ao desterro para se vingar da derrota, podendo condená-lo à morte desonrosa. Deixe o castelo e venha viver conosco. Enquanto me restar um sopro de vida, estará em segurança sob a guarda dos alegres companheiros, tem minha palavra.

— Aceito de coração a generosa proposta, Robin Hood, com alegria e gratidão. Mas antes vou tentar, pois é um dever a que me obriga a preocupação com o futuro dos meus filhos, aplacar a cólera do rei. Por uma boa soma ele talvez aceite poupar a vida de um fidalgo.

Nessa mesma tarde, sir Richard enviou um mensageiro a Londres para pedir a um membro poderoso da sua família que o protegesse junto ao rei. A viagem de volta do portador foi tão rápida quanto a de ida, trazendo a notícia de que Henrique II, muito irritado com a morte do barão Fitz-Alwine, havia despachado contra o castelo dos Prados uma companhia inteira dos seus melhores soldados, com a missão de enforcar a ele e ao filho na primeira árvore do caminho. O chefe dessa expedição, um normando sem fortuna, recebera do rei a doação do castelo, para ele e seus descendentes, até a última geração.

O parente de sir Richard mandava também avisar ao condenado que uma proclamação fora enviada às regiões de Nottinghamshire, Derbyshire e Yorkshire, oferecendo uma recompensa extraordinária a quem fosse suficientemente hábil para entregar Robin Hood vivo ou morto ao xerife de uma dessas três regiões.

Sir Richard mandou que imediatamente prevenissem Robin Hood do perigo que corria a sua vida e o avisassem também da sua iminente chegada.

Diligentemente ajudado por seus vassalos, o cavaleiro esvaziou o castelo de tudo que havia dentro, enviando móveis, armas e baixela para a árvore do Ponto de Encontro de Barnsdale.

Depois que a última carroça atravessou a ponte levadiça, sir Richard, lady Gower, Herbert e Lilás saíram a cavalo da tão querida moradia e ganharam sem maiores dificuldades a verde floresta.

Quando a tropa enviada pelo rei chegou ao castelo, as portas estavam abertas e os cômodos completamente vazios.

O novo dono do castelo dos Prados pareceu muito desapontado ao encontrá-lo deserto, mas como havia passado a maior parte da existência a lutar contra os caprichos da fortuna, conseguiu não se aborrecer tanto com isso. Assim sendo, enviou de volta a Londres os soldados e assumiu, como senhor, todo o vasto domínio, para desespero dos vassalos.

12

Três anos de calma se passaram após os acontecimentos que acabamos de relatar. O bando de Robin Hood teve extraordinário desenvolvimento e a fama do seu intrépido chefe ganhou toda a Inglaterra.

A morte de Henrique II levou ao trono seu filho Ricardo,[68] que, depois de dilapidar o tesouro da Coroa, partiu para as Cruzadas, abandonando o reino à regência do irmão, o príncipe João,[69] homem de hábitos dissolutos, extremada avareza e fraco caráter, qualidades que o tornavam alguém nada apropriado para a alta missão que lhe fora confiada.

A miséria, que já era grande para a classe mais pobre sob o reinado de Henrique II, tornou-se absoluta penúria durante o longo período dessa sanguinária regência. Robin Hood aliviava com inesgotável generosidade o cruel sofrimento dos pobres de Nottinghamshire e Derbyshire, confirmando-se como ídolo de todos os infelizes. Para dar aos pobres, porém, ele tomava dos ricos; e normandos, prelados e frades, desconsolados, eram os que mais contribuíam para as boas ações do nobre proscrito.

Marian continuava morando na floresta e o casal se amava com tanta dedicação quanto nos primeiros dias da feliz união.

O tempo também não havia diminuído a paixão de William por sua linda mulher e, para o fiel saxão, Maude guardava como um puro diamante a imutável beleza.

---

68. Ricardo Coração de Leão (1157-99) subiu ao trono em setembro de 1189 e de fato esvaziou o tesouro real para organizar o que seria a Terceira Cruzada, partindo quase que imediatamente rumo ao Oriente Médio. Ver também notas 71 e 80.

69. A regência na verdade foi deixada com William de Longchamp (ver nota 70), a quem João Sem Terra (1167-1216) derrubou em 1191. Como filho mais novo de Henrique II e Leonor da Aquitânia (ver notas 8 e 74), João não devia herdar domínios importantes (donde o "Sem Terra"), mas os três irmãos mais velhos morreram e ele subiu ao trono em 1199. Ver também notas 86 e 88.

João Pequeno e Much ainda se felicitavam pela escolha feita ao tomarem como esposas a meiga Winifred e a inquieta Bárbara. Quanto aos irmãos de Will, de maneira alguma se arrependiam de seus repentinos casamentos. Sentiam-se felizes e viam a vida sob um prisma cor-de-rosa.

Antes de nos separarmos para sempre de dois personagens que tiveram um papel importante em nossa narrativa, vamos fazer-lhes uma cordial visita no castelo do Vale, no vale de Mansfield.

Allan Clare e lady Christabel viviam felizes, um para o outro. Sua residência, em boa parte construída sob o comando do cavaleiro, era uma maravilha de conforto e bom gosto. Uma renque de velhas árvores protegia o jardim contra qualquer olhar indiscreto e parecia levantar uma barreira intransponível em torno da idílica habitação.

Lindas crianças de rostos alegres, flores vivas naquele oásis de amor, animavam com sua turbulenta agitação infantil a calma da ampla propriedade. Suas vozes risonhas ecoavam espertas e a ágil correria dos seus pezinhos deixava uma efêmera marca na areia das alamedas do parque. Allan e Christabel continuavam jovens de espírito e de aparência; para eles as semanas pareciam curtas como um dia, e o dia se passava rápido como uma hora.

Christabel não via o pai desde a época do casamento com Allan Clare, na abadia de Linton, pois o irascível velho negava cruel e obstinadamente todas as tentativas de reconciliação feitas pela filha e o genro. A morte do barão afetou-a profundamente, e quão mais viva não teria sido a dor se houvesse perdido um verdadeiro pai.

Allan manifestou a intenção de reivindicar seus direitos quanto à baronia e ao condado de Nottingham. A conselho de Robin, que lhe recomendou dar prioridade a essa justa pretensão, ele ia escrever ao rei quando soube que o castelo de Nottingham, suas receitas e dependências tinham se tornado propriedade do príncipe João.

Considerava-se satisfeito demais com a própria felicidade para arriscar seu sossego numa luta que a superioridade do adversário podia tornar tão perigosa quanto inútil. Não tomou então iniciativa alguma nem lamentou a perda da magnífica herança.

Os ataques comandados por Robin Hood contra os normandos e os eclesiásticos se tornaram tão frequentes e prejudiciais à fortuna dos ricos personagens que acabaram por chamar a atenção do chanceler-mor da Inglaterra, Longchamp, bispo de Ely.[70]

Resolvido a dar fim à existência dos alegres arqueiros, o bispo organizou uma forte expedição. Quinhentos homens, à frente dos quais se co-

70. William de Longchamp (?-1197), chanceler da Inglaterra e bispo de Ely, foi responsável pelas negociações que libertaram Ricardo Coração de Leão, em 1193/1194 (ver nota 71).

locou o príncipe João, foram ao castelo de Nottingham e ali, após alguns dias de descanso, arquitetaram planos para a captura de Robin Hood. Este, prontamente informado das intenções da respeitável tropa, apenas riu e se preparou para desbaratar aquelas novas tentativas, sem expor seus homens às incertezas de um combate.

Mandou que o bando se mantivesse escondido, vestiu uma dúzia de companheiros com diferentes disfarces e os enviou ao castelo, onde se ofereceram como guias para a tropa pelas inextricáveis trilhas da floresta.

Foram imediatamente aceitos pelos chefes, e como a floresta ocupava um território de cerca de trinta milhas, podemos facilmente imaginar as idas e vindas em que os guias embrenharam os infelizes soldados. Às vezes era no fundo dos vales que a tropa inteira se perdia, outras vezes se atolava até a metade da perna na água lodosa de pântanos, ou ainda, espalhada por terrenos mais altos, praguejava em desespero contra a vida militar, mandando para o inferno o chanceler-mor da Inglaterra, Robin Hood e todo o seu invisível bando. Pois, diga-se, em momento algum se viu um só gibão verde no horizonte.

No final da tarde, invariavelmente os soldados se encontravam a sete ou oito milhas do castelo de Nottingham, para onde deviam ir se não quisessem passar a noite sob as estrelas. Seguiam então esfalfados, morrendo de fome e sem nada ter visto que traísse a presença dos alegres homens da floresta.

Renovaram-se por quinze dias esses extenuantes passeios e o resultado foi igualmente o mesmo. Com os prazeres a chamá-lo de volta a Londres, o príncipe João abandonou o projeto e tomou com seu exército o caminho da capital.

Dois anos depois dessa expedição, Ricardo retornou à Inglaterra[71] e o príncipe João, com bons motivos para temer a presença do irmão, procurou se proteger da ira real atrás das muralhas do velho castelo de Nottingham.

Ao saber do odioso comportamento do irmão regente, Ricardo Coração de Leão passou apenas três dias em Londres e resolutamente marchou contra o rebelde, à frente de uma pequena tropa.

O castelo foi sitiado e se rendeu incondicionalmente, após três dias de combate, mas o príncipe João conseguiu fugir.[72]

Combatendo como qualquer dos soldados, o rei notou que um grupo de vigorosos *yeomen* o apoiou diligentemente e que apenas graças a esse valoroso auxílio a vitória pôde ser conquistada.

71. Depois de passar quatorze meses (de dezembro de 1192 a 4 de fevereiro de 1194) preso pelos "aliados" austríacos e tendo sido a Inglaterra obrigada a pagar pesadíssima soma por seu resgate, Ricardo foi novamente sagrado rei, mas abandonaria definitivamente a Inglaterra pouco depois.

72. Reza a história que Ricardo utilizou no cerco do castelo máquinas de sitiamento trazidas do Oriente Médio.

Terminado o cerco, já de posse do castelo, Ricardo pediu informações sobre os eficientes arqueiros que o tinham ajudado. Ninguém soube responder e ele foi obrigado a se informar com o xerife de Nottingham.

Esse xerife era aquele mesmo em quem Robin Hood havia aplicado um golpe, levando-o à floresta e fazendo-o pagar trezentos escudos de ouro pela visita.

Sob a influência ainda daquela lembrança, o xerife respondeu ao rei que os arqueiros em questão provavelmente eram homens do terrível Robin Hood.

— Esse tal Robin Hood — acrescentou o rancoroso estalajadeiro — é um refinado patife: sustenta seu bando à custa dos viajantes, rouba pessoas honestas, mata gamos do rei e diariamente comete todo tipo de delito.

Halbert Lindsay, irmão de leite da bela Maude, que tivera a sorte de se manter no posto de guardião do castelo, encontrava-se por acaso perto do rei no momento em que isso foi dito. Levado pela gratidão que o ligava a Robin e por seu temperamento naturalmente generoso, esqueceu sua modesta condição, deu um passo em direção ao augusto personagem e disse em tom compenetrado:

— Sire, Robin Hood é um honesto saxão, um infeliz proscrito. Se porventura ele despoja os ricos dos excedentes de sua fortuna, é sempre para aliviar a miséria dos mais pobres. Do condado de Nottingham ao de York, o nome de Robin Hood é pronunciado com respeito e eterna gratidão.

— Conhece pessoalmente esse bravo arqueiro? — perguntou o rei.

A interrogação fez com que Halbert caísse em si. Ruborizado, ele respondeu com embaraço:

— Já vi Robin Hood, mas há muito tempo e apenas confirmo à Sua Majestade os elogios que fazem os pobres àquele que não deixa que morram de fome.

— Vamos, meu bravo rapaz — disse o rei sorrindo —, erga a cabeça e não renegue seu amigo. Pela Santíssima Trindade! Se o comportamento desse proscrito for mesmo o que acaba de descrever, é alguém de quem devemos nos orgulhar de ser amigos. Confesso que gostaria de conhecê-lo, e como ele me prestou serviço, ninguém haverá de dizer que Ricardo da Inglaterra se comportou com ingratidão, mesmo em se tratando de um fora da lei. Amanhã, pela manhã, irei à floresta de Sherwood.

E o rei cumpriu com sua palavra: já no dia seguinte, acompanhado por uma escolta de cavaleiros e soldados, guiado pelo xerife — que não achava o passeio dos mais atrativos —, explorou trilhas, estradas e clareiras do velho bosque, mas a busca foi totalmente inútil, pois Robin Hood não apareceu.

Decepcionado com o fracasso da iniciativa, Ricardo mandou chamar o guarda-florestal de Sherwood e perguntou se não haveria meio de encontrar o chefe dos proscritos.

— Sua Majestade poderá vasculhar a floresta por um ano inteiro — respondeu o homem — e não verá sequer a sombra de um fora da lei, se se apresentar acompanhada de uma escolta. Robin Hood evita ao máximo as lutas, não por medo, pois conhece tão bem a floresta que nada tem a temer de um ataque de até mesmo quinhentos ou seiscentos homens, mas por comedimento e prudência. Se Sua Majestade deseja encontrar Robin Hood, que se vista de frade, com mais quatro ou cinco cavaleiros igualmente disfarçados, e posso lhe servir de guia. Juro por são Dunstan que não correremos perigo! Robin Hood intercepta os eclesiásticos e os hospeda. Fica com tudo que carregam com eles, mas não os maltrata.

— Pela Santíssima Cruz, homem, sua fala é de ouro! — disse o rei achando graça. — Vou seguir seu engenhoso conselho. Não vou me sentir à vontade no hábito de um frade, mas não faz mal! Que me consigam uma batina!

O impaciente monarca em pouco tempo já parecia um abade e escolheu quatro cavaleiros, que se vestiram como frades. Ainda por ideia do guarda-florestal, aparelharam três outros de modo a dar a impressão de carregarem um bom tesouro.

A cerca de três milhas do castelo, o guarda-florestal que guiava os falsos monges se aproximou do rei e disse:

— Monsenhor, dê uma olhada para a extremidade da clareira e verá Robin Hood, João Pequeno e Will Escarlate, os três principais chefes do bando.

— Ótimo — disse o rei satisfeito.

E, apressando a marcha do cavalo, fez como se quisesse fugir.

Robin Hood correu na sua direção e segurou as rédeas do animal, mantendo-o imobilizado.

— Peço desculpa, sr. abade, mas fique um pouco mais e receba nossos cumprimentos pela visita — disse.

— Pecador profano! — exclamou Ricardo, procurando reproduzir o linguajar dos clérigos. — Quem você pensa que é para interromper o caminho de um santo homem que vai cumprir uma missão sagrada?

— Sou um *yeoman* desta floresta — respondeu Robin Hood. — Meus companheiros e eu vivemos da caça e da generosidade dos piedosos membros da santa Igreja.

— Por minha alma! Não passam é de patifes atrevidos — disse o rei, disfarçando o sorriso. — Atreve-se a dizer no meu nariz e minha barba que come os meus… os gamos do rei e assalta membros do clero. Por santo Huberto![73] Não nego que pelo menos tem o mérito da franqueza.

— A franqueza é o único recurso daqueles que nada têm — devolveu Robin Hood. — Mas aqueles que usufruem de rendas, propriedades, moedas de ouro e de prata podem partilhá-las, pois nem saberiam o que fazer com elas. Tenho a impressão de que o nobre abade se enquadra entre esses felizardos a

73. Padroeiro dos caçadores, festejado em 3 de novembro.

que me refiro. Por esse motivo é que me permito suplicar que atenda a nossas modestas necessidades e à miséria dos pobres que são nossos amigos e protegidos. Pois muito frequentemente esquecem, irmãos, que nas imediações das suas ricas habitações há casas em que falta o pão, enquanto os senhores dispõem de maior quantidade de ouro do que de caprichos a satisfazer.

— Provavelmente o que está dizendo é verdade, *yeoman* — respondeu o rei, esquecendo um pouco o hábito religioso que vestia —, e a expressão de leal franqueza da sua fisionomia me agrada em especial. Parece bem mais honesto do que, na verdade, é. De qualquer maneira, por sua boa aparência e por amor à caridade cristã, dou-lhe todo o dinheiro que tenho neste momento: quarenta moedas de ouro. Sinto muito ser tão pouco, mas o rei, que, como você provavelmente sabe, está há alguns dias no castelo de Nottingham, quase completamente esvaziou meus bolsos. Coloco então esse dinheiro à sua disposição, por apreciar sua boa aparência e a expressão enérgica dos seus fortes companheiros.

Dizendo isso, o rei entregou a Robin Hood um pequeno saco de couro, com quarenta moedas de ouro.

— O sr. abade é a fênix dos eclesiásticos — disse Robin com um sorriso —, e não fosse eu forçado pela promessa feita de extorquir todos os membros da Santa Madre Igreja, não aceitaria sua generosa oferta. Mas não haverão de dizer que a sua travessia da floresta de Sherwood foi cruel. A escolta e os cavalos podem livremente passar. Além disso, permita-me aceitar apenas vinte moedas de ouro.

— É muito nobre a sua atitude, homem da floresta — respondeu Ricardo, que pareceu sensibilizado com a cortesia de Robin. — Terei prazer de falar disso a nosso soberano. Sua Majestade deve conhecê-lo, pois me pediu que o cumprimentasse, se tivesse a felicidade de encontrá-lo. Cá entre nós, tenho a impressão de que o rei Ricardo, que aprecia a bravura de onde quer que venha, até gostaria de agradecer pessoalmente ao bravo *yeoman* que o ajudou a abrir as portas do castelo de Nottingham. E aproveitaria para perguntar por que ele desapareceu, com seus valentes companheiros, logo depois da batalha.

— Se eu um dia tiver a felicidade de me encontrar na presença de Sua Majestade, não hesitarei em responder a essa última pergunta. Mas, por ora, sr. abade, falemos de outra coisa. Gosto sinceramente do rei Ricardo por ele ser inglês na alma e no coração, apesar de pertencer, por laços de sangue, à família normanda. Todos nós aqui, padres e leigos, somos fiéis servidores de Sua Muito Graciosa Majestade, e se o sr. abade consentir, beberemos à saúde do nobre Ricardo. A floresta de Sherwood pode perfeitamente ser hospitaleira e receber à sombra de suas velhas árvores, inclusive gratuitamente, corações saxões e frades generosos.

— Aceito com prazer seu amável convite, Robin Hood — respondeu o rei —, e estou pronto a segui-lo de bom grado aonde queira me conduzir.

— Agradeço a confiança, bom religioso — disse Robin, dirigindo o cavalo montado por Ricardo por uma trilha que levava à árvore do Ponto de Encontro.

João Pequeno, Will Escarlate e os quatro cavaleiros disfarçados de frade seguiam o rei, conduzido por Robin.

Mal o pequeno grupo tomou o atalho, um gamo assustado com o barulho rapidamente atravessou o caminho, mas, ainda mais alerta do que o pobre animal, a flecha de Robin Hood o atingiu mortalmente.

— Belo tiro! Belo tiro! — exclamou entusiasmado o rei.

— Nada de extraordinário, sr. abade — disse Robin, olhando com certa surpresa o rei. — Todos do meu bando, sem exceção, podem matar um gamo nas mesmas condições. Minha mulher sabe também manejar o arco e é capaz de proezas bem superiores a essa pequena demonstração.

— Sua mulher? — repetiu o rei inquisitivo. — É casado? Pela santa missa! Gostaria muito de conhecer essa que compartilha os perigos de tão aventurosa existência.

— E não é a única do sexo feminino a preferir um coração fiel e o dia a dia na floresta ao amor pérfido e o luxo da vida nas cidades.

— Também vou lhe apresentar minha mulher, sr. abade — gritou Will Escarlate. — Se não reconhecer que tem beleza digna de um trono, vai ser obrigado a aceitar que eu o acuse de ser cego ou ter um gosto dos mais detestáveis.

— Por são Dunstan! — reagiu Ricardo. — A voz do povo está certa em denominá-los alegres homens. Têm de tudo aqui: bonitas mulheres, caça real, fresco verdor, plena liberdade.

— Além de alegres, felizes, senhor — acrescentou Robin satisfeito.

O grupo finalmente chegou ao gramado em que a suntuosa refeição, já preparada, esperava os convivas; e as perfumadas carnes de caça aguçaram, apenas pelo aspecto, o vigoroso apetite de Ricardo Coração de Leão.

— Pela consciência da minha mãe! — exclamou o rei (queremos logo esclarecer que a sra. Leonor tinha tão pouca consciência que somente por brincadeira era possível assim se referir a ela).[74] — Isto sim é verdadeiramente uma refeição real.

Sua Majestade se sentou e passou a comer com extremo prazer. Já no final do banquete, disse ao anfitrião:

74. Leonor da Aquitânia (c.1122-1204) foi rainha da França e da Inglaterra. Muito culta e de grande talento político, foi uma das mulheres mais poderosas e influentes da Idade Média. Casou-se com Luís VII da França e se divorciou por divergência de interesses políticos. Casou-se então com o futuro Henrique II da Inglaterra, com quem teve oito filhos, entre os quais Ricardo Coração de Leão e João Sem Terra (ver notas 68 e 69). Separou-se novamente, retirou-se em seu ducado da Aquitânia e, com o apoio do ex-marido Luís VII, rebelou-se contra Henrique II. Derrotada, ficou presa por dezesseis anos, até a morte do rei inglês e a subida ao trono de Ricardo Coração de Leão.

— Fiquei curioso para conhecer as bonitas mulheres que povoam esse seu vasto domínio. Gostaria que as apresentasse, para ver se são dignas, como disse seu companheiro de cabelos vermelhos, da corte do rei da Inglaterra.

Robin pediu que Will chamasse as belas ninfas do bosque e disse a seus homens que preparassem os jogos com que se distraíam nos dias de descanso.

— Meu pessoal vai tentar diverti-lo um pouco, sr. abade — disse Robin, sentando-se ao lado do rei. — Verá que nossas diversões e o tipo de existência um tanto fora do comum nada têm em si de tão repreensível. Quando então estiver na presença do bom rei Ricardo, diga, por favor, que os alegres homens da floresta de Sherwood não causam qualquer prejuízo aos bravos saxões nem prejudicam quem se solidariza com as inevitáveis misérias da sua rude existência.

— Pode ficar tranquilo, Sua Majestade vai saber tudo que se passa na floresta, como se estivesse aqui presente, nessa refeição oferecida.

— O senhor é sem dúvida o mais agradável abade que já encontrei na vida e fico contente com o prazer que estou tendo de tratá-lo como irmão. Mas agora acompanhe com atenção o que vão fazer os meus arqueiros. Têm perícia inigualável e, para sua diversão, certamente vão se esmerar em boas proezas.

Os homens de Robin Hood começaram então os exercícios de tiro ao arco, com tal firmeza nas mãos e tão extraordinária pontaria que o rei os cumprimentou efetivamente surpreso.

A demonstração já durava mais ou menos meia hora quando Will Escarlate apareceu acompanhado por Marian e Maude, as duas envergando trajes de amazona, em pano verde de Lincoln, e com seus arcos e aljavas com flechas.

Mais atrás vinham ainda Bárbara, Winifred, a alva Lilás e as lindas esposas dos jovens Gamwell.

Espantado, o rei arregalou os olhos e contemplou, sem nada comentar, os encantadores rostos que ruborizaram sob a insistência do olhar.

— Sr. abade — disse Robin pegando a mão de Marian —, apresento-lhe a rainha do meu coração, minha querida esposa.

— Poderia também dizer a rainha dos seus alegres homens, bravo Robin — exclamou o rei. — E tem toda razão de se orgulhar por inspirar amor a tão bela criatura. Querida senhora — continuou o rei —, permita-me cumprimentá-la como soberana do grande bosque de Sherwood e prestar minhas homenagens, como súdito fiel.

Terminando de dizer isso, o rei pôs um joelho no chão, tomou a branca mão de Marian e respeitosamente aflorou-a com os lábios.

— É grande a cortesia do sr. abade — disse Marian com um tom modesto —, mas é estranho um homem da sua santa condição se inclinar dessa maneira diante de uma mulher. Somente a Deus deveria dar testemunho de tanta humildade e respeito.

"Vindo da mulher de um simples homem da floresta", pensou o rei, retomando o seu lugar sob a árvore do Ponto de Encontro, "tanto moralismo também soa estranho."

— Sr. abade, esta é a minha esposa! — gritou Will, levando Maude até Ricardo.

O fidalgo olhou-a e disse sorrindo:

— É certamente a dama que brilharia no palácio de um rei?

— Ela mesma, reverendo — falou Will.

— Pois concordo plenamente com o amigo — disse Ricardo. — Se assim permitir, gostaria de beijar o rosto desta a quem ama.

William sorriu e o rei, entendendo a atitude como resposta afirmativa, galantemente beijou a jovem.

— Deixe-me dizer uma palavra a seu ouvido, sr. abade — disse Will, se aproximando do rei, que aceitou de bom grado o pedido do rapaz. — O senhor tem bom gosto e nunca terá que temer qualquer ameaça na floresta de Sherwood. A partir de hoje, garanto-lhe cordial recepção, sempre que o acaso o trouxer até nós.

— Agradeço a cortesia, bom *yeoman* — disse o rei de bom humor. — Ah! Ah! O que vejo ainda? — exclamou, olhando para as irmãs de Will que, junto com Lilás, tinham se aproximado. — Posso dizer, rapazes, que essas suas dríades são verdadeiras fadas — acrescentou, tomando a mão da jovem Lilás. — Por Nossa Senhora! — murmurou para si mesmo. — Não imaginei que pudesse existir mulher tão bonita quanto minha meiga Berengária,[75] mas devo admitir que essa criança tem a mesma candura e graça. Menina — disse Ricardo, apertando a delicada mãozinha nas suas —, você escolheu uma existência bem difícil, sem os prazeres atraentes para a sua idade. Não tem medo, pobre criança, que os ventos tempestuosos da floresta destruam sua frágil vida como destroem as flores mais mimosas?

— Meu padre — respondeu Lilás com suavidade —, mede-se a força do vento pela resistência dos arbustos, e ele não ameaça os mais flexíveis. Estou satisfeita aqui: a pessoa a quem amo mora na floresta e então me sinto feliz.

— Tem toda razão de confessar seu amor, sendo ele digno de tão linda criança — respondeu Ricardo.

— É digno de amor ainda maior, padre — respondeu Lilás. — Mesmo que o ame tanto quanto é possível amar.

Dizendo isso, a jovem corou e os grandes olhos azuis do rei se fixaram nela de forma tão ardente que, singularmente constrangida, ela devagar retirou sua mão, ainda apertada pelas do falso religioso, e foi se sentar ao lado de Marian.

75. Berengária de Navarra (c.1165-1230) casou-se com Ricardo Coração de Leão por manobras de Leonor da Aquitânia (ver notas 68 e 74). O casal pouco esteve junto e não gerou filhos, sendo Berengária a única rainha inglesa que nunca sequer visitou o país.

— Confesso, mestre Robin — disse o rei —, que na Europa inteira não há uma única corte que possa se vangloriar de reunir em volta do trono tantas e tão jovens beldades. Estive em diversos países e em lugar nenhum vi algo que se compare à tranquila e suave beleza das mulheres saxãs. Quero cair em desgraça se uma só dessas delicadas pessoas que vejo não equivale a uma centena de jovens do Oriente ou de qualquer outra raça estrangeira.

— Fico feliz de ouvi-lo falar assim, sr. abade — disse Robin. — Prova, mais uma vez, que o sangue inglês corre em suas veias. Não posso ser juiz em tema tão delicado, pois não viajei e nada conheço para além de Derbyshire e de Yorkshire. Mesmo assim, sinto-me inclinado a concordar e dizer que as mulheres saxãs são as mais belas do mundo.

— É evidente que são — entrou decidido Will na conversa. — Percorri grande parte do reino da França e posso garantir que não encontrei uma só senhora ou senhorita que se possa comparar a Maude. Maude encarna o ideal da beleza inglesa; é esta a minha opinião.

— Esteve no exército? — perguntou o rei, olhando mais atentamente o rapaz.

— Estive sim! Servi ao rei Henrique na Aquitânia, no Poitou, em Harfleur, em Évreux, em Rouen e em muitos outros lugares.

— Ah! Ah! — exclamou o rei desviando o rosto, com medo que Will o reconhecesse. — Robin Hood — continuou ele —, creio que seu pessoal se dispõe a retomar as demonstrações. Gostaria muito de assistir a outros exercícios.

— Será feita então a sua vontade. Vou mostrar o que faço para treinar meus arqueiros. Much — gritou Robin —, mande que coloquem as guirlandas de rosas em cima das varetas de tiro.

Much fez o que foi dito e, em pouco tempo, o alto das varetas mostrava-se perpendicularmente através do círculo formado pelas flores.

— E agora, rapazes — lembrou Robin —, mirem na vareta. Quem errar terá que me dar uma boa flecha e receberá um castigo. Prestem atenção! Por Nossa Senhora, os reprovados pagarão por isso. É claro que participo com vocês e, se for o caso, recebo a mesma punição.

Vários arqueiros erraram seus tiros e receberam sem reclamar o castigo combinado, que era uma boa bofetada. Robin Hood espatifou a vareta e outra foi colocada no lugar. Will e João Pequeno erraram o alvo e, em meio às gargalhadas de toda a assistência, receberam a devida recompensa pela inabilidade.

Robin deu o último tiro e, querendo mostrar ao falso abade não haver, naquele tipo de situação, diferença alguma entre seus comandados e ele, errou de propósito o alvo.

— Ah! Ah! — gritou surpreso um *yeoman*. — O chefe errou o alvo!

— Não é mesmo? É verdade! E mereço a punição. Qual de vocês se encarrega disso? Você, João Pequeno, é o mais forte de todos nós, e vai saber bater firme.

— Por nada neste mundo! — reagiu João. — Cumprir essa desagradável tarefa me deixaria para sempre brigado com a minha mão direita.

— Muito bem, então será Will!

— Agradeço, Robin, mas do fundo do coração me recuso a atender o pedido.

— Também recuso — foi logo avisando Much.

— Eu também! — gritou outro companheiro.

— Todos nós — acrescentou o bando inteiro ao mesmo tempo.

— É uma ridícula criancice — disse Robin em tom severo. — Não pensei duas vezes para punir os que erraram, têm que me tratar em pé de igualdade, ou seja, com o mesmo rigor. Mas já que nenhum dos companheiros aceita levantar a mão contra mim, caberá ao sr. abade resolver a questão. Aqui está minha melhor flecha e, por favor, monsenhor, faça o mesmo que fiz a meus arqueiros.

— É melhor que não seja eu a fazer isso, meu caro, pois tenho a mão pesada e bato forte — riu Sua Alteza.

— Sou bastante resistente, prezado abade; bata com toda força.

— Realmente quer isso? — quis confirmar o rei, colocando para fora um braço musculoso. — Pois não terá do que reclamar.

A bofetada foi tão bem aplicada que Robin caiu para trás, mas rapidamente se levantou.

— Diante de Deus confesso — disse ele sorrindo e com a bochecha bem vermelha — que é o frade mais robusto de toda a alegre Inglaterra. Tem força demais nesse seu braço para alguém que exerça na tranquilidade o santo ofício. Posso apostar minha cabeça (que está estimada em quatrocentos escudos de ouro) que está mais acostumado a segurar um arco ou um bastão do que uma cruz.

— É bem possível — respondeu com um sorriso o rei. — Acrescente ainda, se quiser, o manejo da espada, da lança e do escudo.

— A maneira de falar e a atitude mais parecem as de alguém habituado à vida aventureira do soldado e não a de um piedoso servidor da Santa Madre Igreja — comentou Robin, examinando o rei com atenção. — Gostaria muito de saber quem realmente é, pois estranhas ideias me vêm à cabeça.

— Não dê atenção a elas, Robin Hood, nem procure descobrir se sou ou não quem digo ser — respondeu firmemente o rei.

Nesse momento, o cavaleiro Richard dos Prados, que estava ausente desde cedo, apareceu, se aproximou e foi até Robin, no centro do grupo. Ao ver o rei, emocionou-se, pois imediatamente o reconheceu. Olhou para Robin, que parecia ignorar por inteiro a posição nobiliárquica do hóspede.

— Sabe o nome do homem vestido como frade superior? — perguntou então em voz baixa.

— Não — respondeu Robin. — Mas comecei a achar há alguns minutos que esses cabelos ruivos e grandes olhos azuis só podem pertencer a um único homem no mundo, a…

— Ricardo Coração de Leão, rei da Inglaterra! — exclamou sem querer o cavaleiro.

— Ah! Ah! — exclamou o falso frade se aproximando.

Robin Hood e sir Richard se puseram de joelhos.

— Agora reconheço o augusto rosto do meu soberano — disse o chefe dos fora da lei. — É mesmo nosso bom rei Ricardo da Inglaterra. Que Deus proteja Sua Corajosa Majestade!

Um complacente sorriso brotou nos lábios do rei.

— Sire — continuou Robin, sem sair da humilde postura que assumira —, Sua Majestade agora sabe quem somos: proscritos expulsos das propriedades ancestrais por injusta e cruel opressão. Pobres e desabrigados, buscamos refúgio na solidão da floresta. Vivemos da caça, de esmolas, extorquidas, é verdade, mas sem violência e seguindo as formas mais deferentes da cortesia. Dão-nas de boa ou de má vontade, mas jamais tomamos alguma coisa sem termos a certeza de haver, na escarcela de quem nos nega ajuda, o valor de resgate de um cavaleiro. Sire, imploro de Sua Majestade clemência com relação a meus companheiros e a mim.

— Levante-se, Robin Hood — respondeu com bondade o soberano. — Conte-me por que me ajudou, com seus bravos arqueiros, no assalto à baronia de Nottingham.

— Sire — retomou Robin, que, mesmo tendo obedecido à ordem do rei, se mantinha respeitosamente inclinado à sua frente —, Sua Majestade é o ídolo dos corações realmente ingleses. Suas ações, dignas da estima geral, o fizeram conquistar a graciosa qualificação de bravo entre os bravos, o homem com um coração de leão que, dentro das regras da leal cavalaria, triunfa pessoalmente sobre os inimigos e estende aos infelizes generosa proteção. O príncipe João merecia que Sua Majestade o fizesse cair em desgraça. Assim sendo, quando soube da presença de meu rei diante das muralhas do castelo de Nottingham, secretamente me coloquei às suas ordens. Como Sua Majestade tomou o castelo que servia de refúgio ao príncipe rebelde, minha função estava cumprida e me retirei sem nada dizer, porque a consciência de haver lealmente servido a meu rei já satisfazia meus íntimos anseios.

— Agradeço cordialmente sua franqueza, Robin Hood — respondeu Ricardo. — A afeição que me dedica é muito reconfortante. Você fala e age como homem honesto. Estou contente de tê-los conhecido e concedo plena e total anistia aos alegres homens da floresta de Sherwood. Teve em suas mãos um grande poder, o de fazer o mal, e nunca se serviu dessa perigosa força. Socorreu os pobres, que são muitos na região de Nottingham. Exigiu cordiais contribuições apenas de normandos ricos e isso para acudir às necessidades do seu bando. Perdoo os seus erros, que considero consequência natural de uma situação excepcional. Mas, como leis florestais foram violadas, e como poderosos da Igreja e senhores suseranos estiveram na obrigação de deixar em suas mãos migalhas dos seus imensos tesouros, seu perdão precisa ser validado por escrito, para que possa viver daqui em diante ao abrigo de qualquer acusação ou perseguição. Amanhã, na presença de meus cavaleiros, proclamarei em voz alta que a proscrição que o colocava em situação inferior ao último dos servos do reino está completamente anulada. Devolvo, a você pessoalmente e a todos que participam dessa aventurosa existência, os direitos e privilégios de um homem livre. Tenho dito e juro manter palavra, pela graça de Deus Todo-Poderoso.

— Viva Ricardo Coração de Leão! — gritaram todos.

— Que a santa Virgem proteja sempre Sua Majestade! — disse Robin Hood emocionado e, dobrando um joelho ao chão, respeitosamente beijou a mão do generoso príncipe.

Cumprido esse ato de gratidão, Robin se pôs de pé, tocou a trompa e os alegres homens que se dedicavam a diferentes atividades, uns no tiro ao alvo, outros treinando a habilidade no manejo do bastão, todos deixaram o que faziam e se agruparam em círculo ao redor do jovem chefe.

— Bravos companheiros — disse Robin. — Ajoelhem-se e descubram a cabeça: estão na presença de nosso legítimo soberano, o bem-amado rei da alegre Inglaterra, Ricardo Coração de Leão! Prestem homenagem a nosso nobre amo e senhor!

Os proscritos obedeceram à ordem e, estando todos humildemente inclinados diante do rei, em voz alta Robin a todos repetiu que estavam anistiados pela clemência real, acrescentando:

— Façam então ressoar na velha floresta as nossas conhecidas comemorações! É um grande dia, companheiros: estamos livres pela graça de Deus e do nobre Ricardo!

Não foi preciso, aos alegres homens da floresta, um segundo pedido para que manifestassem a satisfação que lhes causava o indulto: deram um "hurra!" tão formidável que não seria exagerar supor que foi ouvido a duas milhas da árvore do Ponto de Encontro.

Apaziguada a barulhenta aclamação, Ricardo da Inglaterra tomou a palavra e convidou Robin a acompanhá-lo ao castelo de Nottingham com toda a sua tropa.

— Sire — respondeu Robin —, é muito lisonjeiro o convite e enche meu coração de inexprimível alegria. Pertenço de corpo e alma a meu soberano e, se assim permitir, escolherei cento e quarenta arqueiros que serão, com absoluta dedicação, humildes servidores de Sua Mui Graciosa Majestade.

O rei, satisfeito e surpreso com a humilde atitude do heroico fora da lei em sua presença, agradeceu cordialmente e, sugerindo que se reiniciassem os jogos esportivos interrompidos, pegou uma taça em cima da mesa, encheu-a até o alto e bebeu de uma só vez, dizendo de forma curiosamente familiar:

— Agora, amigo Robin, diga, por favor, quem é aquele gigante; pois é difícil descrever de outro modo o colosso a quem os céus dotaram de tão franca aparência. Por minha alma, sempre achei ter uma compleição extraordinária e vejo que ao lado desse rapaz vou me sentir um modesto frangote. Que bela aparência! Quanto vigor! É realmente admirável!

— É também admiravelmente bom, sire — respondeu Robin. — Tem uma força prodigiosa: pode parar sozinho o avanço de uma tropa armada e se comover como uma cândida criança se ouvir uma história mais triste. Este que tem a honra de chamar a atenção de Sua Majestade é meu irmão, companheiro e melhor amigo. Tem um coração de ouro, fiel como o aço da sua invencível espada. Utiliza-se do bastão com habilidade tão surpreendente que não se tem notícia de derrota sua. Como se não bastasse, é o melhor arqueiro de toda a região e o sujeito mais valente do mundo.

— São, na verdade, elogios que fico contente de ouvir, Robin — respondeu o rei —, pois é digno de ser seu amigo este que os inspira. Gostaria de conversar um pouco com esse honesto *yeoman*. — Como ele se chama?

— John Naylor, sire.[76] Mas nós o chamamos João Pequeno, pela insignificância da sua estatura.

— Pela santa missa! — exclamou o rei com uma gargalhada. — Com um bando de Joãos Pequenos assim eu teria assustado um bocado aqueles cães infiéis.[77] Ei! Bela árvore da floresta, torre da Babilônia, João Pequeno, meu amigo, aproxime-se um pouco, gostaria de observá-lo mais de perto.

João obedeceu e, de cabeça descoberta, com tranquila segurança aguardou as ordens do rei.

O soberano dirigiu-lhe algumas perguntas referentes à sua extraordinária força muscular, ensaiou lutar com ele e foi respeitosamente batido pelo gigantesco adversário. Depois disso, Ricardo participou dos jogos e exercícios do alegre bando, com tanta naturalidade quanto se estivesse entre camaradas, e declarou por fim que há muito tempo não passava um dia tão agradável. Naquela noite, o rei da Inglaterra dormiu sob a guarda dos fora da lei da floresta de Sherwood e, no dia seguinte, depois de participar satisfeito de um excelente desjejum, preparou-se para retomar o caminho de Nottingham.

— Meu bom Robin — disse o monarca —, poderia me ceder roupas iguais às que usam os seus homens?

— Claro, sire.

76. Na primeira parte do romance, João Pequeno se apresenta a Marian como John Baylot.

77. Os muçulmanos — o rei voltava da Terceira Cruzada.

— Pois dê a mim e a meus cavaleiros trajes como os seus e vamos ter uma cena bem divertida quando chegarmos a Nottingham. Nossos oficiais são sempre incrivelmente diligentes quando se aproxima um superior que possa não gostar da maneira como normalmente se comportam. Tenho certeza de que o nosso velho xerife e seus valorosos soldados vão dar nova prova de bravura.

O rei e seus cavaleiros vestiram as roupas escolhidas por Robin e depois de galantemente beijar Marian, dizendo com isso homenagear todas as damas presentes, Ricardo, acompanhado por Robin Hood, João Pequeno, Will Escarlate, Much e cento e quarenta arqueiros, se encaminhou rumo à senhorial moradia de Nottingham.

Chegando às portas da cidade, deu ordem para que todos juntos soltassem um grito de vitória.

O formidável "hurra!" atraiu os cidadãos às portas das suas casas e, vendo a tropa de homens armados até os dentes, consideraram que o rei tinha sido morto pelos fora da lei e estes, empolgados com o cruento triunfo, vinham à cidade para massacrar os habitantes. Apavorada, a pobre gente fugiu em desordem, uns buscando os cantos mais escondidos de suas casas, outros correndo em frente. Os sinos foram tocados, as tropas locais convocadas, assim como o valoroso xerife, que, por milagroso fenômeno, conseguiu ficar totalmente invisível.

As tropas do rei já se preparavam para uma investida perigosa para os fora da lei, quando os chefes, não querendo entrar num combate sem saber a causa exata, puseram um freio a tão belicoso ardor.

— Assim são os nossos guerreiros — disse Ricardo, considerando com ironia os nada entusiasmados defensores da cidade. — E tenho a impressão de que os cidadãos, tanto quanto os soldados, têm muito apego à vida. O xerife está ausente, os chefes tremem. Por Deus! Esses covardes até que merecem uma lição exemplar!

O rei mal terminava esse desabafo pouco lisonjeiro para os moradores de Nottingham quando suas tropas pessoais, tendo à frente um capitão, saíram em velocidade do castelo, em linha de batalha e lanças em riste.

— Por são Dinis! Meus rapazes não brincam em serviço! — exclamou o rei, levando à boca a trompa que Robin lhe dera.

Fez soar duas vezes o toque anteriormente combinado com o capitão da guarda, o qual, reconhecendo o sinal do soberano, mandou que se descansassem as armas e respeitosamente esperou a aproximação do rei. A notícia da volta de Ricardo da Inglaterra, triunfalmente acompanhado pelo príncipe dos proscritos, se espalhou de maneira tão rápida quanto se tinha propagado a da chegada dos fora da lei com intenções sanguinárias. Os cidadãos, que prudentemente tinham se resguardado nas profundezas das suas moradias, de lá saíram pálidos, mas sorridentes e, assim que souberam que Robin Hood e seu bando haviam caído nas boas graças do rei, se aproximaram felizes dos alegres homens da floresta, festejando, apertando-lhes as mãos e declarando sempre terem sido seus amigos e protetores. Ouviam-se gritos festivos de comemoração e por todo lugar se repetiam essas palavras: "Glória ao nobre Robin Hood, o bravo *yeoman*, o garboso proscrito! Glória ao atencioso e gentil Robin Hood!" Com crescente empolgação, as vozes aclamavam tão fortemente a presença do chefe dos fora da lei que Ricardo, atordoado por tanto clamor, chegou a dizer:

— Por minha coroa e meu cetro! Parece ser você o rei aqui, Robin Hood.

— Ah, sire! — respondeu o jovem, sorrindo com certa amargura. — Não dê tanta importância nem valor a essas aparentes demonstrações de amizade. Não passam de um tênue efeito da preciosa graça com que Sua Majestade honra o proscrito. Uma só palavra do rei Ricardo pode transformar em urros de ódio esses clamores entusiasmados que a minha presença provoca, e essas mesmas pessoas imediatamente podem passar, sem remorsos e sem refletir, do elogio à acusação, da admiração ao desprezo.

— Tem toda razão, meu caro — concordou o rei também sorrindo. — As pessoas são as mesmas em todo lugar e já tive oportunidade de comprovar a falta de coração dos cidadãos de Nottingham. Quando cheguei aqui, com a intenção de punir o príncipe João, eles aceitaram minha volta à Inglaterra com reserva cheia de prudência. O direito, para eles, é o do mais forte. Ignoravam que, com a sua ajuda, seria fácil tomar o castelo e expulsar meu irmão. Mostram agora a face mais bonita da própria feiura, lançando essa vil adulação. É como se passam as coisas. Deixemos de lado esses miseráveis e pensemos em nós. Prometi, querido Robin, uma nobre recompensa pelo favor que me prestou. Diga o que quer. O rei Ricardo tem uma só palavra, mantendo e cumprindo tudo que promete.

— Sire — respondeu Robin —, Sua Graciosa Majestade me deixa extremamente feliz, voltando a oferecer seu generoso apoio. Aceito-o, para mim, meus homens e para um cavaleiro que, caindo em desgraça sob o rei Henrique, foi obrigado a buscar refúgio no asilo protetor da floresta de Sherwood. Esse cavaleiro, sire, é um homem de fibra, digno pai de família e bravo saxão. Se Sua Majestade me der a honra de ouvir a história de sir Richard Gower dos Prados, tenho certeza de que aceitará o pedido que me atreverei a fazer.

— Demos nossa palavra real de satisfação a todos os pedidos que fizesse, amigo Robin — respondeu fraternalmente Ricardo. — Fale sem medo e diga sob quais circunstâncias o cavaleiro caiu em desgraça junto a meu pai.

Robin seguiu as ordens do rei e contou o mais sucintamente possível a história do cavaleiro dos Prados.

— Por Nossa Senhora! — exclamou Ricardo. — O bom cavaleiro foi cruelmente tratado e você nobremente agiu ao ajudá-lo. Mas ninguém haverá de dizer, bravo Robin Hood, que ainda nesse caso você pudesse ter superado o rei da Inglaterra em grandeza e generosidade. Quero, por minha vez, proteger o seu amigo. Diga a ele que venha até nós.

Robin chamou o cavaleiro, que, com o coração sacudido pelas emoções e uma doce esperança, respeitosamente se apresentou ao rei.

— Sir Richard dos Prados — disse cordialmente o rei —, seu valoroso amigo Robin Hood acaba de me pôr a par das infelicidades que se abateram sobre a sua família e os perigos a que se expôs. Sinto-me feliz de poder, fazendo justiça, dar testemunho a Robin da sincera admiração e profunda estima que tenho por sua maneira de agir. Devolvo a posse dos seus bens e por um ano libero-o do pagamento de qualquer imposto e qualquer contribuição. Além disso, anulo o decreto expedido contra o senhor, para que completamente se apague, inclusive da memória dos seus concidadãos, a lembrança daquele ato injusto. Vá ao castelo; as cartas de pleno e total indulto serão emitidas por ordem nossa. Quanto a você, Robin Hood, peça ainda algo mais a este que nunca acreditará ter quitado sua dívida de gratidão, mesmo depois de satisfazer todas as suas vontades.

— Sire — disse o cavaleiro ajoelhando-se. — Como posso demonstrar o reconhecimento que transborda em meu coração?

— Dizendo-se feliz — respondeu jovialmente o rei. — E me prometendo não mais ofender os membros da santíssima Igreja.

Sir Richard beijou a mão do generoso monarca e discretamente se afastou entre os grupos que se mantinham reunidos a poucos passos do soberano.

— E você, meu bravo arqueiro — continuou Ricardo da Inglaterra dirigindo-se a Robin Hood —, o que deseja de mim?

— Por enquanto nada, sire. Mais tarde, se Sua Majestade assim o permitir, pedirei um último favor.

— Ele lhe será concedido. Mas agora vamos ao castelo. Recebemos na floresta de Sherwood uma generosa acolhida; é de se esperar que o castelo de Nottingham ofereça o necessário para um festim real. Seus homens têm excelente maneira de preparar a carne, e o frescor do ar, junto com o cansaço da caminhada, tinham nos aguçado muito o apetite, pois comemos gulosamente.

— Sua Majestade tinha todo o direito de comer à vontade — respondeu Robin sem esconder o riso —, já que os animais abatidos eram seus.

— Nossos ou do primeiro caçador que se apresentasse — devolveu bem-humorado o rei. — Pois mesmo que todo mundo finja acreditar que os gamos da floresta de Sherwood sejam de nossa exclusiva propriedade, amigo Robin, certo *yeoman* que você conhece bem e os trezentos companheiros que formam o seu alegre bando pouco se importaram com as prerrogativas da Coroa.

Enquanto conversava, Ricardo se dirigiu ao castelo e as aclamações entusiasmadas do povaréu barulhentamente acompanharam a caminhada do rei da Inglaterra e do célebre proscrito até as portas da velha construção.

No mesmo dia, o generoso soberano cumpriu a promessa feita a Robin Hood: assinou o documento que anulava o decreto de proscrição e devolveu ao jovem a posse de seus direitos e títulos com relação aos bens e dignidades da família de Huntingdon.

No dia seguinte a tão venturosos fatos, Robin reuniu seus homens num dos pátios do castelo e anunciou a inesperada reviravolta em sua sorte. A notícia encheu de franca alegria os corações dos bravos *yeomen*, que sinceramente amavam o chefe e, em comum acordo, recusaram a liberdade que Robin queria lhes restituir. Resolveu-se então, de imediato, que os alegres homens deixariam de cobrar contribuições dos normandos e dos eclesiásticos, passando a ser alimentados e vestidos à custa de seu nobre senhor, Robin Hood, que se tornara o rico conde de Huntingdon.

— Rapazes — acrescentou Robin —, já que querem viver perto de mim e me acompanhar a Londres, se assim determinar nosso bem-amado soberano, devem jurar nunca revelar a ninguém a localização de nosso refúgio subterrâneo. Vamos manter reservado esse precioso abrigo para a eventualidade de um novo infortúnio.

Em voz alta, todos fizeram o juramento e Robin pediu-lhes para que apressassem os preparativos da partida.

Em 30 de março de 1194,[78] na véspera de partir para Londres, Ricardo reuniu seu Conselho no castelo de Nottingham e, entre os assuntos importantes tratados, estava o restabelecimento dos direitos de Robin Hood sobre o condado de Huntingdon. O rei insistiu, peremptório, em sua vontade de devolver a Robin as propriedades mantidas nas mãos do abade de Ramsey. Os conselheiros reais formalmente prometeram encerrar de modo satisfatório o justo processo que repararia os infortúnios suportados com tanta coragem pelo nobre proscrito.

78. O sítio do castelo de Nottingham, fato histórico, durou de 12 a 28 de março de 1194. Foi entre os dias 28 e 30 de março, então, que se deu a aventura narrada por Dumas.

13

Antes de deixar, quem sabe para sempre, a antiga floresta que lhe servira de asilo, Robin Hood sentiu uma nostalgia tamanha, e uma apreensão quanto ao futuro tão em desacordo com as perspectivas que se abriam com as generosas promessas de Ricardo, que resolveu esperar, sob a proteção da sua moradia de folhagens, o resultado definitivo dos compromissos assumidos pelo rei da Inglaterra.

Foi, para Robin, uma feliz determinação, esta de permanecer em Sherwood, pois a sagração de Ricardo, realizada em Winchester[79] pouco tempo depois da sua volta a Londres, absorveu de tal modo os pensamentos na corte que tornou inoportuna qualquer iniciativa relacionada aos direitos reconhecidos, mas não proclamados, do jovem conde de Huntingdon.

Terminados os festejos da coroação, Ricardo partiu para o continente, levado por forte desejo de vingança contra Filipe da França[80] e, confiando na palavra dada por seus conselheiros, deixou nas mãos deles a tarefa do restabelecimento da fortuna do bravo Robin Hood.

O barão de Broughton (abade de Ramsey), que continuava a usufruir dos bens da família de Huntingdon, empregou toda sua credibilidade e imensa fortuna para retardar ao máximo a execução do decreto que favorecia o verdadeiro herdeiro dos títulos e do domínio do rico condado. Mesmo acionando seus protetores e amigos, o prudente barão não chegava, contudo, a

79. A cidade de Winchester, em Hampshire, não fica longe de Londres. A construção da atual catedral (a partir de uma anterior, fundada em 642) teve início em 1079. É uma das maiores e mais famosas da Inglaterra, palco de diversas coroações e casamentos das famílias reais inglesas.

80. No mesmo ano de 1194, Ricardo I partiu para a guerra e não mais voltou, morrendo aos 41 anos em consequência de uma flechada no abdômen. Filipe II, cognominado Dádiva de Deus (1165-1223) era filho de Luís VII e Adélia de Champagne; subiu ao trono da França em 1180 e foi um dos reis mais poderosos da Idade Média, em detrimento sobretudo da Coroa inglesa e pelo fortalecimento da monarquia diante dos senhores feudais.

abertamente se opor à vontade do rei, limitando-se a ganhar tempo, enviando ao chanceler ricos presentes e conseguindo tranquilamente manter a posse do patrimônio usurpado.

Enquanto Ricardo lutava na Normandia, enquanto o abade de Ramsey conquistava, em benefício próprio, a simpatia de toda a chancelaria, Robin Hood esperava, com toda confiança, o mensageiro que confirmaria oficialmente seus direitos sobre a fortuna paterna.

Onze meses de passiva espera abalaram a sólida paciência do rapaz, que se armou de coragem e, lembrando-se das demonstrações de boa vontade do rei em sua estadia em Nottingham, dirigiu uma petição a Hubert Walter, arcebispo da Cantuária[81] e principal responsável pela Justiça no reino da Inglaterra.[82] O pedido de Robin chegou ao destino, o arcebispo tomou conhecimento, mas, mesmo sem abertamente rejeitar o justo pedido, deixou-o sem resposta, ignorado.

A má vontade daqueles que, em princípio, deviam devolver a nosso herói suas propriedades se manifestava nessa inércia e ele, então, facilmente percebeu que uma luta surda fora armada contra seus interesses. Infelizmente, o abade de Ramsey, que se tornara barão de Broughton e conde de Huntingdon, era um adversário poderoso demais para que fosse possível, na ausência de Ricardo, qualquer tentativa de represália contra ele. De forma que Robin preferiu fechar os olhos à nova injustiça de que era vítima e sabiamente aguardar a volta do rei da Inglaterra.

Tomada a decisão, ele enviou outra mensagem ao arcebispo responsável pela Justiça. Deixou claro seu grande descontentamento diante da patente proteção dada ao abade de Ramsey e declarou que, enquanto esperava uma imediata justiça de Ricardo, assim que regressasse à Inglaterra, punha-se de novo à frente do seu bando para continuar a viver, como antes, na floresta de Sherwood.

Aparentemente Hubert Walter não deu a menor importância à segunda missiva de Robin. De qualquer forma, ocupado em tomar severas medidas para o restabelecimento da ordem e da tranquilidade em toda a Inglaterra, destruindo os incontáveis bandos organizados nas diferentes regiões do reino, deixou em paz o protegido de Ricardo e seus alegres companheiros.

81. Cantuária (Canterbury), no sudoeste da Inglaterra, fica a menos de cem quilômetros de Londres e é a capital da província de Hampshire. O arcebispo da Cantuária é o primaz da Igreja da Inglaterra. O posto foi ocupado pela primeira vez por santo Agostinho da Cantuária, monge beneditino italiano que fundou a catedral da cidade e chefiou a evangelização da Inglaterra no final do séc.VI.

82. Hubert Walter (?-1205) esteve próximo do trono inglês do reinado de Henrique II (ver nota 8) ao de João Sem Terra (ver nota 69), de quem era chanceler. Eleito arcebispo em 1193 com o apoio de Ricardo I, acompanhou o rei na cruzada e se tornou seu *chief justiciar*, o "principal responsável pela Justiça no reino da Inglaterra".

Quatro anos se passaram na enganadora tranquilidade que antecede as tempestades e os tumultos revolucionários. Certa manhã, a notícia da morte de Ricardo caiu como um raio no reino da Inglaterra, enchendo de pavor os corações. A subida ao trono do príncipe João, que parecia ter assumido a tarefa de atrair para si o ódio universal, foi o ponto de partida para uma série de crimes e de vergonhosas violências.

Durante esse desastroso período, o abade de Ramsey precisou atravessar a floresta de Sherwood, acompanhado de grande séquito, dirigindo-se a York. Foi preso por Robin junto com toda a sua escolta, só conseguindo a liberdade depois de pagar considerável resgate. Maldizendo, jurou a si mesmo que a desforra seria enérgica, e esta não tardou.

O abade dirigiu-se diretamente ao rei, e João, muito necessitado de apoio entre os nobres do reino, ouviu as queixas do barão e imediatamente enviou uma centena de homens comandados por sir William de Gray (irmão mais velho de Jean de Gray, amigo dileto do rei) ao encalço de Robin Hood, com ordem para que destruíssem o bando inteiro.[83]

O cavaleiro De Gray, normando, detestava os saxões e, movido por esse ódio, jurou em pouco tempo jogar aos pés do abade de Ramsey a cabeça do impudente adversário.

A repentina chegada de uma companhia de soldados trajando cotas de malha e todo um aparato bélico deixou a pequena cidade de Nottingham em pânico, mas ao saber que a marcha se destinava à floresta de Sherwood, para o extermínio do bando dos alegres homens, o terror cedeu vez ao desagrado e algumas pessoas mais ligadas aos proscritos se apressaram a avisar os infelizes sobre a desgraça que se tramava contra eles.

Robin Hood recebeu a notícia como quem está sempre na defensiva e espera, a qualquer momento, represálias de um inimigo cruelmente atacado. Não teve então a menor dúvida quanto à participação do abade de Ramsey naquela expedição tão rapidamente organizada. Preparou seus homens para uma vigorosa defesa contra o ataque normando e enviou de encontro aos inimigos um bom arqueiro que, disfarçado de camponês, se ofereceria aos soldados como guia para levá-los à árvore que o condado inteiro conhecia como ponto de reunião do bando dos alegres homens da floresta.

Essa simples artimanha, que já rendera bons serviços a Robin, mais uma vez funcionou à perfeição e o cavaleiro De Gray aceitou sem desconfiança o oferecimento do enviado. O prestativo guia se pôs então à frente da tropa e levou-a por passeios matagal adentro, atravessando, por três horas, trilhas cheias de espinhos, fingindo não ver que as cotas de malha dificultavam muito o avanço dos pobres soldados. Quando, enfim, estavam arrasados pelo peso esmagador das armaduras, extenuados de cansaço, o guia os conduziu

83. Possível confusão de nomes, pois houve um aliado de João Sem Terra, Walter de Gray, que foi arcebispo de York de 1215 a 1255.

não à árvore do Ponto de Encontro, mas a uma ampla clareira cercada de olmos, faias e carvalhos seculares. Nesse terreno, coberto por relva tão viçosa e regular quanto o gramado à porta de um castelo, estava, alguns de pé e outros deitados, o bando inteiro dos alegres homens da floresta.

Deparar-se com o inimigo aparentemente desarmado devolveu ânimo aos soldados. Sem mais se lembrar do guia, que já havia escapulido para as fileiras dos fora da lei, a tropa inteira deu um grito de triunfo e se lançou contra o inimigo. Para grande surpresa dos normandos, os homens de gibão verde mal deixaram a atitude indolente e, quase sem sair de onde estavam, ergueram os compridos bastões acima da cabeça, rindo e fazendo-os girar.

Irritados com o que parecia ser explícita zombaria, os soldados se lançaram afoitamente de espada em punho contra eles, que, sem dar mostras de se preocupar muito, abateram com formidáveis bastonadas as armas que os ameaçavam. Em seguida, com incrível agilidade, despejaram golpes mortais nas cabeças e ombros dos normandos. O som abafado das pancadas nas cotas de malha e capacetes se misturava com os gritos dos que eram atingidos e os dos próprios *yeomen*, que mais pareciam estar exercitando a habilidade contra corpos inertes do que defendendo a própria vida.

Sir William de Gray, que comandava os soldados, via furioso cair a seu redor a melhor parte da sua tropa e amaldiçoava do fundo do coração a ideia que tivera de armar seus homens com parafernália tão pesada. A destreza e agilidade física eram os primeiros elementos para a vitória, sempre incerta, num combate contra homens de força tão prodigiosa, e os normandos mal conseguiam se movimentar sem gastar nisso um enorme esforço.

Assustando-se com o provável resultado de uma completa derrocada, o cavaleiro pediu que se suspendesse o combate e, graças à generosidade de Robin, conseguiu levar de volta a Nottingham o que restava da tropa.

Desnecessário dizer que o agradecido cavaleiro jurava *in petto* recomeçar já no dia seguinte ao ataque, com homens vestidos mais adequadamente do que os normandos trazidos de Londres.

Prevendo as intenções hostis de sir Gray, Robin Hood organizou sua tropa em posição de combate, no mesmo lugar em que se dera a refrega da véspera, e tranquilamente esperou a aparição dos soldados que tinham sido vistos a duas milhas da árvore do Ponto de Encontro por companheiros enviados à estrada como batedores, em diferentes trechos da floresta, nas proximidades de Nottingham.

Os normandos dessa vez vinham com trajes leves de arqueiros, armados de arcos, flechas, pequenas espadas e escudos.

Robin Hood e seus homens estavam há uma hora no local marcado e os soldados não apareciam. Ele chegou a pensar que o inimigo havia mudado de ideia, mas um companheiro deixado de sentinela veio até ele esbaforido, dizendo que os normandos tinham se perdido e seguiam diretamente para a árvore do Ponto de Encontro, onde as mulheres tinham sido deixadas por ordem de Robin.

A notícia causou um funesto pressentimento. Extremamente pálido, ele gritou a seus homens:

— Vamos tomar a dianteira, precisamos interceptar os normandos no caminho, será terrível para eles e para nós se chegarem onde se encontram nossas mulheres!

Todos se precipitaram como se fossem um só homem, em direção à estrada por onde seguiam os soldados, pensando cortar-lhes o avanço ou pelo menos chegar antes deles à árvore do Ponto de Encontro. O inimigo, porém, já estava adiantado demais e não foi possível alcançá-lo nem correr o suficiente para prevenir uma pavorosa desgraça. Os costumes de então, ou melhor, o desregramento daqueles tempos de barbárie levavam Robin e os companheiros a temerem cruéis represálias contra o grupo de mulheres inteiramente isoladas.

Os normandos não demoraram a chegar à árvore do Ponto de Encontro. Quando os viram, as mulheres se levantaram assustadas, com gritos de horror, e fugiram para todos os lados por onde se abriam trilhas ao redor. Sir William percebeu num golpe de vista todo o partido que o seu ódio contra os saxões podia tirar do abandono e vulnerabilidade em que se encontravam as suas companheiras. Resolveu capturá-las e matá-las, para se vingar do fracasso do ataque anterior contra Robin Hood.

Por ordem sua, os soldados pararam e sir William observou durante um segundo a fuga desordenada das pobres apavoradas. Uma delas ia à frente, e suas companheiras tentavam segui-la e protegê-la. O visível cuidado que tinham com ela fez com que o normando compreendesse se tratar de alguém de importância e imediatamente pensou ser normal, como ato de guerra, derrubá-la em primeiro lugar. Pegou o arco, ajustou uma flecha e friamente apontou. Era bom arqueiro, o cavaleiro. A pobre mulher, atingida entre os dois ombros, caiu sangrando, cercada pelas amigas que, sem pensar na própria salvação, se ajoelharam em volta, com gritos dilacerantes.

Um homem havia visto o gesto assassino do miserável normando. Esse homem, julgando poder impedir o tiro funesto, mirou a cabeça do cavaleiro. A flecha não errou o alvo. Tarde demais, porém: sir William havia atingido Marian, antes de morrer pelas mãos de Robin Hood.

— Lady Marian foi ferida! Mortalmente ferida!

A terrível notícia passou de boca em boca, fazendo virem lágrimas aos olhos de todos aqueles bravos saxões que amavam a jovem rainha com imensa ternura. A impressão que se tinha era a de que a dor de Robin chegava às raias do delírio. Ele não falava, não chorava, apenas lutava. João Pequeno e ele saltavam como tigres sedentos de carnificina entre os normandos, espalhando a morte ao redor, sem soltar um grito, sem descerrar a boca exangue. Os braços rápidos pareciam ter força sobre-humana: vingavam Marian e a vingavam com crueldade!

O sangrento combate durou duas horas. Os normandos foram aniquilados sem dó nem piedade. Um único soldado conseguiu fugir e pôde contar ao irmão de sir William de Gray o fatal desfecho da expedição.

Marian havia sido transportada para uma clareira distante do campo de batalha e Robin encontrou Maude em prantos, tentando, sem conseguir, estancar o sangue que jorrava incessante do horrível ferimento.

Robin se pôs de joelhos junto à esposa, com o coração imerso em aflição. Não conseguia falar nem fazer qualquer movimento; apenas uma espécie de estertor saía do seu peito, parecendo sufocá-lo.

Ao se aproximar, Marian abriu bem os olhos, virando-se para ele com carinho.

— Não está ferido, não é, meu querido? — perguntou a jovem com um fiapo de voz, após uma rápida e muda contemplação.

— Não, não — murmurou Robin, que mal conseguia destravar os dentes.

— Bendita seja a santa Virgem! — tranquilizou-se ela com um sorriso. — Rezei por você para Nossa Senhora, e ela acolheu minha súplica. Terminou o horrível combate?

— Terminou, Marian querida. Os inimigos se foram, não voltarão mais... Mas vamos falar de você, pensar em você, que foi... eu... Nossa Senhora! — explodiu Robin. — É uma dor maior do que posso aguentar!

— Vamos! Coragem, querido. Meu bem-amado Robin! Erga a cabeça e olhe para mim — disse Marian, tentando sorrir. — O ferimento não é profundo, vou me recuperar. A flecha foi retirada. Você sabe, querido, que havendo algo a temer eu seria a primeira a me dar conta de ter chegado minha hora... Vamos, olhe para mim, Robin.

Enquanto falava, Marian tentava puxar para si a cabeça do marido, mas o esforço esgotou suas últimas forças e quando ele finalmente a olhou, com a visão turvada pelas lágrimas, ela havia perdido os sentidos.

Não demorou a recuperá-los e, depois de carinhosamente consolar Robin, disse querer descansar um pouco, caindo quase que de imediato em profundo sono.

Assim que Marian adormeceu no leito de relva preparado pelas amigas à sombra da folhagem, Robin Hood foi se informar sobre os homens do bando. Encontrou João, Will Escarlate e Much cuidando dos feridos e tratando de enterrar os soldados mortos. Não era grande o número de feridos graves, uns dez apenas, e os fora da lei não tinham perdas a lamentar. Já os normandos, todos tinham sido mortos, como sabemos, e valões abertos nos cantos da clareira lhes serviram de sepulcro.

Despertando após três horas profundamente desacordada, Marian já encontrou o marido a seu lado. A angélica criatura quis ainda dar alguma esperança consoladora a quem tão carinhosamente a amava, tentando dizer que se sentia bem-disposta e logo estaria recuperada.

Mas Marian sofria, passava por mortal abatimento e sabia nada mais poder esperar. A aflição do marido, no entanto, dilacerava-lhe a alma e ela tentava então, o quanto pudesse, amenizar a fatalidade que, com certeza, não demoraria.

No dia seguinte, de fato, sua situação piorou, com o ferimento infeccionando e fazendo desaparecer qualquer esperança de cura, mesmo no coração de Robin.

— Meu querido — disse ela, colocando as mãos ardentes de febre entre as do marido —, está chegando minha última hora, será cruel o momento da nossa separação, mas não impossível de suportar, para dois seres que têm fé na onipotência de um Deus de misericórdia e de bondade.

— Marian, adorada Marian! — murmurava Robin sem poder mais controlar os soluços. — Será que a santa Virgem nos abandonou a ponto de permitir o aniquilamento dos nossos corações? Pois morrerei com a sua morte, será impossível viver sem você.

— A religião e o dever servem de apoio a qualquer fraqueza, meu querido — respondeu com ternura a jovem. — Aceite a desgraça que sobre nós se abate, pois foi imposta por um decreto dos céus. Mesmo que não viva feliz, continuará tranquilo e forte entre aqueles cuja felicidade depende de você. Vou deixá-lo, amigo; mas antes de fechar para sempre os olhos à luz do dia, deixe-me dizer o quanto o amo, o quanto o amei. Se a gratidão que preenche meu ser pudesse ganhar uma forma visível, você compreenderia a força e a dimensão desse sentimento sem igual, que é o meu amor. Amei-o, Robin, com o confiante abandono de um coração dedicado. Entreguei-me inteira, pedindo a Deus que me concedesse o dom de sempre agradá-lo.

— E Deus concedeu o que pediu, Marian — disse Robin, tentando controlar o alvoroço da dor —, pois posso dizer que, sozinha, você ocupou meu coração e, presente a meu lado ou distante, sempre foi minha única esperança, meu mais suave consolo.

— Se o céu tivesse-nos permitido envelhecer um ao lado do outro, querido Robin, tivesse-nos concedido uma longa sequência de dias felizes, a separação seria ainda mais cruel, pois lhe restariam menos forças para suportar a dor terrível. Mas somos jovens e deixo-o numa época da vida em que a solidão se preenche com lembranças e talvez também com alguma esperança… Abrace-me, Robin. Assim… deixe que eu apoie minha cabeça na sua. Quero dizer a seu ouvido minhas últimas palavras; quero que minha alma se desprenda leve e sorridente. Quero estar junto do seu coração, no momento do último suspiro.

— Adorada Marian, não fale assim! — implorou Robin em desespero. — Não posso ouvi-la pronunciar essa palavra funesta de separação. Ai, santa mãe de Deus! Santa protetora dos aflitos! Que sempre ouviu meus humildes pedidos! Dê-me a vida de quem amo, a vida de minha mulher. Por favor, imploro de mãos juntas e de joelhos!

Com o rosto banhado de lágrimas, o rapaz estendeu ao céu as duas mãos suplicantes.

— Está fazendo à divina Mãe do Salvador um pedido inútil, meu amor — disse Marian, apoiando o rosto pálido no ombro de Robin. — Meus dias, que digo eu?, minhas horas estão contadas. Deus me enviou um sonho, avisando!

— Um sonho? Como assim, minha querida?

— Como eu disse, um sonho. Ouça-me. Eu o via, com os alegres companheiros, numa ampla clareira da floresta de Sherwood. Provavelmente festejava alguma coisa com os amigos, pois as velhas árvores do bosque estavam enfeitadas com guirlandas de rosas e bandeirolas púrpuras inflavam-se alegremente ao sopro perfumado da brisa. Eu estava sentada a seu lado, com uma das suas mãos entre as minhas e o coração transbordante de indizível satisfação, quando um desconhecido de rosto pálido e roupas escuras se colocou à nossa frente e fez um gesto com a mão, para que eu o seguisse. Contrariada me levantei e, ainda contrariada, respondi ao estranho chamado do sombrio visitante. Contudo, antes de me afastar, olhei para você, na expectativa da sua reação, pois não conseguia emitir o menor suspiro, preso no peito angustiado. Seu olhar calmo e sorridente encontrou o meu. Apontei-lhe o desconhecido, você voltou-se pra ele e continuou a sorrir. Procurei fazer com que entendesse que ele me levava para longe de você e uma ligeira palidez encobriu o seu rosto, que, no entanto, não deixou de sorrir. Desesperei-me, um tremor convulsivo se apoderou de mim e comecei a soluçar, com a cabeça entre as mãos.

"O desconhecido continuava a me levar. A alguns passos de distância da clareira, surgiu à nossa frente uma mulher coberta com um véu. O homem se retirou e a mulher, erguendo o véu, deixou que eu reconhecesse o doce rosto da minha mãe.

"Dei um grito e, tremendo de surpresa, de felicidade e de medo, estendi os braços para ela.

"— Filha querida — ouvi a sua voz meiga e melodiosa dizer —, não chore. Aceite com a resignação de uma alma cristã o destino de todos os mortais. Morra em paz e abandone sem sofrer este mundo que a oferecer tem apenas prazeres vãos e efêmeras alegrias. Mais além existe um lugar de bem-aventurança, infinito. Venha comigo. Antes, porém, olhe! — dizendo isso, minha mãe passou por minha testa a mão branca e fria, marmórea. Sentindo o contato, meu olhar, turvo de lágrimas, se desanuviou e vi ao redor um círculo resplandecente de moças, de beleza sobre-humana, que estampavam um divino sorriso nos rostos brilhantes de frescor. Nada diziam, apenas me olhavam e pareciam tentar me fazer entender que eu devia me sentir feliz por me juntar a elas. Enquanto eu admirava minhas futuras companheiras, minha mãe se debruçou em minha direção e disse com carinho:

"— Filha querida do meu coração, olhe, olhe ainda.

"Obedeci à carinhosa indicação de minha mãe. Em volta de mim se abria uma imensa área florida e perfumada, com árvores carregadas de frutos que estendiam seus galhos sobre um espesso gramado. Maçãs vermelhas e peras de casca dourada se ocultavam juntas sob moitas de vegetação colorida por brancas margaridas. Um suave perfume se espalhava no ar e inúmeros passarinhos multicoloridos rodopiavam cantando naquela atmosfera balsamizada. Senti-me radiante; o coração tão cheio de tristeza pouco a pouco se tranquilizou e mamãe, sorrindo com a minha felicidade, disse cheia de ternura:

"— Olhe, minha filha, olhe.

"Percebi logo atrás de mim o som de passos furtivos. Quase imperceptível, o ruído chegou harmonioso a meus ouvidos e, sem me dar conta da sensação que redobrava as batidas do meu coração, virei-me.

"Ah, Robin! Minha felicidade chegou então ao ápice, pois o vi, correndo por entre as alamedas, em minha direção, de olhos brilhantes e braços estendidos.

"— Robin! Robin! — gritei, fazendo um esforço para me lançar em sua direção.

"Minha mãe me deteve.

"— Ele virá — tranquilizou-me. — Pronto, aqui está.

"Tomando nossas mãos, juntou-as e, dando-me um beijo na testa, disse:

"— Crianças, estão onde a felicidade é eterna, onde o amor nunca termina, estão na terra dos eleitos. Sejam felizes!

"Não me lembro exatamente do final do sonho, querido Robin — continuou Marian, após um curto silêncio. — Acordei e entendi que o céu me enviara um aviso e uma esperança. Preciso deixá-lo, provavelmente por muitos anos, mas não para sempre. Deus voltará a nos unir na bem-aventurada eternidade do outro mundo."

— Marian, adorada Marian!

— Meu amor — continuou a jovem —, sinto que minhas últimas forças se esgotam. Deixe-me descansar a cabeça no seu peito e abrace-me como a uma criança que, cansada, dorme no seio da mãe. É como quero o meu último sono.

Robin febrilmente aninhou em seus braços a moribunda e lágrimas ardentes desceram do rosto de Marian.

— Que Deus o abençoe, meu querido — voltou a falar, com a voz cada vez mais sumida. — Que Deus o abençoe no presente e no futuro, derramando sobre você e sobre aqueles a quem você ama sua divina bênção. Tudo escurece ao meu redor e eu queria ainda vê-lo sorrir, queria ainda poder ver em seus olhos o quanto gosta de mim. Robin, estou ouvindo a voz da minha mãe. Está me chamando, adeus!...

— Marian! Marian! — chamou Robin, caindo de joelhos ao lado do leito da esposa. — Fale comigo! Fale comigo! Não quero que morra! Não quero. Deus todo-poderoso, me ajude! Virgem Santa, tenha piedade de nós!

— Robin querido — murmurou Marian. — Quero ser enterrada junto à árvore do Ponto de Encontro… Que minha tumba fique coberta de flores…

— Assim será feito, meu amor. Assim será feito, meu doce anjo. Estará dormindo sob um tapete verde e perfumado. E quando minha última hora chegar, e espero com todas as forças que não tarde, pedirei um lugar a seu lado a quem fechar meus olhos…

— Obrigada, meu querido. É para você a última batida do meu coração e morro feliz, porque morro nos seus braços… Adeus, ad…

Um suspiro veio aos lábios de Marian com um beijo. As mãos entrelaçadas no pescoço de Robin o apertaram suavemente e ela ficou imóvel.

Robin permaneceu por bom tempo debruçado sobre o rosto querido, esperando ainda ver se abrirem os olhos fechados. Por bom tempo esperou uma palavra dos lábios lívidos, um tremor ainda daquele ser tão querido. Infelizmente, em vão! Marian estava morta!

— Santa mãe de Deus! — exclamou Robin, descansando no leito o corpo inerte. — Ela se foi! Foi para sempre minha doce amada, minha única felicidade, minha mulher!

Louco de dor, desvairado lançou-se gritando:

— Marian morreu! Marian morreu!

14

Robin Hood cumpriu religiosamente o último desejo da esposa. Mandou cavar uma cova junto à árvore do Ponto de Encontro e os restos mortais do anjo que foi o amparo e o consolo da sua vida foram enterrados sob uma camada de flores. Moças do condado, que vieram em quantidade assistir à cerimônia fúnebre, cobriram de coroas de rosas a tumba, misturando suas lágrimas aos soluços do infeliz viúvo.

Allan e Christabel, avisados por um mensageiro, chegaram cedo pela manhã. Estavam ambos desesperados e choraram amargamente a perda irreparável da irmã amada.

Depois de tudo terminado, tendo o corpo de Marian desaparecido aos olhos de todos, Robin Hood, que se preocupara com inúmeros detalhes da cerimônia, deu um grito dilacerante e tremeu da cabeça aos pés, como alguém atingido no peito por uma flecha assassina. Sem dar ouvidos a Allan, sem responder a Christabel, assustados com o furioso desespero, ele escapou e desapareceu na floresta. O pobre infeliz queria estar sozinho, sozinho com sua dor e sozinho com Deus.

O tempo, que acalma e suaviza mesmo os maiores sofrimentos, em nada amenizou a ferida viva que se abriu no coração de Robin Hood. Ele chorou sem parar e continuou a chorar por aquela que havia iluminado com sua meiga expressão a moradia da velha floresta, aquela que encontrara a felicidade no seu amor, que havia sido a única alegria da sua existência.

Permanecer ali se tornou insuportável para ele, que buscou abrigo na residência de Barnsdale. Mas as lembranças do passado eram ali ainda mais dilacerantes e Robin Hood caiu na morna apatia que entorpece todas as faculdades mentais. Parecia não viver mais, nem pelo espírito, nem pelo pensamento e sequer pela lembrança.

Essa grande depressão, se podemos assim dizer, lançou o bando dos alegres companheiros nas sombras escuras de um profundo abatimento. As lágrimas do jovem chefe haviam apagado todo clarão de entusiasmo e os pobres mateiros erravam acabrunhados pelas trilhas do bosque, como almas perdidas. Não se ouviam mais, à sombra da verde folhagem, as risadas de frei Tuck; não se ouviam mais ressoar, quase encobertos pela gritaria, os bastões ágeis, em disputas de força e de destreza; as flechas dormiam inofensivas nas aljavas e os alvos foram abandonados.

A falta de sono e de apetite causaram visível mudança no aspecto de Robin, que ficou mais pálido, os olhos se afundaram com um tom bistre, a tosse seca sacudia o seu peito e uma febre lenta deu continuidade à obra iniciada pela tristeza. João Pequeno, que assistia em silêncio à cruel transformação, conseguiu um dia fazer com que Robin entendesse que não só devia se afastar de Barnsdale, mas também de Yorkshire, procurando nas distrações de uma viagem o alívio para a sua dor. Depois de resistir por uma hora, Robin aceitou os sábios conselhos do amigo e, antes de se separar do bando ali reunido, colocou o excelente companheiro no comando geral.

Para poder viajar absolutamente incógnito Robin se vestiu como camponês, e foi com esse modesto disfarce que chegou a Scarborough.[84] Parou diante da porta de um mísero casebre, habitado pela viúva de um pescador, para descansar um pouco, e perguntou se ela podia hospedá-lo. A boa senhora o recebeu acolhedoramente e, servindo uma refeição, contou a nosso herói pequenas dificuldades da sua vida. Disse possuir um barco com três marujos, cuja manutenção tinha custos pesados para ela, e os três homens já eram insuficientes para manejar o barco e trazê-lo de volta à praia, quando carregado de peixe.

Buscando maneiras para matar o tempo, Robin Hood se ofereceu para ajudar os marinheiros por baixíssimo salário e a camponesa, admirando-se da boa índole do hóspede, aceitou de bom grado a oferta.

— Como se chama, meu gentil rapaz? — perguntou a senhora, depois de arrumar a casa para hospedar Robin Hood.

— Chamo-me Simão de Lee, dona — respondeu ele.

— Ótimo, Simão de Lee. Comece amanhã e, se o trabalho o agradar, pode ficar por muito tempo.

No dia seguinte, então, Robin Hood partiu mar afora com os novos companheiros; mas somos obrigados a dizer que, apesar de toda a sua boa vontade, ignorando mesmo os mais elementares hábitos da profissão, foi muito pouco útil aos experientes pescadores. Felizmente, para nosso amigo, os colegas eram bons camaradas e, em vez de reclamar da sua ignorância, se limitaram a rir da ideia dele de levar a bordo suas flechas e o arco.

"Se fossem à floresta de Sherwood, os engraçadinhos não estariam rindo de mim", pensou Robin. "Bom, não há de ser nada! Cada um tem sua profissão e, é claro, são melhores que eu no que fazem."

84. Porto no mar do Norte, no condado de North Yorkshire, a 155 quilômetros de Nottingham.

Depois de terem enchido até as bordas o barco de peixes, os marujos deixaram que as velas se estufassem e tomaram o rumo do cais. No caminho, perceberam uma pequena corveta francesa que avançava na direção deles. Não parecia ter grande tripulação a bordo e, mesmo assim, os pescadores ficaram apavorados, dizendo que estavam perdidos.

— Perdidos por quê? — espantou-se Robin.

— Por quê? Ora essa! — respondeu um deles. — Por ser uma corveta tripulada por inimigos do nosso país! Porque estamos em guerra! Porque se nos abordarem seremos presos.

— Pois espero que não consigam — respondeu Robin. — Vamos tratar de nos defender.

— E como vamos nos defender? São uns quinze e nós somente três.

— Eu então não conto, amigo?

— Não, companheiro. Tem as mãos brancas demais para já ter ralado a pele trabalhando no remo e no leme. Não conhece o ofício e, se cair na água, teremos um bobo a menos em terra firme. Não fique chateado, é boa pessoa e gosto de você, mas não vale o pão que come.

Um meio sorriso se esboçou nos lábios de Robin.

— Não me ofendo facilmente — disse ele. — E vou provar que posso ser útil num momento de perigo. Meu arco e flechas vão nos ajudar. Amarre-me no mastro, preciso manter firme a mão. E vamos deixar que a corveta entre na zona de alcance das flechas.

Os pescadores obedeceram. Robin foi firmemente amarrado no mastro principal e, de arco em punho, esperou.

Assim que a corveta se aproximou suficientemente, ele mirou um dos tripulantes à proa da embarcação e o fez cair morto no convés, com uma flecha cravada no pescoço. Outro francês teve o mesmo fim. Os pescadores, por um instante paralisados de surpresa e arrebatamento, deram um grito de vitória e o que tinha mais ascendência sobre os companheiros indicou a Robin o militar que tinha em mãos o timão da corveta. Robin matou-o, tão rapidamente quanto aos outros dois.

As embarcações se puseram lado a lado. Restavam apenas dez homens na corveta e logo Robin reduziu a três o número dos infelizes franceses. Assim que os pescadores se deram conta de que sobravam apenas três homens, resolveram se apoderar da corveta. O que não foi difícil, pois os franceses, vendo o perigo e a inutilidade de tentarem se defender, deixaram cair as armas e se renderam. Tiveram com isso a vida salva e a liberdade de voltar à França num barco de pesca.

A corveta francesa era um bom trunfo, pois transportava para o rei francês uma forte soma em dinheiro: doze mil libras.

Dispensável dizer que, tomando posse desse tesouro inesperado, os bravos pescadores veementemente se desculparam com aquele de quem, poucas horas antes, haviam zombado. Em seguida, com elogiável desinteresse, declararam que a presa era toda de Robin, pois fora quem, sozinho, havia conseguido a vitória, com sua destreza e coragem.

— Caros amigos — disse Robin. — É direito exclusivamente meu resolver a questão e saibam então como vejo esse nosso assunto: a metade da corveta e do que tem dentro se torna propriedade da viúva a quem pertencia o barco. O restante se divide em partes iguais entre vocês três.

— De jeito nenhum — disseram os homens. — Não aceitamos que perca um bem conquistado sem ajuda de ninguém. A embarcação é sua e, se quiser, trabalharemos para você.

— Agradeço muito, meus amigos — respondeu Robin —, mas não posso aceitar. A divisão da corveta será feita como eu disse e vou empregar as doze mil libras na construção, para vocês e para os moradores pobres da baía de Scarborough, de moradias menos insalubres do que as casas em que moram.

Em vão os pescadores tentaram demover Robin da ideia. Procuraram mostrar que, entregando à viúva, aos pobres e a eles próprios uma quarta parte das doze mil libras, já estaria agindo de forma bem generosa, mas foi inútil e os três honestos pescadores acabaram se calando.

Robin Hood permaneceu por algumas semanas mais com aquela boa gente que a sua generosidade deixou tão feliz. Certa manhã, porém, cansando-se do mar e devorado pelo desejo de voltar às suas velhas árvores e aos queridos companheiros, ele reuniu os pescadores e avisou estar de partida.

— Meus bons amigos — disse ele —, deixo-os com o coração cheio de gratidão por todo o cuidado e carinho que tiveram comigo. Provavelmente não nos veremos mais, no entanto, quero que guardem boa lembrança deste que vocês acolheram, o seu amigo Robin Hood.

Antes que os pescadores, pasmos de surpresa, tivessem tempo de recuperar a palavra, nosso herói havia desaparecido.

Ainda hoje, a pequena baía em que se hospedou, sob seus humildes telhados, o célebre fora da lei, se chama baía de Robin Hood.[85]

Às primeiras horas de uma bela manhã de junho, Robin chegou à orla do bosque de Barnsdale. Com o espírito tumultuado por grande emoção, tomou um estreito caminho entre as árvores onde tantas vezes a querida criatura pela qual ele eternamente choraria vinha esperá-lo, de coração alegre e sorriso nos lábios. Depois de alguns instantes de muda contemplação do lugar que assistira à sua felicidade perdida, Robin conseguiu respirar mais livremente. Sentiu reviver o passado e a lembrança de Marian insinuou-se, leve e suave, como um perfumado vapor ao longo das trilhas cheias de sombra, pelos relvados floridos e clareiras que o alinhamento de carvalhos seculares escondia

85. A baía fica a cerca de treze quilômetros ao sul da cidade de Whitby. A origem do nome é desconhecida e aparentemente, é pena, não tem vinculação alguma com nosso herói.

dos raios de sol. Robin Hood seguiu a visão querida, penetrou com ela na densa vegetação, acompanhou-a até o fundo dos vales e foi ainda com essa doce presença que chegou à encruzilhada onde normalmente estacionava o corpo principal dos alegres homens da floresta.

O vasto local estava deserto: Robin levou a trompa de caça à boca e fez ecoar pelas profundezas do bosque um violento chamado.

Um grito, ou melhor, um clamor respondeu ao som da trompa: afastando bruscamente a folhagem ao redor do local Will Escarlate, seguido por boa parte do bando, correu de braços abertos na direção do recém-chegado.

— Querido Robin, queridíssimo amigo — disse baixinho o belo Will com a voz entrecortada. — Enfim está de volta, bendito seja o Senhor! Era com impaciência que o esperávamos, não é mesmo, João Pequeno?

— É verdade — respondeu João, cujos olhos cheios de lágrimas dolorosamente contemplavam o rosto empalidecido de Robin. — Imaginando nossa preocupação e nossa angústia ele afinal teve pena de nós e voltou.

— Voltei, amigo João, e espero nunca mais me afastar.

João pegou a mão de Robin Hood e sacudiu-a com força, mas também com tanta emoção que o amigo nem se queixou da dor causada por tanto entusiasmo.

— Seja bem-vindo entre nós, Robin Hood! — gritaram alegremente os homens do bando. — Seja mil vezes bem-vindo!

As manifestações de alegria que a sua presença provocou espalharam como que um bálsamo refrescante que trazia algum alívio à incurável ferida no coração do nosso herói. Ele sentiu que não devia mais se entregar à dor, deixando de lado as boas pessoas que tinham se solidarizado com seu cruel destino.

A corajosa decisão fez subir ao rosto do pobre herói um ardente rubor. Penosamente, o coração se chocava contra o querer, mas venceu este último, pois depois de interiormente se despedir da lembrança de Marian, ele estendeu a mão aos fiéis seguidores e disse, com voz calma e forte:

— A partir de agora, queridos companheiros, podem voltar a contar, para todo tipo de necessidade, com esse amigo, guia e chefe, Robin Hood o proscrito, o capitão Robin Hood!

— Hurra! — gritaram todos, jogando para o alto os gorros. — Hip, hip hurra!

— Vamos nos divertir — propôs Robin —, e que a alegria volte a reinar soberana. Hoje descansamos, amanhã caçamos, e os normandos que se cuidem!

As novas façanhas de Robin Hood logo se tornaram assunto de conversa em toda a Inglaterra e os ricos senhores de Nottinghamshire, de Derbyshire e de Yorkshire deram amplas contribuições para as necessidades da gente pobre e para o sustento do bando.

Vários anos se passaram, sem qualquer mudança na situação dos fora da lei. Mas antes de terminar este livro, precisamos contar aos leitores o destino de alguns dos nossos personagens.

Sir Guy de Gamwell e esposa morreram em idade avançada, ficando os filhos no solar de Barnsdale, para onde haviam se retirado ao deixarem de fazer parte do bando de Robin Hood.

Will Escarlate seguiu o exemplo dos irmãos, passando a morar numa bonita casa com sua querida Maude, mãe de muitos filhos e ainda carinhosamente amada pelo marido, como nos primeiros tempos da união. Much e Bárbara foram morar perto deles, mas João Pequeno, que teve a infelicidade de perder Winifred, e não tendo então motivo algum para deixar a floresta, manteve-se fiel seguidor das ordens de Robin. Diga-se, é verdade, que João era ligado demais ao amigo para ter, por um momento sequer, pensado em se afastar. Os dois velhos companheiros continuaram a viver na floresta, intimamente convencidos de que apenas a morte teria força suficiente para separar seus corações.

Não podemos esquecer de dizer algumas palavras sobre o corajoso Tuck, o devotado capelão que tantos casamentos abençoou. Tuck se manteve fiel a Robin, continuou sendo o consolo espiritual do bando, sem nada perder das suas notáveis qualidades: permaneceu um digno frade beberrão, barulhento e tagarela.

Halbert Lindsay, o irmão de leite de Maude, nomeado administrador-geral do castelo de Nottingham por Ricardo Coração de Leão, preencheu tão bem seu cargo que foi mantido. A mulher de Hal, a bonita Graça May, continuou chamando a atenção pela beleza, mesmo com o passar do tempo, e tudo indicava que a pequena Maude seria, no futuro, o retrato vivo da mãe.

Sir Richard dos Prados viveu tranquilo e feliz ao lado da esposa e dos dois filhos, Herbert e Lilás. O honesto saxão mantinha por Robin Hood gratidão e afeto que só se apagariam com as últimas batidas do seu coração. Era sempre uma festa no castelo quando Robin, atraído por esse ímã de ternura, vinha com João Pequeno descansar por alguns dias.

Pouco tempo depois da assinatura da *Magna Charta*,[86] o rei João, dando sequência a uma série de ações monstruosas, se pôs pessoalmente a perseguir o jovem rei da Escócia, que recuava à sua frente, e acabou por chegar a Nottingham semeando desolação e terror por onde passava. Vinha acompanhado de diversos generais, e as proezas desses últimos lhes valeram significativos

86. A *Magna Charta*, em latim, cujo nome completo é Grande Carta das Liberdades, ou Concórdia entre o Rei João e os Barões para a Outorga das Liberdades da Igreja e do Rei Inglês, foi assinada em 1215 e limitou o poder real. Consequência do desentendimento entre o rei, o papa e a nobreza, impediu o absolutismo na Inglaterra e é considerado um dos primeiros passos que levariam à Constituição do Reino Unido.

apelidos, como Jaleo Sem Entranhas, Mauleon o Sanguinário, Walter Much o Assassino, Sottim o Cruel, Godeschal Coração de Bronze... Os miseráveis chefiavam um bando de mercenários estrangeiros e deixavam atrás de si estupros, mortes e incêndios. A notícia da chegada desse exército de malfeitores soava como um toque fúnebre para as populações apavoradas, que fugiam em pânico, abandonando suas casas à mercê dos normandos.

Robin Hood soube do odioso comportamento dos soldados e imediatamente resolveu fazê-los sentir na própria pele as maldades que infligiam às frágeis vítimas.

Os homens da floresta responderam ao apelo do chefe com um entusiasmo que já faria tremer a tropa do rei João, de tão implacável era o ódio do vencido pelo vencedor, do saxão pelo normando.

O bando se preparou para o combate, com Robin Hood à frente.

Ao se aproximarem da floresta de Sherwood, os chefes normandos enviaram uma pequena tropa de batedores, e quando o grosso do exército penetrou no bosque pôde ver, enforcados nos galhos, inanimados no caminho e expirando no chão, os homens que em vão aguardaram retornar. O aterrador espetáculo de certa maneira esfriou o ímpeto guerreiro dos normandos. Mesmo assim, sendo muitos, continuaram em frente. O plano de Robin não era o de abertamente atacar um exército inteiro, o sucesso só poderia vir pela artimanha. De forma que ele eficientemente se utilizou da agilidade dos seus homens e da inimitável destreza que tinham. Fustigou os soldados enviando-lhes a morte por flechas cujo ponto de disparo permanecia invisível. Seguia à retaguarda, matando os que ficavam para trás e massacrando sem piedade todos que, por azar, lhe caíssem entre as mãos. O terror se propagou, paralisando os movimentos dos soldados, que se imaginaram perdidos, com as ideias supersticiosas da época lhes fazendo crer que estavam sendo perseguidos por malefícios de alguma força infernal. Um dos chefes, Sottim o Cruel, quis então acabar com o massacre que ameaçava trazer desordem e desunião à tropa. Ordenou que cessassem a marcha e fez com que seus homens, buscando a própria salvação, tratassem de dominar o medo. Para tanto, tomou a iniciativa de ir explorar as profundezas do matagal, à frente de uns cinquenta normandos mais determinados. Entretanto, mal essa pequena tropa se embrenhou nos inextricáveis meandros de uma trilha perdida, uma nuvem de flechas se abateu do alto das árvores, ou subiu vindo do fundo das moitas, e mortalmente abateu Sottim o Cruel e seus cinquenta seguidores.

O desaparecimento desse grupo batedor, com seu intrépido chefe, redobrou o instintivo terror dos normandos, dando-lhes asas para que atravessassem a floresta de Sherwood e chegassem a Nottingham. Uma vez na cidade, extenuados de cansaço e raiva, deixaram-se levar pela fúria e cometeram excessos inqualificáveis, como os que já haviam marcado a passagem deles pelo vale de Mansfield.

Um dia depois dessa sangrenta represália, o exército, ainda comandado pelo rei João, se dirigiu a Yorkshire, incendiando e massacrando por puro prazer os inofensivos habitantes dos vilarejos por que passavam.

Enquanto os normandos desse modo abriam, a sangue e a fogo, verdadeiro vale de lágrimas, os saxões que haviam perdido seus bens ou foram violentamente separados de suas mulheres e filhos se juntaram ao bando de Robin, sedentos de morte e de carnificina. Nosso herói com isso se viu à frente de oitocentos bravos saxões e se lançou no encalço da sangrenta coorte.

Uma sorte providencial protegeu dos normandos a tranquila moradia de Allan Clare e o castelo de sir Richard dos Prados. Nenhuma das duas propriedades estava no caminho seguido pelos saqueadores, pois o rei João, como se pode imaginar, de forma alguma poupava os saxões ricos. Expulsava-os de suas residências e cedia a seus favoritos o direito de posse, no lugar dos infelizes fidalgos. Nesse momento, porém, é que chegavam Robin Hood e seus formidáveis companheiros: o novo proprietário e os mercenários arregimentados para manter, pela força, os direitos da injusta usurpação caíam nas mãos dos fora da lei, que os matavam sem piedade.

O rei soube, pelo clamor público e por queixa dos aliados, do avanço triunfante do vingador dos saxões e enviou uma pequena fração do seu exército, contando com isso cercar o bando de Robin Hood, que, segundo as informações, estava acampado num pequeno bosque. É irrelevante dizer que os soldados de João sequer tiveram a satisfação de voltar para contar ao rei a derrota: foram mortos antes mesmo de chegar ao tal acampamento onde queriam surpreender Robin Hood.

As proezas do nosso herói deram muito o que falar na Inglaterra e seu nome se tornou tão ameaçador para os normandos quanto o de Hereward o Exilado fora para os seus antepassados,[87] no reinado de Guilherme I.

João chegou a Edimburgo sem, contudo, conseguir pôr as mãos no rei da Escócia. De lá foi a Dover, deixando às suas tropas espalhadas por vários lugares a ordem de se juntar a ele. Mas a maior parte dessas unidades foi interceptada pelos homens de Robin Hood, em Derbyshire ou em Yorkshire. Nesse meio-tempo, o rei João morreu e foi sucedido pelo filho Henrique.[88]

Sob o mando do novo soberano, a existência de Robin Hood não foi tão aventureira nem tão agitada quanto no sangrento período de João, pois o

87. Também conhecido como Hereward o Fora da Lei, ou Hereward o Wake (fl.1070-71), liderou movimentos rebeldes à conquista normanda, no séc.XI. Tinha como base a ilha fluvial de Ely, em Cambridgeshire, e morreu em 1072. "Wake" parece vir do patronímico das terras que havia herdado.

88. João morreu provavelmente envenenado por um abade, depois de tentar violentar uma freira.

conde de Pembroke,[89] tutor do jovem rei, dedicou-se com seriedade a melhorar as condições de vida do povo, conseguindo manter a paz por toda a extensão do reino.

A súbita suspensão das atividades físicas e moralizadoras deixou Robin Hood em certo estado de abatimento e de declínio das forças. Verdade é que nosso herói não era mais tão jovem: chegara aos cinquenta e cinco anos e João Pequeno acabava de alcançar a respeitável idade de sessenta e seis anos. Como já foi dito, o tempo não trouxera alívio nenhum à dor de Robin Hood, e a lembrança de Marian, viva e atuante como no dia seguinte do seu desaparecimento, havia fechado o coração de Robin a qualquer novo amor.

O túmulo de Marian, respeitosamente mantido pelos alegres homens da floresta, a cada ano se cobria de novas flores e muitas vezes, desde que começara aquela época de paz, os companheiros haviam visto o chefe, pálido e triste, ajoelhado no gramado que se estendia como uma área de esmeralda em volta da árvore do Ponto de Encontro.

A cada dia a tristeza de Robin se tornava mais pesada e esmagadora; a cada dia o seu rosto ganhava expressão mais triste. O sorriso desapareceu dos seus lábios e João, o paciente e dedicado João, nem sempre conseguia extrair do amigo uma resposta às suas preocupadas perguntas.

Certo dia, porém, Robin acabou atendendo à fraternal insistência e aceitou pedir ajuda religiosa a uma abadessa, num convento não muito distante da floresta de Sherwood.

A boa madre, que já havia visto Robin Hood e não desconhecia as particularidades da sua vida, prontamente o recebeu, oferecendo todo apoio que estivesse a seu alcance.

Bem impressionado com a carinhosa acolhida, ele perguntou se a religiosa não poderia lhe fazer uma sangria e verter das suas veias uma ou duas medidas de sangue.[90] A abadessa concordou, levou o doente a uma cela e, com grande perícia, fez o tratamento solicitado. Em seguida, tão eficazmente quanto teria feito um bom médico, passou ligaduras no braço do paciente e deixou-o, esgotado, descansar num leito.

Um sorriso estranhamente cruel descerrou os lábios da madre, que, ao deixar a cela, trancou bem a porta, levando consigo a chave.

Digamos algumas palavras sobre a religiosa em questão.

Era aparentada de sir Guy de Gisborne, o cavaleiro normando que, numa expedição empreendida em combinação com lorde Fitz-Alwine contra os

89. Trata-se de Guilherme Marechal (1146-1219), considerado o maior cavaleiro de todos os tempos. Marechal (ver nota 25) e também regente da Inglaterra, serviu a quatro monarcas.

90. Ainda no século de Dumas, era prática medicinal corrente o uso de sangrias, como também o de sanguessugas e ventosas, quase tão generalizado quanto, depois disso, o do ácido acetilsalicílico, que de certa forma o substituiu, para a redução da atividade sanguínea.

alegres homens da floresta, teve a falta de sorte de morrer da maneira como pretendia matar Robin Hood. Não teria, no entanto, vindo à mente da religiosa vingar a perda do primo se o irmão deste último, covarde demais para arriscar a própria vida num combate leal, não a tivesse persuadido de que estaria cumprindo um ato de justiça e, ao mesmo tempo, uma boa ação, se livrasse o reino da Inglaterra daquele incomodamente célebre proscrito.

A fraca abadessa se submeteu à vontade do miserável parente: aceitou cumprir um assassinato, cortando a artéria radial do confiante Robin Hood.

Depois de abandonar o doente por uma hora, entregue ao incontrolável sono resultante da grande perda de sangue, a religiosa silenciosamente voltou, retirou as ligaduras que fechavam a veia e, quando o sangue voltou a escorrer, afastou-se nas pontas dos pés.

Robin Hood dormiu até a manhã seguinte, sem mal-estar algum. Porém, ao abrir os olhos e tentar se levantar, viu estar tão fraco que acreditou ter chegado a sua última hora. O sangue não havia parado de escorrer pelo corte aberto na artéria e inundava a cama, fazendo-o compreender o mortal perigo em que se encontrava. Graças a uma quase sobre-humana concentração, conseguiu se arrastar até a porta. Tentou abri-la e constatou estar trancada. Ainda com o apoio de toda sua força de vontade, tão poderosa que conseguiu reanimá-lo, alcançou a janela, abriu-a, debruçou-se para tentar sair e depois, não conseguindo, lançou ao céu um supremo apelo. Inspirado por seu anjo da guarda, pegou a trompa de caça, levou-a a boca e, com dificuldade, tirou alguns inseguros sons.

João Pequeno não havia conseguido se separar do seu caro amigo e tinha passado a noite junto aos muros do convento. Acabava de acordar e se preparava para visitar o companheiro, quando as moribundas notas da trompa chegaram a seus ouvidos.

— Traição! Traição! — exclamou, correndo como um louco na direção de um bosquezinho onde alguns dos alegres companheiros tinham passado a noite. — Para a abadia, rapazes! Para a abadia! Robin Hood está chamando, Robin Hood está em perigo!

Num instante os homens se puseram de pé e seguiram João Pequeno, que bateu com insistência à porta da abadia. A irmã encarregada do portão se recusou a abrir e João não quis perder um segundo com explicações que ele sabia inúteis: derrubou-o com um bloco de granito que estava por perto e, guiado pelo som da trompa, descobriu a cela em que jazia, numa poça de sangue, o pobre herói. Ao vê-lo expirando, o vigoroso homem da floresta por pouco não desmaiou ele próprio. Duas lágrimas de dor e de indignação escorreram no seu rosto queimado de sol; ele caiu de joelhos e, tomando o velho amigo nos braços, disse em pranto:

— Chefe, chefe querido, quem cometeu o crime infame de atacar um enfermo? Qual mão ímpia tentou o assassinato no interior de uma casa sagrada? Diga, por favor, responda!

Robin, devagar, balançou a cabeça.

— Pouco importa, está tudo acabado, perdi até a última gota de sangue das minhas veias…

— Robin — insistiu João Pequeno —, diga a verdade, preciso saber. É por traição que o covarde deve prestar contas por esse assassinato?

Robin fez que sim com a cabeça e João continuou:

— Caro amigo, peço que me dê o supremo consolo de não deixar impune esse crime. Permita-me causar dor e morte a quem me infligiu o mais cruel sofrimento. Diga uma palavra, faça um só gesto e amanhã não haverá sequer vestígio dessa casa odiosa, da qual não vou deixar pedra sobre pedra. Sinto ter ainda a força de um gigante e disponho da ajuda de quinhentos homens bem-dispostos.

— Não, João. Não quero que erga suas mãos puras e honestas contra mulheres dedicadas a Deus. Seria um sacrilégio. Aquela que atentou contra mim obedeceu sem dúvida a uma vontade mais forte, para além dos sentimentos religiosos. Passará pela tortura do remorso nesta vida, caso se arrependa, e será punida na outra, se não receber do céu o perdão que eu lhe concedo. Você bem sabe, João, nunca fiz nem deixei que fizessem mal a uma mulher e, para mim, uma religiosa é duplamente sagrada e respeitável. Não falemos mais disso, meu amigo. Passe-me o arco e uma flecha e ajude-me a chegar à janela. Quero dar meu último suspiro, de onde irá cair minha última flecha.

Apoiado em João Pequeno, Robin Hood apontou o arco para longe e atirou a flecha, que passou como um pássaro por cima das árvores e foi cair a uma distância considerável.

— Adeus, belo arco, adeus, flechas fiéis — murmurou Robin comovido, deixando a arma cair das suas mãos. — João, meu amigo — disse num tom mais calmo. — Leve-me ao lugar em que quero morrer.

João Pequeno tomou Robin nos braços e desceu, carregando o precioso fardo, ao pátio do convento, onde, por ordem sua, os homens do bando calmamente esperavam. Ao verem, entretanto, o rosto lívido do chefe, estendido como uma criança em cima do vigoroso ombro de João, um grito de raiva ecoou, com todos querendo imediatamente punir quem houvesse levantado a mão contra Robin.

— Deixem tudo em paz, rapazes! — disse João. — Deixem para Deus o trabalho da justiça. Por agora, apenas a situação do nosso querido chefe deve nos preocupar. Vamos todos tentar encontrar a última flecha lançada por Robin.

O bando se dividiu em duas fileiras para dar passagem ao velho *outlaw*, que atravessou com passos firmes e foi à procura do ponto em que estava fincada a flecha de Robin Hood, encontrando-a com facilidade.

Ali, João estendeu na relva roupas trazidas pelos alegres homens e deitou, com infinitas precauções, o pobre agonizante.

— Agora — disse Robin com um fio de voz —, chame o bando inteiro. Quero, uma vez mais, me sentir cercado de corações valentes, que me serviram com tanto afeto e fidelidade. Quero dar meu último suspiro entre os corajosos companheiros da minha vida.

João deu três sucessivos toques de trompa, pois era como os fora da lei eram avisados de um perigo iminente, apressando-os ainda mais a responder.

Entre os que atenderam ao apelo estava Will Escarlate, que, mesmo não fazendo mais parte do bando, frequentemente visitava-os, sendo raro que passasse mais de uma semana sem vir abater um gamo, cumprimentar os amigos e compartilhar com eles o produto da caçada.

Nem vamos tentar descrever o estupor e desespero do bom William ao saber do estado de Robin Hood, ao ver o rosto desfeito do amigo, tão querido e tão digno do carinho que se tinha por ele.

— Santa Virgem! — exclamou Will. — O que aconteceu, meu pobre amigo, meu pobre irmão, meu querido Robin? O que causou todo esse mal? Foi ferido? Ainda vive quem levantou contra você a maldita mão? Diga quem foi e amanhã mesmo terá expiado pelo crime.

Robin Hood ergueu a cabeça dolorida do braço de João, onde se apoiava, olhou para Will com carinho e respondeu, com um pálido e triste sorriso:

— Obrigado, meu bom Will, mas não quero vingança. Afaste do coração qualquer sentimento de ódio contra o assassino. Morro sem pesar e também sem sofrimento. Era chegado o fim da minha vida, provavelmente, já que a divina Mãe do Salvador, minha santa protetora, abandonou-me nesse momento fatal. Vivi bastante, Will, e vivi honrado e estimado por todos que me conheceram. Mesmo sendo difícil me separar de vocês, bons e velhos amigos — continuou Robin, dirigindo um olhar de ternura a João Pequeno e a Will —, a dor se suaviza com o pensamento cristão, com a certeza de que nossa separação não será eterna e que Deus nos reunirá novamente, num mundo melhor. Sua presença junto a meu leito de morte é um grande consolo, meu caro Will, meu irmão, pois fomos bons e dedicados irmãos um para o outro. Agradeço-lhe todas as demonstrações de amizade que me deu. Abençoo-o de coração e com palavras, e rezo à santa Mãe que o faça feliz como bem merece. Diga de minha parte à sua querida Maude que ela se inclui nesses votos de felicidade. Transmita-lhe um beijo do irmão Robin Hood.

Will soluçava convulsivamente.

— Não chore assim, Will — continuou Robin, após um instante em silêncio. — Está me fazendo mal. Será que o seu coração ficou fraco como o de uma mulher, que você não pode suportar corajosamente a dor?

William não respondeu, semiasfixiado pelas lágrimas.

— Meus velhos camaradas, queridos amigos do meu coração — prosseguiu Robin, dirigindo-se aos alegres homens que, em silêncio, se mantinham ao redor. — Vocês que compartilharam minhas atribulações e perigos, minhas alegrias e tristezas com dedicação e fidelidade acima de qualquer elogio, recebam meus derradeiros agradecimentos e minha bênção. Adeus, irmãos, adeus, bravos saxões! Foram o terror dos normandos, conquistaram para sempre o amor e o reconhecimento dos pobres; sejam felizes, abençoados sejam e rezem de vez em quando à nossa querida protetora, a mãe do Salvador dos homens, pelo amigo ausente, pelo amigo Robin Hood.

Apenas alguns gemidos abafados responderam às palavras de Robin. Arrasados pela dor, os *yeomen* ouviam aquelas despedidas sem querer compreender seu cruel significado.

— E você, João Pequeno — insistiu o moribundo com uma voz que a cada minuto ficava mais lenta e mais fraca —, nobre coração que amo com todas as forças da minha alma, o que será de você? Como vai empregar o afeto que dedicava a mim? Com quem vai viver sob as grandes árvores da velha floresta? Ah, meu caro João! Vai estar bem sozinho! Perdoe-me por deixá-lo assim. Achei que teria morte mais suave, que morreríamos juntos, um ao lado do outro, de arma em punho, na defesa do meu país. Não foi como Deus decidiu, abençoado seja o seu nome! Minha hora se aproxima, João, a visão se turva; dê-me sua mão; quero morrer tendo-a entre as minhas. Você sabe o meu desejo, João, sabe o lugar em que meus restos mortais devem ser depositados, sob a árvore do Ponto de Encontro, junto daquela que me espera, junto de Marian.

— É claro, eu sei — suspirou o pobre João com os olhos cheios de lágrimas —, você vai estar…

— Obrigado, velho amigo. Morro satisfeito. Vou encontrar Marian para sempre. Adeus, João…

A desmaiada voz do ilustre proscrito deixou de ser ouvida, um morno sopro tocou o rosto de João Pequeno e a alma daquele a quem ele tanto amara se foi rumo ao céu.

— Todos de joelhos, rapazes! — disse o velho fora da lei fazendo o sinal da cruz. — O nobre e generoso Robin Hood deixou de viver!

Todas as cabeças se curvaram e William pronunciou junto ao corpo de Robin uma curta mas ardente oração. Em seguida, com a ajuda de João Pequeno, ele levou o corpo para o lugar em que teria seu repouso último.

Dois companheiros abriram uma vala junto àquela em que descansava Marian e Robin foi ali colocado, sobre uma camada de flores e folhas. João Pequeno colocou ao lado do morto o seu arco e suas flechas. O cão preferido de Robin, que não devia servir a nenhum outro dono, foi morto em cima da tumba e também enterrado com ele.

Assim teve fim a carreira daquele que proporcionou algumas das mais extraordinárias páginas da história desse país.

Que sua alma descanse em paz!

Os bens entesourados do bando foram irmãmente repartidos entre todos os membros por João Pequeno, que pretendia terminar de forma retirada os últimos dias de uma existência que, sabia ele, se tornaria dolorosa. Os fora da lei se separaram, permanecendo alguns em Nottingham e outros espalhados pelos condados vizinhos, sem que nenhum se animasse a permanecer no velho bosque. A morte de Robin Hood tornara a permanência ali cruelmente triste.

João Pequeno, entretanto, não conseguia se afastar da floresta. Passou alguns dias percorrendo como alma penada os caminhos solitários e chamando aos berros aquele que não podia mais responder. Resolveu, finalmente, pedir abrigo a Will Escarlate, que o recebeu de braços abertos e, apesar da própria tristeza, tentou dar algum alívio àquela inconsolável dor; só que João não queria ser consolado.

Certa manhã, procurando João Pequeno, William o encontrou no jardim, com as costas apoiadas num velho carvalho e o rosto voltado para a floresta. Estava muito pálido, olhos bem abertos e fixos, parecendo nada ver. Assustado, Will segurou o braço do primo e chamou-o com a voz trêmula, mas o velho João não respondeu — estava morto.

O golpe inesperado causou imensa dor no bom William. João Pequeno foi carregado para dentro de casa e, no dia seguinte, toda a família Gamwell acompanhou aquele segundo irmão bem-amado ao cemitério de Hathersage, a seis milhas de Castleton, em Derbyshire.

O túmulo que abrigou os restos do valente João Pequeno ainda existe, chamando atenção pelo extraordinário comprimento da pedra que o cobre. A lápide mostra aos olhares curiosos duas iniciais, J.N.,[91] artisticamente entalhadas no granito.

Reza a lenda que um dia certo antiquário,[92] grande apreciador de objetos fabulosos, mandou abrir a gigantesca tumba, retirou de seu interior a ossada e levou-a, como algo digno de ser exposto em seu gabinete de curiosidades anatômicas. Infelizmente para o honrado estudioso, assim que aqueles restos humanos chegaram à sua casa, ele não teve mais descanso: a ruína, a doença e a morte se sucederam naquela moradia. O coveiro que havia participado da profanação da tumba foi igualmente afetado por perdas entre as pessoas e coisas mais queridas. Os dois compreenderam então terem ofendido o céu ao violar o segredo de um túmulo e contritamente devolveram à terra santa os restos do velho homem da floresta.

Feito isso, tanto o antiquário quanto o coveiro passaram a viver felizes e tranquilos: Deus, que aceita no arrependimento o resgate de qualquer pecado, concedeu seu perdão aos dois sacrílegos.

---

91. De John Naylor. Em 1935 foi levantada uma nova lápide, com a seguinte inscrição: "Aqui jaz João Pequeno, amigo e lugar-tenente de Robin Hood. Ele morreu em uma casa de campo a oeste do adro da igreja."

92. Trata-se de Elias Ashmole (1617-92), que em 1625 escreveu a respeito da tumba descoberta. Ashmole legou sua coleção, sua biblioteca e seus manuscritos à Universidade de Oxford, para a criação do Ashmolean Museum.

CRONOLOGIA:
VIDA E OBRA DE ALEXANDRE DUMAS

1802 | 24 jul: Nascimento em Villers-Cotterêts, a cerca de duzentos quilômetros de Paris, de Alexandre Dumas, filho do general de divisão Alexandre Dumas-Davy de la Pailleterie e de Marie-Louise Elisabeth Labouret. "Minhas raízes estão em Villers-Cotterêts, cidadezinha do departamento de Aisne, situada na estrada entre Paris e Laon … a dez quilômetros de La Ferté-Milon, onde nasceu Racine, e a trinta quilômetros de Château-Thierry, onde nasceu La Fontaine."

1806: Morte do general Dumas. Marie Labouret passa por dificuldades financeiras e permanece junto a seus pais em Villers-Cotterêts.

1815: Durante os Cem Dias de Napoleão, Alexandre Dumas entrevê o imperador no albergue de sua cidade natal.

1816: A sra. Dumas obtém a concessão de uma tabacaria. Dumas conclui sua formação numa escola católica particular e trabalha como contínuo num cartório da cidade.

1818: Torna-se amante de Adèle Tellier. Paixão pelo teatro. Conhece Leuven, futuro autor dramático e diretor do Opéra-Comique. Escrevem juntos dois *vaudevilles* e um drama.

1823: Vai para Paris e, por intermédio de ex-colegas do general Dumas, é nomeado secretário do duque de Orléans. Sua amante na época é a vizinha Marie-Catherine-Laure Labay, que não demora a engravidar.

1823 | 27 jul: Nascimento de seu filho Alexandre Dumas, reconhecido por ele em 17 de março de 1831. Lê Walter Scott, Byron, Fenimore Cooper. Sua mãe instala-se em Paris, onde passam a morar juntos.

1825: Escreve, em colaboração com Leuven e Pierre-Joseph Rousseau, um *vaudeville*, que assina como "Davy", encenado sem maiores repercussões no Ambigu.

1826: Publica *Novelas contemporâneas*, que consiste em três narrativas e alguns poemas.

1827: Assiste entusiasmado à turnê parisiense de uma companhia inglesa que representa Shakespeare (muito pouco conhecido na França até essa época). Torna-se amante de Mélanie Waldor, jovem que sonha ser escritora.

1828: Escreve *Christine em Fontainebleau*, tragédia recusada pela Comédie-Française, e o drama histórico *Henrique III e sua corte*, aceito. Conhece o célebre escritor Charles Nodier, em cuja casa é apresentado aos escritores Victor Hugo, Lamartine, Vigny, Musset e ao pintor Louis Boulanger.

1829: Triunfo de *Henrique III e sua corte*. Dumas aloja sua mãe doente na rua Madame, instala Catherine Labay e seu filho em Passy e aluga para seu uso um apartamento na rua de l'Université. É nomeado bibliotecário-adjunto do duque de Orléans.

1830: Estreia de *Christine* no Odéon. A atriz Belle Krelsamer torna-se sua amante. Participa da Revolução de Julho, da qual faz um amplo relato em suas *Memórias* e correspondência (a Mélanie Waldor, com a habitual imodéstia: "Tive a felicidade de desempenhar um papel digno de ser notado por La Fayette e pelo duque de Orléans … tendo me apoderado de um paiol de pólvora. Provavelmente o duque será o rei …").

1831: Pede demissão do cargo de bibliotecário. **5 mar:** Belle Krelsamer dá à luz uma filha, Marie-Alexandrine, que Dumas reconhece em 7 de março. Consegue na Justiça a guarda do filho, que, depois de uma briga com Belle Krelsamer, passará por diversos internatos. **3 mai:** Estreia de *Antony*, no teatro da Porte Saint-Martin, sucesso extraordinário. **20 out:** Estreia, no Odéon, de *Carlos VII*, sucesso popular. **10 dez:** Estreia, na Porte Saint-Martin, de *Richard Darlington*.

1832: Grande sucesso de *Teresa*. A atriz Ida Ferrier torna-se sua amante. **29 mai:** Triunfo de *A torre de Nesle*, escrita por Frédéric Gaillardet e retrabalhada por Dumas. **5-6 jun:** Depois de se envolver nos levantes republicanos, viaja para a Suíça.

1834: Publica os tomos I e II de suas *Impressões de viagem à Suíça*. Viaja com os pintores Godefroy Jadin e Amaury Duval para o sul da França.

1835: Viaja à Itália com Ida Ferrier e o pintor Jadin. Publica novelas e poemas.

1836: Publica compilações das *Crônicas* de Froissart e uma tradução em versos do *Inferno*, de Dante. Estreia na Porte Saint-Martin de *Don Juan de Marana* e, no Variétés, de *Kean*, grande sucesso.

1837: É nomeado cavaleiro da Legião de Honra. Estreia, no Opéra-Comique, de *Piquillo*, ópera-cômica escrita em colaboração com Gérard de Nerval. Estreia, na Comédie-Française, de *Calígula*, um fracasso.

1838: Publica dois romances: *O capitão Paul* e *O mestre de armas*. **10 ago:** Morte da mãe. Viagem com Nerval à Alemanha. Escreve *Léo Burckart*, que Nerval retrabalhou mais tarde e foi encenada em abril de 1839. **Dez:** Por intermédio do próprio Nerval, conhece aquele que será o seu maior colaborador literário, Auguste Maquet, então com vinte e cinco anos.

1839: Publica *Novas impressões de viagem: quinze dias no Sinai* (nunca estivera lá, escrevendo a obra de acordo com as recordações e desenhos de Adrien Dauzats). Publica *Acteu*, romance histórico sobre o reinado de Nero. Estreia na Comédie-Française de *Mademoiselle de Belle-Isle*, encenada mais de quatrocentas vezes entre 1880 e 1884. Instala-se na rua de Rivoli.

1840: Publica cinco romances. Casa-se com Ida Ferrier em fevereiro, partindo para Florença, onde o casal ficará até setembro.

1841: Publica *Novas impressões de viagem: o Speronare*. **Jun:** Em companhia do príncipe Napoleão (filho de Jerônimo Bonaparte), visita a ilha de Elba, a Córsega e, durante uma expedição de barco, vislumbra a ilha de Monte Cristo, um rochedo perdido no mar. Breve passagem pela França, onde comparece ao enterro do duque de Orléans.

1843: Publica quatro romances e *Impressões de viagem: o Corricolo*. Passa a morar num palacete da rua de Richelieu. Aluga, em Saint-Germain, a *villa* Médicis, onde residirá até 1846.

1844: Escreve *Os três mosqueteiros* e o início de *O conde de Monte Cristo*, que será publicado em 1844-45. Separa-se amigavelmente de Ida Ferrier. Compra em Marly um terreno onde irá construir o castelo de Monte Cristo.

1845: Publica *A rainha Margot* e *Vinte anos depois*. Estreia no Ambigu o drama *A juventude dos três mosqueteiros*, baseado no romance.

1846: Publica quatro romances: *O cavaleiro da Casa Vermelha*, *A dama de Monsoreau*, *As duas Dianas*, *O bastardo de Mauléon*. Início da publicação de *José Bálsamo* (primeiro romance da série *Memórias de um médico*). Funda o Théâtre Historique, que ergue num terreno por ele adquirido no bulevar du Temple. Parte para a Argélia em missão de relações públicas para o governo francês, em companhia do filho, de Maquet e Boulanger, viagem que foi alvo de intensas críticas por parte da oposição.

1847: Retorna a Paris. Inauguração do Théâtre Historique. Tem um caso com a atriz Béatrix Parson. Estreia de *A rainha Margot*. Conhece Dickens. Instala-se no castelo de Monte Cristo. Publica a continuação de *José Bálsamo* e o final de *As duas Dianas*.

1848: Publica o final de *José Bálsamo* e *Os quarenta e cinco*; início da publicação de *O visconde de Bragelonne* e de *Impressões de viagem: De Paris ao Tânger*. Tem um caso com a atriz Celeste Scrivaneck. Participa de diversas manifestações republicanas. Estreia, no Théâtre Historique, de *Monte Cristo*. Venda do castelo de Monte Cristo. Publicação do primeiro número de *Mois*, revista dedicada à história e à política inteiramente redigida por Dumas. Fracasso de sua candidatura nas eleições para a Assembleia Constituinte. Graves dificuldades financeiras, com o Théâtre Historique cheio de dívidas. Estreia de *Catilina*.

1849: Continuação do *Visconde de Bragelonne*, relatos de viagem, *O colar da rainha*. No teatro, montagens de *A juventude dos mosqueteiros*, *O cavaleiro de Harmental*, *A guerra das mulheres*, *O testamento de César*, *O conde Hermann*, entre outras.

1850: Publica *A tulipa negra*, *A boca do inferno* e os finais do *Visconde de Bragelonne* e do *Colar da rainha*. No teatro: *Urbain Grandier*, *O vinte e quatro de fevereiro*, *Paulina*. **Out:** Falência do Théâtre Historique. Caso com a sra. Anna Bauër, com quem tem um filho não reconhecido.

1851: Montagens de *O conde de Morcerf* e *Villefort*, derivadas de *O conde de Monte Cristo*. **Dez:** Parte para Bruxelas, em consequência do golpe de Estado de Luís Napoleão. Embora as razões sejam políticas, Dumas também pretende escapar de seus credores (153 listados). Início da publicação de suas *Memórias* (até outubro de 1853) pelo jornal *La Presse*.

1852: Publica *Olympe de Clèves* e *Os dramas do mar*. Estreia de *Benvenuto Cellini*. É assediado pelos credores e vai com Victor Hugo para a Antuérpia.

1853: Publicação de *Ângelo Pitou*, *A condessa de Charny* e *Isaac Laquedem*. Instala-se definitivamente em Paris. Cria *Le Mousquetaire*, jornal diário que será publicado até 1857.

1854: Publica *Os moicanos de Paris*. Estreia de *Rômulo*, *A juventude de Luís XIV* e *A consciência*.

1855: Termina a publicação de *Os moicanos de Paris*.

1856: Estreia de *Oréstia*, *A torre Saint-Jacques* e *O ferrolho da rainha*. Vai a Varennes para se informar sobre a fuga de Luís XVI.

1857: Auguste Maquet move processo contra Dumas por acertos atrasados de direitos autorais e para "recuperar sua propriedade" sobre livros escritos em colaboração. Dumas faz uma curta viagem à Inglaterra com seu filho para assistir às corridas em Epsom. Criação do *Monte Cristo*, "semanário dedicado a romances, história, viagem e poesia" (último número em 1862), redigido por ele.

1858: Publica *O capitão Richard*. Processo Dumas-Maquet: o tribunal concede a Maquet 25% dos direitos autorais, mas não reconhece seu direito de propriedade sobre as obras escritas em colaboração com Dumas. **Jun:** Partida para a Rússia, convidado por amigos.

1859 | Mar: Retorna à França. Publica suas *Impressões de viagem* no *Monte Cristo* e no *Constitutionnel*. Ida Ferrier morre em Gênova. Curta visita a Victor Hugo, então exilado na ilha de Guernsey. Caso com a jovem atriz Emélie Cordier.

1860: Publica *A casa de gelo*, *A estrada de Varennes* e *Conversas*. Estreia de diversas peças. Faz uma viagem à Itália acompanhado por Emélie Cordier, com quem tem uma filha, não reconhecida por ele. **Set:** Embarca na pequena escuna que mandara construir em Marselha e participa da expedição à Sicília ao lado de Garibaldi, que o nomeia curador dos museus de Nápoles.

1861: Estreia de *O prisioneiro da Bastilha*.

1862: Fracasso de uma segunda peça sobre *Monte Cristo*.

1864: Retorna a Paris, acompanhado de sua amante, a cantora italiana Fanny Gordosa. Estreia de *Os moicanos de Paris*. Viagem ao sul da França.

1865: Publicação da edição definitiva das *Impressões da viagem à Rússia*. Encena *Os forasteiros em Lyon*, quando assume a direção do Grande Teatro Parisiense.

1866: Aluga no bulevar Malesherbes o apartamento que será sua última residência em Paris. **Jun:** Temporada em Nápoles e Florença. **Jul:** Viaja à Alemanha e à Áustria para preparar um romance. Relança *O Mosqueteiro*, que será publicado até abril de 1867.

1867: Publica *Os brancos e os azuis*, *O terror prussiano* e *Os homens de ferro*. Caso com a atriz norte-americana Adah Menken.

1868: Publica *História de meus animais* e *Recordações dramáticas*. **Fev:** Primeiro número de *D'Artagnan*, "jornal de Alexandre Dumas". Estreia de *Madame de Chamblay*. Morte de Catherine Labay, mãe de Dumas filho.

1869: Trabalha no *Grande dicionário de culinária*.

1870 | Set: Já com a saúde debilitada, sofre um derrame cerebral que o deixa semiparalítico. Instala-se então na casa de campo do filho, em Puys, região balneária de Dieppe. **5 dez:** Morre em Neuville-les-Pollet, lugarejo próximo, onde é provisoriamente sepultado.

1872: Sepultamento oficial em Villers-Cotterêts.

1872-73: Publicação póstuma dos dois volumes de *As aventuras de Robin Hood*.

1883: Inauguração na praça Malesherbes, em Paris, da estátua de Alexandre Dumas, tendo a seus pés d'Artagnan e uma constelação de leitores, de autoria de Gustave Doré.

2002 | 30 nov: No ano do bicentenário de seu nascimento, seus restos mortais são trasladados para o Panthéon, em Paris.

1ª EDIÇÃO [2014] 5 reimpressões

ESTA OBRA FOI COMPOSTA POR MARI TABOADA EM MINION PRO
E IMPRESSA EM OFSETE PELA GEOGRÁFICA SOBRE PAPEL PÓLEN DA
SUZANO S.A. PARA A EDITORA SCHWARCZ EM SETEMBRO DE 2025

FSC
www.fsc.org
MISTO
Papel | Apoiando o manejo florestal responsável
FSC® C019498

A marca FSC® é a garantia de que a madeira utilizada na fabricação do papel deste livro provém de florestas que foram gerenciadas de maneira ambientalmente correta, socialmente justa e economicamente viável, além de outras fontes de origem controlada.